腾格里传奇

胡延清 著

作家出版社

青春岁月是人生最珍贵美妙的韶华时光。这是一对芳华男女主人公圣洁爱情、光彩生命的回忆，也是一群忠义之士烈血丹心、英武壮美的记录。

——作者题记

目录 CONTENTS

序曲　别美枪声

公元1945年的暮春。

大洋彼岸。美利坚合众国西海岸旧金山之夜。

子夜深深，浮光霭霭。海之深邃，峰之肃穆，林之森严，风之轻柔，花之芬芳，草之清香，夜之幽寂。大自然安然静默，大爱无言，梦幻般的诗情画意，仿佛一幅浓墨重彩的极致山水画。

这片得天独厚的土地，自然景观雄宏神奇，风光独特隽永旖旎。古木参天、鸟鸣成歌， 峡谷深幽、啸风成曲，青峰叠翠、流水成韵，飞瀑洒玉、落花成诗。吸引着来自异地他乡的游人，广揽“艺术之都”风光风情的神秘之美，尽享美国西部多元文化的特色之醇。

旧金山，据说是被中国淘金工叫作“金山”而得名。她宛若镶嵌在太平洋畔青山之上的一颗璀璨奇丽的明珠。在她身边，簇拥着金门大桥、海湾大桥、缆车、唐人街等名胜名景；聚集着大批科技先锋公司和斯坦福大学、加州大学旧金山分校、加州大学伯克利分校、旧金山大学、旧金山州立大学、旧金山艺术大学等名企名校。它们历史悠久，光彩夺目，沉淀、承传、弘扬着自己民族的文化文明。

这个一湾碧水、两岸青山的绿色生态之地，给坐落于市郊一隅的美西科技大学生物土壤沙漠研究院实验中心暨公寓的科学家们，创造了舒心工作、舒适生活的优越环境。

深夜的静谧、清幽、洁净，给人以温馨、舒爽、安宁。实验中心的青年科学家上官英杰厚爱这里的谧夜，也同样喜欢这里如同夜谧般的白昼。因为无论白天还是夜间，都不喧嚣，不哗闹，不浮躁。他深有体会，这种环境特别有利于科学家修炼踏实、务实、坚实的品格，沉淀严肃、严谨、严格的特质。

太平洋潮起潮落，上官英杰这个天涯游子来到美国西部，冬去春来八个轮回弹指一挥间。不久前，覆盖全美的《时代周刊》的记者采访美西科大研究院和实验中心发表的文章，推崇了几个科学家标杆，其中对他做了这样的描述：

一棵来自中国大西北强悍神威的胡杨，传奇般在美国西部的沙漠里开垦出盎然新生机。

他，历经八载风霜雨雪，茕茕孑立不怕孤单，踽踽独行甘于寂寞，头脑和心境始终处于清醒冷静的状态，思路清晰开阔，精力充沛饱满。五年寒窗攻读，累土聚沙，积水成渊，学绩优异，高校“园林”一枝红杏出墙，别样艳丽夺目，独占春色；三载科研攻关，不倦攀登，斩关夺隘，崭露头角，科研“枝头”一朵玫瑰绽放，格外芳菲溢香，风骨傲然。从沙漠学子脱颖而出成为沙漠学家，他在沙漠科学研究前沿领域，勇创新路，先声夺人，获得引人注目的硕果而荣膺殊荣，二十八岁即步入美国沙漠科研成就赫然的科学家行列。他的中文名叫上官英杰……

然而，身显名扬的上官英杰矢志不忘中国大西北，执意回归桑梓，报效祖国。“美国再发达也是人家的。”子不嫌母丑。在他的心里，始终装着祖国和亲人。

“我爱我的祖国，我爱我的家。”“我从中国大西北出征，大沙漠是我的根脉，必须回去！那里有殷殷期待着我的沙漠，有苦苦盼望着我的爱人。”

这是上官英杰矢志不移的情怀和意志。他对大西北沙漠铁心铁意治理一世的担当，对未婚妻肉苁蓉真心真意眷恋一生的情分，同样凝重，一样坚定。

经过三个多月的申请和交涉，他再三婉言谢绝美西科大当局及其生物土壤沙漠研究院用丰厚待遇的挽留之意，终于昨天获准辞职离美回国，决定明天动身起程。今天，他要最后一次去旧金山海湾听涛，再览一回美轮美奂的海滨风光，在那里画一幅画，回国后作为礼物送给妈妈。当晚，还要与中心的朋友同事们聚会告别。

太平洋海水汹涌澎湃地流到旧金山进入大陆，在这里形成了一片蔚蓝色的天然海湾，旧金山占据了一个大湾口。旧金山的地标，长一千九百多米、最大高度二百二十七米的金门大桥，橘色新颖醒目，腾空飞架海峡南北，南接旧金山半岛，北连北加利福尼亚，伟岸壮观气势恢宏，被誉为“近代桥梁工程的奇迹”“美的典范”，是全球最著名的大桥之一。

上官英杰来到美国，尤其在美西科大及其研究院实验中心期间，紧张攻读攻关之余的嗜好，不是习武练功，就是海里游泳，除此之外，吸引他的就是旧金山湾口的海滨奇观。旧金山近海的法拉隆群岛，是海豹、鲸、鲨鱼和海鸟的栖息地，距金门海峡四十多公里。这里气候变化多端，凶猛的大白鲨在此段海域出没无常，而全世界长距离极限游泳冒险家却都梦想穿越，跃跃欲试。上官英杰也有过冲刺而越的想法，但须缜密谋划，强化体能锻炼，还要有船只和人员协助供水供食，保障及时救援等，他想想会麻烦别人就打消了这个念头。

清晨，上官英杰赶早，带着装有墨彩颜料、画笔和折叠画夹等工具的牛筋箱，从实验中心近处搭车，来到金门大桥桥南广阔的滨海沙滩。本来晨时雾锁金门，今天老天却格外开恩，没有雾气，天气清清朗朗。他见在沙滩醒目处竖立着一块牌子，上面用英文写着：“近期靠海岸水域有大白鲨出没，非常危险！大桥管理局特别警告：禁止游人进水！”同时，亦有管理人员手执扩音喇叭，不时发布着同样内容的信息。

这时，海滨沙滩的游人，不像往常那样摩肩接踵，较为稀少，难得地清静。他沐浴着柔和的阳光，微风徐徐拂面，在沙滩悠然散步，甚感惬意。观赏着玉树临风般屹立于海峡高空的单孔悬索大桥的壮美盛景，不禁称赞道，美哉壮哉！深感犹太设计师约瑟夫·施特劳斯智慧过人。

上官英杰走近临海处，感觉海的广袤就是桥景的延伸。

他眉舒目展，一览无余，耀眼的阳光洒射在风平浪静的海面，金光闪烁，微荡涟漪，光波相柔，悠闲的海鸟低空飞翔盘旋嬉闹，整个大海仿佛披上了一层绚丽而又神秘的面纱；他放眼西眺，天空蔚蓝，白云飘逸，碧波浩渺的水面，波光粼粼，帆影点点，目光尽头的水平线上，天与海、云与浪连接相拥，浑然一体，天水一色，真是一幅绚烂迷人的水彩画哦！他情不自禁，画意灵动，又想在海边走走看看，待视野最好时，再挥毫把最好的景色画下来。

大海，总是千变万化的。倏忽之间风起浪来，海面升起了氤氲的雾气。

上官英杰正走着，忽听有人用英语惊呼："有人下海了！""是个年轻女子！"沙滩游人闻之，都向前面海边拥来。他早就听说，金门大桥竣工后成为自杀者的圣地，多为从桥上跳海。

他疾步过去，前方临海七八米处，拦着用一块块铁丝网连接起来的围栏，上面挂着"有大白鲨，危险！"的英文牌子。他目击海面，只见在起起伏伏的湍流浪涛中，有个被海水忽而盖肩忽而漫头、上上下下浮动的女子，正在向深水区而去，显然是个投海寻死的人。

生命可贵，救人要紧！上官英杰心里闪过这个念头，便毫不犹豫一个箭步奔到了铁丝围栏边，纵身一跃，落入网内，冲过水汪汪的浅海滩，扑进海里快速游动，继而深吸一口气潜入水中向目标冲击过去，很快冲到了女子身旁，这才看清是个西方女子。他伸手拉住她劝道："生命珍贵，有什么想不开的，也不能死。"拽她欲往回游，而女子身子死拗着硬往下沉："别管我，我要死的！"上官英杰急中生智，大喝一声："大白鲨来了！"这一招真管用，吓得女子紧紧抱住了他，原来跳海想死的人也怕大白鲨。他乘势一只手搂拉着她回头，一只手臂奋力划水，冲着浪头猛游，半晌便回到了已被海水淹没多半的铁丝围栏处……

其实，刚才，远处真有一只忽隐忽现的大白鲨往这个方向快速游来，它的视觉和嗅觉非常灵敏，一定是发现了目标。岸边不少游人看见了大白鲨，即刻发出惊呼：“快呀！快呀！”“快，快，快点！大白鲨来了！”是上官英杰救人的果敢机敏、游泳功底和动作神速，消除了人们的担忧。

就在这时，四五个管理人员抬着一个橡皮救生船赶到了海岸边，打开了铁丝围栏，迅速将救人和脱险的一男一女弄到了岸上。随即，凶猛的“海洋霸主”就游过来了，在之前上官英杰拽女子回头的深水区，昂起头往沙滩这边瞅了瞅，无可奈何地潜水走了。

被救的女子回头看着，吓得浑身直哆嗦。显然，如果无人去救或再晚一点救她，这个女子必定会成为大白鲨的口中美食。

许多游人举着相机，在杂乱晃动的人群中，通过镜头捕捉这个勇敢救人的年轻人，然而，救人者很快在镜头中失去了踪影……

当日和次日的旧金山与加州的报纸、广播媒体，都报道了“一位年轻人在金门大桥旁海里勇救一位美国女子”的社会新闻。有报道说，据多位目击者称，救人者是东方人，他救人出海后就匆匆离开了，去向不明。记者没有采访到这位在危急时刻挺身而出救人的勇者，深为抱憾。

夜入凌晨，上官英杰送走了昨天傍晚前来公寓聚会叙情的同事们。依依惜别时，同事好友莫不热泪涌流，一次又一次拥抱他，难以割舍不忍离去，祝愿他平安回国。他们都是与他同心合力攻关，结下了深厚情谊，不忍心失去与他们心心相通的学科带头人，所以百般挽留或者期待他以后仍能回归美国的铁哥儿们。

剩下的三个青年博士还不肯走，泪水盈目难分难舍的美国人布莱恩、英国人沃尔特利和德国人安娜，与他关系最要好，在科研和实验中配合最默契。他们的汉语也讲得好。上官英杰连拉带推把他们送到了门口，布莱恩很不情愿走，用汉语说：“您把我们当乒乓球啊，推来推去的。”上官英杰欣然笑呵呵道：“我是从礼仪之邦的中国来的，对朋友亲切地推推让让表示友谊，这很正常呀！”三个人听了都破涕为笑，高兴地告辞而去。

时光一眨眼飞逝而去，时辰便从凌晨进入清晨了。

上官英杰准备好离美回国的行囊，抬头望向挂在墙壁上的中式正楷书法横幅，内容是他的未婚妻肉苁蓉在八年前，他们在中国大西北腾格里沙漠离别时，赠给他的纯情珍贵的诗言：

我们犹如两片沙漠，
瀚漠茫茫天地之间。
彼此是心中一棵树，
天各一方遥望碧绿。

我心中绿树永郁葱，
您心中绿树长苍翠。
任尔风沙凶悍弥漫，
相守绿树地久天长。

书法是上官英杰的手笔，融合了欧颜柳赵四大家的神韵，古朴遒劲，风骨灵动。在他的心目中，这几句赠言凸显了她清丽的感情世界，散发着恬静的馨香阳光，一直温暖着自己。

这一刻值千金的清晨，他认为是人的心灵最为神圣、纯真、唯美，言行感情最诚挚的时刻。他把思念爱人肉苁蓉的情愫凝结成心灵之语，聚神静气，默默发出了深情如诉的心声："亲爱的蓉儿，我爱您!"这句扬爱韵于昊穹、溢情馨至遐远的天籁之音，仿佛从太平洋彼岸穿越万水千山，向心中的祖国飘荡而去。

上官英杰来到美国后，每每清晨，他都要对她心吐炽爱，遥寄相思，一天也没有间断，一丝也没有淡薄。

莎士比亚一语诠释了爱情的含义："爱是一种甜蜜的痛苦。"情侣挚爱的甜蜜和痛苦，莫过于悲欢离合。八年前，上官英杰在生死存亡的关头，与肉苁蓉相遇相知相爱相许，滋生纯洁深沉的爱情，盟誓定下百年好合的伉俪婚约。而后别离天各一方，彼此把坚贞浓重的爱情铭刻于心扉，贮存于心笺，深埋珍藏了八个年头，魂牵梦萦了八个春秋，遥望心守了八个暑寒。可想而知，这对有情人，承载了何等的辛酸苦涩，悲伤欲绝！彼此相思之苦，是何等的撕心裂肺、日甚一日啊！那种朝思暮想的滋味，时让他们失魂落魄，难以自制！那种揪心伤感的折磨，时使他们惙怛伤悴，没法忍耐！

八载间，他们遥隔万里，无法通信，难以联系。万里相思万里情，心灵磁场传情愫。彼此就靠潜意识深处的第六感，互相倾诉思念之情。身居中国大西北的肉苁蓉，大脑磁感强烈敏锐，每天的第六感都让她深切感知，上官英杰心传而来的“爱您”两字千钧重负，深蕴着对她不忘初心、终生不渝的纯洁、纯挚、纯粹之爱，何等的坚贞、坚定、坚毅，多么的可贵、宝贵、珍贵，丝丝缕缕，绵绵不绝，沁透于她的心脾。备受苦难和感情熬煎的她，十分珍惜自己钟爱的人如此来之不易的心音情律，用它滋润充盈着她与他心心相印的爱恋。他们虽远隔万里，然彼此想与被想，都有一种心心相依的幸福感。迢迢阻隔，贵在心守，肝胆相照；人距遥远，近若咫尺，情系相融。

“两情若是长久时，又岂在朝朝暮暮”。他们深切体味且忠贞践行着这两句千古名词的真谛，承受了别离长久的磨难，饱尝了岁月煎熬的苦果，无怨无悔，甘之如饴。特别是经历了抗日烽火洗礼的肉苁蓉，更为本色极致。

上官英杰是个“热水瓶”，浓重的情感总是藏涌心怀。今天，在将要离开美国的时刻，他按捺不下随即踏上归国之途的激奋，抑制不住要去寻找永远属于自己的重逢和幸福的急切，疾步而出多层公寓楼，来到户外花园草坪，启封心笺，放飞情思，向着东方，向着中国，向着大西北的腾格里大沙漠，第一次柔情万端地给蓉儿抛出一个飞吻！眉扬目展，开怀呐喊：“亲爱的蓉儿，我就要踏上奔向祖国、奔向您的旅途！”

他的心情激荡不已，目不转睛地瞅着天空，仿佛看见自己的飞吻，化成了一支丘比特之箭，飞出加州，飞越太平洋，飞到中国大西北，飞至腾格里大沙漠，飞达蓉儿的居住地、与她同名的肉苁蓉村……

此时，上官英杰正想上楼回屋，似乎有一种莫名的感觉，不经意转身的瞬间脚底磕绊，致使他一个趔趄摔倒在地面草丛里。几乎就在同一时刻，随着远处一声沉闷的枪响，呼啸飞来一颗子弹，“嗖”地擦身射入紧挨着他的草地，碎草飞散落在胸脯上。这个将门虎子，不禁心头一惊，有杀手！长期习武练就一身功夫的他，机警灵敏且反应神速，紧贴地面的身子迅疾一个轻盈的翻滚动作，躲到了一棵三个人伸臂都抱不住的红杉树后。随之，又是接连几声闷响，子弹“嗖嗖嗖嗖”相继飞来，射在了他摔倒的地方……

显而易见，是训练有素的狙击手或枪法精准的杀手紧盯着上官英杰，选择他今天离别美国的时机，使用带着消音器的枪瞄准而射击。子弹接踵而至，真是危险至极！如不是他先磕绊摔倒和疾速翻滚而躲，很可能中枪丢掉性命，至少身负重伤。他急速思忖判断着：“谁要谋杀我？为什么要谋杀我？难道是美国方面？”这个想法倏忽掠过他的脑际，马上就被他否定了。

美国为称雄世界，注重培养和争夺乃至强霸高端领域的人才，无论是本土培养还是从国外引进，都志在必得。伸手域外施尽手段“掐尖”，是这个超级大国的看家本领。

时下，在美国的中国专家、学者和留学生有五千多人，其中在尖端科技领域，尤其在核弹、航天、前卫军事武器研究等方面，不乏才华横溢、出类拔萃的专家和学者，美国当局充分利用并严加控制，对他们要么用重金厚禄收买，要么蛮横霸道强留硬卡，甚至威胁恐吓迫害，无所不用其极，是不会轻易放人离开美国的。如钱学森，在美读书工作，取得航空工程和数学博士学位，成为麻省理工学院和加州理工学院的教授，二十八岁时在空气动力学研究方面获得重大突破，蜚声美国科技界，一举而成为火箭和导弹专家。他还被授予美军上校军衔，可佩戴参与最高机密的金色证章，出入美国国防部。美国当局自然对他用尽手段紧盯严控。美国军方有人公开说：“钱学森无论走到哪里，都抵得上五个师的兵力，宁可把他击毙在美国也不能让他离开。”然而，对于包括钱学森在内的许多铁骨铮铮、忠诚于祖国的科学家来说，无论美国当局采用什么手段都无济于事，即使一时强留住人也留不下他们的心。

至于上官英杰，他钻研冷僻的沙漠科研领域，是一个初出茅庐的科学家，况且美西科大当局已批准他辞职回国的申请，显然没有再被暗下黑手谋害的可能。他在美八年，也未曾与任何组织和个人积怨结仇，亦不存在被仇杀的因素。上官英杰思来想去，终无答案和任何疑点，只能高度警惕，严加小心。

离美前的枪声，让上官英杰平添几分警惕。然他毫无惧色，心神淡定自若，对这次遭遇的黑枪袭击不屑一顾。

第一章 鸿志瀚漠

1

别了，美国！

时光荏苒，岁月流转。漂泊之心，终要归航。上官英杰结束了八个春秋的游子长跑，归心似箭，兴致勃勃地踏上了归国旅途。

迥然不同的是，八年前上官英杰是依依难舍地离别祖国，八年后却是迫不及待地别离美国。他办完回国手续，跨出地处美国西海岸旧金山湾区的美西科技大学大门，连那种下意识的回首一望也没有，而是心急火燎，向西而奔，披星戴月，马不停蹄，乘飞机和轮船，坐火车和汽车，搭马车加徒步，一路风尘仆仆，奔波劳顿，在“绿荫冉冉遍天涯”的夏月回到了祖国大西北。他的心情酣畅淋漓，犹如从牢笼而出，获得了光明和自由一样。

途经千年古都西安城门口时，他只停留了一刻钟，面朝家的方向，深情地鞠了一个躬，心里默默祝愿了父母一句“爸爸妈妈好！儿子到腾格里沙漠带上媳妇，回来再见你们”，毅然决然绕城而过，一路向西而去，跋涉于古丝绸之路上。

经过又是好几天先乘汽车后坐马车的跋涉，这天清晨，他兴奋地到达位于腾格里沙漠边沿久负盛名的古城西凉。因为迫不及待地想与日思夜念的蓉儿尽快团圆，他昨夜未住宿休息，督促赶车人马不停蹄赶了一宿路。早上到了西凉城门口，给赶车人付了钱，便言谢告别了。这里，离他急切要去的腾格里沙漠腹地的肉苁蓉村，也就数百里地了。

此时，他凝神注视着北边远方瀚漠深处方向，履行了每天清晨心神必行的事儿，深情地发出了比昔日更为热切浓烈的心声："亲爱的蓉儿，我爱您！我回来了，已经到了西凉城。"

对大西北的历史，上官英杰如数家珍。

历史文化名城西凉，乃古中国的雍州、姑臧，被旧中国时代潮流裹挟着在激荡中前行，经年沉淀，建朝立都，被誉为威武剽悍、矫健英勇的"凉州大马，横行天下"，历史上曾经有过不朽的辉煌。

西汉时期，雄才伟略的汉武帝刘彻收复河西走廊将其纳入西汉版图，深谋远虑，选定大破匈奴，彰显"武功军威"的武威即西凉、"张国臂掖，以通西域"的张掖、"城下有泉，其水若酒"的酒泉和"敦者大也，煌者盛也"的敦煌，设置了"河西四郡"。在极盛的西汉国势下，西凉由游牧经济进化到农业经济，领受了以汉赋为代表的汉文化的洗礼和恩惠，借助古丝绸之路优势，经济社会和文化文明繁荣昌隆发生巨变。《后汉书》称："今凉州天下要冲，国家藩卫。"

东晋十六国时期，封建王朝的演进使西凉成为五凉古都、梦幻之城，孕育成就了独具特色、延绵一脉，不可替代、不能复制的五凉文化，弥足珍贵。

隋唐时期的西凉，生机勃勃地进入"七里十万家"的鼎盛时代，成为三大经济中心之一、古丝绸之路上著名的商埠重镇。边塞诗和凉州词、凉州曲、西凉乐、西凉伎，都是在这里发展和兴盛起来的。

拥有悠远绵长历史、深厚文化底蕴的西凉，浩阔疆域、壮美山川，秀丽风光、无垠瀚海，悠久文化、荟萃人文，众多民族、贤能辈出，纯善百姓、淳朴民风，丰饶物产、昌盛经济，繁荣商贸、兴旺百业，遍布名胜、丰富文物。这块沃土，古来是中国西部著名的瓜果之乡，麦谷粮仓富饶之地；也是贯通河西走廊、连接新疆、直达中亚的交通要冲，以及蒙古高原与青藏高原的接合地带；又是“西藏纳入中国版图的历史见证之地”，“通一线于广漠，控五郡之咽喉”的著名军事要塞。更为卓绝凸显的是，在西凉长期的历史、文化演进中，东方文化与西方文化在这里交辉光大，农耕文化与游牧文化在这里相融传承，各民族多元文化在这里荟萃生长，凝结汇成了独特恢宏、精深博大的西凉灿烂文化，成为中国大西北历史文化资源非常丰厚的一块沃壤，造就了“人烟扑地桑柘稠”的富庶和“五凉京华、河西都会”的灿烂。

如今，国民政府西陇省在这里设立了督察区，所辖八个县，治所西凉。

西凉城是上官英杰离开美国回到祖国的第一个落脚点，又是故地重游，感觉特别亲切。他寻找到八年前住过的地处城区中心繁华地带的鸳鸯旅馆下榻，卧炕休息了个把钟头，虽感疲惫尚未完全消除，精气神已为之一振。注重“形象管理”的上官英杰起身洗漱后，穿了一套平时最喜欢穿的洁白挺括的美式牛仔猎装，出门上街逛悠这座古老的名城。这个温文尔雅、超然脱俗，浑身洋溢着勃勃生气的年轻人，不仅英俊潇洒、玉树临风，而且满腹经纶、学贯中西，诗文书画无不精湛，还身怀不凡武艺。真是人如其名，实乃一个才华出众的青春英杰。

此时此刻，上官英杰的眉宇间，透出美男子的神采帅气，也透出科学家的几许正直率真，几许成熟稳重，又有几许绅士风度。他放松自己，在这座被盛唐著名边塞诗人岑参描绘为“凉州七里十万家，胡人半解弹琵琶”的繁华都市里，闲情逸致地溜达着、欣赏着、观察着。

上官英杰兴味盎然，走马观花游览西凉，耳目一新，欣喜不已。虽然日寇飞机曾多次窜来轰炸遗留下的残垣断壁让百姓心有余悸，遥远前方的枪炮声对后方稳定仍有影响，然他深感，这座古城与他八年前来时萧瑟衰落的情形已大不一样，国共团结抗战的节节胜利，给地处大西北的西凉注入了满满的喜气和勃勃生机，彰显出一派民心思定、向往祥和的景象。

上官英杰对市容市貌留下良深的总体印象。

秀丽的西凉古城四四方方，东西南北泾渭分明，宅第屋宇鳞次栉比，亭台楼阁点缀其间，繁华街面店铺林立，花木扶疏曲水流觞，马路整洁井然有序，人气旺盛百业兴隆。街巷各处国槐杨柳绿枝荡漾，大丽花菊花散发着淡淡的芳香。

“金北街银东街，铜铁砖瓦南西街”，人气商气财气旺，商贾云集市场火。四街八巷，自然选择，包容百业，各得其所。商家牌匾琳琅满目，招客幌子迎风招展；各具行业特色，各显各业千秋。粮行肉档，馆子饭庄，烧坊酒肆，茶楼戏院，银庄典当，金银匠铺，丝绸布庄，服饰铺面，珠宝玉器，文物古董，学校私塾，书店画坊，医堂药铺，镖局武馆，庙宇教堂，旅店澡堂，建材料店，畜禽市场，菜场果摊，青楼烟馆，等等，星罗棋布。五行八作、行行不缺，门庭若市、生意红火。

街面上，人山人海，川流不息，车水马龙，络绎不绝。挑担子卖蔬菜卖水果卖鲜花的，肩挎褡裢卖针头线脑杂货的，端个木匣子东奔西跑卖香烟的，提篮子卖油果子月饼点心的，扛草木棒子吆喝卖冰糖葫芦的，摆张桌子写字画画现卖的，牵着牛马骆驼在袖筒里捏手指做买卖的，举锤打铁给牲口钉掌的，用红柳枝边编织筐篮边卖的，售冥国票子金条元宝纸钱贡香的，耍拳弄棍传武的，唱曲儿卖艺耍把戏的，耍猴显露绝活的，吹唢呐抬着大红轿子娶新媳妇的，拉黄包车的，擦皮鞋的，手执“神机妙算”幌子抽签看命算卦的，窜来窜去私下里买卖鸦片的，盆碗敲得铛铛响讨要饭的，还有悠闲逛街看景致的，男女老少，熙来攘往，人声鼎沸，热闹非凡。

民以食为天。西凉人特讲究吃，“一天不吃山药米拌面，心里就干焦干焦的”。所以，满大街各处，尤其是北关东关南关，特色吃喝，遍处市场，摊点密集，目不暇接。各类炒菜凉菜，白酒米酒果酒，面皮子，凉面，臊子面，饧面腊肉冰糖红枣茯茶“三套车”，黄粉白粉沙米凉粉，高庄馒头肉夹子，米汤油馓子，油饼子卷糕，羊羔肉垫卷子，麻腐饺子，猪肉馄饨，锅贴包子，山药搅团，油果子，驴肉汤豆腐脑，甜胚子，三炮台，熬茯茶，名吃名喝，应有尽有，名不虚传，色香味俱佳。来吃喝的人，一拨接一拨，络绎不绝。据说，西凉文化悠久的美食名吃，不仅让当地人一饱口福，而且名噪河西，风靡八方。

转悠中，上官英杰信步进入过几个临街敞门的民居院落，大都绿树扶疏，花香鸟语，茶馥飘袅，叟童嬉闹，棋牌对弈，其乐融融。彰显出物与物融合、人与人融合、人与物融合的“三合”景观，勾勒出家庭院落文化的和谐格局。

他一边观察一边思考，兴许是西凉几经建都，往昔的繁荣，尤其是西汉时的崛起，东晋时的昌隆，盛唐时的鼎盛，祖宗先辈给西凉人带来福气财运的好风水，加上大多聪慧勤能，这里不少人家的日子看上去过得富庶殷实，舒适安逸。显然，这是一个小康人家聚集，悠然生活的好地方。

在北关美食市场，上官英杰被一家老字号名吃所吸引。他驻足先阅读了门旁木牌《百年驴肉汤豆腐脑》的简约广告文字，又饶有兴趣地观赏制作情景。只见在一边的木炭火上，黄灿灿发亮的大铜盆烧煮着的驴肉汤，飘逸着浓烈扑鼻的异香；另一边放着一大木桶用黄豆现磨的鲜豆汁制作出的豆腐脑，热气腾腾，散发着沁人肺腑的清香。手艺娴熟的师傅，一手拿碗，一手执铜质圆勺，先用勺在铜盆里哗哗哗地盛上半碗驴肉汤，又用刀一般锋利的勺刃，在木桶内平切着一片片豆腐脑，一片片放入碗中汤里，接着像天女散花似的将香菜、小葱、蒜苗末和辣椒油，撒在豆腐脑上，哗的一下又将少许驴肉汤覆盖于上，随即递给漂亮的女服务员送到吃客面前。哇！看上去在微褐色的驴肉汤中，浮动着片片蛋黄色的豆腐脑，碧绿的多种菜末和鲜红的辣油滴，在汤里和豆腐脑之间游荡着……好一道富于动感、色香味俱佳的西凉美食，好诱人胃口哟！他要了一碗豆腐脑品尝起来，感觉有滋有味特好吃，禁不住赞不绝口。

游罢北大街，闲步东大街，上官英杰向南而出了楼门街，在东南隅看到一处古色古香的建筑，走近一看原来是位居“陇右学宫之冠”的西凉文庙。顿时，他兴味盎然，疾步而入。这座古文庙，是继山东曲阜、北京国子监孔庙之后，建于明正统四年（1439）的中国又一大孔庙，由文昌宫、文庙、儒学院组成的类似皇家宫阙建筑群，是文人墨客祭祀孔子的圣地。庙内珍藏着中华民族历代文化瑰宝三万余件典籍、书画、碑匾等文物。在松柏参天、古朴恬静的清幽环境中，他进出一室又一室，匆匆浏览领略了以医药简、礼仪简、木雕、墓志石刻为代表的汉唐文物，以西夏碑、木缘塔、木版画为代表的西夏文物，以凉造新泉、西夏银币为代表的货币文物，以明清瓷器、牌匾、水陆画为代表的明清文物，等等。其中，重点仔细观赏了蜚声寰宇的汉简、木雕、木乃伊、鸠杖、凉造新泉、西夏碑、西夏火炮等稀世珍品，尤其对中国存世最完整、西夏文与汉文对照文字最多的西夏碑，即“重修护国寺感应塔碑”，饱览良久。最后，又到文昌宫桂籍殿前廊，抬首凝神，赏识檐下集中悬挂着的四十余幅牌匾，真是琳琅满目，金碧辉煌，尽是皇家名流、文章能手、书法大家、雕刻高师匠心独运的杰作，鉴赏价值和文物价值极高。每幅匾文都用典绝妙，情致高雅；书法颜筋柳骨，文采炳焕。他逐幅仔细观之，无不击掌叫绝。

上官英杰打开相机，把不少特别喜爱的艺术珍品一一摄入了镜头，以资存赏。

此时，他感觉有点口渴，看到近处摆卖的果摊上，有刚刚上市的黄灿发亮、形似人心脏般的新鲜野生人参果。记忆力惊人的上官英杰，立刻想起古籍《大唐西域记》里的记载，这是西凉独有的特产水果，早于唐代时就驰名中外。人参果富含膳食纤维、高蛋白、多种维生素、氨基酸和微量元素等成分，食之能补充人体营养的需要。他买了几斤，吃起来脆爽多汁，清香宜人，味道独特。

刚才吃了豆腐脑，现在又食人参果，上官英杰情不自禁地感叹：在美国花多少钱，也买不到这两口哦！

他信步来到城南门，又名昭武门，抬首仰望着始建于隋代，后经明王朝不断增修加固，成为西凉驰名悠久的标志性建筑——巍峨雄伟的城门楼，顿时心生感慨：华夏五千年，兴衰问沧桑。重游西凉城，见证城南门。

不经意间，一阵阵别具风格的似鼓似乐的声音，由远而近传入上官英杰的耳际，他不由得放慢脚步倾听着。徐徐飘来的音色韵律，由轻而重，由缓而急，时而像黄河咆哮，时而似闷雷滚鸣，时而如猛虎下山，时而若山泉奔流……

他细品其音其律，感觉有音乐古籍记载的两千多年前诞生的“西凉攻鼓子”那种粗犷豪放的味道。

不一会儿工夫，被人群簇拥着的气势恢宏、雄浑剽悍的鼓乐方阵拥了过来，到了南城门前的广场驻足表演。上官英杰挤上前观赏，越看越觉得像。他的判断没错，这正是被誉为“西域鼓魂”的古老鼓舞艺术——西凉攻鼓子。相传，古时有支戍边失利的军队被困于一个城寨，他们急中生智，将兵器藏匿于鼓肚，装扮成击鼓社火队，出其不意攻其不备而突围。“攻鼓子”便由此得名，遂风行起来，渐而成为既是古代军旅出征时必不可少的壮行乐舞，又是象征西北汉子阳刚之气，庆贺年节和喜事必不可少的社火经典。据专家研究，经过姑臧民间艺术家漫长岁月的琢磨创新，在攻鼓子豪迈洒脱本色的基础上，又吸纳融进了大西北民间腰鼓的灵秀、扇鼓的隽永和太平鼓的浑厚，更显优雅完美，渐渐形成一种鼓乐高亢激奋，舞蹈变幻无穷，鼓舞相融浑然一体，独具特色的鼓乐舞蹈艺术。

只见几十个英俊潇洒、雄健豪迈的鼓手，头戴黑顶红翅幞帽，上着黑色白扣衣，下穿独特灯笼裤，清一色装扮，俨然古代武士一般，进行着激情表演。他们龙腾虎跃、风流洒脱，激情攻鼓、刚劲起舞。瞧那鼓手的手、眼、神、声，高度和谐统一，妙显身手，仪态万方；击鼓、起舞、翻滚、奔腾，动作步履整齐利落，矫健优美，春风大雅。

一刹那，艺术家们摆开阵势，先显“猛虎出山阵”，接为“四门兜底阵”，又是“双将对斗阵”，再现“四龙飞天阵”，阵阵气势磅礴，威武刚毅；场场势如长虹，撼人魂魄。无论千变万化，几十个鼓手，招招式式，同是一种仪态表情，同显一种威风精神，同迈一个雄健步履，同做一种灵巧动作，同击一个激越鼓点，同跃一种优雅舞姿。神态节奏、完美统一，动人心弦、高雅壮美。

遽然间，鼓舞交相辉映的艺术再现经典高潮。鼓手们忽而“雄鹰翱翔”，忽而“鹞子翻身”，忽而“战马凌空”，忽而“凤凰展翅”，变化多端、鲜活逼真，栩栩如生、精彩纷呈，尽显古朴淳厚的鼓舞风采。观赏者回报以热烈掌声，一浪高过一浪……

“抓共产党！抓共产党！”

突然，上官英杰听到身后有人呼喊。不一会儿，从他身旁左侧挤进来一个满脸流着汗水、神情慌张的小伙子，跨步闯进表演场子，看样子欲想穿过鼓手们正在欢腾起舞的方阵。接着，又有两个穿着黑色警服的执枪警察，从他两侧挤入了表演场。上官英杰见状，心里已明白是怎么回事了，不禁为小伙子捏一把汗。只见小伙子回头一望，正好与两个警察照面，便不顾一切冲进了表演正欢的鼓乐舞蹈方阵，两个警察跟着冲过去指着他大喊：“他是共党分子，抓住他！”一个提着盒子枪的警察抬手朝空中开了一枪！顿时，枪声惊吓了人们，观看乐舞的老百姓、停止了表演的鼓手们和两个警察混挤在一起，熙熙攘攘吵嚷着，密密麻麻向不同方向拥挤着，现场乱成了一团。

上官英杰思谋营救这个小伙子，他不露声色跟随过去，在混乱中靠近一个警察，出其不意伸手点了致人昏睡一时的穴位，使其倒下；接着又快速接近另一个警察，乘其不备点穴将人放倒。随后，他目扫四方，瞅见了往东边跑的那个小伙子的身影，疾追过去。到了他身旁，和气地问：“小伙子，你真是共产党？”

年轻人一听，神情立刻紧张起来，又感觉问他话的人和蔼可亲，便放松了下来道：“我是个小学老师，想当共产党还不够格哩。最近去了一趟陕北，看望了一下生活在延安的舅舅一家人。在那里听人们欢唱一首《没有共产党就没有中国》的歌曲，特喜欢这首朴素感人的歌儿，便很快学会了，回来后给同学们教唱了一下。当然，我在思想上也认可‘没有共产党就没有中国’这句话。就这么点事，不知道警察局怎么就知道了，今天有两个警察到学校来抓我，说我是共产党，幸亏有老师给我通风报信，就跑了出来。两个警察紧追不舍，我不敢往家里跑，就在大街上兜圈子，跑到了城南门。刚才的情况，您可能看到了……”

“是的。”上官英杰有点愤愤不平，唱支歌儿，思想认可了一句话，犯了什么法？真是欲加之罪，何患无辞。他对小伙子说：“你恐怕暂时在西凉待不成了，要躲一躲。”

小伙子道：“我明白。回家同爹妈商量一下，暂时躲到延安舅舅家去。谢谢您！”

国民党腐败暴敛，战争乱世贪官匪盗横行，民不聊生生灵涂炭，穷富悬殊两个世界。在西凉，叫花子沿街乞讨衣食无着，贫困百姓饥寒交迫之窘有目共睹，穷苦人在屋檐下栖身居无定所，卵石墙草棚窝贫民窟，在繁荣街面深处依稀可觅，陋街背巷则显而易见。

在西大街街头一角，上官英杰见人群里三层外三层围着倾听一个饱经风霜的白发艺人弹三弦唱曲儿，不少人哭泣流泪，便靠近一听：

人间天堂地狱两世界，
富贫两极恶化真残酷。
霸权者暴殄势如太皇，
一人得道鸡犬全升天。
王者荣耀五子都登科，
腐化奢侈豪富可敌国。
金银珠宝别墅大洋房，
妻妾成群夜夜换娇娘。
利益集团钱财积如山，
挥霍无度几辈花不完。
无产无钱者血汗流干，
囊空腹饥妄想买住房。
一条裤子三代接着穿，
兄弟娶一女算有福艳。
生活找不到过好的北，
日子苦熬没回头的辙。
世世相传惟端要饭碗，
欲想谋变代代无机缘。

曲终人散，他才发现白发艺人是个盲人。上官英杰从口袋里摸出一块银圆，放进了唱曲艺人面前放着的一只碗里。盲人似乎听见声音，点点头以示谢意。

……

上官英杰游逛收住脚步，已到下午快五点钟了。他原来想花一天时间，游览市容和休整一下，次日就上路。谁知难舍这座历史文化名城值得观看的许多东西，加之需找镖局选个带路镖师和租骆驼的事还要办理，也想去几处八年前匆匆路过未能顾上欣赏的名胜古迹，便决定多逗留一日。

此时，上官英杰又匆忙赶往母亲在十多年前，为感恩源源不断给她的公司提供名贵沙生滋补品和药材的这块宝地，选择在西凉捐资建立的一所公立学校，学校面貌已今非昔比，考究的校门口挂着“西凉公立中小学校”的牌子。他找到校办公室介绍了自己，从一位女士介绍的简略情况得悉，当年从设幼儿班和小学低年级班起步的学校，经过发展现已成为有小学高年级、初中、高中班等全部年级和课程齐全，中小学贯通的综合性学校，早已易名。上官英杰听了介绍，非常兴奋。原来，这所学校不仅在同类学校中因建校早排名第一，同时由于发展速度快、教学质量好和深得市民口碑称道而始终位居魁首。介绍情况的女士说：“无论距离学校远近的家庭，都想把自家的孩子送到我们学校来读书。”

校长李锐获得消息后，把他接到了自己的办公室。当年，上官英杰的母亲与当地教育机构共同选定的这个青年校长，如今已是中年人了。建校时，上官英杰曾跟随母亲前来参加过开学典礼，这次李锐和他一见面，便一眼认出是留在记忆里，当年恩师王丹青带来过的她那个英俊帅气的儿子。经过交谈，上官英杰知道妈妈已有五六年没来过学校。李锐热情地询问了上官英杰的母亲和他近些年的情况，以及这次他西凉之行的目的，说：“有什么事情需要帮忙，请尽管开口。”还说这次难得重逢，一定要安排学校几位负责人一起请他吃顿饭。上官英杰除告诉他要去一趟腾格里沙漠做考察外，没说别的。他婉言谢绝了李锐的饭局，便告辞了。

李锐送他到校门口。临别，上官英杰托请李锐帮他找个当地镖局租峰好骆驼，选一个年轻力壮、武功尚好，熟悉去腾格里沙漠路途的镖师。“您给镖局说，价格好商量，争取后天一早出发。”

“没问题，西凉城里最有名气的镖局就在我们学校附近，我尽快去帮您联系。”

“好啊，谢谢李校长！”上官英杰很放心，“您替我联系好后，请镖局的人明天傍晚到鸳鸯旅店找我接个头。”

“行。”

颇具颜值的上官英杰在西凉街头的出现，真是人见人爱，花见花开，成为一道引人注目的风景。他滞留在哪里，总会招来一串年轻的靓丽姑娘和风骚媳妇儿，目不转睛地瞅着，含情脉脉地盯着。有的还叽叽咕咕赞赏着：“少见的俊美爷们儿！”“一表人才的漂亮男人！”……即便上官英杰走了，总有女子要跟随几步，回头走了还要回首再望一眼。一路上，碰到青年女子与他擦身而过，回头率很高哟。

一天时间里，西凉城里的女人们叽叽喳喳，眉飞色舞地咬着耳朵，私下传播着一个话儿：“咱西凉的美爷们儿多了去了，真的，还没见过这么英俊帅气的美男子！”有些年轻媳妇还嘀嘀咕咕：“你要看上他一眼，心里不由得你不闹春哦……”

爱美之心，人皆有之。世间哪个女人不爱美呢，何况是个大帅哥。

2

夏日杲杲，青翠碧野。

时令虽值盛夏，西凉早晚却很凉爽。晚间，缕缕夏风徐徐吹拂，渗着早熟杏果的丝丝清香，在空气中飘荡弥漫着，煞是醉人。

在天穹行走了一个白昼，困倦了的夕阳，在西边天际晃悠着，打着哈欠，伸着懒腰，渐渐沉了下去。霎时，天边的薄云变成了斑斓的七彩晚霞……

从学校回来后，上官英杰被晚霞美景和杏果清香所吸引。他信步来到鸳鸯旅店后面的一个果树园赏景，同时想买些早熟的水果给蓉儿带去。进了果园，只见黄元帅、红元帅、青香蕉等苹果树，黄金桃、红蜜桃、蟠桃等桃树，腊台梨、长把梨、软儿梨等梨树，应有尽有，枝头挂果累累，有些果子已呈现出淡红浅橙微粉初黄色泽。葡萄架下，碧绿的枝蔓叶子里掩挂着一嘟噜一嘟噜的翠绿色葡萄，虽离成熟尚早，然晶莹剔透，水灵欲滴，新鲜馋人。

"先生，在园子里客人可随意采果子吃，但现在还未到成熟时节。杏子倒是成熟了，你可以尝尝鲜。"果农对上官英杰说。他伸手摘了一个金黄色杏子，咬了一口，酸甜相宜，果然好吃。

璀璨夺目的万丈霞光，与碧绿青翠之中的果色容颜交相辉映，熏染了勃勃之夏的韵味。上官英杰被大自然之美所感染，不禁轻声吟诵着唐代诗人高骈的《山亭夏日》：

绿树阴浓夏日长，楼台倒影入池塘。
水晶帘动微风起，满架蔷薇一院香。

暮色苍茫，恬静如斯。陡然间，琵琶演奏的《春江花月夜》在不远处徐徐响起，飘荡而来，旋律清脆雄健、悠扬清澈，委婉真切、抒情典雅。入迷大自然美景的上官英杰听到突如其来的琴声，愈加兴致盎然。

"请问老乡，"他礼貌地问管理果园的人，"这是谁在弹奏琵琶?"

"是果园对面西凉书画社的女画家苏娟。"回答者显然熟知这琴声的主人。

"能过去吗?"

"果园前面左边有个门，出去马路对面便是。"

上官英杰往左出了果园，墙外果然是条宽阔的马路。只见马路那边，一幢小楼一楼的玻璃窗内灯光明亮。他的目光穿过行人空隙透过玻璃，隐隐约约看见一个坐向窗口、身着红衣的女子抱着琵琶，演奏正欢。

他漫步过去，不经意打量了一下。这是一幢门面有四五间房宽、上下两层的小楼。楼门上方挂着一个黑色牌匾，上面刻着考究的"西凉书画社”五个红色行书字，与室内弹琵琶的红衣女子，浑然构成一道书香琴韵的风景线。

缕缕琴声，融入了弹琴人纯真与理想、憧憬与期盼的情怀，从小楼内流泻而出，流淌在梦幻般的浪漫夜空，如泣如诉，余音袅袅。曲调内含的高、低、浓、淡、厚、薄层次变化，弹奏者把握得基本到位。美妙的音韵旋律，充满激情，颇有生气，打动了上官英杰的心弦。

他步随心移走到一楼门口，欲叩又止。心想自己与人家素不相识，且天色已晚，冒昧扰之实为失礼之举。他正欲转身之际，旋律徐缓结束，随即小楼门开启，一个出水芙蓉般的俊俏佳人出现在眼前，四目相对，一霎时两双眼睛似乎都凝固了。只见女子荧光闪烁的双眸秋波微澜，嫩白的脸颊掠过一丝面见生人的羞色。她细语微声道：“先生前来，有何见教？”

上官英杰双手抱拳行礼道：“抱歉，打扰了！方才在贵宅对面的果园赏景，传来琵琶演奏声，琴声如诉，分外醉人，不经意走了过来。谢谢！”他向这位女子微微鞠躬，转身待离去的一瞬间，瞧见楼内墙壁上挂着的一幅猿画怎么那么熟悉，好像是自己的作品？不禁反转回身，指指屋内墙上的画，委婉地问女子：“姑娘喜爱丹青还是喜欢猿？”

“都喜欢！”女子双腮浮动着的红晕仍未散去。她低首莞然一笑，轻声诚恳地说，“请先生进舍赐教！”

上官英杰乃中国画高手，擅长花草动物，画猿驾轻就熟，最为逼真灵动。女子邀他进舍，他虽有点忐忑，还是进了屋。仔细一看，此画果然是自己的作品，落款“金陵英杰”是他亲笔题签。这是他在读国立中央金陵大学生物系时，因当局集中财力用于抗战，不能拨付校方足够的经费，除教育管理当局吁请社会各方捐助外，学校也搞自救，敦请师生中的富庶之家募捐，亦请师生书画家捐献作品拍卖增收，所以上官英杰捐赠过无数幅作品，这幅画便是其中之一。他想，这家“西凉书画社”挂的这幅猿作品，可能就是在那时拍卖而获，或是经他人转手而得。然而，他没有对女子说破真相。

女子请上官英杰落座，沏了茶，两个陌生人一起品茗，谈资一涉及艺术，情绪立马激昂起来。因为都喜爱丹青，不曾相识而初遇的两个人，抛却了陌生，一下子拉近了距离。彼此敞启心扉，如同结识已久的同道挚友，无拘无束地交流切磋起来。

上官英杰的母亲王丹青，是一个造诣深厚的书画艺术家。她将自己的艺术理念、艺术领悟、艺术技巧，甚至艺术细胞、艺术魂魄，一股脑儿传给了儿子。所以，上官英杰谈起绘画艺术，言谈如江若河，滔滔而流。渐渐地，彼此交谈变成了上官英杰一个人绘声绘色的演讲。女子全神贯注地倾听，仔细品味着他对绘画艺术的感悟，又细致入微地观察着他的一举一动，心里很快升腾出一个明晰深刻的感觉：是个有男子颜值，深谙绘画艺术的才子和演说家。她甚感欣慰，碰到了一位难得的良师益友。

“为什么绘画大师名家都喜欢画猿呢？”女子问。

说及画猿，上官英杰体味甚深，娓娓道来：“艺术家大多喜爱画猿，当然首先是人类由古猿进化而来，猿又颇通人性的缘故。近代著名书画家、教育家曾熙就是画猿的高手，而他倾情教诲成为大师的弟子张大千，更是青出于蓝而胜于蓝的画猿神笔。”其实，上官英杰和他母亲王丹青同样喜猿画猿。他继续道：“猿，是动物界最富有感情、特别灵动的生物，它不仅通人性、懂人情、怕伤感，而且会与它一起生活熟悉的人产生情感共鸣。猿还好养，驯服乖巧，吃时不抢，饱腹不咬，从不惹人讨厌。而相貌与猿相似的猴子，其性情却大相径庭。猴子性淫，不分好歹，吃东西抢食，挑三拣四，胡咬乱抛，吃饱后还要啃吐几口，很是任性。所以，猿在艺术家眼中的地位不断上升，猿画作品的价值也直线上涨。如今，张大千的一幅四五尺的猿画价值，与上海、南京的一套上好宅子的价格相当……”

当年，王丹青、上官英杰母子识猿画猿，是下过一番功夫的。那时几乎每年暑寒学校放假时节，上官英杰都会跟随母亲去云南坝王岭或海南五指山、霸王岭，进入猿族聚集生息的群峰叠翠、林海浩渺的地带写生。他以猿为友，亲近相处，观察、体会、揣摩猿的生活习性，辄留其神，深悟其性，心传目击，画于毫端，不亦乐乎。所以，他画的猿鲜活于纸上，情态逼真，传神灵动，受人喜爱，不亚于其母的猿画作品。早在他大学时期的猿画作品，就在市场拍卖，相当走俏。

女子听着上官英杰谈说，时而插问，时而说说自己的见解感悟，不知不觉又返回到两人交流，更为投机融洽。

其间谈到水墨画，女子拿出一幅画打开来，请上官英杰品评鉴定一下。他定睛细看，见是一幅有山有水有船有竹的水墨画，喜不自禁，脱口而出："神来之笔，此乃中国画大师吴昌硕高徒湘人岛的精品。"细看落款，果然是也。他又端详一番，肯定是"湘人岛真迹无疑"。接着道："从中国水墨画艺术的视角鉴赏，画师在墨黑与纸白之间，涂万物之灵，显艺术之妙，作品可谓山、水、舟、竹相融，点、线、面神合，远、中、近逼真；走笔奔放流畅，用色精致生动，画面清新质朴，韵味魅力无穷哦！"

……

交谈到最后，女子问道："生命的意义究竟是什么？"

"对于这个深邃难解的哲学命题，谁能诠释得清楚透彻呢？"上官英杰说。然而，对于人们产生无穷魅力的书画艺术，任何一个具备一定文化素养，尤其是有书画功底的人，都无不深刻地感悟到书画艺术巨大的表现力、感染力和影响力，必将给人以美学修养、高雅品位、艺术洗礼、博学思维、进取精神，让人明白生命至少是艺术生命的真正意义……

这对年轻人对绘画艺术的交流，彼此都感到非常有益。尤其是喜好绘画的女子倾听上官英杰精练独到的分析，使她对艺术的境界有了更加深刻的感悟，颇获教益。在言谈中，虽然上官英杰点明家母钟情于书画艺术，自己深受书画艺术的熏陶和感染，但并未明说他也操刀丹青。

这对青春男女邂逅西凉，短暂相逢，只聊艺术，未谈其他。所以，上官英杰除果园的人告诉他弹琴者名叫苏娟外，丝毫不知有关她个人的任何信息；而她，就连他的姓名也未问及，压根不晓得，也未想过要获取有关他个人的一星半点情况。事实上，这不过是他们人生中的一次偶遇而已。然而，两人却有"与君初相识，犹似故人归"之感。苏娟给上官英杰留下的印象是，一个美丽清纯、喜好绘画艺术的女孩子。

次日天色朦胧时，上官英杰起了个早，在旅馆租了一匹好马，紧赶慢赶，跑了一整天，时间还感紧张。仍像昨天逛西凉城一样，他走马观花游览了西凉城内和附近的雷台观、雷台湖、白塔寺、海藏寺、大云寺古钟楼、罗什寺塔、皇娘娘台遗址、雀儿架等名胜古迹和风光，对西凉的灿烂历史文明有了更多更深的了解。可惜的是，他还想去看看金塔寺、莲花山寺、古长城遗址、天梯山石窟、天佛寺石窟、姑臧山等古迹，一饱眼福，怎奈路途较远，时间不足，加之赶路心切，只好待后择机了。

傍晚，李锐带着一个镖师来到鸳鸯旅店会见上官英杰。

昨天下午，李锐接受上官英杰的委托后，当晚就帮他找了全城名气很大的苏氏镖局，初步联系了订镖事宜。因为订合同涉及的一些内容非他人能替代，便陪同镖局确定的护卫镖师一起来见他。

镖师一见面，便立马单腿跪地而拜，行了首次面见“衣食父母”的礼仪。他操着陕北乡音自报家门：“上官先生，您好！我叫石头，是西凉镖局指派给您带路去腾格里沙漠的护卫镖师。”

镖师如此礼遇，让上官英杰感动。他拉石头起身：“请坐。别这么客气，从现在起我们就是朋友了。”

接着，主客双方签订了合同，上官英杰给石头付了定金。合同的主要内容是，镖客订镖租赁使用镖局护卫镖师一人，单双峰骆驼各一峰，双峰驼供镖客乘骑，单峰驼供镖局派出的镖师使用，租费两块银圆；沿途起居食宿、安全护卫等事宜，按照镖客的要求，由镖师负责妥善办理；骆驼的饲喂和管护亦由镖师负责；镖客除负担从西凉去腾格里沙漠肉苁蓉村途中食宿等实际费用外，每天付镖费一块银圆；镖局全权承担镖客到达目的地的安全保障，发生安危问题均由镖局承担责任，但由于不可抗拒的自然因素和镖客患病造成的伤亡除外；镖师和骆驼如发生意外事故而伤亡，亦与镖客无关。

签好合同后石头走了。李锐又给上官英杰聊了一些有关苏氏镖局的背景和传闻。

大西北乃至中国各地的镖局大多有红白两道背景。这个苏氏镖局，是个几辈人世袭镖业，同时经营刀棍枪剑和教授武功的老镖局，镖头老大苏虎是民国早年西凉道长官的乘龙快婿。他在这个地面经营的年头久了，既在西凉地方官府官员和军警中有较深的人脉，又与当地的土匪有互不侵扰、互利互助的默契关系。

相传，当年苏虎子承父业，身怀父辈承传的“雪花双刀”和“二十四把飞刀”绝技，曾英雄虎胆挺身而出，深夜只身闯入西凉道府，智布疑阵，声东击西，先施“雪花双刀”绝技，刺死率领五六十号持枪悍匪血洗道府，劫持道府长官，妄图敲诈大批钱财的匪首徐胡子；又施用“二十四把飞刀”盘旋飞刺，杀毙砍伤一大群强匪猢狲，救出道府长官，继而率镖局人马杀尽匪徒余孽。等西凉军警人马赶到时，他已经胜利夺功。由于他智勇双全，独入虎穴拯救了道府长官，以少胜多全歼土匪，保住了一方平安，威震西凉，名噪四方。道府长官为报答其救命之恩，也为了稳定政局，把自己的独生女儿嫁给了已逝前妻亦有一子，比女儿大二十岁的苏虎为妻。原本名叫苏湖的他，也被人们称虎而不知不觉中自改其名。从此，苏虎连同他的镖局稳坐西凉镖业头把交椅，当地整个镖业的大多数生意，都被他揽走或垄断，其他小镖局敢怒而不敢言。

后来的岁月里，社会上传闻，镖头苏虎与当地官匪暗地勾结，狼狈为奸，沆瀣一气，干了不少抢劫豪夺、图财害命、强暴妇女的坏事，民众反响强烈，亦有不少举报。原来的西凉道后来改为行政督察区，区执法部门和警局对苏虎曾装模作样做过调查，终因查无实据而不了了之。

3

上官氏的祖籍是“欲把西湖比西子，淡妆浓抹总相宜”的“人间天堂”杭州。

上官英杰出生于北京，孩提时代跟随母亲迁往大西北。因为少壮军人父亲上官武率军驻防于秦始皇、武则天百年后的长眠之地，闻名神州的风水宝地八百里秦川，为了全家团圆，母亲王丹青不得不舍弃自己钟爱的北京，随夫举家迁居于古都西安。父亲为将门之后、国民党高级将领，母亲是出身于商贾世家脱颖而出的艺术家，如此荣耀的家庭背景，自然使上官英杰生活成长有了优渥的条件和环境，人生一路春风得意，踌躇满志。

他自小天赋异禀，志向远大，勤勉好学，发愤图强，在中小学时期因学业成绩优异而接连跳级，十五岁便高中毕业考取大学。

少年英杰上大学，当然关乎上官武、王丹青夫妇膝下独苗苗一辈子的命运和前途。可以想象，在这样的家庭，有这样的父母，儿子要上什么大学，选择什么专业，恐怕就不完全由儿辈自己做主了。

的确，这件事牵动了上官氏夫妇的心。儿子的高考选择成为家庭要事，显得举足轻重，而父母却各有思考和盘算。

身材魁梧、仪表堂堂的上官武，早年毕业于黄埔军校，在国民党西北军里摸爬滚打，磨砺成长，年少得志，英武亢进，由此一骑绝尘，戎马倥偬。1931年“九一八事变”爆发后，上官武奉命率领部队追随张学良的东北军，参加了热河战役；随后作为西北军所属部队的指挥官，任职于东北军、中央军组成的国民革命军，参加了长城抗战。在炮火纷飞的战争岁月，他身先士卒，血洒疆场，屡立战功，曾多次死而复生，浑身伤痕累累，荣膺云麾勋章、宝鼎勋章，远未及“不惑”便晋升为中将师长。1933年长城抗战期间，“双枪双刀战神”上官武率部作战，始终冲锋在前，让日本鬼子闻风丧胆。在激烈的鏖战中，他再度遭受重伤被抬下战场。外伤基本治愈、严重内伤疗治尚需时日，国民政府军事委员会委员长蒋介石念其功勋卓著，准其退出战场前沿到大后方，回守故地八百里秦川，仍任师职，坐那把他征战时期一直空缺的将军交椅。不过，他所属的西北军守备师被改编为国民政府军事委员会直属西安独立师，他的军衔也增添了一颗星而为上将。在这位上将的心目中，军队是国家最神圣最要害也是最好的岗位。“好钢好铁好人才，都要用在军事上。”

上官武从抗战前线回来，正逢独子上官英杰高中毕业。他希望儿子子承父业，报考黄埔军校，学业完成到军队历练后带兵打仗。他时常对妻子、儿子叨叨：“打虎亲兄弟，上阵父子兵嘛！”

王丹青，是国立清华大学美术系的高才生。她毕业那年，花容月貌，国色天香，青春浪漫，是艳压全校的“清华一朵花”，也是绘画创作成果累累，遐迩闻名的女画家。不久，在北京美术界为她举办的画展上，邂逅从大西北来京公干的上官武而一见钟情，不及一年即被风流倜傥、风度翩翩的青年少将追进了洞房。

北京，是中国文化艺术的摇篮和中心，艺术家施展才华的大舞台。本来立志终身从事艺术事业的她，遵从夫意舍弃北京，夫唱妇随，丈夫在哪儿跟到哪儿。她到大西北后，除坚守绘画天地外，学习从商，没料到艺术家的匠心聪慧打开了商道大门，她的公司主要经营中西药品和天然沙生滋补品，生意愈做愈强，愈强愈大，诚信口碑也愈来愈好，如今在整个大西北药品滋补品市场，鹤立鸡群成为翘楚。王丹青被业界誉为“大西北经济界艺术界双栖双馨的一匹黑马”。她身在商场，情在丹青，经商不辍泼墨，商艺两不耽误。

面对儿子上大学、挑选专业，她自然主张英杰考取自己的母校——国立清华大学美术系，能够接棒自己垂青的绘画事业。况且，从儿子孩提开始，她就煞费苦心培育他，教子练书法学绘画，奠定了其厚实的书画基础。她认为，儿子攻读美术专业，走进艺术殿堂是自然天成的事。

上官武、王丹青这对伉俪，被人们称赞为“武将艺商融合绝配”的连理。他们天造地设、珠联璧合，举案齐眉、相敬如宾的动人故事，在军界、艺术界、商界传为佳话，万人倾慕。夫妻膝下的这个独子上什么大学，选什么专业，双亲操心，夫君有希望，妻子有渴望，各有指望。夫妇俩为此意见相左，难免会有争执乃至争吵，亦是正常的人之常情。

爱子选考高等院校，究竟是上军校还是学艺术？夫妻虽然争执不下，但他们却温文尔雅地达成了共识：发展前景不可估量的少年才俊，只要遵从双亲之愿深造学业，无论选择学军还是学艺，未来都会成就一番大事业的。最终，他们商定，交由儿子自己拿主意。

而结果呢？上官武、王丹青夫妇的希望和渴望都落空了。

上官英杰深谙父母挚爱自己，内心世界由衷地感恩不尽。然他明确地向双亲表示，自己的天性，从小就对神秘莫测的沙漠颇感兴趣，一直深深地钟情于沙漠，想学习、探究和积累沙漠学知识。在高中时代就暗自立志，上大学要攻读沙漠学专业，报考中国高等院校唯一设有沙漠学专业的国立中央金陵大学生物系；学成后，走治沙报国的道路，在大西北终身从事研究和治理沙漠的事业。当他把这个决定告诉父母后，双亲特别是母亲感到非常意外，也特别伤感。

这个时候，王丹青回忆起小时候的英杰，一面跟随她学习绘画和书法，一面口袋里总是装着不知从哪里弄来的有关沙漠科普知识的小册子，有些书籍还是外国科学家写的，时不时看上一阵子；儿子的房间里总是放着不少中国沙漠的地图，时常看见他铺在地面看着，勾画着圈圈道道。在他上中学的一年暑假，还只身去了地处陕北榆林的毛乌素沙乡，了解体会沙民生活和治理沙漠的状况，交沙民朋友，在沙民的支持和协助下，深入毛乌素沙漠腹地考察沙生植物的种类分类和生长习性等。隔年又去了一趟，探研那里的优良沙生植物，并现场描绘和拍摄了不少图画、照片资料，如获至宝一样。现在，她才恍然大悟，早在那时他就钻进去，研究着荒无人烟的沙漠及其生物，而且这种情况一直持续到现在。她觉得，儿子喜欢沙漠、研究沙漠也没有什么不好，可作为终身职业一辈子去治理沙漠，那可真是七十二行中最艰苦的行当啊。

王丹青深知，她是拗不过儿子的，不会改变他选择的志向。可她总觉得儿子不走艺术之路，太可惜了！她像生了一场大病似的，心情失落和难受了好些日子。

王丹青如此伤感，是有其让人理解的切肤之痛。她出身于北京商贾世家，当初说不清道不明的原因，作为商人的父母，当她呱呱坠地降临人世时，竟鬼使神差地给女儿起名丹青，他们自己也感到有点不可思议。更让他们十分惊奇的事还在后头。女儿几岁时就显示出艺术天赋，孩提时代一直喜欢画画，抬头描绘蓝天白云，低首临摹庭院花木水草，爬长城写意山峦群岭，逛动物园喜画鸟猿虎鹤，天生一个画家坯子。父母非常重视小丹青的这份喜好和才气，在她少年时托关系投拜齐白石，大师欣然接受她为最小的弟子，专攻水墨彩泼，主学花木山水动物。她吸古纳今，佳构层出，画艺不凡，十二岁时便被驰名中外的荣宝斋赏识，推荐出版了《女童画神王丹青作品》而扬名画坛。中学时代其学业虽然繁重，但课艺两不误；大学读的是美术系，则课艺珠联璧合，相得益彰。

承前启后的几十年间，王丹青深悟齐白石大师“学我者生，似我者死”的教诲，勤勉不懈，殚精竭虑，持之以恒，闯出了“画似白石，神超自然”的丹青艺术之道，彰显个性鲜活的艺术风格而独树一帜。齐白石大师曾评价赞赏他的这个女弟子的作品和品格，轻毫淡描迹简而意澹，浓墨重彩雄浑而壮丽，以形传神，以情达意，浮动着她的学养、情感、理想。

王丹青煞费苦心的是，从上官英杰牙牙学语之时，就开始对儿子进行艺术启蒙教育。随着孩子岁增智长，她呕心沥血，耗费功夫，循循善诱，把慈母大爱和自己掌握的全部书画知识、创作技巧和精华绝技，尤其是齐白石大师给她的真传，倾注和栽植于上官英杰的心灵和手笔。在母亲的熏陶和教诲下，加上基因遗传，上官英杰从小学时期到高中时代，就逐步承袭了王丹青的艺术才华，他的艺术想象力和创造力宛如山洪越谷一般暴发，妙笔生花创作出丰硕的书画成果。上官英杰作画，笔指皆用，随心所欲，既各具特色，又笔指难辨。他挥墨的名山大河高原，气势磅礴，苍莽浑厚，意境清新；泼彩的林木花草动物，色泽酣畅，气韵神活，灵动逼真。同时，无论中外艺术历史、艺术理论还是艺术作品，从古希腊的陶瓶、瓶画、雕刻、浮雕，到俄罗斯的绘画，法国凡尔赛宫的油画和壁画，英国经典猫画等，从中国古代的人物画、山水画、花鸟画等，到当代的中国画、油画、版画、漆画、雕塑、篆刻等经典艺术，以及大师名流的代表作品等，他都有所研究，有较深的领悟和较多的借鉴。

丹青之外，由于母亲的陶冶浸染，书画诗文也是子承母技，文化一脉，艺术一体，母中有子，子中有母，相得益彰。他们的书法艺术，在横竖撇捺钩点翰墨中，蕴含着阴柔、阳刚、法度之美，既显相似的神韵韶华，又各呈文采炳焕；他们的篆刻艺术作品，别具匠心，奇妙神态，金石华彩于方寸之间；他们颇具活力和张力的诗文，颠覆传统套路，文笔犀利隽永，思想深邃新颖，迸发着真实、真情、真理的感染力。艺术界对他们有八个字的评价：“艺苑风流，母子双馨。”

“悠悠寸草心，报得三春晖”。王丹青这个百里挑一的慈母，耗费了如此巨大的心血和精力，寄托于儿子前程的殷切期待落空，怎么能不失落和悲伤呢？

然而，作为母亲，王丹青并非完全了解自己的儿子。上官英杰的内心世界还有超越儿女之情的情怀：是家大还是国大？立定志向是以国和自己的理想为重还是以亲为重？好男儿应当不忘初心、志存高远，牢记使命、勇于担当，建功立业、报效祖国。“考什么大学，学什么专业，我做主。”这就是他的性格，励志笃定，前行不移。

人们常说，“可怜天下父母心。”然而，对这句古语中“可怜”二字的内涵和深意，并非人人都能真正揣摩领悟。对这句话，上官英杰有刻骨铭心的感悟：“可怜”有深涵，可贵父母心。这个可怜，不光是对天下父母的深情怜悯，更是对天下父母的由衷景仰，对天下父母的真挚感恩，对天下父母崇高美德的敬重赞美！

入夜，面对母亲的失落和伤痛，上官英杰难以用语言表达愧对双亲和婉拒父母的负疚心情。蓦然回首，他安慰慈母的一股别样的感恩亲情从心底升腾，化为创作歌词和书法之灵感！他疾速铺开宣纸，抓起羊毫蘸墨舔笔后，一挥而就：

献给母亲的歌

母亲是爱情之光，
母亲是婚姻之霖，
母亲是家庭之厦。
母亲是孕育之壤，
母亲是生命之血，
母亲是儿女之骨。

母亲是博爱之圣，
母亲是礼仪之师，
母亲是包容之海。
母亲是先人之根，
母亲是万代之祖，
母亲是人类之源。
母亲是最美之诗，
母亲是最悦之歌，
母亲是最敬之人。

不孝儿英杰敬书

墨迹干了，上官英杰拿着这幅字去母亲的房间，恭恭敬敬献给了恩重如山的慈母。

上官英杰写下的歌词《献给母亲的歌》，完全是他从心灵深处唱出来的。他纯情深沉地对妈妈坦露胸臆："这首歌，不仅是献给母亲的歌，同样是献给父亲的歌。没有父亲，何有自己？"是的，在他的心目中，父亲和母亲同样神圣、厚重和伟岸，是心灵中不息的阳光，血脉力量的源泉。

王丹青欣赏着孩儿的作品，倾听着孩儿的心声，顿时潸然泪涌，把英杰拥搂入怀，母子心心相印，紧紧地抱在了一起。

痛定思痛，王丹青的心底深处，对儿子的报国情怀和远大抱负，终于有了理解，产生由衷的嘉许。轻易不夸奖儿子的上官武将军，也完全认同了儿子的鸿鹄之志。他拍了拍英杰的肩头："臭小子，有点出息！"

就这样，围绕儿子究竟考什么大学、学什么专业的家庭纠葛，先争后和，一家人在争争执执、悲悲切切之中，春风大雅地化解了。

上官英杰以高分考入国立中央金陵大学生物系，攻读沙漠学专业。由于他自小阅读了不少的沙漠科普读物，在中学读书时两次去沙区学研，入大学前多年经常饱览前卫的沙漠科研理论和学术文献，了解中国沙漠历史和现实的概况，掌握科学治理风沙的进展和成果，从中采撷汲取学识营养，这就为入门沙漠学奠定了良好基础。近些年，他曾多次跟随母亲公司的驼队深入沙区，探访沙民生活和他们治理沙漠的实践，大学期间还数次参加校方组织的沙漠实地考察活动，从而升华了在课堂和书本上学到的专业知识，深化了科学治沙的感性认识。在校读书，更是聚精会神，纤悉不苟，强化理解，在注重弄通上下功夫。所以，他在大学四个学年的学绩，在同班级同学中始终名列前茅，高等数学，有机、无机、分析化学，大学物理，英语等基础课，学得功底扎实；沙漠学，风沙物理学，植物学，生态学，植物生理学，地质基础学，地貌与第四纪地质学，土壤侵蚀学，治沙原理与技术学，水土保持工程学等专业课，钻研得非常出色。

难能可贵的是，上官英杰分秒必争在大学读书期间的课余时间，像以往随母学研书画艺术一样，专心致志，联系实际，系统自修，深研着大西北沙漠的状态，努力将理论和实际融会贯通。从而对大西北沙漠、沙地、沙漠化土地的产生、演变、发展和现状，对水土流失等土壤侵蚀的形成、发展规律，风沙流和水流运动规律，对沙区水土保持与荒漠化防治科学的基本理论和基本技术，尤其是对荒漠化和风沙危害监测、防治生物措施、工程措施的规划、设计、施工、管理等基本技术实施方略，以及对沙区植物资源的保护与利用，生态恢复和沙产业开发等基本科技措施，有了厚实的学识和资料积累。他还绘制了上百种国内外优良沙生植物长势冠幅形态、叶形花状和地下根系分布图谱资料，并参阅国内外沙生植物研究文献，如何对它们进行引种驯化、选种、育种、推广种植技术及其经济利用价值，以及生物学、生态学和生理学特征等一系列基础理论问题，做了大量的探索研究笔记……

珍贵的大学时光匆匆而去。毕业典礼结束后的好些天里，鬓发染霜、主讲沙漠学专业课的江聪教授，那天倚仗拐杖，步履蹒跚地走上毕业典礼主席台，所做的超乎寻常、言词沉重的演讲，一直在上官英杰的心中回荡：

今天毕业典礼落幕，同学们走出金陵校园，便是拉开了人生序幕。明天你们或许将奔赴社会和沙漠，参加这两所大学的开学典礼。人生就是一次又一次的开学与毕业，一次又一次的序幕与落幕。在与时代浪潮和命运搏击中转身就是毕业，大潮退了还在裸泳必定被淘汰而落幕。

大学毕业是你们青春人生的一次重要转身。关键在于认清，读懂和治理自然风沙很艰难，认识和抗争人世风沙更艰难，人世沙尘暴比之自然沙尘暴更加暴虐无道，能不能闯荡经受住无数次倒下、爬起，再倒下、再爬起的苦难煎熬，才看出自己是不是合格。

郑三发子刮民党暴戾恣睢，这个文化生态、经济生态和政治生态极其恶化的社会，人性道德彻底崩溃，无可救药的官员贪婪，无可救药的知识分子堕落，无可救药的农民愚昧，无可救药之人心。而最可怕的是，知识人深知并痛斥着“无可救药”，却又不顾一切地扑进无可救药。整个社会简直就是一个污浊凶险的江湖泥沼，一个高深莫测难保清白的大染缸，泥沼中还有漩涡，染缸里还有陷阱，没有依傍没有救世主，讳莫如深远非你们所能想象。掉进泥沼避漩涡而出淤泥，落入染缸躲陷阱且不污染，敏锐地看清天际聚集着乌云和雾霾，预见飓风走向，听见远方沙尘暴袭来之声，说明你们在社会和沙漠这两所大学学习大有所获。经受了千折百回的袭击骨头还是硬的，在事关国家和民族命运的关头人性未泯，不惆怅忧伤，不随波逐流，不躲避逍遥，不助纣为虐，众生皆醉唯我独醒，世象混浊唯我独清，站在人民和正义的一边，站在光明和文明的行列，不忘初心行进在阳光的人生绿洲，才算获得合格的人生毕业证书。

同学们生活在这个时代，就要承载这个时代的苦难和使命。令人痛心疾首的史实是，国家一步走错了路，就会坑害耽搁一代甚至几代人，独裁者一句荒唐言论，则会折腾贻误中华民族许多年！怕就怕你们也会遭受这种厄运。可喜的是，源于延安窑洞、决定中国政治前途的中流砥柱已经空前壮大起来，成为中国人民的唯一希望。

……

上官英杰读了四年大学，听了许多老师无数堂课，深感江聪教授在结业时所做的演讲，重锤击鼓，谆谆告诫，极其重要难能可贵，是启迪指引和鞭策自己终生的一堂课。

谁也没料到，毕业典礼结束后没多久，江聪教授就失踪了。

上官英杰作为高才生，被分配到国民政府直属国立科学院的沙漠研究所工作。超过要求的时间已过去快一个月了，他还没有去报到的意思。上官武、王丹青夫妇期待着儿子走出创业的第一步，在人脉等方面给他尽力做了铺垫。没料到，上官英杰又郑重其事地向父母提出，放弃到国立科学院沙漠研究所工作的机会，想报考美国的沙漠泓泉大学继续攻读深造，请求双亲恩准。上官氏夫妇闻之大吃一惊，他们静下心一想，感到需要与儿子沟通。

4

这天是周日。午后正在客厅品茗的上官氏夫妇，打算找儿子交流一下。不料，秦妈进来报告："老爷、夫人，来客了。"她说着，屁股后面跟着的两个乡村人装束的小伙子进来了。王丹青一问，原来他们是从榆林毛乌素沙漠区乌龙村赶过来的年轻人，儿子的朋友。于是，她让秦妈去叫英杰过来。

上官英杰进门一见他俩，高兴极了，扑过去拥抱了一番。他给爸爸妈妈介绍："这是我的两个铁哥们儿。"指指一位个头高点的说，"这是虎娃哥，过去我两次去毛乌素沙漠，都住在他家，他们一家人对我可好了！"接着道，"妈，他们肯定还没吃饭，您让秦妈赶紧做饭，炒几个好菜。"

"妈知道。"

王丹青回头给秦妈安排："辛苦你了，红烧五花猪肉和板栗，还有条黄鱼油煎上，再炒一个西红柿鸡蛋、一个酸辣土豆丝，焖大米饭。"她又看着虎娃讲，“你们先聊会儿天，饭菜很快就会做好。”随后，她去厨房帮秦妈了。

“英杰兄弟，”虎娃客气地说，“别太麻烦姨了，有剩饭吃点就行了。”

“那可不行。快坐，先喝点水，吃点水果。”上官英杰招呼着，“赶快说吧，你们来肯定有事。”

虎娃站起来，把上官英杰拉到一边：“英杰兄弟，我们来给你找麻哒了。”叽咕了好一阵子。

“没事，你别急，我帮你们解决。”上官英杰说着，就出去找他妈了。

原来，近些天榆林沙区下了雨，虎娃在村里组织了个植树治沙队，想利用墒情多种些树，但买树苗缺钱没辙，便跑来西安找上官英杰想借点钱。上官英杰说：“借什么借，你家的事，乌龙村的事，就是我的事。”让他们放心。

上官英杰把虎娃哥的来意给母亲讲了，王丹青听后说，应该支持帮助他们，买树苗花不了多少钱，你从妈妈这里拿就是了。儿子道，除替他们购买树苗，我早就想帮乌龙村买一套打井的设备和工具，让村民打几眼井，以备长远抗旱。这回一次性给他们办好算了。我现成有画好的十几幅画，请妈妈想法子卖了。其母说，也好。近两年你给国立中央金陵大学捐了不少作品，在南京拍卖得很好，经媒体宣传，你作品的影响已传播到西安。妈妈也拿出两幅画，和你的画搭配一起就更好卖些，不过搞拍卖有个筹划准备过程，为了尽快卖出去，只能压压价找买家，妈妈来处理。你抓紧到市场上去寻找树苗和打井设备，等画卖掉就赶紧购买。到时候妈妈安排公司的车辆跑一趟，给他们送去。儿子又说，榆林那边是共产党陕北省苏维埃政府管辖，送货会不会顺利？其母道，这个你放心，妈妈这些年做生意两边都有关系，在榆林那边也熟，没问题的。儿子听后很高兴：“谢谢妈妈。”“责无旁贷，你还跟妈妈客气起来了。”

当天晚上，王丹青让秦妈打扫收拾了一下客房，安排沙乡来的两个客人住在了家里。

只两天工夫，王丹青将她和上官英杰的十多幅画都卖了，上官英杰也带着虎娃他们找到了在西安近郊的树苗圃，选择购买了适合在毛乌素沙区和时下季节种植的足够树苗条子，买到了打井设备和工具，卖画得来的钱付了货款还绰绰有余。剩下的钱，王丹青让儿子都给了虎娃，上官英杰还给他们拿了几身自己的衣服。第三天晚上，虎娃两个年轻人，谢过上官英杰一家人的大恩，兴奋地坐上王丹青安排妥当的拉货车，回去了。

在自己的书画室，王丹青抬头深情地看了一眼装裱后挂在房间墙壁上儿子的那幅《献给母亲的歌》。她给丈夫和儿子分别递上一杯刚沏的龙井，望着儿子亲切温馨地说："杰儿，向爸爸妈妈谈谈想出国留学的具体想法好吗?"

父母如此庄重挚诚，让上官英杰感激涕零。他即刻敞开心灵的窗扉，质朴淳厚的话语像潺潺清流，向双亲倾吐出来。

爸爸、妈妈：

烟雨岁月，蓦然回眸。大千世界，红尘嚣嚣。经年流转，沧海桑田。寰宇巨变，换了人间。宇宙永恒发展，物质无限可分。万物各得其和以生，各得其养以成。事物皆有道，和谐求共生。

大自然孕育了万物生命。浩瀚宇宙，广袤无垠，苍穹万象，生命兴盛。从无到有，从小到大，从弱到强，从模糊到清晰，从粗糙到精致，从珍稀到丰富；自然演变，循序渐进，弱肉强食，优胜劣汰，集腋成裘，炉火纯青。天地山水，绿洲平原。峡谷川塬，沙漠戈壁。江河湖海，瀑布泉眼。林木花草，麦稻百果。虎豹狮象，飞禽走兽。牛马猪羊，鱼虾蛇虫。生灵生命，形形色色，无奇不生，无物不活。山河瑰丽，地阔物博。自然昊美，纯真鲜貌。

大自然孕育了万物之灵。天响雷，风雨骤。春播种，秋收获。夏绿茵，冬银装。寒结冰，暖消融。江河水，归大海。草木生，森林长。鸟儿飞，马儿跑。虫吃叶，鸟食虫。鸡生蛋，蛋生鸡。万物旺，有规律。性共生，利共存。

大自然孕育了精灵人类。四蹄到立足，无语到有声，低级到高级，从古猿到人，渐演化蜕变，至脱颖人类。人与自然，休戚与共，顺其自然，互利共生，和谐共存，同旺共荣。泱泱大国，百姓大家，繁衍子孙，传宗接代，延续后世，生生不息。注重家风，崇德向善，注重家教，家道兴盛，注重家庭，和顺美满。

中华民族孕育和创造了伟大文明。灿烂文化、博大精深，优秀人文、根基雄厚，民族精神、战无不胜，创新才智、奇迹迭出，福祉苍生、造福人类。盘古开天，女娲补天，牛郎织女，伏羲画卦，神农尝草，夸父追日，精卫填海，愚公移山：古代神话，伟大梦想，天下为公，复兴中华。造纸术火药，印刷术指南针：四大发明，轰动世界，影响人类，永载史册。老子孔子，庄子孟子，墨子孙子，韩非子等：思想先驱，理论巨匠，宏著宝典，万古流芳。丝绸之路，陶瓷之路，茶叶之路，香料之路：跨越民族，穿透心灵，畅通贸易，连通人心。《诗经》楚辞，汉赋唐诗，宋词元曲，明清小说：文学奇葩，文化丰碑，旷世珍宝，经典遗产。《格萨尔王》《玛纳斯》《江格尔》：英雄史诗，华彩篇章，民族精品，世代相传。万里长城，都江堰工程，京杭大运河，皇都故宫，布达拉宫：宏伟工程，人间奇迹，彪炳千秋，万古永恒。

感恩天地日月，感恩阳光雨露，感恩祖国母亲，感恩乡亲父老，感恩良师益友，感恩爸爸妈妈，儿辈将一生一世学思践行：追求真理，追求文明，追求正义，追求善良，追求民主，追求进步。坚守信仰，坚守信念，坚守人性，坚守人格，坚守底线，坚守傲骨。服从法律，服从规矩，服从大局，服从整体，服从民意。遵从大德，遵从公德，遵从孝德，遵从良德，遵从礼德。崇尚和平，崇尚自由，崇尚自然，崇尚科学，崇尚英雄。弘扬中华传统，弘扬民族精神，弘扬文化精髓，弘扬时代文明，弘扬正风正气。

人生苦短，岁月无多。荣辱沉浮，兴衰起落。人各有志，自主选择。爸爸的志向和事业，属于军队和战场；妈妈的志向和事业，属于艺术和商场；儿子的志向和事业乃至生命，属于科学和沙漠。

人在做，天在看。儿辈心有目标，心态淡定，心系沙漠，心牵沙乡，心爱沙民。充满阳光，充满信心，充满意志，充满毅力，充满激情。勇于担当，勇于砥砺，勇于挑战，勇于探索，勇于创新。决不退缩，决不畏难，决不气馁，决不图利，决不松懈。不忘初心，不忘使命，不忘重托，不忘责任。不负理想，不负众望，不负青春，不负时光。

青春虚度无所成，白首衔悲亦何及。修齐治平，尊时守位，知常达变，开物成务，建功立业，精忠报国。使青春在浩瀚大漠绽放韶华，让人生为改变大西北荒芜面貌冲刺拼搏，宏志力治沙漠，终身智斗风沙，一展科学芳华，开创绿洲新天。

爸爸，妈妈，海阔凭鱼跃，天高任鸟飞。儿辈求索科学、治理沙漠的学识远远不够，翅膀远远不硬，本领远远不强。要想担当治理沙漠、造福百姓的重任，避免壮志未酬，功败垂成，付之东流，除铸钢铁意志，须有渊博学识，坚强翅膀，过硬本领。只有带着使命和重托，继续深造，再潜沙漠学的大海洋，勇蹚深水，学钻理论，硬啃骨头，研精殚思，恒学彻悟，开化自觉，丰富自我，长进自己。

上官英杰情之所至，心之所衷，卷舒自然演化，敷陈历史风云，感慨人生志向，追求荡气回肠。这番热烫动人的心灵之言，博雅宏通，思想丰茂，彰显出其志向、追求、抱负，是那样的纯粹、质朴、感人。

上官武、王丹青竖耳倾听，细琢品味，深感这是儿子感悟和直面人生的深沉心语。

夫妇俩顿感，眼前的只有十九岁的孩儿，已经不像是一个初出茅庐的牛犊羔子，俨然一个胸襟阔厚、努力成长的男子汉；他们对自己生养的儿子，好像既熟悉又陌生，既年轻又老练，岁似破土小苗，志在长成参天大树。思悟之中，似乎明白了儿子既是自己的，又是祖国的，更是独立的。

陡然间，他们滋生“芳林新叶催陈叶，流水前波让后波”之感。

上官武、王丹青这对有学识、重学养的中年夫妇，对新思想新观念，对新鲜事物的悟性升华，往往是“心有灵犀一点通”，刹那间就会明白事理。此时此刻，面对儿子的孜孜追求和雄心壮志，心领神会，欣喜相望，会心一笑。儿子长大了，有主见了，长翅膀了，该放手让他展翅自由飞翔了，去成就自己的事业。

他们更为清醒的是，在孩子年幼时，父母应当给予深切的慈爱和呵护，而在孩子长大成人后，必须不失时机地放其自由飞翔。慈爱呵护和放其飞翔，都是父母要自觉担当的责任。

这时，上官英杰直抒胸臆，向父母真正要诉说的心里话，才直奔忧国忧民的现实和主题：

“爸爸，妈妈，目前中国包括沙漠在内的荒漠化国土已达一百余万平方公里，沙漠面积居世界第三位；若把一千多万平方公里的中国比作一个地质博物馆，沙漠是不可或缺不能忽视的很大一角，占据了百分之十以上，主要分布于大西北的中国国土。当年的千里河西走廊、广袤的西域大地，水草丰茂碧绿如茵，林木连绵绿洲遍野，五谷丰登六畜兴旺，丝绸之路商旅繁荣，是世界四大文化体系汇流的唯一地区，也是祖宗先人最感温馨的地方。而现今，这里的绝大多数地带，早已成为荒无人烟、令人扼腕叹息的不毛之地，恶劣的生态环境给人们的生存发展带来了巨大影响。长期以来，只有数量极少的治沙科学工作者和沙区百姓，把沙漠当成中国国土，极为看重尽力治理；而绝大多数从国民党当局高官贵人，到沙区之外的芸芸众生草根大众，对名逊位卑的沙漠都不屑一顾，没有放在眼里。

“人们一提沙漠，只知道它是危害极大的‘风沙王国，死亡之海’，却极少甚至从不关心、不关注和不重视对沙漠的研究治理和有效利用。国民政府当局和沙区各级官僚衙门及其官员，对国土沙漠几乎从未做过通盘治理规划和调拨投入应有的专项资金，更谈不上加强科研力量，进行有效治理，改变、开发和利用沙漠。在他们的思想意识里，几乎从来没有思量过，要不要治理和怎样治理沙飞风狂、酷暑严寒、干旱盐碱、荒芜贫瘠的沙漠，更不会向往沙漠能变成绿洲，变为富饶粮仓，甚至出现繁华美丽的城市。儿子认为，愚公移山，事在人为。只要政府高度重视，采取有效举措，国民团结奋力，尤其要切实规划重在投入，像珍视和捍卫国土那样，坚持不懈地科学治理沙漠，是完全可能的。而事实上，目前仍旧沉睡着的沙漠，不仅没有什么贡献，而且风沙依然严重危害着沙区人民的生活生产，吞噬着绿地良田和村庄，威胁着城镇和人民健康。至于沙漠里蕴藏的极其丰富宝贵的生物、风能资源，得不到开发利用，自生自灭浪费消亡，就更无人问津。对从事沙漠研究的科学家频频呼吁呐喊，则根本没有人理会和倾听，更谈不上重视和采纳。尤为难能可贵的是，瀚海荒漠的演化变迁而滋生的敦煌莫高窟等众多名胜古迹，是博大精深的中国文化的珍贵组成部分，蕴含着深邃的哲学思维、人文精髓、科学理念、工匠精神、道德规范和艺术沉淀，凝聚着中华民族自强不息的文化自信和坚韧不拔的爱国情怀，更值得发掘研究和传承光大。

“爸爸，妈妈，国人欣喜地看到，为抵御日寇侵华，国共两党团结抗战，为捍卫中国领土，为打胜仗杀鬼子，国民政府在抗战年代把国库资金主要用于军费，当然这是必须要开支的大钱。然而，令人百思不得其解的是，风沙不断危害吞噬着国土绿地，国民政府为什么视而不见，见而不管？为什么对研究和治理沙漠的问题，从来不考虑、不过问？难道永远都不考虑、不过问、不重视？政府和官员为什么对沙漠如此冷漠，严重地不想为、不作为、不会为？为什么舍不得投资治理风害沙患，保护国土、造福沙区人民？这究竟是为什么？中国之国策何在？”

处在激奋中的上官英杰继而质疑：“爸爸妈妈，中国历朝历代，如果祖国的领土被外敌侵越国界线占了一点一些，国家就会出兵捍卫。百万平方公里以上面积的国土沙漠沉睡了几百年，为何历朝历代的朝廷和政府从不问津、从不重视呢？难道沙漠不是中国的领土？国土被浪费而丢弃与被侵略而丢失，二者有什么本质区别?!

“何为民生？国父孙中山说得很深透：‘民生就是人民的生活，社会的生存，国民的生计，群众的生命。’治理改变了沙漠面貌，就会改变和解决至少占百分之十以上国土面积内社会和国民的‘生活、生存、生计、生命’问题。国民政府上上下下为什么如此熟视无睹，不重视解决沙漠区内人民群众的生活、生存、生计、生命问题?!”

儿子这一席倾情吐胆之问，尤其质疑国是，振聋发聩，赤子之心溢于言表，使上官武、王丹青的心灵产生了强烈震荡和惊撼！上官武这位国民党的高级将领，除以往对与军事有关的风沙危害尤其是沙尘暴重灾及防御有深切体验外，似乎第一次在头脑里有了沙漠的新概念，第一次装进了沙漠与国家、沙漠与国土、沙漠与社会、沙漠与人民、沙漠与文化这一系列深邃而又沉重的新鲜命题；王丹青因为沙漠沙区与她经商的业务息息相关，她对儿子的谈说和质疑，倒是有一点感触和理解。总之，他们对儿子的看法开始思考，渐而在思想上产生认同：沙漠是国土。沙漠化是一个正在与人类抢夺生存空间的特殊自然现象，人进沙退，人退沙进。国家国人都应当重新认识沙漠，高度重视治理沙漠。

王丹青若有所思，问了儿子一个问题：“依照你掌握的信息和自己的思路，治理大西北沙区生态环境有什么好的办法和措施吗?”

“综合科学家、专家的见识，也有包括儿子在内的一些学子的思考，治理风沙危害、抑制荒漠化土地持续扩大的恶劣生态，目前主要还是要坚决停止人为破坏自然生态与坚持植物治沙并举的传统有效之道。除此之外，国内有关专家勇于设想，建议建设藏水西流的大战略工程‘藏江’值得重视，我原则上赞同，但需进行严谨论证。”

上官英杰娓娓谈道：“大西北生态如此恶变，除了喜马拉雅山脉和青藏高原的巨大隆起，阻挡了海洋季风，造成长期缺雨干旱等自然因素，长期以来人为破坏，过度开垦土地，过度砍伐林木，过度放牧草原，无情灭绝诸多物种等是根本原因。必须教育人们认识，杜绝这些行为，真正做到人与自然和谐相处，对于治沙科学家和沙区人民延续了数十年的植物治沙良法，要坚定不移继续践行下去。在沙漠里经过长期自然选择，保留下来了千姿百态、生物生态生理习性特点不同的沙生植物多达千种以上，它们分属于五十多个科、二百余个属，主要有沙生、旱生两大类的灌木、乔木和草本植物。其中，不乏胡杨、梭梭、沙枣、红柳、盐爪爪、沙打旺、黄矶松、骆驼刺、罗布麻、花棒等，能征服狂风飞沙、酷暑严寒、贫瘠盐碱等恶劣自然环境的‘英雄好汉’‘强将勇士’。同时，还需要在造林治沙和研究改造沙漠的实践中，重新认识和筛选可供推广种植的优良沙生、旱生植物，大力发掘沙区天然优质植物资源，变野生植物为栽培植物，变低劣品种为优良品种；重视引进国外沙区的优良品种，进行引种驯化、选种和育种，研究其种植技术、经济利用途径等，为改造沙漠提供适应性强、生长性好、经济价值高的最佳品种和大量种子。还要向沙区广大群众普及沙生植物知识、治沙科学技术等。将来，我打算首先在腾格里沙漠深处建立一个沙生植物试验园。

“要让大西北荒漠地带恢复往昔生机勃勃的绿洲，关键是引入永续不断、丰沛富足的水源。专家着眼于大生态格局，设想的大战略工程‘藏江’，其基本思考是：‘万山之祖、江河之母’的青藏高原，孕育了雅鲁藏布江、怒江、澜沧江、长江、黄河等终年奔腾不息的浩荡江河，被誉为‘亚洲水塔’。众多江河藏水日夜滔滔，流经西南、东南，除满足各业生产和百姓生活用水，造就了‘天府之国’‘江南稻乡’等奇迹外，大量的藏水不是流出境外就是流进大海而被浪费。据专家分析概算，仅雅鲁藏布江、怒江和澜沧江，每年流出国境的水至少相当于六条黄河的总水量，远超三千亿立方米。而源于青藏高原的水，却难以惠及高原北坡的古西域大地缺水地带，致使大西北广阔地域终年干旱，土地荒漠化不断加重，成为制约人们生存和发展的最突出生态屏障，使这里的百姓长期陷入贫穷困境，造成西北发展落后，导致东西部严重不平衡。专家献策建造一条全程估计六千多公里、流向大西北的藏水西流之江，从水能蕴藏量仅次于长江的雅鲁藏布江适宜之处分流，环青藏高原边缘自流，沿途补取易贡藏布、帕隆藏布之水，借怒江、澜沧江河道，一路逐借进补水源，开凿隧道，穿崇山峻岭，绕广阔草原，避脆弱地带，越过整个青藏高原，再经若干江河所在地带，入河西走廊，进新疆大地，将滚滚藏水送往大西北整个干旱缺水区，恢复其绿色生态面貌。对这个大战略设想，首先必须进行深入的综合科学考察研究，通过技术、经济和操作可行性的严谨缜密论证；兴建‘藏江’，工程浩大，设计复杂，造价高昂，只有政府投资，成为国立项目才能干成。”

上官英杰向生他养他的爸爸妈妈倾吐了埋心良久的质疑和想法，如释重负，心情舒畅了许多。他和爸爸妈妈倾情交流达成了基本共识：沙漠这种荒芜凄凉的原生态落后现状，源于人们思想观念的落后；而思想观念的落后，又源于文化的落后、知识的落后、科学的落后、技术的落后，归根结底是教育的落后。

上官氏一家人，对中国的教育现状有了比较清醒的认识。一直处在战乱中的中国，尤其日寇自“九一八”事变发动侵华战争，铁蹄蹂躏凌辱中国达十数年之久，严重祸害了中国经济和社会的发展，也极大地摧残了中国教育事业，沙漠区教育极其落后就更为突出，沙乡儿童失学，目不识丁，甘为文盲。整个中国高等院校阵地很小，现有院校设置沙漠学这个冷门专业的只是凤毛麟角，而且课程设计不够全面比较肤浅，同时师资力量也严重不足。西方有些大学在沙漠学教材里设置的沙漠地质起源与演变、沙漠生命起源与演变等专业基础课，还有除植物治沙专业实践基础课外的工程治沙、生物技术治沙和创新技术治沙等新颖的专业实践课，值得我们借鉴。

上官英杰深感自己才疏学浅，在国立中央金陵大学生物系学到的东西虽难能可贵，但远远不足，需要继续深造。他向爸爸妈妈表示，决意出国留学，报考设在美国西部的沙漠泓泉大学，力争考入这个沙漠学专业科学教育领先世界、设在沙漠深处的高等学府，学习掌握当代丰富的学沙、识沙、研沙、治沙的专业知识和较为先进的科学技术及操作方法，同时锤炼挑战极限的坚强意志，强化独立思考和自我管理能力。学成回来再报效祖国。

知子莫若父母。上官武、王丹青夫妇向儿子由衷地表示，尊重他继续学业出国深造的选择。上官武对儿子深情地说：“儿子，爸爸妈妈明白了，坚决完全彻底地支持你。千里之行始于足下，实现你的治沙梦要心脚齐行。走好心道，得有精细梦想，有谋才能成行；行好脚路，须精准做实，务实才能变真。陶冶净化心灵与贵在学思践行合一，当你的血管里屯集了厚厚的风沙，并且渗透进了骨髓里，才能实现你的鸿鹄之志！”他超乎寻常，心情凝重地用双手拍拍儿子的双肩，“好男儿志在四方，坚定地往前走吧，任何时候爸爸妈妈都是你的坚强后盾。我们责无旁贷!”

少年得志、心智大器而且早熟的上官英杰，如此心系沙漠，如此钟情科学，简直就像是沙漠的忠诚儿子，科学的忠实儿子！如此壮志凌云，如此自立自强！上官武、王丹青为有这样一个儿子，平添几分喜悦！

当天，上官氏夫妇便搜寻人脉，选定一位与他们有交情、在教育部任职次长，且在美国教育界有较深背景的朋友，打了长途电话，托请其替他们联系一下儿子求学美国沙漠泓泉大学的事，对方胸有成竹地满口应允。

5

约莫过了二十天，有了美国方面的音讯。上官氏在教育部当次长的朋友来了信，介绍了沙漠泓泉大学的有关情况和招生条件等，并附有比较详细的资料。

这所在世界教坛特立独行的大学，是二十世纪初由美国国家科学院多位院士建议获准，由一位科学家出身，始终不肯透露真实姓名，化名罗斯福的农场主出资创办，坐落于美国西部沙漠腹地的一块绿洲之中，完全与世隔绝，校园过着像牛仔牧场式的生活。学院的理念和追求，宛如它的校名一样，让人感悟它是干旱沙漠中的一泓喷泉，昭示战胜“死亡瀚海”的一种强烈希望和精神力量，深深触动和唤醒人们的灵魂思寻和价值追求。因为这所大学的规模小，每年仅招收三十名学生，是全世界的学子最难进的大学之一。所以从建校以来，就成为各国特别是美国优秀学生倾慕的“乌托邦”，学院比之世界高等学府名校哈佛大学，录取标准的生活质量得分和学术质量得分都高，要求苛刻，考取的难度很大，因而被称为“高校巅峰之花”。沙漠泓泉大学自创办以来，尚未录取过中国学生。

罗斯福认为：“物质世界充满剥削和罪恶，真正的有志之士和伟人能倾听懂得荒漠的声音。”他亲自制定了严酷约束和磨砺学生的“劳动，学术，践行，自治”之校训，学院管理更是异常严苛，学生未经允许不得离开校园，严禁饮酒等。学生每天至少要付出十二个小时投入艰辛的学习和劳动，与校工同甘共苦，从事牧场耕种、放牧、收获、粮食加工、挤牛奶等繁重辛勤的劳作，自己煮饭吃。沙漠学、植物学等专业课的课堂设在沙漠旷野和牧场田地，理论学习和实践劳动紧密结合，设有考核指数，严格评估记分。

大学本科四年制的必修基础课，除大体上同于哈佛、耶鲁、麻省理工等名校高等数理化和英语写作外，还有公共演讲；专业选修课则有沙漠学、土壤学、植物学、地质学、风沙物理学、沙区生态学、植物物理学、沙生植物学、治沙技术学、沙区植物资源保护学等在内的许多门课程。课程强度和行课时间远超正常大学，全年无休。教授主要来自美国顶尖名校，教授居住房间走廊的灯彻夜不熄，以方便学生随时敲门而进，师生一对一地讨论问题。

被该校录取的学生，校方提供全额助学金。

每个学生学到的是坚强意志、领袖气质、自律及自我管理能力，学术知识、实践技能和各种生活技巧，以及与身边二十九位同学共同学习、生活、管理和协作的宝贵经验。

这位朋友在来信中说，校方对美国以外国家和地区的求学者考核，大体上要过三关。第一是预选关。通过邮发信函了解考核求学者，会提出一些问题让其复信答复，同时求学者应写作一篇结合自己思想实际，思考感悟人生志向和认识沙漠的文章。复信和文章要求提供本国母语和英文两种文本，还须所在学校或教育机构提供文章确系本人写作的有效证明。校方根据复信和文章的水准，考虑是否符合预选条件，认可就算通过考核。

第二是面试关。校方通知预选对象到校面试，会针对性地提出一些具体问题，进行面对面的考察，通过就算过关。

第三是考试关。对考生进行生活质量、学术质量和基础课程的笔试。最后，校方在通过考试的大概数百位考生中，依据得分进行筛选初录；如被初录，再加上之前考生提交文章的水准，及其以往的学业成绩、英语水平和身体状况等情况，进行全面的综合评估，最后决定是否录取。

总之，信函考核、作文、面试、考试和评估各个环节，都很严苛。朋友说，已将上官英杰的学业简历、成绩等各方面情况的资料转送给校方，他们会来函与本人联系的。

果然，时隔不久，上官英杰就收到了校方寄来的一份英文考核信函，还附有一篇供阅读的文章。

信函表达了欣赏上官英杰求学沙漠泓泉大学的愿望，提出了一些交流话题，有些是直白坦率的，有些是委婉含蓄的，称“请您随意谈谈就行，不愿意谈的内容可以不谈”。

交流话题主要有：您了解本校的理念吗？坦率地谈谈求学本校的真实思想。您读中学以来喜欢哪些课程和内容，哪些会让您的思维活跃起来，有些什么难忘的感悟和想象？在您的生活经历中参加过农牧业劳动吗，有多长时间，都干些什么活，劳动给予了您什么样的感受和收获？您喜欢沙漠的性格吗，能听懂荒漠声吗？打算给予沙漠和社会什么贡献和服务，让它们变得更美好？“我们忠告，无论选择到沙漠泓泉大学读书还是选择研究沙漠，必然是孤独的冷漠的艰苦的贫穷的。不要轻易说喜欢沙漠，更不要轻易选择沙漠泓泉大学。”

一篇英文文章，是学校创办人罗斯福亲定的《沙漠泓泉大学宣言》。

上官英杰的英语口语、英文写作和翻译水平虽不能说炉火纯青，但的确达到非常好的程度。他立刻将这篇英文文章翻译了出来。

译好后他静下心来，细细品味这篇短文，感觉若醍醐灌顶、嚼味无穷。

沙漠泓泉大学宣言

地球是人类的家园，沙漠是地球的疆土，是尚待被开垦的处女地，牢牢控制着土地的统治者却总是不屑一顾。人类不要暴殄天物，学会驯服沙尘暴魔鬼，沙漠会像泓泉那样喷水叮咚，是办这所大学的初衷。

沙漠里有在喧嚣浮躁的城市、物欲横流的社会听不到的荒漠声，只有卓尔不群的有识有志之士才能听懂，才会亲近狂放不羁的沙漠性格，甘愿孤独寂寞与它同命运共呼吸。来到沙漠深处，劳动不是为体验田园牧歌式的牛仔生活，读书不只为领受传统的学术训练，未来更不是为了追求商业利益与放纵物欲。

愿受沙尘暴的冲击洗礼沉淀自我，获得坚强意志、领袖气质、高度自律和过人能力，无怨无悔地承载时代的指责和苦难，无私无憾地付出巨大热情、百倍努力、全部智慧和才能甚至生命，改变沙漠让它变得美好，服务社会让它变得更美好。这是本校将其奉为培养和衡量学子的唯一圭臬。

上官英杰阅不离目，对这篇视野宏阔、旨意高远的宣言，诵读了三遍即熟记于心，但觉得不是一下子能够领悟其深邃内涵的。

思考良久，他以为，这所大学的核心理念、育人目标和对学子的期待，可以集中为六十二个字："无怨无悔地承载时代的指责和苦难，无私无憾地付出巨大热情、百倍努力、全部智慧和才能甚至生命，改变沙漠让它变得美好，改变社会让它变得更美好。"给予他很深的启发和教益。这篇宣言，既是启迪和考核自己思维别具深意的严肃考题，也是理解和回答考核信函提出的问题而给予自己的思想钥匙，亦为写作文章打开了重新认识沙漠的心灵之窗。上官英杰把校方考核信函和宣言送给爸爸妈妈看了，他们都觉得，美国人创办的这所大学果真不同凡响，宣言富有浑厚含义的哲理思维、远见卓识和学术水准。

当天夜里，上官英杰挥笔一气呵成，掏心掏肺吐真言，写了给沙漠泓泉大学的复信，真实客观、言简意赅地回答了校方考核信函提出的主要问题；根据自己选择毕生学研科学、治理沙漠的志向和感悟，写作了中国文学体裁的散文《相思沙漠》。

次日，他把两篇文稿交给妈妈，请她审阅指教。王丹青细心阅读并逐句逐段地推敲，提出了精准精细的指点；又经上官英杰精心修改润色，把自己内心世界对文稿内涵所表达的思想观点和抒发的情感情怀，下功夫尽可能准确地译成英文。他还打电话给母校国立中央金陵大学生物系说明了情况，当天就把两篇文稿的中英文本邮寄了过去，请他们出具一份自己所写文章的中英文本证明书。

十多天后，他收到了母校寄来的证明，便连同给沙漠泓泉大学中英文复信和散文《相思沙漠》，寄往美国去了。

后来，散文被国立中央金陵大学校刊发表，接着又被国立科学院公开发行全国的《科学大观》杂志在其科学文艺副刊转载。

上官武和王丹青都想，按美国校方的要求和规定程序办，儿子求学沙漠泓泉大学，成与不成只能靠运气了。而上官英杰在冥冥之中似有感觉，上这所大学还是颇有几分希望，力争的信心相当足。

从这个时候开始，上官氏夫妇深思熟虑，如何从近期到长远，在思想、经济、体能、安全等各个方面帮助儿子，能够顺当稳健地踏上深造和事业之旅。

这样的家庭，父辈在经济上资助独生儿子肯定是不存在什么问题的。至于思想成熟的磨砺当然主要依赖本人自己，上官氏夫妇对自小就严格要求自己的儿子还是胸有成竹的。

上官武考虑，英杰无论去美国深造，还是在国内开创科研和治理沙漠的事业，没有强健的身体素质是绝对不行的。况且，他以后将长年累月奋斗在荒凉的沙漠沙区，生活艰苦不说，面对战争战乱、土匪劫贼和狼犬侵害等隐患，安全保障无疑会面临严重的威胁，唯一的办法就是强体练功，学上几手既有利于健体强身又能防卫保护自己的功夫，文韬武略兼备才行，双亲也就放心了。上官武在儿子中学时代，曾给他苦心真传轻功四个多年头，聪睿且能吃苦的上官英杰每天起早摸黑，腿部手臂绑沙袋，站桩跑步跳沙坑，练顶功、脚蹦飞、蹿空飘、水上走等功夫相当刻苦，掌握了一定的轻功功底，也为修炼其他武功奠定了良好基础。但上官英杰在那个时期，除上学读书，还要跟其母亲学书画，又酷爱沙漠学，负担很重，上官武原本想继续传授他其他武功，遂就搁浅了。现在再练功也不算太晚，好在他有练过轻功的基础。他告诉妻子和儿子，将尽快为英杰制订一套快速修习武术、练功精进的方案，并在部队选几位擒拿格斗、拳脚武功出色，曾参战、刀枪神勇有术、御敌睿智有素的教官训练儿子。这件事得到了妻儿的赞同，其实上官英杰也早有此思谋。

作为母亲，王丹青寻思拟办两件事，与英杰商量。一是考虑，为儿子定门亲。“女人既能给你情，也会恋着你的心，勾着你的魂”，如果儿子去美国深造，会常想着家有父母和贤妻，学成了肯定会急着回来，与家人团圆。一是打算，如果儿子被美国大学预选，让他在出国去面试之前，独自再去沙区历练一趟。她对儿子说：“你到自己最为钟情的腾格里沙漠再接接地气，长长精气神。”顺便替她的公司在那里沙区的几个村子，收购一批享誉市场的沙生特色产品，主要有滋补与药品皆用的野生“沙漠人参”肉苁蓉、“不老药”锁阳、“沙樱桃”白刺果、“维生素C王”沙棘果等。她还相信儿子在沙区必生灵感，希望他激情创作几幅好画，一旦离家远走高飞，也给爸妈留个念想。

上官英杰对母亲考虑为他定亲的事，首先感激妈妈的好意，但婉言谢绝了。他不同意的理由说得实际得理：“自己年龄还小，尚在攻读深造之中，定亲后如我远走高飞、沦落天涯，彼此岂不牵肠挂肚，既苦自己又坑别人，更不利于我集中精力学习。孩儿答应妈妈，出国求学回来后，亲事由慈母全权处理。”对母亲让他在赴美前去腾格里沙漠历练一趟和多创作几幅画的想法，他觉得蛮好，一口应允。

一家人商量沟通，皆大欢喜！

随后，上官英杰依照爸爸的愿望和安排，很快出发到独立师咸阳军训基地习武练功去了，一去就是五个月。

扬手是春，落步是冬。转眼到了翌年早春二月，美国方面尚未有音讯，使得上官英杰的母亲心急火燎！王丹青打电话给在咸阳的儿子说，她很担忧。上官英杰听后却很淡定，他认为没有消息就说明还存在着一丝希望；如果希望破灭，他就到南京国立科学院沙漠研究所报到，提出在大西北腾格里沙漠建立沙生植物园和由他去开创建园工作的建议，从这件事开始，把科学研究和实际治理沙漠结合起来，实实在在干富有实效的事。他安慰妈妈不着急，车到山前必有路。

在五个月的时间里，上官英杰卧薪尝胆，摸爬滚打，流汗淌血，艰辛苦练，经历了一场脱胎换骨般的习武练功。用他自己的体会来说，就是“苦练巧习无捷径，善悟奥妙理自通；学思践悟无所惧，大道至简一身功”。功夫不负有心人。由于他苦练，加上有轻功基础且悟性好，不到半年时间，在枪、拳、棍、刀、剑、长短枪等兵器使用和擒拿格斗、应对突袭、负伤自救等诸方面，都学到了一些功夫。

英姿飒爽、体魄更加健美的上官英杰从咸阳回到了西安。

接连几天的上午，在西安独立师习武场，从清晨到午辰，两个教官给上官武将军一边仔细汇报，一边让这位身怀精湛功夫的上将师长，验收他儿子习武练功的实际成效。

教官介绍说，按照将军为英杰制订的练功计划，他坚持以增强身体素质、防卫保护自己为目的，在五个月时间里，平均每天习武达到十五个小时以上，练武习功非常刻苦，悟性好长进快。

“他一到培训现场，看到棍、枪、刀、剑等器械，对古代兵器之王——枪，格外注目，立马拿起一杆花枪左看右瞧，抚摸耍弄，喜爱得放不下手。”教官说，所以，安排他完成以军队新兵主要训练内容为基础的初期项目齐步、跑步、正步、竞走、头部运动、扩胸运动、腰部运动、臀部运动、伸展运动、压腿运动、关节运动、俯卧撑、仰卧起坐、单腿深蹲起立、翻越障碍、打沙包等全身性活动训练，中期项目引体向上、臂撑上、卷身上等增强活动训练，后期项目规则性长跑与短跑、疾跑与慢跑结合的全身性整理训练，以及包括全身肌肉、韧带、骨骼推拿按摩、牵拉、搏击放松等整理训练一系列全套体能基础训练后，开始兵器训练的第一个项目就是枪。说到此，教官道：“实际成效，请将军看英杰的演练。”

随着教官示意上官英杰出场，只见昂首挺拔、雄健精悍的他，体态轻盈地持枪一个箭步飞跃登场，演练起来。一杆古枪在其手中飞舞自如，时而耍枪飘莹雪，旋枪飞白絮；时而出枪如射箭，刺枪一道光；时而挑枪力穿龙，压枪按死虎；时而扎枪穿透盾，扫枪折断树……

上官武看在眼里，惊喜心间，心里想，此乃出神入化、威力了得的少林枪术中最厉害的少林花枪，这小子短期内训练到如此程度不简单。接着，上官英杰不断换枪术，演练了少林枪术的夜战枪、拦门枪、十三枪、十八名枪、三十豹花枪等，虽尚有瑕疵，但枪枪技艺不凡。

随之，他施展了拳术。罗汉拳、少林拳、连环拳、梅花拳、护身流拳等几个拳术，相交映辉、各有千秋，刚健有力、刚中有柔，招招式式、非打即防，功力都相当不错。

跟着是棍术。他娴熟弄棍起来，呼啸生风、张弛刚劲，攻术密集、勇猛神速，横扫一片、放收自如。有少林棍，小梅花棍，劈山棍，阴手棍等。在旁观赏的教官，不能自控，喝起彩来。而仔细观察的上官武沉思，一个赤手空拳者掌握了这些拳术，既可强身健体，又能在遭遇独个突袭者时，抵挡交锋，有效保护自己。

演练刀术时，白绫缠头裹脑，身着白绸排扣装的上官英杰，俨然一名威风凛凛的古代武士，未等教官给将军汇报完毕，他便迫不及待地手持单刀腾空而起，娴熟演练砍杀开来。他躯若生翅、飞跃翻滚，进退闪转、手疾眼快，刀光刃影、功力非凡。只见劈砍刺撩，剽悍勇猛，锋芒逼人；挑拦截斩，气势凌厉，锐不可当；横抹扎压，刚劲千钧，势如破竹。刀法多变，开合自如，一招一式，游刃有余，彰显威武雄健、凛冽神勇之气概。执刀砍杀半天，戛然收刀立正，儿子给父亲行了鞠躬礼后，倒考将军："爸爸，我都练了些什么刀术？"上官武笑笑："春秋大刀，梅花刀，少林单刀，雪片刀，二路大刀，燕尾单刀，共六种刀术。"教官听着赞不绝口："师座神眼！"

"刀之利在于砍，剑之利在于刺。"上官武说着问儿子，"为何未练双刀？"教官回答说："英杰开始练刀术时，不慎左臂有点扭伤，所以只练了单刀。"上官武一听急切地问："现在伤情如何？"英武回答："好多了，请爸爸放心，回头我会补练双刀的。"

这时，上官武蓦然想起在抗击日寇的战场上，正是他双枪加双刀的神枪利刃，在无数次发起冲锋、遭敌突袭和短兵相接的血腥战斗中，勇猛力劲，杀伤了大量的日本鬼子，自身虽然多次负伤，但终究活着。而且正是这刀功，在同凶残的鬼子近身肉搏中，对保护生命发挥了极大威力。

精神依然抖擞的上官英杰，又给父亲演练了矫健、优美、豪放等特点突出的达摩剑、乾坤剑、连环剑、青锋剑等精湛剑术。他舞青龙剑术，气沉足稳，身手卓然，剑行如飞燕，剑落似停风，剑收若花絮，剑刺像钢钉……

根据上官武的要求，上官英杰还进行了长短枪射击和负伤情况下的自救实演。莫非将军之子有射击天赋生来枪法准？教官汇报，上官英杰初次持枪就展现出瞄准快、击发快的特点，更使教官感到意外的是，经过短期训练，他射击打靶，长枪短枪，枪枪八九不离十环。将军一听，会心一笑，原来他亦是如此，天生的神枪手。上官武很纳闷，难道枪法也会遗传？

遽然，“叭”的一声枪响，不知从何方飞来一颗子弹，击中站在上官英杰旁边的一个教官，立马倒地。枪声就是敌情！几乎是同时，上官武将军，另一个教官，手握刚打靶射击过的短枪的上官英杰和将军的副官，都迅速卧倒伏地。教官用望远镜发现，偷袭之敌藏匿在训练场东边地势较高的树林里，便举枪向那里连连射击。

“抓活的！”此时，上官武命令儿子和那个教官左右匍匐前进，包抄过去。

在习武场周边的四五个警戒人员迅速赶了过来，都端着卡宾枪，个个目光向有人爬行的方向搜寻着，有人问：“什么情况？”他们并不知道师长在习武场。将军的副官给他们回话：“就地警戒，保护长官！”

此时，匍匐速度最快，在左前方爬行的上官英杰思忖，刺客的目标难道是爸爸，是窜来的日本人还是其他什么人？他向右侧看，教官的动作较慢。于是，他施展轻功蹦脚飞速窜过去，越过前面一道坡又跃过一道坎，到了习武场围栅边纵身飞跳而过，进入树林伏身目扫四方。他清楚刚才打靶手中短枪的子弹已打光，现在唯有与敌人肉搏格斗，擒拿杀手。这时，他眼前绿茵茵的一片草地活动着突地掀开，跳出一个看上去年龄较大、面目威严凶狠的人，手握放射寒光的匕首向顷刻有点愕然的他刺了过来。上官英杰头脑瞬间清醒过来，闪身一躲，衣服还是被划开一道口子，如果对手再稍快点，他难逃血刃。刹那间对手又神速转身，飞起右腿猛扫过来，其速度和力量让他猝不及防，被踢倒仰面躺地，对手力若千钧的双手重按他的前胸动弹不得。此刻喘气的上官英杰想，当下正是结果我性命的最佳时机他却不动手，肯定是个骄敌。于是，乘对方手力微有松懈之机，紧握双拳用足气力向其双肋狠猛捣去，而对手似乎料到他会来这一手，机敏地松手，同时身子后仰避过此招，在上官英杰翻身跃起的同时，对手也双脚猛地蹬地疾起立稳……

此刻，上官英杰方明白遇到劲敌，对其的睿智和功力绝不可等闲视之；而对手心中对上官英杰的身手亦有几分赞许。此时，上官英杰抖擞精气神，连连重拳出击，出其不意闪电般砸向其头部脸部胸部，却回回被其灵活躲避或双臂交叉堵挡，而对方只防御却不进攻？就在上官英杰疑惑的顷刻间，两个教官出现在他们面前，其中刚才“中枪”倒地的教官笑笑：“停手，是自己人。”上官英杰一时惊诧，这是怎么回事？

原来，这是上官武在考核其子习武练功的实效前，与两个教官商定设的一个局，让上官英杰相信有杀手，有意创造条件促使他徒手与对手单打独斗，以考核他在遇突发事件和强敌时的定力。扮演与他格斗的人曾是两个教官的教官，功夫非同一般，其对上官英杰并未真正出手，有的动作故意慢半步，或留有破绽给他反击，或只防不攻。这个老教官认为，将军之子的心态定力和格斗功底都不错。他对上官英杰说：“个人内心的一片净土属于自己，心境淡定加上智勇，何种外部力量都难轻易攻取。当然，最终取胜还是要靠强于敌手的心智和功夫。”

将军表扬了教官教练有功，肯定了儿子练功有成。对儿子已掌握的功夫本领，他觉得在遇到劫匪、盗贼和流氓泼皮的袭击骚扰这类情况时，抗御伤害，保护自己，都没问题。上官武对儿子说，文道武功一个样，对一个习武之人来说，苦练掌握功夫，并非短短几个月时间就能功成武就，而是要靠一辈子精炼强武，才能不断长进，真正掌握真功夫。将军特别叮嘱儿子：“你要牢记，习武除增强身体素质外，是为了正当防卫保护自己，而不是为了杀生。除非生命受到严重威胁万不得已，在其他任何情况下都不能滥开杀戒。要敬畏生命！”

接下来，上官武又对儿子语重心长地说，以后你长期在自然条件恶劣、灾害严重的沙漠里闯荡，你面对的最大敌人是风沙灾难和气候灾害，尤其是飞沙走石的沙尘暴重灾。如果遭逢“一川碎石大如斗，随风满地石乱走”的暴灾，机敏地施用轻功躲灾避险非常有效，至少能减少减轻受害程度。你的轻功基础不错，虽较长时间没有持续练习会有些生疏，但功夫都是相通的，这次你练功习武，必然会带动轻功回身，从现在起要补课，把坚持复练轻功和续练武功结合起来，不断增强。最近爸爸集中一定精力帮助你练功，同时再教授你掌握几手在遭遇重灾时智勇巧施轻功，躲避和减轻受害的管用功夫。

上官英杰听着，频频点头。

随后的日子里，上官武将军花费了一段时间，带着他的一个轻功高徒，共同言传身教，训练上官英杰，给他重点传授了在发生严重沙尘暴、龙卷风等袭击情况下，在强化定力、毅力、智力、耐力的基础上，一整套躲避和减轻受害，尤其是避减重创、保安存活的轻功绝技。

上官英杰对爸爸他们殚精竭虑、煞费苦心的教练传授，纤悉不苟、熟记缕析，领会深悟、践行精细，抓住精要、苦练长进。他的基本领悟和体会是：轻功靠速度，气清身自轻，技精轻与速，练就强浮力。

6

这天早晨，喜鹊在上官氏宅院里的几棵石榴树上飞来飞去，叽叽喳喳叫个不停。用人秦妈高兴地对还没去公司上班的王丹青说：“夫人，喜鹊报喜，将军老爷要回来了！”果然，下午上官武兴冲冲地回家来了。

傍晚，上官武与妻儿一起用过晚餐后，听取南京“中央广播电台”的《文学前哨》节目。

“听众朋友，”女播音员播报着本次节目内容，“首先，由大家熟悉的穆春先生朗读美国沙漠泓泉大学最新一期校刊发表的中国学子上官英杰创作的散文《相思沙漠》。接下来，也是由穆春先生播送本台文学部的评论《〈相思沙漠〉给予我们的启迪》。”

“亲爱的听众朋友，今年，享名于世、各国学子倾慕的沙漠泓泉大学招生，又是世界特别是东方教育界所关注的一件事。被该校预选的中国学子上官英杰创作的这篇散文佳作，是从全球绝大多数国家和地区近千名学子寄给校方的文章里，筛选出来的数十篇中唯一的中国学子的作品。文章并非考卷，而是校方进行初步考察，要求有意向求学沙漠泓泉大学的学子自定题目所写的一篇文章。这篇文章能被校方筛选发表，说明这位学子至少是有希望被预选参加面试甚至考试的。如果最终他能成功通过面试、考试和综合评估筛选等几道关口，被录取入学，将是这所世界教育界特立独行的大学创办以来，录取的第一位中国学子。我们期待着他继续努力，为国争光，实现零的突破!”

上官氏一家听了，为之欢欣鼓舞。王丹青说：“原来早上喜鹊喳喳叫，是报这个喜讯啊!”

接着，他们洗耳恭听，欣赏穆春先生的朗诵——

散文：《相思沙漠》。作者：毕业于中央金陵大学生物系，攻读沙漠学专业的高才生上官英杰学士。朗诵者：穆春。

相思沙漠

世相百态，喧嚣浮躁，物欲横流，心灵冗赘。

哪里还有清净？哪里还有清白？哪里还有清新？

浩瀚沙漠，如江似河，滚滚汩汩，浪漫随性；高歌奏乐，翩然起舞，巧拙有致，浑然天成。沙漠虽时有狂风飞沙肆虐，而她的原始气质，却不污垢，亦不浑浊，自然本色是难得的清净之壤，清白之地，清粹之境。

挥扫烦浮，掸去尘埃，除却芜杂，淡定灵魂。

于无声处倾听魂魄微澜，心灵深处时有情思颤动！细听流淌出来的清晰心声，原来中国大西北的大沙漠始终占据我心。我爱沙漠、沙漠爱我，召唤着我、等待着我，与之相融、朝夕相依，倾情治理、何乐不为，心甘情愿、无怨无悔！

霎时，一股浓重之情溢心染怀，情系沙漠，相思沙漠，红尘可舍，不弃沙漠。因为，我的生活、生存、生计和生命，属于沙漠，属于沙漠科学，属于治沙事业。

从孩提踏上学习之旅起，自始至今，亲近沙漠，钟情沙漠，眷恋沙漠；立志沙漠，笃学沙漠，研思沙漠。大学四载，苦心攻读沙漠学专业；挥洒文字，墨彩作画，多有动情讴歌、艺术描绘大沙漠、沙漠人、治沙人和沙生草木生灵的篇章；无数次在大西北沙区历经风霜暑寒，深闯沙漠腹地洞察体味。如此学思践悟，仍感挂一漏万，远远没有学够沙漠，读懂沙漠，悟透沙漠。

心无旁骛，扪心自问，如此情深挚爱沙漠，如此励志研究沙漠，执着献身沙漠，究竟是为了什么？

中国大西北的大沙漠，不仅是獠烈而鲜活的大自然的特色和精灵，也是大西北的大自然纯净而圣洁的胸襟和心海，亦是大西北的大自然赐予大西北人独有的磨砺魂魄、陶冶筋骨的可贵馈赠和难得属地。大沙漠始终使我心情深、难以割舍，是生长于斯而浓重的故土情怀，更是大沙漠领土一寸也不能失去、不能丢弃、不能荒芜的千钧重负，励志科学治理和改变沙漠，使之变为绿洲，变为粮仓，甚至变为美丽城市的神圣使命，深植于心。

千年皇都西安与最近的毛乌素沙漠，亦相距近四百公里，然我仿佛与大沙漠遥望心通，近若咫尺，与沙漠人、治沙人和沙漠草木生灵始终心牵心系心相依，梦里梦外梦沙乡。西安的石榴、国槐、卫茅、君迁子树，在眼中时常幻化成沙漠里的胡杨、白杨、梭梭、红柳……这份厚重的情思难以舍弃，这种深沉的情怀难以释放，唯有与之相融相守，相依相息，才能平静安然。

沙漠人、治沙人和沙生草木生灵，他们和它们英勇大勇智勇，播绿护绿扩绿的鲜艳旗帜永世不倒；坚定坚强坚韧，斗风斗寒斗暑的鸿鹄之志永久不衰；豪气骨气血气，抗盐抗碱抗恶的铁打意志永恒不变！他们和它们的信念、自豪和不懈追求，深濡我的心灵魂魄，浸染我的血肉筋骨，对我的人生产生深刻教诲和影响，我对他们和它们永远感恩、崇拜和景仰。

沙漠人、治沙人和沙生草木生灵所特有的浩然傲骨和淡然定力，是中华民族的精神精髓，也正是人类所普遍缺乏而不及的。

难以想象和忘却，大西北一辈又一辈的沙漠人，一代又一代的治沙人，他们以沙漠为家，甘于淡泊，怡然自乐，以沙漠人的纯朴与耐劳，以治沙人的坚毅与睿智，像政治家的顽强与谋略，像思想家的理智与深邃，像文学家的激情与浪漫，终年生活奋战于"风神王国、飞沙世界、死亡瀚海"之中。他们与大自然的劲敌周旋争夺，斗智斗勇；与大沙漠里的草木生灵情性相通，和睦相融；探索治理沙漠，尽智尽力地保护着田园和村舍，保护着城镇和道路。他们的闪光人生和聪慧生命，为弘扬光大中华民族优秀文化文明和传统可贵精神，沉淀、承传、弘扬着博大精深的科学和哲学价值精髓，绚丽多彩的美学和文学价值精华。他们的行为科学、人格魅力和精彩生命，叩动和唤醒了无数人的心灵，成为影响、鼓舞和激励无数人行动的号角，从而产生着和谐自然和改造社会的巨大精神力量和物质力量！

难以想象和忘却，大沙漠里的草木生灵，以义无反顾的铮铮傲骨，优势独特的非凡本领，生机勃勃的精神风貌和浑身是宝的丰腴物质，昼昼夜夜、年年岁岁，生长搏击于风狂沙飞、干旱贫瘠、酷暑严寒极其恶劣的环境，播绿耕林，御风斗沙，掌控生态，造福人类。那千年强悍神威的胡杨，那气势宏伟的梭梭，那游刃有余的沙打旺，那潇洒奔放的沙枣，那青春似火的红柳，那慷慨大方的紫花苜蓿，那遍身长宝的沙棘和罗布麻，等等，它们的生命历程无不闪烁着科学和哲学之光，折射出美学和文学之辉！

经历了从兴趣使然，亲近沙区，好奇探秘，表层浮躁地观察大西北的大自然，到贴近心访，钟情沙区，深切感悟生活于大沙漠深处的人们与大自然同呼吸共命运的内心世界，潜心细察沙生草木枯荣春秋的价值内涵，由浅入深、从表及里，认识渐清、领悟臻深。由喜爱沙漠上升到立志治沙大业，重于汲取和传承沙漠人和治沙人敢于担当的大无畏的精、气、神，无私献身治沙大业的魂、胆、才；重于吸纳沙生草木顽强的性格充盈意志，汲受沙生草木旺盛的活力滋润生命。在长久的潜移默化过程中，希冀透过大沙漠狂放不羁、桀骜不驯的表象，寻求大自然的造化，使魂魄摆脱浮躁喧嚣、横流物欲的纷乱世态，接受纯洁本色的大自然精灵超然脱俗、淡泊宁静的洗礼，淬炼心智，净化心灵，淡定心境，锻造心质。

世界民族之林的文明思想、先进文化和科学成果教化于吾，中华民族的灿烂文化、民族精神和优秀品质教诲于吾，大西北沙漠人、治沙人、沙生草木的抱负理想、高尚品格和顽强意志教育于吾，与沙漠为生，与科学为伍，继往开来，效法前贤，竭尽毕生精力，在浩瀚沙漠创新创造新时代的科学价值、哲学价值和美学价值、文学价值，为把沉睡了几百年，占中国国土百分之十以上的大沙漠变为绿洲，变成粮仓，并在大沙漠腹地建设一座又一座美丽城市家园而奋斗不息！

为献身沙漠，重塑脑智，深植科学，提振精神，增强才识，就是我渴望和期待求学美国沙漠泓泉大学的由衷心愿。

拿破仑曾恐惧地说："中国是一头睡狮，当它醒来时，全世界将为之震动。它还在沉睡着，谢谢上帝，让它睡下去吧。"

而我要呐喊：中国沙漠也是一头睡狮，当它醒来时，全世界也将为之震动。可它还沉睡着，呼吁国人，快让它苏醒吧！

接着，穆春先生又播送了电台文学部为这篇散文配发的评论。

听完节目，王丹青喜上眉梢，感叹发声：“朗诵得真好，评论写得也好！沙漠泓泉大学校刊发表、电台播出和赞许杰儿的文章，令人高兴和感动！感动和感谢他们读懂了沙漠，读懂了沙乡劳动人民，读懂了治沙人科学工作者，读懂了沙生草木，读懂了作者对大西北大沙漠浓重难舍的情思、情感和情怀，也读懂了作者写这篇散文的希冀和企盼。”

“穆春先生的朗诵咬字准确，音色浑厚，声情并茂，不愧为名家之声！”上官武将军称道不已，“文章发表在美国，传播于中国，影响广大，会助力英杰。我觉得，他被沙漠泓泉大学预选有希望。”继而他叮嘱儿子，“即使被预选面试，笔试这一关更重要。要抓紧及早温习功课才行，一定要考取好成绩。”

上官英杰对双亲坦诚地谈了自己的想法：“我已在中国读了四年大学，就是按本科毕业生的标准要求，参加沙漠泓泉大学的考试，在基础课程方面没什么问题。我听、说、写英文的程度，参加考试也不会有大的问题。”他还分析，美国高校录取学生的考试与中国高校不同，很少考记忆性的东西，注重对考生生活质量、学术质量和应用性、创造性方面的考量，注重对学识的理解分析和对内涵的掌握，注重对思维应变思辨的测试，注重对考生全面素质的考核。“我正在深入思考自查，针对自己的薄弱环节下功夫温习。请爸爸妈妈放心。”

此后，延安共产党的报纸也转载了这篇散文。

古来流传，人生有“久旱逢甘露，他乡遇故知，洞房花烛夜，金榜题名时”四大幸事。时下的上官英杰，虽谈不上金榜题名，但围绕着他求学这桩事，好运却是接踵而至。

南京播送了他的文章没有几天，上官英杰就收到了从美国寄来的沙漠泓泉大学的面试通知，面试时间为是年10月10日至15日。

上官英杰的文章被久负盛名的沙漠泓泉大学校刊推出和“中央台”热播，加之作者为将门之子，引起了国民党高层的注意。大人物授意国民政府教育部和军事委员会政治部给上官武上将寄来一封信，除表彰他教子有方外，希望敦促勉励儿子好好温习，力争考取沙漠泓泉大学，为国争光，以填补中国在这所世界名校尚无学子的空白。信里说：“这件事已不再仅仅是将军子嗣求学的事了，而是与国家荣誉有了关系。”

沙漠本来是一个冷清冷酷的天地。美刊、“中央台”宣传和高层重视这些事，很快又被地方各种媒体热炒了一番。再经口头传播者加工，沙漠泓泉大学如何权威，“将门虎子、美文志气”如何厉害，等等，上官氏的故事在社会上传神了，一时洛阳纸贵，沙漠成了人们的谈资，变得有些热络起来。

对这些突如其来的事，上官英杰却不以为然，美国刊物发表了中国学生的一篇文章，就引起了高层关注，而文章被中国刊物先于美刊就发表了，为何没有引起重视？朝野也太看重美国人的脸面了。为这么一件寻常之事，竟然与国家荣誉扯上了关系，真有点滑稽可笑。

母子合计了一下，离上官英杰去美面试不到五个月时间，除去美路途曲折，需耗费些日子和留有余地外，还有四个月空暇。王丹青对儿子说：“你用两个月温习，其余时间去腾格里沙漠历练和替妈妈公司收购沙生土特产品，时间应该够用。你看如何?”

“好的，妈妈。”上官英杰乖巧地回答。

三个月后，上官英杰带着母亲交给他的一笔钱，与她公司为他挑选的青年助手杨林，乘汽车坐马车，到西凉后，在这里换骑骆驼，继续往北前行，进入了腾格里沙漠。

他万万没有料到，当临近沙海深处一个名叫肉苁蓉的村子时，大西北百年鲜遇、凶猛厉害的沙尘暴，以雷霆万钧之势突然降临，铺天盖地而来！黑风呼啸，蔽天罩地，沙丘翻滚，石头横飞，猛烈扫荡一切，暴戾恣睢地吞噬着树木和良田、村庄和人畜。肆虐的风啸声、凄惨的哭叫声交织在一起，飘荡于黑色笼罩着的腾格里大漠上空……

在惨遭大灾大难九死一生的关口，奄奄一息的上官英杰侥幸掉进肉苁蓉村族长牛富贵家的穴窖里，被避灾躲在内的族长儿媳、丧夫孀居的肉苁蓉全力拯救。她不惜牺牲自己的清白，用裸体之热和母性之乳，倾情救治浑身伤痕、处于深度昏迷中的上官英杰，支撑他与死神殊死搏斗，终于把他从死亡的边缘拉了回来。这对在苦难中邂逅、萍水相逢的年轻人，在呼吸相闻相息、肌肤相偎相拥的环境里，灵肉自然而然地相融，继而两情相悦，激情燃烧结成连理之爱，立下嫁娶的海誓山盟。

疯狂了一个月的沙尘暴平息了。上官英杰依恋不舍地离开了肉苁蓉，离开了腾格里沙漠。回到西安，他挥泪告诉父母腾格里沙漠所发生的一切，告诉了他在生死关头相逢和深爱上了蓉儿……

上官武、王丹青夫妇深知儿子患难之交的珍贵，其母只是无意说了“肉苁蓉只念过女子私塾学校”半句话，接下来原本要说“可以再读读书”，即被上官英杰抑制不住的泪奔哭泣打断，他向双亲倾诉：

“这是儿子成年后，天赐缘分的生死初恋。娶蓉儿做自己的终身伴侣，不是因为她，也是因为她在死神向我逼近的时候，豁出一个年轻女子的清白，义无反顾地拯救了我的性命，竭尽全力救治我的创伤，恢复我的体魄，献出了全部的大爱大情。面对一个对我如此纯真纯净纯粹的女子，值得我回报以爱，是儿子主动追求了她。三十个昼夜使我认准，她是一个心底透亮、灵魂圣洁，足够让人一生信赖贴心、同心共济，会让我享尽温暖幸福、愉悦欢乐，能与我同心同德、全力以赴干事业的女子。我毫不介意她结过婚，生过孩子，只念过女子中学，心中没有一丁点芥蒂……”

上官英杰笃定，不管他求学美国的前景如何，遂愿学成归来或是败走麦城求学落空，他都要回到腾格里沙漠，娶肉苁蓉为妻，与她携手同心，风雨同舟，暑寒相依，开创研究和治理沙漠的大业。对蓉儿，对沙漠，他都不离不弃，生生死死，矢志不渝！

他心绪淡定地踏上了赴美面试的遥远征程，在校方限定的面试期最后一天，到达美国西部深处的沙漠泓泉大学。

他从从容容参加了面试，顺顺利利被筛选通过，校方对历史上第一次选为面试对象的这个中国学子感到满意；他满怀信心胸有成竹地参加了考试，结果在数百名考生中脱颖而出，以生活质量、学术质量和基础课程得分名列前茅，再度通过校方综合评估而被录取，享受全额助学金。

经过在沙漠泓泉大学的意志磨砺、艰辛劳动和刻苦学习，他以优异成绩跨跳一级，提前一年毕业于这所四年制的世界著名高校，取得学士学位；继而遂愿考入位于美国西海岸旧金山湾区的美西科技大学，先后攻读硕士、博士，均为沙漠学专业，享受奖学金，因学业成绩出类拔萃而接连跳级直至毕业。就这样，上官英杰在五年时间里，在两所名校先后取得学士和硕士、博士学位，卓尔不群，名噪沙漠泓大和美西科大。

当时，本来准备立即回国的上官英杰，面临风云突变，被日寇侵略者占领了大半疆土的中国，已山河破碎，哀鸿遍野，民不聊生。连国立科学院也早被日寇飞机炸得七零八落，难以开展科研工作。双亲来函劝他暂留美国就业，等待回国时机，恰好美西科技大学也希望他留校工作。无奈之中的上官英杰，只好滞留下来。了解他学业成绩优异，看好他未来前景的美西科大经管理层批准，由科大生物土壤沙漠研究院聘到科研人才荟萃、设备条件一流的旧金山实验中心去工作，研究什么课题由他自主思考决定……

满怀雄心壮志的上官英杰，凭借在中美三个高等学府攻读沙漠学专业的雄厚积累和独特思维，其逻辑思维钻进培育新生物治沙这个题目中驰骋，大胆提出了一个“在高温中培育新生物，在沙漠里生产藻类粮食”的科研新课题。研究院对有前卫眼光的创新项目，一向高度重视和积极支持，上官英杰的课题计划很快获得批准。实验中心给他配备了助手，拨了专项经费，全力支持由他主持开展研究。

如果说创新思维是科技的翅膀，注重务实则是进取的阶梯。他经过一段时期研精殚思啃骨头，蹚深水攻坚克难，成果初见端倪：人工培育出的栅列藻和小球藻，能够在50℃的条件下生长和繁殖；培育出的蓝藻可在60℃～70℃的高温条件下发育成活，并且在美国西部沙漠里进行繁殖实验获得成功。继而，他率领的实验组精心设计，通过在沙漠里修建的奇特玻璃房子里，采用人工繁殖法，生产出了藻类粮食。之后，实验组获准又把蓝藻类粮食的扩大生产实验放到科威特广阔的沙漠里进行，充分利用大沙漠充足的阳光繁殖蓝藻，成效倍增，显著提高了成果效益。继而，上官英杰把更为睿智新颖的思维用于新的科研创新实践，从沙漠里培育出的蓝藻中提炼出一种液体，掺入食品中可大大提高其营养价值，满足人体对各类营养素的需要；提炼剩余的残渣，还是发展畜牧业的优质饲料……

这在当时世界粮食和蛋白质短缺的情况下，对人类来说不啻是一个福音。美西科大又投入相当的财力，集聚科技力量，大力推广上官英杰主持研发的新成果，加之他又融进崭新思想和技术途径，接二连三取得更为卓著的成绩。

上官英杰出奇制胜，创新创造的科研硕果不同凡响，获得较高的荣誉，开始在美国沙漠科学界引起注目，崭露头角。

低调的他，不骄不躁，勇于进取，又在美国西部沙漠一些地带找到了地下水源，引起轰动。

上官英杰的思路广阔势如破竹，在担负实验中心计划内的课题之外，拟定了一个对外界秘而不宣的新课题，大胆地向黑科技领域挺进。他把力学、土壤学和植物学结合起来，获得一个崭新的启示和设想：可以从植物中提取植物纤维黏合剂，配以合适的数量再加入水放置于沙漠，促使松散的沙粒获得与自然土壤同样的力学属性，生成特定约束也就是“万向结合约束”，使很松垮不稳定的沙粒变得像土壤一样，有修复和调节特性而黏结稳定的状态。然而，他很清楚，能让沙漠变成农作物树木花草旺盛生长的绿洲，最关键的条件还是水，要有丰茂充沛的水源。若能解决水源问题，再加上改良沙粒为土壤，这就可能花费低成本，把沙漠变成可耕耘良田栽植果林的绿洲。八年前，他在腾格里沙漠的肉苁蓉村发现，那里的沙漠地下蕴藏着比较充足的水源，回国后应先在腾格里沙漠引流地下水，并与改良沙粒为土壤的研究结合起来，开发利用沙漠……

上官英杰在归国途中，一路风尘，一路思索。针对西北大沙漠的实际状况，他活跃的思维在不断升华中谋略，勾勒着回国后起步治沙的蓝图。在腾格里沙漠迈开第一步，把风沙滚滚的沙漠作为“研究室、实验地”。从包括肉苁蓉村在内的众多沙村中，选择一个各方面条件比较理想的沙村地带，建设一个沙生植物园，作为选育提供植物苗木种子的基地，依靠团结和充分调动广大沙民的积极性，把总结本土治沙经验、因地制宜推广自己取得的科研成果和借鉴美国人的先进治沙技术有机地结合起来，以点带面，求真务实，最大限度地追求治沙的经济效能、效果和效益。

上官英杰决计踏踏实实地践行八年前对爸爸妈妈和蓉儿所做的承诺，吹响向大西北沙漠进军的先锋号，与蓉儿一起尽显身手。

他思考得很多、很深、很远，也很美……

第二章 绿洲英魂

1

清晨。驼铃响叮当！

上官英杰收拾好了准备上路去腾格里沙漠的行装，出门去旅馆柜台结账，见到了牵着两峰骆驼进入旅馆前院来接他的镖师石头。

一见面，石头就动情地讲道："上官先生，李校长都给我说了，您母亲是大画家，行善西凉赞助办学的大恩人，您是刚从美国留学回来的有大本事的人。石头跟先生出这趟差真是缘分，得好好向您求教，多学点东西哩。"

"我们互相学习，取长补短吧。"上官英杰微笑道。他把石头带进鸳鸯旅馆后院，让他把两峰骆驼交给旅馆人员暂时看管，又带他到了前面旅馆酒楼，点了西凉名吃"三套车"：要了两碗饧面，两斤腊肉，一壶冰糖红枣茯茶；外加一盘茄子炒辣椒，一盘炒土豆丝。"我已吃过。你慢慢吃，不够再点。吃饱喝好我们就上路。"他又给酒楼跑堂的伙计打招呼，"我们要赶远路，请给我们准备四五天路途便于携带的锅盔、高庄馒头、腊肉、酱牛肉、烧鸡、煮鸡蛋和桃干、葡萄干等食品，包好。"

“好嘞。”伙计回了话。

“先生，给我点的吃头多了，一斤腊肉就够了，我退掉了一斤。”石头对上官英杰说，“骆驼已喂饱饮足了，支撑几天没问题。我带的羊皮水袋也灌满水了，还带了两斤西凉粮白酒，晚上天凉了喝两口睡得香。您清点一下自己的东西，别落下了。”

石头的话提醒了上官英杰一件事，昨晚他在果园买了一兜水果寄放在了旅馆，便赶忙去取了出来，又去街头买了两把雨伞。

上官英杰回来，石头已吃好。听他道：“先生，昨个晚上您说了，我们已是朋友了。交了朋友要交心的。”他像竹筒倒豆子似的，向上官英杰通报了自己的身世，“石头九岁时，大大病死了。娘俩离开陕北逃荒要饭，来到西凉所辖的镇番县，娘改嫁给了一个年龄比她大二十多岁的罗锅子手艺人，后大大对我们娘俩都不错。我念了两年私塾，练了三年拳脚，碰上西凉镖局到镇番招人被选中，到镖局又习武两年，出师当镖师刚满一年。虽然日子过得清苦，总算有了出头之日，自个能养活自个了……”

上官英杰听后，看着石头微微点头，报以微笑。心想，这个镖师倒是个实诚人。

石头抬头望了一眼挂在墙壁上的一幅字，问道：“先生，墙壁上的这幅字，在西凉城好几个地方我都见到过，过去出镖在甘州、肃州等地，在那里的旅店酒楼也见过。曾问过别人，说是唐诗，您能不能给我说说，啥是唐诗？”

一个镖师如此好学，还真是难得。上官英杰不禁对他暗自赏识，简单地说了说：“唐诗，泛指在唐代出现的诗，是中国文学史上的一朵奇葩。葩就是花，引申义是华美的意思。古诗词讲究音韵声律，要符合平仄、押韵、对仗三个基本要素，大有学问。你有兴趣读唐诗想弄懂是好事，但这与习武练功一样，要苦心学习钻研才行。墙上挂的这首诗，是唐代很有名气的诗人王翰写的七言绝句。《凉州词》是盛唐时流行的一种曲调名，包括那个时候的王翰、王之涣在内的许多诗人，都填写过歌词。王翰填写的这首，推陈出新，想象丰富，意境开阔，语言优美，充满着浪漫气息，在唐诗中享有盛誉。诗人心中有华彩，笔下就会出珠玑。”他怕石头不易理解，又解释了一下：“诗人心里有了像彩虹一样美丽的写作激情和灵感，就会写出像珍珠一样闪亮的诗句。”

“哦，哦。”石头听得入神。

上官英杰问他：“石头，墙壁上的这首诗你能诵读出来吗？”

石头眼未瞅墙壁，即刻声调平白地读了出来：

凉州词

葡萄美酒夜光杯，欲饮琵琶马上催。
醉卧沙场君莫笑，古来征战几人回？

他读后说：“不瞒先生，对这首诗过去讨教过别人，已背熟了。”

“诗的意思懂了吗？”

“只明白一点点，请先生讲讲。”

“这首诗我一向很喜欢，但不一定理解得准确，尤其是人们对后两句含义的解析历来多有歧义。我对诗意的领会是：

“在送别将士出征前的酒宴上，葡萄美酒盛满了名闻天下的夜光杯，将士们觥筹交错、开怀畅饮，歌伎们弹奏着西域胡风浓烈的琵琶曲为他们助兴。抑扬顿挫的琴声，时而婉转连绵，时而高昂激越，把本来已经热烈的酒筵气氛推向巅峰而沸腾起来；又仿佛‘琵琶马上催’，催着将士们奔往前线去。而早已将生死置之度外的热血男儿，今天定要痛饮一醉方休，就是醉卧沙场又何妨？你们也别见笑啊，自古征战杀敌者，有几人还能平安生还？

“诗情洋溢着将士赤诚丹心、热血悲烈，大义凛然、视死如归的牺牲精神。”

石头听着，竟被诗意感动得掉下眼泪。心里翻滚起一层微澜：我读了几年私塾，识字断文未曾掉过泪，这古人的诗真是好厉害，还真能打动人的心哩！

上官英杰看懂了写在石头脸上的心语，挚切地说："以后既要练好武功，还要用心多学点文化，文武双全才能干大事。"

临行，他们带足了四五天路途中吃的喝的。石头考虑骆驼在途中可吃野草，又给它们准备了一些豆类精料。他分别用自备的麻布袋和上官英杰给的提包、袋子装好，挂在单峰驼鞍两旁，调整平衡稳当。又把双峰驼鞍检查整理一番，搞得井井有条后，向上官英杰点头微笑，"先生，可以走了。"说着，牵着两峰骆驼缰绳上了路。

路过位于西凉城东北隅大云寺里的古钟楼，此时钟声骤然响起。他们举目望去，楼台高大宏伟，颇为壮观；台上所吊的铜钟，造型秀巧精美，发出的声音洪亮清脆，悦耳动听。石头道："这钟声方圆十多里内都能听到哩。老人们都说，钟声中铸有一女子郎啊郎啊的呼唤声。我经常注意听，好像钟声里真有个女子在呼唤哩。"

"昨天我去了钟楼巷的大云寺。"上官英杰回应了一声。他又把有关史籍记载和民间传说糅合一起，给石头说了说。

武则天登基时，有个叫法明的僧人，为讨好这位女皇，联名十个僧人伪造了一个什么《大云经》，说她是弥勒佛下凡，天定的女性天子。武则天甚喜，遂将此"神话"颁布天下，并下旨全国所有州治之地，一律修建大云寺。西凉大云寺及古钟楼、古铜钟，就是在那个时候建铸。

人们所说的钟声里似有一个女子在呼唤，源于一个传说。相传，当时在西凉大云寺铸钟时，残暴的官家活活打死了一个著名的铜匠。为此，众匠激怒，消极怠工，一口钟铸了三年之久，且撞击无声。州官气极，下令重铸，但终日发愁哑钟能不能发声鸣响。有人献了一个"借音铸钟"之计：捉民间著名歌手玉女对着铸炉唱歌，将其歌声铸进钟里，必是响钟。这玉女正是被官家残杀的铜匠的女儿。其夫金哥，武艺超群，胆识非凡。这天，玉女及丈夫在家正准备悼父之事，不料官兵闯入捉拿她。金哥英勇拼杀，夺路出逃，玉女弱不能抵，落入虎口。州官强逼玉女对着铸炉唱歌，但她怒目冷对，誓不开口。州官毒打威胁，她宁死不从。最后，以自焚抗争。

钟铸成后，一敲就鸣响起来，但却像是玉女愤慨的呼叫声："郎啊郎啊，报仇报仇!”金哥闻讯，夜闯州府，杀了州官及其喽啰，为岳父、妻子报了仇。从此，钟声中玉女的呼唤声虽有改变，但仍留有情切切、意绵绵的“郎啊郎啊”之音。

“这个传说故事，是当时人民反抗官僚暴政欺压百姓的一个生动写照。古铜钟是合金钟，撞击产生的声音清脆悦耳，传得很远。说钟声里有女子呼唤之音，只不过是人们受这个流传的故事感染，造成听感幻觉的一个想象而已。”

“先生的学问可真大，什么都知道。”

上官英杰笑笑：“这些典故传说书本上都有记载，看一看就存在脑子里了，一旦到了实地，自然就会想起。什么知识都是学而知之，比如你今天琢磨唐代诗人王翰的七言绝句《凉州词》，弄明白了就会留下较深的印象。”又道，“不过，书上记载的东西各有不同，如各个历史朝代及人物的正史野史都很丰富，我以为只要觉得是积极、向上、健康的，皆可阅读；只要是真善美的东西，都可以作为谈资，无须太过于较真。除非是搞研究的专家学者，什么都要论证清楚，非得有据有证才行。”

“先生，我听懂了。”

出了西凉北城门，石头说：“先生，我们骑上骆驼吧。”

“好。”

随着石头发出一声口哨，只见两峰骆驼先弯曲前腿缓缓跪下，接着后腿又弯曲慢慢跪地，然后驼身平稳卧倒。上官英杰上了双峰驼，石头上了单峰驼，都抓住驼鞍直到骆驼起身站立起步才松手。在骆驼卧地的时候，石头给英杰讲了下驼的要领常识。上官英杰大体知道一点，故而他认真听着，记在心间。

这时，他们上驼已安然坐好。识得路途的骆驼，放开步伐疾驰起来。“叮当叮当”的驼铃声，特别响亮悦耳!

骆驼，自古以来就是瀚漠戈壁荒滩地带用于载人驮物的主要交通工具。由于长期的驯化，骆驼适应自然环境，性情温顺，通人性，顽强机警，反应灵敏，奔跑速度较快且有持久力，特别能耐饥渴暑寒，故有“沙漠之舟”之称。作为沙漠学家，上官英杰对与沙漠息息相关的骆驼的生活习性特点，无疑有较深的了解，加之过去在国内和美国多有乘骑，上了驼鞍很是安然自在。

上官英杰更加明白的是，像他这样一个将终生致力于研究治理沙漠的人，不需要像骏马一样炫目而驰骋飞奔，而要像骆驼一样耐劳务实而持久前行。骆驼的作风和精神，将是他一生学习和仿效的榜样。

从西凉出发，他们穿越“依依杨柳荫凉道，沃沃田野掀金波”的肥沃绿洲，日行程六七十里，一天多后便进入了沙漠地带。沙漠日行程五六十里不等，夜里有村宿店，无村就在沙丘避风处骆驼腹下过夜。第五天早上行程不久，进入了镇番县境内东南部茫茫无际的腾格里沙漠深处。

还好，在三四天里，老天眷顾，风和日丽。风沙没有找他们的任何麻烦。

坐在双峰骆驼宽敞驼鞍上的上官英杰，尽情领略无垠瀚海的神秘风光，时间久了，感觉有点累，想从驼峰下来走一走，放松放松。他勒紧缰绳，发出石头给他讲过的让骆驼卧倒的动作信号，双腿下垂用力夹了一下骆驼的前腹部，然后身体向前倾斜，抓住驼鞍等待骆驼卧倒。很快便感觉骆驼已“心领神会”，前腿蹬住沙漠地面，后腿先弯曲跪下，前腿再弯曲跪倒，然后驼身晃晃悠悠地平稳下卧，经过如此几个步骤，稳稳当当地卧在柔软的沙里。

这时候，石头也赶忙跳下单峰驼，过来到上官英杰身边，和蔼地问：“先生想下驼活动一下？”

“是啊。”

石头接过上官英杰手中的双峰驼缰绳，拴到单峰驼后鞍上，手牵单峰驼缰绳，和他并肩而行，踩踏着模糊不清的人畜脚印延伸的沙漠道，深一脚、浅一脚行进着。

沙海连天，一望无际。

沙粒儿组成的“千军万马”，乘着不停吹刮着的西北风，汩汩地流淌，雕镂着沙的山，沙的梁，沙的峁，沙的川，沙的塬，沙的海……没有生气，没有绿色，没有生命，没有人烟，大自然在这里显得异常枯燥、单调、冷漠、凄凉、严酷。

他们走累了，又乘骑骆驼前行。约到正午时辰，陡然间，上官英杰眼睛放光，感叹地“哇”了一声，顷刻间浑身的细胞都激奋沸腾起来，好像发现了新大陆一样惊喜不已！原来，一片绿洲出现在他的视野里。

宛如一泓碧绿林海，轻波荡漾。远远望去，好像镶嵌在偌大瀚海的一颗绿色明珠！

他们赶紧拉住缰绳，吆喝着骆驼跑了好一阵子，到达绿树林旁下了骆驼。抑制不住激动的上官英杰，从挂在单峰驼鞍的袋子里找出高倍望远镜，向前奔进了别有一番天地的林带中，疾步登上一个被绿树碧草遮蔽而凝固的沙丘，通过望远镜居高临下，由近到远地眺望着。这里绿色的树，绿色的草，可见沙旱生灌木、乔木、草木等各类植物，生机勃勃，千姿百态，各具风韵；一丛丛，一簇簇，一团团，一片片，盘踞着荒漠沙丘，阻挡住了风害，控制住了流沙，把中间地带地势较低的田园和村庄紧紧包围着。作为一个钟情于西北大沙漠的沙漠学家，他从美国回来的梦想就是要通过自己的努力，让一片片沙漠变成一块块绿洲。眼前看到的景象简直像梦境一般，在腾格里沙海里竟然已经出现了如此壮观的绿洲，怎么能不让他欣喜若狂呢？

跟在身边的石头向他介绍说：“这个地方叫西沙窝子，我曾路过，没进过村子。听人说，是腾格里沙漠唯一的绿洲村，有名的脱贫村。”石头说着，见沙丘下右边不远处立着块石碑，便奔下沙丘跑了过去，只见在林带口竖立着的石碑上，除刻着“西沙窝子”的村名，还刻有他熟记于心但似懂非懂的四句诗。

这个林带口不是街头，立个碑知道这里是西沙窝子村，刻诗给谁看有啥用呢？石头心里头嘀咕。

“石头，你过来！”上官英杰喊了一声，又举起高倍望远镜，旋转着镜头再次仔细观察远近物体，看得更加清楚了。在三四华里宽的范围内，按不同树种综合布局的圆形林带，外围有沙旱生植物，中间层为杨柳槐桐松柏等绿化树木，里层有苹果梨杏枣桃人参果等经济林木，组成了浓郁茂盛的三层绿色包围圈，严严实实地把西沙窝子的良田和村舍卫护在中心地带。

在他看来，除非发生八年前他来腾格里沙漠碰到的那种百年罕见的灾难性沙尘暴，其他级别的风袭沙害是奈何不了这块绿洲的。营造的三层林带，等于在大沙漠中为村庄和田园建造了固若金汤的环形“绿色长城”。这显然是富有经验的治沙人——科学家或科技工作者，精心设计并实施建设的了不起的杰作。“十年树木，百年树人”，没有十年以上时间，很难建成如此规模的奇迹工程。

上官英杰向跑过来的石头嘱咐：“找个合适的地儿，把骆驼拴好，别让它们乱啃林木。”

接着，上官英杰先从自身所在的沙旱生植物区域内，东跑西奔，尽情观赏着在沙漠学教科书和美国沙区也难以看到的如此鲜活生动的沙旱生植物群落景象：那“千年不死树”胡杨，沧桑强悍，雄姿神威；那“沙漠英雄树”梭梭，青枝繁茂，傲然挺拔；那“沙樱桃”白刺，浓枝铺散，果似珍珠；那“西部国宝”罗布麻，灿芳云锦，白花漫漫；那“瀚海秀女”花棒，嫩枝垂拂，繁花斑斓；那“百岁寿翁”沙枣，硕果累累，芳香袭人；那沙打旺、红柳、枸杞、黄矶松、骆驼刺、沙米、霸王、沙芥、紫穗槐、盐爪爪、臭椿，等等，无不摇曳生姿，逞强争雄……

使上官英杰感到振奋的是，国外的一些沙旱生植物品种竟也在这里“安家落户”了，展现在眼前的情景是活生生的：北美的火炬树，英姿焕发；阿尔及利亚的沙拐枣，生机勃勃；西亚的阿月浑子，青翠挺秀；黎巴嫩的旱生油瓜，叶肥蔓繁；德国的水飞蓟，枝梢茂盛……这些精神抖擞、一展风韵的国外“来客”，开的花如同外国人的穿着一样艳丽，有的如朱涂，有的似镀金，有的胜粉濡，有的像彩染……

真是奇迹，洋洋大观！这当然是引种栽培的，肯定是富有经验的治沙人的手笔。倏然，上官英杰想起了八年前在牛氏母子沙窖里，蓉儿曾给他讲过，有位姓郭的科学家，来到腾格里沙漠的一个村，帮助沙民种树种草、抗风治沙的事。会不会就是他呢?

“强龙压不过地头蛇”，在祖国搞植物治沙，还得靠中国自己的沙生品种，上官英杰始终这么认为。他驻足一片胡杨、梭梭、红柳混生的林带，放目扫视，禁不住激动地给石头讲述眼前的绿色泛红的乔木林：这是长势沧桑奇特、“千年不死树”胡杨，你看它们长得弯腰驼背、其貌不扬，但抗风沙、干旱、严寒、盐碱的风骨十分强悍，“长着不死一千年，死后不倒一千年，倒下不腐一千年”，是使风沙恐惧、望而生畏的“常胜将军”，美名第一的长寿树种。它在全球沙漠区声誉远播。接着，走了一阵子到成片枝叶为灰褐色、叶子退化呈小鳞片状的灌木旁说，这是沙漠里的“沙漠英雄树”梭梭。它的种子见一点水分就能萌动发芽，数年后可长至三米，最高达五六米，寿命在五十年以上。梭梭柴的根系极为发达，其长度为地上部分的几倍，能吸吮地下深部的水。它的枝条茂密，抗风固沙力大，在沙漠中蔚然成林。最后，把石头带到一丛茂盛的茎秆为枣红色，而叶为绿色的灌木旁讲道，这是常被诗人们赞美的红柳，种子借风飘荡，天然下种，生长迅速，两三年就可形成连片灌丛。在风沙活动强烈的地方，生长于低洼地的红柳，经常被沙埋住。但是，“道高一尺，魔高一丈”，沙打风袭柳更旺，成为防风固沙的红色屏障。

生活在西凉的镖师石头，虽然时往沙漠里跑，常见这些植物，有些也能叫上名字，但对它们的生长习性和特点全然不知。他细听上官英杰讲述的沙漠植物知识，感觉特新鲜，深深被这位如此热爱沙漠和植物的科学家的情愫所感染。他也东瞅瞅，西望望，见不远处有一片红色盖顶的蒙古包般的植物，情到浓时抬手一指，喊道：“先生，您看那里!”上官英杰见状，喜冲冲地赶了过去，石头紧随其后。来到一丛浑身刺枝上挂着鲜红色果实的植物旁，上官英杰正要开口，石头抢了话：“我知道，这是野生灌木白刺包!”

这一个个白刺包，匍匐丛生，枝干浓密，铺盖沙地。包表面宛若一团团橘红色的“火焰”，在阳光下跳跃般“燃烧”着、滚动着。其实，它并非火也非花，而是开花后结的果实，密密麻麻，挂在枝头，叫人望而生津。

“真美啊！我经常在沙漠里看见白刺包，果子可以吃。”石头激情地一边说着，一边采摘着沙樱桃果吃着，“沙民们叫它酸胖。”

上官英杰看着，也情不自禁地伸手采摘了几颗红艳艳的果实，填进嘴里。啊，酸甜而馥香！他们采着，吃着，赞美着。沙樱桃真是名副其实！

在这样一个林木茂盛、绿色荡漾的沙漠绿洲，上官英杰有观赏不够的热愿和心情。他们又走进大林带的中间层，一道道赏心悦目的碧绿苍翠风景又进入眼帘：一片片依依垂柳，一片片挺挺白杨，一片片盈盈刺槐，一片片青青松柏，一片片欣欣泡桐……一眼望不到边，看不见头。郁荫蔽地、片片成林，葱绿绵延、林密成森，清风吹拂、起伏荡漾，鸟雀攀枝、欢歌嬉闹。谁能相信这里是大沙漠？谁还会顾虑风沙能危害到这里的田园村舍？

他们步入连片茂密的经济林中，只见硕果红颜笑枝头，树干挺胸显精神，像是热情欢迎远方前来踏访的客人。不时有打理果树、采摘早熟果实的沙农，向他们招手致意，他们也挥手表示谢意。

上官英杰细心观察西沙窝子的景致，完全可以认定，这是一个难能可贵的沙村治理沙漠的典范，也是一个建在沙漠深处的沙旱生植物品种比较齐全的绿色“博物馆”。根据他的察估，在三层林带内分布的沙生灌木、草木、乔木，和其他不同树木品种选育、采种、引种等科研区域内，大约生息着生物生态生理习性特点不同，分属于约三十个科、近百个属的沙旱生植物，以及其他绿化树草和园林植物，约有一百四十种。显而易见，这是一个建造植物园林以防风固沙保护村舍和田园的成功范例，为腾格里沙漠乃至整个大西北沙漠治理提供了可资借鉴和效法的示范样本，也是一个能为周围沙区种树种草提供植物种苗的理想基地。

他考虑，随后再来进行一次专业性的深入考察，搞一份详尽的报告，呈送当地政府和国立科学院沙漠研究所，建议大力推广专业治沙人和西沙窝子沙漠人合力创建的这个重要成果。

2

到了太阳偏西时，上官英杰、石头来到村口，踏步在绿茵茵的草坪上，看到用沙枣木修造的古色古香的亭廊水榭和喷泉，虽显得粗糙些，但仍不失为大漠沙乡罕见的一道美景。漫游于清雅独格的曲径甬道间，仿佛给人以与荒芜沙漠隔绝之感。

他们牵着骆驼，驼铃叮当，进入村子。碰到的沙民们都投来热情欢迎的目光，一个个满脸堆笑地说："来啦！""来啦！"

突然，右侧的一个院子飞出一阵童音歌声，歌曲是耳熟能详的《两只老虎》，他们不禁驻足听着：

苍蝇老虎，苍蝇老虎，
实在多，实在多。
为何越打越多，为何越打越多，
真奇怪，真奇怪！

前天，上官英杰在西凉公立中小学校就听到学生唱这首歌。

歌声收落。他们靠右走了几步，见院子门口挂着一块"西沙窝子村小学"的牌子。石头说，他们唱的这首《苍蝇老虎》，现在我们这里很流行。我琢磨，好像是揭露如今大大小小的贪官污吏，大贪官是老虎，小污吏是苍蝇。我还是喜欢《两只老虎》，唱惯了很亲切。说着唱了起来："两只老虎，两只老虎。跑得快，跑得快。一只没有眼睛，一只没有耳朵。真奇怪，真奇怪！"

他们向前走着。石头问上官英杰："先生，我从小就哼哼唧唧唱了好多年。'一只没有眼睛，一只没有耳朵'，是怎么回事呀，稀里糊涂搞不懂。请您给我讲讲。"

“好。”《两只老虎》是舶来品，来自法兰西的一个古代童话。很久以前的老虎王国颁布了一条律法，为了虎类种群健康繁衍后代，直系亲属之间不准通婚。有一对老虎兄妹，竟然无视法律，不顾舆论反对，不听长辈规劝，硬是眷恋相爱。依照刑律规定，惩罚老虎兄妹各自毁一个五官，他俩心甘情愿，虎兄挖了眼睛，虎妹割了耳朵。凄美的爱情故事感染了法国的一个音乐家，创作了这首充满风趣童真、朴素无华的儿歌《两只老虎》，只因曲调轻松上口而又动人，便不胫而走，流传到世界各地，也传到了中国。好多人对儿歌蕴藏着的爱情故事浑然不知，却没心没肺地唱着。

没料到，这首外国儿歌，在中国现代史上竟多次被填词改编为革命歌曲，简直是音乐史上的奇迹。曲调在北伐战争中被重新填词，成为激励战士斗志的《国民革命歌》：“打倒列强，打倒列强，除军阀，除军阀。努力国民革命，努力国民革命，齐奋斗，齐奋斗。”

历史跨进第二次国内革命战争时期，中国共产党根据革命斗争需要又重填新词，起名《打倒土豪》：“打倒土豪，打倒土豪，分田地，分田地。我们要做主人，我们要做主人，真欢喜，真欢喜。”

《苍蝇老虎》是在中国再次被填词的新版本。

这首儿歌在欧美各国、日本乃至中国港台也都有被填词的版本……

石头听着啧啧惊叹：“《两个老虎》咋这么吃香，真是神了！”

在路上，上官英杰问一位妇女：“老乡，请问客栈在哪里？”石头听了挺纳闷，先生怎么知道村里有客栈？

被问的妇女望着上官英杰莞尔一笑：“我领你们去。”说着，带上官英杰、石头走了不一会儿，进入一个院子。她喊了一声：“村长，来客人了！”又是微微而笑，回头走了。

上官英杰目光一扫，见院子四周用栽入地下一棵靠着一棵笔直整齐的钻天杨细树干做围栏，绿蔓嫩叶和野花缠绕点缀其间，煞是好看。东西两侧各有一排房子，南边圈养着一峰骆驼和鸡兔家禽，北边围栏开着一个口，便是院门。

一位满面“风雨”、两鬓染霜的老汉笑迎他们：“你们来啦！”客气地把上官英杰、石头让进了东侧一间房内。房内靠里是土炕，地面靠墙摆放着一张自然长成的看上去像个艺术品的“胡杨桌”，桌子三面各放有一条白杨木条凳。老汉请他们随便坐。

“我是西沙窝子村的村长程老汉，名字叫程实。你们打哪里来，要去哪里？想吃喝些啥？我让婆姨去弄。”他笑呵呵地说。

上官英杰站起身礼貌地答道：“程村长，给您添麻烦了。我们从西凉来，要去肉苁蓉村。我叫上官英杰，想与您聊聊天，行吗？”

石头望着他说：“我是带客镖师石头，先生想与你喧一会儿，谝谝闲传。”

“行。肉苁蓉村离我们这达也就七八十里路吧，天不早了，今晚你们住下，明个早上再上路。我先给你们弄点喝头去，回头再谝。”程村长说完，就出去了。

上官英杰拿出美西科技大学生物土壤沙漠研究院绘制的中国沙漠图集，翻到腾格里沙漠图细看，果然有西沙窝子的标识。他掏出一支在中国还很少见的红绿蓝三色圆珠笔，按出绿色笔头，把地图上的“西沙窝子村”画了一个绿色的圈；又找到“肉苁蓉村”，画了一个红色的圈。根据图距计算，肉苁蓉村离这里约四十二点五公里路程。顿时，他内心激动地默念道：“亲爱的蓉儿，我到西沙窝子村了，明天早点快点赶路，当日就可以见到您！”

不一会儿，程村长一条胳膊上挂个盛碗的红柳篮子，双手端着个瓷罐子走了进来，把罐子和篮子放在桌上，从篮子里拿出两只粗瓷碗，端起罐子一面往碗里倒着微红色的液体，一面说：“这是我们自家用酸胖酿的甜酒，也就几度的个劲，好喝得很，有营养，能解乏哩。”

上官英杰端起碗，呷了一口，慢慢品着……顷刻，赞不绝口：“好！味醇爽口，真是天然佳品。”

石头端起碗，咕噜咕噜喝了个精光：“好喝！好喝！”

程村长笑着，又给他倒了一碗。

“人活一世，受恩无数。听说你们要去肉苁蓉村，老汉我不由得想起了蓉儿姑娘，她是我难忘的一个恩人。”程村长突发感慨。

“村长，说给我们听听。”石头说。

上官英杰闻之喜不自禁，也洗耳恭听。

程村长道，说来话长。长期吃苦过饥寒交迫的日子，多半辈子过去了，我身子骨还算硬朗。尤其是国立科学院治沙研究所的科学家郭先生，他自立科研项目，住在咱西沙窝子村十四个年头，操尽心思筹集资金，豁出全力，为咱们规划治理风沙的植物园，与大伙一起苦干实干，指导沙民种树种草建林带，如今搞成保护田园村舍的大园林，让全村人脱离贫穷奔上好日子，我这个当村长的必须时时处处带头干，多吃苦多流汗。平日生个病或干活碰撞受点伤什么的，一般就都扛过去了。想起当年有一次硬是扛不过去倒下了，多亏了蓉儿姑娘啊！

那是在十年前的夏季，有点雨水正是多种树的好时节，根据植物园规划，郭先生指导大家抓住难得的机遇栽种经济林木，可种苗不足，村里派人到西凉没有买到，郭先生只好亲自出马，带人去省城西兰林业研究站苗圃求援。他走后的第二天，我的两条腿突然疼痛起来，但还是硬扛着带着大伙种植果树。谁知到了当天夜里腰腿疼痛得更加厉害，特别是关节剧痛难忍，坐不住睡不下，把人折腾得死去活来，苦熬了整整一夜，隔天就再也爬不起来了。本来前些天就感到腿有点隐隐作痛，估摸着自己也可能早就得了老寒腿，到现在支撑不住猛地发病了。这是什么事儿呀，病来得真不是时候，正是要紧三关的时节，乡亲们没明没黑地干，可我这个村长却躺倒了。乡亲们安慰我睡几天扛一扛，说如果疼痛还止不住就得去镇番看医生治，你是村长可不能倒下去。村里人得这种病的好几个，我知道扛不过去不治，就会倒下去再也起不来成为老寒腿，躺在炕上长期受罪还要拖累家人。当时，我心里头着急得跟猫抓似的难受，对不住乡亲们，更对不起郭先生啊！

“那你当时就应该赶紧去看医生治病啊！”石头插话。

石镖师，虽说那时咱村种树造林已经十年，沙民经济上已有收益，但植物园还没有建成，用钱的地方多着哩，看医生花不起钱也舍不得啊。恰好听说，离咱村几十里外全是牛氏后代的肉苁蓉村，从大城市举家迁回沙乡原籍落叶归根的买卖人牛富贵当族长，他对待族亲和沙区穷人都很不错，牛族长的儿媳妇蓉儿，为村里村外的穷人治病疗伤，分文不取。于是，我让婆姨借了头毛驴驮着我去找她了。

我们是第一次去肉苁蓉村，那个牛家宅院造得真是阔气排场，牛富贵族长见了我们很热情，赶紧招呼他的儿媳妇蓉儿给我看病。她仔细问了发病的症状、时间等情况，说我肯定是受寒久了，得了风湿性关节炎或是类风湿性关节炎，就是人们常说的老寒腿，让我放心，针灸能治好的。她拿出几支细细长长的银针，在我两条腿选准的穴位滴了滴白酒擦了擦，说是消毒，各扎了一针，没想到针扎下去腿部立马感觉麻胀发热，每条腿又扎了两三针，过了一会儿就轻松了许多，只半晌疼痛全没了，我就站起来了，病好了，真是神了！我给她说，咱西沙窝子还有七八个人老寒腿，长年累月躺在炕上起不来，求你再行行好，如有机会也给他们扎个针治一下病就太好了，可我不好意思明言请她去。但她问了我们村的村名，在哪个方向，离肉苁蓉村有多远。

回到村，大伙见我病好了，都惊呆了，听我一说，觉得太神奇了！更没想到的是，两天后，牛家一个伙计带路，蓉儿姑娘骑着骆驼整整走了一天，天黑时来到咱西沙窝子村。她找到我家没顾上休息，给我又扎了一次针，说针灸几次彻底把病治好。随后，我带着她一家一户上门，连夜给躺在炕上的几个老寒腿看病扎针，当下都有明显效果，两三个很快就能下炕了。那一次，她忙乎了一整夜，辛苦坏了，等把大伙的病看完，都第二天早上日出了，只喝了口水就匆匆回去了。当时，她看咱们村的林带长得郁郁葱葱，说好羡慕西沙窝子村变成了绿洲，还问了我许多植树造林的事。

后来，我和村里的几个老寒腿又往肉苁蓉村跑了几次，病全都被她扎针治好了。

再后来，咱村的一个媳妇生娃难产，请来的接生婆不管用，我这个村长又亲自出马，拉着骆驼去肉苁蓉村请她，她二话没说赶紧就来了。听产妇婆婆说，她经验丰富，调整了胎位，口对口给产妇输气，教产妇怎么用劲，在关键时刻多亏了她，保母子平安。

蓉儿姑娘前前后后给我们治病，接生孩子，付出了很多心血和精力，花费了不少材料，治病救人心甘情愿，没收我们一分钱。这就是她给予我和西沙窝子人的恩情啊！虽然过去了十年，我们都没有忘记她。现今世道，天下穷人是一家。穷人才会同情怜悯穷人，穷人才能帮衬救助穷人。牛富贵和他的儿媳妇蓉儿，是百里沙乡的富人，能够同情怜悯和帮衬救助咱穷人，真是难能可贵！

上官英杰静静地听程村长讲完，深情地说了一句："她也是我的恩人。"心里感叹这就是我的蓉儿呀！他听程村长讲，是国立科学院治沙研究所的科学家郭先生，在这里自立科研项目规划指导建设植物园，使一方沙漠变成绿洲。果然有科学家在此坐镇，难怪搞得这么好。

3

上官英杰把眼见的西沙窝子村种树种草，治理风沙取得的奇迹般成就，打心眼里夸奖了一番。他请程村长谈谈，他们在科学家的规划和指导下，当初是如何干起，怎么建成植物园的。

程村长听后，连想都未想，就打开了话匣子，不紧不慢地说了起来。

我们这达最早叫狼墩子滩。听老人们说，在我降世不久时，沙民们嫌这个村名不吉利，改名为西沙窝子的。那时，全村有三四十户人家，百十口人哩。旧日，被风沙尤其是沙尘暴，坑害得苦啊，村子的景象就像歌谣里唱的：登高望远一片沙，风沙一刮不见家。时有饿狼来吃人，荒芜凄惨野沙窝。

那个时候的日子可苦惨了！土房子、田地都被滚滚流沙吞没了，再垒个藏身窝窝，挖出点地头田角，很快就又没了，但还得垒，还得挖……村里人死的死逃的逃，活下来死守这生养之地没处去的，大多是年老体弱的老汉老婆子，尕丫头娃蛋子，三十几号人里，年纪轻还有点气力的也就七八九。大家整日在方圆几十里的沙窝里转悠，刨地挖坑，把沙漠里能吃的不能吃的干树皮野草根，能逮住找得着的狗兔鼠蜥蜴等活物，都吃光了，也难以撑过日日月月、年年岁岁啊！饿死的算是幸运人，活下来的不是像皮包骨头的骷髅，就是吃了有毒的东西浮肿得像变了形的怪物。大伙在夜里，畏缩在沙窝子里或是地下残穴废窨中，夏秋时节还能死熬过去，在春冬寒冷的日子，常常被冻得像死后的僵尸一样……

就在叫天天不应、喊地地不灵，剩下的人走投无路奄奄一息等死的时候，老天爷开了眼，从天上掉下来了个大能人，听他说是“不愿再在高楼深院悠闲混日子，自愿来腾格里沙漠治沙的科技人员”，名字叫郭普世，福建人。后来，才知道他是远在南京的国立科学院治沙研究所的科学家，还有个“研究员”的头衔。他在腾格里转悠了好些天，来到我们西沙窝里又溜达了几日，选中咱们村，说要围着村庄田地，建一个综合性的植物园林治理风沙，既能保护住咱村沙民的田地和房屋，又能搞科研，取得成果经验再在沙区较大面积范围推广。大伙虽然不完全明白他讲的话，但都说行，只要能让西沙窝子的沙民有口吃的能活命就行。人家上门来帮助咱们治理风沙，这是天大的好事啊！搞植物园治风沙，最差也不会像现在这个样子无路可走，只能等死吧。再说，主动跑到只有风沙其他什么也没有的西沙窝子来帮救咱穷人的人，肯定是好人。

郭先生在我家穴窨附近找了处无人居住的穴窨，作为家住了下来。他又倒腾了好些日子，弄出了个建园规划，给大伙详详细细地讲解说明，让沙民民主选举出了我这个村长。随后他回去请同事和朋友捐助筹集了一点钱，添上他自己挣的血汗钱，给大家买了些粮食，找路子购进了一批沙生植物苗子和种子。就这样，他和我带着村里能动弹的二十几号人干了起来……

除过寒冬的春夏秋季，一天都不停顿，从天明到天黑，整天整日地干。白天我们带领着沙民，头顶火辣辣的日头毒晒，冒着狂风飞沙的吹打，挖窝窝，刨沟沟，一粒种子一粒种子，一颗苗子一颗苗子，用心种树种草。有点雨水的时节还好点，大多数日子大伙都得挑水桶背水袋，跑到几十里路外的地方找水取水，回来一小勺一小勺地给种苗浇活命水。到晚上大伙休息了，而郭先生却是没日没夜地干，晚上他还要针对种下的苗子种子为啥不活不发芽，发芽活了为啥又死了，等等，没完没了的各种疑难事儿，琢磨分析研究，找根源想辙儿，白天指教沙民再干。种子苗子，活了死了，死了再种，再死再补种补栽，反反复复，历经磨难周折，直到每一种沙生植物的种子苗子，完全成活成长起来……

慢慢地，沙民们才知道，种树种草，抗风治沙，这里头学问大着哩。什么防治病虫害，什么应对旱寒盐碱，什么谋划盘算建区设圃，什么引进外地外国优良沙生植物，什么弄清不同植物的习性特点，等等等等，这些个科研上的事，郭先生一肩全挑了。甲乙丙丁，子丑寅卯，说不清楚遇到了多少杂七杂八的难题，费了多少过五关斩六将的周折，都被他一个一个，动脑子，弄明白，想法儿，找路子，再给大伙讲清楚，怎么干，全解决了。

月复一月，年复一年，全村人眉毛里淌汗，手掌子长茧，手背上裂口，重复累叠了多少次也说不清楚了。几个年头过去了，功夫不负受苦人，树林子也起来了。

老天爷真难为咱沙乡人呀！八年前刮了一场老人们说一辈子也没见过的黑风沙尘暴，把我们带着全村人费尽心血干了几年的成效，几乎全毁了不说，风沙还把整个村舍田地全都掩埋了。幸亏郭先生识天候，在黑风刮起前就招呼大伙躲进了地下穴窖，还把他早先积存备用在紧要关头拯救生命的百来十斤玉米，给每家分发了几斤。沙尘暴刮了整整一个月，几斤玉米真成了救命粮啊！西沙窝子人的命真硬，除个别人撑不住丢了命，绝大多数人就靠这几斤玉米活了下来。

沙尘暴停息后，又是郭先生给大伙撑腰壮胆拿主意，长精气神，从头干起，刨田屋，栽种苗……好在大伙干了几年弄明白了怎么再干，从吃苦头中悟出了道道，懂得了苦干不蛮干还要巧干。脑袋瓜灵光的，都跟着郭先生学知识钻科学，少走弯路。大家又是没明没夜地干，争夺时间，要把沙尘暴毁掉的成果尽快弥补回来。

有些人支撑不住，有点灰心丧气，郭先生总是一个一个地耐心谈心交心，给他们提神打气，让他们咬牙鼓劲，长骨气坚持住。想想人家郭先生，一个科学家放着自己的好日子不过，打老远跑到咱西沙窝子来图个啥，还不是为了帮救咱们吗？我们自己还有什么理由再趴下当懒汉，难道还想回到饥寒交迫的死路上去吗？

有郭先生，我和大家伙都有主心骨。心里透亮了，血气旺盛了，品格提高了，脑袋瓜子灵活了，办法窍门多了，互帮互助多了，种草种树的成效也越来越大了。

大伙慢慢明白了一个道理：不惧怕风沙但要顺着自然的脾性，这是每个沙民必须得懂的科学；树立了一个信念：对重新栽种下的苗子种子要下功夫管理，让它们成活成长，这是治理沙漠的硬道理；建立了调动大家积极性的一个规矩：谁栽种下的种子苗子归谁，成活后将来产生的所有效益都归谁，但根据各家劳力强弱情况，进行了强帮弱的组合搭配。为了共同富裕，必须奖勤罚懒，互帮互助。

万事开头难，最难是没钱。从一粒种子、一枝树苗到科学实验的盆盆罐罐，从需要打井设备到一村人要吃饭，等等，要干要办的事情太多太多，要花的钱也实在是太多太多。咱沙乡人除有能把抿鬓角抹眉梢的汗水摔成八瓣，饿着肚子撑着也能干活的本事，我当村长也有把一个铜板掰成两半花的盘算，可我们找钱的能耐一点儿也没有。搞这么大工程要花的钱，都是郭先生为我们操心想辙儿。他的一点积蓄在开始种草种树的时候就全搭上了，每月的薪水大部分都花在了沙民的身上。十多年来，他跑南京奔福建老家，央求治沙所支持，厚着脸皮让同事亲友捐钱都几个来回了，也解决了不少难题。植物园里那些外地外国的沙生植物，也都是郭先生三番五次请求治沙所的铁哥们帮忙凑钱，想办法买来的一点种子苗子栽种活的。碰到要打井买设备实在是没处再去找钱，他一狠心把南京自个儿的房子卖了，连“头顶的一片瓦”也都奉献给咱们了。

想想咱们国家，老百姓穷困潦倒的时候，想依靠一下政府，门儿都没有。天高皇帝远，八棒子都打不着，平日里他们说的比唱的都好听，可官老爷们整日想的是自己升官发财，哪管穷人的死活。

“要让沙漠变绿洲，一草一木要靠水。”郭先生说得好，为我们谋划得更周到。在好多年间，我们妥善安排时间，打井不停步，在林带和村里合理布局共打成了十五口井，靠比较充裕的地下水，养护着绿洲的生命，稳固着绿洲的根基……

林子不大啥鸟都有。贪占便宜的事，给外村沙民援助一点就有人嘟嘟囔囔，按下葫芦浮起瓢，时常会有。郭先生常对我说，你这个村长要教引大伙，凭良心，讲公德，扬善抑恶，同时与大家多商量，实事求是合理稳妥解决出现的事情。如经组织全村沙民商定下规矩，按郭先生说的，“为保护树林生态”，对围村护田的三圈树木林带，分配给各家各户，包干各负其责，加强管护责任；合理利用取材，不得乱砍滥伐；大家互相监督，违者严厉处罚。这些年来，我这个村长有点进步，全靠他这个老师在思想上方法上指导帮衬我。

春夏接秋冬，严寒又酷暑。就这样，郭先生和我们拼死拼活，干了十四个年头，他头发苦白了，人也熬老了。当年我才三十出头，现今五十不到，像个六十多岁的老头子。但老汉我还有后劲，还能再干几年哩！当年的三十多个沙民，小伙子变成了老汉，媳妇熬成了老婆子，有十来号人累死病死了。可是也有十多号人娃蛋，长成了能吃苦干活的小伙子，他们的婆姨又生下了十几个娃蛋，繁衍子孙，传宗接代，生生息息是没有穷尽的。真不容易啊！全村人按照郭老操费心思的谋划和指导，拼死拼活，苦干巧干，付出的代价终于有了回报。树草植物在方圆几里的沙漠里扎下了根，如今长成了沙旱生植物、绿化树木和经济林木三个圈子的绿色林带，像长城一样维护着西沙窝子的村舍和田园。这么茂盛好看的阵势，真应了郭老说的话，沙漠变绿洲，沙民脱贫穷。近两年来，庄稼年年有好收成，林带年年有好效益。沙民们卖出大批的树苗、枝条和种子，还有沙生补品药材，增加了收入，家家户户陆陆续续盖了房子，今年还给娃娃们办起了小学。西沙窝子一方水土，终于养活了一村人，大伙都过上了有饭吃有衣穿有房子住的美滋滋的好日子，不再发愁担忧了。

吃水不忘掘井人。十四个年头种树搞林带，郭老心里装着沙漠和沙民，将西沙窝子当成他干事业播种科学的地方，把自己全部的家当，全部的心血，全部的大爱，都奉献给了咱们，操碎了心，用尽了力，指导我们苦干巧干，终于使这块沙漠变成了绿洲，给咱村沙民带来了福祉，他的功劳最大。全村人都享受着绿洲带来的好处，可他却一草一木都不要，什么也没有。郭老总是乐呵呵地说，西沙窝子人过上了好日子，就是我最好的精神享受和幸福。咱村植树造林治理风沙，成了腾格里沙漠的地标，取得的经验被沙区学习，还给广大乡亲父老贡献了大量的苗木种子，这就是我最大的收获啊！

……

上官英杰仔细听着程村长真诚、朴实、细腻的叙说，感触颇深，油然而生尊敬景仰之情："真是穷则思变！郭老是沙漠科学界的先锋英雄！你们西沙窝子人是当代的愚公啊！"

上官英杰问程村长："郭老人还在村里吧？"

程村长一听，老泪纵横，唰唰掉了下来："去年过世了！郭老五十二岁来到西沙窝子村，算下来已有十四个年头了，在他六六大顺之年，咱村子变成了绿洲，咱村沙民享福的时候，大功臣却走了。"程村长呜咽着，"那是在一个早晨，我搀扶着他病歪歪的身子，到林带以外的地方，看他深情地远望着大沙漠，像是在谋划着什么的时候，突然一口鲜血喷射在了沙丘上，不省人事了……"

十四年间，郭普世吐过三口鲜血，这是第三口。

他吐出第一口血的时候，是十四年前……

那是郭普世刚从腾格里沙漠的西沙窝子村，回到南京冷冷清清的家里第一天，他给在纽约的妻子拍了一份电报："希望念在夫妻一场的情分上，能回来见最后一面，我绝无任何奢望。"

郭普世和他的妻子，是同年考入农林大学攻读不同专业的学友。他学的是沙漠学专业，她读的是作物栽培专业，大学寒窗相恋，毕业后结为连理；同是高才生，一起被分配到国立科学院工作，一个在沙漠研究所，一个在农作物研究所。无论研究治沙还是研究作物，都在一个大"农门"，干的都是"修理地球"的活儿。出身商人家庭、过惯了优渥生活的妻子，整天往试验田和乡村跑，在庄稼地里泡着，觉得日子清苦乏味，时常叫苦连天。而他参加了所里几个科学家组织的基础科研课题组，要东奔西颠跑遍中国沙漠区，摸清研究各大沙漠面积、成因演变发展过程和沙生植物分布群落种类及其习性特点等，科研内容极其繁杂，任务特别繁重。大部分日子“睡沙乡炕，吃沙民饭”，虽然比之妻子更为艰苦辛劳，且一年四季在家待不了几天，却心甘情愿。熬了四五年，妻子既承受不住像农民一样贫穷吃苦，也承受不了丈夫长年累月不在家的孤独寂寞。

多年前郭普世妻子的爸妈离了婚，其爸去了英国，继承了爷辈在伦敦从事种植和销售烟叶的实业，成为“烟叶大亨”，回到南京让女儿和女婿辞职去英国发展，“一个女婿半个儿”，以后可接管妻家两辈创下的家业。郭普世好几天犹豫不决，最终仍丢不下那份浓重的治沙报国情怀，决定不去异域，他的妻子只好带着他们的独生子先走了。

妻子去英国后的头两年，每年还回来一趟团聚一下，天天吵吵闹闹，要求郭普世随她去伦敦全家团圆，给他讲她爸爸的烟叶买卖如何火爆，她家的生活如何富足，劝他治沙造林研究可以转型烟叶种植研究，或者转行搞生产与商业管理都行，而他不为所动。以后妻子就再也没有回来过，开始还有劝他赴英的来信、他解释的回信，后来彼此书信也断了，相隔遥远天各一方，渐渐地，仅剩的一丝牵挂也淡了没了，似乎过去的一切都遗忘了，彼此成了陌生人。

无情未必真豪杰。其实，郭普世的心里还装着妻儿，虽然好多年互不联系，杳无音讯，但并没有放下他们。

光阴一晃十数载。科学研究事业对民国政府来说，就像后娘生的孩子，根本没放在眼里，沙漠及治沙研究是啥东西，他们就更不理睬了，给科学院拨的经费减了又减还给不够，科学院给治沙所的钱也是有一搭没一搭。阎王不急小鬼急。基础科研课题组干干停停，稀稀拉拉，马拉松般总算坚持了下来，课题组里郭普世等几个毛头小伙子成为岁逾“不惑”的中年人时，课题研究总算粗略了结。接着，所里又让他担负整理科研资料的任务，一晃又是几个年头。

后来，郭普世去了趟腾格里沙漠，沙民挣扎在风沙肆虐的死亡线上的状况惨不忍睹，他再也不忍心蹲在高楼大厦里整理什么资料了，瞅准西沙窝子村，义无反顾再没回南京，给治沙所领导寄了封信，要求准许他服务沙区，自立治沙应用科研课题项目，与沙民一起奋斗搞治沙，所里准与不准也就不管了。至此，他总算将一辈子放不下的心愿开始往实处落了。当他订下建设植物园的具体计划后，便跑回南京央求治沙所支持、同事帮助，想法儿筹集经费。他给妻子拍了份电报，求她能回来一趟见最后一面，想敞开心扉向她倾诉自己几十年来对不起妻儿的愧疚，主动提出了断婚姻关系，不能再这样无情地耽搁妻子。他的奢望就一条，只要儿子认他这个爸爸就行。

没料到，一个星期后，他没等到妻子，只等到她的回电："协议离婚书已寄出，收到希望签字后寄回。南京的房子归你。"

妻子不回来似乎有一点心狠，但她把房屋全给了他显然还有心。男人头上有片瓦便是家。

郭普世愧疚负重，内心极度难受痛楚，胸闷憋气懊恼难以排泄，猛地喷出一口血，人倒在了地下。这是他因为积蓄已久的心愿未了，悲伤过度，吐出的第一口鲜血。

后来，他全力扑在西沙窝子村的植树建园上，和村民一起没明没夜长年累月地苦干，时常食不饱腹，更谈不上营养，积劳成疾得了肺痨。有一天，他在沙漠里植树，陡然头昏又吐出一口血，全喷在树苗上，鲜红鲜红的。这是他发奋践行拯救沙民于水深火热之中的热血情怀，喷出的第二口鲜血。

程村长说着已泣不成声："我赶紧呼叫，郭老，郭老……半晌，昏迷的郭老，眼睛微微睁开一条缝，腮边浮现出一抹淡淡的微笑，抚摸着我的手说，继续干……头便耷拉了下来，一瞬间，老人家就这样悄然无息地走了。"

消息传开，全村人都蒙了傻了，大恩人就这么突然离开大伙走了，老天爷真是不公平啊！西沙窝子村男女老少号啕大哭，悲痛得撕心裂肺！

那天，好端端的晴天忽地阴云密布，霹雳一声震天响，下雨了。这是老天爷为科学家洗尘送行。

英魂撼大漠。郭普世一辈子与沙漠为伍，在荒芜瀚海书写人生，功成谢人间。弥留之际，喷洒鲜血和留下的“继续干”三个字，成了他生命的绝响！

4

郭普世前辈撼人魂魄的血气、豪气和牺牲精神，西沙窝子人坚韧不拔的志气、骨气和奋斗精神，以及村子发生巨变的生动景象，深深冲击和浸染着上官英杰这位刚刚从美归来的青年沙漠学家的心灵。他的内心世界激荡澎湃：这位了不起的科学家在腾格里沙漠里，不仅制造了物质奇迹，而且还创造了精神奇迹、人格奇迹！

对这位沙漠科研的先行者，上官英杰高山仰止。深感郭普世老师是沙漠科学界真正的大智大勇大强者！他那浓重的治沙报国情怀，对沙民的胸襟、慈爱和柔情，既同于有良知的沙漠科学家，又远远超越有良知的沙漠科学家。他在大西北沙漠里早就砥砺前行，在风沙第一线与贫穷沙民团结一心，艰难卓绝地与风沙搏斗直至热血染大漠，给广大沙民留下了整个春天而自己却从未收获过一缕春风。正如《沙漠泓泉大学宣言》里所说，他就是那种“付出巨大热情、百倍努力，全部智慧和才能甚至生命，改变沙漠让它变得美好，服务社会让它变得更美好”的人。

英雄往往腾空出世于逆境。上官英杰觉得，中国出现郭普世这样的科学家绝非偶然，也绝非“单枪匹马”，总会有“万马奔腾”的那一天，关键在于中国的社会制度、政府的政策能不能形成科学家“万马奔腾”的人文环境，还在于人性道德的进步。时下，对中国沙漠的科学研究和治理，就成为献身这项事业的科学家和为了生存的广大沙民的事情。这条路虽然布满荆棘，却光明远大深得民心。郭普世这位可歌可泣的前辈，走过的与沙漠为伍、与沙民同行的英勇奋斗历程，使他悟出科学家有效治理沙漠的根本之道：唯有对沙民满怀深厚的感情，贴心依靠他们，同命运共呼吸，共存共荣共患难，共同搏击风沙，才能打胜一个又一个治理风沙的硬战，最终让沙漠变成绿洲。

这是上官英杰在他有生之年接受过的教育中，最刻骨铭心难以忘怀的。他反省自己，第一次认识和发现，以往头脑里专家治沙、技术治沙的分量偏重了，而热爱沙民，依靠沙民，与沙民同舟共济、同心治沙的情分偏轻了。

年岁不老相貌却显苍老，而心灵依然年轻活旺的沙乡铁汉程实村长，目噙热泪对上官英杰说，郭老在西沙窝子村与沙民患难与共，科学治理风沙建成绿洲，自己却活活累死的事，传遍了腾格里沙漠区，感动了沙区广大沙民，远近乡亲纷纷来到墓地悼念他；也传到了南京国立科学院，然而却毫无声息。最遗憾的是，郭老去世后治沙研究所只寄来了一封吊唁信，没有派人来料理他的丧事。我们想给他的儿子发个信但不知道往哪里发。他抹着泪水道："郭老没有死，活在咱村沙民的心窝里！按照他的遗愿，尸骨就埋葬在林带内的肉苁蓉园内。郭老日日夜夜，永远和咱村沙民们在一起。"

他还说，这个客栈是郭老提议设立的，林带边上那个石碑上刻的字也是他写的。说给来往沙漠里的人行个方便，古人的诗句会引人注目留住过往来客；碑下边写着西沙窝村客栈，让人知道村子里有住宿吃饭的地方。"郭老叮嘱我，向住客收几个够吃喝的钱就行了，不要贪图赚钱。人家来这里看看围护田园和村舍的植物林带，听听村子的变化，最起码可以让人们了解沙漠并不可怕，知道风沙能够治理、沙漠可以变绿洲这个科学真理。"

上官英杰看着程实，认真地听完了他说的话，由衷称道："郭老和西沙窝子人创造的奇迹，对于治理腾格里沙漠乃至整个大西北沙漠来说，都是一个活生生的沙漠变绿洲的成功标杆。"他又望着石头说，"我就是看了石碑上写的字，才知道村里有客栈。"

"我只看了石碑上的村名和四句诗，眼睛再未向下看。"石头说着心里却想这四句诗的意思。

上官英杰郑重地向程实请求："请程村长带我们去郭老的坟茔，拜谒我们沙漠科学界这位了不起的前辈老师。"

程实，这个小沙村的村长还是有些眼力的。他自打见到上官英杰这个长相英俊、待人礼貌的年轻人，就觉得不是个一般的人，观察其举止言谈，心里头估摸着更感不一般。刚才，听他说"我们沙漠科学界"这句话，瞬间恍然大悟，立刻抓住上官英杰的手："原来先生也是上头来的治沙能人，老汉不知道，这里给你行礼了！"接着，他就要跪地磕头，上官英杰见状，赶紧用双手使劲地拉住他："程村长，使不得，使不得！您这是折杀我了，我是郭前辈素不相识的同行，刚刚从美国回来，就是要走郭老师的路，还没有为治理祖国的沙漠做任何事情，很惭愧。再说您是长辈也是功臣，该我给您行礼才对。"说着，双目注视程村长，恭恭敬敬地给他鞠躬行礼……

程村长带着上官英杰、石头，来到不远处林带内的肉苁蓉园，走到青松翠柏围绕着的一个坟茔，只见坟前石碑上刻着"恩人郭普世先生之墓"，落款是"西沙窝子村全体沙民敬立"，墓旁的香炉里点燃的线香，散发着淡淡的香味；坟茔四周摆满了沙民们供奉的沙旱生植物鲜花、水果、食品等各种各样的祭品。

上官英杰怀着无比崇敬的心情，献上了一束程村长为他准备的飘散着馨香的沙枣花，伫立于墓碑前向这位不曾谋面却又似感特别熟悉而亲切的前辈鞠躬行礼，神情凝重地道："后辈上官英杰将继承您的遗志，踏着您的足迹，为致力于研究和治理祖国沙漠的大业而鞠躬尽瘁，死而后已！"

程村长、石头则按照当地约定俗成的方式，跪了下来，点香三拜，顿首磕头，祭祀了九泉之下的科学家。

因为肉苁蓉是一种寄生植物，这个肉苁蓉园实际上是一片梭梭、红柳群落与肉苁蓉混生的园林。只见在每株茂密的梭梭、红柳丛周围的沙地上，大多一二尺高，浑身开满粉红色或紫红色花朵的圆柱形状花棒，亭亭玉立，色艳芳菲，在园林里蔚为壮观。

上官英杰对石头说："这就是肉苁蓉，别名大芸、苁蓉，还有个蒙语名叫查干告亚，是多年生草本植物，植物学上分类属列当科肉苁蓉属，只有在大西北和内蒙古沙漠里才比较多见，它的地下肉质茎是珍贵的滋补品和药品。”

“先生，我也要细细听听哩。”在一旁的程村长道，“虽说我一辈子滚在沙窝里，但对沙生植物只知道些皮毛。郭老在世时经常给大伙讲植物的学问知识，我整日忙天忙地的，从没囫囵完整地听过他讲的东西，这次碰到先生，学习机会不能再放过。”

“程村长，您的实际经验丰富。我可能书本知识多一点，要多多向您学习。”上官英杰从这里肉苁蓉的开花状态和活旺长势断定，地下肉苁蓉茎的质量一定是上等品。“你们这里的肉苁蓉，应该是少见的优质顶级品。”他由衷地继续说下去。

“你们这个绿洲，无疑盛产肉苁蓉、锁阳、枸杞、沙樱桃、沙棘、沙枣、沙米、甘草等补品、药品和食品，盛产沙旱生植物树木苗子种子，盛产木料、燃料、饲料，是取之不尽、用之不竭的生物资源宝库。绿洲出产的物材都有一定的经济价值，不能让它们自生自灭白白浪费掉，当然也要合理采收利用，注重保护和发展资源；要学会做买卖，办商贸公司，把采收回来的补品、药品和食品，经过细加工包装成为商品卖出去；要与沙区其他村庄善于搞经营的商号公司联合发展，也要与镇番、西凉、西兰、西宁、西安等地的商贸公司和生意人联系，建立良好合作关系，连通贸易商道，共谋发展。总之，要走上沙产业林产业生产、加工、贮存、销售一条龙的专业化产业化的路子。你们的日子会过得更好，沙民会更加富裕起来。

“一定要把郭老带领你们建设发展起来的绿洲资源优势，变成产品优势，转化为经济优势。”他向程村长说了自己的想法和建议。还谈道，他在美国取得的一些科研成果，设想先期在包括西沙窝子村、肉苁蓉村在内的腾格里沙区试验推广；他的家在西安，会为这里沙产业、林产业的起步发展，在西安方面铺路搭桥多出力的。

程村长听了上官英杰的一席话，顿时感觉眼光亮堂脑袋瓜开窍多了。他觉得，这个年轻人的指点，有与郭老相同的地方，更有不同的地方。正是目前他想带领沙民们干但还不知该怎么干，一下子给点拨明白了。

这时，石头对上官英杰说：“请先生讲讲这个肉苁蓉吧，肯定有学问哩。”

“好。”上官英杰乘兴又讲了起来，程村长也支起耳朵听着。

肉苁蓉茎具有极高的滋补和药用价值，在中药界名声显赫。新鲜肉苁蓉茎富含营养，是滋补人体的优佳食品，能似水果一样生吃，又可炖肉、做菜和调汤。作为中药入药，性微温，味甘，具有养筋、补肾、壮阳、利肠、通便的特效功能，主治肾虚、阳痿、遗精、腰膝痛、尿血和肠燥便秘等症。另外，还对一些妇科病及习惯性便秘、较严重的贫血等疾病，也有好的疗效。

上官英杰说着滋补品肉苁蓉，蓦然又想到了蓉儿，一股莫名的思念之情涌上心头。此时，他对与自己深爱的人同名的这个沙漠珍贵特产，更是情有独钟，讲述得越发有声有色：

说起来蛮有趣的。肉苁蓉有其神奇的生长特性，除专门研究沙生植物的科学工作者和沙区老药工，就鲜为人知了。动物界有许多寄附在异体动物身上靠剥削过日子的寄生动物，植物界也同样有靠寄主生长的植物，肉苁蓉就是一种。因为肉苁蓉的整个植株上都没有叶绿素，不能自己制造养分，只得寄生；它的寄主主要为梭梭和红柳。拿梭梭来说，梭梭的根系极为发达，能吸吮地下深部的水分，肉苁蓉“背靠大树好乘凉”，它的主根连接在梭梭的根系上，摄取各种养分，安然无恙、舒舒服服地生息着，梭梭任其剥削，也毫无怨言。每逢生机盎然的明媚春天，随着沙生植物生机时令的到来，肉苁蓉也身着漂亮的鳞片外衣，以圆柱体般的形状破土而出，茁壮成长。它的这种体形状态，能自避体内水分过多流失，特耐酷暑，抵御干旱和风沙。肉苁蓉开花后不久，正是它的地下茎肥腴鲜嫩、营养丰富之时，在这个时候采收，其滋补和药用价值最好。肉苁蓉花除粉红色、紫红色的外，还有鲜黄色的……

就在听者感到津津有味时，忽然三个人都听到近处有动静，不约而同地目扫四周。机敏的石头发现，一只野兔在不远处窜来窜去，只见他右手一甩，从袖中射出去一支飞镖，刹那间将那只兔子射倒了。程村长见状，喝彩道：“好功夫!”谁知，这只栽倒的兔子又翻起身来跑了。此时，上官英杰不慌不忙，弯腰捡起一块薄薄的石片，眼瞅着兔子奔跑的踪影，稍为用气，石片从他手心“嗖”的一声飞向兔子奔去的方向……他们三个都追了过去，一路见到受伤兔子洒下的点点血迹。追了一阵，就在茂密的梭梭丛林里找到了倒下还在抽筋的野兔。石头伸手提起来一看，飞镖中腿，石片击头，兔子已经死了。石头不禁啧啧称赞：“先生好身手！”程村长说：“两个年轻人都有一手绝活呀！今晚爆炒这只肥兔，晚饭消受它！”

“天色不早了，我先回去给你们弄吃头去。你们再转悠一会儿，就回来吃晚饭吧。”程村长说着，从石头手里接过兔子走了。

晚餐相当丰盛，程村长为上官英杰、石头做了黄焖羊羔子肉，爆炒野兔子肉，还有野蒜野葱拌野菜。另有沙樱桃酒。主客都放开胃口，吃喝了个饱。

折腾到很晚，上官英杰、石头才上炕休息。上官英杰嘱咐石头：“明晨早点起床，争取七点前出发，直奔肉苁蓉村。”

“好的。先生，您给我讲讲林带口石碑上的那首诗吧。”

“诗名知道吗？”

石头摇摇头。

“《碛中作》。”

“这个碛字是啥意思？”

“碛，是沙石地，沙漠之意。”上官英杰想考考他，“那你背诵一下。”

石头马上背诵了出来，且还有点情感，比前几天背诵那首《凉州词》有进步：

碛中作

走马西来欲到天，辞家见月两回圆。
今夜不知何处宿，平沙万里绝人烟。

“不错，能记住说明有学习的愿望。”上官英杰说，“这是盛唐著名边塞诗人岑参颇有名气、流传很广的代表作之一。”

“先生，啥叫边塞诗人？”

上官英杰道，初唐至盛唐时期，朝廷为确保边防巩固安宁，百姓安居乐业，特别是丝绸之路的畅通无阻，经常决策采取一些戍边远征的军事行动。不少胸怀忠君卫国、报效皇上思想的文人志士，纷纷来到西域投笔从戎，有一些人充任智囊谋士等角色。于是，他们以边塞丰富的戎马生活和见闻感受为题材，写出了一批批诗作。这就是唐代诗坛在特定历史条件下出现的特定文化产物——诗情浓郁、异香独放的边塞诗，作者也就被称为边塞诗人。这个岑参，三十岁时中进士，后来为官。他到这里后，投入火热的军旅生活且遍走西域，深谙军情社情民情，诗兴大发，勤奋创作，成为七十余名边塞诗人中的杰出代表。诗词歌赋是时代的一面镜子。历代诗词研究者们认为，岑参诸多的边塞诗作，构思新颖精妙，语言豪迈遒劲，内容丰富瑰奇，情景交融生动，在相当程度上真实地反映了盛唐时期经济蓬勃发展、人们勤勉进取的时代风貌，也彰显出诗人的坦荡胸襟、高尚节操和人文情怀。

说到这里，上官英杰叫了声“石头”，这首《碛中作》的语句很通俗易懂，你琢磨琢磨诗人描写的景物和意境，是不是非常熟悉，抒发的缕缕情思是不是特别亲切？西行漫漫，马背跋涉。离家西进步履沙漠，熬人的日子让月儿圆了两回。但所期盼早日抵达的地方却遥遥无望，非常渺茫。身处黄沙滚滚、绝无人烟的瀚海大漠之中，今夜宿何处呢？

讲说者声情并茂，竟使自己不知不觉陶醉于诗情意境之中；聆听者痴情入神，觉得身在沙漠里体味这首诗，特有亲切感。古诗好厉害哟！

就这样，两个人沉浸于诗情里，渐渐地进入了梦乡。

5

人们都说，日有所思，夜有所梦。上官英杰的梦幻里，演绎出八年前来到腾格里沙漠卒然遭遇强悍沙尘暴，生命奄奄一息，濒临死亡的那一幕幕惊心动魄的情景……

这是一场在上官英杰的人生历程中，永远都不会忘却的噩梦，也是一场在上官英杰的青春生命里，永远都难以割舍的美梦。噩梦差点让他命丧黄泉，美梦又让他意外复生。

上官英杰压根儿也没想到，带着母亲给他选的助手杨林，两人各乘骑一峰骆驼连日赶路，进入腾格里沙漠的第三天下午，在即将到达沙海深处的肉苁蓉村时，目睹北边天际陡然卷起一股黑风冲天而上，黑风恶浪又迅速向两边和远方扩展，蔽天罩地翻滚着，魔鬼一般怒吼着，扑了过来！

他的心头蓦然一惊：沙尘暴！

此时，他因解手滞留了一会儿，落在杨林后面。此刻，目光穿过混浊不清的时空向前眺望，模糊可见在前方距离自己二三百米处，牵着两峰骆驼的杨林晃动着，霎时紧张了起来，心一下子悬到了嗓门口。他双手做喇叭状放到嘴边，大声呼喊："杨林，沙尘暴来了，赶快后撤！"然而，就在喊声刚刚出口的瞬间，排山倒海般的恶浪黑风，便把眼帘里的杨林和骆驼的影子吞噬了……

上官英杰痛苦地垂下了头，向着那个方向深深鞠躬，恭敬地行了个礼！心里暗自祝愿：希望杨林还活着……

刹那间，以雷霆万钧之力，铺天盖地而来的飓风席卷着沙石和各种杂物，在距离上官英杰几十米的地方，凝结成一股疾速强悍的黑色旋风，发疯般呼啸着冲上天际，这个猖狂的黑色魔头席卷着一切，越旋转越强劲！在旋转的风浪中，隐约可见禽畜的踪影，听到人的凄惨哭叫声。忽地，旋风头又从半空旋转而下，向着他所处的方向冲来；而到半道却又像飞龙一般，旋转掉头向东窜去！

危险极了！猛烈的旋风头，如再向前冲击一点，他就会被卷走。虽然幸免一劫，而实际上上官英杰所在之地，亦处在这股旋风边际的扫荡之中。整个沙漠浑浊黑暗，厉风如刃，乱石横飞，往哪里躲？整个空间都处在危难之中……

刹那间，作为毕业于国立中央金陵大学沙漠学系的高才生，他根据这场沙尘暴的威力判断，如此暴虐无道的沙尘风暴，遇到沙丘席卷翻滚，碰见石块刮起乱飞，逢着人畜横扫砸碰；强悍凶猛飓风，又会强烈地促使沙石、禽畜、人体等各种物体猛击相撞，乱砸横碰，杀伤一切！这场浩劫必将给所及的沙区造成无可估量的损失。

刹那间，第一次对沙尘暴产生了恐惧感的上官英杰，意识还是清醒的。根据长时期来对沙尘暴的研究和这次切身感受，以及以往阅读到的史料资讯思忖，如此罕见在世界沙漠史上鲜有记载。此时此刻，他记忆里积存的发生于中外危害最甚的沙尘暴，在脑子里掠过……

一起发生在中国。唐代时的西域，曾发生过罕见的沙尘暴，唐代边塞诗人岑参的诗篇《走马川行奉送封大夫出师西征》便是明证："君不见走马川行雪海边，平沙莽莽黄入天。轮台九月风夜吼，一川碎石大如斗，随风满地石乱走。""将军金甲夜不脱，半夜军行戈相拨，风头如刀面如割。"诗情告诉人们，当年在新疆的走马川一带，在战事险象环生、艰苦卓绝，天气狂风怒吼、飞沙走石的情势下，将军受命出师，骑战马率大军，行程于天山主峰与伊塞克湖之间雪海边上的大沙漠里，九月的黑夜暴风咆哮，卷起的黄沙直飞云霄，其大如斗的石头被猖獗的飓风吹得满地乱滚，其险恶气势与"君不见黄河之水天上来"难分伯仲；而唐军将士却无所畏惧，以扭转乾坤的浩然伟力，迎头如刀割面一样的飓风，顶着飞沙滚石的袭击英勇前行。正可谓"沧海横流，方显英雄本色"。作为边塞诗人的岑参，不禁激情飞扬，纵笔渲染，挥毫写下如此奇丽壮美、音律神妙的诗篇，赞赏唐军将士大无畏的英雄气概……

一起发生在美国。长时期来，由于美国过度开发西部，大肆焚烧草原，盲目开荒垦地，导致1934年5月爆发了震惊世界的强劲沙尘暴。这场沙尘暴，从土地被破坏严重的西部凶猛刮起，迅速蔓延开来，形成一条东西长二千四百公里、南北宽一千五百公里、高三公里的极强风沙暴浪，连续多天猛烈横扫美国三分之二的国土，强悍的沙尘风暴把三亿多吨土壤卷进大西洋，毁掉了美国四千五百万亩耕地……

刹那间，上官英杰不寒而栗，甚至产生了绝望的念头。处在如此险恶的自然环境中，不知道怎样才能自救？毫无主意，无任何办法。难道听天由命，任由命运摆布？

上官英杰又责问自己：你还是个立志瀚漠治理风沙的人吗？

他镇定下来，迅速脱下外衣，把头包裹严实，想尽力保护头部，正用衣服的两条袖子打结时，感觉眼前一片黑暗，宛如利刃穿胸般的冽风袭来，浑身疼痛难忍。转瞬间，像是被强盗剥光了衣服，裸体又被抛向空中，疾速落下，再度被抛向远方。身体就像是被踢来踢去的足球，横飞击物，砸碰乱撞……就在此刻，他仿佛听见了将军爸爸的提醒：杰儿坚强！施展轻功战胜沙尘暴！

于是，在被沙尘暴肆虐侵袭之中，上官英杰强撑硬撑，努力保持着意识，因为有意识才有意志，在意识和意志的支撑下，他的身体强力施展父亲潜心传授的轻功避害：风浪尖似燕，沙暴如浮萍；浮动随烈飔，气驾龙卷风；撞石蹦脚飞，碰墙轻走壁；纵横避冲击，开合躲锋芒……

不知过了多长时间，他终于支撑不住，失去了意识，失去了意志，失去了知觉……

不知又过了多长时间，他浑身钻心般地剧烈疼痛，微微苏醒了过来……

顿时，他听见沙尘暴依旧咆哮呼啸着！苏醒后的意识产生一丝惊喜：还活着，意志陡然而生！强忍剧痛转动了一下脑袋，感觉有轻微障碍，柔柔软软的像是沙土，又抖动了几下，盖头的沙土落下，顿时感受到比较流畅的空气；干涩疼痛的眼睛，费力地睁破蒙着视线的血迹与沙土黏结的硬罩，撑开一丝缝见了亮光，庆幸双眼未受到明显损害，只是久未见光被刺激得很难受；上身“穿”着血迹与沙土等杂物交织结成的“外衣”，被埋在沙土和植物枝系纵横交错的物体之中；近处两侧是长着獠牙利齿般的石壁；无法看见下体，忍痛使劲颤抖了几下，感觉两腿虽然沉重但却悬空着。由此他判断，身体被挟持在一个大石缝或是洞穴口，显然避开了沙尘暴的锋芒，隐蔽于比较安全的空间里。

一丝求生的欲望，强烈地在他剧烈疼痛、浑浊不清的头脑中闪过！唯一有效的就是在挣扎中寻求生机，希冀能遇到活着的人，关键要看自己的生命还能支撑多久。这个时候，他隐隐约约回忆起在被猛烈风卷撞碰的过程中，只要有点意识，都最大限度地应用了爸爸传授的自救轻功，肯定发生了效力，不然早已丢掉了性命。

面临死亡，挣扎求活是人的本能。求生之念使他产生了一股力量！

他猝然忘却了剧痛，使出浑身解数，努力旋转着自己的身躯……在朦朦胧胧的意识里，生死有命富贵在天，如果悬空的身体着地，无论是掉进万丈深渊，还是跌在安全之处，使尽余力冒险自救也就此一招了。忽听“叭叭”两声响，是植物枯枝的折断声，还是自己肋骨的断裂声？已管不了许多，他继续使劲地旋转着身躯，一下一下，由缓慢到微快，由微快到加快……

在难以忍受的撕心裂肺般的疼痛中，上官英杰在昏死过去的瞬间，感觉身体“腾”的一声，像是掉在了沙土地上……

第三章 天使裸救

1

人世间，生生死死总关情，好人终有好回报。

真是难以预料，“有美一人，清扬婉兮。邂逅相遇，适我愿兮。”这样的情景竟出现在死神逼近上官英杰的危急时刻，一个纯真纯朴纯情菩萨般的天使，倾心全力拯救了他的生命。

这位天使，是横跨大城市与大沙漠都能悠然生存的一个知性美女，瀚海大漠里的一朵奇葩。

她的名字，既与沙漠里出产的珍贵滋补品药品肉苁蓉同名，也与这里盛产优质肉苁蓉的肉苁蓉村同名，是村里族长的儿媳妇，家人外人都叫她蓉儿。三个月前，蓉儿生下的头胎孩儿呱呱落地就夭折了，紧接着患肺痨的丈夫又不治而亡，她十七岁便守了寡。

碧玉年华的蓉儿，真是一个天生丽质、仙姿玉貌的美人。瞧她，秀发香腮面如花玉，肌肤雪白细腻娇嫩，体态丰腴处显性感，身段苗条处现轻盈，身子水灵得捏一把准会滴答下水来；乌黑清澈的双眸熠熠生辉，两道极美的柳叶眉，渐浓渐细渐淡地隐进眼角上方，显得亲柔和善而有神韵。尤其是她那映露在眉目间的温良性格，盈溢于鼻耳际的旺盛芳华，站姿步态彰显的贤淑情怀，为同龄女子所羡慕；还有腮边两个笑靥透出的妩媚，富有动感节律的丰乳翘臀，无不吸引着男人的目光。

在肉苁蓉村乃至数百里的腾格里沙区，蓉儿的美貌美德美才闻名遐迩，已成为人们闲谈聊天、调侃传播的话资，叽叽喳喳论说漂亮女人、完美女人的象征，而被村里族亲村外乡亲沙民交口称赞为“美人、好人、能人、善良人、文化人”。还因为她嫁给了一个病胎子男人，又被一些人讥讽为“一朵插在骆驼粪上的肉苁蓉花”。

相由心生，离不开人的心田，心田播下善良的种子，必然开花结果显现于颜值，正所谓精神长相。蓉儿的美在于内里。其悲惨苦难的身世，非但没有摧毁和扭曲她，反而磨砺了她的精神意志，造就了她心地纯善、宽厚待人，知书达理、处事周全，富有爱心、乐于助人的品格。她是毕业于西陇省会西兰市女子中学的才女，能作文会写诗，善针线巧缝绣，早年为了生存，还学习掌握了一些医道。她到肉苁蓉村后得知，这里地处偏僻，族亲沙民生病，无医有药不会用，没钱看病死硬抗，只能活受罪。于是，她征得公公同意，在牛宅前院腾出一间房屋专门作为疗病室，充分利用沙区野生草药资源，施用针灸火罐等，无偿为族亲沙民服务，随到随接待；她能治疗头痛发热、伤风咳嗽、跌打损伤、一般妇科病等疾病，小病小伤，娴熟麻利，手到病除，还会接生。族亲们说：“这蓉儿活在富贵人家，心里却装着穷人，村里人都得到过她的好，也不是一次两回。”

肉苁蓉嫁入牛家，即成为牛富贵经商的得力助手，起草什么合同协议，处理商事文本，驾轻就熟；学经商悟管理，很快就掌握了鉴别、采购、加工和贮存野生肉苁蓉、枸杞、锁阳、甘草、沙棘、沙樱桃等沙生滋补品、药材的门道和技能，在商号顶起了大梁。她热心侍候病夫，寻找偏方尽心替他治疗，无微不至照料生活起居，使丈夫的病情一度有了好转。让牛富贵心花怒放的是，两口子洞房花烛不到三个月，儿媳妇就有喜了。还让家人和外人赏识的是，她在宅内院落里种树种草种菜种花，把本来凋敝萧瑟的牛家宅子，整得花香鸟语生机盎然，成为瀚漠沙区独一无二的“后花园”。

如此一个优雅靓丽、匠心巧手的美女能人，怎么会从繁华喧闹的省城嫁到贫困偏远的大沙漠里来？怎么会心甘情愿嫁给一个患痨病的男人？这还须从她的公公牛富贵说起。

现逾不惑的牛富贵，是三代单传的第二代独丁，祖籍西陇省西北部腾格里沙漠深处的肉苁蓉村，其爷辈年少时就举家从肉苁蓉村迁往几千里外的陕西西安，牛富贵出生于古皇城西安的商人世家，从小过着优渥的生活，接受良好的教育，十五六岁读书时服兵役，在东北军军犬驯养场当驯养员。退役后，回到西北单枪匹马闯到西陇省会西兰经商近二十年，已是金城颇有名气的商号“西陇滋补王”掌柜，专门经营大西北沙漠、戈壁、高原地带出产的野生滋补品药材，主营珍贵肉苁蓉、冬虫夏草、锁阳、枸杞、黄芪等；在腾格里、巴丹吉林沙漠区跑得很熟溜，直接与陇、宁、内蒙古沙区的一些乡村沙民，建立了可靠稳定的采购供货关系；在肉苁蓉、冬虫夏草等特产成长和成熟期，商号还会派出技术和经营人员，到沙乡提供服务，讲诚信口碑好，生意做得风生水起。

蓉儿，是牛富贵在她出世那天，从一个客户那里抱养的被遗弃婴儿。然蓉儿是何地何人的孩子，牛富贵秘而不宣，无人知晓。她的名字肉苁蓉，是他借用商号最受市场欢迎的紧俏货沙生肉苁蓉这种滋补品之名而起，以给这个苦命的孩子图个吉利。至于中国百家姓里有无“肉”这个姓氏，他觉得也就无关紧要了。

蓉儿在七八岁前，除偶尔知道自己从出世之日起，就是西兰城里做买卖的养父牛富贵养育着她之外，对自己的亲父生母是谁，自己是何方人氏，等等，一丁点儿都不知情。蓉儿幼年在西兰郊区的一个小镇生活，是养父把她托付给寡居在这里的堂妹养育，他的堂妹主要靠给人家当保姆、干勤杂活为生。自从把蓉儿托付给堂妹后，养父经常会给堂妹一些钱，而且每个月都会来看看她们。当蓉儿六岁的时候，养父安排她在镇上的一家私立小学读书。蓉儿开始叫养父的堂妹为姨，日子久了，感情深了，相依为命，胜似亲母女，也就母女相称了。终身寡居的养母有了一个漂亮的乖女，幸福极了！养母起早贪黑地干活，养育蓉儿读书；蓉儿下功夫学习，下课回来帮助妈妈干活。蓉儿勤奋好学，是学校出了名的优等生，独立生活的能力也很强。

蓉儿到了十一二岁，人们对她的身世早已不感兴趣时，养父才坦言告诉蓉儿，她是国民党晋陕绥边区军总部一个旅长与一个女大学生相爱未婚的私生女，而蓉儿的生母是谁，养父也不清楚。生父仅仅是养父供应沙生滋补品的固定客户，时间久了便成为朋友。她出世后生父把她托付给了养父，给了养父一笔钱，嘱咐以后不要再和他联系，他们的商客和朋友关系也就随之结束，再没有任何来往了。

蓉儿知道自己的身世后，曾私下千方百计打听生母下落，杳无音讯，只好作罢，偷偷哭过几次也只能认命。

牛氏从爷辈到孙辈，在西安、西兰两个大城市经商生活了几十年后，牛富贵突然把商号家业卖了，举家迁往千里之外的祖籍腾格里沙漠腹地的沙村去，让堂妹带着蓉儿搬到西兰城里来住，守着他家留下的几间房子，又给她介绍了干杂活挣钱的大户人家，以后他只有在跑生意来省城时才能看看她们。就这样，蓉儿随养母移居西兰市，养父安排她上了女子中学。

春光飞驰，韶华如驶。进入省会大城市，生活开销大，日子虽然过得清苦，但母女感情愈深，觉得有滋有味很幸福。天资聪颖的蓉儿，先上私立小学接连跳级，四年读完了六年的课；后读女子中学高中期间，上课念高一的书，私下学高二的课，次年便越级跳到了高三，门门功课优秀，语文更是出色，是“女中一支笔”。

蓉儿高中毕业那天下午，女中举行毕业典礼，最后一个仪式是朗读表演，实际上是同学们显示自我、庆贺毕业的一个文娱节目。高中毕业班有四个学生朗读了自己的作品，都是短小精悍的诗歌、散文诗、小小说等。蓉儿是表演者之一，她朗读的散文题目为《难觅人生》，写的是被人们视为“无商不奸”的一介商人，却善心收养了一个被亲生父母遗弃的婴儿的故事，作品挖掘人性善良的价值内涵，抒发人格的魅力和可贵，“婴儿啼哭情依依，一声声如泣如诉”，让老师和同学们深为动容，几分钟内完成了一场心灵的洗礼。其实，她诉说的正是自己的身世。自从她懂事以来，一直想表达一下感恩养父母的心情，苦于没有机会，再说这是她的隐私，也不能随便公开给人讲。恰逢老师征求在毕业典礼上的朗读者，她就报了名，也早就写了这篇东西改了又改，逢机朗读了一番，当然并非明言写的是自个儿的出生遭遇和身世，没料到引起了强烈共鸣。

毕业典礼结束后的傍晚，天空飘着小雨，她用书包挡着雨，依依不舍地离开了母校，按照一向走直线穿街越巷捷径回家的路途快步而行。进入太平巷不远将要左拐出巷时，倏然听到近处有婴儿的啼哭声，便停步眼耳搜寻左右，又闻一声啼哭传来，似乎声音发自对面一棵梧桐树下。她快步过去一瞧，见树根草丛中放着一个红布裹着的包，一低身即见里面有个露头晃动着的婴儿，油然而生怜惜之情，赶紧双手抱了起来，蓉儿一下子傻愣了，这是怎么回事？哪个妈妈会把自己的宝宝放在这里。此刻，蓉儿猛然醒悟，这个婴儿是否也遭遇如同自己出世后被亲生父母抛弃的命运？该怎么办？等等看，孩子的妈妈没准会后悔，再回来抱走自己的宝宝。过了半晌，未见人影，便决定先抱回家再说。

这时，婴儿又啼哭和咳嗽起来。她轻轻地拍着哄着：“小宝宝乖乖，小宝宝乖乖。”不由得用脸挨了一下婴儿的脸，觉得有点烫，天下小雨，孩子会不会着凉发烧？想想近处有个三爱堂门诊部，妈妈曾带她去那里看过病。她又改主意带孩子去找医生看看，正好过去给学校交的学杂费有剩余，今天毕业退给了她，有点钱，看医生够不够再说。临走又想，说不准孩子的妈妈返回来，找不见自己的宝宝怎么办？于是，她轻轻放下婴儿，从背着的书包里找出一张纸，写道：“您的宝宝发烧了，我抱到附近的三爱堂看医生去了。”她把纸折好放在草丛里，怕被风吹走，又用一块石头压住了一半。

蓉儿抱着婴儿到了门诊部，医生摸摸孩子的头，扒眼看看，用听诊器听了听心肺，量体温三十九度，说：“孩子受了风寒，发高烧，须打吊针输液退热。还是个婴儿，你妈妈咋不来？”

蓉儿无言以对，掏出学校退的学杂费递给医生：“请叔叔看看够不够？”

医生接过一看：“差得远嘞。”

“叔叔，能不能先给打吊针，我回家去叫妈妈带钱来。”

医生皱皱眉头：“也只能这样，那你快回家带你妈妈来。”

“请叔叔放心。”

蓉儿急匆匆地回到家，把情况给养母讲了，养母二话没说，拿上家里仅有的钱，找了几块干净的布，拉着女儿的手就走。

到三爱堂门诊部，医生一见她们就说：“孩子可能是肺炎，咳得厉害，现在烧只退了一点。液体输完，你们再去前面不远的仁济医院检查一下，我这里没条件，别耽搁了。”

“好的。”蓉儿养母看看，发现婴儿尿了，把带来的布垫好，她对女儿说，“是个女孩。”

医生听之愕然：“好像这孩子不是你生的？”

“这婴儿是我女儿今天从学校出来，在回家的路旁捡的。”蓉儿养母羞涩地笑笑，“我还没这个福气哩。”

医生方才明白：“算了，药费不再收了。”

母女俩把婴儿又带到仁济医院检查后，医生说是急性肺炎。在重症监护室抢救了几个小时，宝宝终于退烧了。蓉儿高兴地扑进养母怀里笑了，养母也笑得泪花闪闪。

医生说，还需要再观察几个小时。母女甜蜜蜜地看着酣睡中的婴儿，心里头好快乐。蓉儿的养母虽一生独身未嫁，但给人家带过孩子有经验，孩子一定饿了，该吃奶了，一会儿醒过来就会闹，心里直犯愁，怎么办？此刻，养母又想到女儿蓉儿出世后被生母遗弃的不幸，将心比心，她特心疼这个女婴，打定主意把她带回家当女儿养，权当是蓉儿的妹妹，再穷再苦也心甘……

就在这时，一个年轻的女人推开监护室门走了进来，她满脸惶恐地扑到床前一看，撕心裂肺般地哭出声来："这是我的女儿……"

原来，她正是被遗弃女婴的妈妈。她终于后悔回头去找自己的宝宝，从蓉儿留在纸上的那句话，一路追寻而来……

蓉儿的养母替女婴感到欣慰，这个母亲要比蓉儿的生母强。

俗话说，家家都有一本难念的经。牛富贵家也有难念的"经"，最早是老婆患有肺痨，而后又传染给独子牛小贵，妻儿都得了肺结核，这种病很难治，是九死一生的重疾，人们闻之都很惧怕，这成为压在他心头的沉重负担。牛富贵老婆患痨病，还一直支撑着料理家务，同时侍候病儿子，终因久不能治，加之长期劳顿疾患臻重，三十五六岁年纪便殁于沙村。病歪歪的儿子躺卧在床无人照料，牛富贵三思而行，急匆匆赶到西兰，求助堂妹和养女。正当及笄之年的蓉儿，此时正好从女子中学毕业，也在考虑着自己的未来。牛富贵见到堂妹和养女蓉儿，开门见山，凄怆地向她们诉说了家庭的窘境，诚切地问已出落成亭亭玉立大姑娘的蓉儿，愿不愿意嫁给他的儿子牛小贵。诚恳地向一直寡居岁逾不惑的堂妹提出，愿不愿意去沙乡，帮助他料理家务和照料自己的儿子。

牛富贵是个懂人情世故的聪明人。他一番苦心，想把蓉儿娶过来做儿媳妇，往深里思谋，受朋友之托把一个婴儿抚养成人了，虽是养父但与蓉儿也有了父女之情，索性让她嫁给儿子做了媳妇，情上加亲她就会成为真正的牛家人。同时，他冥冥之中感到恐怕指望不上病儿子能接手家业，聪慧的蓉儿如能嫁过来，可以成为牛氏生意上的好帮手，只要这个养女加媳妇对牛家尽心尽力，担当和继承家业也是一样的。再说，给儿子娶个俊俏媳妇冲冲喜，没准小贵身体会好起来，兴许还会留下牛氏香火传宗接代，就更是大喜之事。另则，牛富贵想得更深的是，说不准蓉儿的生父、国民党大官，什么时候找上门来认女儿，就会有个圆满的交代，蓉儿的亲爹也就会认了他这个亲家。这样安排眼前、考虑长远，都是最好不过的上策。

一个被遗弃的婴儿，由养父母供养成人，当涌泉相报。况且男大当婚、女大当嫁，蓉儿非常感激养父养母的养育大恩，当即表示情愿嫁给养父的儿子；堂妹也乐意去堂兄家帮他担当家务和照顾侄儿，而且她高兴的是能与养女蓉儿生活在一起。于是，母女跟着牛富贵，乘汽车坐马车，跑了一千多里地儿，来到腾格里沙漠深处的肉苁蓉村，不久蓉儿便与养父的儿子拜堂成了亲。十八岁的丈夫牛小贵比她大三岁，自小身子骨差，先后在西兰、西凉城里读过几年书，长相、品德和智商都不错，自从传染上母亲的痨疾后一直休闲养病，干不了什么活儿。蓉儿嫁给牛富贵的儿子，的确给牛氏带来了生气，带来了喜气，更带来了福气。

一年多后，牛富贵盼星星盼月亮，盼来的孙子刚刚降生就夭折了，病儿子久治不愈也殁了。随着时间的推移，能干的儿媳妇和他一起经营着生意，有堂妹担当着家务，他中年丧妻又失去儿孙的痛苦，也慢慢地自我修复了。牛富贵整日里乐呵呵，美滋滋地当着村里族长和商号掌柜。

牛富贵自个儿说："我是个后天太有福气的人！我的福气，就是老天爷恩赐给我的像个能干的男孩子一样的蓉儿呀！"他对蓉儿视如己出，特别关心和器重。

那么，牛富贵在省城生意做得红红火火，为什么会突然卖掉家业，举家迁往腾格里沙漠呢？是因为他在生活中又碰到了过不去的坎。当年他在东北张作霖部队服兵役时，是某军军犬驯养场一个出色的驯犬员。当时，场里管驯军犬的副场长、首席教官屠非很想提携他，还给他介绍了一个对象。而他虽学到了驯养军犬的一套本事，却不安心在军队长期干，打定主意等服役期满退伍经商。服役期满后，场部正要下达提升他的命令，牛富贵却三番五次死缠硬磨要求退役，长官无奈只好批准。他退役后刚到西兰时，屠非之前给他介绍见过一面的女子，也就是二十年后病逝的老婆，便从东北哈尔滨追到大西北嫁给了他，那时她正值碧玉年华。

"九一八"事变日寇占领东三省后，屠非投靠了日本人替鬼子驯养军犬，成了鬼子军犬驯养基地的一个小头目，发了叛变卖身财。牛富贵是个有良心良知的中国男人，听说屠非当了汉奸，很庆幸早在多年前与他断了联系。谁知，后来屠非派人来西兰费尽心机找到他，说日本人将很快向西进攻打到西北来，计划及早在西北建立一个驯养军犬的秘密机构，请他为日本人做事，给他的钱不会少。牛富贵一听，心中大骂屠非："不要脸的狗汉奸休想拉拢我！"表面上敷衍来人打发了事，心里主意很正，给钱再多也绝不出卖良心和灵魂，出卖自己的祖国当汉奸。

牛富贵转念一想，日本鬼子能不能打到西北来不好说，即使侵略不到，而鬼子的特务杀手想必早就到了这边，让屠非这个恶魔盯上肯定凶多吉少，准会再派人甚至亲自找上门纠缠不休。日本鬼子如此凶残，自己一个无依无靠的小老百姓，怎么能斗得过鬼子和汉奸？再守在西兰必定死路一条。思忖再三，三十六计走为上策。于是，当机立断决计舍离大城市，抛弃在西兰经商和生活了近二十年获得的客户市场、商友等许多宝贵的东西，变卖家业举家迁往祖籍地腾格里沙村，躲避日本鬼子和汉奸屠非的黑手。他知道肉苁蓉村虽是故土，自己在大城市生大城市长，已过惯了商人优渥自由的日子，回去肯定很不适应，在沙乡生存必然也会非常艰难，但总比在西兰倒霉等死强。再说有舍也有得，生意主要经营的是沙区出产的滋补品药材，到了沙乡货源广成本低廉，说不定买卖会做得更活更好。牛富贵有做人的骨气，也懂经商谋略，自信这一步走得不后悔。

事实上，牛富贵举家从繁华热闹的大城市迁到荒芜凄凉的沙漠村，从未后悔过，也没气馁过，更没失败过。

2

赤地千里，荒漠无垠，人迹罕至，远离红尘。

大隐隐于市，小隐隐于野。肉苁蓉村隐于大漠也是天地造化。

这个偏远沙乡之村，像无边无际浩茫瀚海中的一个孤岛，茕茕孑立，与世隔绝，天高皇帝远无人问津，村里人似乎与村外没有任何人缘往来，就连乡衙的人几年也难得来一次。自从牛富贵返乡生意开张后，这个往昔毫无生气的村子慢慢变了，变得红火热闹了，除过往昔的风沙声，有了人声，也有了商贸驼铃声。

当初，牛富贵带着老婆儿子踏进肉苁蓉村，虽然映入眼帘的，房是土坯窝子，人是衣着破烂不堪面黑肌瘦的陌生面孔，然彼此骨子里却流淌着祖宗一脉的血液，有一股与生俱来的亲切感。因为全村三十几户人家清一色姓牛，都是一个老祖宗繁衍的子孙后代，是他的族亲。

牛富贵家是牛氏大家族中唯一断文识字，出文化人的祖辈农商兼顾的人家，而且辈分高，资深望众；牛家长者曾连续出任村里族长，说一不二，很有权威。牛富贵的爷辈举家迁往古都西安几十年后，孙辈牛富贵又举家从省城西兰迁回祖籍，落叶归根，定居桑梓，自然受到肉苁蓉村牛氏大家族晚辈及沙区乡亲们的相当尊重和热忱欢迎。牛富贵很快被大家信赖拥戴，接替前任当了族长。由于他在大城市生长，进学校受过教育，入军旅学技术，尤其长期走南闯北做生意，讲的是南腔北调的大众话，其穿戴打扮举止派头十分洋气，显示出一个地地道道城市人的做派，族亲沙民对他既景仰又敬畏。

没有规矩不成方圆。国不可一日无法，族不可一日无规。

当族长那天，牛氏大家族的人都来了。牛富贵拿出当年爷爷当族长时颁布过的《族规》，庄重地宣读：

族 规

一、虐待老人当逆子不孝者，负荆请罪；

二、行窃偷盗贪别人之财者，自残断指；

三、伤风败俗干苟且丑事者，犬狗咬惩。

读毕，牛富贵肃立，目光如炬，声若洪钟：“同意这个《族规》的请举手。”霎时会场手臂林立；“不同意的请举手。”全场无一人举手。随即他严肃地宣布：从即日起，全村族亲沙民男女老少，必须谨记族规，恪守纲常。如有违犯者，凡十六岁以上不管何人，一视同仁，严惩不贷，绝不留情！

有几个爷们在底下叽叽咕咕：“犬狗咬惩是啥意思呀？”

有位长者答曰：“就是放犬狗咬违反族规者，死不死就看运气了，但咬死活该。”

“哇，这么残忍可怕啊，那就不敢让鸡巴头子胡捣腾，命丢了可真不值!”

会散，牛富贵招待全村沙民吃了一顿手抓羊肉和冬麦面大白馒头，喝了一场西凉粮白酒。这对大伙来说，就是在过年也难吃喝到的美味佳酿。

瘦死的骆驼比马大。何况，牛富贵这个西兰城的“西北滋补王”并非“瘦死”，败落到沙乡肉苁蓉村来的。牛富贵带着殷实的家底，一迁移回村便鹤立鸡群，自然成为村里冒尖的富户和唯一经商的人家。他立马规划设计，修造了高墙青瓦、砖木结构的两个四合院里外相套，拥有四十多间房屋的宅子。与村里沙民蜗居的用土坯垒个矮墙、树枝盖顶抹点泥的小土房子相比，在族亲各家沙民的眼里，牛氏宅院简直就像皇宫一样富丽堂皇。

牛富贵造宅子与做生意齐头并进，在宅门墙头高高挂起从西兰出发前就做好的红绸子金黄字的“牛氏商号”鲜艳幌子，一个人单枪匹马闯大漠了解情况摸市场，心里有了底儿，仍旧实施在西兰做买卖形成的“西陇滋补王”的经营项目和方略。他到西凉购置了骡马驼驴、大车、帐篷等经商畜具，雇用了几个手脚麻利的伙计。老婆在世的那些岁月，夫主外妻管内，他在腾格里沙区东奔西跑，遍访沙民谈生意付订金，她守商号接待沙民咨询，建立关系，掌握货源，收接产品。那时候的病儿子尚能帮助其母做些事情。精诚所至，金石为开。由于他们以善为本讲诚信，谈生意做买卖公道公平，加之周围数百里沙区就牛氏一个商号，供货者众多而收货商独此一家，没有竞争对手，建立了可靠的进出货渠道，保证了主营商品肉苁蓉、枸杞、锁阳、甘草、沙棘等滋补品药材的质量，很快在大漠广开商道，商品销售到镇番、西凉、永昌、古浪、华藏寺等地，为牛氏商号的立足扎根奠定了良好的基础。

智商高情商好的蓉儿，来到沙村牛氏的几年里，在牛富贵的精心指点下，在实践中摔打磨砺，迅速掌握了生意经，里外独当一面无往而不利。由于商号的帅将善谋合力，商贸生意渐入佳境。他们乘势拓展，不断改善经营条件，买了辆二手运货卡车，收货送货近有骡马大车队，远有汽车和骆驼队，生意越做越强大。又陆续从西凉、镇番等地雇用十多个伙计，并言传身教，使他们很快就能独立处理商务，而且大多还练了点武功。现今的牛氏商号及牛富贵掌柜像磁铁一般，吸引着无远弗届的沙区广大沙民，源源不断地送来沙生土特产品，再经过商号粗加工分等级包装，连绵不断地送往西凉、西兰、甘州、西宁、西安等地的商贸公司，也零售送给一些地主、资本家和军政官员等重点客户。同时，商号根据广大沙民的生活需求，扩大经营范围，在村里开了商店，调进丰富实用、价廉物美的各种生活日用品和西药，方便了村内族亲村外沙民生活，买卖愈做愈大。

后来，牛氏商号根据实际需要，委托西凉镖局苏虎镖头物色举荐，雇用了文武双全的年轻人程强，担任商号家庭合用的管家。

牛富贵懂得“得人心者得天下”的道理。他虽为族长但从不盘剥家族内外的沙民，低调做人，谦恭处事，很明白没有广大沙民给商号提供质好价廉的野生滋补品和药材，生意就成了无源之水、无本之木。表面看来，沙民是给商号提供产品的客户，实际上他们是商号只付产品费不发工资的“产业工人”，而沙民们还从心眼里深深感激他这个老板。反过来说，正是有了牛氏商号收购沙漠里出产的野生滋补品和药材，沙乡人才有了来钱的路子。

说到底，大沙漠生息的天然野生植物，是沙乡人和牛氏商号生财致富的“绿色宝库”，有取之不尽的补品、药品、食品，也有用之不竭的木料、燃料、饲料。腾格里沙区的沙民本来也是靠种植农作物为生，由于长期以来风沙尤其是沙尘暴危害，田地被吞噬，加之长年干旱无雨，也就只能靠收获沙旱生土特产品为生，除上等品被牛氏商号收购变现，买点粮食和日用品，剩余的一般滋补品药材就自用了。有幸碰到有雨水的年头，也会在村舍周围开垦点小地块或挖些窝窝，聚点墒情，种点玉米、糜子、谷子等小秋作物和萝卜白菜什么的，垫补垫补，日子会过得更好些。沙区十载九旱，春冬沙尘暴不断。肉苁蓉村每遇到天灾人祸时，牛氏也会发慈善心，救济一下族亲沙民，或赊点钱给大家，待后用采收的野生滋补品和药材偿还。所以，牛富贵在村里乃至沙乡成了沙民的依靠，有相当高的威望和号召力、影响力。

沙民看天要看北。这天上午，蓉儿抬头看天，苍穹虽湛蓝湛蓝、烈日灿灿，但北边天际却乌腾腾、雾蒙蒙的不清亮。在沙乡生活了好几年，经历和积累了无数经验体会，她强烈感觉要刮黑风，沙尘暴要来了。今天的气象状态给她的感觉很独特，与往常刮沙尘暴的先兆大有不同，心里不经意间总觉得有点慌张。

吃过中饭，蓉儿寻思不可大意，有备无患。三天前，公公牛富贵带着管家程强到西凉城谈生意去了，当家主事全靠着她，必须小心谨慎，掌管好商号和这个家，还得为全村人操心。如果强悍沙尘暴刮起来可是大灾难，须早做防备，不能有半点儿差池。她先安排了两个伙计，赶紧去村里给各家各户打招呼，“厉害的沙尘暴要来了，请族亲们务必上心重视，及早防范!”接着又叫来手下使唤的一个可靠伙计，让他套了辆车，她收拾好商号的账单现金，把收购来的新鲜肉苁蓉、冬虫夏草、枸杞等补品药材装上车，还将家里现成的熟食和几只鸡、一些肉类、鸡蛋及沙葱、萝卜等蔬菜，分成两份，一份装上车，准备送到母子穴窖；一份亲自去送给妈妈，告诉她要刮沙尘暴了，自己先去母子穴窖送些东西，叮嘱她一旦起风，招呼伙计们赶紧躲进穴窖，自个儿带上吃喝的东西，也快点进入穴窖，如来得及就到母子穴窖来。她安顿好了反身回来，让伙计驱车出村，向鲜为人知的牛氏“地下仓库”，也是她及亡夫生前躲避沙尘暴的母子穴窖而去。到了穴窖，伙计把东西搬进去后，她便打发他快点赶车回去，自己留在穴窖里整理存放，看看将要刮起的沙尘暴是啥阵势再说。

物竞天择，适者生存。在大沙漠里生息的沙民，对他们危害最甚的灾难，莫过于狼患、匪患和风沙患。其中，最折磨人的就是“一年一场风，从春刮到冬”，没完没了的风沙袭击，如果碰上凶猛的沙尘暴，能把人折腾死。沙民们长期与这三大灾难相持争斗，睿智周旋，积累了丰富经验和克敌制胜的法宝。对付前来抢劫粮食和女人的土匪，突袭而来欲吃人和畜禽的野狼，沙民们除有很高的警惕性，更深切懂得战胜他（它）们最厉害的武器，是一不怕，二勇敢，三团结。与大沙漠里的每个村庄一样，肉苁蓉村家家户户养了通人性的犬狗，已成为守护家园保卫安宁的忠诚“勇士”。狼来了，匪来了，遇袭人家的犬狗，会“汪汪”发出警叫，通知主人，也就向全村沙民和各家犬狗报告了敌情，像发出了“抗敌令”；遭遇狼匪袭击人家，犬狗会勇往直前，与狼匪殊死搏斗，保护主人。而全村的犬狗则会闻声出动，迅速汇聚成群，凶猛地向敌人扑去，紧随其后的便是手执红缨枪、棒子、砍刀、斧子、飞石等类自卫武器的中青年沙民，团结一心，凌厉地投入保卫战。对于小股匪徒或七八只狼来说，他（它）们很难占到什么便宜。如碰上持有火枪等的一二十个群匪，扑来十几只以上的狼群，也只能同仇敌忾，血战到底，流血牺牲也要克敌制胜。残酷的岁月铸就了肉苁蓉村人的血气铁骨，世代传承始终保持着挺身而出、甘洒热血，团结抗敌、英勇顽强的精神斗志。人心齐，泰山移。人勇狼匪远。正是沙民腰杆子硬，不怕狼匪不怕死，加之不断地抗匪灭狼，近些年已极少发生狼、匪袭击村子的事件。对于时不时就刮起的风沙袭击和一般性短时间的沙尘暴，以及严寒、酷暑、干旱等自然灾害，沙民早已适应，会顺其自然应对。但是，如果发生危害人畜生命、吞噬房屋村庄的强劲沙尘暴，只有一个办法：躲。所以，长此以往村里各家沙民，均有先人遗留下来又经巧妙改造，避难防害栖身藏物的洞、穴、窖。

千百年来这一带的地质演化变迁，沉积于地下深处的岩石、卵碎石岩、粗沙砾泥板岩等，黏土、肥黏土、重壤土等硬土，死亡干枯的森林植物及其盘根错节的根系硬化物，纵横交织凝结固化，天然生成大小不等、深浅不同的洞穴孔窖。有些穴窖独特而隐蔽，甚至别具一格，形成穴串着穴、窖连着窖的“穴窖套房”，还自然生成有通气孔和通向地面的进出口；再加上聪慧睿智的人匠心巧手加工改筑，就成了可匿身藏物、躲避风沙尤其是强悍劲敌沙尘暴的地下安全港。

牛富贵深知，在荒无人烟、偏僻落后，自然灾害频繁发生，没有通讯、交通不便的大沙漠腹地环境里生存，做生意本来就极端困难，想发展就更为艰难；如何保障安全安宁，规避天灾人祸，在腾格里沙区，维护牛氏独家商号买卖兴隆、强盛不衰的前景和地位，是头等大事。所以，他除在地上修造高墙深宅，还非常重视寻觅地下牢靠的穴窖。从西兰举家搬迁到沙村后，就细心研究牛氏祖先前辈遗留下来的资料，并四方查勘，先在村外不远处意外发现了一个较大的地下母子穴窖群落，随后又陆续在四处找到的穴窖中精选了几处，花钱请来工匠，本着隐蔽坚固的标准，进行别具匠心的改造加筑，使之用于藏人藏物藏禽畜。尤其是只有牛氏家人及几个可靠伙计知情的母子穴窖群落，其功能首屈一指。母穴较大适用，连通着十几个大小不等的子穴窖；穴窖本来大多有巧妙的自然气孔，进行精细巧改，空气流动更为畅通，气孔出口愈加隐蔽，一般情况下风沙危害难以掩埋破坏；整个穴窖群落有两个出口，一个隐藏于沙漠地面高处胡杨、梭梭林密集群落之中，一个潜蔽在地面巨石散落的石头缝隙间。母穴除用于存放钱财等贵重细软物品和生意账单等外，也是蓉儿和亡夫生前遭遇灾难等紧急情况时避难栖身之处；十多个子穴窖，除分别贮藏粮食、滋补品药材肉苁蓉、冬虫夏草、锁阳、枸杞、甘草、沙棘等，以及生活必备的蔬菜水果等物外，其中还有一个水窖，一个放置干柴、木炭和干牛粪等物的燃料穴，一个烧水做饭的厨灶穴。牛家另外几处穴窖，系供牛富贵、堂妹和管家及伙计们避灾藏身之用。

穴窖的最大特点是隐蔽安全，冬暖夏凉。

3

蓉儿在母穴点上油灯，刚刚把带来的东西逐一放置停当，沙尘暴就来了，来得如此之快之猛，把她封闭到了穴窖里。对于沙尘暴早就习以为常了，来就来呗，开始蓉儿还很坦然淡定。然而不一会儿，穴窖外风沙怒吼、穴窖内震动不定的情形，让她真有点胆怯害怕了！便拿起油灯照着亮，越过通道来到就近的出口看看，听听风声动静。用手推洞口本来可轻松推动能挪开的遮挡物，却丝毫推挪不动，说明这次沙尘暴够厉害。这个洞口隐蔽在地面的胡杨、梭梭林内，平时只有猛烈强势的风沙袭击，才会把洞口附近的沙生植物林掩埋掉，出现放置于洞口的遮挡物推挪不动的情形。她又到隔着几个子穴窖，离母穴较远些的另一个洞口察看，这个洞口在外面沙地竖立的一块大石头像是长着“锋牙利齿”的巨口，特别隐蔽。洞口居高临下，距离穴窖内地面约有六米高，陡峭的穴窖壁两米多以下为岩石。穴窖底较为宽敞，放置着让人攀登的木头梯子。为防止不慎摔伤，穴窖地面铺有一层厚厚的沙子。她举着油灯抬头向上眺望，平时白天洞口亮光泻洒进来照得穴窖内非常亮堂，即便在夜里也微有亮光，更有凉风钻进，而此时洞口处黑乎乎的无一丝光亮，感觉不到有风，只感到沙尘暴造成的轻微震动感，恐怕洞口是被风刮来的物体堵塞住了。她又到几个放东西的子穴窖和水窖看了，都安然无恙，心才沉稳了些。蓉儿回到母穴感觉空气还是流畅的，说明气孔是畅通的，于是慢慢地冷静了下来。她瞧瞧公公放在母窖的老式钟表，已经到傍晚六点多钟了。只有耐心等待沙尘暴平息，着急是没有用的。此刻，她又惦记着妈妈和牛氏的伙计们，他们是否及时躲进了穴窖里？

蓉儿对穴窖的体味很深：遇到沙尘暴，这里既是躲灾的“天堂”，也是禁闭人的“地狱”。时下，唯有心境沉着平静，才能从容应对，避过灾难。忙活了多半天，加上心头压力大，她感觉好累，脱了外衣，在炕上躺了下来，一口气吹灭了油灯，闭上了双眼……

倏地，“腾”的一声沉闷响动，把处于似睡非睡状态中的蓉儿惊醒了，一看表已是夜里十点半。听声音判断，应当是距母穴较远的那个洞口传来的，因为洞口离穴窖内地面较远，掉下来的东西好像是重物落地的声音。她一骨碌起身下了炕，点着油灯拿着走进通道，小心翼翼地摸了过去。

她急匆匆地在几个穴窖之间的通道穿行，离洞口约有十多米距离处，穴窖外沙尘暴的疯狂声便灌进了耳中，飕飕的凉风也扑面而来。傍晚时她察看洞口被堵塞得很严实，现在听到了风声，感受到了凉风，显然是洞口敞开了，可能是被风刮到洞口处的物体，在风力冲击下掉入穴窖了。她举起油灯借着亮光，目光向洞口垂直的地面扫射，同时疾步走了过去。离洞口处越近，听见穴窖外怒吼的风沙声越大，沙尘暴造成的窖内震动感也越明显。目光里，看见一个人横躺在洞口照直的穴窖地面上，不由得“啊”了一声，急忙奔到旁边伏下身看人。她仔细一瞧，吃了一惊，顿时呆住了，竟是个满头满脸血垢、浑身布满伤痕，处于深度昏迷的裸体男人。因其面目被血垢、伤痕和浮肿所遮掩，尚难辨认是生人还是熟面孔。从这个人的发式判断，不是商号里的人，也不是村里人，应该是从外面来的岁数不大的年轻人，可以肯定是这场沙尘暴的受害者。她思忖着，这个人很可能是被强悍风沙浪卷起剥光了衣服，又被飓风猛卷翻滚碰来撞去伤成了这个样子，后来鬼使神差被刮进石头缝洞口卡住了，经强力风浪冲击或者自己奋力挣扎，掉进了穴窖。

她摸摸他的鼻孔处，微微有气，人还活着。救人要紧！

蓉儿使出浑身力气，折腾多次才勉强把他背起，躬着身体，一手拿着油灯，一手揽着他的一条腿，一步一步吃力地往回走，走了三四十步就感到身体冒出了汗，她明知自己体力不支背不动人，但为了救人咬牙强挺着。她想，背着人到达母穴要越过几个子穴窖，如不慎摔了跤就会加重他的伤势。怎么办？稍加思索有了主意，先放下油灯将人轻轻放下，又把油灯放到前面能照亮一段路的地方，回来背起人坚持走到油灯处轻轻放下；再把油灯挪放到前面合适的地方，回头来背起人咬着牙向前走……就这样，蓉儿循环往复花费了好长时间，好不容易才把这个人连背带抱，弄到了母穴的炕上。而自个已被折腾得精疲力竭，大汗淋漓。而且，他身上有些伤痕还在浸滴着鲜血，染得她一身血迹。

蓉儿搭救的这个人，正是上官英杰。

她仔细察看了他的头部、脸部和全身，浑身上下到处是伤，是否有内伤不得而知，有些外部伤口已与沙土黏结成一个个硬块，浑身大部分地方浮肿着，说明感染非常严重。懂得一些救护常识的蓉儿很清楚，清理伤口和使用盘尼西林等抗生素药品，消炎去肿疗伤非常重要，失血过多还须输血，但这在穴窖里不具备条件，只有等沙尘暴平息后，将他送到镇番县或西凉城的医院救治。现在，这个处在深度昏迷中的遇难者，随时都有可能停止呼吸而死去，当务之急救人最紧迫！可眼下的情况和条件，在穴窖里怎么救他？唯有尽快给他身体补充热量和必需的营养，才有希望让受伤者自身产生抵抗力而复苏过来，延续他的生命，才有可能坚持到沙尘暴停息后送他去医院救治。现时如何做才能给他身体补充热能？蓉儿想来想去，急得像热锅上的蚂蚁，感到束手无策，一点辙儿也没有。

在沙漠里生活习惯了的人，最渴望的就是绿色，珍惜绿色、亲和生命、敬佑生命是沙乡人的本色。沙乡人对待一株野生植物都极为爱惜，何况是一个人的生命。蓉儿心思笃定，救人一命胜造七级浮屠。绝不能让他等死，也绝不能让他的伤情恶化下去！有没有可以应急救人的办法呢？她仔细思索着：子穴窖里虽有厨灶，也贮有粮食、新鲜肉苁蓉等补品和一些蔬菜，可做营养食物，但眼下他处于深度昏迷状态，根本无法吃东西。同时，穴窖尤其到夜里气温低，伤者僵硬冷却的身体也亟须补充热量，才能有助于产生活力。怎么办？正在她着急之时，感觉自己的双乳又发胀流奶了，这是因为她在一个多月前生下亡夫留下的遗腹子，孩儿夭折了，但由于奶水很足，近些日子来双乳发胀时就需要挤掉奶水。此时，她不禁急中生智，心里闪过一个念头：人奶是最好的营养，用自己的奶水喂补这个遍体鳞伤处于昏迷的人，同时用自个儿充满热量的肌体传热给他，应该是管用的。刚产生这个想法，立马感到特别害臊，感觉脸都烧乎乎的。

心地善良有一定文化修养的蓉儿，转瞬间便坚定了自己的想法和信念：这个处于深度昏迷、浑身软组织已变得僵硬的重伤者生命垂危，随时都有可能死去。自己作为母性所决定的“博爱之圣”的善良天性自觉，对危难中的生命有着与生俱来的慈悲和怜悯，必须珍惜和挽救这个生命！她的心灵无愧地告诫自己，我肉苁蓉做过母亲有神圣的母性责任感，我的良心是纯洁干净的，无任何私欲邪念。哪怕有一丝救活他的希望，都要全力拯救，而袖手旁观见死不救才是卑鄙可耻的。

蓉儿想到这里，当机立断，马上开始行动：取出干净被褥铺好炕，把这个昏睡的男人抱进被子里；又去打了一盆水，镇定地脱光了衣服，此时蓉儿看着连自个儿都羡慕的洁白如玉的胴体，尤其是晃动着的丰满乳房，为拯救一个素不相识的男人，要钻进被子里去搂抱他，给他喂奶，真是太不可思议了！可眼下已管不了那么多了。她擦洗干净身子后，毫不犹豫地掀起被子钻了进去，轻轻地抬起他的头，放在自己的右胳膊上，让肌肤尽可能地紧贴着这个男人僵硬冷却的身躯，左手又用力把他的头倾斜过来，接着托起右边的乳房，用食指和中指夹捏着乳头，缓缓地往他的嘴巴里喂着、塞着，却因他的口紧闭着乳头进不去；她再次试着喂、塞，乳头仍然遇堵进不了口，奶水溢洒在了他的嘴唇外。奶水喂不进去，怎么办？她想，只能再试试用自己的身体肌肤传热，看看效果。

于是，她又把自己的脸庞紧紧贴在他那伤痕累累的脸上，紧紧地搂抱着他的身体，他浑身伤痂硬块凹凸不平，扎着她细嫩的肌肤，仍有伤口浸出的殷红鲜血沾染了她洁白的身体，已无暇顾及，一心想用自己温柔温热的胴体，把温馨融融的热度传感给他的躯体，企盼让他冰冷僵硬的肌体感受温暖，渐而慢慢复苏清醒过来……

好半天过去了，这个男人对她施用的"肌肤传热"，也没有一丁点儿反应。蓉儿揣度，霎时想到自个虽有心传体热给他，而情感和体温因为处在"平常"状态中，会不会是她身子的热度不足呢？

此时此刻的蓉儿心里明白，既然要拯救这个素昧平生的男人，只有真心真情才有可能奏效。于是，她闭上双眼酝酿着情感，努力让自己产生纯真浓烈的激情浓爱……因为唯有如此，才有可能滋生足够的体热，给这个重伤男人传感足够热量。其实，究竟搂抱亲热一个浑身僵硬、极度昏迷的男人，会不会产生刺激传感作用，能否敦促他的身体增生热量渐而复苏和增加一点生命活力？善良纯朴的蓉儿，为了拯救这个遇难者的生命尽心尽力，她虽懂得一点医道，但心里也没个准谱。

她用浑身热烫的肌体搂抱亲热着他……又是好半天过去，仍旧没有体味到这个男人产生一丝一毫的感觉。

蓉儿非常清楚，自己欲救人却太心急，产生效果，需要耐心，需要时间，更需要自己付出一些东西。

肉苁蓉敬佑生命、救死扶伤，真是甘于奉献、大爱无疆！让一个年轻女子煞费苦心，施用如此特殊的救人之举，也真够难为她了。

时辰已至凌晨五点，倾情折腾了有好几个小时的蓉儿，也疲惫了，便灭了灯搂抱着他，不知不觉进入了梦乡……

蓉儿醒来已是次日上午。她伸手点着放在炕旁边的油灯，惊喜地发现这个男人躺着的姿势，完全不同于昨天夜里的情形，半个前额和脸庞埋在她的乳沟里，身子蜷缩在她的怀抱中；身体微微有了一丝不易察觉的温度，像个熟睡中的孩子，依偎在妈妈的肌肤里。难道是他曾经醒来过？她不由得轻轻地摇晃着他，“喂、喂、喂”叫个不停，然而他仍如昨天一样没有任何反应。但从他体态变化和已经增温的情形看，显然起码是身体不由自主地活动过，说明有了一丝转兆。只要他醒过来，能吃东西了，身体增加了热能，有了抵抗力，就会脱离高危期，逐渐好转起来的。顿时，蓉儿救醒救活他的信心倍增，沉重的心情一下子好了许多。

这时候，蓉儿感觉母穴似乎已无震动感了，是不是沙尘暴平息了？她有点喜出望外！转念又想，如果沙尘暴平息了，妈妈她们必然会过来看她的。此时，不由得更加牵挂惦记着胜似亲娘的养母。

她起身穿好衣服，向远处那个洞口处走去，越往前走才感觉仍有动静，方知沙尘暴并未停息。到了洞口处抬头望去，不见亮光也感觉不到有风吹进来，说明昨天掉下人的洞口，又被严严实实堵上了。这场沙尘暴刮得太久了，看来一时无法走出穴窖，要打持久战在穴窖里耗着了。她感觉饿了，去水窖打了一桶水提到厨穴，用柴火点着了灶火烧上水，又分别到其他几个子穴窖取了一些粮食、蔬菜和新鲜肉苁蓉、枸杞等补品。洗了半勺小米熬上粥，洗了一点肉苁蓉、枸杞，待小米煮得差不多时投了进去，也就半个多钟头，香喷喷的营养粥就熬好了。她抓紧吃了一碗，又烧了一盆热水端着回到母穴。

为防止他的伤口再度感染恶化，蓉儿在热水中放了一些盐，用浸着热盐水的毛巾，轻轻地擦洗上官英杰头上脸上身上的血垢，小心翼翼清理着掺裹着沙土的伤痕结痂和脏东西。在清洗伤口创面的过程中，仔细查看着他的每一处伤口究竟伤到或者感染成什么程度。盐水进入创伤会产生刺骨的疼痛，好在他处在深度昏迷状态感觉不到。经细心清洗，她看得清楚真切，他头部、脸部和身部的伤口密布，惨不忍睹，但好像都是软组织损伤，未发现和感触到有损伤骨头的情形，伤口感染的情况有，并不严重也不普遍。这些状态让蓉儿深感欣慰，又给他浑身的伤口都敷上了自家备用能止血止痛可消炎的云南白药。

清洗完了，蓉儿又端详着他的面孔，这个男人的五官轮廓大体显露出来，他的脸面和身子未伤着的地方，显现出细腻皙白的肤色，虽然伤势、浮肿严重，然瑕不掩瑜，仍不失为一个英俊男儿。她看着他，不禁产生了一丝怜惜之情。

这时，她的双乳又发胀流奶了，便不加思索解开上衣敞开怀，奋力把昏迷着的上官英杰轻轻抱起，将他的头靠在自己的胸前，左胳膊搂着他的身子，右手托起左侧乳房把奶头往他的嘴里塞，没想到这次他的嘴巴微微张开，奶头塞进去了。肉苁蓉高兴极了，适度挤了一下奶，奶水溢满了他的嘴巴，从嘴唇两角流了出来。她感觉得到，他嘴巴里有了微微的温度，喉咙脖子也在微微蠕动，奶水肯定流进了他的腹中。就这样，她托着乳房，把握着挤奶的度，一次又一次把自己温热的奶水，点点滴滴地喂进他的口中，源源不断地流进了他的腹内，直到奶水反流出来喂不进去为止。

这一天，蓉儿裸露着身子，整日搂抱着上官英杰，含情脉脉给他输送着体热，计算着时间特别温柔地给他喂了三次奶，越来越感觉他的嘴巴慢慢有了轻微的吸吮感，每次都喂到他吐奶反流才作罢。在这个过程中，他的身体也有过多次本能的细微动感，但还是没有苏醒的迹象。这天夜里，可能是他吃了不少奶的缘故，有了小便失禁了，蓉儿早有防备，给他屁股下面垫了尿布。

第三天，蓉儿施展浑身解数，把自己弄得风情万种，继续激情地用身子的热能，着力给他输热，一日内的时间比上一天增加了两倍，一天给他喂了五次奶；再次给他用盐水清洗伤口，敷用了云南白药。傍晚，上官英杰腹生大便，本能地拉了出来，蓉儿像母亲照料孩儿一样，仔细麻利地把他的下身清洗得清清爽爽，又换了干净被褥，把弄脏的被褥刷洗得干干净净，晾在了通风透气的地方。

几天来，蓉儿以母性之博大慈爱，竭尽全力抢救着上官英杰的垂危生命，尽现有条件加强呵护，重点放在避免伤口感染、伤势恶化和增强体能抵抗力等方面，精细安排实施，真是用心良苦。她信心满满，持续给他输热喂奶增补能量，促使他及早苏醒过来，就可以熬小米营养粥、炖鸡汤，羊肉炖新鲜肉苁蓉和冬虫夏草等补品，一日多餐给他吃，必然会增加营养、温补血气和养筋旺神，加快伤口愈合，增强生命活力。穴窖里贮备的滋补品足够给他食用。在疗伤和抗感染方面，除继续给他的伤口敷用云南白药外，还用中草药消除浮肿；待他醒来后，再口服家中存有的活血止痛片、丹七片等药品加强疗伤。一旦沙尘暴平息，就送他去镇番县或西凉城的医院，仔细做检查进一步治疗。

是夜。要睡觉时，蓉儿注视着这个受到极大伤害的男人想，人家跑到腾格里沙漠来，肯定是有事要办，沙尘暴太无情了，让这个无缘无故的人，遭受如此大灾难的严重伤害。他的家人如果知道他在沙漠里被灾害折磨成这个样子，该有多伤心着急啊！一定要把他救醒救活，让他平平安安回去与家人团聚。想到这里，她更加同情他，依旧自自然然脱得一丝不挂，搂着昏迷中的上官英杰很快睡着了。

又是一个深夜。蓉儿敏锐地感觉浑身燥热，渐渐醒了过来。她先是感到，搂着的这个男人身子不再那么僵硬，开始有了柔软感甚至亲切感，用手抚摸他的肌肤明显觉得有了轻微热度，自己的胸脯湿漉漉的。她定睛一看，清晰地看见他的眼睛眯开了一丝缝，眼睫毛微微颤动着；清楚地瞅见他的眼缝里眨着泪珠，一滴一滴掉在了自己的乳房上；清明地感触到他紧挨着她的手臂，已有了温度。原来，自个身体出现的燥热感，是感受到这个男人身体反传过来的温度和气息而产生的。

他的这些变化，特别是那张有伤疤且浮肿的面部出现的似醒非醒的神情说明，有了明显的生命体征，应当很快会苏醒过来。上官英杰的这些身体征兆，使情切切抢救他、急迫迫等待他清醒的蓉儿，产生了莫大的兴奋感！她不由得呼唤了起来："喂，喂，喂，快快醒来吧，醒来吧！……"

蓉儿和她的亡夫，是一对“先结婚生活，再同情生爱”的夫妻。回首往昔，曾给予过他温暖疼爱的她，的确使重病的丈夫的生命产生过难以想象的支撑力。在丈夫与病魔抗争的日子里，那个时候她对他的感情已由同情升华到爱情阶段，病入膏肓的丈夫曾数次到了岌岌可危、死神逼近的关头，是妻子以百般呵护的神奇魅力，将他一次次挽留于人世。记得最后一次，从镇番县城请来的“神医”郎中肯定地说：“活不过一两个时辰。”让牛家赶紧准备后事。而丈夫却在生命的最后时刻，眷恋和依赖着俏丽妻子的抚慰，否定了郎中的断言让生命得以延续，又活了好些天……

回味情感力量的作用，让蓉儿倍增紧迫感。现在，这个男人已临苏醒的关键时刻，蓉儿决计尽力用女性的力量，促使他尽快清醒过来。于是，她扑下身子，动情地用自己热烫的嘴唇亲吻他的嘴唇，持续了一阵子；继而又用舌头撑开他的口，缓缓地给他一口一口输送热气……末了，又深情地吸吮着他的舌头……

此时此刻，她看见他眯着的眼睛开始翕动了，感觉他的身子有了颤动感……

人类从未离开过裸体生活。世俗却对裸体特别是女性裸体充满非议和偏见。有些文学作品描写裸体，要么走笔慎之又慎，要么直白骚荡丑态。

心甘情愿、清白坦荡的蓉儿之裸，完完全全是伟大母性、善良天性之裸，大爱无疆、抢救生命之裸！纯纯粹粹的圣洁唯美之裸，光明高尚之裸！

4

世间最珍贵的东西，不是别的，而是富有真情的爱。最有力量的东西，也是最富真诚的爱。唯有爱，才是生命勃勃活力的本真之源。

蓉儿倾注爱心挽救上官英杰，连日用自己灼热的肌肤给他传输热量，温暖他冰冷僵硬的身体，喂奶输送能量增加营养，给他勤洗伤口，敷用云南白药疗伤，用中草药消除浮肿伤等，生成了促使他恢复知觉的基础。在关键时刻她又动情地亲热他，剧烈的“输爱”冲击力，催活了他生命的强烈生机，刺激他终于从深沉昏迷中苏醒了过来。

此刻，意识尚处于懵懂惺忪状态中的上官英杰，挣扎着欲睁眼睛，而双目生涩难受得睁不开。但他深切地感受到，自己躺卧在一个弥漫着淡雅清香、沁人心脾的气息，而又特别温柔舒适的地方，头脸贴在一个圆润温馨、富有弹性，给人以无比爱抚慰藉的软体上……

半晌，他的视力清明起来，欣欣然睁开了双眼。这个活了二十个春秋，尚未接触过女人的童男子，此时的第一个意识非常清楚，身体被一个体贴温暖、肌肤散发着淡淡清香的年轻女子裸搂着，头脸紧贴在她的乳房上。此刻他隐约记忆，当自己刚刚有了一丝迷迷糊糊的醒悟时，感官的感觉，是一个人热烫芳馨的唇亲吻吸吮他的唇和舌，霎时刺激产生了一股电流，唰唰地传遍了他的全身，整个身子顿时生热渐而灼热起来，终于在昏睡中复苏。他紧接而生的第二个意识，则豁然透彻憬悟，在死神逼近自己将被夺走生命的危急关头，是这个女子拯救了他，是她用纯洁的强烈热能，用纯粹的圣洁挚爱，为自己输送了促热促醒促活的热量和动力！

就在这个瞬间，九死终获一生的上官英杰，感动感奋感激之情陡然勃发，这是上帝派来救我起死回生的天使啊！

他聚焦眼神，近距离看得特别真切：她红晕生情的脸庞，她一泓清泉的双眸，她朱颜含笑的丹唇，她修长白皙的脖颈，她娇嫩欲滴的肌肤，她丰腴圆润的肩头，她耸挺柔软的乳房，真美好美！她的仪态，她的温度，她的气息，她的馨香，醉人酥心！看着体味着，上官英杰不由自主心动神动，浑身躁动，荷尔蒙酥酥地散发开来，感觉自己下面那个东西硬邦邦地翘了起来，呼吸声也变得急促起来！他明白，这是自己生理的自然反应。很快，这个本来就理性的男人使劲按捺住自己，控制着原始的性冲动，慢慢降伏住了难耐的雄性激荡，逐渐地恢复着生理平静……

他抬起双目，望着她的双眼，投射过去感恩的谢意、崇高的敬意和愧疚的歉意！他张口结舌，羞涩地只说了一句话：“不好、不好意思，我叫上官英杰。”感觉自己有气无力，连说话都有点吃力。

上官英杰苏醒后的一切变化，蓉儿自然体味得非常真切。她轻轻地侧翻起身，深深地呼出一口气，为他盖好被子，迅速穿上了衣服。

轻声细语地对他说：“你刚醒过来，需要好好休息，等状态恢复好了我们再交流。”

蓉儿看着他睡着了，去厨穴给他煮了一碗小米煮肉苁蓉，加了一点冬虫夏草的营养粥，知道这个时候只能给他吃流食，所以补品放得适量，粥煮得稀烂。她端着粥回到母穴，上官英杰也睡醒了，便一勺一勺给他喂着粥。这个年轻人也许是苏醒后发现被人拯救，回生的精神相当惊人，加之腹内空空味蕾敏感，食欲很强烈。他的双目一直盯着她的双眼，吃得很香很香，很快就吃完了。她看他那贪婪还想吃的眼神，嘴巴贴着他耳朵轻柔亲切地说：“行了行了，你已经好些天没吃东西了，开始进食不能吃得太饱，要少吃多餐才行。”

蓉儿明白，他该休息了，一个伤得如此之重，深度昏迷了好些天刚刚复苏过来的人，无法获得好的医疗，获得好的休息就显得更加重要。整个穴窖只有母穴有炕能睡人，炕足够大，他们只能同居于母穴，也只有睡在同一个炕上。她安排他睡东头，自个儿睡西头。这个男人可真乖巧听话，蓉儿让他睡，他就老老实实睡了，闭上眼一动都不动。

上官英杰从昏迷中苏醒过来，蓉儿特别开心。然而，说不清楚的原因，几天来她的思绪时有波澜。她本是国民党将军和女大学生爱情的结晶，心灵纯朴，聪颖睿智，一个也许生活前景不可估量的知性秀丽女子，为了感恩养父，在及笄的年纪就嫁给了他的儿子。丈夫在世时，虽希望他能活得长久些，但知道他得的痨病是治不好的，迟早是要走的，却未料到走得那么早，年纪轻轻就守了寡。丈夫走了，孤苦伶仃，能往哪里去呢？她压抑住内心无法排遣的巨大痛苦，铁下心待在牛家，守着养母妈妈过吧，这辈子只能在沙漠里孤独地度过多半余生。何况公公器重她，也有了用武之地。所以，她的心情本来早已调理得很平静了。随着这场前所未有的沙尘暴降临，天上掉下了个生命垂危的人，她信奉“救人一命胜造七级浮屠”这个千古之理，不顾一切地拯救这个男人，终于产生奇迹使他起死回生。这使她的心情锦上添花般地好，特别欢欣快乐！突然间，感到原本枯燥冷漠的穴窖，仿佛变得像天堂一样美好，原来已淡泊冷却的孤独心境又变得敞亮温暖起来。似乎也重生一丝情愫纠结，自己才是个奔花季的青春女子呀！对上官英杰这个人，她的心情很复杂，本来是为了行善积德，想方设法挽救一个陌生人，可现在时而感觉像救了一个情意颇深的友人，时而感觉又像救了一个骨肉至亲的家人，时而感觉更像救了一个特别疼爱的孩子……

当夜到了凌晨时，睡着的蓉儿因双乳发胀流奶醒了过来。她急忙轻轻地起身点上灯，正往一个空碗里挤奶的时候，目光无意扫过上官英杰，发现他醒着，睁着眼睛一动不动地看着她，那眼神分明是干吗要挤到碗里呢，让我吃吧。蓉儿会意，马上想到他吃过粥已过了两三个钟头，少吃多餐也该给他吃东西了，况且已给他喂过好几天奶了，也没有什么不好意思的。她挪身靠过去坐在炕边上，俯身托着乳房把奶头喂到他嘴里，他吸吮得很自然得法；她不时交替换着乳房给他吮吸。上官英杰吃着蓉儿的奶，眼睛瞧着她裸露的胸脯，浑身散发着荷尔蒙的气息，下边的东西控制不住又翘了起来，幸亏盖着被子未被她发觉。而蓉儿被这个年轻帅气的男子吮吸着奶头，也可想而知是什么感觉。她心里明白，时下和过去给他喂奶的情形已大不相同。原来是为了救人，迫不得已给一个身体僵硬、昏迷沉睡的陌生人喂奶，现在关系有了变化，是给已经认识的一个特英俊懂感情，且对自己很有感觉和情意的男子喂奶，浑身也居然不由自主地发酥，产生了良久未出现过的思春冲动，产生了难以名状的欲望。她原以为自个儿的爱情终结春心已死，现在像是复活了似的，究竟是自己春心未泯还是对这个人产生了感情？她的意识还懵懵懂懂模糊不清，一时真弄不清楚。

上官英杰吃够了奶停住了，又让理智抵制住了性的失控；蓉儿不喂奶了，理智也又克制住了春的萌动。

又一个早晨来到了穴窖，蓉儿又忙碌起来。她先用一直舍不得吃的大米煮上粥，洗好了红枣、枸杞放在一边，接着用这两天洗过脸和食物积存起来的水洗衣服。母子穴窖里的水窖本来贮满了水，由于近些天蓉儿为抢救和呵护上官英杰，用水量大，水越用越少了，不得不节约用水，一水多用。她洗好了衣服，粥也煮到了七八成熟，便将红枣、枸杞放进去慢火炖着，又在灶火里用鏊子烙了几张沙米面饼。她考虑，给他的食物营养要多样化，且逐步增量才行。又找出几件公公在城里给亡夫买来未穿过的衣服，准备给他穿。

蓉儿胳膊下夹着几件衣服，端了一盆热水，盆子里放着一个装盐水的茶缸，进了母穴。没料到上官英杰居然如此坚强，竟下了炕裸着身体伸胳膊甩腿要拳练功，浑身散发着汗味儿。看上去，他哪里像个受了重伤的人，倒像个运动员。其实，上官英杰是施用气功疗伤，想让浑身的伤尽快好起来。

他见蓉儿走进穴来慌忙上炕，拉被子盖下身。她瞧他那羞涩的样子忍俊不禁，把带来的衣服扔给他："别正人君子了，穿上先漱漱口，等下吃过粥，用盐水再给你清洗一下伤口。"

"我能看到的伤口都仔细看了，都是伤了皮肉没伤着骨头，没伤着大脑，也没伤着心肺系统。以后我多料理自己，给您减轻负担。"

"别逞强了，你一个重伤员怎么料理自己？没到医院让医生检查，怎么知道没伤这没伤那。"蓉儿责备中，包含着对上官英杰特别的关爱和担忧。"我去给你端粥取饼。"说着出了母穴。

上官英杰清醒后尤其在夜间，遍布全身的伤口疼痛起来撕心裂肺一样，而他以坚强的毅力硬撑着，绝不叫唤一声。作为习武练功的人，虽知道自己无要命伤，但之前长时间浑身软组织僵硬、伤口感染、严重浮肿和处于深度昏迷状态，如果没有蓉儿在关键时刻倾尽全力抢救，及时给他增加体热能量，垂危的生命随时会撒手人寰，不会这么快就复苏清醒过来。他也明白，假若不是爸爸爱护儿子的一番苦心，过去多年间和近期亲自给他传授轻功，尤其给他真传了几手绝技，在抗御沙尘暴灾难中发挥了神奇效力，也早已命丧黄泉，不可能活着。现在，既然绝处逢生，就决不能辜负蓉儿做出的牺牲和爸爸耗费的心血，必须紧密配合蓉儿的照料，进行气功疗伤，促使伤口尽快愈合，争取及早恢复健康。

生离死别，犹如潮汐。上官英杰九死一生，看是一个传奇，而实际上，正是他明白的这两个相辅相成、缺一不可的关键因素，使他在万劫难逃的厄运中捡回了一条命。

蓉儿又去端来香喷喷的大米营养粥和沙米面饼，看着他吃了一碗粥，又吃了一张饼。她笑盈盈地问："吃饱了？"

他点点头，还有点儿不好意思。

"你趴到炕边来方便些，好给你清洗伤口。"

上官英杰听话地卧倒在炕边，闭上了双眼。

蓉儿用干净毛巾浸上盐水说："是盐水，忍着点。"开始仔细地清洗着他的伤口。

她细心查看发现，布满他头上身上的伤口，有些已开始结痂了，受感染的伤口都明显有了好转，没有伤口再度感染的情形。不过，还是给他所有的伤口再次施用了云南白药。让她惊讶的是，用盐水清洗伤口无疑会产生剧烈疼痛，而这个书生男人竟连吭都没吭一声，真是条硬汉子，不禁对他平添了几分敬意。她认准，凡是刚强坚毅能忍受住剧痛的男人，都会成大气候的；而生点小病受点小伤就哼哼唧唧的男人，准是没出息的。不久前，牛氏商号有个伙计出去收货，不小心脚腿碰破了点皮肉，蓉儿给他清理伤口时用了点盐水，这个伙计便像猪挨了刀一般地号叫喊疼，清洗完了还"疼呀疼呀"地叫喊了好半天……

是日，蓉儿给上官英杰吃的第二顿餐，是在两个小时之后给他喂奶。经过若干次灵肉相依的生理"触电"，两个都懂得珍重的人，愈加明白异性之间最宝贵的东西是什么，该如何克制和珍惜而使这种东西变得更加纯真，更加美好。蓉儿像给自己的小孩喂奶，上官英杰像吃妈妈的奶水一样，两个人都非常理智、非常平静，而又非常自如、非常轻松，感觉更是非常愉悦、非常和美。

一晃，光阴又过去了十多天。上官英杰身上的伤疤痂子脱落了不少。这都是蓉儿精心照料护理，他坚持进行气功疗伤和锻炼的结果。

5

中国有句古话：“患难见真情。”

真情就像一粒种子，在适宜的土壤和温度里会萌发生芽，长出欣欣绿苗，渐而生枝长叶活旺起来。

这些天来，爱情的种子已经在上官英杰心田发芽，他对蓉儿的爱恋愈来愈深了。这个平生从未主动接触和爱恋过女子的大学生，毫无恋爱体会，丝毫不懂得男欢女爱深邃内涵的童男子，只是在他昏迷清醒过来有了意识时，与蓉儿裸体相拥，身子接触她的胴体肌肤受到刺激产生性的冲动，才第一次感受明白了什么是男女之爱。而这个素昧平生的女子，让他感动至深的是，她那胜过肉的灵所迸发的纯粹唯美的人性魅力，浸染他的心灵而涌动不息的深情，远远超过对她俏丽性感外表所产生的爱慕，超过触及她那胴体肌肤而萌发的性欲。爱之深情时时刻刻萦绕于心，挥之不去。

他领悟透了，这就是爱，已爱上了蓉儿。意识深切感知，碰到了自己渴望缘遇的同心同志同德同行同生活同事业的女子。上官英杰想起母亲曾提出，在他去美国留学前寻门亲，找个门当户对、知书达理的女子结婚，被他婉言谢绝；在大学里，在过去的生活中，也曾有无数个漂亮女子向他投来示爱的橄榄枝，他都假装糊涂不屑一顾。因为在那个时候，他的脑子里只装着学业和事业，坚守着壮志未酬，决不考虑爱情和婚姻的理念。这次他在腾格里沙漠遭遇灾难，当生命垂危之时碰到了救命天使肉苁蓉，竟让他萌生了爱情，而且越来越浓烈。由此深悟爱情与留学攻读、干事立业不会相互矛盾，反而相辅相成互为动力；深知天赐良缘，千载难逢，已完全情系蓉儿。

吃完奶的上官英杰，第一次深情温柔地喊了一声：“蓉儿，我们聊聊好吗？”

蓉儿闻声，心里掀起一股暖流，旋即“嗯”了一声。

“这次来腾格里沙漠遇到的生死考验使我明白，人生就是一次短暂的客居，一程难料的漂泊。生命的轨迹原本就是一道飘忽不定的风景线，沧桑岁月的嬗变在冥冥之中，往往早已有了定数。每个人都是风雨兼程赤条条而来，兼程风雨赤条条而去。一路走来，跌跌撞撞，起承转合，总会有缘碰着同道结伴之人。我的人生起点在大沙漠，命运归宿注定在大沙漠，爱恋婚姻也必然在大沙漠，成成败败、生生死死都会在大沙漠。”

上官英杰讲过这几句心灵感言后，如数家珍像背书似的，向蓉儿细说了自己的身世与父母、学业与经历，追求的事业与心中的抱负，以及这次来腾格里沙漠的原因和目的。其实，他最想说的是“我喜欢你”这四个字，只是一直在嘴边却说不出口。这就是这个儒雅书生的“缺憾”之处，亦是可爱之处。

接着，他向蓉儿谨言慎语、掏心掏肺地真诚表白：“学生虽出身于一个官宦富裕家庭，一直生活在青年男女如云的大城市，已满二十岁了，却不懂得什么是恋爱，也未恋爱过，不知道什么叫姻缘，也未碰到过姻缘。最大的心愿渴望在学业完成、事业启程之时，能遇到一个同心同志同德同行同生活同事业的女子，将是这辈子最幸福的事。”

蓉儿倾听着忍不住出声，脱口念了他讲的“同心同志同德同行同生活同事业”这句话，一股同样的愿望顿生心头。

“这次来腾格里沙漠，品格一流，内涵隽永，像沙漠珍品肉苁蓉一样的女子，学生这次在遇难沙尘暴时碰到了！”

蓉儿听着，一时冲动，脸庞升起一团红晕。但她沉静自若地说：“女子惭愧，不如不配呀……”

上官英杰闻之，一时弄误了蓉儿说的“不如不配”之意，较真了起来：“作为高级动物的人岂能与自然植物类比呢？就人和植物无私奉献的品格这一特质来说，蓉儿的品格宛若沙漠珍品肉苁蓉。但从蓉儿天生丽质、知性女子全面优秀的本色来说，根本就没有可比性……”

卒然间他才明白，蓉儿所讲的“不如不配”是她与自己相比的谦逊之词，赶忙说：“不，不是蓉儿不如不配，而是学生远不如不配蓉儿……”

其实，他还是羞于说出放在嘴边的一个爱字，无勇气向蓉儿表达对她深沉的纯真爱意。一刹那，他着急和激动得热泪涌流：“上官英杰永世永恒，难忘蓉儿的救命大恩!”说着，肃立深情地向蓉儿三鞠躬，才婉转地憋出一句，“学生斗胆向你敞开心扉表示爱慕之情，当然这只是学生单方面的意思。”

这个啃了十数载书本的学子，此时才明白向钟爱的女子示爱是一门学问，而自己却浑然不懂，完全是个门外汉。此刻，他才恍然大悟，以往学中文读小说常见的成语“一见钟情”，还真是这么回事；而如何把握一见钟情，却颇不寻常，勇气贵于学问。

蓉儿全神倾注，仔细聆听着上官英杰的倾心坦言，对这个书生有了比较全面的了解，透彻地看清了这个童男子内心世界的纯真纯净，完全读懂了流淌于上官英杰眉宇间、眼神里和话语中，羞涩却饱含着深深爱恋她的患难真情。他，心底透亮，坦白真诚，朴实敦厚，衷肠挚情。说的每一句话，都意味深长，蕴含大爱。其实，她与他心心相印、息息相融的这些天，已感觉超甜蜜好幸福了!

救这样的人值得!

蓉儿如此赏慕上官英杰，而她的情感深处却是五味杂陈，波浪翻腾。她万万没有想到，腾格里沙漠刮起的这场沙尘暴，竟“有情为媒”，从穴窖洞口掉进来的这个上官英杰，原来是月下老人恩赐自己值得敬佩爱慕、托付终身的男人。然而，她的心里却又异常尴尬、难堪和困惑。自从丈夫病逝，已认定自己短暂、单调、清苦的十七载生涯，与男人的情缘已绝，这辈子在风沙肆虐的大漠再也不会遇到可心的人了，爱死了，情没了，缘绝了。谁知道，偏偏遇到了一个非常难得，带着浓厚书卷气，有学问见识、有节制修养、有铁骨般意志的棒爷们，相貌更是百里挑一，平生第一次见到的仪表堂堂、英俊潇洒的美男子。听了他的坦诚相告，让她意料不到地获得诸多惊喜：他出身于将军官宦门第、书香人家，家庭和个人都非常优越优秀，人生前途不可估量的金陵大学生物系毕业的高才生，所追求的学业事业竟是大沙漠；他母亲的公司所经营的买卖生意，竟与牛氏商号所经营的生意买卖几乎一样；他生活在美女如云的大城市，居然是个尚未有过爱，对女人从未动过心的童男子。

蓉儿转念细想，自己是个连父母都不清楚的私生女，只读过女子中学没什么学识的沙乡农妇，又是结过婚生过娃的寡妇，门不当户不对，各个方面都与他极不相配。她扪心自问，彼此差距悬殊，这个姻缘能合吗？她自愧不如，向他讲了“不如不配”，而他却说“自己不如不配蓉儿”，这就更使她顿生自知之明，相形见绌，思绪纠结，心神难宁，进退维谷。她真不知道，该如何向他叙说自个儿的身世经历，解释“不如不配”的理由。她当然不会隐瞒出身和生活的真实，但他知道了会怎么想？会怎么看待她？她更不忍心挫伤他纯真纯情的初恋啊！

心情郁结困惑的蓉儿，内心世界喜悲交加，难以回应上官英杰向她求婚的真诚衷情，更不忍心割舍这桩难得的姻缘。苦恼难受至极，不禁潸然泪下，不知所措六神无主地慌慌然跑出了母穴……

上官英杰清楚地看到，跑出去的蓉儿泪流满面，感觉她似有难言之隐，却又无法领悟她真实的心情心结，意识到眼下已不便继续进行交流，更为心疼的是不能让她继续难过下去。该如何了解蓉儿内心的秘密，帮助她消除心灵痛苦呢？上官英杰一时茫然失措，朦胧间若有所思，心智一动，想先让她回到自己身边来。于是，大声喊了一声“蓉儿”，见蓉儿回了头，便信口说“我饿了！”

蓉儿听之，竟鬼使神差地止步回身，急匆匆地跑回母穴。一瞬间四目相对，雌雄爱火陡然点燃，两人泪崩激动相拥，紧紧搂抱在了一起……

被上官英杰紧紧搂抱着的蓉儿，心里想着他饿了，不由得嘴巴贴在他的耳边问：“你想吃点什么？”

上官英杰的身子发热，喘着粗气，吐出三个字：“想吃你！”他说着，浑身已火烧火燎起来。

女人是感性的。一刹那，热烫的口唇贴在了一起，轻吻，舔啄，吮吸，舌绕，啃噬……唇舌纠缠半晌，上官英杰已是雄劲勃然，蓉儿感触真切，而她亦春水流溢。

蓉儿担忧地说："你浑身是伤，使不得的!"

"不要紧的。"这个谦谦君子挺认真地道，"梁启超先生说，凡人应当常常生活于趣味之中，生活才有价值。若老是纠结于苦恼伤感的心情，挨过几十年，那么，生命便会成沙漠，要来何用？我说了些心里话，感觉您情绪蛮好的。刚才见您流着泪跑出去了，可能是我说错了什么，请你海涵。"

书呆子，真是哪壶不开提哪壶，蓉儿不好意思把这句心语说出口。她脸颊飞红，含情脉脉凝望着上官英杰，忽地双手交叉套在他的脖子上，双眼向他放射出火辣辣的闪电，而自个儿身子也酥酥地产生了雌性荷尔蒙。一瞬间，上官英杰意识到自己真蠢，此时无声胜有声啊，但他对性事很茫然，下一步怎么整？懵懂之中不由自主，双手搂紧蓉儿的腰，用力抱着她，心领神会的蓉儿扑上去，把烫热发红的嘴巴紧套住他的口唇，深吻长吻着，使这个初经性事灵肉膨胀的男人，只能被动分享她的浓烈激情，不知怎么弄波起澜愉悦对方。

梅开二度的蓉儿虽性饥难耐，但她还是担忧他的身子，宁可克制着自己，也不忍心去点着他的性欲之火，只想"润物细无声"，滋润满足他舒服愉悦就行。她双手抱着他的头，深情轻柔地吻着他的脸颊，吻着他的额头，吻着他的耳朵，吻着他的脖子……不料，女人的柔情激起了男人的雄起！早已欲火燃烧的上官英杰，此刻已管不住自己的手，撩起她的衣襟伸向她的胸部，第一次动情地抚摸女人最神秘的地方，感觉传出的那种舒馨酥心的韵香东西，一下子酥遍他的浑身，酥进了他的骨子！蓉儿忍不住地"哦"了一声，但她仍强力压抑自己，保护他的伤体最重要。她向他投去满面绯红灿烂的笑容，摇了摇头，转了身子给予他一个克制降温的信号，不料处于兴奋中的蓉儿站立不稳，身子躬下双手去扶炕，就在这时因他的折腾使她的裤子掉了下来，自然翘起的白嫩嫩圆润润的丰臀暴露在上官英杰的眼前，刺激得他情爱已然极致，欲望到了要冲击巅峰的时刻，再也难以控制，他冲进了她的身体，顿时男的嗷嗷直叫，女的娇啼呻吟……

一个久为孤岛的男人，一个久甘孤寂的女子，山朗了，水崩了，火燎了！在大漠深处的穴窖里，自然而然地坠入爱河，自由自在地畅游，他们都再也无法压抑和抗拒。

当他们再度销魂后，裸醉的两个人赤条条躺在炕上，虽感觉倦意，仍激奋难却，彼此的一个眼神，就能激起千层浪；彼此的手抚摸到哪里，都会点燃万重火……

蓉儿那雪白娇嫩光洁明亮的肌肤和丰润高耸的乳峰特别炫目，上官英杰望着望着，不禁又强悍雄起，灵肉之门再次轰然敞开！水漫金山寺，湍流浪涛，滔滔汩汩，魄荡魂摇；火烧龙王庙，炽焰燎燃，熊熊烈烈，氤氲叆叇。

上官英杰，这个平生头一次爱恋的男人，情窦初开，坠落爱池，体味领悟着罗曼蒂克的滋味，真是如醉如痴！蓉儿，这个曾涉爱情的年轻女子，重放情欲，饱尝饥渴，更是快活淋漓！他们分享着“春风杨柳万千条”的柔情蜜意，感受着“千树万树梨花开”的欢愉浪漫，宛如陶醉于四季各具千秋的春光、夏风、秋色和冬阳里。哦，灵肉交融生成的春柳依依之音，夏蛙呱呱之声，秋叶飘飘之韵，冬雪簌簌之律，胜于世间任何一首经典旋律。又有哪一首美妙乐曲，能与这人间爱情的天籁之音相比呢？

轰轰烈烈、缠缠绵绵的恋战，终于渐息谢幕。

“学生对你真是一见钟情，一战不休哦！”躺在炕上的上官英杰，这个昔日对女孩子几乎不苟言笑的人，情意绵绵地说了句调皮话。

仍沉浸于性爱浪潮里的蓉儿，依旧风情万种，紧紧依偎在英杰身旁，一只手抚摸着他带着伤痂的胸肌，回应了他清人古吴墨浪子所著白话小说《西湖佳话·西泠韵迹》里的一句话：“乃蒙郎君一见钟情，故贱妾有感于心！”

上官英杰闻之激奋，两人又搂抱着，亲吻着，嬉戏着。

“英杰，你饿了吧，我去煮点粥。”蓉儿盯着上官英杰，眼神水波潋滟，有点依恋难舍，这时她真不愿意离开他。

“真的饿了。”

蓉儿心疼而又深情地吻了他一口，起身穿好衣服，离开他将要跨出母穴时蓦然回眸，火辣辣的目光盯着他嫣然一笑。上官英杰见状，特别深情地抛出了一个飞吻……

6

初涉爱河的上官英杰，愉悦的余波散去，便感筋酥骨软，不一会儿就昏昏然进入了疲倦的梦境……

蓉儿转身回到母穴想问他吃点什么，见他已熟睡，便又返回。为了让他多些睡眠，蓉儿干了不少活儿，才煮粥做菜。她煮了一锅用小米、肉苁蓉、枸杞、红枣等滋补品煮的营养粥，炒了一盘沙葱鸡蛋，一盘牛肉炖土豆，烙了几张油饼，端进母穴等了一会儿，上官英杰才醒来，两人美美地吃了一顿。之后，蓉儿又仔细查看他身上的伤口，高兴地发现好些伤口痊愈了，也心疼地看见他大腿处正在愈合的伤口又新生裂痕，显然是下午他们做爱所致。她小心翼翼给他进行了清理，撒上了云南白药。

此时的蓉儿心情淡定。坦荡地详详细细地给上官英杰诉说了自己的出身和生活历程……

上官英杰目不转睛地盯着蓉儿天生丽质的五官，专心致志地倾听着她苦涩的身世，嚼味着她经历过的本真纯粹的岁月；回忆着在自己的生命遭遇危机时与之相逢，她无私无畏、尽情尽力地给他输送本善纯洁的大爱挚情的时时刻刻、日日夜夜……

人活着从来都是艰难的。肉苁蓉本是一块璞玉，经受了生活的无情切割和严酷打磨，“艰难困苦，玉汝于成”，已折射出像肉苁蓉花般绚丽炫目的美，在薄情的世道活出了芳华情怀。这是上官英杰对蓉儿新的认识。他完全明白了蓉儿心中的纠结，舒心轻松地笑了，把蓉儿拥搂入怀，温柔敦厚地说：“亲爱的，你太善良了，也想得多了。”接着和风细雨语重心长地给她讲了一番话：

蓉儿，你降临人世之时虽被遗弃，但又被善良人收养抚育，一路走来尽管艰难曲折，但人随风过，自在花开花落，生活自然而行，完全是自我造化。天道酬聪更酬勤。你美丽，勤慧，年轻，充满活力，魅力无穷，在我眼里出类拔萃，而你却自感“尴尬、难堪和困惑”，全是自己羞辱自己，自寻烦恼。一个人的出身门户，自己是不能选择的，并不重要；一个人是父母公开生的还是私生的，自个儿也是无法选择的，然他们在人格上是完全平等和自由的。你的学识不低，学养不俗，品格情操高尚，内心外表完美，没有什么缺憾，与我相比有过之而无不及；至于你结过婚，生过孩子，根本就不是什么问题，说明你懂爱，会爱。再说，金无足赤人无完人，我也一样。您何必苛求自己。最重要的是，对于往昔，不可忘记，但要放下。要跨越从前的沟沟壑壑。你的生活已经从头开始。你的未来，太阳每天都是新的。自信才能悠然前行，生活才会绽放新的光彩。

上官英杰向她坦然表明上述观点后，又特别深情地叫了一声“蓉儿”，非常真挚地说：“今天，我特别兴奋快乐！这是我们自然而然相遇相识相知，相亲相爱，相依相融相悦的天地之合快乐，也是你的美貌、心灵和真情给予我的幸福，学生刻骨铭心，没齿难忘。肌肤之爱已架通了我们之间的连理之桥。所以，我郑重地向你求婚。我不否认，你拯救了我的生命，对你的爱情含有以爱相报的成分，然最主要的是你天性善良纯朴，生活磨砺成就的纯粹真诚，使我萌生强烈的爱慕之情；现在了解了你的人生经历，更加坚定选择妻子非你莫属，坚信我们会永世永恒珍惜来之不易的幸福，心心相印相依，终身不离不弃。我们一定能够一辈子同心同志同德同行同生活同事业，为研究和治理祖国的大沙漠而共同奋斗，贡献我们的青春年华和毕生力量。请你等我几年，从美国留学归来再来肉苁蓉村娶你。将来，我们的家就建在村里，我愿意做牛家的上门女婿。”

肉苁蓉听着上官英杰的话，泪花闪闪，感激涕零。她无比信赖他发自内心的声言，庆幸在大沙漠里相逢这个梦寐以求的爱人，特别激动而又神圣地一吐心音：“英杰，我接受你的求婚，心甘情愿嫁给你，在肉苁蓉村等着你，非你不嫁！”

“亲爱的，上官英杰非你不娶！”

此时此刻的地下穴窖，在肉苁蓉看来，宛如天堂一般美。他俩面对而立，以水为酒，两个碗一碰而干！两双眼睛深情相望，四手紧握，盟誓婚约：

“青山做媒，非你不娶！”

“绿水为证，非你不嫁！”

“相守年年岁岁，同度温暖一生！”

这二十八个字，由衷！至诚！坚毅！庄重！圣洁！

上官英杰明白，他们在一起的日子无多。他温情脉脉地拥搂蓉儿入怀，久久相依相偎着……

……

他们沉醉于快活甜蜜之中，谈笑风生，畅聊天南海北。

她：中国文化中最被看重的男人品格是什么？

他：君子。

她：何为君子？

他：理论上说不清楚，活标本倒是有一个。名噪华夏的新学术领袖、北大教授胡适爱面子，一直甘愿默认十五年前未曾谋面，由其母做主，给他定亲的“裹小脚，眼有翳，肉赘身，面似娘”的女人为太太。而同时代的鲁迅、郭沫若等文豪，闹“家庭革命”，抛弃父母包办的“糟糠”换妻室。人所不忍胡适却能忍，他因此受到友人格外的敬重，被视为“谦谦君子”的标本。然而，这个可爱的暖男，时下也被许多人看作不可理喻的傻子标杆。

她听着笑笑，无语。

她：听说，外国有情人节。情人之情，是婚外的那种男女感情？

他：情人节诞生于古罗马帝国时期，由来众说纷纭，都是凄美动人的爱情经典，见证专一和坚贞。讲个故事，帝国时期信仰基督教是违法的。有个博学多识名叫瓦伦丁的人，因是基督教徒被关进监狱。监狱长的女儿是个善良的盲姑娘，常来监狱玩，她被瓦伦丁的学识所折服，对其暗生情愫。盲女按照瓦伦丁告诉的法儿去治疗眼疾，恢复光明后赶回监狱，瓦伦丁却已被处死。悲愤至极的她在其坟墓前毅然自尽，去天国追寻他。这一天是2月14日，人们景仰这位姑娘的钟情和贞毅，就把圣洁的这天定为情人节。由此可见，情人象征着爱情的忠贞，坚贞不渝的人才配叫情人。情人并非第三者，而是专心不二的有情人！

她听着，甚为感动！

他：现今，不忠贞的婚外情，不害臊的第三者，比比皆是，犹如野草丛生哦！

她满面愕然。因为，好些年她身居与社会隔绝的沙漠，茫然无知。

他：你认为富贵是什么？

她：心安茅屋稳，情定菜根香。今天得以温饱，比起昨日腹饿饥渴就是富贵；顶有片瓦，有个家就是幸福。得不到的已经失去的或是不劳而获的，都不是富贵和幸福。重要的是把握和坚守已有的那份安宁、淡然和快乐。生活简单就快乐，人心简单就幸福。

他不无感慨：是啊，学会简单其实不简单哦！阅尽红尘兴废事，不曾富贵贫也甘。然而，时下不劳而谋富贵的人多了去了，不劳而富害了多少人？尤其是官场成了贪腐捞富贵的文化地标，随意拉出十个大官枪毙掉，再去查，没有一个是冤枉的。

她：古人有两句话："仗义每多屠狗辈，负心多是读书人。"怎么理解呀？

他：一个负心人，本与其读书多少和文化程度高低无关。但在"上了床也没有结果"的这个时代，洞穿人情冷暖，这两句话倒是反映了现实的真实。贫贱夫妻度艰难，富贵荣华多负心。高学历高学识的高衙内，妻妾成群的陈老爷，复活而来，层出不穷。

……

最后，她吐出一句心语：对这场猖狂至极的沙尘暴，我是喜、悲、怕交加哦！

他对她说的这句话心有灵犀：喜，是他们邂逅生情相爱；悲，是她对他受难深感同情和悲悯；怕，则是她对这场沙尘暴产生畏惧，亦很正常。她言怕，会不会生有退缩沙漠之念？

他向她投去坚毅的目光，铿锵而道：大沙漠是战场，治沙科学工作者是战士，沙尘暴是战火，科研是战斗！风沙不息，战斗不止！

又是夜幕降临。在大沙漠的"伊甸园"——母穴的土炕上，这对夏娃亚当，继续罗曼蒂克地演绎着干柴烈火、翻云覆雨的爱情活剧。他们彼此已熟悉适应各自的重量、动作、节奏，在灵肉交融的沟壑幽谷里，尽情演奏着新婚燕尔般的激奋、浓烈、丰盈、快活、愉悦、甜蜜、幸福的乐章……

一连数夜，他们都睡得相当深沉，特别香甜。上官英杰不断体味着“禁果”的滋味，夜夜沉湎于柔情甜蜜的深眠里。

肉苁蓉对上官英杰生活上的照料呵护更加无微不至，一日多餐精心调配滋补。他觉得人奶特别馨香好吃，她也特钟情给他喂奶，像妈妈给孩子喂乳那样，一日N次地搂着他，喂着喂着，彼此深情地相望着……

真是难以想象，凶残的沙尘暴在风沙王国里，肆无忌惮地折腾，有人在危机中丧失了生命和亲人，有人却在劫难中获得了生机和爱情。上官英杰和肉苁蓉这对本来天各一方的陌生人，在腾格里沙漠的“地下宫殿”里邂逅成为有情人，演绎着一幕幕悲壮唯美的传奇爱情喜剧。缠恋热爱中的他们，对穴窖外持续猖獗器张的沙尘风暴不屑一顾，像新婚伉俪度蜜月一样，在穴窖内沉浸于洞房花烛夜般的幸福时光，心旷神怡，悠然自得，议论风生。他们忘情调侃品味着中国历史上纯真纯美，流芳千古、脍炙人口的百姓丽人、才子佳人热恋的经典故事——牛郎与织牛，许仙与白素贞，梁山伯与祝英台，孟姜女与万杞良，李清照与赵明诚，林黛玉与贾宝玉，唐琬与陆游，韦丛与元稹，李香君与侯方域，刘兰芝与焦仲卿，等等，尽情享受着类似圣德圣洁的造爱祖先们那种最和美甜蜜的幸福时光，精彩地挥写着人世间最独特奇美的爱情诗篇，盟结了一对恋人最诚贞坚定的婚姻佳缘。

这天上午，陶醉于幸福里的上官英杰，给依偎在怀里的蓉儿，娓娓讲述着曾经欣赏过的一幅闻名于世的油画作品……

“那年，我随母亲去地处拉丁美洲所属美国的波多黎各自治邦旅游观光，这是一个最具异域风情，宛如镶嵌于西印度洋茫茫大海之中璀璨珍珠般的美丽岛邦。在首府圣胡安市历史悠久的国家博物馆门口，我欣赏到了向往已久的世界名画《西门与佩罗》。十七世纪的欧洲有四位鼎立的著名画家：意大利的米开朗基罗・梅里西・达・卡拉瓦乔、佛兰德斯的彼得・保罗・鲁本斯、荷兰的伦勃朗・哈尔曼松・凡・莱因和西班牙的迭戈・罗德里格斯・德・席尔瓦・委拉斯凯兹。这幅油画出自生于德国的佛兰德斯的伟大画家、巴洛克画派主要代表人物鲁本斯之手，在西方艺术之林不同凡响，有着一定地位的杰出作品。画面极其生动地描绘了作为女儿的佩罗，为拯救父亲的生命，敞怀托着乳房给监狱里的西门喂乳的动人情景。”

说到这里，上官英杰感动在回忆艺术真品给予他的深邃感染之中，同时联想回味着蓉儿为了挽救自己的生命，献出珍贵无瑕的母性大爱，托抹乳房给自己喂奶，裸体搂抱着自己冷却伤重的身体传热的情景，泪盈双目动情哽咽，难以自已。

此刻，他闪烁着泪光的深沉眼神，向她传递出心头骨子里的切肤感激深情，蓉儿自然是心领神会。

啊，发生于中西世界两个国度里的真实故事，何其相似乃尔！

情趣爱好相同的人，对艺术品感染力的悟识体味也总是相同的。蓉儿当年在西兰女子中学读书期间博览群书，对书画艺术特别喜欢，且对中外佳作珍品有着一定的了解，曾在西兰艺术博物馆欣赏过展出的这幅油画的临摹作品。当时她赏悟有感，创作过一篇富有诗意的散文，题为《为〈西门与佩罗〉而歌》，发表在校刊上。现在，又听上官英杰给她讲述这幅画，深切感受到他内心世界将佩罗与她相融而激荡的双重深邃情思。此时，她寻忆起藏于心笺的旧作，在脑际略作修改润色，即兴将十七字句组合的散文，激情朗读了出来：

为《西门与佩罗》而歌

丰腴妩媚的年轻女子裸露雪白胸怀肌肤，虔诚深情抚摸老人后背手托着圆润乳房，轻柔温和地把奶头塞进赤膊囚犯的嘴里，馨香甘甜的乳汁缓缓流入饥渴者的腹中。

这幅惊艳油画力作取材于罗马帝国时代，再现了波多黎各邦脍炙人口的真实故事，被西方艺术界极尽热捧为冠绝古今经典，艺术主题揭示画坛标榜不衰的人性博爱。

不理解作品是表达爱国和父女之情的人，无不异常惊愕而横眉冷对指责嘲笑讥讽，为什么污秽不洁有伤风化的不雅之画面，高高

《西门与佩罗》

悬挂在国家艺术殿堂门口丢人现眼？

然而知情者都无不感动盛赞而热泪涌流，因作品真实刻画出两辈异性的圣洁大爱，既是深刻彰显令爱反哺父辈的善行孝举，更是体现人民深对民族英雄的景仰爱戴。

饥饿人乃波多黎各民众崇拜的硬汉西门，诚敬给其喂乳的女子佩罗是其亲生骨肉，他捍卫祖国独立自由英勇战斗赫立勋功，竟然被昏庸残暴国王判处死刑禁食饿亡。

西门被囚牢狱四肢带铐挨饥饿肝肠寸断，佩罗常探监解怀给父亲喂奶液解除饥渴，女儿的大义孝德使父劫难不死延续生命，民声沸腾最终迫使当局特赦释放获自由。

传奇轶事惟德动人的芳馨无弗远届，感化油画大师鲁本斯激情泼彩旷世美作，波多黎各国人以艺术珍品引为自豪骄傲，引发邦疆经久不息的浓烈家国情怀热潮。

大雅丹青塑造的人文精神感染天下人间，《西门与佩罗》沉淀的人性韶华遂光照八方，波多黎各昔日的唯美故事并非异域独有，泱泱华夏之文明精华自古至今俯拾皆是。

热血男儿英杰在腾格里遭遇沙尘暴重创，沙乡女蓉儿敬佑生命母性善良全力拯救，起死回生更倚靠铮铮铁骨坚强意志抗争，盟誓相爱结连理同心奋斗敢教沙漠变绿洲。

此时，蓉儿的情愫已完全融进名画《西门与佩罗》表达的主题深层，憧憬着他们未来的共同理想和美好生活，心情激荡不已。

上官英杰屏气凝神地听着蓉儿的朗读，心灵诗情与蓉儿强烈共鸣，思想情感与蓉儿相融如出一辙。“蓉儿，在您的大作后面，我加四句。”即刻朗读出口：

反对战争追求和平世界潮流浩荡不可挡，亲仁善邻协和万邦乃中华民族处世厚望，融合物质精神文明应对挑战同求大发展，道法自然天人合一促进全人类和谐共生。

“好！”蓉儿赞道。

此刻，上官英杰激情澎湃，脑子里涌动着一幅中国画《蓉儿与英杰》的创意……

7

人生无处不修行，生活处处有惊喜。

上官英杰年轻的体质有着极强的生命力，肉苁蓉给他精细疗伤和体贴入微的照料呵护功不可没。自从他苏醒过来下炕后，她没让他离开过母穴半步，吃喝拉撒都亲手处理，加上他坚持气功疗伤和强化锻炼，沙尘暴带给他的累累伤痕，好像特别惧怕“留守”而迅速退却，逃之夭夭。医家有言，“伤筋动骨一百天。”而伤愈的速度在上官英杰身上，发生了令人惊叹简直难以置信的奇迹，创伤已好得七七八八。

这天下午，蓉儿亲密地挎着上官英杰的胳膊，走出了母穴。她带着他到所有的子穴窖和两个洞口处查看了一遍。上官英杰在水窖，凭借以往对腾格里沙漠地质水文状况的研究，清楚这里沙漠地处陇、宁、内蒙古三省交界的地方，地下富含第三纪残留水，只不过离地表深浅不同而已，且地下水流都是交融贯通的。他通过耳听目察判断，这个穴窖群落的下面蕴藏着地下水，水流离地表最近的地方可能就在这个水窖周围几平方米的范围内。他告诉蓉儿，取水最简便的方法，把一根直径三四厘米粗的钢管插入砸进地下四五米，地下水可能就会顺着钢管冒上来。

蓉儿一听，高兴地跳了起来：“英杰，不，未来的沙漠研究科学家，你可为牛家为肉苁蓉村的百姓，慧眼发现了地下水源，这可是件振奋人心的大好事，沙乡最珍贵的东西就是水啊！谢谢你啊！”

此时，上官英杰突然发现，在水窖左侧墙根的缝隙里，长着一株活旺旺、绿茵茵的青草，顿时激动极了！因为，他已经有许久，至少掉进穴窖后就没有看见过活的绿色植物。此刻，不禁对生长在穴窖的这株绿色青草油然而生一种特殊的感情，简直像给他注入了巨大的精神活力，好惊喜，好冲动！他蹲了下来，双目凝视着它好久好久。

心领神会的蓉儿，小心翼翼地把这株绿草移植到一个小碗里，回到母穴把它放在木桌上。同样，她也倍感这株小草一枝独秀，亭亭玉立，洋溢着活旺的生命，给穴窖平添了一抹生机。

时令虽值仲秋，穴窖外沙尘暴肆虐，依然天昏地暗，但因这株绿茵植物的点缀，母穴里仿佛春意盎然，气象万千。蓉儿和上官英杰尽情分享着这株青青小草给他们带来的喜悦。

蓉儿心里明白，上官英杰要回家，要出国留学，学成归来的日子不知在何年何月。然日子再长，再难熬，她也要等下去，等着他。

她的心语写在甜蜜的笑脸上。蓉儿已很知足了，深感苍天足够眷顾她，让多舛的命运，碰到了心满意足可以托付终身的人，也享受到了生活中最幸福最甜蜜的东西。

“英杰，”蓦然间蓉儿脱口而问，“大西北为什么会有大沙漠？沙尘暴是怎样形成的?”她如此提问，是为了弄清心中存在的自然谜团，却在不经意间表露出她与上官英杰相爱后心灵滋生的一丝情愫：如果没有沙漠的存在，英杰就会选择别的事业。因为她深知而且很心疼，未来英杰一辈子待在大沙漠治沙，会很辛苦的！

上官英杰从蓉儿微妙的神色，又想起上次他们调侃时她言及“对这场猖狂至极的沙尘暴，我是喜、悲、怕交加”之中的那个“怕”字，似乎感悟出她所提问题的弦外之音。的确，他选择终身攻关科研、治理沙漠的事业，对于包括在一段时间内的父母和许多亲友来说，是不可思议的。他深谙，面对风沙肆虐的大沙漠尤其沙尘暴，与蓉儿真正要做到“同心同志同德同行同生活同事业”，无论是她还是他，思想、意志和毅力，必然要经受长期的严峻考验和磨砺。好在他对自己对蓉儿都充满信心。点破乃至交锋这道思想题目的时机，在未来生活和事业的严酷实践中，而不是现在。

他深情凝望着蓉儿，深入浅出地给她科普了一番：

辽阔大西北，包括腾格里沙漠、巴丹吉林沙漠、库姆达格沙漠、柴达木沙漠等在内的几个大沙漠，几十万年前是高山环抱、植物繁茂、生机万千的绿洲盆地和汪洋大海。第三纪冰川期末，地壳演化变迁，喜马拉雅山、青藏高原不断隆起，湿润的海洋季风被阻难以吹进，使得塔里木、柴达木、准噶尔三大盆地和阿拉善大草原等地的气候发生逆转，高温干旱、严寒枯燥“纷至沓来”，草木凋萎枯亡了，河湖断流了，海洋干涸了。罗布泊变成寸草不生的“死亡之海”，荒芜废墟取代了楼兰古城的繁华鼎盛，水草丰美的白亭海、青玉湖葬身于沙尘暴……

地质时期广泛发育的冰川融水，又源源不断送来沙漠的“种子”——大量的岩石风化物。天长日久，大面积的地下沙质沉积物露出地面成为黄沙，肆虐的狂风又与作祟的黄沙“狼狈为奸”，风刮沙飞，沙借风流，在漫长岁月里无休无止地翻滚、搬运和堆积。如此历经了悠久岁月，形成了浩瀚无垠、沙丘起伏的大沙漠，还有荒芜凄凉、寸草不生的戈壁滩。

千百年来，如同黄河不停流，风沙不停息，沙漠、沙地、沙漠化无休无止地扩大着。风起腾格里，沙落北京城。唯怕两大害，沙暴与雾霾。

风沙、沙尘暴的形成，虽有多方面的原因，但主要是随着生产的发展，工业革命的到来，人类违背自然规律，无序进行生产活动，过度开发土地、砍伐森林、放牧草原，严重破坏植被，灭绝诸多物种，危害生态平衡，造成气候异常所致。暴殄天物，这场沙尘暴就是大自然的报复。人类在遭受大自然惩罚的过程中，逐渐明白了一个道理：只有充分认识“万物并育而不相害，同道并行而不相悖”的自然法则，顺其自然和谐，秉承自然智慧，与自然和谐共处，才能与自然共生共荣。

尽管人类辜负了大自然的善待与恩赐，而她仍一如既往，犹如宽厚仁慈的母亲，胸怀天下苍生，生成种种利益馈赠人间。她情有独钟，天造地设，在这“风沙王国、死亡大海”的浩茫大沙漠里，播种爱情，珍惜生命，保存下来了顽强生息、极其宝贵的沙生、旱生两大类千余种植物，构成了一个富有传奇生命力的“植物王国”，帮助人类抗御风沙危害，同时无偿奉献着取之不尽、用之不竭的生物资源。

大自然还像智慧非凡别具匠心的艺术家，长久地在大西北沙漠、戈壁滩，鬼斧神工，精雕细塑，留下了鸣沙山月牙泉、铁骨胡杨、雅丹地貌、七彩丹霞地貌、山河人兽奇景、羽毛状沙丘、五彩沙粒儿等奇观，吸引着专家学者深入探究，四方游客踏访观赏，令人叹为观止……

蓉儿屏声息气，同样浓情蜜意地回望着上官英杰，听得走心入神。末了，她一本正经地说："哎，能不能想办法把喜马拉雅山弄开一个大口子，让印度洋的暖流重新吹进中国大西北内陆，大沙漠不就又可变成沃野千里的大绿洲了！"

上官英杰听了一怔："真有你的。""哈哈哈哈"笑了个人仰马翻，乐中想着她的话，蓉儿的思维不简单哟！

光阴似箭，归期临近。上官英杰只盼沙尘暴停息及时回家，按时赴美，顺利度过留学之旅。何时归来？虽难预测，然他信心坚定，放怀天际，脚踏实地，一定要将留学之路走到底，学思践行，圆满完成学业。学成归国的第一时间，将刻不容缓赶回腾格里沙漠，堂堂正正迎娶蓉儿，带她到西安与父母见面，一家人团聚，办好成婚大事，然后夫妻再回到大沙漠来，兑现自己的诺言，做牛家的上门女婿，在肉苁蓉村起步治理风沙的科学事业。

真真切切，这场沙尘暴上演了一场"一川碎石大如斗，随风满地石乱走"的活剧，与在残酷激烈肉搏的疆场尸体遍野、血流成河的情景何其相似。这场沙尘暴，肆虐横行持续几天，猖獗数日，其间稍稍消停一下，随之再度扬沙起尘。如此这样，大刮小停，长卷短息，持续了整整一个月时光。

沙尘暴终于精疲力竭，戛然而止。

翌日清晨，他们一醒过来就感觉，穴窖内空气变得清新舒畅，风沙声听不见了。两个人欣喜地快速出了穴窖。哇，腾格里大沙漠秋高气爽，风和日丽。空气中荡漾着一丝沙枣花的清香，显然是未被风沙折腾死的沙枣树释放出来的。他们终于又见了天日，深深地吸了一口新鲜空气，快乐极了！

返回穴窖，蓉儿照料上官英杰吃完大杂烩粥，叮嘱他："英杰，你先休息着，我先回村看看。你要考虑及早去镇番还是西凉，到医院检查一下。记住，往西北方向而去可达镇番。”说到这里，她盯着上官英杰深情地凝视着，递给他一个小本子，“一个月来，你的伤情和疗理的变化情况，我都记录在上面，你看看。”说完，亲了他一口，便急匆匆地出了穴窖奔向肉苁蓉村，找寻她牵挂了一个月的妈妈、伙计和族亲沙民去了。

上官英杰早已暗暗发急，因为他去美国的时间也迫近了。如果沙尘暴持续刮下去，丢掉了出国时机，不能如期赶到美国西部的沙漠泓泉大学参加面试、笔试，只有通过父亲的人脉渠道，向校方提供有说服力的证明取得谅解，给予他明年再去面试、笔试的机会；如果近日沙尘暴停息了，就要赶快离别蓉儿，返回西安，随即赴美。今天，老天开眼，沙尘暴收手，他决定即日就走。他考虑，不宜同她商量，怕她知道了难受，也怕自己难舍蓉儿而走不脱。

临别，他想送蓉儿一件礼物，就是受鲁本斯油画《西门与佩罗》的感染启发，心中酝酿良久，并且早已打好腹稿的中国画《蓉儿与英杰》。其实，他要创作的这幅画，蓉儿早就用她纯洁无瑕的行为创作完成，“画”在活生生的生活里。这幅栩栩如生的画，也早就深深镌刻于他的心灵，将永世永恒留在心扉。

这时候，上官英杰创作灵感涌动，画意激情勃发。他在炕头放置的一叠布织品里，选了一块洁白的布，平铺在炕上；去厨灶子穴拿了几个碗，取了一些蓉儿做饭时树枝草叶烧成的黑灰做墨，在存放野生补品的子窖找出比较新鲜的肉苁蓉、沙樱桃、黄芪等几种滋补品药材，挤出它们的色汁做彩料。备好材料回到母穴，他神情专注立于炕旁，稍事酝酿了一会儿，便伸手五指蘸“墨”沾“色”，娴熟的指画绝技即刻在白布上涂抹开来。约莫一个小时工夫，一幅活灵活现的裸露着上半身的蓉儿，手托乳房给遍体鳞伤的遇难者上官英杰喂奶的中国画跃然布上。他凝视推敲一番，又在几处“画龙点睛”几笔。上官英杰若有所思，本来他想写上“《蓉儿与英杰》，敬赠爱人蓉儿”，然画面一目了然，就是为蓉儿所作，没必要再写。他题字落款：英杰仲秋写于腾格里沙漠。

这时，他的目光不经意间扫视到小桌旁那株小草，看到旁边放了一个包，打开一看，里面除放了几件衣物、十几块银圆和一袋野生沙米面炒面，还有一块纸，用铅笔字写着：

"亲爱的，无论十年八年，我永远在肉苁蓉村等您归来！"

上官英杰觉得蓉儿的话没有说完，把这块纸翻过来，看见她写的诗句：

我们犹如两片沙漠，
瀚漠茫茫天地之间。
彼此是心中一棵树，
天各一方遥望碧绿。

我心中绿树永郁葱，
您心中绿树长苍翠。
任尔风沙凶悍弥漫，
相守绿树地久天长。

纸块上的泪迹清晰可见。

上官英杰看着，顿时泪水夺眶而出……

瞧，这两个人事无巨细都想到一起了，连怎么离别才会避免对方难过的心思和法儿都一个样。真是心心相印哦。

出了穴窖，上官英杰单腿跪地，抬首望天，心里默默许愿：祝福蓉儿！祝福肉苁蓉村！祝福腾格里沙漠！

他的心言再次神圣坚定地涌动：蓉儿，我一定早日回到肉从蓉村迎娶你！

顷刻间，他已泣不成声……

他起身，往西北方向，大步流星而去。

《圣经》里记述，独居的上帝，一个人太感寂寞，就仿照自己的样子，制造了第一个男人亚当；又抽出亚当的一根肋骨，制造了一个女人夏娃。然后让亚当和夏娃结合，成就了世界。

上帝能否成就这一对亚当和夏娃，让有情人终成眷属呢？

在梦境里沉睡了大半夜的上官英杰醒了过来。他记忆犹新，昨夜住在西沙窝子村客栈，做了一个长梦：八年前来腾格里沙漠遇难重伤，邂逅蓉儿被她全力挽救活了过来，而后他们相知相爱的整个过程。

梦境清晰，历历在目……

猝然间，他当头挨了异常沉重的一棒，昏迷了过去。朦朦胧胧中，感觉被人装进了一个大麻袋里，耳际又灌进了镖师石头的一声惨叫声，一声马的嘶鸣声。

他意识到，自己被人绑架了。之后就什么也不知道了……

第四章 抗日烽火

1

隆冬的哈尔滨，草木凋零，雪地冰天。

一座座融合了俄罗斯、西欧、阿拉伯、日本等异国和中国多民族文化与色彩的建筑物，再被皑皑白雪包裹，本来看上去显得格外壮美和醒目，时而却又感到有点离奇古怪和苍凉凄惨。因为，这座被日本鬼子侵占的城市，昔日满城洋溢着的洋气新鲜的气息荡然无存，到处弥漫着杀气腾腾的法西斯味道。

曾几何时，当情报在战争中的地位迅速上升到和兵力、武器、粮食同等重要的时候，在哈尔滨这座从来没有过城墙的城市，总让人感受到看不见的铜墙铁壁给人以巨大压抑的紧张气氛，如火如荼的情报热战暑气，远远超越了严冬的寒气。

二十世纪三十年代的哈尔滨，是西方列强间谍猖獗活动、激烈角逐的中心之地，云趋鹜赴在这里的双面、多面间谍比比皆是。尤其第二次世界大战爆发前，由于哈尔滨特殊的地理位置，包括中共北满省委地下党、共产国际情报组织、苏联红军总参情报机关和世界各国的特务、情报机构，都趁此风云际会，派来顶级强将在这里大显神通，展开争夺情报的生死搏杀，惊心动魄的秘密战斗愈演愈烈。

“九一八”事变后，日本帝国主义猖狂进攻中国，十五万日本军队、一万八千名日本宪兵、四千名日本特务警察，相继开进了哈尔滨，武士道杀气便笼罩着这座东北边陲城市。

盘踞在哈尔滨，以时任日本陆军中将土肥原贤二为机关长的特高课间谍总部，紧锣密鼓策划并不择手段地秘密实施着策动颠覆、爆炸破坏、暗杀绑架、刺探机密、策反人员、拉拢收买、展开心战等一个又一个阴谋计划和罪恶行动，以妄图实现日本国政府“如欲征服世界，必先征服支那”的一系列扩张抢占中国领土、毫无人性血腥残杀中国人民的邪恶战略。

这天，在哈尔滨中央大街特高课的一个秘密据点，日特总头目土肥原曾亲自主持训练高级特工时，一手精心培育出来的得意门生和“天才杀手”，与其单线联系、受命潜伏于陕甘宁地区的“西北狼”特工小分队头目美奈芳子，刚刚回到哈尔滨，风尘未洗就匆匆赶来，单独向他述职，密报在中国大西北实施“建立和试验细菌病毒犬狗狼活体武器计划”的进展情况。

听取密报的除了他本人，只有一个担任记录、替他掌管机要文件的贴身中佐特务。

出身于特工世家，对搞情报情有独钟、心狠手辣的美奈芳子，在特训班以优异成绩毕业后，却被素有“皇军之花”之称的关东军看中，通过上峰要走，派到直属军犬训练基地供职，破格授衔少佐。岂料这个“门外汉”竟大展宏图，在很短时间内取得的功绩，使不少老牌驯犬专家都只能望其项背。她很快晋升为中佐。

而美奈芳子却“身在曹营心在汉”，仍然向往着干特工，这份惨绝人寰的计划就是她独出心裁策划出来，呈交给颇为赏识她的恩师土肥原获得首肯，并由他推举经关东军司令部准许，将其调入自己掌控的特高课间谍机关。土肥原亲自仔细斟酌缜密修订，批准了美奈芳子的计划，亲手组建了代号为“西北狼”的精悍特工小分队，任命美奈芳子为分队长，授予她指挥调遣和自主决策的权力，率小分队潜入陕甘宁地区实施已达半年多时间。

这个小分队的成员，经土肥原协调，选自日军在华的特高课、梅机关、竹机关、岩井公馆等间谍特务机关，个个都是文韬武略、骁勇善战的特工高手和“中国通”。他们在计划的实施基地确定之前，素不相识，未曾谋面，互不知情，分别接受任务，经过单个短期训练后便被派遣出去，分散潜伏到大西北各地，各自寻找隐蔽适宜可建基地的地方。为严防泄密，在这个特殊时期内不使用电台，小分队成员按定时定点要求，单线与美奈芳子联系报告自己的建议性意见，由她全面比较权衡取舍。

跟随美奈芳子的分队长助理屠非，是她从军犬训练基地带过来的一名亲信、铁杆汉奸。屠非跟她多年，不但言听计从、忠心耿耿，而且驯养警犬有一套真本事。美奈芳子认为，去大西北搞秘密基地训练犬狗狼，没有屠非这类忠诚且又专业的支那人参与，是难以完成任务的。在带他投奔特高课时，还颇费了一番周折。组建“西北狼”特工小分队时，她又力荐屠非，经土肥原批准让他担任了分队长助理。屠非曾在张作霖部队某军军犬驯养场担任过副场长和首席教官。“九一八”事变后，其出卖良心认贼作父，投靠日寇死心塌地为敌人效力。

这项计划的核心内容为：在陕甘宁地区内精心选择地点，建立一个神秘隐蔽、安全可靠的基地，在那里驯养严练像士兵一样绝对听从指挥，杀戮力强悍的日本军犬、中国犬狗和捕捉的野狗野狼，后续再进行把日本731秘密部队在人体试验成功的致命细菌病毒注入犬狗狼试验。试验的技术目标是，致命细菌病毒注入犬狗狼体内后，能让带菌活体有一定时日的存活期，使它们成为攻击性、传染性、毁灭性极强的活体武器。获得成功后，这个基地便成为秘密生产活体武器的工厂，日军便可派遣无数像“西北狼”一样神奇的特种小分队，由基地给他们配备犬狗狼活体武器，在国共两党割据的大后方，实施惨无人道的突袭军政首脑机关、军队和残害百姓的特种军事行动。

据日本特高课、梅机关、竹机关等日间谍特务机关专家的研究评估，只要放出带有致命细菌病毒的一只犬、一条狗、一匹狼，就会严重传染乃至摧残毁灭一片人、一群畜禽、一个村庄、一支部队，甚至一个地方。

而亲自裁定这个计划的特高课头子土肥原，最关心的是计划实施结果。他要求美奈芳子主要报告目前寻找基地的实质性进展，有什么突出成果，以及相关主要人物的背景和作用等。

继承了土肥原衣钵，貌美阴毒的“中国通”女特务美奈芳子，以稳操胜券的信心和逻辑性、条理性很强的语言，向土肥原做简明扼要的述职密报。

“将军阁下，我报告的第一个问题是，我们选中具有特殊身份、地位和影响的中国‘老西北’牛富贵，胁迫他作为掩护隐藏小分队立足的首要措施；选中他当族长的地处腾格里沙漠深处隐蔽安全，有诸多有利条件的肉苁蓉村作为试验基地，利用所谓合作的商业项目做幌子，启动实施计划。

“当初，在我思考策划这个计划时，就考虑要及早抓紧发展几个效忠我日本皇军，有利于未来实施计划，像屠非这样的支那人。所以，屠非早先推荐了军队驯犬员出身的他的老部下、西北人牛富贵，介绍说他是个颇有阅历的中年人，读过书，头脑好，走南闯北成熟老练，长时期与社会各类人打交道，经验丰富，驯养军犬的技能强，从国民党军队退役后一直经商，未发现他有什么政治背景。我感到人选合适，就命令屠非抓紧寻找策动他。屠非派人去西兰找到他，用金钱收买和劝导威胁其为我皇军效力，牛却突然失踪不知去向。随后，屠非又亲自去西陇寻找他，亦无所获；接着，他花钱雇人打探寻觅了好长时期，也无结果。

“这次‘西北狼’小分队潜伏西陇的特工几经波折发现，原来牛富贵潜逃到其原籍西陇省西北部腾格里沙漠腹地的肉苁蓉村，躲避在那里。我接到报告后，秘密潜入该村深入调查表明，他被拥戴担任了全村牛氏大家族的族长，继续从事经商，打拼多年实力强，有比较雄厚的家业和商号，接触打交道的都是商人和贫穷沙民，而且他给贫穷百姓带来了福祉，在当地建立了良好的人际关系网。中国有句古语，民惟邦本，本固邦守。牛富贵根基稳固威信高，治村有方，村固族宁。他堪为一棵大树，德高望重，一呼百应，是值得我们利用的一个人。

“牛富贵当族长把持的这个肉苁蓉村，处于陇、宁、内蒙古三省交接地域，这里除共产党控制的陕北延安等地域外，属国民党管辖区，方圆千里是风沙弥漫、荒无人烟的沙漠荒原，远离重庆，远离延安，远离城镇，十分偏僻，是无人问津的‘灯下黑’弹丸之地。在这个小村子及周边沙村内，也未发现有国共组织及其人员活动。我在这里暗地深度观察，并与潜入陕青宁新的特工建议可作基地的其他几个地点比较，最终选中肉苁蓉这个村，作为建立基地、实施计划的最佳之地。

“半年多前，腾格里大沙漠遭遇了一场百年鲜见的沙尘暴，风沙肆虐危害长达一个月之久。据我们得到的确切情报，这场特大灾难，使沙漠区大量的田地村庄被风沙吞噬，人畜死亡十分惨重。在肉苁蓉村，富商牛富贵的家业严重受挫，本来就贫困的沙民更是深受祸害，窘况雪上加霜。

“我果断决策，抓住这个难得的契机乱中插足，化名王芳与屠非假扮为夫妻，以牛富贵商友的身份公开进入肉苁蓉村，多次与牛氏商号洽谈合作‘经商’事宜，却被牛富贵婉言谢绝。无奈之下，只好亮明身份，利用他胆小怕事的心理，强硬威逼迫使牛答应，与我们合作建立了一个掩人耳目的‘驯狗场’。对外宣称承接训练犬狗的生意，由我方独立经营，获利与牛氏商号分成，而实际上是在所谓的商业项目掩护下，我方果断在这里建立基地实施计划迈出的第一步。与此同时，我们迫使牛富贵在他宽绰疏朗的宅院里，腾出了供我们居住和工作的房屋。

“随后，我密令潜伏隐蔽于大西北四处的小分队十二个特工，装扮成沙区各地沙民，以谋生的名义，陆续来到肉苁蓉村集结于基地。目前，他们已经吃透计划内涵，大体熟悉当地情况，努力适应沙区生活，全力投入实施计划。为了收买人心，我方拿出了一些钱，以驯狗场的名义，安抚遭受沙尘暴重创的沙民重建家园，博得了民众的感恩和初步信任。

“在计划启动前期乃至后续进入细菌病毒注入犬狗狼活体试验这个时期，利用牛富贵在当地的影响和作用，对于维稳安定局面，确保基地安全至关重要。从实际进展来看，胁迫利用牛富贵已经显效。我认为，即使牛富贵不是真心投靠皇军，只要他不向国共告密即可胁迫他合作下去。可是，近来牛富贵有点不太听话，时有阳奉阴违、软磨硬顶的行为。我们除对他继续施用威胁恐吓手段外，我找他单独进行了多次思想交锋，发现其骨子里除胆怯怕事不想坏自己的名声外，还坚守着支那人的那点尊严和骨气。我考虑，待我们利用牛的威望基本上获得民心、站稳脚跟后，寻机密捕牛让他吃点苦头，如果他仍不肯老实归顺和效忠皇军，打算伪造其受野狼之害而死的现场，只能将其除掉。

“牛富贵在村里是个举足轻重的人物。除掉他，局面可能会出现动荡，是否可行我还吃不准，特报请将军阁下定夺。

“我们还在离基地肉苁蓉村数百里外的古城西凉、邻近百余里的镇番等地，收买网罗了西凉镖局镖头苏虎等重点人物，以及一些杀人罪犯、贩毒分子、抢劫土匪、妓院老板等人员，作为外线情报耳目，让他们注意打探收集辖区和周边国共及其军队的重要动向等情报，一旦获知敌方怀疑或发现了我们，就要或及早安全转移，以保存实力；或在城市实施扰乱破坏制造混乱、暗杀军政头目等迷惑转移敌人视线和拉拢收买等行动措施，以掩护确保基地的稳固，顺利推进计划实施。”

美奈芳子接着禀报：“将军阁下，我们在肉苁蓉村这个非常隐蔽安全可靠的基地，放手加快推进计划实施已取得明显成效。这是我报告的第二个问题。”

她自信地说：“在肉苁蓉村建立基地，的确是让将军批准的计划得以推进有了云霓之望，落实到了有实质性可靠保障的基础之上。在这里驯养严练绝对服从指挥的犬狗狼，继而进行细菌病毒注入活体试验，有着天然优越的支撑条件。除处在茫茫腾格里大沙漠的肉苁蓉村僻静隐蔽、安全无恙外，还有不少有利因素推进计划顺利实施。

“沙尘暴助我们‘一臂之力’。我们利用沙尘暴摧毁肉苁蓉村沙民房屋遗留下的废墟，已改建成圈养和训练犬狗狼的初步场地。

“肉苁蓉村里乃至整个沙区村庄几乎所有的沙民，家家都养有情通人意、保护主人的凶猛智慧犬狗。我们早先选优收购了一批优良犬狗，正抓紧实行紧张的驯养。

“我们寻觅发现附近荒漠地带有野狗恶狼群落，已捕捉了一批生性凶残的野狗狼，也进行着艰难的驯服调教。以后还将捕捉。

“截至目前，一批驯养有素、服从指挥，基本符合计划标准要求的犬狗已脱颖而出。

“活体武器试验获得成功后，沙漠区的犬狗狼，尤其是犬狗资源极为丰富，不会出现资源枯竭问题而影响生产军事行动需要的活体武器。

“这次乘来哈尔滨之机，将借助将军阁下的崇高威望，加上过去我在关东军军犬训练基地供职时的人脉，再弄一批日本军犬过去，这样就解决了下一步进行细菌病毒注入活体试验的犬狗狼需求。

“我们看中牛富贵家拥有用于贮物藏身躲灾的一处多达十多间类似房屋大小而且相通，隐蔽于地下的母子穴窖群落，待机占有，可作为进行犬狗狼活体试验、设置电台和研究情报集于一体的主要场地，以后根据需要再逐步扩大规模。

“当务之急是及早准备开展后续试验的必备条件。谨此，请求将军阁下协调731秘密部队与我们密切合作，及早调拨开展试验的设备、细菌病毒疫苗和技术人员，尽快到达大西北基地；犬狗狼主要以食肉为主，陆续到位后，需要充裕的资金购买肉类和粮食饲养它们，亦请将军阁下支持和协助我们申请，尽快解决足够的经费。”

美奈芳子目望土肥原：“将军阁下，学生芳子最后要坦诚报告的第三个问题是，特工小分队在孤立无援的浩茫沙海之中的基地，实施计划面临着难以想象的艰难困苦和危机挑战。”

她神情郑重地陈述：“在远离我皇军大部队，在国共两党盘踞的腹地、支那大西北荒无人烟的沙漠地带，我们单打独斗，实施这个艰辛、艰难、艰巨的计划，面临的困难、困扰、困局很多很大，碰到的危险、危机、危局很大很多，亦很复杂多变，猝不及防。如生活中缺水缺粮，缺蔬菜水果，缺医无药，缺洗衣洗澡条件，缺正常生活的其他需求；特工在任务极其繁重、环境极其枯燥和条件极其艰难的情况下，紧张工作需要不断放松，想享受一回亲情温馨，享乐一点戏曲歌伎，排遣一下七情六欲等，却毫无可能，没有条件；极不适应沙区的恶劣气候，极不适应陌生的社会和人文环境，极不适应当地的饮食物品，却无法改变，只能承受……

“为此，请求英明仁厚的将军阁下，在物质、精神、待遇和生活等各方面，给予小分队多多关照和鼎力支撑。当然，作为大日本帝国的军人和特工，我们心无旁骛、不思荣辱，将绝对忠诚天皇陛下，坚守信仰，为谋取帝国最大利益，信心百倍地担当重任，强力传承发扬大和民族义无反顾、视死如归的武士道精神，坚守基地，直至耗尽最后一丝力，流尽最后一滴血，也要完成任务。”

禀报到这里，美奈芳子有点忐忑，似乎心有余悸，但还是讲出了心里话：“斗胆向将军阁下禀报一点想法，我们身在敌人掌控的地方，也要学习仿效人家之长，揣摩借鉴一点‘得道多助、失道寡助’的东西，如共产党和民众的‘鱼水关系’，得民心以求生存发展的理念。从长远计，学生芳子主张，因为小分队身处国共腹地，必须极力掩盖真实身份和基地真相。为取得当地沙民的信任，有利于计划的顺利实施，对沙区村庄要留着‘水’，不宜搞烧光、杀光、抢光，不能无故伤害沙民，要谨防出现与百姓对立的情形，还须经常给他们一些经济利益方面的好处，以收买人心，稳定局面。否则，我们将暴露真面目，难以立足，‘鱼’就活不好甚至活不成，焉能实施计划。当然，在迫不得已的情况下，必须毫不留情、坚决镇压消灭反日抗日分子。在这些方面，诚请将军阁下不吝多多训导和明示。”

最后，她还特别禀报，遵照将军阁下选择一名特工，在建立基地的地方长期蛰伏的密令，在小分队进入肉苁蓉村之前，她便选中优秀特工小林清秀化名程强，由他本人相机应聘，巧妙打进西凉镖局，在镖头苏虎手下当差；后来牛富贵求助苏虎为其选雇文武兼备的管家时，没料到苏虎将程强推荐给了牛富贵。就这样，这个特工又神不知鬼不觉地潜入牛氏及其商号担任管家，已初步取得信任蛰伏下来。这个特工潜伏在肉苁蓉村也便于她管理监督，小分队的任何人都毫不知情。

2

“芳子，听了你的述职报告，我特别感奋，也非常满意。”土肥原对美奈芳子颇为赞赏，起身笑眯眯地说，“我为帝国皇军有你这个如此优秀的特工鼓掌叫好！”并且热情拥抱了她。

他充分肯定和表彰了美奈芳子率领“西北狼”特工小分队，一往无前，在如此艰难困苦的条件下，表现出大智大勇，果敢做出正确可行的决策，以超人的胆识和气魄指挥有方，抓住有利良机，英勇独立奋战，“在短期内实施计划取得令人振奋的比我预期要出色得多的进展和成果”。

土肥原赞许并勉励她：“你肩负着帝国赋予的非常特殊而又特别艰巨的使命和任务。率领小分队如此智谋神勇快捷，在支那大西北国共两党割据掌控地域选择在荒芜沙海之中立足，是连敌人也根本料想不到的正确决断；又以少见的战略眼光，果敢选定牛富贵这个别人不可替代的大有价值的人胁迫利用，看准肉苁蓉村这个具有天然优势的独特之地，作为计划实施的基地，对完成这个特别计划奠定了安全可靠的保障。目前，在我军尚不能攻击占领的支那大后方，你统揽全局思考和缜密策划，利用沙村独有优势，确保试验项目机密，避免耗资费时修造设施，就便利用地下穴窖，即将进行计划核心的细菌病毒注入犬狗狼活体试验，是比较完整扎实卓有成效，全面落实计划的举措。如能一举成功，顺利获取未来在敌人大后方奇袭歼敌的新型活体武器成果，基地同时成为生产活体武器的秘密工厂，必将荣立了不起的推进大日本帝国圣战的功勋，极大地振奋我皇军军威和将士斗志！”

谈到这里，他在房间里面朝日本国方向，身板笔直挺立，穿着长筒皮靴的双腿并拢，发出“咔”的一声，接着单膝跪地，虔诚道：“完全是天皇陛下赐予大和民族的浩荡恩德，眷顾了‘西北狼’特工小分队呀！作为直接指挥芳子和特工小分队的将军，我深切挚谢天皇陛下的恩典！”

本来，美奈芳子听着土肥原对她的赞语和评价，已感动得泪流满面，又见将军之状，赶紧双膝跪倒，两手按地，禁不住热泪如注：“芳子和小分队感恩不尽，叩谢天皇陛下！”

陡然，土肥原站起身来，这个高傲自负、野心勃勃的法西斯狂魔振臂一挥，腔调拉高了八度：“芳子，现在近看肉苁蓉村，是沙漠中的一个弹丸之地，然而为了加速帝国圣战，加快消灭支那国军共军，它又是特工小分队施展拳脚建功立业，大有作为的一个特殊阵地；而着眼未来远看，它所处的千里沃野河西走廊一马平川，是物产丰饶、粮草富足的军事战略要地，我大日本帝国的精锐部队，必将从支那东部所向披靡开进大西北，在那里可集结千军万马，运筹帷幄发动新的圣战！西进可获取新疆和威胁苏联，北上可直取内蒙古，南战可占领青藏高原、‘天府之国’等支那西南地区，继而可攻取东南亚各国，为我大日本帝国建立‘大东亚共荣圈’、征服世界立下汗马功劳！”

土肥原声嘶力竭、野心远谋至此，再次表扬了他的学生：“在我日军和特工队伍里，我的优秀学生芳子，是深谋远虑、智勇双全，能干大事、进取神速的先锋勇士，不愧是忠诚于帝国的一代精英和一流特工！”

他当即决定，将美奈芳子的军衔由中佐升为大佐，并着令嘉奖晋升日方有功人员和屠非。

随即，土肥原表示：“基地是否能够长期隐蔽稳定，牛富贵大有利用价值，暂时还不能杀掉他。”他命令美奈芳子，“密捕牛富贵并迅速押解哈尔滨，由特高课和其他特务机关协作，尽快在哈十数万日军中，寻找到与其相貌年龄酷似且精熟中文的人，对其进行特别训练，必要时可进行手术整容等。届时，让真假牛富贵在一起生活一段时间，待假牛富贵熟悉真牛富贵的言谈举止、生活习性之后，再让真牛富贵永远消失，让假牛富贵替而代之，回到肉苁蓉村牛氏商号当掌柜，而且必须当得好，让那里的沙民相信他就是他们的牛掌柜。这样，有了我们自己的牛富贵，何愁肉苁蓉村不能长期稳定。对这件事必须绝对保密，只能你我两个人知道，决不能让无论是我方还是中方的第三个人知情。”

“嗨！绝对保密！”美奈芳子道，“将军的这个调包决策真是英明！”

“听芳子禀报，牛富贵是个军人出身的商人。假如是土生土长的族长，乡土味太重的古董，纵然相貌再像，而土鳖浓重的习性和乡音味道，是很难学得像的。弄巧成拙，会一粒老鼠屎坏了一锅粥。”

“将军所言极是。牛富贵并非沙乡土生土长，他生和长都在大城市，读书当兵做生意闯世界已经脱俗，说的是支那人的大众话，言谈举止生活习性都是商人的一套。只要在皇军中寻找到与其外貌形象个头年龄相似，特别是有模仿天资的中国通，经过学习训练，定能塑造出以假乱真的我们的牛富贵。”

自恃清高的土肥原继续对美奈芳子做着训示、承诺和决定。

“实施完成这个计划，攸关未来皇军能否西进占领中国大西北地区，彻底扫荡歼灭那里的国共两党及其军队，攸关占领整个中国领土的成败，甚至攸关帝国大东亚圣战！

“本将军和特高课总部，将全方位不遗余力地全力支持和帮助你们。为实施计划，花多少钱都不为过，开支实报实销；你的薪酬翻倍，屠非和其他特工人员提高百分之五十；来自日本的生活物资和药品，会源源不断地给你们运送过去。另外，可在特高课机关总部和日军医院，挑选几个有能耐有姿色的女子带去，既为基地增加特工和医护人员，也供小分队的男性勇士们享用。不，男女都有七情六欲，男女共欢嘛。不过，切勿沉湎于男欢女爱之中，那可是要误大事的。”

接下来，他又向美奈芳子发指令叮嘱了几个问题：发展情报人员要慎之又慎，对报告了情报的支那人，先给予鼓励和赏金后就秘密杀掉。因为一旦一个送情报的支那人叛逆出卖或不慎栽了，小分队暴露了，基地也就暴露了，前功尽弃将不堪设想；蛰伏于牛氏商号的管家程强，是个重要“棋子”，要立足于让他长期卧底“休眠”，他的作用在未来、在中国战场的时局发生重大变化时，再让他去城市发挥作用，不要给他分配任何任务，不到万不得已时不起用，专事兢兢业业当好管家。对程强你知我知，如有知情者不管是什么人，统统杀掉灭口；同意你的主张，日方特工人员在那里，要做到见财遇色不动心，佯装对沙民百姓有善心，相机施用小恩小惠。中国有句古话说，“小不忍则乱大谋”，不忍则会给小分队造成后患而坏大事，对违反者要严惩不贷，以儆效尤。

美奈芳子听后肃立：“嗨！嗨！将军阁下，学生选拔潜伏程强的思考，完全是学习效仿您一贯的战略思想和训导要求的标准、方法，亲自挑选，独自操作和严密安排的，只有你知我知，没有第三人知。有一点，要向将军阁下如实报告，这个特工的军事、特工技能和文化素质非常出众，独立搞情报也是鹤立鸡群的高手强将，唯一不尽如人意的缺憾是，头脑不够政治，心软过善。”

土肥原怒目严斥：“不是缺憾，而是缺陷！这是做特工的致命弱点。说明你考核不严，现在撤换掉显然也不实际，但要抓紧多多教诲训导才是，给他讲明自己出事株连九族的严重后果。”

继而，土肥原强调：“要严密监控进出肉苁蓉村的所有支那人，尤其是生人，凡认为可疑的人，都要秘密地让其消失。对国共特工千万不可等闲视之，他们的嗅觉灵敏得很！在这一点上，要做到宁可错杀一千，不可放过一个！”

“嗨！”美奈芳子又禀报，“在这里刮沙尘暴期间，有一个从西安来的男性学生，掉进了牛氏躲灾藏身的穴窑内，与牛富贵已病逝儿子的遗孀发生了恋情。这件事，在后来我们进入肉苁蓉村才获得情报。经查这个学生叫上官英杰，金陵大学生物系毕业的学士，他来这里是为了考察沙漠、替其商人母亲收购沙生滋补品而遭遇沙尘暴的。在沙尘暴停息的当天，他已离开这里，随后去美国留学读书了。”

“能去美国读书的，一定是官宦或是富家子弟。查过他的家庭背景没有?”

“查了，其父上官武系驻守陕西八百里秦川的国民政府军事委员会直属西安独立师上将师长，早年毕业于黄埔军校，反日抗战死硬派将领；其母王丹青，画家兼商人。”

“上官武?”在土肥原的脑瓜里储存有这个名字。那是在1933年，日军大举进攻中国长城沿线的义院口、冷口、喜峰口、古北口等地，被中方称为

“长城抗战”的战役中，遭受国民革命军英勇抵抗，国民党几位强悍战将率部浴血搏杀，其中就有这个“双枪双刀战神”上官武将军及其部队，让日军胆战心惊！特高课曾奉命多次派出高级杀手潜入战区跟踪暗杀他，因其警惕性极高，护身嗅觉极其灵敏，枪法武功高超，均未得手。

历史的记忆在土肥原的脑际一掠而过：“这个学生有什么政治倾向和表现？去美留学读什么专业？”

“经调查，没发现上官英杰有什么政治倾向，也未参加过抗日活动。他在中国和美国攻读的都是沙漠学专业。”

“还是要严密监视，保持足够的警惕。对犯我帝国利益者，虽远必诛！”

此时，上官武其名和过去特高课暗杀他未遂的旧事，在土肥原这个法西斯残暴分子的头脑里泛起，转瞬又重燃复恨之火。他暗自发狠，中国不是有句“君子报仇，十年不晚”的话吗？那次战事中，我派出的人没能杀掉你这个国民党的“双枪双刀战神”，父仇子还，现在我干掉你的儿子，弥补过去谋杀你未果的遗恨也不晚。

土肥原蓦然站起，双眼盯着美奈芳子，射出锐利如刃的目光：“美奈芳子大佐，你选定肉苁蓉村作为试验基地执行计划，有着胜利和惨败的两面性特征，如果你们稍有不慎走漏了风声，让国民党共产党知道，计划和你们都将葬身于茫茫瀚海之中！纵然你们侥幸逃了回来，也只能是走向断头台！”

最后，土肥原发出指令：“你在哈尔滨秘密办完该办的事，争取尽快返回基地，不要久留，不要公开露面，不要让任何人知道你的行踪去向。”他的话声刚刚打住，便转身走了。

“嗨！”美奈芳子听着，心里不禁打了一个寒冷的“趔趄”，旋即望着他的背影迅速立正，“属下明白！感谢将军阁下的圣明赐教！”

土肥原回到特高课机关，立刻叫来国际情报部的主要头目，向他下达了立刻唤醒与他单线联系的在美国要害情报部门深睡多年的B07号高级特工的命令，亲口拟了一份绝密电文：“立即查寻去年由中国西安赴美攻读沙漠专业的留学生，姓名上官英杰，系中国国民党反日死硬派将领上官武之子。将其密杀，报告结果。不得暴露自己！之后不再从事其他任何活动，继续蛰伏。1号。”

之后，B07复电：“奉命在南欧执行任务，短期内不能回美。”直到七年后，土肥原又接其来电：“前不久返美后，查寻良久才找到目标，已于今晨在他居住地用毒弹将目标击中，并补多弹，应当毙命。”

上官英杰离美前遭遇的毒手黑枪，终于揭开了谜底。

3

沙尘暴停息了。蓉儿神色黯然，心情非但没有丝毫的高兴，反而异常沉重。

这是因为，她热恋深爱的上官英杰离去了；更是因为，这场罕见的灾害带来的灾难，实在是太可怕了！

商号伙计和几个族亲沙民告诉蓉儿，沙尘暴来临时，她的妈妈因东奔西跑，忙于招呼商号伙计和督促村里的人赶快躲避，又极力保护牛氏畜力，自己却未来得及进入穴窖。灾难过去了，她人失踪了，生不见人，死不见尸。

商号多一半人生死不明，从寻找到的尸体中辨认出的几个人，也都已面目全非，尸首不全；牛氏的牲畜，除被蓉儿妈妈拉着缰绳，躲进她穴窖的一头奶牛、两匹马、三头驴外，其余近百头骡马驼牛驴，均不翼而飞；牛家宅院也被风沙掩埋掉了多半截。幸亏机敏的蓉儿及早收拾了点东西，送入穴窖，保住了牛氏商号的账本和一些钱财。

村里的本族沙民，几乎都因“沙尘暴时时来年年刮，习惯了不在乎”的麻痹大意，漫不经心，差不多有近半数人家压根没有想去躲避，结果大意失荆州，房屋和人都被强悍的风沙摧毁吞噬了，有无活下来的人，尚不见踪影；半数人家的多数人躲进了穴窖，而留下的个把看家人全都遭难了。其中还有些人家，起初倒是全家人躲进了穴窖，而后有人跑出去，或想回家拿东西、牵畜禽，或想显示一下勇敢，或想体会一下风沙的厉害程度，等等，结果再也没能回来。有一户三口人家，由于穴窖处在低洼处，被突涌而来的风沙流覆盖而埋没了……

全村人，活下来的人不足一半，总算是幸存下来。大家惊奇的是，各家养的犬狗，不少一只只“汪汪汪”地吠叫着，竟活着陆续回来了。

牛家算是全村的幸运之家。牛富贵掌柜带着管家程强，在刮沙尘暴之前去西凉城办商务，躲过了灾难。其间，牛掌柜着急要回来，幸亏程强劝导未归。但他心里有个谱儿，媳妇蓉儿办事干练，会妥善安排好的。岂料人算不如天算，这场沙尘暴百年罕至，突袭，迅猛，持久，杀伤力、摧毁力空前绝后。岂能是常人所能应对了的！他的表妹失踪了，所幸媳妇机敏地躲进了穴窖，人囫囫囵囵地活着，没伤着半根汗毛。

悲惨的啼哭声，在肉苁蓉村上空飘荡了一个多月的时光。已经不在的亲人毕竟去了，活着的人总是还要活下去……

没日没夜地忙着救灾，忙得晕头转向的蓉儿，天天还是念念不忘心上人，她心里时时念叨：“不知英杰是否到了美国?”

这天清晨，蓉儿感觉心头热乎乎的，上官英杰那张皙白英俊、亲切和睦的脸庞总在眼前晃动，挥之不去。忽然，她似乎听到了他的声音：“亲爱的蓉儿，我爱您！我到美国啦!”顿时猛悟，这是她的第六感觉，感觉到的声音，是英杰从遥远的大洋彼岸传来的。

上官英杰已抵达美国，蓉儿日日夜夜惦记着他而悬着的心，终于放下了。

第二天清晨，她同样感觉到了“亲爱的蓉儿，我爱您!”这句上官英杰发自内心的声音。

第三天清晨，也是如此。

以后，几乎每天清晨都是如此。

正是蓉儿潜意识磁感敏锐的第六感，每天感觉到的上官英杰由衷亲热的心音，支撑着她的感情，支撑着她的精神，也支撑着她的生活。

救灾以来，牛富贵、蓉儿、管家和伙计，和族亲沙民一起，妥善安葬了发现和找到的族亲遗尸，让死者入土为安。

这期间，牛富贵自家的日子虽然也艰难，还是让蓉儿和管家给村里存活下来的族亲沙民，多少送去了些粮食和吃喝的东西。他们尽力安抚大家，化悲痛为力量，重建家园。

整整花费了两个多月时间，牛富贵、蓉儿和管家程强齐心协力，率领活下来的伙计，白天黑夜地辛勤劳作，才把沙尘暴卷进宅院内的沙土清理掉，房屋内部清理刚刚开始，牛氏尚未完全恢复正常生活，商号生意还停顿着。

活着的沙民终于开始慢慢淡忘灾难，脸上泛起了些许重新生活的笑容。就在这个时候，本来无声无息沉寂于浩瀚沙海的小小肉苁蓉村，突然间热闹了起来。

自从自称为“牛富贵掌柜的商友”，一对名为屠非、王芳的老夫少妻来到了村子里，紧接着发生了一系列令人匪夷所思的事情。

谁也没料到，竟是远在东北的日本鬼子的魔爪，伸向了地处大西北北部荒无人烟的腾格里沙漠，伸向了大沙漠腹地的肉苁蓉村，伸向了牛富贵族长。而村民们却一直被蒙在鼓里，浑然不知。

脑袋瓜儿敏感睿智的蓉儿，挺纳闷，看不透，细思量，心里不禁产生了一连串的疑团……

屠、王夫妇来到牛氏商号，说尽了好话，死缠烂磨，要与商号合伙做生意，牛富贵先前一直没有应允。最后不知是什么缘故，他们与牛氏商号竟签约合作了，建立了一个驯狗场。说是“合作”，实际上牛掌柜只是虚挂了个“场长”的名头，却由他们独立经营，是副场长屠非与其妻王芳主事。

蓉儿很困惑：屠、王夫妇早不来晚不来，偏偏在村子刚受沙尘暴大灾难，牛氏和村民们喘不过气的时候来了？公公不是不同意与他们合作吗？即使同意了，就应该按做生意的规矩办，既然是“合作”就应该合伙经营，公公为何允许他们“独立经营”呢？屠非、王芳他们办驯狗场，为啥偏偏选择在荒芜寂寥、交通不便、人烟稀少的大沙漠，除过风沙不缺什么都缺，环境和生活条件特别艰难的一个沙村？驯犬驯狗，要驯什么犬狗？犬狗市场又在哪里呢？

随后，陆续从外面来了十二个陌生人，说是被贫穷所逼、流离失所，来到村里寻求谋生，不约而同地讲“听说驯狗场招人”，都是来找屠非、王芳夫妇的。至少说明，来的人之前都知道他们在这里。而且他们都以“只要有碗饭吃”的条件，一个一个被接受留在了驯狗场，很快就与屠非夫妇打得火热。蓉儿听公公说，过去，这个屠非在公公当兵时是他的头儿，曾是军队驯养军犬的专家，驯犬狗是个行家里手。屠非给村民们讲，他有路子，可以为国民党军队训练军犬挣钱；也可以代为沙民训练自养的犬狗，驯成后可以卖掉，村民拿大头，训练场留小头，云云。

蓉儿又心生重重疑窦：屠非、王芳自称是东北人，加上后来的十二个人，除屠非外他们说话的腔调，既不是东北人，也不是西北人。而他们私下里叽叽呱呱时，就听不懂他们在说什么，讲的话根本不像中国话。这十二个人为什么如此蹊跷，先后都来到了肉苁蓉村，果真是为了讨生活，为了学驯养犬狗的本事？他们有一点倒是很相似，整天耍拳弄棍、打斗喊杀的，更像是军人。屠非说“可以为国民党军队训练军犬挣钱”，可这里远离军队，远离抗战主战场，不仅办驯狗场的地点不切合实际，也未看见有国民党军队的人来与他们洽谈合作生意。由此看来，他们来到肉苁蓉村，绝不是为了在村里做什么“驯犬狗生意”。

屠非、王芳夫妇对办驯狗场的事倒是十分卖力。他们与投奔而来的十二个人，自己动手，利用村里惨遭沙尘暴之害、家破人亡的民户遗留下的旧房废墟，清理沙土，垒墙搭栏，暂时作为驯狗场地；他们从村里和村外选购了沙民的十多只犬狗，训练了起来；他们打猎捕捉野兽的手段很厉害，几天之内从荒漠地带捕捉到了五六只野狗野狼，也进行着调教驯服；他们还张罗着要从东北引进犬狗。

蓉儿的怀疑忧虑更是多多：他们花钱买犬狗搞训练，训练出来卖给谁呢？他们捕捉野狗野狼搞驯服，这些要吃人的野兽人见人怕，有人敢买吗？买野兽有什么用呢？他们拿出了一点小钱救济村民，可他们从来都不与村民接触交往，似乎还在暗地里监视着村里的人，如此不可理喻的行为，施舍钱财的目的又何在？

作为公公的牛富贵，没有像过去那样，凡是家里商号的事情，都与蓉儿商量，这次却是自个儿做主，吩咐伙计，从自家宅子腾出八九间房屋，供屠非夫妇和驯狗场人员办公居住，吃饭在商号厨房，不收一文钱。蓉儿仔细观察公公为他们办这些事时的脸色，很明显不是心甘情愿的。后来，屠非夫妇多次出高价，让公公把牛氏商号贮存商品、蓉儿管理的那个母子穴窖群落，租赁给驯狗场使用，都被他用充足的理由给拒绝了。

蓉儿总感觉，好些日子来，公公的情绪怪怪的，一直闷闷不乐。过去，公公有什么事儿和想法，都会主动跟她说说，有空时也会聊聊天，这阵子却不与她多搭腔、多说话，甚至对她有点疏远。这是为什么呢？

她想来想去，觉得公公先后遭到那么大的痛苦和灾难，中年先后失去了妻子和唯一的儿子，现在又失去了相依为命的堂妹，加之遭受沙尘暴重创，商号生意不能尽快恢复做起来，他的心情不好很正常，是可以理解的。可他对她态度的变化，尤其是对一些事情的处理，却一反常态，不符合他原本一贯善于理家的长辈所持有的风格，会做生意的掌柜应当坚持的规程。

蓉儿深思熟虑，这个从过去的养父到现在的公公，操心费力把自己拉扯大，朝夕相处了十七年的长辈，断定是不会轻易如此改变自己的人格、操守和做派的，也不会随便改变一个老商人做生意的规矩的，其中必有隐情和缘由。他这样做，一定有这样做的思量和道理。

她还发现，屠非他们好像总是对公公不放心，死盯着他，几乎没有让公公离开过他们的视线。这是为什么？蓉儿觉得，也绝非屠非他们仅仅是小心眼这么简单。

这天下午，已寸步不离，缠着盯了牛富贵好些天的屠非，支撑不住终于累倒了，发起了高烧。牛富贵听说后带着蓉儿，拿了些药品过来看他，蓉儿给他施针灸后烧有点退了，这使屠非很感动。

牛富贵乘此机会对他说："屠场长，大灾过后，我们牛家和村里族亲沙民的日子总还要过下去，我想和蓉儿、管家商议一下，恢复做生意的事，请你听听如何？

屠非闻声，连声说好。

牛富贵叫来蓉儿、管家程强，当着屠非的面，谈了他主外、蓉儿主内，程强内外配合协助，把商号的生意重新做起来的具体想法。

程强发言："没啥说的，我按牛掌柜的安排和吩咐办事。"

蓉儿感到公公的考虑和部署很周全。她表示，重灾后商号沉寂了许久，首先把商号与外面的商贸渠道恢复，将经营沙生滋补品和药材的生意做起来，同时组织村里和近处外村的沙民积极参与进行自救，使市场活络起来，这样对商号和族亲沙民都有利。

屠非听来，觉得牛富贵他们是真心要做生意，讲得在理，无懈可击。至于牛富贵说的"他主外"，肯定会涉及外出，他想美奈芳子大佐必然会有对策，到时候再说。

这时，牛富贵看着蓉儿："蓉儿，你陪我去趟母子穴窖的仓库看看，搜罗点粮食等吃的东西，因为厨房师傅告诉我，明天就无粮下锅了。"

程强问："牛掌柜，我要不要一起去?"

"不用了，经屠场长同意，我派出去买粮食的人就要回来了，粮食运来后，你张罗着放好，我请屠场长一起去吧。"

屠非听着，不好意思地说："听牛掌柜谈商号生意上的事，已长见识了。你处理自家的事，我就不再掺和了，你们请便吧。"

就在这个时候，驯狗场那边传来"汪汪汪"的犬狗叫声，屠非说"我去场子看看"，就走了。其实，狡猾的屠非，打算先去驯狗场瞧瞧后，再抄近路往牛氏母子穴窖而去，盯着牛富贵、蓉儿他们。

上官英杰离开的那天，蓉儿匆忙整理了一下母子穴窖里的东西，就到村里去看灾情、找妈妈和伙计们，挨家逐户看望族亲沙民，整天忙于救灾。宅院被风沙侵袭正在清理，人一时无法居住，公公和伙计都住在各自用于躲灾的穴窖，蓉儿夜里就近住在妈妈的穴窖，直到现在都没顾上再去母子穴窖。沙尘暴期间，上官英杰掉进穴窖和他俩发生恋情的事，她尚未考虑好该如何给公公说，也从未打算隐瞒。公公突然提出要去母子穴窖看看，不禁令她吃了一惊，脸上无意掠过一丝紧张之色，因为原先存放在穴窖的粮食、沙生滋补品，在上官英杰养伤期间，他们两个人吃掉了许多，原先贮存的一窖水也被用光了。公公是个一目了然、心里有数的人，一时该给他如何交代呢?

蓉儿心里所想和脸上的那丝紧张，全被牛富贵洞察到了。他坦诚地说：“孩子，自打你的亲爸把你交给我，尤其是你进了牛家，在爹爹的心里，你就是像我亲生儿子一样亲的闺女。爹爹完全相信你。小贵病逝这么久了，你是个特明理会处事的单身女儿，处理自个儿的事是很正常的，爹爹完全支持你。”

蓉儿一听，过去公公与自己说话，都称自个儿是“公公”，从无改变。现在突然改称为“爹爹”，坦荡地说她是“单身女儿”，“处理自个儿的事是很正常的”，明确表示支持她，觉得公公似乎知道了什么，态度如此和睦亲切，这使她倍感意外地惊喜。一瞬间，蓉儿紧绷着的心理坦然放松了许多。事实上她深有体会，如同养母，公公早已将她视为己出，像自己的亲爹爹一样，她与上官英杰爱恋，还有近来察觉已怀有身孕了，必须及早告诉他。因为在这个世界上，他是自己唯一可以信任依靠的亲人和长辈。

牛富贵从蓉儿脸上的表情，读懂了她的心情。他由衷地说：“孩子，以后我们就父女相称吧。”

“嗯，爹爹。”蓉儿喜不自禁！水到渠成，父女相称，她再未多说什么。

“蓉儿，你先去忙吧。刚才我是试探一下屠非，明天一早我们再去穴窖。”

这天夜里，被养父认作了女儿的蓉儿，心情特别好。由于想多了，想深了，想远了，兴奋得难以入眠。她的情思不禁又强烈思念着始终占满整个心窝的爱人，细忆细温着与上官英杰邂逅穴窖而滋生的爱恋和姻缘，细温细忆那段与他肌肤相亲、耳鬓厮磨的幸福快乐日子，回味无穷而怦然心动，陶醉于他们彼时情爱性爱至今想起仍有余兴微澜的情愫里……

有一定文化素养、曾经有过婚姻的肉苁蓉，自从与上官英杰有了性生活，对浑然懵懂的性文化有了感知和升华。一个正常的女人没有性生活，生理心理都会失去平衡，精气神就会干瘪枯萎，春心渐而消泯而湮灭；有了性生活，通过与相爱的人有了情爱不可替代的性爱相融，得到阳光雨露的滋润而快乐、愉悦、甜蜜，才会感到幸福美满，也才会勃发青春活力，让生命力旺盛、容颜美丽充满魅力。她觉得，自己的春心并未泯失，依然存在，与上官英杰在穴窖那段短暂的灵肉相融，给她的心灵注入了满满的爱深深的情，抚平了往昔情感的缺憾，还孕育了爱情结晶的生命。上官英杰走了，但她心里始终装满他给予自己的深情挚爱，装满着对未来的美好憧憬。他们时时刻刻心心相印。她等待着与他幸福重逢团圆的那一天。她浑身散发着勃勃生机，产生着坚强的精神力量，足以缓解和排除沙尘暴重灾造成的沉重压力。她要与爹爹一起，支撑牛氏家族，支撑肉苁蓉村，并警惕应对重灾后突如其来自称夫妇的屠非、王芳一伙制造的种种迷雾。

深夜沉沉，相思深深。蓉儿禁不住轻声吟诵起千古第一才女、宋代李清照流芳百世的相思情深、离愁别绪的名词：

一剪梅·红藕香残玉簟秋

红藕香残玉簟秋，轻解罗裳，独上兰舟。云中谁寄锦书来？雁字回时，月满西楼。

花自飘零水自流，一种相思，两处闲愁。此情无计可消除，才下眉头，却上心头。

她想，在大洋彼岸西方世界的上官英杰一定会感应到她的声音，感受到她的思念之情……

她没料到，自己排解对远方爱人的相思之情，会依赖于一首古词。以后每当刻骨铭心思念上官英杰之时，唯有吟诵李清照的这首词，才能抚平情感的波澜，得以从驰念的感情折磨中解脱出来。

渐渐地，她有了睡意，安然地合上了眼睛。

4

早晨，牛富贵和蓉儿出了村子，往母子穴窖方向而去。行到中途，牛富贵目光机警地迅速环扫四方，未发现有人盯梢，便拉蓉儿迅速左拐，朝他使用的穴窖方向疾步奔去。

进穴后，牛富贵镇定下来，严肃地说："女儿，日本特务和汉奸窜到我们村了，咱们遇到大麻烦了！"接着，牛富贵从当年他在西兰生意做得好好的，却急燎燎地卖掉房产家业，带着全家迁到原籍腾格里沙漠肉苁蓉村来的缘由说起，直到这场沙尘暴停息后，日特头目美奈芳子，化名王芳和汉奸屠非假扮夫妻，来到村里搞罪恶阴谋所发生的一系列事情，原原本本、详详细细地给蓉儿讲了。

蓉儿听着爹爹的叙述，不禁大惊失色，过去看不清的迷雾，隐藏在心里的困惑疑问，一下子迎刃而解，豁然明白了真相。

牛富贵旗帜鲜明地向蓉儿表明自己的立场："爹爹是一个不会数典忘祖，堂堂正正的中国大西北男人！爹爹信奉中国文化里的一句话：活是中国人，死为中国鬼！宁愿站着死，决不跪着活！我绝不会屈服于屠非这个狗汉奸，更不会屈从美奈芳子这个日本特务，出卖良心，认贼作父，为日本人做事的。

"有些重点事情和想法，爹爹给你解释一下：

"美奈芳子、屠非来到村里，磨破了嘴皮，用尽了手段，企图用重金收买我。屡遭我拒绝后，便恼羞成怒，亮明身份，用枪顶着我的脑门威胁：'如不效忠皇军、跟着我们干，就杀死你，杀死你儿媳妇，杀掉商号伙计和村里所有的人，把肉苁蓉村炸个稀巴烂！'爹爹早已把生死置之度外，只怕我过于强硬，这帮狗特务汉奸对你，对遭受重灾劫后余生、刚刚喘了口气的族亲沙民下毒手，只好表面上屈从他们，违心地签了一份合约。名义上'合作'，实际上是由日本特务控制驯狗场。

"这个驯狗场，我看只是个掩人耳目的招牌，日本人肯定要搞什么坑害中国人的阴谋，但他们究竟要搞什么鬼把戏，我怎么都估摸不明白，也无法知道。日本鬼子虽然侵占了东北等地，但鬼子军队毕竟远离大西北，日特汉奸在村里立足未稳，我暂时还有利用价值，恐怕不会马上对我动手。但这段时间，美奈芳子、屠非一直死盯着我，我的言行完全在他们耳目的监控之下，没有合适的机会告诉你，爹爹表面上还故意疏远你，就怕他们抓住我们的把柄，加害于你。

"他们不断警告我，绝不允许我和村里的任何人，离开村子半步。前些日子美奈芳子要离开村子出去一趟，我偷听到她行前千叮咛万嘱咐屠非，在她去哈尔滨期间，小分队的主要任务就是监视我和村里的人，严防任何一个人出村。给屠非下了命令：‘如发现有外出者，不论是谁，必须严惩不贷，不择手段，秘密除掉。’”

接着，牛富贵向蓉儿讲了他深思熟虑的想法和打算：

“女儿，这帮日特汉奸最近多次威逼我交出咱家的母子穴窖的事，他们要利用穴窖隐蔽的特点，肯定要干祸害咱们国家和百姓的罪恶勾当。国共合作抗日，我们一定要想办法跑出去，向他们报告发生在我们村的敌情，这帮日特汉奸最怕的也是这个。

“现在，我们和村里族亲沙民的处境十分危险，而大家却又不知道这帮日特汉奸的存在。一旦知道了敌人的真面目，族亲沙民会惊慌失措地逃走，逃跑遇阻必然会同这帮狗日的拼命。手无寸铁的族亲沙民，不是日特汉奸的对手，会被他们全部杀死，肉苁蓉村也就消失了。

“目前，我再跟他们长久周旋下去，终究也不是办法。孩子，爹爹不怕死，死不足惜。当务之急，我必须想方设法尽快逃出去，向国民党或是共产党报个信儿，让咱们的抗日军队来消灭敌人，兴许我们和村里人还有活路。

“我反复考虑过了，我逃走，你留下，要活下去，在任何情况下都要活着。因为，女儿是牛家唯一的后代，我老牛家不能绝后。我估摸着，他们还要继续利用你，去控制族亲沙民。你不要揭穿他们的真面目，表面上要顺着他们，与他们巧妙周旋。俗话说，强龙压不过地头蛇。鬼子选择了咱们村，实际上也被困在大沙漠里，如不利用牛氏和村里的人，也别想安生待下去……”

两眼涌流着热泪的蓉儿，继续倾听着爹爹发自内心肺腑的嘱咐：“我逃走后，如果时间过去很久了，还没见国共的军队来，说明我已经遇害，没有报出信儿，没有完成任务，那你就不能再待下去，要想尽一切办法逃走，千方百计想辙使法子，完成我没有完成的任务。

“女儿，到了这个时候，牛家人活着事小，为消灭日本鬼子保卫国家尽力事大啊！你一定要完成我没有完成的任务！”

蓉儿听着爹爹揭露阴谋歹毒的日特汉奸，窜来村里挂羊头卖狗肉胡作非为，他分析敌人必定大有阴谋要制造罪孽。她完全同意爹爹的判断，也越发明白，害怕是没有用的，只有勇于面对。她对爹爹的嘱托频频点头：“请爹爹放心，作为牛家的后辈、您的女儿，也是中国大西北的女儿，我拼死拼活也一定要完成您交给我的任务！”

这些年，日本鬼子狼子野心，猖狂侵略中国，残暴践踏华夏国土，血腥杀害和蹂躏同胞，蓉儿的思想和立场与她爹爹一样旗帜鲜明，打心眼里拥护和支持国共团结一致，浴血抗战，救国救民。前方战场有不怕死扛枪杆子杀鬼子的军队顶着，后方家乡有爹爹这样有血性不怕死的长辈顶着。她信念坚定：自己虽是一介女流，也要有骨气，有血气，跟着爹爹，与这帮日特汉奸进行机智的斗争，决不能示弱！

牛富贵显得非常着急，这时又说：“我们得想办法弄清楚，日特汉奸在我们村究竟要搞什么鬼，给国共报告也得有个证据才行。我有个想法：趁日特头目美奈芳子不在村里的机会，我利用早年修筑穴窖剩下的炸药，在村外找个合适的地儿搞爆炸弄出动静，惊吓日特汉奸离开牛氏宅院，你进入美奈芳子、屠非居住的房屋，看看能不能寻找到证据，如能弄清鬼子搞阴谋的真相就太好了。”

蓉儿听后道：“爹爹，日特汉奸原以为这里太平安然，搞爆炸这场戏必然引起他们恐慌，以为他们暴露了，国民党或是共产党的军队来消灭他们了，成为惊弓之鸟逃离宅院。但敌人狡黠诡诈，他们逃走时势必清理干净，恐怕不会留下什么证据。再说，他们虚惊一场后回来，也会明白这是有人制造的恶作剧，很容易怀疑到您，因为爹爹是军人出身，干这种事在行。如果他们下毒手迫害或是更加严控您，给国共报信的事也就更难了。虽然我们弄不清日特搞阴谋的真相，可他们窜来我们村里就是证据，国共的军队来把他们消灭了，日特汉奸的阴谋也就彻底失败了。”

牛富贵一听，感到蓉儿的分析缜密周全有道理，冒险找证据的办法不可取。

“爹爹告诉你，”牛富贵又说，“家里和母子穴窖里有两个秘密通道，如果碰到紧急情况，也许会帮到你的。一个通道口在你屋里，炕中间有块盖板，揭起来再掀开下面的石板，就是地道口，地道直通村外，出口在一片梭梭林里，非常隐蔽；另一个通道口，在母子穴窖厨穴的锅灶下面，端掉铁锅，灶底铁板是活动的，向靠墙方向推过去就是洞口，下去不远处有两个相连的穴窖，穿过去走一段地道，就到地面出口了。出口跟母子穴窖其中一个洞口有点相似，在两块石头中的夹缝间，地面是一片开阔的荒漠地，除稀稀落落的一些大小石头外，无隐蔽物。地道里面的两个穴窖，一个有炕有铺盖，一个有水窖和锅灶，那里存放有好几百斤上好的冬小麦，还有一个小石磨，磨出面粉可以做吃的。紧急情况下可以在那里躲避，但那里的水窖里没有水。过去从未发生过现在这些事情，两个秘密通道也没有启用过。”

“女儿，”牛富贵接着掏心掏肺地道，“日本特务已掌握了有个青年大学生在刮沙尘暴时，掉进咱家母子穴窖的事，是女特务专门讲给我听的。她的目的是想以此来离间我们父女之间的关系。孩子，爹爹见过世面，是个明白人。小贵过世后，你有权利改嫁，爹爹支持你，这与我就任族长时宣读过的《族规》毫无关系。我一直想，等有合适的人，招个上门女婿，或者作为我的女儿把你嫁出去。现在看来，这个女婿自个儿送上门来了。爹爹提前祝福你们，只希望女儿不要看错人。”

蓉儿听着，泪如泉涌。她打心眼里感激这个养育了她十七个年头，通情达理宛如亲爸的爹爹，敬爱这个有血性骨气、有胆识智慧的坚强长辈！她满含深情地叫了一声“爹爹！”禁不住伏在牛富贵的肩头失声哭泣起来。她把什么都给他说了……

“爹爹没有想到，女儿看上的这个年轻人是抗日将军的后人，还是个大有学问、立志治理沙漠的人。自从我们从西兰迁居肉苁蓉村后，做生意只顾让沙民收获沙生植物果实，而没有像在西兰时那样，引导大家重视种植培育沙生植物资源，是因为原来懂行的农技人员都走了，不愿意到大沙漠里来。这下好了，有了上官英杰这样的专业人才，就可以恢复老传统，指导广大沙民采收果实与培育资源两手并举，更加注重保护和发展资源。爹爹真高兴，女儿碰到了一个优秀女婿，还让爹爹有了孙子。”牛富贵又叮嘱她，“女儿要记住，你与英杰在穴窖里已经正式结婚了。为避免日后那些肮脏的唾沫星子闲言碎语伤害你，作为族长更作为爹爹，我知情是准许长辈，也是你们的主婚人。我记着按规矩给女儿写个见证书，留给你。”

“嗯。”蓉儿连连点头，“谢谢爹爹！”

在沙尘暴造就的特定时间和环境里，蓉儿和上官英杰奇遇生情、相恋相爱而怀孕了。蓉儿近些日子时常想自己未婚先孕，往后肚子一天天大起来该如何向人解释，烦恼、忧愁和压力不禁与日俱增，积郁心头特别沉重。

一语暖三秋。今天，身为族长的牛富贵对蓉儿说：“爹爹支持你，这与我就任族长时宣读过的《族规》毫无关系。”“作为族长更作为爹爹，我知情是准许长辈，也是你们的主婚人。我记着按规矩给女儿写个见证书，留给你。”这些话使蓉儿听来如沐春风，压在心头的重负似乎一扫而光，顿时心情轻松了许多。心中有了真爱，又获得作为爹爹和族长的牛富贵如此真诚认可和支持，此刻蓉儿庆幸在她的人生旅途，有这么好的长辈亲人，真是她和上官英杰莫大的福气。

她转念觉得，我肉苁蓉是光明磊落的，与上官英杰相爱是正当的。只是我们在特定时间和环境，难以抑制的感情冲动“越界”了，尤其是未婚先孕，的确不符合中国人的观念和伦理。

5

这天，自说“去外地揽生意”有些日子的美奈芳子回来了。她带回来几个轻浮浪荡的年轻女人，说是她的闺蜜，她们来肉苁蓉村是谋生的，碰到合适的男人也要嫁的。

没过几天，牛富贵突然不见了。

奇怪的是，族长不见了，美奈芳子他们却没有露一丁点儿声色，也没有来问蓉儿。

牛富贵究竟干什么去了？还真有点扑朔迷离。

原来，美奈芳子执行土肥原的命令，在一天深夜抓捕了牛富贵，派了两个特工连夜把他秘密押解到东北大本营去了。她让屠非在村里散布说，牛掌柜出去做生意了。

因事发突然，牛富贵被捕前无法与蓉儿通气，也没有写好他作为知情准许长辈和主婚人，她与上官英杰在穴窖成婚的见证书。而她以为是爹爹逃出去了，还暗自高兴，盼望着国民党或共产党的军队早点来，消灭这股日特汉奸。

几天前的深夜。

牛富贵在牛氏宅院自己住的房间正准备逃走，提笔要给蓉儿写个见证书的时候，日特突然偷摸过来弄开他的房门，密捕他后连夜带他出村上了路。日特为避免他闹腾和逃跑，途中给他水喝，给他食物吃，在水里放了致人昏睡的药物，而他却全然不知。

一直处于昏昏然迷糊不清像个病人的牛富贵，由两个日特严格控制着，日夜兼程一路风尘抵达哈尔滨，先把他带进有日本兵把守的一栋小楼里，将他关在一个房间里睡了一夜，第二天醒过来才恢复了正常状态。日特用屋子里暗藏的照相设备给他拍摄了照片资料后，带他上了一辆吉普车来到表面上商业兴隆、热闹非凡，而实际上被日特机构严密控制的中央大街的一条深巷中，下车后带他进入一个有四五间房屋的小院里，将他关进一间屋子，屋子里有一张床、一个桌子、一个凳子。两个日特把他放到这里，戴上手铐，锁了门走了。他心里明白，鬼子肯定要用重刑逼他就范投降，不顺从必然会杀了他。他淡然心定做好了准备，任凭鬼子软硬兼施，绝不做孬种。

牛富贵觉得这里不太像是审讯人的地方，他到窗户旁透过玻璃朝院里看了一下，空荡荡的鸦雀无声，院门紧闭着，不清楚敌人要怎么整治他。

次日早上，小院的大门有了响动，牛富贵从窗户看见，两个彪悍凶恶佩带手枪手执木棒的鬼子，架着一个被五花大绑、看上去相貌很像自己的中年汉子进了院子，进入隔壁的房间。很快，便传出鬼子用棒子暴打人和这个汉子不停的叫骂声："日本鬼子狗杂种，老子操你们八辈祖宗!""你们这些丧尽天良的倭寇强盗，最终必然彻底灭亡!"……

棒子暴打人体的声音和挨打人的叫骂声持续了好长的时间，叫骂声变成了疼痛叫喊声，过了不久，只剩下鬼子叽叽咕咕听不懂的说话声和挨打人的呻吟声，后来渐渐没了声息。

“真是一条不怕死的硬汉！”牛富贵心里赞叹着，他以为这是鬼子杀鸡给猴看。

两个鬼子很快走了。

不久，押解他来的两个日特来了，开门进来打开取掉他的手铐说：“牛富贵，你在这里住些日子，好好反省反省，只要你归顺皇军，为皇军干事，我们就来接你回去，继续当你的掌柜。否则，你必死无疑。”又告诉他，“我们不再锁门了，院里有伙房，有粮食有柴火，自己做饭自己吃。”日特走时还警告他，“好自为之，千万别想着逃跑，逃跑也是死路一条！”

日特走后，整个院子恢复了一片沉寂。鬼子究竟玩什么把戏？他想，进了阎王殿，只能随小鬼摆布。

他开门出去，蹑手蹑脚地到了大门口，从门缝往外一瞧，门口站着两个持枪的日本兵。他回身看房屋，还真有伙房。这个小院，除关他和隔壁关人的房间，另外三间房，一间是伙房，一间是厕所，还有一间空房。伙房里有炉灶，有柴火，有水缸，有锅碗瓢盆，有玉米面、小米，有些白菜萝卜。他感到饥渴，点了火做饭，煮了小米粥，烙了玉米面饼，煮了些萝卜白菜。他想，这里还关着一个中国好汉，得去看看被鬼子打成了什么样子。人是铁饭是钢，要让他吃饭，伤会好得快……

意志坚强、心地善良，但缺乏与日本特务做斗争经验的牛富贵，来到哈尔滨就陷入了狡诈的特高课精心设计的陷阱之中。他听到的鬼子用棒子暴打人的声音，那个被暴打的所谓“硬汉”的叫骂声，都是日特施用苦肉计制造的阴谋。直到牛富贵牺牲时，他才如梦初醒……

晨起朝晖，日暮烟霞。时光匆匆而去。

蓉儿望眼欲穿，盼望着的国共军队都没有来。蓉儿想，爹爹一定是遇难了。

一个“逃”字，即日起时刻在蓉儿的脑子里徘徊，她留心寻找着机会。

牛富贵走了，与美奈芳子、屠非抗衡的主要人物也就不存在了。他们根本没把蓉儿这个牛氏商号唯一主事的人放在眼里，连个招呼都没给她打，就把牛氏的母子穴窖强占了。蓉儿使用的母穴成了日特头目美奈芳子的办公室，临近的子穴成了屠非的办公室，除设的电台室、情报室各占一子穴窖外，其余子穴窖日特准备作为搞细菌病毒注入犬狗狼活体的试验室。另外，还把一个僻静的子穴设为娱乐室，专供男特工与日本娘们儿淫乱作乐之用。

没过几天，他们又把牛家宅院除蓉儿和伙计住的几间房屋外，其余的全都霸占了。

牛氏的粮食、商号的滋补品等，也被他们控制并任意挥霍。

对于特务汉奸的强盗行为，蓉儿毫无惧色，与美奈芳子他们论理争辩过多次，但他们根本不理睬她。蓉儿一点法子也没有，只能忍着。

美奈芳子烦了，干脆把蓉儿软禁了起来，不许她离开自己的屋子半步，她唯一能见到的人就是管家程强。美奈芳子给程强交代，蓉儿的吃喝由他送来，大小便用便盆在屋内解决，也由他打理倒掉。

日本人从东北秘密运来了电台，运来了一批武器弹药，运来了一批军犬，日特还在沙漠荒滩不时捕捉着野狗恶狼。担任教官的屠非，全力负责驯养严练犬狗狼。

特务头目美奈芳子，天天等待着日军731秘密部队尽快送来开展试验的设备、细菌病毒疫苗和技术人员，却一直没有等来。据说，国共的情报机构死盯着日寇731部队，首批送出的设备、细菌病毒疫苗和技术人员，刚刚离开东北某地，就被共产党情报机构获知，通报给国民党军统，被国军特工人员一锅端了。后来，尽管哈尔滨特高课总部采取了极为严密的防范措施，虽然国共方面尚不清楚日军要将此类设备、细菌病毒疫苗和技术人员运往何处，但日军接二连三的诡秘运送行动，都被国共方面得到准确情报联手拦截，鬼子死伤无数，活着的也当了俘虏，设备和细菌病毒疫苗也都被毁灭。

对此，土肥原气得暴跳如雷，美奈芳子急得发疯！然而特高课无计可施，土肥原只好下令“停一停”，不想再折物损兵。

就这样，潜伏于肉苁蓉村的日特小分队急于进行的后续试验，只能是纸上计划无法进行，着急无奈，耗着日子。

6

随着怀孕月份的增大，蓉儿的肚子鼓起来了。这使蓉儿特别纠结，身子拖累重了，又被女特务关了“禁闭”，怎么能逃出去呢？打掉孩子？她曾闪过这个念头，很快又否定了。这是她和上官英杰相恋深爱的结晶，绝不能打掉。否则，将来无法向他交代。

美奈芳子不经意发现蓉儿的肚子挺了起来，大吃一惊！她原本不打算收拾这个女人，等待假牛富贵来了好利用她。但她想到了土肥原“要严密监控进出肉苁蓉村的所有支那人”的训示，这个女人莫名其妙地怀孕牵连到了尚不可知的嫌疑人，现在不得不给她点“颜色”看，必须弄清她肚子大的真相。她早做过调查，牛富贵的儿子和她生下的孩子死了快一年了，这个小寡妇遗孀怀了谁的种？是沙尘暴期间掉进沙窖，与她发生恋情的那个学生的？还是别人的？美奈芳子之前已查清，与肉苁蓉有染的那个叫上官英杰的青年学生，已去美国留学了，后来也没有发现他们有联系。如果她怀的真是这个学生的孩子，倒也情有可原无所谓，假如是别人的，必须搞清楚才行。

这天晚上，美奈芳子突然闯入蓉儿的屋里，“嘿嘿”阴笑了两声，突然问：“想必你公公早已告诉你，我是日本特务了吧？不错，我是日本特工小分队队长美奈芳子大佐。你老实告诉我，你怀的是哪个男人的种？”

“我爱人的。跟你没有任何关系。”蓉儿平静地回答。

“谁能证明？”

“真是天大的笑话，女人怀孕是天经地义的事，我自个儿证明就行了，不需要别人来证明。”

美奈芳子没料到，这个女人如此棘手难对付。她气急败坏地扑上前，冷不丁左右开弓，用力扇了蓉儿两个耳光。

爹爹走了，主心骨没了。日特抢占了宅院穴窖，霸占了粮食物品，蓉儿孤掌难鸣，逃不了，气不顺，有压力，不思饮食。她怀孕期间营养不足，精神不好，身体很虚弱。美奈芳子的两个耳光扇得她眼冒金星，险些栽倒。但她毫不畏惧，站稳脚跟，横眉冷对日本女特务。

美奈芳子从裤子上抽下皮带，欲狠狠抽打教训她一顿，出出气。她正待抡起皮带，蓉儿的房门倏地被推开，走进一个人来厉声地说："蓉儿怀的是我的孩子！你想干什么冲着我来，别暴打一个手无寸铁的孕妇！"

美奈芳子闻声大惊失色！这个人居然是她密布蛰伏的卧底特工程强。她蓦地拔枪上了消音器，推子弹上膛，瞄准他的脑袋，想给他一枪，猛然又想到土肥原将军的嘱咐，抬起枪头扣动了扳机，"砰"的一声闷响，子弹飞向了上方。她走过去，怒冲冲地踢了他一脚，骂了一声"臭猪"，气急败坏地转身走了。

这惊心动魄的一幕，蓉儿看得真切，听得清楚，郁闷不已，让她丈二和尚摸不着头脑。

这个来到牛氏日子不短的年轻管家，很老练持重，平日里除了务实做事，从来都不苟言笑，不爱说话，不管闲事。在自己危急时刻，他敢挺身而出解救她，这使蓉儿既惊愕又感动。可他为什么说孩子是他的呢？为何女特务美奈芳子就这么轻易地放过了他和她？这更使她难解其因而深感疑惑。

俗话说，画虎难画骨，人心隔肚皮。她只能慢慢再看。

几天后，乘屠非带领小分队出去狩猎的机会，美奈芳子秘密安排，让程强来母子穴窖见面。

美奈芳子上次在哈尔滨，向土肥原做述职报告时，谈及潜伏特工程强时，曾说他"头脑不够政治，心软过善"，而遭到土肥原"审查不严"的训斥。其实，并非这个经验丰富的女特务头目选人审查不严，而是她明知故犯，选用他是因为私情使然。

原来，这个大程强五六岁的女人暗恋着他。她违背特高课选拔特殊特工的严苛原则选的这个程强，早先潜伏在西凉镖局镖头苏虎手下做事，后来牛富贵求助苏虎为其商号选雇管家，苏虎推荐他来到肉苁蓉村牛氏商号当了管家，正好人在她的眼皮底下。虽然身份、使命和环境条件，限制着也不允许她向程强表白示爱和“进攻”，但她能够时常看到他，眼前有一道风景，也不失为暗恋这个男人的难得享受。让她始料不及的是，程强居然说蓉儿怀的是他的孩子，说明他早已另有女人，这真像尖刀刺她的心，对她的打击太大了，而且也太突然了。当时，如不是她强力控制，差点把程强和蓉儿给毙了。

事后，美奈芳子思考了许久，头脑清醒了过来。孑然一身的她本来就明白，干了这一行，就不允许也不会有什么爱了，因为随时面对的是死亡；七情六欲人皆有之，程强是卧底也是个男人，遇到喜欢的异性释放一下性欲，完全在情理之中，况且蓉儿又是个如此美貌性感的女人。如果蓉儿肚子里的孩子果真是他的，这也未尝不是一件好事。只要程强不暴露自己的身份，归顺蓉儿为皇军服务，于公于私都是难得的两全其美之事。而她，把实施罪恶计划当理想，把搞阴谋残杀中国人当效忠上司和天皇，只要她的同伙在这一点上与她是一致的，自己作为一个身负大日本帝国重任的大佐军官和特工头目，牺牲私情是值得的。

程强来了，她向他真诚地检讨了自己的鲁莽，表示了歉意。询问他，是否真的与肉苁蓉有肌肤关系。程强假装羞涩而淡定地回答，他“喜欢这个女人”，一口咬定蓉儿怀的是他的孩子。

美奈芳子自以为，非常了解这个毕业于为皇军培养军官的日本陆军士官学校的高才生，又经过特高课高级特工班培训，对她亲手选准的程强了如指掌。虽感觉他“头脑不够政治，心软过善”，但作为军人，他以服从命令为天职，各方面的素质相当过硬，有一点“瑕疵”，仍不失为一块好玉，还是很优秀值得信赖的一名合格特工。她相信了他的话，而且也感到欣慰。

美奈芳子越想越感到得意，牛富贵被押解到哈尔滨去了，将会永远消失。现在，他的儿媳妇成为程强的女人投靠过来，无论对加快实施计划，还是保障长期潜伏的卧底安全，都非常有利。所以，当程强提出“请您多多关照，不要再为难蓉儿并给予她自由”的要求时，她立刻表示同意。

为蓉儿索回人身自由，程强甚为高兴，立正给她敬礼：“谢谢大佐！”

美奈芳子自以为是，其实聪明反被聪明误。

大和民族并非铁板一块。她根本就不知道，程强内心世界由来已久的反战情绪非常强烈，只不过为了自保，他从不公开表露罢了。

这个小林清秀，其父是日本人，母亲是中国人。他的家庭虽属日本上流社会，但父母都从事科学研究，一向不过问政治。而对日本政府最初开始大造舆论，所暴露的妄图侵略中国的野心，他们如同许多日本国民一样深恶痛绝，认为侵略别国总是逆世界潮流而动的赤裸裸的强盗掠夺行为。

日本首相田中向天皇递交的一份奏折中称："唯欲征服支那，必先征服满蒙。如欲征服世界，必先征服支那。"这份日本绝密件很快泄露，被中国报纸揭露后传遍了世界，日本侵略中国的狼子野心大白于天下。世界舆论一片哗然！

过了不久，丧心病狂的日本朝野，竟置国际舆论和日本国内民众反对的呼声于不顾，将奏折变为行动，出动大批军队侵略中国，占领了东三省。对这件世人皆知的日本国耻，小林清秀的父母，私下愤怒痛斥日本政府真是太无耻了！时常谴责政府强迫日本百姓入伍、大肆扩军增兵、全面侵略中国的罪恶行径！

父母的观点和情绪，深深影响着小林清秀。

小林清秀本人自小好武，完全是由于兴趣和世人都有的爱国卫国情怀，考入了日本陆军士官学校。毕业后被分配到特高课干上特工，而后又被选中进了高级特工训练班。再后随着侵华的日军特高课来到中国哈尔滨，很快又被美奈芳子选中派遣，让他改名换姓假冒中国人，来到大西北先后在西凉镖局和大沙漠里的肉苁蓉村卧底蛰伏。

这个很单纯的年轻学生，就这样阴差阳错身不由己，步入了日特机关和侵略中国的行列。因颇受双亲的影响，小林清秀骨子里特别反战，表面上服从各项命令，而内心世界非常矛盾苦不堪言。他暗立誓言，坚决不伤害中国百姓，不杀中国军人，不干伤天害理的事情。让他潜伏"沉睡"，正好吻合自立的"三不"原则，化名后的程强一时心安理得。

程强对牛氏、对肉苁蓉村的不幸遭遇，十分同情，深感蓉儿是个美丽、善良、贤惠，特别能干但命运不好的女子。尤其是她对穷苦百姓的那份爱心，那种对待事物公道正直的品格，像他的母亲一样。蓉儿在他的心目中，竖立起了一个姐姐般的形象。美奈芳子让他蛰伏，当好牛氏商号的管家，正符合他的心愿和“三不”原则，能远离战火、远离干特务勾当的愿望。至于未来会发生什么事，他想事到临头再考虑应对。

他勤读书学经商，喜好中文，且见贤思齐，虚心向牛富贵和蓉儿等生意人学经营、钻管理，一直尽心尽责尽力，未出过任何差错，让牛掌柜很满意。

美奈芳子命令程强协助她，监视软禁的蓉儿他更是乐意，对蓉儿照顾得非常周到。当美奈芳子发现蓉儿怀孕，在残暴拷问她的危急关头，他忍无可忍无所畏惧地站出来顶缸，深知在那种情况下如不施救，蓉儿遭受暴打，重者将丢掉性命，轻者会堕胎失去孩子。他挺身而出救人，美奈芳子虽很恼火朝屋顶开了枪，却中止了对蓉儿的暴打退走了。而实际上这是暗恋他的女特务头目网开一面，给了他一个莫大的面子。至于蓉儿对他和日本女特务的关系会怎么想，他没想过；他救蓉儿会给她带来什么负面影响，他也没想过；蓉儿肚子里的孩子是谁的，他更没想过。

上司为什么要选他在这里长期蛰伏？什么时候“唤醒”他，将来会让他做什么事情？他虽思考过，自然没有答案，“车到山前”再说吧。程强只是觉得，美奈芳子既高估了他的能力，更不清楚他心头强烈的反战和抵触情绪。

7

美奈芳子解除蓉儿的软禁后，她又恢复了像往常一样的自由，可以自在地在肉苁蓉村走门串户。由于她孕育的肚子逐渐凸显了，无疑宣告没有丈夫的女人身子怀娃了。为此，族亲沙民不太愿意跟她说话了，而且常常向她投来怀疑、鄙视甚至恶心的眼光，渐渐地对她敬而远之，她在族亲沙民中树立起的威信一落千丈。甚至有几次，她听见有人说："族规就是王法。族长族民都得坚守。族长的儿媳妇偷汉子，把肚子弄大了，等族长回来看他会不会执行族规?"

村里人观察和私下叽叽咕咕，认准蓉儿"偷"的这个汉子就是管家程强。因为村民捕风捉影，既听到了些风声，也见到了些影儿，更有谣言推波助澜。先前，由于美奈芳子软禁蓉儿，下令让程强监视蓉儿，造成他们来往过密的假象。谣言说，驯狗场头儿屠非的婆姨王芳和寡妇蓉儿都看上了商号管家程强，两个女人明争暗斗，争风吃醋，而程强早就与蓉儿勾勾搭搭，蓉儿怀上了野种。谣言又说，当王芳发现蓉儿的肚子大了，气急败坏地找上门去报复她，在抡起皮带要抽蓉儿的时刻，程强挺身而出，公开承认"蓉儿怀的是我的孩子"，还掏出手枪放了一枪，吓得王芳抱头逃窜，以后再也不敢惹蓉儿了。谣言还说，程强原来是西凉镖局的枪手，自个儿有枪，等等。显然，这些都是日特为了掩护罪恶诡计保护自己，而自欺欺人、放风造谣，一些烂舌头则添油加醋，传播并编造着谣言。

在祖祖辈辈男尊女卑、男女授受不亲的沙区乡村，连婆姨洗个裤衩也只能晒在露天茅房沙土墙头，守寡女人的肚子大了，这简直就是大逆不道反了天，自然是可耻透顶的行为。

整个沙区世世代代，还承传沿袭下来一个约定俗成神圣不可侵犯的潜规则：男人丧偶可续弦，女人死夫守活寡。牛富贵当上族长后，虽然公布的《族规》里没有这一条，但也没有说"寡妇可以再嫁"这句话。

蓉儿自丈夫病逝后，曾经认命要守寡下去，在沙漠里孤独一生。然而后来苍天作美，让她有了深爱的人，怀了孩子。现在肚子显露于形，村里人自然就会把违反"女人死夫守活寡"这个枷锁，套在她的脖子上，世俗必然非议诽谤中伤她。一个漂亮女人就更难躲过这个精神枷锁带给她的深重劫难，即使你是族长家的人也难以幸免。

面对这个根深蒂固、颇不公平的潜规则，她无法也不能向族亲沙民解释，苦闷、懊恼和烦懑时时袭来。这让她在相当长的一段时间里，内心痛苦不堪，寝食难安。

这天，蓉儿想起爹爹说过的话：“为避免日后那些肮脏的唾沫星子闲言碎语伤害你，作为族长更作为爹爹，我知情是准许长辈，也是你们的主婚人。我记着按规矩给女儿写个见证书，留给你。”爹爹是个言及必行的人。蓉儿思忖，爹爹这次出走没有给她留下见证书，是他走得急来不及了？不，爹爹每次离家都要与女儿见面安当一番的，他走得再急也不会不辞而别，爹爹一定是被日特下黑手秘密抓走或是暗害了，没有机会与女儿告别，也就无法给她留下见证书。

一刹那，蓉儿有些慌神：日特抓了或是害了爹爹，下一步会使什么幺蛾子？美奈芳子抓住自己怀孕这件事，先是大打出手，后是大做文章，接下来还会出什么毒招？我一个孤苦无依的弱女子怎么和敌人斗？近来村里出现非议和鄙视自己的风波，该如何应对？

其实，事情弄得如此复杂的根本原因，是肉苁蓉村的人始终被蒙在鼓里，压根不晓得整个村子早已被日特汉奸所控制，也不可能知道他们密捕牛富贵押解往哈尔滨生死不明，抢占牛氏宅院、穴窖和驯养犬狗狼试验制造活体武器等内幕，更不知晓蓉儿与上官英杰在穴窖相恋的实情。蓉儿苦于不能揭露日特汉奸的面目和她所知道的一些真相，也不便坦言自己的生活轨迹。

面对如此险恶纷乱的局面，蓉儿无所措手。然而，好在她意志坚强，情绪很快镇定，只有豁出去了。爹爹说得对：“牛家人活着事小，为消灭日本鬼子保卫国家尽力事大！”她心智清敏，有了主见。自己虽然孤身，敌人也陷孤岛，日特还要利用肉苁蓉村，一时还不会杀害她、杀灭族亲沙民。目前，只有以不动应万变，且看敌人如何动作。至于那些流言蜚语，不理睬是最好的应对。因为，她是光明磊落的。谣言并非事实，不能解释不等于承认，总有一天真相会大白于天下。

自从程强在美奈芳子的皮带下救了蓉儿后，她就疑惑不解而时刻提防着这个管家。可他依旧如故，对她不近不远，依然不苟言笑，说话严肃，做事严谨。不同的是，他在毫无热情言语的表象下，给予她的照顾，却更加细心细致细腻，周到入微，而且让蓉儿感觉特别诚挚。事实上，他对她这个异性，压根就没有打过什么主意，丝毫没有过一丁点儿的庸俗想法。慢慢地，她对他虽然基本上放下了心，然而为何解救她，美奈芳子为啥除踢了他一脚、骂了一声“臭猪”就不了了之，后来又对她解除了软禁等问题，还是百思不得其解……

蓉儿在程强的精心配合下，尽力将能做的生意做了起来。蓉儿带着伙计或自个儿挺着大肚子，外出进货出货，因为都有程强结伴同行，所以美奈芳子很放心。而这些情况在不知实情的沙民眼里，则进一步被认为是程强与蓉儿“苟且”的实证。

美奈芳子、屠非他们，继续专心致志地训练着犬狗狼，耐心等待着731部队送来进行犬狗狼活体试验的细菌病毒疫苗、设备和技术人员。

狡黠诡诈的美奈芳子，这阵子感到牛富贵被抓了，他的儿媳投靠了程强，村民无首没脑难起事，更不知道他们这些日本鬼子的存在，虽然特工小分队日夜在各个村口巡查，但对村民的防范和监视，亦放松了许多。

整个肉苁蓉村，表面上一时显得很“太平”。

蓉儿心中虽然时刻装着爹爹“完成我没有完成的任务”这个重托，急着想逃出村去找国共组织和军队举报敌情，目前逃出去的时机也相对成熟，然拖着月份大的沉重身孕，加之无人相助，自己能不能安全地逃出茫茫大沙漠，她心里没有谱儿。踌躇难决的蓉儿处于无奈之中……

8

蓉儿思念上官英杰之情与日俱增。“他远在西方的美国，我在东方的中国腾格里沙漠腹地被日特控制着的沙村里，未来会是什么结果呢?”她虽这样想过，然她坚信上官英杰，坚信他的心中装着她。实在不能排遣时，便吟诵两遍李清照的《一剪梅·红藕香残玉簟秋》，心情就会好些。

每每清晨，她都感觉得到上官英杰那深情之音：“亲爱的蓉儿，我爱您！”她觉得虽然日日心负屈辱、烦冗和艰难，也天天享受着满满的爱，浑身有使不完的精神和力气。她亦明白，自己肩头压着担子，还要费时用心做事情，不能把自己整天泡在相思里。

她相信，日特鬼子的尾巴长不了！

光阴如梭。蓉儿的孩子生了，是个女孩。

女儿呱呱落地，做了母亲的蓉儿，产生一种神圣厚重的幸福感。她深感身子轻松了，心情也轻松了。

想到孩儿的父亲立志于治理中国沙漠的宏愿抱负，她给孩子取名沙沙。

分娩之夜，蓉儿浮想联翩。她与上官英杰别离近一年光阴，在远离喧嚣红尘的腾格里沙漠深处的肉苁蓉村，竟然发生了这么多轰轰烈烈的复杂事儿。

放在蓉儿心里的头等大事，就是逃出去向国共组织和军队举报村里的日特敌情。她觉得自己真没本事，辜负了爹爹的重托，很愧疚。孩子生下来，等坐完月子一定要瞅准机会逃出村，完成这件攸关大西北安危和人民生死的任务。

蓉儿思绪一时很沉重。转念，她想到逝去的妈妈，想到生死不明的爹爹，想到被灾难夺走生命的无数牛氏族亲沙民，自己却幸运地活着，幸福地做了母亲，必须知足，必须顽强，必须沉着，必须对未来充满信心。在黑暗面前，在险恶面前，在未来面前，只有一个字：熬！在煎熬中等待时机。但决不能干没有把握的事，因为牛氏只剩下她自己了。

她忖度良久，要想成功逃出去完成举报敌情这个重任，除非程强能帮她一把。

蓉儿生下孩子后，管家程强在商号伙计中挑来选去，看中一个在厨房干活利索，长相甜美、干净整洁的女伙计，让她专门侍奉坐月子的蓉儿和孩子。

蓉儿居住的是中间有道隔墙、里外两间的屋子，外面做客室，里面是睡房。这天下午，蓉儿刚给沙沙喂过奶，躺在炕上，轻轻拍着沙沙哄她入睡。

这时，听见有人轻轻叩敲前门，女伙计出去开门，见是程强，便微笑相迎："管家请进。"

"不用了。你给掌柜女儿说一声，牛掌柜回来了。"程强说完，随手拉上门走了。

蓉儿听女伙计一说，喜出望外，爹爹还活着！急忙起来换了身衣裳，整了整，兴冲冲地走了出去，不料与匆匆回头的程强碰了个迎面。

程强示意蓉儿返入外屋，两人站在客室，程强走近一步，不紧不慢地对她悄声说："你待会儿再去，多听，细看，少说。"后面六个字，一字一顿，声微意重。

进了熟悉的牛宅堂屋，蓉儿看见坐在主人椅子上的爹爹容光焕发蛮精神的，面貌一改昔日憔悴不堪的样子，不由得特别高兴。蓉儿正要亲切地叫声"爹爹"，倏地，一句"媳妇来了，公公正等着你"，传进了耳朵……

顿时，她很惊讶，已与爹爹父女相称了，他怎么改口又自称"公公"，叫我"媳妇"了呢？回味他刚才的声音，像是爹爹的声调，但又不太完全像爹爹的那个味道。她心里糊里糊涂的。

她忽然想起，程强刚才对她说"多听，细看，少说"，不禁对这个自称"公公"的人顿生疑问。

接着，蓉儿见他打着手势说："公公出去做生意的这段日子，媳妇还好吧，孙女也乖吧？"

"嗯，都好的。"蓉儿机敏应答道。瞧着他，相貌年龄个头，与爹爹相似；细品着他的一举一动，说话的口气、声调、神色和举止，与爹爹也像，但总感觉什么地方有点不像，具体又说不清楚。如果不是程强提醒，她可能对他也不会产生怀疑。蓉儿慢慢思忖着，他说"公公出去做生意"，说得一本正经的，一家人交谈，爹爹从来不会讲这类虚头巴脑的话。这一点，他不像爹爹。"孙女？"刚一见面，他怎么知道自己生孩子了？莫非是有人早告诉他了？

最让蓉儿生疏生厌的是，他那眼神里总带着邪气……

就在这时，美奈芳子走进了堂屋。

"公公"见她来了，赶忙起身，双手抱拳，满脸堆笑，低头哈腰，殷勤让座。

过去，蓉儿见过爹爹无数次与美奈芳子见面、打交道，那时尽管她尚不知道这个女人是日本特务，但爹爹清楚，对这个女日特总是一脸严肃，不买她的账，从来不会如此奴才相，给蓉儿留下的印象很深，这一点就更不像爹爹那种骨气。

"你们先聊吧。"蓉儿乘机打了个招呼，出堂屋走了。

蓉儿回到自己的房间，喝了口水，静静神，又把刚才见这个自称为"公公"的人的情形回忆了一遍，他似像非像，做派疑点突出，是真是假，心思难定。她觉得管家应当知情，他让她"多听，细看，少说"，明显是提醒自己。她决定寻机单刀直入，问问程强。

蓉儿的感觉没有错。这个突如其来的与牛富贵相貌年龄个头酷似，甚至神色相近的假牛富贵，叫横田丑二，是日本特高课间谍总部在偌大的日军中寻找到的一个刚刚入伍的新兵。具有大学文化的他，无师自通，掌握了一流的中文，的确是个"中国通"，而且擅长模仿，是个扮人像人演鬼似鬼，时常搞恶作剧的另类。日本侵华时期实行强制征兵，每家只要有男丁必征，年龄在十九至四十五岁。横田丑二入伍恰好是年龄最高限，其长相本身就显老成，加上是个恶贯满盈的淫棍色魔，大伤元气则更显苍老，但恰好与被替代者的年龄相仿。因其背景特殊加之身负重任，被破格授予少尉军衔。

在哈尔滨时，特高课施苦肉计，让他扮装成被日本人"暴打"致伤的中国人，将他与牛富贵关在一个小院里生活了几十天时间。牛富贵上了鬼子苦肉计的当，以为他也是被日特抓来的受害中国人，把他当成难友，与其融洽地生活在一起。横田丑二近身细心观察揣摩，模仿习练牛富贵的声音、神色、举止和生活习性，下了一番功夫。当这个魔鬼自认为他替代牛富贵没有什么问题时，特高课准许他亲手杀了牛富贵，因为横田丑二事先提出："让我假冒牛富贵，待我熟练地变成牛富贵后，必须亲手杀掉他，只要他活着就是对我最大的威胁。"后来，他根据录音又继续习练了一段时间，自感胸有成竹才罢手。特高课还从日本国内调来专家，对照日特偷拍下来的牛富贵照片资料，对横田丑二精心整形整容，并对他进行了专门的军事和特工训练。

横田丑二这个色鬼一见蓉儿，就淫眼发亮，垂涎三尺，想入非非。这也就是让蓉儿观察到的他“眼神里总带着邪气”。他曾在中文糟粕里看到过“公公儿媳妇有一腿”的段子，便有恃无恐以为可为。只是想到初来乍到，虽然不能像日本军人在中国抓个妇女就立马强暴蹂躏，但“我已成为蓉儿的公公了，上这个丈夫已死、年轻貌美的儿媳妇的床，迟早是会有机会的”，只得先克制着。

特务头目美奈芳子进了堂屋，跟横田丑二接头，这个家伙竟敢对她挤眉弄眼，她也看到刚才当蓉儿离开堂屋时，他一边与她搭腔，一边望着蓉儿的背影飘去色眯眯的眼神，立即就有强烈感觉，这是个生活不检点的大和民族的败类。作为他的直接上司，她毫不客气地严厉训斥并警告了他：“不得对肉苁蓉无理，否则军法处置！”同时在当晚，她有点献殷勤似的告诉程强：“这个横田丑二是个骚狗，你提防着点，注意保护你的女人！”

对在日军中选人冒名顶替牛富贵这件事，是上次土肥原在听美奈芳子述职密报时亲自决策的，还告诫她，此事“只能你我两个人知道”。而她这个深谙日本特务组织严纪铁规，本来信奉只有“嘴巴站哨”严防失密，才能保护自己和团队安全的特务头目，现在却置日特的严规而不顾，徇私情关照程强，变相告诉他横田丑二的身份，无异于故意泄密。由此可见，男女感情这东西往往会让人放弃原则，就是铁打的规矩也会被左右。

之后，横田丑二迫于美奈芳子的警告忍耐着。他无所事事，整日待在房间里喝酒，倒也消停了一些日子。

蓉儿出了月子。美奈芳子照例，准许她和程强搭档出去，到邻近的村庄收购药材。

蓉儿深感自己单枪匹马，身居狼窝，如有个可靠人，经常能商量一下，她抗衡智斗特务汉奸，就好多了。更为紧迫的是，她必须尽快寻找机会逃出去，找军方报告这里的敌情。有个帮手掩护，也会得心应手一些。她早就选定了管家程强，后来感觉和揣摩，他很可能与特务汉奸是一伙的，如果是，又总有直觉，他即便与他们同伍却不同心，是敌营中可争取利用的一个人。

这天，蓉儿没安排伙计赶车，她亲自赶着骆驼车，与程强同行。车行途中，蓉儿若有所思，直截了当地问程强："你是美奈芳子的人吧？你知道一个月前回来的牛掌柜是冒名顶替的吧？你究竟是日本人还是中国人？我不能确定。"未等他回答，她继续道，"不过，我还是要打心眼里感谢你，在危急关头救了我，要不我很可能早已不在人世了；感谢你尽责尽力当管家，为支撑牛氏商号务实做事，没有你，商号很可能早就垮掉了；还要感谢你在各方面给予我许多的帮助，否则我一个女人，也很难支撑下来。"

程强听着，一时无言以对。他早料到，蓉儿迟早会向他发问，但问得这么突然，这么直截了当，让他措手不及。

听蓉儿话讲得真诚，他便毫不隐瞒，如实回答："我是日本人，就是中国人所说的日本鬼子，真名叫小林清秀，原来在特高课当特工；被美奈芳子选来，先潜入西凉镖局做事，后应牛掌柜之托，镖局镖头苏虎推荐被你们牛氏商号雇用当了管家，上司让我长期蛰伏于大西北，不从事任何活动等待时机。一个月前回来的牛掌柜，是我们日本人冒名顶替的，他也是特工，名叫横田丑二，但我不知道他来究竟要干什么，起码是冒充牛掌柜，欺骗你和村民，想控制肉苁蓉村的局面吧。"

他接着道："我和我的父母一样，反感反对日本侵略中国。我虽是日本军人和特工，但会履行自己的誓言：不伤害中国百姓，不杀中国军人，不干伤天害理的事情。也从来没有干过这类事情，我的良心和双手都是干净的。"

蓉儿听他说了这番话，感到自己对他的判断是对的。她觉得程强讲的这个誓言很坦诚，便毫不犹豫地向他大胆提出早就思考好的想法："程强，我让你帮我对付美奈芳子、屠非他们，掩护我离开村子完成一个任务，行吗?"

程强一听"任务"二字，愣了一下问："你是国民党还是共产党的人?"

"都不是。"蓉儿坦言道，"我只是想做一件每个中国人都应该做的事。"

此时的程强感到，由蓉儿可知，中国的老百姓好厉害，如此热爱和维护自己的国家。在这一点上，他愈发敬重这个普通而又不凡的中国乡村女子。

“对你能做的，我已经做了，其他的我做不了。请你放心，我是个只潜伏不执行任何任务的特工，就是接到上司命令，也绝不会从事任何反对和破坏中国、伤害中国人的活动。但是，也请你体谅，我是日本人，也不能干公开反抗上司、伤害自己同胞的事。而你自己要干什么，一定要小心谨慎，总不能没有把握，明知丢了性命也去干吧？任何时候都不要去冒险，要想着自己是个母亲，想着孩子。”程强一股脑儿地说。

蓉儿听着，感觉他的话，充满了自相矛盾。然究竟该如何说服他，才能使他彻底明白根本的道理而觉悟，思想和行为结合一致，真正认清和抵制日本国政府的侵略本性和立场，认清和阻挠美奈芳子一伙敌人潜入肉苁蓉村搞危害中国人的阴谋罪恶活动，认清和纠正他“反感反对日本侵略中国”，自立“三不”誓言，与“不能干公开反抗上司、伤害自己同胞”而自相矛盾的错误认识，真正站在坚决维护正义与和平、与日特进行斗争的立场上来，帮助她对付美奈芳子、屠非一伙。她觉得自己很难将脑子里虽然明白的道理给程强讲透彻，说不出有分量的话。所以，这次交谈也就没能继续下去。但她相信，他是不会向自己主子报告的。

“程强，以后私下我们姐弟相称吧。”蓉儿知道，实际上她比程强要小几岁。

“明白。”程强望着她说，“我早就把你当姐姐了。”

9

这天夜里，喝了不少沙枣子酒的恶魔横田丑二，欲火攻心乱了性，终于按捺不住，向蓉儿的房屋摸了过来。

他已弄清楚，蓉儿生孩子满月后，夜里孩子是由女伙计带着的，在她隔壁的房间里睡觉。他也摸清，蓉儿即使睡觉也会在外屋点一支蜡烛，直到自动熄灭。

他轻而易举打开了蓉儿房间的前门，进去后把门推上，然后蹑手蹑脚地走过去，推开套屋门，见睡着的美人，更为妩媚动人，一只白嫩嫩的胳膊露在被子外面，烛光下晶莹剔透，显得格外性感。这个色狼见状，身体立马像着了火似的燃烧起来，发狂地扑上了炕……

熟睡着的蓉儿，朦胧中感觉身体猛地受到重压，惊醒过来的瞬间睁眼一看，蜡烛光照下，一个蓬头垢面、酒气熏天的人，横趴在被子上面，竟是日特弄来的假公公横田丑二。顿时，她既惊恐又愤怒，正要用力推开他，旋即随着“唰唰”两声响，只见这个闭着眼、丧着脸、头脚垂下的龌龊混蛋腾空而起，飘然离开了她的身子。

这时，她才看清楚是程强，他一只手拦腰提着这个混蛋，转身出门到了外屋。已经穿好衣服的蓉儿走出去，见程强已把横田丑二放在地上，便感动地对他说：“谢谢你，又救了我！”

程强说：“我点了他的穴，暂时昏睡过去了，大约一个小时后会醒过来。你考虑一下，该怎么办?”

就在这时，隔壁房间传来沙沙“哇哇哇”的哭声，蓉儿悄声说：“你先看着他，我去照料一下孩子。”便走了出去。

她进了隔壁女伙计的房门，赶紧抱起孩子搂起衣服喂奶，沙沙只吃了一会儿，便睡着了。

蓉儿安顿好孩子返回来，放低声音对程强说：“我也不知道该怎么办，你拿个主意吧!”

“他昏睡前已看见我。”面对此事，程强一时也拿不定主意。他心里明白，出于良知自己两次保护蓉儿，屡屡犯忌，迟早是要出事的。他很清楚，自己的所作所为，本质上已背叛了特工组织，出卖了帝国利益。同时也以为，这是他和他的父母及许多同胞都不认可的日本国政府的侵略行径，逼迫他走上这条路的。他也领悟到了上司美奈芳子的单相思，这个女人已昏了头，屡屡违反日特组织严规铁纪，先是放纵他，后又给他泄密。他也只能佯装糊涂，遇面而躲避，混过一天是一天罢了。现在，蓉儿也知道了他的身份。他深知，处在如此复杂的关系中，往后遇到事情会非常麻烦棘手。尤其是上次为了救蓉儿，迫于无奈向美奈芳子承认蓉儿腹怀的孩子是他的，这就等于认定坐实，给蓉儿和自己都背了一个沉重的黑锅。所以，上次蓉儿揭穿他的真面目后，他除坦诚承认并说了心里话，决意坚守自定的“三不”信条，绝不干亏心事，同时也做好了随时了断自己的思想准备。唯有如此，已无中间道路可走。自我了断而去，总比有一天被送上军事法庭，上断头台的下场要好。

这次程强为了保护蓉儿，在半夜盯梢横田丑二，虽又一次救了蓉儿，但也使自己再次置身于“敌我”交织的复杂关系中。他强烈意识到并有预感，事情的后续发展，必然会把他和蓉儿都逼到进退维谷的危险境地。

他问蓉儿怎么办，她倒让他拿主意。此时的程强冷静淡定下来，只能顺势而为，走一步看一步。

他走到门口，耳朵贴在门缝细听，感觉有人正向这个方向走来。他转身，轻步走近蓉儿问：“有人来了，屋内有无隐藏之处？”

“有。”蓉儿说着，打了个手势，让他跟她走进里面睡房，掀起炕上铺着的被褥、毛毡，揭起炕中间的一块木盖板，又推开一块石板，露出了地道口。她说，下去可直达村外的出口。程强看着蓉儿，分外惊喜。

“咚咚咚，咚咚咚”……“肉苁蓉！肉苁蓉！”他们一听声音，是美奈芳子。

程强和蓉儿对视了一下，蓉儿会意，假装用睡眼惺忪的腔调应答：“稍等一会儿。”

程强迅速回身，低下身将横田丑二的衣服下摆塞进裤腰，像是玩耍“倒挂金钟”那样，双手捏住他的脚跟提起，手臂向上提着他，轻松利落地悄然进了睡房上了炕，将直条条倒立着的横田丑二下入地道。这时，蓉儿靠近程强叮嘱了一句：“地道里黑，但路很平坦。”只见他随即身子一纵，像个猴子似的钻进了地道，前后不到一分钟时间。

蓉儿看着程强镇定自若地操作这一系列利索的动作，惊呆了。她迅速把石板、木板盖好，铺好毛毡、被褥，收拾停当，随手解开领口的一个衣扣，自自然然去开外面房门。

美奈芳子为何深更半夜而来？原来，自从这个横田丑二来后被美奈芳子觉察这个混蛋是个色魔，她心里总不踏实，担心假牛富贵成事不足败事有余，每天夜里总要出去察看一趟。凌晨时，她到前院横田丑二住的房间门口，微力推门，感觉里面扣着，见窗户开着条缝儿，便轻轻推开窗子，一个“燕子飞身”，轻盈入屋落地之时，闻到了一股酒气味。因多次来过这个房间，她对屋里的摆设很熟悉，绕过床前屏风，昏暗中看到被子敞开着却没有人，一摸被褥尚有余温，便明白了八九分，她照原样掩上窗户，开门而出，随即关好。然后，快步进了后院，轻步径直朝蓉儿住的房间而来……

开门的蓉儿，与门口的美奈芳子撞了个满怀。女特务进了房间，见蓉儿揉着惺忪睡眼，她目光扫视了一下外室，进里屋瞅了一番，出来看着蓉儿笑笑，狡黠地问：“程强没过来？”

蓉儿摇摇头。

“没什么事吧？”

蓉儿还是摇了摇头。

美奈芳子知道这个女人很难对付，但在她这里，确实也没有发现任何可疑之处，就走了。

蓉儿思量美奈芳子的问话，已领悟她想的什么，怀疑什么。她一定会去找程强，还会找那个横田丑二，怎么办？

遇到这么扑朔迷离的复杂局面，蓉儿真的不知道该如何应对。她迅速把里外两屋收拾好，折叠好被褥，带了件衣服和仅有的现钱，进入洞口，又把毛毡、盖板等复原，下地道赶了过去。

出了洞口，蓉儿见到程强在洞外的梭梭林中站着，横田丑二像只死狗躺缩在一边。显然，程强知道蓉儿会来，在等着她。

一见面，程强说：“我考虑，这个混蛋醒过来后，他一时还不敢向美奈芳子报告真相，但报告是迟早的事。上次为救你，我不得已向美奈芳子一口咬定，我们是那种关系，她已完全相信，还寄希望于我控制你，所以她对你放松了戒备。这次为救你，暴露了我胆敢对上司派来另负使命的特工痛下杀手之嫌，美奈芳子对我的信任，将会发生逆转而迁怒于你，很有可能一反往常，纵容这个混蛋强暴你。她的目的，当然是硬逼你屈从于她，为特工小分队所用。而横田丑二则会肆无忌惮，你的日子将会雪上加霜。”

说到此，程强话锋一转：“你不是想离开村子，要去做一件每个中国人都应该做的事吗？现在正是机会。其实，这里已没有你的任何亲人了，留在这里已毫无必要，你永远也不要回来了。我先把这个混蛋送回去，利用他尚不会马上报告的时机，掌握一下美奈芳子的动向，同时帮你争取把孩子救出来，你带着孩子远走高飞，就无牵无挂了。”

蓉儿仔细听着，完全认同程强的分析和看法，他说得入情入理。同时深感，从他分析和判断问题的头脑，危急时刻所显现的善谋果敢、不凡身手来说，的确是一个做特工的材料，更是一个惩恶扬善、拯救弱孺的勇士。

此时，蓉儿有个想法，不禁对他一吐为快：“干脆你把这个混蛋除掉，一了百了。”

“杀他很容易，这个混蛋也该杀。但谁会杀他？今天晚上发生的事，美奈芳子不用想就明白，杀人者不是你我合谋而为，就是我为你报仇而杀。横田丑二恐怕是特高课派来的人，她负不起这个责，会追个水落石出。再说，我从来也没有想过要杀自己人，点穴弄昏他的目的，就是为了保护你。事情发展到这一步，让人始料不及。你让我除掉他，我真的很为难……”显而易见，该不该杀“自己人”，他特别矛盾纠结，很苦恼无奈。

蓉儿听着，明白他现时产生的这个“矛盾纠结”，仍然归结于他过去的那个“纠结矛盾”。所以，两个人的交谈像上次一样，又重新步入难以逾越的境地。况且，在如此紧急关头，也不允许他们耗费时间再谈论下去。

至此，蓉儿终于明白：禁锢人的不是枷锁，而是思想。而要解开程强的思想枷锁，不是她能在短期内做得到的。

“时间不多了，我得赶快回去想办法救你的孩子。你那个炕底下的地道，不能再用了。这里是村东边，你去村子西边，在那片沙打旺草地处等我，不见不散！”

“我走了，你怎么办？”

“命运会有安排的。”程强说完，右手提起横田丑二，飞快地回村去了。

蓉儿边走边想，他劝自己离开这里，永远不要回来，可沙沙能救出来吗？救不出女儿她走了，将来上官英杰回来如何向他交代？即使程强能把沙沙救出来，她们母女走了，程强就会完全暴露在美奈芳子面前，怎么办？如果日特拿村里族亲沙民报复，又该怎么办？

10

程强回到村子，乘着朦胧的夜色，摸到牛家宅院大门口附近的地方，把横田丑二一放，点了穴位让他慢慢醒过来。随后，他双手扒着宅院外墙的砖缝空隙，纵身上闯，轻轻松松，很快攀上牛宅围墙，又跃身翻滚，转眼落地后院。

程强判断，美奈芳子一定在前院他住的房间等着他。于是，他疾步悄然来到蓉儿的女伙计房间门口，从腰袋里摸出一个器具，插入门缝打开门，闪身入内，轻声叫醒了熟睡的女伙计。

女伙计告诉程强，后半夜驯狗场屠掌柜和他的婆姨王芳来过这里，他们说牛掌柜不见了，问我见过他没有。我说，我带着沙沙在屋里睡觉，没有出过门。他们挨门逐房地寻找去了。后来，他们又回来说，蓉儿和你也不见了，问我你们来过没有。我说，没有来过。他们又到处找了个遍。

程强不见沙沙，问她："孩子呢？"

"屠掌柜的婆姨王芳抱走了。她说，无论你还是蓉儿来了，让我赶紧告诉她。"

"那你现在就去告诉她，我在你这里等她。否则，她会找你的麻烦。"

"好吧。"女伙计又说，"我知道，程管家是个好人。"

女伙计走后，程强也迅速离开了。原来，为赢得时间，他将计就计，施了个声东击西之计。

在美奈芳子赶到这里时，他却窜回前院自己住的房间。程强判断和企望她会把蓉儿的孩子藏在这里。然而，却没有。便从密藏处取出在危急情况下应变必用的手枪、子弹、匕首、瓦斯弹、药剂，以及蜡烛、火柴等，装入一个背包背好，溜出了房门。

此时的程强已然明白，他这个卧底再也不能在这里蛰伏下去了，因为这里已没有他的容身之地，该明智地离开肉苁蓉村了。往哪里去？他一时还没有想清楚。

程强又摸到商号厨房，找了两个盛水的牛皮袋子，拿勺在水缸里盛水灌满，又找了一些吃的东西。他纵身从烟道出口蹿上房顶，轻快地蹦来跳去，从西头宅墙翻身而下，在村舍中飞奔着，最后出了村，身影很快淹没于黑夜的荒野中……

就在这个时候，被程强点穴刚刚从昏睡中清醒过来的横田丑二，立刻向美奈芳子老老实实做了汇报。他奉主子之命，立刻行动，高举火把爬上牛宅院墙头最高处，居高临下，面向村子将火把在空中“唰唰唰”连绕几个火红圆圈后，大声疾呼起来——

“全村族亲请注意！全村族亲请注意！

“我是牛族长！我是牛族长！

“现在，我愤怒而又惭愧地向大家宣布，由于本族长疏于管束，我儿遗孀肉苁蓉色胆包天，背弃纲常，践辱族规，不守妇道，行为不轨，与商号管家程强苟且，时日已久，怀孕生女，铁证如山。经本族长施以家教严训，他们丝毫不思悔改，今夜居然私奔出逃。请大家赶紧点火把，放犬狗，跟随本族长去搜抓这对狗男女，执行族规，严惩不贷！

“入乡随俗，本族长希望驯狗场的老板和伙计支持帮助我们，请你们也参加追捕狗男女的行动吧。”

过了片刻，随着“汪汪汪”的警犬狂叫声，顿时，“汪汪，汪汪”“汪汪汪，汪汪汪”“汪汪汪汪，汪汪汪汪”……全村的犬狗和驯狗场的犬狗恶狼都嘶叫狂噪起来，汇成一片，震天撼地，可怕极了！

骤然间，寂静的大漠夜空，仿佛被犬狗狼的咆哮声撕破了！

一刹那，火把群熊熊燃烧起来，像是点燃了漆黑之夜的天和地，火红的天，火红的地，整个苍穹和荒野浑然成为一片火海！

只见，在人畜兽混杂组成的群体队伍里，男男女女老老少少，都举着火把，怒气冲天，杀气腾腾；犬狗狼龇牙吐舌，嘶吼疯叫。人畜兽都往村子东边的梭梭林狂奔而去，气势异常凶猛，十分阴森恐怖……

这支歇斯底里狂奔于夜幕中的人畜兽混杂队伍中，有用心歹毒的策动者日特头目美奈芳子及汉奸屠非，有假冒牛富贵的日特横田丑二，有小分队的十二个特工，有四个日本娘们儿，也有肉苁蓉村牛氏大家族几十号村民。可见屠非他们驯养驯服用绳索拴牵着的军犬和犬狗狼，村里各家沙民用绳拴牵着的自家犬狗。它们跟随和护卫着自己的主子主人，狰狞地嘶鸣着，吼叫着，狂奔着！

在这支队伍里的牛氏族亲村民，一手举着火把，一手拿着棍棒斧刀，嘶喊着“抓淫夫荡妇”，疯了似的奔跑着！本来，他们耳闻眼见牛富贵儿子遗孀蓉儿与管家程强，孤男寡女同住牛家宅院，一起生活外出做生意，尤其是寡妇怀孕生女，认定他们就是苟且私通，男嫖女娼。旷日持久，忌妒憎恶，嗤之以鼻。愤恨者有之，唾骂者有之，诅咒者有之，讥讽者有之，嘲笑者有之，都眼巴巴地等着牛富贵回来看他如何处置。今夜，牛族长高举火把站在宅院墙头一声吼，义正词严，斩钉截铁，对自己家的这桩丑事定了“背弃纲常，践辱族规”的性，更加深信不疑。都知道他下了狠心要大义灭亲，收拾这对“狗男女”，这简直就像给群情激愤之火浇了油！全村人毫无顾忌，一个不剩全跑了出来……

程强在村头西边的沙打旺草地，找到了蓉儿。他向她急速讲述了情况，告诉她沙沙已被美奈芳子扣留做了人质，很难救出来。“孩子一时应该不会有危险，随后我们再想办法吧。”

这时，他们已从传来的犬狗狼狂叫声、人群嘶喊声，想象到了事态的发展；非常清楚此时的情势，日特汉奸和族亲村民人畜兽混杂组成的队伍，很快会寻找过来！

蓉儿想，凭程强的本事，他一个人逃走很容易。而她一个弱女子，逃出去恐怕很难，弄不好会拖累程强也逃不脱。

她诚挚而急切地说：“程强，你不要管我，自个儿跑吧！逃走一个算一个，我不能连累你！”

“先找个藏身处躲起来，避开他们的锋芒。”程强很镇定也很坚定，他决不会自个儿逃走，扔下蓉儿不管。

蓉儿想还是听他的。顿时，她想到了爹爹给她讲过的在紧急情况下，另一个可用避险的通道，她也曾去现场察看过，离这里不远。她对程强道：“跟我来！”

“等等。”程强从包里摸出一盒药膏，拧开盖，将扣在盖里的小刷子取下来，插入盒内弄上药膏，对蓉儿说，“脱下鞋给我，把药膏涂到鞋底，军犬就嗅不到我们了。”他迅速在两个人的鞋底涂上药膏，“快穿鞋，走！”

在蓉儿的引导下，他们来到了一片开阔的荒漠地，可见方方圆圆扁扁大小不等的石块石头，稀稀拉拉、七歪八斜地躺在荒漠沙地里。也有色为黄不拉叽但夜里看不清楚的芨芨草，扎成堆儿，一堆一堆，纠缠盘绕，稀稀落落，被夜风吹得摇曳着。

蓉儿瞅瞅看看，带程强到两块半人高的大石头旁，蓉儿指了指两石中间的一块石头，对程强说：“搬掉石头就是洞口。”

此时，他们看到不远处火把亮光向这边移动过来。歇斯底里的狂人嘶喊声，凶悍畜兽的疯叫声，令人毛骨悚然……

程强搬掉石头，果然是个洞口。他看着她：“你先下。”

蓉儿边下边说：“我下去过。”

程强紧跟着下去，见有石阶逐级而下。他回头把用于堵洞口的石头复原放好。

天亮了。

美奈芳子、横田丑二、屠非他们，还有跟着他们的村民，共五六十号人，接连折腾了三天三夜，在村子里里外外，东南西北，四面八方，包括大家已知的地下洞穴孔窖，一个不漏，全搜寻了个遍，查找了个地覆天翻，也没有见着程强和蓉儿的影儿。

美奈芳子原以为，她布下的天罗地网，施展的“人犬狗狼战术”，逮着程强、肉苁蓉区区两个人，轻而易举。他们铁定是囊中之物，难以逃遁。即使有什么疏漏，日本军犬也会嗅出他们，藏到哪里都没用。

这个女特务始料不及，居然落了个竹篮打水一场空。程强肯定使用了让军犬嗅不到的药膏，让军犬的嗅觉失灵而无法找到他们。

气急败坏的美奈芳子很无奈，只好让屠非、横田丑二等人公开在村里继续大造舆论，肆意传播着人们早已从私下到公开议论滥了的谣言。横田丑二这个欺世盗名为“族长”的东洋恶魔，真是演足了戏，在村里挨家逐户，唾沫星子喷射飞扬地臭骂着：“两个狗男女害怕了，私奔逃跑了，没逮着人真是便宜他们了！”……

自始至终被蒙在鼓里而无知的村民，闹腾了几天几夜，没抓着人就更咬牙切齿，污言秽语达到井喷程度。

美奈芳子心里清楚，这次失误，完全是她一直暗恋和相信小林清秀，毫无监督不设防，才酿成如此严重的后果。

几天来，特高课特务头子土肥原的严词警告不时在她耳边响起：“如果你们稍有不慎走漏了风声，让国民党共产党知道，计划和你们都将葬身于浩茫沙漠之海！纵然你们侥幸逃了回来，也只能是走向断头台！”余音缭绕，让她胆战害怕，心惊肉跳！

美奈芳子反复思考着，他们为什么要逃走？她分析了五种情况。

分析一：肉苁蓉究竟是什么人？是国民党还是共产党？如果是，难道小林清秀真的被肉苁蓉策反，背叛了大日本帝国？

分析二：这两个人聪明绝顶，都是重感情重亲情，绝不会扔下孩子不管而自顾逃命的人。他们要是早有预谋叛逃，为何没有周密谋划把自己的亲生骨肉带走？

分析三：横田丑二半夜摸去妄图强暴肉苁蓉，而她夜里出来察看是为有意识保护肉苁蓉，好让程强明白让他领情，结果她既监察和追寻横田丑二，又寻找程强，这些本来小题大做的动作相互促进，造成了让他们难以应对的复杂局面，逼得走投无路而仓皇逃走了？

分析四：在迫不得已的情况下，她兴师动众，率领日特汉奸，策动牛氏族亲村民，人犬狗狼倾巢出动追捕他们。面对火把通明、喊声震天，杀气腾腾、四面楚歌的强大声势，吓得他们逃之夭夭了？

分析五：他们究竟是远逃而去，还是隐藏于不被村民所知的村里某个角落，或是村外某个地下洞穴孔窖里？

美奈芳子考虑笃定：不管是何种情况，抓不到他们，就必须杀掉他们。如果他们跑出去，让国民党共产党获得情报，暴露了皇军特高课派遣来的“西北狼”特工小分队潜伏在肉苁蓉村及实施的绝密计划，就一切都完蛋了。她明白，凭程强的头脑和身手，抓住活人的确很难。所以，在事情发生的当天夜里，她就选派了四名特工，分头去镇番和西凉，并动用她过去收买的关系，严密查找程强和肉苁蓉的踪迹，发现目标就地击毙，死要见尸。其余特工两人一组，昼夜轮流在村子内外巡查，寻找他们藏匿的蛛丝马迹，一旦发现就抓准时机诛杀！对剿杀立功者，奖赏黄金百两。

这个狡猾阴毒的女特务认为，她的手里还有一张王牌：他们的女儿沙沙。天底下所有的父母都一样，他们不可能舍弃自己的孩子。只要控制好这张王牌，即便一时消灭不了他们，他们总会回来的。

她还思考，必要时可用横田丑二当替死鬼，向上峰暂时交账，就还有时间追杀他们，等待他们。至于灭了程强，其死因随便找个合适的理由就能搪塞，给特高课报告了结。

事到如今，迫不得已，蓉儿最终决定，只能离开肉苁蓉村了。

他们利用牛富贵提供给女儿在危急时使用的暗道和道内穴窖，发挥了逃生神威。前两天，他们隐藏于地下穴窖休养生息，浑身疲惫为之一扫。至第三天下午，由于程强分析判断准确，他们通过暗道，进入美奈芳子抢占做了试验基地却没有一个日特留守的母子穴窖“空城”，在小分队贮备的物资中挑选了一批精良物品，从上官英杰掉入沙窖的洞口出去，乘美奈芳子他们在东南面搜寻之时，神不知鬼不觉，往西北方向的镇番县城而去。

使蓉儿痛苦万状的是，自己和英杰的亲骨肉沙沙，落在了日特头目美奈芳子手中。孩子凶多吉少，如果被日特杀害，到了她与上官英杰重逢团聚的那一天，该如何向他交代？

还有，上官英杰画的那幅珍贵无比的中国画，作为礼物赠予她，藏匿于挂在牛家堂屋正墙的中堂《天官赐福》画轴里，无法带出来成为莫大遗憾，使她痛心疾首！

第五章 西凉风云

1

天色朦胧，东方天际渐露鱼肚白。

一辆木轱辘马车行进在腾格里沙漠里。这是一条布满行人足迹和车轱辘印痕，自然形成的绕着一个又一个沙丘，蜿蜒起伏伸展而去的荒漠之路。

从凌晨起程，这辆马车已在沙漠里晃悠行走了大半夜。

马车上，被绑匪装在人麻袋里的上官英杰昏睡醒过来后，心头泛起一种莫名的苦涩和忧伤，不由得顿生感慨：他这个钟情沙漠的人却备受腾格里沙漠的亏待，八年前来这里遭受天灾——沙尘暴之难，八年后再来这里又蒙受人祸——绑匪之害。

装着上官英杰的大麻袋横放在木轱辘车上。在麻袋外他的脑袋下面，绑匪给他放了块砖头充当枕头。他判断车载着三个人，除自己外，还有一个赶车人，一个绑匪。由于整夜在沙漠道上艰辛行程而劳顿，这时他听到了拉车的马因长途负重不堪，不断发出挣扎低沉的嘶鸣。他想喊叫，将车停下来让牲畜休息一会儿，但嘴里被塞了东西发不出声来。

他的头部被重击，昏厥后长时间装在麻袋里反复颠荡，脑袋又在砖头上不断地磕磕碰碰，头痛欲裂，昏昏迷迷，似睡非睡，硬撑了大半宿。当他的神志完全清醒后，感觉头晕剧痛，口塞憋气，浑身极为难受。此时，这个满身书卷气，对人一向温文尔雅、礼让谦和的人，忍无可忍，气愤至极而震怒了！对绑架这种野蛮透顶的行为，他再也不能容忍下去！

他强忍着头疼用力发功，大喝一声，在猛烈的功力下，大麻袋立刻破裂了，嘴巴里塞的东西喷了出去，捆扎他双手的绳子也断开了。他腾的一下坐了起来，愤怒地发出强烈质问："什么人绑架我？为什么绑架我？要把我绑到哪里去？"

坐在他旁边睡觉的小胡子中年绑匪惊醒过来，懵懵懂懂还没弄清楚是咋回事，一看惊愕地叫了起来："你是怎么从麻袋里出来的？"

赶车人听见了上官英杰的质问声，回首一瞥，亦惊慌失色！

这时，上官英杰左手拿起那块砖头，举起右手掌向中间砍了一下，砖头立刻断为两截。

小胡子绑匪见状，吓得慌忙跪倒，连连求饶："公子爷爷，饶命饶命！我们也是奉命行事啊！"赶车人也吆喝马停下了车，过来跪倒在车旁沙道上，浑身哆嗦着。

"说！你们是什么人，为何绑架我？"上官英杰厉声喝问。

小胡子答道："公子爷爷，请息怒。我是西凉镖局苏虎镖头的师爷，奉镖头之命，与二镖头石刚前来，是为苏镖头女儿苏娟小姐抢姑爷的。"这个绑匪暗暗思忖，看上去眉目清秀、举止文雅的一个书生，居然一掌断砖！

"你们在光天化日之下绑架人，完全是伤天害理的土匪行径！"愤怒中的上官英杰又质问，"我与你说的苏小姐素不相识，不曾谋面，怎么会是你们什么苏镖头的'姑爷'？"

战战兢兢的小胡子绑匪"嘿嘿嘿"笑了笑："几天前你们见过面的，在小姐的西凉书画社，听说你们还谈得很投机哩。"

经他一提，上官英杰想起在离开西凉前的那天傍晚，他在街上的那个果园赏景时，被琵琶琴声吸引，无意中去了西凉书画社，见到过一位听人说名叫“苏娟”的姑娘，倒是给他留有良好印象。没想到她的这个身为镖头的父亲，竟敢强抢绑架素不相识的人做“姑爷”，真是太不靠谱了。“我与苏娟姑娘只是偶尔碰面，随意谈了谈。”上官英杰淡淡地说。

“公子爷爷，我说的投机，没有那个意思。我也是听苏镖头说的。他说小姐见过你的面后，对她母亲也就是镖头的夫人说，很高兴认识了一个特有才华的人，听他讲绘画艺术大受教益。夫人打破砂锅问到底，弄了个明白。夫人还问小姐这个人长得怎么样，小姐没有言语，只是会心地笑了笑，露出了对你的赞赏之意。夫人把这些情况，告诉了苏镖头。小姐是他们夫妇的掌上明珠，曾托媒人给小姐选婿提过几门亲，都被她拒绝了，她说要自由恋爱。苏镖头听说小姐认识了你很高兴，就认为一定是女儿喜欢上了你。他又问夫人，这个人叫什么，是何方人士。夫人说，我怎么知道，娟儿也未问过人家。夫人告诉他，再三问女儿，她说这个人好像住在鸳鸯旅社。镖头连夜派我去暗访了这家旅社，弄清了你第二天就要离开西凉，去腾格里沙漠，而且与我们镖局定了镖，镖局已确定派镖师石头次日去护送你。有关你其他的情况一概无法打探清楚。于是，苏镖头决定抢你这个姑爷。派我和二镖头暗随你们，弄明白你去腾格里沙漠干什么，在弄清楚之后下手把你抢回来。”小胡子绑匪啰里啰嗦说着，“抢姑爷之事，小姐并不知情。”

“荒唐！”上官英杰很关切石头，“你们把石镖师怎么样了？”

“从西凉城出来后，一路上，你和石头在前，我们尾随在后。直到西沙窝子村客栈后，我们在暗处从你们的谈话里，偷听到第二天一早你们要去肉苁蓉村。石头这个镖头是个正人君子，很讲义气，本来我们抢你时他在睡觉，二镖头把你打昏后正往口袋里装时，他醒过来看见了，便死拉住二镖头不放手，阻止我们抢人。二镖头石刚是他堂叔，情急之中给了他一棒，打破了他的头，给他上了药止住了血。我们把你弄上马车后，二镖头怕出意外，便照料他去镇番了，把他送到石头自个儿家里养伤，再赶回来。”

上官英杰忍住气愤，努力让自己冷静下来。见木轱辘车后面吊着一个草装得满满的大口袋，便对赶车人说：“你把马卸下来让它休息一会儿，喂些草料。”他若有所思，问小胡子绑匪，“你去过肉苁蓉村吗？”

“虽然没有去过，但我跟肉苁蓉村的族长、牛氏商号牛富贵掌柜很熟的。牛掌柜是个实诚买卖人，在他们村方圆数百里的沙民中威望很高，生意做得得心应手。八年前，腾格里沙漠刮了一场罕见的持续一个月的沙尘暴，老天爷却保护着牛掌柜，他在刮沙尘暴前和商号管家程强离开了沙漠，在西凉城里躲过一劫。这个管家是我们苏虎镖头给他举荐的，原来在镖头手下做事，是个能文能武的年轻人。”

上官英杰插问：“你可知道肉苁蓉这个人？”

“知道啊，她是牛掌柜的儿媳妇，牛掌柜叫她蓉儿。不过，早听他说过，这个蓉儿多年前就离开那里了，去向不明，连她的公公也不知道去了哪里，多年来一直在寻找着她。”

上官英杰一听，口气平和了些许：“请把你知道的肉苁蓉的情况，给我详细说一说。”

狡黠的小胡子转动着眼珠子揣摩，这个公子哥怎么对牛家的小寡妇这么感兴趣？“早先听牛掌柜讲过，他的儿子病死后，能干的儿媳妇蓉儿顶了大梁，里里外外一把手，为牛家和商号立了大功。后来，还是听牛掌柜亲口说，自打程强到牛氏后，整天和他的儿媳妇在一起，做生意，过日子，勾引蓉儿，守寡的蓉儿耐不住寂寞，两个人很快勾搭上了，你情我愿，干柴烈火，怀孕了。她肚子一挺，纸里包不住火，全村人都知道了，整日叽叽喳喳，骂骂咧咧，丑事噢。可蓉儿竟不知羞耻地生下了个女娃。后来，他们受不了村里人整天指指戳戳，被大伙明里暗里嘲笑、诅咒、唾骂，实在没有脸面再和公公生活在一起，在村子里再也待不下去，两个人就私奔了。他们私奔时，还狠心把自己的孩子给遗弃了，自个儿过逍遥自在的日子去了。好几年了，牛掌柜一直寻找着她，孙女四岁时还抱着来西凉城里找过她，并托付镖局替他找儿媳妇。他还希望她回去，也欢迎程强回去，他一直替他们抚养着孩子。这是多么善良的一个人啊！据说，蓉儿的女儿长得好伶俐可爱，现在已经七岁了。”

小胡子绑匪所说的这些有关蓉儿的事，上官英杰听了当然丝毫不信，一笑了之。在八年前的那次患难中，他与蓉儿一起生活虽然只有一个月时间，但他们彼此也用真心赢得了真情。蓉儿懂爱重情，大爱大情。他坚信，她的心绝不会走出他心的。同样，他的心也绝不会走出她心的。

他算算时间，这个孩子是他和蓉儿的孩子。

小胡子绑匪说的这些事，肯定是谣言。俗话说，“狗嘴里吐不出象牙”，干绑架勾当的人还会有真话可言？就拿这个小胡子绑匪给他说的这个“公公”，也不像是蓉儿给他讲述过的那个公公。

上官英杰反向思维，肉苁蓉村肯定发生了难以想象的事情。蓉儿离开村子必有被逼无奈的原因。

上官英杰的判断是对的。抗战这些年来，西凉地区发生的最令人震惊的大事，就出在腾格里沙漠的肉苁蓉村，与蓉儿息息相关；西凉上上下下，整个社会上传得沸沸扬扬，尽人皆知。小胡子绑匪却对上官英杰只字未提。

既然蓉儿已经离开肉苁蓉村，上官英杰觉得，目前去村里暂时已没有意义，当务之急是寻找蓉儿。他决定，索性就坐绑架他的这辆马车，返回西凉城再说。

2

上官英杰习惯喜欢老地方。到了西凉，他仍住在地处市中心繁华地带的鸳鸯旅馆。他心里曾有过“一闪念”，兴许是当年住在这个旅馆，“鸳鸯”二字昭示的桃花运，让他八年前在腾格里沙漠邂逅了伊人。

昨天晚上，他考虑应该打个电话告诉爸爸妈妈，自己回国后没有先回家看望双亲，便情急匆匆赶往腾格里沙漠。今天早上吃过早点后，他在西凉城找了好半天，也没有找到电话局。

随后，他赶往南门外，找到了多年前积存在记忆里的一个机构地址。那时，这里是他爸爸担任师长的国民政府军事委员会直属西安独立师驻西凉办事处，他想在这里借便给爸爸打个电话。在大门口问哨兵，方知这里已是国民革命军西凉独立团团部。说话间，耳闻汽车喇叭鸣响，上官英杰回首一看，一辆吉普车戛然刹车，先是右前门打开，下来一个中尉，应该是长官的副官吧；接着，他打开右边后门，立正姿势站在车门旁，迎候一个上校下了车。上校迎面走过来，和上官英杰对视了一眼，立刻认出了昔日的同窗学友，惊喜地说："你是英杰，简直是从天而降哦！"

上官英杰甚感意外，定睛一瞧，原来是当年和他同时从西安第一中学考入国立金陵大学的高中老同学胡彪。不同的是，胡彪在金大读的是中文系汉语言专业，上官英杰读的是生物系沙漠学专业。他们在大学时期，几乎每周都有约会，聊天交流，学友情谊还是蛮深的。毕业后，天各一方，加上战乱等种种原因，便中断了联系。

"在此碰到英杰学友实感不易哦！"重情义的胡彪前跨半步，给上官英杰敬礼后，双手紧紧握着他的双手，"早年听说你出国去美国留学了，啥时回来的？"

"刚刚回来。"

"肯定是归国后路过家门而不入，尚未见爹妈就跑到沙区来了。真是一位立志科学报国的沙漠学子噢！"

"怎么，上校在这里高就？"上官英杰从胡彪佩戴的军衔和派头推测，他一定是独立团一号长官。

"混呗。别见外了，还记得我大你两个月吧，像过去一样叫我彪兄吧。进去认个门，见到老学友真让人高兴啊！"他对中尉吩咐道，"副官，我的老同学来了，快去煮茯茶枣儿冰糖茶。随后再去城里的馆子买些好吃的，看看有没有西安羊肉泡、陕西牛杂碎、油泼辣子面等，再买瓶西凤酒，中午招待贵客！"胡彪是山东人不是西安人，为了尽地主之谊招待老学友，点的酒是西安人爱喝的一口，点的饭也是西安人爱吃的一口。

上官英杰的猜度准确，胡彪是这座兵营的一号长官，独立团团长。

"好呀！"上官英杰特别高兴，"找独立师办事处没找到，老天作美，幸逢老同学、老朋友，是要好好聊一聊。"

"西安独立师的那个办事处早撤了。"胡彪带着上官英杰，一边往大院里走，一边说，“五年前，上官将军去新疆时路过曾在西凉逗留，那时我刚从西兰调来在西凉督察区党部当秘书，跟着党部书记长见过令尊大人。我亲耳聆听将军说，当前集中兵力和财力抗战，独立师在这里设个办事处，会给地方军政增加负担和麻烦。他说撤，立马就撤掉了。”

院子里干干净净，幽静无声。左右两行白色树干笔直、绿叶满枝头的钻天杨，高耸竖立，浓郁碧荫；横向几排平房，布局整齐，错落有致，俨然像站列整齐的方阵部队待命出发。

上官英杰与胡彪并肩前行，走到第二排中间的一栋房子离门口不远处，已站有六个个头一般高，军人姿态一流的卫兵挺胸夹道，等待迎接长官和客人。

待他们走近，右侧第一卫兵发出一声“立正”的迎宾拖音口令，收声清脆利落！精气神十足的六个卫兵行持枪礼，声音嘣亮：“欢迎贵宾！欢迎贵宾！”胡彪回敬军礼！上官英杰行摆手礼，“谢谢！”他心里想，这一定是胡彪的那位聪明的副官安排的。

进入团长办公室，上官英杰放目一扫，四五十平方米的屋子，正面墙上挂着总统像，左侧的墙上挂着军事地图，墙角刀架上挂着一把闪亮放光的大刀，刀柄上系的一束微微飘逸的鲜红绸子特别艳丽夺目。右侧靠墙放有一个武器架，挂有老款的一支步枪、一把盒子炮、一把刺刀，还有一杆古兵器枪。在旁边的胡彪感慨道：“这些步枪、盒子炮和刺刀虽然有些过时陈旧，但都是我使用过多年参加过许多次战斗的，有了感情。挂在这里，不时看看，能长精气神啊！”在房屋中间一张较大点的普通办公桌上，有序摆放着电话机、笔架、一摞文件夹等物，桌子前面左右各整齐置放着三把椅子。整个房间布置得整洁、简单、利落，显得庄严、清廉、井然，军人气息很浓很正。尤其是被那把刀柄上的一束红绸子点缀，尽显办公室主人浓烈的军旅情怀。

作为将门之后的上官英杰，自然很熟悉这种环境而倍感亲切。这里从军营的严整、卫兵的举止到团长室的庄重，彰显了部队的精神风貌，也说明作为独立团一号长官治军有方。

昔日他在家时，常听爸爸议论国民政府和军队高层的黑暗和腐败，贪得无厌、卖官买官和沉湎酒色者，大有人在。邂逅这位老学友的初步感觉，阳光正派，让他颇有亲切感和信任感。

上官英杰欣赏之情溢于言表："彪兄文人转武将，难得！"

"英杰，投笔从戎是抗战给予我的历史机缘。多年来在抗战的旗帜下，各种政治派别捐弃前嫌，各种力量、各色人物空前团结，一致抗日，这就使每个中国人在危机面前如何抉择，认清了国难当头、匹夫有责的方向。说起来，我由一介书生穿上戎装，走上英勇杀敌的抗日战场，缘于我接待一个村民举报的一个重要情报，并参加的一场围歼日特的战斗。"

"噢，一定是打了胜仗。"上官英杰感受到他的情绪而判断。

胡彪自信地笑笑，娓娓而谈。

六年前的一天上午，一个来自腾格里沙漠腹地肉苁蓉村的年轻女子，闯进国民党西凉督察区党部，要求非见党部书记长不可，说是有重要敌情举报。作为西凉主管抗战的最高长官，谭海书记长指示我接待听取举报，他叮嘱如果她举报的情况比较重要，要认真做好笔录。这个女子见到我，开口便自我介绍："我的名字与村名同名，也叫肉苁蓉。我的公公是肉苁蓉村的族长、牛氏商号掌柜牛富贵，丈夫早年病逝后，公公已认我做女儿了。"接着，她神情沉重地说，"我们村潜伏着'西北狼'日特小分队。"

我一听，大吃一惊："肉苁蓉，你慢慢说。"

她急切的话语宛如山泉奔流，整整花费了一个上午的时间，说了个详详细细。

真是无巧不成书。放在上官英杰心里最急迫的事情，莫过于寻找蓉儿。碰到了老学友胡彪，正在考虑如何说请他帮助寻找她，没料到他说的人和事，正是上官英杰急于寻找的蓉儿及她亲身经历的事。于是，他一丝不苟地仔细听着胡彪绘声绘色的叙述。

胡彪道，肉苁蓉举报的敌情大致是：早先伪装成商人夫妻，从东北窜来的日本女特务头目美奈芳子和汉奸屠非，潜入他们村里打着合作经商的旗号，恐吓威逼牛富贵被迫同意，建立了一个驯狗场。随后，美奈芳子陆续把早先潜伏在大西北各地的"西北狼"小分队的十二个日特集结于村，又从哈尔滨弄来特务兼慰安女四人。藏匿在村里的日特共有十七人，其中男日特十二人，女日特包括美奈芳子五人，加上汉奸屠非共十八人。除过四个慰安女，日特个个都是“中国通”。日特汉奸强占了牛家宅院和村外地下母子穴窖群落，偷运来的电台设备、武器弹药和生活给养等隐藏于母子穴窖内。日特偷运来一批日本军犬，在沙区陆续收购了沙民的一批强悍犬狗，在荒漠区不断捕捉野狗狼，由曾在张作霖部队担任过军犬驯养场副场长、首席教官的汉奸屠非负责，在村里、野外和穴窖内驯养了一年多时间的犬狗狼。敌人的实质阴谋和罪恶目的他们无法得知，但牛富贵和肉苁蓉肯定，日特汉奸驯养犬狗狼，必然是要危害我们大西北和老百姓。日特严密监控着整个村庄和村民，严防村民外出泄密，尤其时刻谨防有人跑出去向国共两党组织和军队报告。一旦发现有企图出村的村民，将会被日特立即杀掉。除牛富贵、肉苁蓉外，村里的人一直被蒙蔽在鼓里，并不知道美奈芳子、屠非这伙人是日特汉奸。

这个女子说，她的爹爹牛富贵和她商量好，牛富贵先设法逃走去找国共举报敌情，她待在村里应付日特。牛叮嘱她，如果他逃走后时间过去很久，国共的军队还没有来，说明他已经出事没有完成任务，她必须想尽一切办法逃走，一定要完成他没有完成的任务。“牛家人活着事小，为消灭日本鬼子保卫国家尽力事大。”听来让人动容，这个牛富贵真是个爱国有骨气的汉子。她说，没过多久她的爹爹突然就不见了，她判断是被日特抓走或者杀害了。

肉苁蓉还举报，后来特高课又派来了一个长相与牛富贵酷似的日本特务横田丑二，冒名顶替几个月前失踪的她的爹爹，以族长的身份控制着村子，配合掩护美奈芳子进行罪恶活动。她识破了横田丑二，但村民对这个假冒牛族长因不明真相，深信不疑。

肉苁蓉是死里逃生，跑来西凉闯进督察区党部举报敌情的，渴望我们的军队尽快去消灭日特“西北狼”小分队。当时我觉得，她的举报应当是真实可靠的，无疑是一个很严重的日特案件。日本鬼子居然狗胆包天，竟敢潜入国民政府执政的后方大西北腹地，尤其在我们的鼻子底下搞罪恶活动，真是骇人听闻，令人发指！长达一年多的时间我们却浑然不知，说明我们的防卫确有空白地带。

说到这里，胡彪发了一番感慨：“这个肉苁蓉不仅人长得漂亮，而且相当有头脑，语言的逻辑性、条理性很强，叙述事件主次分明，简明扼要，重点突出，谈吐举止有修养素质。真是人才在民间啊。”

胡彪接着道，这个特大案件虽早已告破定案，但因一群日本特务竟在我们的防区从事活动久达一年多未被发现，怕传出去丢面子，顾虑很多，加上有些线索涉及一些敏感人物，省里决定保密，至今仍未解密而没有公布。

“彪兄，那就请你把可以讲的情况继续说说，我特别想听一听。我今天来寻找西安独立师原设在这里的办事处，就是想请他们帮忙寻找肉苁蓉。没想到，你无意中告诉了我有关她这么重要的情况。待你讲完后，我再将实情告诉你。”

“其实，在大西北后方，发生了这么大的日特案件是保不了密的，官场上下和社会上很快就传得沸沸扬扬，七七八八。”肉苁蓉所报告的敌情，我在中午就向党部书记长谭海做了简要汇报，并把详细笔录交给了他。而且，我把她留了下来，考虑报告上司后再要了解什么情况，就能方便问她。书记长很快向西陇省党部主管抗战敌情工作的书记长做了紧急报告，据说省党部又向省里军队和军统的首脑做了通报。省里高层的电报密令在夜里近十一点时下达：

所报日特潜入我大西北后方，从事活动的敌情非常严峻，其性质亦很严重，列为抗战紧急机密特大案件处理。责成西凉军政情主要首脑勠力同心，精诚合作，周密部署，调集精锐部队，刻不容缓一举彻歼日特汉奸，并报告结果。同时，速将此日特案情和歼敌情况，详细报告军统西陇站立案，由他们进一步彻查所有参与了日特活动的人，一个不漏，严惩不贷，不得遗留任何后患。对此案要严加保密。

当夜，西凉督察区军政情首脑秘密开会，传达了肉苁蓉村发生的日特敌情和省里高层密电，商定命令国民革命军西凉独立团选强将精兵组成突击队，配备最好的武器，最迟务必于凌晨秘密出发，前往腾格里沙漠肉苁蓉村围歼日特。为严加保密，严令到会官员和已知此案的极少人员，不得再向包括其他官员在内的任何人员传递任何信息。督察区主管抗战的最高长官党部书记长委派已参与此案的我作为特使参加歼敌行动，经商军政情首脑同意，临时挂职自卫团团副。要求突击队，及时给党部谭海书记长发电报报告歼敌战况。

独立团挑选了七十名独立作战本领强、身手敏捷枪法好的官兵，医护人员一名，组成突击队。在部队出发前，我又请来留在独立团的肉苁蓉，给出战的李团长、魏参谋长、我和两个参谋，详细介绍了肉苁蓉村、日特居住地点牛家宅院和母子穴窖的地形、宅院房屋和穴窖布局等情况。大家对不清楚的地方，一一询问了她。

除此，肉苁蓉又特别告诉了我两件事：一件是，她在这次逃跑出来后，刚满月的女儿沙沙，被日特作为人质扣留了。托请我帮她打听了解一下，她的女儿是否还活着。一件是，只有极少人知道，现被日特强占的牛家宅院和母子穴窖里，各有一条通往村外的秘密通道。宅院的密道日特已经掌握，母子穴窖的密道也有可能会被发现，她提醒我们应严防敌人利用两条密道逃跑，还把她画的两条秘密通道出口的地形图交给了我。我立即把两个秘密通道的位置告诉了李团长和魏参谋长，还让两个参谋照画了两份地形图，交给他们。我对她愈发刮目相看，沙乡百姓中居然有这等难得的才女，像个专业情报人员。

本来肉苁蓉要求当向导给突击队带路，但未获得上峰批准。我把她安顿到安全的地方休息几天，是想让她等待歼敌的胜利消息。此时，谭海书记长来电话说："军统西陇站电令，将举报日特敌情的人暂时扣留几天，以防情报有假。"显然是不相信她，让我们把她当人质。

"那是我第一次上战场，并且是剿杀日本鬼子的难忘战斗哦。"胡彪说起当年参战围歼日特的过程，亢奋得眉飞色舞。

突击队配备了最好的武器、电台和车辆，备足了干粮、水，每人还外加两个肉罐头。凌晨一点，部队分乘两辆敞篷卡车出发，当时的军事地图上还没有这个肉苁蓉村，据估计有二百多公里路，大多为荒漠沙漠道非常难行，有个向导在夜里也看不清路，常常是部队下车步行，好多次车轮深陷沙里要人吃力地推着走。紧张赶路十五六个小时，直到当天下午四点多钟，才到达距离肉苁蓉村一公里多处停车隐蔽。

部队吃过干粮后原地休息，等到浮光霭霭的子夜悄然摸进了村。我们除在村内外布哨，往肉苁蓉提供的两条密道出口各派了两个军事素质好的士兵去蹲守外，突击队兵分两路，一路由李团长和我带队，去村外牛氏母子穴窖，收拾解决穴窖内的敌人；一路由魏参谋长带队，去包围牛氏宅院，消灭住在宅院的敌人。当夜，我们无法知道日特汉奸在两个地方各住了多少人。

我们这一路，选择了沙生植物胡杨、梭梭林密布的出口，两个尖兵先摸了进去，悄然干掉了毫无警惕的一个夜哨日特。随后，我们按照肉苁蓉提供的日特使用子穴窖的布局信息，以迅雷不及掩耳之势，瓮中捉鳖，迅速生擒了包括正在淫乱的一男一女总共四男四女八个日特。其中，有个住在电台室穴的男特，投降后又伺机反扑，被李团长一枪击毙。他命令给其余日特全部戴上手铐，严加看管。

在母子穴窖没有发现女特务头目美奈芳子，经询问其他日特，是夜她宿在村里牛家宅院；又问日特汉奸屠非住在哪里，有个日特回答说他今晚就住在母穴。李团长命令一个连长带人严密搜寻，他和我带着两个士兵进入有秘密通道的厨灶子穴，穴内一团漆黑，毫无声息。当一个士兵在前打开手电筒之际，我瞬间看见灶锅下面有个人影一晃，肯定是妄图从秘密通道逃跑的敌人，便下意识地枪瞄那个人影扣动了扳机，随着枪响人影掉了下去。我一个箭步跃了过去一看，敌人被击中，蜷卧在洞口里。一个士兵把他从洞口提了出来，见子弹射进了他的脑袋，血流如注，已经毙命。“这是我有生也是抗战以来，第一次参加战斗，第一次枪杀敌人。情急之中开枪杀了一个敌人，完全是蒙的，并不是我枪法准。”

此时，村子里传来一片枪声，说明魏参谋长他们与日特交上了火。

李团长命令几个士兵下了密道，追过去看还有没有逃走的敌人。

我出了厨穴，弄了一个女日特过来，问她被击毙的这个人是不是屠非。她说是。这时，我想到肉苁蓉提醒过我们，歼敌时要守好两个秘密通道，说得真对。我脑子里一闪，牛家宅院那边也有个秘密通道，美奈芳子等日特会不会也钻密道逃跑？我对正在指挥清理穴窖战场的李团长嘀咕了两句，便快步出了洞口，打开手电筒看了看肉苁蓉画的地形图，辨明了方向，提着子弹上了膛的枪，向肉苁蓉村东边那个秘密通道出口的方向奔了过去。

我到达东边，所幸很快找到了那片梭梭林，按照地形图寻找地下洞口时，听到近处“叭、叭”两声枪响，警惕地扑过去一看，见部队入村后派过来蹲守秘密通道出口的两个士兵，都倒在洞口旁边。一个士兵看见了我，抬起一只胳膊，用手指了指洞口，想说什么没说出来，胳膊便耷拉了下去。两个士兵会不会是被从秘密通道逃出来的日特打倒的？我正要蹲下来，看两个士兵是否还活着，突然从洞口跳出一个人，我立刻出声，喊出部队在作战中自己人互相联络的暗语，他回答不上，却急忙回头向洞内讲日语传话的同时给了我一枪，子弹从耳旁“嗖”地飞过，我回射他一枪，他栽倒地上，见其手还举着枪，便朝他又补了一枪。就在这时，听到洞内枪声乱响，说明敌我双方在对峙射击。靠近洞口的无疑是敌人，我果断地掏出一个手榴弹拉了环，扔进了洞口，只听一声巨响，洞里沉寂了。我端着枪，眼睛紧盯着洞口。等了半晌，有暗语传出，是自己人，我回了暗语，随即洞口出现了一个人，看见我便报告：“胡团副，刚才可能是你扔进来的手榴弹，把两个妄图逃走的男日特都炸死了。在这之前，有个女日特已逃出了洞口。”我断定，他说的女日特就是美奈芳子。这时，我赶紧伏身看刚才倒下的两个士兵，一个牺牲，一个重伤，便立刻掏出备用的急救包，给重伤的士兵临时处理了伤口。他用微弱的声音告诉我，从洞口逃出的女日特很狡猾，搞声东击西的把戏，他俩上当被击中，她背着部电台跑了。

这时候，魏参谋长也从洞口出来了。他说，我们进了牛家宅院才知道，前后两个院子共有几十间房屋，日特个个都会讲中国话，一时难以辨别谁是日特谁是百姓，况且我们在明处敌人在暗处，弄清楚抓住他们真不那么容易。交火好一阵子，才搞明白共有八男一女九个日特，分别占了前后两院的九间房子，另外两院还住有牛家的伙计十多个人，甄敌、抓敌、歼敌的确够棘手够麻烦。最终，魏参谋长指挥部队在院战、围房战中，歼灭拒不投降的男日特六人；美奈芳子带着两个男日特钻秘密通道逃跑，敌我双方发生枪战中，两个男日特被手榴弹炸死。女日特非常狡猾，身手好枪法准，她抢先蹿出了洞口，可能跑了。

魏参谋长又道，肉苁蓉举报的假牛富贵也抓了。但本人一口咬定他是村里的“族长”，牛氏商号掌柜“牛富贵”；活着的男女日特都否定他是日本人，说他是“牛富贵”；牛家伙计们也都说，他是他们的“牛掌柜”。

魏参谋长还对我说，你让我打听的肉苁蓉的女孩沙沙还活着，牛家的伙计说，“牛掌柜”专门让一个女伙计带着她。我听后不禁替肉苁蓉高兴，如果不是违反军纪和执行特殊任务不便，我真想亲自到村里找到肉苁蓉的女儿沙沙，带回西凉交给她。

接着，魏参谋长指挥大家检查清理宅院战场，给我方受伤人员和俘虏处理伤口。这时，结束了穴窖战斗的李团长他们，押解着日特俘虏赶到了牛家宅院会合。

整个围歼战结束，我们才想到这次出战紧急，事先只部署了歼灭特务汉奸，却忽略了同时除灭日特驯养的犬狗狼。李团长命令马上行动，突击队除留下少部分人，给戴着手铐的日特俘虏又戴上头套，把他们押解到敞篷车厢内严加看守；大部分人悄然紧急出动，再次到牛氏宅院及母子穴窖、两条秘密通道内，严密查找犬狗狼，然而它们早已逃遁而去，无影无踪。

是夜围歼战，肉苁蓉村的沙民除听到枪声外，并不知道围剿日特之内情。按照上峰事先考虑和安排，我到村里简单给沙民说明了一下：军队接受西凉督察区国民政府的指令，今夜来这里取缔处理外来商人非法建立驯狗场事件，惊扰了大家。

这次战斗，歼灭男日特八人、汉奸一人，活捉男日特四人、女日特四人，缴获武器弹药、电台设备等物资一批。我方牺牲二人。我们给两名牺牲人员的躯体喷了酒精装了袋子，带回西凉独立团再安葬他们，掩埋了日特汉奸的尸体。到天亮时才全部结束战后事宜。最后，李团长命令发报员，给督察区党部书记长谭海发报报告了歼敌实况后，突击队往车上装好战利品和牺牲人员躯体的袋子，押着包括横田丑二在内的日特俘虏，上了敞篷车启程返回。一路上我都在思考：犬狗狼逃窜了，会不会遗留下后患呢？这件事我负有一定的责任。

回到西凉后，赶紧去找肉苁蓉，想告诉她潜伏在肉苁蓉村的日特汉奸，除头目美奈芳子逃跑外全被歼灭和沙沙活着的好消息，没料到她早已走了。

我随即忙碌紧要公事。经谭海书记长和军政情机构首脑协商，起草上报了给省党军首脑关于围歼日特的实况报告，给军统西陇站的案件详细材料。同时，按省里指令，独立团派人把抓来的日特押解到西兰，交给了军统西陇站。开追悼会安葬了牺牲人员，给死者家属和伤残人员发放了抚恤金。

歼灭了日特“西北狼”小分队，彻底粉碎了特高课策划实施的险恶阴谋计划，上下皆大欢喜，举行庆功表彰活动。国军上峰重奖有功人员，独立团李团长被提升调往外地了，魏参谋长被提升为副团长，给我们三个人记了功。随后，西陇军政方面根据我在围剿日特战斗中的表现，认为我“有军事指挥才能”，年轻又有学历，西凉军政首脑郑重力荐，报经国军上层批准，我被破格重用，授予军籍，在由临时挂职团副改任为正式副团长的基础上提升，被委任为团长，授衔中校。我从西兰调来西凉，只给党部谭海书记长担任了个把月的秘书，便由文转戎走马上任了。不久，上峰又保送我到黄埔军校进修了一年。前年，我的军衔由中校晋升为上校。

胡彪谈到这里，郑重其事地说：“其实，那次特大案件的破获和日特得以歼灭，肉苁蓉冒死举报立了大功，是个了不起的英雄！当时，上司决定授予她‘抗日英雄’称号并要奖励，然而已找不到她了。”

军统对这个特殊重案进行了一段时间的严审，才弄清楚日特潜入肉苁蓉村，建立基地驯养犬狗狼的全部真相和险恶目的。虽然特高课和日军731部队多次给他们密运进行后续试验“犬狗狼活体武器”的物资和人员，未走出东北就屡屡被国共情报机构和反特部队获得情报而截获歼灭，但他们并未死心，仍继续等待着和绞尽脑汁另想办法。如果让日特的阴谋得逞，后果将不堪设想。人算不如天算。在关键时候被肉苁蓉英勇举报而暴露，日特“西北狼”小分队花费了一年多时间和很大代价，到最后关头毁于一旦，彻底挫败而几乎全军覆没。

军统西陇站在缜密审理这个日特重案中，对获悉的日特在西凉、西兰、镇番、华藏寺、甘州等地收买网络汉奸的线索，已查明十多个涉案犯罪分子并抓捕归案就地正法，整个案件仍在彻查之中。颇费周折的是甄别横田丑二的真面目，除肉苁蓉举报外，因抗日英雄牛富贵被日特密捕之后生死不明还在查证，尚没有人证物证证明这个自称牛富贵的人就是日特，而证明横田丑二就是“牛富贵”的，倒有村民人证和日特否认的佐证。依照军统办日特案宁可错杀也不放过的一贯原则，军统西陇站在处决八名日特时，把横田丑二也带到了刑场，在枪指其后脑袋的最后时刻，省党部书记长李向群派人追到了法场高喊“枪下留人”，送上了他的手谕：“牛富贵是个有功之臣，我们盲目杀人，如果杀错了会寒了民众的抗战之心，影响很大，谁也负不了这个责任。我主张先放人，如果随后发现了证据，再抓再杀不迟。李向群即日。”

这个封疆大吏的手谕还是有点分量的。军统站头头权衡再三，当场释放了人。

后来，听说军统西陇站接到密报称，潜逃的美奈芳子跑到省城西兰，以色相收买了好色的李向群，他找借口放掉了横田丑二。但对这个位高权重的封疆大吏，军统西凉站未敢贸然下手调查，上报请示上峰也久未见答复，也就放在一边了。

上官英杰仔细听完胡彪无意谈起的这桩发生于肉苁蓉村的特大案件，一切都了然于心。牛富贵族长和蓉儿在危难的岁月相认为父女，完全是必然的两代亲情之缘。他们面对的是多么艰难困苦的环境，遇到的是何等残暴凶恶的日特敌人，自觉担当如此大任，无畏强暴前赴后继奋勇智斗，需要何等可贵的牺牲精神和坚强毅力啊！最终在紧要关头蓉儿英勇逃出举报了敌情，为歼灭日特立了功，父女都是抗日英雄！

这时，上官英杰想起那个绑匪小胡子说，蓉儿是与人私奔而逃离肉苁蓉村的，完全是颠倒黑白的谣言诽谤。

上官英杰向胡彪讲了八年前去腾格里沙漠，遭遇沙尘暴所发生的一切事情。他恳切地说："彪兄，请你一定要帮我查找到蓉儿。"

胡彪听了上官英杰讲述的他和肉苁蓉的传奇爱情故事，感动不已。"江山多娇人多情，自古英雄爱美人。你这个大公子落难，沙尘暴为媒，才子配美女，水到渠成，自然而然。真是难得的患难之交、天作之合呀！"他称赞之后又道，"寻找她是我义不容辞的责任，我们一定会竭尽全力寻找这位人民尊敬的女英雄。"

上官英杰还把这次去肉苁蓉村途中，他在西沙窝子村客栈深夜熟睡中，遭西凉镖局镖头苏虎派去的歹徒突袭被绑架的事，给胡彪说了。

胡彪道，这个苏虎有恃无恐，如此猖狂令人吃惊！他是西凉一霸，黑白两道都有人。据传，他与督察区行政专员马驰明等头面人物的关系甚深，与青海马家军也有来往。当年日特案告破后，深查美奈芳子在西凉的特务活动，情报机构发现苏虎与她有瓜葛，拟上报军统西陇站时，被马驰明出面通融给压下了。"这次你受苏虎绑架之苦，恐怕他很快就会知道你的家庭背景，你暂且放他一马，以观后效。"

上官英杰听着，点了点头。

当晚，上官英杰在胡彪这里打电话到西安家里，激动地分别与爸爸妈妈讲了话，表达了阔别思念之情，讲述了有关蓉儿的英雄事迹。

故友重逢见真情。不经意间，上官英杰、胡彪这两个老同学、老朋友之间的情谊，迅速升温。

胡彪把上官英杰送到鸳鸯旅馆回来后，接到谭海的电话，寒暄几句后，谭说："听说上校那里来了位贵客?"他闻之一惊，立马意识到自己身边有谭海的人，即随口把在美留学归来的老学友上官英杰到了西凉，以及他的家庭背景等说了一下。

谭海道：“有朋自远方来，我们要款待尽地主之谊哟，胡团长也要替区党部衔接上官将军这个关系嘛！”他又问，“上官公子带家眷没有？”

“英杰没有家眷，孑然一身。”

3

中国自古以来就是礼仪之邦，中国人素重友情讲究礼义，注重善良、同舟共济，亲望亲好、邻望邻好，守望相助、和谐相处，美人之美、美美与共，崇尚道德而著称于世。

中华民族历来主张和践行，人与人之间要有情有义有温暖，有商有量有互谅。为贫者伸援手，为弱者呼正义，为冤者鸣不平，为社会进步直言，这是一个民族的精神情怀。与此同时，一个有精神情怀的民族，亦主张讲人情搞关系，应遵循正义公平、遵守法律规矩的原则。人情不可越界，关系不得逾规，操守不能混乱，良知不许践踏。人情始于温暖，关系始于善良，都终于正义。这些体现操守和人格的共识，是中华民族约定俗成的思想和理念。

同类鸟儿飞禽，总会群聚凌空翱翔放歌云天；同道文人骚客，总会雅集吟诗诵文阔论天下事。所以，古来就有“物以类聚，人以群分”一说。

民国以来尤其是当下，中国社会由于受国民党官场腐化的严重影响，人情关系至上登峰造极，被认为是“生存发展不可或缺的含金量最高的资源”，人情关系仿佛可以主宰一切，风气愈来愈盛。国民党内和广大公众议论纷纷，人情关系风盛的源头在国民党高层。作为国民党总裁和中华民国总统的蒋介石，为严控政党政权，大搞乡谊结党，极力培植重用浙江籍亲信，蒋家王朝的大半官僚为浙江籍，乡党霸权天下。于是，国民党内外、社会上下，上行上效，攀人情、拉关系、结死党之风，愈演愈烈。

君不见，人情关系在坊间俨然成为一门为人做事的紧要学问。社会广泛流传着“宁可推倒一堵墙，不可得罪一个人”“朝里有人好做官，灶房里有人好喝汤”“有人脉走遍天下，无关系寸步难行”“官大一级压死人”“有钱能使鬼推磨，有权能使人推磨，有了人情关系能使人鬼都推磨”之类“谚语”，而且被人们在社会交往中反复验证，好像千真万确、颠扑不破，成为做人做事遵循依靠的“理矩”。

君不见，在现实生活中，无论达官贵人还是庶民百姓，无不信奉、倚靠、承传着人情关系学，算尽机关，煞费心思，下大功夫，广泛结交人情关系，注重网络人情关系，苦心经营人情关系，打造成就着上上下下、纵纵横横、大大小小的人情关系网。从而人情关系大行其道，官官结盟、官商勾结、权钱交易掌控人情关系，权钱色苟且买卖拿下人情关系，臭味相投、恶劣相济，乌烟瘴气、乱象丛生。靠人情关系买官卖官、生财发财，靠人情关系贪赃枉法、丧尽天良，靠人情关系投机钻营、牟取私利，靠人情关系击败对手、打赢官司，靠人情关系搞鬼整人、伤天害理，靠人情关系畅通无阻、搞定一切，如此等等不同的丑态恶行现象，熟视无睹，无所不在。

殊不知，人性难泯，正义尚存，善良不弃。靠公平诚信维系人情关系，靠本事能耐赢得人情关系，靠人格品行感动人情关系，靠人情关系伸张正义、惩恶扬善，靠人情关系协调疏通、破困解难，靠人情关系化险为夷、躲避劫难，如此等等不同的邪逼正生、善制恶行现象，同样存在。

良莠共生、正邪并存的人情关系学之战，在竞争激烈的人场、官场、商场、学场、情场，血雨腥风、剧烈交锋，角逐博弈、拼死搏斗。制度决定一切。往往是善难制恶，正不压邪。

殊不知，在人情关系日益泛滥的社会环境里，被损害和沦陷的，是良心良知、契约规矩和法律守则。人情关系通达至上，极易颠覆公正公平。人欠了鬼的情，往往人鬼不分，人也变成了鬼。权力和利益结了关系，必定让好人遭殃坏人得利。人情交织关系，好多事成于人情也坏在关系。本来最具真理性和有力量的正义公平原则，却往往变得苍白无力。办正事干好事也不得不搞人情找关系，一切被扭曲全乱套了，人们还见怪不怪。最可怕的是，形形色色的腐败腐烂腐朽的东西甚嚣尘上，所谓人情就是权钱色，关系就是交易权钱色。那种有温暖的人情，有操守的关系，却不管用行不通了，甚至遭白眼被讥讽为“不识时务”的傻子。

谭海让胡彪帮他“替市党部衔接上官将军这个关系”，无非是想攀上国民党中央军这个高官，发展一个上层关系。谭海当然深谙，在官场上混，人情关系大行其道，是最厉害的东西。有了上层关系，就有了面子道子，就能交换利益、交换一切，就可以互帮互助、互利互惠。尤其在关键时候甚至生死攸关的时刻，关系最顶用。在抗战时期，一个州官，如交上中央军上将这个上层朋友，到了关键和特殊时候，说不准能办大事难事紧要事。就是平日里嘚瑟、显摆、炫耀、神抖一下，也会脸面沾光，让人垂涎羡慕。

胡彪是个正正派派的人。他也注重关系，但是个主张走正当途径、用正经办法，且只与有人格、正义感和善良情怀的人，建立友人关系。作为主政西凉的国民党区党部书记长谭海让他搭桥攀上，他虽感违心但不好推托。他转念思忖，并非有意给他与上官将军之间拉扯什么关系，只不过是让上官英杰与他见个面，说不准老学友要在腾格里开创治沙事业会得到谭海的支持帮助。再说，胡彪早年常去上官家，对老学友的将军父亲的人格尊严和处事底线深有感触。

胡彪给上官英杰说了谭海的想法，可他郁郁寡欢心情不佳，不大愿意见人。近日胡彪安排了不少人手，连续几天在西凉城区四街八巷、大小旅店客栈和交通要道，一如往常没有寻找到蓉儿，也没打听到她踪影去向的一丁点信息。这就不能不使上官英杰担心焦虑、忧郁沉重，哪有心情去见什么官员呢?

胡彪又给他讲了正常结交、疏通关系很必要这个理儿，可上官英杰的脑子里装满了蓉儿，苦思冥想着“她究竟去了哪里”这个让他放不下的问题，对其他的话题一时进不了耳朵。同时，他压根儿不懂也鄙视搞什么人情关系。

胡彪问他，你要寻找蓉儿，没有友人帮助你行吗？你去腾格里搞科研治理沙漠，在政府里没有关系支持你行吗？没有关系没有友人帮忙相助，任何事情都办不成、办不好。

上官英杰是个一点就通的人。他觉得胡彪讲得有道理，寻找蓉儿，启动科研，都是他眼下最紧要的两件大事。没有友人支持帮助的确不行。便说：“那听你的，今天让我调整一下。”于是，有了翌日的谭府之行。

谭海派去自己的座驾，委托胡彪把上官英杰请到家里来做客。

有修养的上官英杰，进了谭氏宅院，在小楼前一见候客的谭海，就恭恭敬敬给他行鞠躬礼，说了心里话：“英杰留美归来之目的，就是要为研究和治理大西北的沙漠，贡献自己的微薄之力。今天来拜见父母官表个态，我将尽快去腾格里，在风沙第一线履行我八年前出国留学时就做出的诺言。”

作为督察区党部的一号长官，如果谭海听一个普通科技人员说这些话，恐怕感动不起来；可是听一个中央军上将的公子，一个从美国学成归来颇有成就的科学家说这些话，感到难能可贵，让他很感动。不禁由衷地赞赏：“上官公子爱国敬业，人才难得，令鄙人仰慕钦佩。”

“谭书记长过奖，学生就是一介书生而已。以后您就直呼我英杰吧。”

“好的。就按我们的年纪之别，称你英杰贤侄吧。”

接着，谭海偕夫人和漂亮的女儿谭淑，热情簇拥着这位英俊潇洒的年轻客人，观赏自家宅院的风景。

谭宅坐落于市区最繁华的北大街区域闹中取静之地，一栋两层小楼镶嵌在别具特色、赏心悦目的园林景观之中。

栽培得错落有致的青香蕉、红黄元帅苹果树和葡萄树等果赏林木，环绕于楼宇外围，果满枝头，姹紫嫣红，青翠碧玉，溢馨扑香。这是第一道风景线。

第二道风景线是匠心独运、布局于果赏林木之内，环绕小楼四周独特奇俏的矮状树种，瑰丽奇美的盆栽特色花卉。树花错落有致，交相辉映，煞为壮观。小型垂柳、枣、海棠等，仪态万千，风姿绰约，尤其是神韵飘逸的依依柳枝，袅袅荡漾，婀娜多姿；各显风韵的松柏梅桂等盆景，巧夺天工，奇峻典雅；大丽花、牡丹、玫瑰、月季、芍药、罂粟等品种，鲜艳盛貌，妩媚迷人。临小楼落地窗客厅的荷花池里，绿茵茵的荷叶铺满水面，间隙之间出水竖立的花蕾绽放，争妍斗艳，彰显出淤泥而不染的君子雅韵，唯美怡人。喜鹊飞来飞去，叽叽喳喳地欢唱，吉祥地通报贵客临门。

谭海说，早先这栋小楼，是西凉城里特有钱的一个老财主的宅子，他做生意长期偷漏国税，宅子被罚充公。后来，政府作价处理，他就用祖上存留下来的积蓄购买了。“那时，我还不是书记长。”

主客入楼进入客厅，谭海热情招呼：“贤侄请坐。”

“谢谢！”上官英杰走近落地窗前，立刻闻到徐风吹拂的果味花香，丝丝缕缕穿过落地窗上端开启的小窗口飘了进来。好温馨怡心哦！

此时，上官英杰又被落地玻璃窗棂旁的一景吸引过去。

只见在窗棂上挂着的一个精致花盆里，青翠活旺、长满绿叶的藤蔓般的枝条垂坠而下，绿叶里掩映着一个形若拳头、上小下大的浅黄色葫芦。葫芦表皮刻有一幅风光无限的《东坡赤壁夜游图》，远山近水，舟行之间；船上伫立几人，神态各异，栩栩如生。原来，这就是凤毛麟角的艺术名匠，选择葫芦生长发育的恰当时机，施用绝技巧夺天工，在鲜活的葫芦上用高超精湛的刀功精雕细刻而成，被称为“生长中的绝品刻葫芦”。被刀刻得遍体鳞伤的葫芦还如此生机勃勃，简直不可思议！

上官英杰看得着迷入神。谭海在旁道：“这是西兰出产的艺术珍品刻葫芦，多在果实成熟摘下干燥后，再经过处理后在瓜壳上雕刻。在活着的葫芦上雕刻，操作大师所深谙的学识和娴熟的技能，非一般雕刻家所能及。当然，这活着的刻葫芦，经过一段时间的生长，刻上去的图画也会慢慢变模糊一些，但并不影响它的艺术价值和观赏价值。”

谭海又一次客气地招呼：“贤侄请坐。”

“谢谢！”上官英杰转身乍一看，客厅正墙悬挂着一幅像是唐代王维的珍贵画作，神色不禁一振！他走近仔细端详鉴赏，确认是仿品，不禁较真直言：“这是高手仿作。”继而目光投向主人，“谭书记长，这幅画虽为临摹唐人王维的《江山雪霁图卷》，但出自绘画功力造诣深厚、临摹功夫高超者之手，不失为一幅价值较高的上乘画作！”

“英杰贤侄真是好眼力。我祖父、曾祖父和上几代祖辈都喜欢收藏字画，这是曾祖父的曾祖父先人们传承下来都认为是有造诣画师的临摹作品。作为谭氏后代，我同样爱好鉴赏书画也有浅薄学研，完全认同祖辈和英杰贤侄的判断。这幅仿品之所以能得到谭氏祖孙后人的厚爱，至少说明唐代王维画作的影响力和上乘品位。事实上，水墨雪景山水画，凝聚了王维独特的人文气质与深邃的诗人情怀，首创了一代独树一帜的流派画风，几乎深刻影响了中唐以后中国水墨山水画发展的整个历史。”

“是的，学界久有与谭书记长类同的观点，也是古来中国文人画理论高度集中的共识。作为一个绘画爱好者，我也特别认同。唐代推行的是儒、道、佛三教并重的政策，王维选择佛教。他参禅悟理，学庄信道，深谙诗书画和音乐艺术，《江山雪霁图卷》、千百年来四海华人和黎民百姓耳熟能详的‘每逢佳节倍思亲’，就是他留下的经典画作和诗句，是一个学思践悟深邃，让同僚尊贤思齐的先行者。奠定王维在中国绘画历史上重要地位的有两个大家，一个是北宋文学家苏轼，赞评王维的诗词和水墨山水‘维诗中有画，画中有诗也’；一个是明代书画家董其昌，把文人画理论的内涵全部具体化于王维，评价他是南宗画鼻祖。”上官英杰道。

两个人的对话、品评唐人王维才华及其作品的默契交融，使他们走近了一步。

随之，谭海和上官英杰持续热论盛唐美术绘画和诗词歌赋艺术的雅兴不减，尤其谈及他们共同景仰的唐代文豪诗杰贺知章、白居易、王之涣、岑参等流芳千古的韶华名篇，更是陶醉其中。话题最终又回到谈研王维这位“诗画双绝”奇才其他的画作诗作及其品格情操，探讨了一番其在官场荣辱沉浮的变迁……

他们聊得很尽兴。

这时，胡彪说：“听着书记长和英杰交谈，胜读十年书啊！更没想到，你们年龄不同，却有着相同的艺术爱好和同样精深博大的学问见识。”他望着谭海道，“书记长，还要给您做个简要介绍，英杰不仅是站在沙漠学前沿，已在美国一展鸿鹄之志的科学家，也是笔走龙蛇，在中国画方面有建树的画家。英杰母亲是毕业于国立清华大学艺术系的才女，闻名遐迩的中国画大师，十岁时就被北平荣宝斋推崇出版了《女童画神王丹青作品》，青年成年时期的艺术成就更为卓著斐然。英杰子承母艺，从少年起就随母习画，在西安的中学时期和南京的大学时代，都是读书作画的翘首才子。他为母校金陵大学无偿创作过大量作品。在学校经费拮据时，他的作品和几位教授、学友捐赠的作品，被校方拍卖获得不菲收入，帮助母校渡过了难关。”

“哎呀，驰誉当代画坛的丹青大师，我早就仰慕已久。原来是德高望重的上官将军的夫人、英杰贤侄的令堂大人，我是孤陋寡闻。”谭海情不自禁地赞赏，“将军和大师乃天地绝配，英杰贤侄是将门名师的优秀后代，军事家、艺术家、科学家一家人，令人敬慕啊！”

“谭书记长过誉了。”

谭海心生感慨，上官英杰这个书卷气甚浓的年轻人，言谈举止端庄稳重，思想时尚观念新颖，敬贤尊长坦诚谦逊，满腹经纶颇有才华，更有高官留学背景，是个难得的仕宦之才，怎么喜爱上了什么沙漠学呢？真是人各有志哦！他主动关心地询问：“英杰贤侄，你去腾格里治沙，宏图谋略如何起步，需要西凉政府支持帮助什么？”

“英杰先谢谢书记长。”他郑重地说，“几天前，我已去过腾格里沙漠，发现沙漠科学界前辈、国立科学院治沙研究所的郭普世研究员，在腾格里东南部沙区的西沙窝子村，带领沙民奋斗十多年，建成了一个有相当规模的以沙生植物为主的植物园，卫护着田园村舍，稳定的综合经济收入已使全村人脱离贫穷，树立了一个沙漠之村治理风沙危害、极有说服力的可贵标杆，同时也奠定了开展科研的良好基础。可惜鞠躬尽瘁的老先生已经谢世了，我想在那里继续他未了的事业。一方面扩大建设发展这个植物园，深入进行沙生植物引种驯化、选种和育种，研究种植技术、经济利用途径等一系列基础理论问题，为广大沙区提供适应性强、生长性好、经济价值高的最佳品种和大量种子，以及向广大沙民普及沙生植物知识和治沙操作科学技术；一方面把我在美国取得的科研成果，同时兼收并蓄西方的治沙经验，把有效治理祖国大西北沙漠，为沙民造福的应用研究开展起来。腾格里沙漠是西凉管辖区，请督察区长官考虑能在那里设立西凉直管的沙漠研究所，并在建所设置、调配人员和科研经费等方面给予一定支持，以求尽快开展研究工作；待后再寻求机遇，争取省里、南京国立科学院乃至国民政府给予重视和支持，滚雪球式地发展，推进治沙科研事业持续前行。”

“好的，我明白了。”谭海道，“尽管西凉属于贫困地区，政府资金困难，而且当前是以抗战为中心，但西凉风沙危害极大，治沙属于发展经济的范畴，是改变西凉面貌的重要举措，建立一个治沙研究所也是为沙区百姓谋福祉嘛！最近在适当时机，我和马专员商量一下，所长非英杰贤侄莫属，我们会在各方面尽心尽力为英杰贤侄考虑得周到一些。不过，去贫穷艰苦的沙区建所立业，贤侄一定先要和令尊令堂大人商量，他们同意才好。”

“书记长，爸爸妈妈是支持我的。”上官英杰没想到，这次多亏老学友胡彪指点，应邀到谭府做客，为实施他思考设想的首先起步治理腾格里沙漠的计划，寻求地方政府的支持迈出了有希望的第一步。

这时的谭海心情极佳，对胡彪说：“胡团长，英杰贤侄在西凉的安保很重要。他是上官将军的儿子，是你的老学友，未来又是治理西凉风沙的栋梁之材，贤侄目前在西凉期间的衣食住行和安全保卫，请你负责落到实处。你手里有枪杆子，我放心。”

接着，谭海又道，西凉的社会治安局面总体来说是好的，是稳定的。社会和国家的长治久安，主要靠强化法治和严防赤化。根据西凉警察局的报告，前些天他们去抓捕一个利用小学教师职业搞赤化宣传的共党分子，因走漏了消息，结果让他从学校逃出，警察在追捕过程中，这个共党分子又得到了同党的营救，在混乱中他们采用突袭点穴功夫，把两个警察整昏过去，溜之乎也。西陇省警察厅为此发了通报，批评西凉整肃共党不力，搞得区党部都脸面无光。我们要吸取教训，牢牢把握加强法制维护治安的方向和重点，国共合作抗战没有错，但蒋总裁经常强调的方针是“攘外必先安内”，党国的第一要务始终是毫不手软地反共，通过“剿匪来安内”，消灭共产党才是“安内攘外”的根本目的。

上官英杰听后，豁然明白谭海是蒋家王朝的一个忠实信徒，也清楚他讲的那天发生在南城门前广场，所谓“利用小学教师职业宣传赤化的共党分子”及其逃跑这档子事，更从谭海所讲的西陇省警察厅发了通报感觉到，省、区两级警方对这件事还不会善罢甘休。本来因为家父的身份，在这样的场合他不宜也无颜评论国民党蒋介石不得人心的政策，但他知情此事，憋在心里的话已涌到口边，不吐不快：“对书记长讲的警察追捕小学教师这件事，当时我就在现场，亲眼所见。请原谅我的冒昧和坦率，允许晚辈探讨一下，说几句想法。”

“英杰贤侄，请讲。”谭海客气地说。

随之，上官英杰讲了下去。

我在美国一直是关心关注国内局势的。通过媒体的传播知道，1943年国民党总裁蒋介石先生发表了《中国之命运》一书，认为“没有国民党就没有中国”。之后，延安的《解放日报》发表以“没有共产党就没有中国”为题的社论，表达了“中国共产党才是抗日的中流砥柱”的观点。晚辈以为，蒋介石先生提出了问题，共产党方面做了回应，这是国共两党对国内政治局势及其发展的不同观点和看法，完全是正常的交锋争论。社会各界和广大民众对此有议论，也是非常正常的事情。然而，究竟是没有什么党就没有中国，应当由人民认准的事实说了算，由未来中国局势发展的前景说了算。就在这一背景下，有个叫曹火星的音乐家作词谱曲，于1943年9月创作了以霸王鞭节奏合拍，曲调朴素、词汇真白的《没有共产党就没有中国》这首歌。据美国媒体界人士观察，这首歌被中国社会舆论认为“唱出了中国人民的心声”。

西凉的这个小学教师喜欢这首歌，他给同学们教唱了一下，即使他产生有对“没有共产党就没有中国”这句话的认同，也只是表达了一个人的思想认识而已。就这么简单的一件事情，就给他定罪“宣传赤化”而抓捕他，是否有点莫须有，在鸡蛋里面挑骨头罗织罪名？蒋总裁、国民党不是也讲自由民主、平等博爱吗？自由民主最基本的内涵，就是在思想自由之下的言论自由、出版自由、信仰自由和结社自由，以及艺术创作和科学研究的自由，其实概括起来就一句话：让百姓吃饱饭，让人民讲真话。请问：老百姓唱支歌都要抓捕治罪，执政的国民党能让百姓吃饱饭，让人民讲真话吗？给人的思想定罪，这是哪里的王法？书记长，西凉警察局对待小学教师这件事是否太过分了？

谭海耐着性子听着上官英杰讲这些话，心情早已由“热”转“冷”，脸色红一阵白一阵，不禁暗自吃惊！这个中央军上将的公子，留美归来的沙漠科学家怎么像个老辣练达的政治家，其腔调俨然一个赤化思想深到骨子里的共产党，竟敢在这种场合在他面前妄议党国和领袖，公然为共产党作赤化宣传，为共党分子辩解，真是胆大妄为太放肆了！一时之间，弄得他不知所措，不知该说什么。

不过，老谋深算的谭海转念一想，听说其父上官武将军，是蒋总裁担任校长的黄埔军校毕业的高才生，且战功显赫，被总裁多次高度评价过。上官英杰一直在西方世界留学，无非是对西方人讲的那套自由民主、平等博爱的东西，对美国有些亲共人士对总裁和党国的偏颇非议，听多了蒙受影响而已。不必计较这个年轻人幼稚的言谈，也无必要与他理论，再说与他闹僵了也不值得，大人不记小人过。于是，谭海冷静了下来，压压消消心里直冒的火气，还是主动下台阶化解了事。他笑了笑：“英杰贤侄倒是挺关心国内政治嘛，怎么就这么巧，你刚来西凉就碰到了这件事。令尊大人在高层，你是搞科研的科学家，还是不要随意谈论政治，不要碰这类敏感的话题为好。”他说的“两个不要”，显然是劝导之意。

胡彪呢，听着老学友讲着让人神经都绷得紧张的这番话，既了解了上官英杰敏锐的政治眼光和鲜明的是非观点，不禁对他刮目相看，同时也顿生担忧之感。一方面，他讲的这番话必然会刺激西凉的这位最高长官使其震惊，甚至让他大生疑惑；另一方面，却让作为共产党卧底的胡彪，因为必须伪装整日里都憋着，不能讲真话的他特感痛快和解气。正当他考虑该如何和稀泥时，听了谭海无奈作罢的几句话，明白他不会把上官英杰怎么着，只能克制隐忍不发作，稀里糊涂息事宁人，这是最好的选择，况且他还想“接上”上官将军这个关系，不能把路堵死。胡彪本来捏一把汗，悬着的心也就落了下来。

一场僵局，就这样被谭海不露声色地应付过去了。不过，他心里已对上官英杰滋生了疑惑和警惕。

这时，谭海又打圆场说：“胡团长，感谢你啊，让我结交了英杰贤侄这么难得的年轻朋友，给西凉引进来这么优秀的海归人才。”他说着，话锋一转，“早知道不该放走你，一个大能人放掉了，可惜也晚了。如今你是驻西凉军队的最高长官，我不能要求你干什么。不过，看在我曾经是你长官的分儿上，发挥一下你这个科班笔杆子的作用，能不能代劳，替我和马专员写篇东西。”

原来，西凉地区持续大旱，天不下雨，今年仅靠祁连山流淌下来分流到西凉的冰雪水，解决不了农林牧和沙区的用水需求。几个县大面积的田地庄稼干枯死亡，满地裂口，广大百姓急得嗷嗷叫，人心惶惶不可终日。督察区和县、乡政府都干急无策，靠天吃饭，天不下雨实为无奈。根据社会各界的强烈反映，西凉督察区党政首脑决定，由西凉所辖八县推举各界有名望影响的代表，督察区及各县首脑参加，去一趟黄帝陵祭祀华夏始祖，祈求祖先神明呼风唤雨。所以，谭海想到胡彪，请他动动笔头，写篇祭文。

胡彪一听，双目凝望着上官英杰说：“英杰著文是高手，书记长还是借他手中椽笔吧。再说书记长大力支持英杰钟爱的事业，要在西凉地盘上给他建立治沙研究所，也该让他服务嘛!”

“言之有理。就看英杰贤侄是否能为我们动笔赐文了。”谭海向上官英杰投去希望的目光。

“恭敬不如从命，那我试试。”上官英杰爽快地答应了。

当晚，谭府设丰盛的家宴招待上官英杰。谭海兴高采烈地致欢迎词，席间与胡彪和上官英杰频频碰杯，依旧谈笑风生，好像压根儿就没发生过什么不愉快的事，真是宰相肚里能撑船。谭夫人和女儿轮着给客人夹菜斟酒。谭淑那双含情脉脉的眼睛，频频向上官英杰传送着秋波。

夫人看在眼里，喜不自禁。

胡彪意会眼里，佯装糊涂。

上官英杰这个不胜酒力的书呆子，因为喝了两杯酒，迷迷糊糊，浑然不觉。

4

做客归来的路上，胡彪考虑为了安全，说服上官英杰未回旅馆，住在了独立团内的招待所。恰好这时，谭海也打来电话叮嘱他："注意安全，保护好上官公子。"

这天夜里，作为老同学、老朋友，胡彪就围绕寻找蓉儿的问题，向上官英杰谈了他的一些想法。

"当年，肉苁蓉在举报日特案件时给我说，那时她有个刚满月名叫沙沙的女儿，在她逃离时被日特作为人质扣了。"胡彪坦率地问上官英杰："这个孩子是不是你和肉苁蓉的骨血？"

"是的。"上官英杰果断地回答，"以后彪兄也称她蓉儿吧。"

"好。"胡彪继续谈了下去。

在独立团突击队围歼日特的那天夜里，我们打听到蓉儿的女儿还活着。算算，沙沙现在已经七岁了。没有一个母亲不爱自己的孩子。蓉儿的孩子被日特扣为人质，可以想象她内心是何等的痛苦。那么，我们歼灭了肉苁蓉村的日特汉奸后多年，为什么蓉儿一直没有回去寻找自己的孩子？显然，她是在警惕躲避在逃的美奈芳子和被放虎归山的横田丑二两个日特的报复。

我们围歼日特时逃走的美奈芳子，她不逃回东北特高课却在西凉地区乱窜，说明她在寻找蓉儿。省、区军警布兵撒网缉查捉拿她，多次发现其踪迹，但这个女特务特别机敏灵活枪法武功甚好，次次在军警人员即将得手之时，又屡屡逃掉。后来发现她在西兰上了往东而去的火车，应该是要逃回东北日军大本营。军统接到报告后很快赶到火车前面，拟在前面一站上车围歼她。然而，她上车不久就被人杀掉了，尸体还在火车上，一把飞刀直刺心脏。是什么人干的没搞清楚。

横田丑二在法场枪口下获释捡回一条命，按理也应该逃回东北日军去，却狗胆包天堂而皇之地返回了肉苁蓉村，他的目的也是报复蓉儿。可以肯定，至今在肉苁蓉村当族长的假牛富贵，还在那里像个中国人似的体面地当着牛氏商号掌柜，日子越久他隐蔽得越深。他手里有一个人质，就是你和蓉儿的孩子，这也就是蓉儿不便也顾虑回去会伤害孩子而存在的危险。在六年时间里，我们无法解决这个横田丑二，最根本的障碍，就是身居省里高位的这个封疆大吏。因为，是他庇护铸成了这个放敌错案。恐怕在西陇省范围内，只要他还在位，在他之下谁也不敢也无法插手翻这个错案。我们很无奈，一直不便动这个假牛富贵，这就是我们的难题。

我认为，蓉儿安全地活着，因为你是她坚强活着的希望，她也有度过艰难的毅力和智慧；你和蓉儿的孩子也活着。据我派出的侦察员报告，横田丑二这些年来倒是真在做生意，一直待在肉苁蓉村牛氏宅院，深居简出，还亲自看管着沙沙。他偶尔外出也来过西凉，几年间去过苏虎的镖局多次，没有发现从事日特活动。可以预料，这个魔鬼把孩子做诱饵，一直在守候着蓉儿，不报复决不收兵。我们当务之急是寻找蓉儿。可她在哪里？搞清楚需要时间。找到蓉儿，不仅仅是英杰你个人的事，也是我这个独立团团长的责任，是善终日特大案遗留问题的一个任务。尤其当我知道蓉儿已成为你的爱人后，深感寻找她、保护她和你们的孩子，显得更为紧迫，责任更加重大。

上官英杰听着频频点头，待胡彪言毕不禁与他相拥在一起，由衷表达了感激而又赏识他的心情。

胡彪又道，今天你在谭府针对西凉警察局抓共产党一事，所持的观点和立场让老学友很欣赏。但你那番话刺激了谭海，他心中不悦强忍了下来。对这么敏感的事，你心里明白就行，不一定要在这种场合表明观点，意义不大也不策略，因为毕竟上官将军还是国民党的将领，会产生负面影响。我说的不一定对，仅供老学友参考。

上官英杰听了，知道胡彪是好意，也意识到自己的确有点冒昧了。

由上官英杰一气呵成，写就的谒拜中华民族人文始祖的祭文《西凉苍生祭黄帝陵文》，在第二天下午，就摆在了督察区党部书记长谭海的案头。谭海先浏览了一下，文稿由记叙文和四字句骈体文两部分组成。他先细阅记叙文部分：

民国三十四年夏，惠风浩荡，紫气瀛寰，西陇省西凉督察区暨所辖八县推举代表，会聚桥山沮水，心怀殷殷感念，供奉鲜花时果，恭祭我中华始祖轩辕黄帝之陵曰：

赫赫始祖，穆穆轩辕，肇造中华，建极绥猷。

中华开国之黄帝，双姓公孙名轩辕，乃中华民族的人文始祖，人类文明的伟大开拓者。中国有三皇五帝，黄帝为五帝之首。中华民族五千年文明史，自黄帝时代肇启。

黄帝驭龙升天，光被神州八方。位于大西北黄土高原桥山峻嶂古柏之中的黄帝陵，其神奇自然景观与浑厚人文景观交相辉映，乃寰宇圣地，世称“天下第一陵”。桥山是中华民族的根魂之地，中国历代王朝举行国家大祭的地方，黄帝陵是中华文明的精神标识。悠悠五千载，轩辕黄帝神灵如江河行地，与日月同辉，保佑庇护着泱泱华夏大国历朝历代，恩惠抚慰着中华民族的子孙后代。炎黄子孙，弥繁弥昌。

由黄陵向西而去，位于西陇省西部的西凉，倚靠煌煌先祖泽润，成就五凉古都、丝路重镇，向来风调雨顺，五谷丰登，百业兴旺，人物康阜。有诗云：“吾闻昔日西凉州，人烟扑地桑柘稠。”

然近年干旱，今载尤甚，田地裂缝，庄稼干枯。旱灾无情，回天乏术。万家哀痛，寸断肝肠。生计无着，颠沛流离。

我辈皆龙子，赤心向桥山。西凉百姓的父母官率领西凉督察区所辖八县各界代表，寻宗问祖黄帝陵，代表百余万苍生三跪九叩，敬奠中华民族血脉始祖，祭祀皇恩浩荡的开国元勋。惟圣帝上善若水，厚德载物，智周万物，道济天下。祈祷初祖保佑古臧，恩播芳馨，惠风化雨，泽润田野，驱除化解旱象，拯救百姓于生死危难之中。西凉子孙没齿难忘，永恒感念黄帝的大恩大德。念兹在兹，伏惟尚飨！

谭海看完这部分，觉得祈求老祖宗黄帝保佑古臧，恩降甘霖驱除旱灾，练达衷切的文字已写到位。往下阅四字句骈体文部分，他精神为之一振，注意力更为集中。细阅前浏览，他觉得这部分是祭文的重头：

天地洪荒，玄黄氤氲。
万物化生，薪火传承。
煌煌中华，五千余年。
炎黄二帝，华夏祖先。
开国元勋，轩辕圣帝。
人文始祖，万古元尊。
肇始吾华，创启文明。
和平崛起，威仪宇宙。
伟功懿德，泽润寰瀛。
司马迁撰，史记书载。
三皇五帝，五帝之首。
功垂千古，万邦流芳。

黄土高原，坦荡浑朴。
山丰土厚，博大雄奇。
文化源头，英豪辈出。

公孙轩辕，人杰翘楚。
生而神灵，幼而徇齐。
长而敦敏，成而旌旗。
少年十五，部落酋长。
文治武功，联盟领袖。
修德振兵，习用干戈。
涿鹿奋战，智勇卓绝。
平乱蚩尤，奠兹宇疆。
九州归顺，天下一统。

帝治时代，江山社稷。
智创文字，承传人文。
整纪肃纲，钦定法度。
强兵精武，卫国安疆。
职官建制，惟勤廉治。
任贤举能，亲民纳谏。
广施教化，严治社风。
布昭礼仪，力塑文明。
修造宫室，筑建城邑。
计亩设井，划野分州。
天干地支，阴阳五行。
循环记时，六十甲子。

兴事闯业，发展经济。
农耕五谷，广种草木。
大养畜禽，人丁兴旺。
发明算数，科学起步。
创车指南，八荒交通。

始制衣冠，建修房屋。
首创弓箭，研造舟船。
养蚕制丝，慧识天象。
研医产药，治病疗伤。
音律曲乐，倡导风雅。
四业发达，福祉百姓。
百族强盛，国运鼎新。

团结贡献，四海同心。
忠孝仁义，陶冶公德。
尊长护童，民风淳朴。
田者不侵，渔者不争。
道不拾遗，夜不闭户。
吾帝圣明，主张平等。
遍踏山川，问苦访贫。
仁政无量，德治天下。
政通人和，国泰民安。
瓜瓞绵延，江山永固。
崇德长寿，轩帝泰康。
岁逾百年，一百十一。

黄帝驾崩，盛葬桥山。
陵墓仙境，地貌雄奇。
形如八卦，犹似太极。
宛若巨龙，飞腾盘空。
墓坐巅峰，负阴抱阳。
阴阳平衡，正大光明。
峻峰拱戴，峭嶂回首。

山环水绕，古柏参天。
日月星辰，塬川绿荫。
江河湖海，尽在其中。
龙虎龟凤，环绕四周。
气势轩昂，吉祥天成。

伟哉始帝，功德懋隆。
炎黄子孙，不忘祖先。
自古至今，清明祭祖。
寻根黄陵，瞻仰膜拜。
汉皇建庙，唐皇扩陵。
宋皇崇祀，元皇法护。
明皇文颂，清皇亲奠。
孙中山题，毛泽东祭。
蒋介石碑，元首敬戴。
帝王领袖，尊崇华祖。
华裔华胄，子嗣全球。
心有圣帝，举世称觞。

泱泱大国，龙之故乡。
世界文明，唯有我先。
日本倭寇，铁蹄侵华。
占吾领土，烧杀抢光。
山河破碎，神州怒吼。
四万万人，勠力同心。
国共合作，同仇敌忾。
军民团结，浴血奋战。
彻灭豺狼，还我河山。

恢弘祖烈，福第恒昌。

西凉苍生，敬书颂祖。

龙脉永承，永矢弗谖。

国民党西凉督察区党部书记长　谭　海

西陇省西凉督察区行政专员　马驰明

中华民国三十四年夏

阅毕，谭海觉得这部分采用四字双句，讴歌中华始祖黄帝一生无与伦比的伟功懿德，永世永恒佑护中华子嗣福第恒昌的浩荡皇恩，也结合了抗战时局，写得很不错，但对一句深有疑虑，他拿起红铅笔，在“孙中山题，毛泽东祭”双句的后句“毛泽东祭”下面重重地画了一杠。倏忽，他想起捉刀代笔人昨天在他家里演说的那段“亲共”言辞，对上官英杰的疑心顿时加重。谭海思忖一下，果断删去了“毛泽东祭”这个四字句，将下面双句的上句拿上来，变成“孙中山题，蒋介石碑”；对后面的双句作了补遗。

文章是他和马驰明署名，依照惯例，凡是区党部书记长与行政专员共同署名的文章，一向都由他修改审定，一般也无须告诉马驰明。

其实，上官英杰写好此文后交胡彪处理，胡彪安排人又抄写了一份，差人分别送到了谭、马两人的秘书那里。马驰明见文稿后瞅了几眼，因为他知道有书记长把关，文章也是谭宣读，他不擅长文字，粗略看了一遍，没再细看。他让秘书把文稿送到办公室存，办公室的人又来请示，这类文章应该见报，让社会各界皆知，效果更好。他答复，当然要见报。代表团出发时间已确定，最好是代表团到桥山拜谒黄帝的那天见报，你们把握处理好。文章由谭书记长审阅，如有修改会告诉我，再让秘书转达你。

5

深夜沉沉。

像是热锅上的蚂蚁，西凉镖局镖头苏虎急得团团转，想不出应对的良策妙招，如坐针毡。这个一向“和尚打伞，无法无天”的恶棍，施黑手绑架了上官英杰，痴心妄想让其当他的乘龙快婿。殊不知，鸡飞蛋打之后，方知强抢“姑爷”抢出了大麻烦。抢了中央军上将的公子，会不会闯下大祸吃官司？听师爷讲，这个上官英杰是个武功了得的人物，他会不会报复？

偷鸡不成还蚀把米。苏虎抢“姑爷”，他的女儿苏娟却不买他的账，还特别怨恨他这个有恃无恐欺人太甚不懂规矩的父亲竟然像个强盗，干下这等荒唐事，传出去让她再怎么有脸在西凉城里见人？她打定主意，三十六计走为上策。苏娟密不透风，对深爱的母亲连个招呼也未打，便悄然离家出走了，去向不明。

翻手为云，覆手为雨，在江湖黑白两道上闯荡了多半辈子，从没有遇到过闯不过去的火焰山，这次怎么就如此倒霉。连续几个夜晚，苏虎躺在床上，翻来覆去，仿佛寒流袭身，心里一阵阵发冷，忧心忡忡，夜不能眠，烦恼透顶。

怎么才能平息了结这件事呢？苏虎一口一口灌着茅台，苦思冥想，也未思谋出个自个儿能摆平的辙儿。且越想心越发寒，惶惶然极度不安。昔日干下的嫖赌贩毒、坑蒙拐骗、巧取豪夺、杀人越货那么多的坏事丑事，还有昧着良心出卖民族，为日特当汉奸走狗所犯下的罪孽，历历在目。难道是上苍报应的时候到了？

几天前，一篇题为《谭海在府上亲切会见留美归国科学家上官英杰》的新闻，在《西凉报》头版发表后，官场之人争相阅读，四处打听上官英杰及其家庭背景等信息，很快又被广泛传播，一时成为舆论尤其是官员们热议调侃的话资。

上官英杰的名气愈大，对苏虎的压力也就愈大。他很清楚，就他这次抢“姑爷”犯的罪，绑架祸害国民党中央军一位大名鼎鼎的上将的儿子，一位从美国归来的科学家，判他重罪乃至枪毙都不冤。

想来想去，苏虎觉得，面对他还估计不清的灾难，该怎么找路子托人情擦屁股，化解这档子事？只有求助他的铁哥们儿、西凉督察区行政专员马驰明。

政客赃官傍大款，官商勾结联盟，贪腐捞钱发横财，自古以来是常态。苏虎与马驰明在马未当上专员前的很长岁月里就是密友，臭味相投，沆瀣一气，有福共享，有难同当。早先，苏虎看中在衙门里混事的马驰明讲哥们儿义气，脑袋瓜聪明睿智，是个有升官潜质的材料，便结交上了他；马驰明看上苏虎重情义慷慨大方，广结社会上的三教九流有势力，也把他看作江湖上一位可交可信的合作伙伴，常来常往。一路走来，苏虎不惜投入金钱美女帮他运筹活动，欲把他步步推高，能登上西凉权力的顶峰，未来好倚仗马驰明当自己的保护伞。苏虎看中并花费了代价的夙愿终于实现，马驰明一路投机钻营、官运亨通，位居西凉督察区行政专员，也就是西凉国民政府的最高长官。

天长日久，以马驰明为中心，一批簇拥追随者纷纷加盟，结成一个抱团的关系圈子。上次破获日特大案后，警察局和情报部门深挖细查与日特有牵连的嫌疑人，发现苏虎与日特头目美奈芳子有来往的蛛丝马迹，待要上报军统西陇站时，被马驰明出面周旋给压了下来，保护了他。为此，苏虎对马驰明感激涕零，送去一笔重金。他们更是山盟海誓，勾结更深，像孪生兄弟一般。可苏虎心里明白，马驰明虽是他拿金钱帮衬发迹的兄弟，但人家成了大官，水涨船高，自然得高看一筹，不能怠慢。

昔日苏虎专供美奈芳子搞特务活动的密室，如今早已成他们三天两头密谋策划和专供马驰明玩弄美色的地方。苏虎把房子扩大了一倍，里外相套粉饰一新，土炕换成了高档软床，新购了真皮沙发、洋货摇式留声机。柜子里放满了时令水果点心、烟酒糖茶和烟枪鸦片等，供他随时来享用。美女则从西大街步青妓院随叫随到。

苏虎把马驰明请来后，待他抽足了鸦片，便给他絮叨了一番。

马驰明听苏虎说完绑架上官英杰的缘由、过程和心里的忧愁后，便火了：“你跟了我这么多年，就是头猪也该直立而行了，你这不是飞蛾扑火自投罗网吗？”马驰明心里很明白，长期以来他和苏虎走得亲近，已是社会上公开的秘密，苏虎得罪了上面的高官，势必连累到他，祸起萧墙，殃及池鱼。

这次，马驰明对他可以说是开天辟地头一回，破口大骂：“你够胆大逞英雄，朗朗晴空之下抢姑爷？你这是癞蛤蟆想吃天鹅肉，想的比唱的还美！撒泡尿照照自己，你是谁？门不当户不对，想攀中央军上将当亲家，门儿都没有！整个一个猪脑子，没搞清楚是谁就敢下手？你这是鸡蛋往石头上撞！幸亏未死人，如果上官公子死了，搭上你苏氏一家三条命都赔不起！”

苏虎挨了顿臭骂，愣了半晌。心里想，马驰明对他从来也没有这样过，今天他像是吃炸药了，咋这么凶，骂人也骂得太损了。

马驰明骂后，呷了口茶，沉默片刻说：“你的师爷不是说，他对牛富贵的儿媳妇感兴趣吗？是不是举报了日特敌情的那个小娘们？”

“是的，名叫肉苁蓉。”苏虎回答。

马驰明一边思量，一边给苏虎唠叨着：“当年歼灭日特，这个肉苁蓉可是立了大功的。结案后上边决定授予她‘抗日英雄’称号，还要给她嘉奖，独立团、警察局、情报处找了许久也没有找到她。上官公子对这个肉苁蓉如此上心，说明他们之间有什么瓜葛，值得他关心。

“我说的意思，不是要你弄清他们是什么关系，而是让你赶紧想办法打听这个女人的下落，能找到她更好。如能给上官公子提供准确信息或者把人找到，就帮上了他，我想你绑架他的事即便扯不平也就淡化了。

“我见过上官公子，有感触，给他送礼献色这一套行不通。大将军的公子，留美科学家，一表人才的美男子，有权有势，有钱有才，有名有色，他什么都有，什么都不缺。回头你托请独立团胡团长请一下上官公子，把胡团长也拉上，他与上官公子是老同学、老朋友。给人家真诚赔情道个歉。明确表示个态度，镖局安排人手替公子寻找这个肉苁蓉。”马驰明想想又说，“说话注意分寸，如话不投机就别乱说话。到时候我也参加一下。”

最后，他叮咛苏虎：“沉住气，不要慌。抢亲这一招虽损，但古已有之，你搞这一手与你这个人的经历做派也算吻合。说不准人家上官公子就没放心上，如果他计较早就出事了，你还能安然到现在？另外，西凉地区大旱，拿些钱放点血，多买些粮食，救济几个贫困村子，再帮他们打几眼井，积点德，被百姓喝个彩，脸面上贴点金，干点好事造点影响，提高你和镖局的公众威信，同时也会把过去干的孬事压一压。这一招比什么办法都灵。”

苏虎挨了骂心生气，但后来又听马驰明讲的这些话，细细思量，连自己的铁哥们、西凉的官魁一听都火了，说明自己把祸闯大了，人家也是为了咱好，还出了化解祸事的好主意。于是，他连声说：“好，好！我一定遵照专员的指令办。”

苏虎已给他准备了女人，可马驰明今晚不愿住这里。临走又对他说：“我骂你几句，别往心里去，打是亲骂是爱嘛，别人让我骂还没这个福分哩。我让你办的这几件事，有什么结果告诉我一声。节骨眼上要用脑子想，不要用骨头想。”马驰明瞅瞅苏虎，“烟膏子快抽没了，回头送点过来。”

马驰明说的烟膏子，自然是鸦片。苏虎说：“现成有好的，你就带上。”

苏虎把马驰明送出门，马上把师爷叫来，给他布置了安排人手寻找打听肉苁蓉下落，约请胡团长吃饭，到粮庄买粮食和选择救济的贫困村子等事项。末了又说：“请胡团长还是我亲自去，你就别管了。”

6

次日早上，师爷给苏虎禀报了自己的想法。他马上带人去打听肉苁蓉的下落。他觉得，应当先找最有可能知道肉苁蓉现在哪里的信息的人，这个人应该是肉苁蓉村的“牛富贵”。

苏虎微微点了点头：“那你去趟肉苁蓉村，会会牛富贵，问问可以，但是我总觉得这个人，他不太像是过去的牛掌柜那么憨厚朴实，越来越城府深了，阴沉了。与他打交道要多动动脑子，嘴巴上站个哨，不要把不该告诉的人和事给他讲。”

师爷走后，苏虎又思想着肉苁蓉村发生的事。

牛富贵及其商号与镖局打交道年头久了，早年苏虎对牛氏的印象还是蛮深的。时常听牛富贵说，他的独子死后，年轻儿媳妇对牛家忠心耿耿。公公与儿媳妇彼此信任，牛掌柜常夸奖他儿子的遗孀很能干，说对她一直非常依赖很放手，商号做买卖里里外外全靠她支撑着。牛富贵也曾给他说过，认了儿媳妇当女儿，再瞅着招个好男人上门入赘，让他们继承牛家的家业，把生意买卖做下去。

好端端的，什么时候他们公公媳妇的关系闹僵对立起来了？为什么不是牛富贵而是肉苁蓉跑到西凉来举报日特敌情？为什么肉苁蓉又举报牛富贵是日特假冒的，平白无故的没有理由和证据，怎么会举报如此信任她的公公，要给他戴顶日特的帽子呢？社会上也有传闻，这个牛富贵是假的，真牛富贵果真如传说被日特密捕到东北杀害了？

这个在刑场上临死时被释放的牛富贵，曾来过镖局。他们在聊天中，牛富贵说过，他的管家程强与儿媳妇肉苁蓉勾搭成奸，生了孩子，两个人在村里待不下去私奔了，还恩将仇报编造罪名举报了他。那么，之前他对程强和肉苁蓉的事，为什么没漏过半点风声呢？对这个程强他并不知底细，当初程强先在镖局干过一阵子，印象中他的武功文墨都不错，但整个人像一个闷葫芦，从不放个响屁。就在那个时候，牛富贵让他找个实诚能干的管家，就举荐了程强。因为，他不喜欢这个人。

因为要寻找肉苁蓉，苏虎才想着牛氏的人和事，觉得错综复杂矛盾太多。虽想不明白，但其中疑点不少。最大的疑点就是，现在的这个牛富贵，究竟是牛氏商号做生意的真牛富贵，还是肉苁蓉举报和社会上传闻的日特冒名顶替的假牛富贵？

这时，镖局守门的伙计进来向他报告：“牛掌柜来了，求见老爷。”

真是想曹操曹操就到。他安排伙计：“领他到大堂候着。”

一见面，假牛富贵真日特横田丑二双手抱拳：“久未见镖头，别来无恙？”他把带来的肉苁蓉、枸杞等礼品奉上。

“还行。牛掌柜发达。”苏虎吩咐手下，“看茶。”

“有事相求镖头。”横田丑二接着道，“我派商号的一个伙计去青海看行情，他在西宁叫莫家街的地方看到了我的儿媳妇蓉儿。听说镖头与青海马家军有关系，如有机会能否替我打听一下，如果能帮我把人找回来，费用我会照付的。”

苏虎一听，心里喜不自禁。依马驰明的主意，正要替冤家上官英杰寻找这个肉苁蓉，牛富贵就把信息送上门来了。他的确认识国民党青海省政府主席、第四十集团军总司令马步芳手下警卫营的一个头儿。苏虎一直在倒卖枪支弹药，过去这个头儿曾给他供过货。通过他如能找到这个女人，既抵抢人之过，又赚找人之钱，真是一举两得。“牛掌柜，只要消息可靠，我就试试。过几天，你让那个在西宁街头见过你儿媳妇的伙计到镖局来一趟，我问问详情。”

“好啊。”横田丑二边答话边拿出一个纸卷，欲递给苏虎，却又左右看看未出手。苏虎见状，让左右退下。横田丑二打开，只见画面上，一位肌肤洁白、半身裸露的美丽女子，表情充满同情而又深情，用右手搂抱着一个也是赤裸着身子，头脸、前胸有着很多伤痕的男人，左手托着乳房给他喂着奶。

苏虎看着，嘴巴里嘟囔了一句：“这是什么画，污秽龌龊。”他又细看着画中的女人，似乎有点眼熟，像谁？他的脑子里搜寻着记忆，陡然想起，早年有几次，牛掌柜带着他的儿媳妇来过镖局，他口口声声叫着的这个“蓉儿”，的确是一个让人爱看的俊俏女人，每次苏虎都会多瞅几眼。画中的女人好像是肉苁蓉。那画里的男人是谁？他左看右看，因为伤痕过多，瞧不出个眉目。无意中往下看落款：“英杰仲秋写于腾格里沙漠”。苏虎听说上官英杰也是个画家，难道这真是他画的？他为什么画这样的画？是随心所欲还是依照真人真事所画？看来，这个女人与他肯定有瓜葛。

苏虎转念又想，对这个连自己也有怀疑是不是真牛富贵的人，今天上门来托他找肉苁蓉，说商号的伙计在西宁莫家街看见了她，还送来一幅画给他看，其用意目的何在？这幅画如果是上官英杰所画，那么，这个国民党上将的儿子与这个牛富贵之间又有什么利害关系呢？想到这里，苏虎感到好复杂。他暗自提醒自己，这次可不能为了钱而再犯匪气闯大祸了。

这个没有多少文化，虽然不懂什么是艺术，但长期在黑白两道栖身的人，到底是在复杂人际关系的场面上混得久了深了，才动了心思想了这么多。

苏虎禁不住问他："牛掌柜，你给我看这幅画是什么意思？"

"苏镖头的眼神已告诉我，你认出了画里的这个女人，还用我明言吗？这个男人是谁我不知道，但我敢肯定他不是程强，应该是我那个不要脸的儿媳勾搭的另外一个男人。请你在西凉城里的文化人圈里找找，有没有名叫英杰的这个人。我已托人在镇番县城里找遍了，查无此人。我认为，画中的这个人就在西凉地区这个范围内。找到画这幅画的人，很可能找到蓉儿，至少可以通过他提供有用的线索。西宁找人，可放后一步。"

苏虎看着面前这个狡黠的牛富贵，他的眼神口吻和分析事情的话语，的的确确一点不像是他昔日熟悉的那个牛掌柜，倒像是一个心机多端阴毒的特务。"好吧，你把画留下。"

"好。我走了。"

苏虎喊话："管家，送牛掌柜。"

在小胡子师爷送客走到院里的空儿，横田丑二不经意往他手里塞了三块银圆："有肉苁蓉和相关的线索吗？"

原来，横田丑二早就收买了苏虎身边这只吃里爬外的狗。

小胡子师爷立刻报告："画画人就在西凉，姓名叫上官英杰。"接着，他们一边走，师爷一边说着，把上官英杰的身份、身怀武功、家庭背景，他与独立团团长胡彪的关系，以及苏虎派他抢姑爷，上官英杰向他打听肉苁蓉，苏虎后怕和讨好上官英杰，让他寻找肉苁蓉等情况，竹筒倒豆子似的全都告诉了横田丑二。

日特听后，又掏出三块银圆塞给了他。

这个师爷，姓黎，自称东北人，年轻时窜来西凉，虽粗识字，但巧舌诳骗。早先在西凉报馆排字房干拣字工，由于报馆疏于管理，其长期偷窃铅字当废品卖捞点小钱，而且在外面也偷鸡摸狗。后来，贼胆越来越大，窃取铅字越来越多，终究败露犯罪坐了一年牢。放出来后，人们给他取了个名，叫黎坏种。他偶然认识了苏虎，臭味相投，陆续给苏虎出了不少坑蒙拐骗的损招，被赏识安排到手下干事，渐而当上了师爷，就更是狈跟着狼为奸了。这条“有奶便是娘”的狗，私下又投靠横田丑二乃是很自然的事。其实，小胡子早就听到了社会上的传闻，他知道包括苏虎在内的不少人怀疑现在的这个牛掌柜是日特假冒的，也清楚其蓄谋已久妄图上“儿媳妇”的床。但这个钻进钱眼的无耻恶棍，谁给他钱就为谁做事。早上他向苏虎提出去找牛富贵，目的就是想尽快见到他，把有关上官英杰的情报卖给他。

苏虎获得了有关肉苁蓉与上官英杰的重要信息，当天夜里就约来了马驰明，向他详细做了禀报，并给他看了画。马驰明思量，这些信息和画对上官英杰肯定有价值。让苏虎赶紧去拜访胡团长，请他吃饭并拜托他请上官公子，面见公子时把这些情况告诉他，画也给他，越快越好。

第六章 正邪分明

1

机智神勇、身手不凡的程强，单枪匹马，轻松自如，战胜了日特头目美奈芳子处心积虑组织鼓动的数十个人带着几十只犬狗狼的围追堵截，保护蓉儿逃离了肉苁蓉村。

在逃亡的日子里，程强回忆着所经历的那一幕幕杀气腾腾、惊心动魄的情景，心头仍有余悸。这个意外发生的事件，使他的内心世界产生了强烈震荡，激促这个原本反战强烈、思想叛逆，受命蛰伏的日特反省自己而醒悟，终于打开了积郁已久的心结，驱散了心中的阴霾。

那天深夜，起初程强只是为了保护蓉儿，并没有逃离肉苁蓉村的念头。完全是卑鄙无耻的横田丑二和阴险狡诈的美奈芳子的行径互为作用，造成的复杂局面所逼，使他终于痛下决心，脱离日特阵营。而且，这成为他思想发生深刻变化的一个转折。

在那天深夜，程强亲眼所见，横田丑二窜入蓉儿姐姐房间，像疯狂恶狼一样，妄想强暴苦难中的中国弱女子，他若不出手相救，就会让这个畜生得逞。这件丑事，让他足见横田丑二的肮脏嘴脸和丑陋灵魂。程强嗤之以鼻，“简直丢尽了日本人的脸，完全是给大和民族脸上抹黑的一个败类。”

就在那天深夜，程强被美奈芳子苦逼无奈，只得抛弃日特身份不再蛰伏，准备离开肉苁蓉村。对他假装慈悲的日特头目有了察觉，便凶相毕露，唆使假冒牛富贵的横田丑二，深夜站在牛氏宅院墙头大造谣言，煽动村里不明真相的百姓围追堵截，企图借善良的沙民之手置他们于死地，还惨无人道扣留了蓉儿的女儿做人质，其残暴歹毒本质昭然若揭。这使程强深恶痛绝，毅然决然反叛日特组织。

也是那天深夜，程强和蓉儿逃出村子后，先抵达镇番，发现美奈芳子的鹰犬在寻觅他们，后达西凉又见美奈芳子的爪牙也在搜找他们。她连夜布控派人穷追，欲将他们斩尽杀绝，无非是想灭口，惧怕他们的罪恶阴谋被举报暴露而遭灭顶之灾。

几天之内，所发生的这一连串事件，让程强震撼而清醒，顿然认清了美奈芳子顽固坚持日本国政府侵略中国的狼子野心，对外对内无所不用其极的穷凶极恶面目。由此，他对这伙毫无人性的同胞就彻底寒心了。

思想的渐进，总是潜移默化的、痛苦的，甚至是多变的。尤其对于程强这个曾经有过日特生涯的人来说，更是如此。

逃亡期间，程强围绕自己与美奈芳子一伙的关系为什么会变得强烈对抗起来、他们为什么要杀我等问题，联系过去心灵深处存在的矛盾、苦恼和纠结，回顾蓉儿无数次与自己谈话，对他苦口婆心微言大义的耐心开导，终于幡然醒悟，认识到他以往的思想和意识及所持的态度、立场，都模糊不清、是非原则不分而自相矛盾，是完全错误的：自己坚持“不伤害中国百姓，不杀中国军人，不干伤天害理的事情”，与“我是日本人，也不能干公开反抗上司、伤害自己同胞的事”，二者之间是根本对立而不可调和不能共存的；自己与美奈芳子、横田丑二之流，虽然同是日本人，但由于思想、立场、行为和目的存在着正义与反正义、侵略与反侵略、邪恶与反邪恶的尖锐矛盾而根本对立，必然强烈对抗演变成为敌我关系而分道扬镳。日特小分队及其头目美奈芳子是中国人民的敌人，也必然成为他这个反叛者的敌人，他与他们一伙注定不共戴天会拼个你死我活。程强最终在最根本要害的问题上觉悟了过来。

他把自我反省的所思所想，坦诚愧疚地一股脑儿都给蓉儿谈了：“长时间来，我被糊涂和错误的思想所捆绑，又没有接受姐姐的教育劝导，产生的自我折磨心灵的矛盾、苦恼和纠结，完全是幼稚可笑的，是自欺欺人的思想和意识害苦了自己。我觉悟已晚，辜负了姐姐的教诲和帮助，很对不起。”

蓉儿细心听了程强的肺腑之言，特别激动和高兴。她深切感觉，近来美奈芳子、横田丑二制造的一系列事端，对程强的刺激和冲击很大，反面的东西逼得他思想开了窍，终于冲破和粉碎了禁锢自己的思想枷锁。她坦诚地说：“你讲的这番话来自心灵深处，很深刻。也是我过去心里虽然一直明白，在我们无数次交流时总想给你讲清楚，但却未能说透彻的。姐姐祝贺你，思想觉悟了就不算晚，这是你自我革命思想的一个大进步，也是人生重要的转折。感觉你真正成了姐姐的兄弟。”希望他振作起来，在中国好好生活下去，他们共同为抗战多做些事情。

蓉儿的话不多，却真诚实在，让程强感动得热泪盈眶，不由得和盘托出了他萌生良久踌躇不定，没有勇气给蓉儿说的绝望念头。原来，虽然程强越来越反战反美奈芳子一伙，但在残酷的现实面前，觉得自己孤弱渺小势单力薄，无力阻止疯狂进行罪恶活动的美奈芳子及其小分队的行为，更无力改变残暴侵略中国的日本军队的行动。就算未来侥幸回到日本，作为毕竟曾在中国大西北蛰伏过的日本特工，在中国究竟干了些什么？怎样给父母交代，给反战反侵略的同胞交代？“真的难以说得清楚。我所面临的又是什么样的结局？即使面对死亡，我毫无恐惧也毫不足惜，但给予父母的沉重打击，必然会株连家族带来巨大灾难，结局实在是太残忍太可怕了！”何去何从，思来想去，他准备走“只有了断自己，才能一了百了”这条路。程强失声哭泣起来：“自己悄悄离开了这个世界，也就不再烦恼什么了。所以，近期我的思想沉陷其中，精神极度痛苦，死的念头越来越强烈。这次逃出肉苁蓉村，来到西凉城，究竟往何处去？姐姐，我真的很茫然啊……”

本来心情很兴奋的蓉儿，听了程强这番突然又冒出来的话，整个神儿立马乱套了！她极为吃惊，又颇感失望。愣了半晌，才慢慢理解了这个日本年轻人产生的绝望念头，理清了自己的思绪。她既严肃严厉而又语重心长地对他说："程强，你很年轻，生活道路还很长。你想过没有，'一了百了'会给人们留下什么样的印象和结果，让中国人尤其是姐姐怎么看你？让生你养你的父母和反战反侵略的同胞怎么看你，如何评价你？无非是，一个反战的日特，虽然良心没有泯灭，在中国亦未干过伤害中国军民和伤天害理的事情，但终究羞愧无颜面对中国人，耻于面对父母和同胞，而想自绝于人世。这是一种极不光彩、可鄙而又可怜的念头。人生从来都是不平坦的。碰到曲折、坎坷和艰难，就想一死了之，这在中国是只有胆小鬼才会选择的道路。你虽然误入歧途，但瑕不掩瑜，还是一个问心无愧的人，绝不能稀里糊涂、不明不白地自我毁灭！"

……

最终，在蓉儿的谆谆开导和帮助下，程强的思想又一次冲破迷雾，走向了光明。他决计与蓉儿姐姐坚定地站在一起，在中国坚强活下去，掉转枪口，投入坚决抗战的行列。眼下，最重要的事情，就是高度警惕美奈芳子、横田丑二两个恶敌的报复，保护好蓉儿姐姐。他还向蓉儿提出一个问题："弃暗脱离了日特，能不能投明？我是个军人，中国有国民党和共产党的两支军队，应该投奔哪支军队？"随之，他自己做了回答，"人得有自己依赖的信仰。我需要了解和观察。"

此时，蓉儿想到老子在《道德经》里说的一句话："祸兮福所倚，福兮祸所伏。"人世间的祸与福，相互依存而又互相转化。在一定的条件下，坏事可以引发出好的结果，好事也可以引发出坏的结果。这次程强的思想变化，完全验证了老子的这个观点。

患难之中见真情。蓉儿和程强这对在战乱和苦难中不期而遇的异域姐弟，彼此纯洁的情义更加深厚。在西凉，他们公开以姐弟相称，弟弟整天保持着警惕，护卫着姐姐。

地处大西北内陆的西凉，是中国人的天下，国民政府在这里执政，日特美奈芳子的鹰犬爪牙再嚣张，也只能偷偷摸摸地瞎闯乱碰，况且他们的智商、枪法和功夫都远在程强之下，要想逮住或干掉他们也不那么容易。蓉儿和程强权衡利弊，他们选择住在西凉城郊区，住的是农家小客栈，相对安全又节省开支。

程强早知姐姐铁定主意，要做“一个中国人应该做的事”，会去举报美奈芳子一伙日特汉奸潜入肉苁蓉村搞阴谋活动这个敌情。这对任何一个爱国的中国人来说，都是绝不含糊要做的事。按照日特组织的纪律，作为一个曾单独蛰伏的日特，程强虽不知道美奈芳子实施的是什么邪恶计划，但根据他的接触和观察，把所知道的有关“西北狼”日特小分队的人和事、自己的怀疑和判断，都告诉了蓉儿。

在程强的支持下，义愤填膺的蓉儿急不可耐地勇闯西凉督察区国民党党部，报告了肉苁蓉村的日特敌情，最终完成了爹爹嘱托的“一定要完成我没有完成的任务”。在报告日特敌情时，对程强这个兄弟，她只字未提。因为她明白，暂时还不能说，眼下没有人能够了解、理解和同情他，说了会造成误会，甚至国民党会把他当成日特一起抓走的。她等待着国民党军队围剿日特汉奸的消息，如果村里的敌人被消灭了，她就要回村里去，继承牛氏和爹爹的事业，把商号的生意做下去。万一女儿沙沙有什么不测，她也要在肉苁蓉村守候下去，等到上官英杰回来团聚的那一天。届时，蓉儿还想说服程强跟她一起回去做生意，在中国找个好女子成个家。如果程强不愿意跟她回肉苁蓉村，则不能勉强，那就劝说他回日本去，回到自己的父母身边，让好人有好的归宿。然而，她又想，假如程强回去了，他的上峰和日本政府是绝不会放过他的。这又怎么办？

独立团出兵前，胡彪征得团里长官同意，把蓉儿秘密安排住在团招待所，让她等待歼灭日特的胜利信息和了解她女儿情况的结果。可她待在那里心里不踏实，便离开了招待所。到了独立团出兵后的第三天，蓉儿急于想知道剿敌结果，想去找胡彪问问，但不知道该去督察区党部还是去独立团找他。程强挺身而出："姐姐，还是我去吧。"于是，他来到独立团门口，寻机与卫兵搭讪聊天，说了几句独立团如何厉害的赞美话，便从其口中打探到了"除女日特头子潜逃外一网打尽"的战况。继而，又适逢从独立团开出来的一辆卡车抛锚了，便帮助驾驶员修好了车。碰巧这个驾驶员开的这辆车，正是拉部队去肉苁蓉村剿灭日特的车辆之一，程强与他闲聊中，巧妙询问了一下，竟意外获得"牛掌柜儿媳的女儿还活着"的喜人消息。

当蓉儿得知日特小分队和汉奸屠非被歼灭，特别是女儿沙沙还活着的讯息，心里甭提有多高兴了！然当她获悉美奈芳子潜逃、横田丑二被押解省城交军统审理之情况，心里不免又有些忐忑不安。她想，只要这两个主要的阴险歹毒敌人不死，就有嚣张反扑的机会，危险就依然威胁着女儿，也威胁着她和程强。

她和程强商量，想法和意见不谋而合：美奈芳子必定要寻找他们报复，目前还不能回肉苁蓉村，先隐蔽在西凉等等再看。其实，程强毫不惧怕这两个人，只是担忧手无缚鸡之力的姐姐遭遇不测。

于是，他们又在西凉四处奔波，选择更为安全一点的地方，最终确定移居在离城三十里外的西凉南镇。恰好在这里的一个医疗所张贴告示招聘护士，蓉儿凭着懂点医道、熟悉护理的良好条件，被聘用了。为了保密，防范日特"冤家路窄"寻上门来，蓉儿应聘时暂且化名为马小英。

蓉儿见这个医疗所有辆挂军牌的旧救护车，停在院子的拐角处，布满灰尘闲放着。一打听，原来是所里托关系，从国民党军队花了点小钱弄来的一辆报废车，开了没几天就跑不动了。她找到所长廖诚说："所长，让我弟弟看看，说不定他能修好。"

所长说："行。如能修好，就请你弟弟来开好了。"

她给程强说了。程强到所里折腾了多半天，救护车的轮子便神奇般地重新转了起来。因此，他被医疗所聘为司机，专门开救护车。由于要应对不分昼夜救治病人伤者的实际需要，所长让他吃住都在所里。他与姐姐商量了一下，程强随蓉儿改名，重新起了个名字马小俊，两个人姐弟相称也就更为妥当。

就这样，他们在这里暂时安定顿了下来。

2

再说在西凉独立团突击队奇袭肉苁蓉村围歼日特的那天深夜，通过暗道逃走的美奈芳子，仓皇逃出腾格里沙漠狼狈而窜，在路上侥幸偷爬上一辆卡车，于次日傍晚来到了西凉城。

她突然出现在西凉镖局镖头苏虎独自要刀的习武房，把电台交给他："替我藏好。牛富贵儿子遗孀肉苁蓉很可能逃到西凉，迅速打探，报告结果。"一转身便失去了踪影。她没有询问苏虎什么，因为她想在这么短的时间内，他不会知道昨天夜里发生的战事。

美奈芳子把自己打扮成一个穿戴考究、富阔靓丽的游客，入住西大街的天马宾馆，洗了个痛快澡，美美睡了一觉。醒来，感觉逃亡的疲惫已消除殆尽。她出去逛游时，在北关市场名食店吃了一顿美食"三套车"，解除了饥饿，提振了精气神。

这个嗅觉灵敏的女特务，转身又游荡于喧嚣热闹的街头，观察体味着这个远离抗战前线的城市氛围，这里的军警，是否嗅到了她这个逃亡而来的日本女特务？今天是否潜藏着搏杀风云？

当她判断太平无事时，便又坦然回到宾馆闭门思过。

美奈芳子回顾着，她栉风沐雨，筚路蓝缕，处心积虑付出巨大的代价，在中国大西北浩瀚沙海之中选准肉苁蓉村作为基地，倾注心血实施了一年余久的计划已到最后关头，本来安然无恙胜利在望，毁于一旦的祸根完全源于自己，轻视和放纵了臭女人肉苁蓉，又徇私情失察，毫无监督和轻信了程强，结果鸡飞蛋打，基地被摧毁队伍被歼灭，自己成了丧家之犬，想死也没葬身之地。她判断一定是肉苁蓉向国民党举报了小分队。必须除掉肉苁蓉和叛徒程强，方能解心头之恨。

美奈芳子明白，她已经玩完了，包括仅有三十二岁的生命。尽管她知道土肥原不会轻言放弃，她自己也不甘心半途而废，然一切都被自己掉以轻心而输了个精光。

此时此刻，土肥原对她的严厉训示又在耳边响起："美奈芳子大佐，你选定肉苁蓉村作为基地实施计划，有着胜利和惨败的两面性特征，如果你们稍有不慎走漏了风声，让国民党共产党知道，计划和你们都将葬身于浩茫沙海之中。纵然你们侥幸逃了回来，也只能是走向断头台！"

美奈芳子考虑决定，待除掉肉苁蓉和程强，便结束生命，剖腹自杀，以谢天皇。

她只是纠结，自我了断的地点是在中国西北，还是回到特高课机关所在地的中国东北？可是，她已经无权也无颜选择回到大本营。

她思考到最后，决定还是坦坦荡荡，向特高课机关长土肥原彻底坦白基地和队伍被毁灭的实情，请将军决定自己生命的归宿地点。

这时，忽听苏虎的信鸽"咯咯、咯咯"的叫声，她开窗放眼空中，看见了盘旋鸣叫的信鸽，便发出了信鸽熟悉的口哨声，很快它扑腾扑腾地从窗户飞入，收翅落在桌子上。美奈芳子从藏置于它翼下的一个细管中，拿出一个纸卷打开来看："日前肉苁蓉曾去国民党西凉独立团，正在查清她现在的去向。苏虎。"

美奈芳子随即找出一块纸，写道："今日午夜来专用房。王芳。"她把纸卷好塞入信鸽翼下的细管里，抱起信鸽放飞了它。

所谓专用房，是美奈芳子早先收买搞定苏虎后，苏虎在镖局为她专门准备的密室，以方便她来西凉时使用。

美奈芳子午夜潜到镖局，入室看到她交给苏虎的电台放在桌上，脑际掠过一抹思绪，土肥原将军曾指令她，为了安全，对发展的支那人，收到其一次情报就杀掉灭口。而她虽然接受了这个指令却灵活运用，对忠诚可靠、长期有用的支那人，还是暂时留着不杀，她想不能把自己的退路都堵死。这不，留下的这个苏虎就是个例证。当然，她也已想好了"解决"苏虎的时机。

美奈芳子打开电台，调好频率信号，给驻地哈尔滨的特高课机关长土肥原发出了一份思考好的电文。

约莫等了一个时辰，收到了土肥原的回电：“三日后复电。1号。”

她看后非常明白，将军需要三天时间思考，该如何处置他的这个曾颇为得意的门生。她心里不禁一喜，猜度兴许将军能网开一面，自己还有可能被召回到大本营，让她体面一点自杀死去。还幻想会不会赦免她的死罪，给予继续效忠帝国的机会。

苏虎右手拎着一个双层朱红色大盒子，里面装着一盘热气腾腾的羊羔肉垫卷子，一盘腊猪肉，一盘猪大肠炒辣椒鸡蛋和一碗小米扁豆粥，左手提着一瓶当地出产的“祁连山葡萄酒”，笑滋滋地走了进来，却发现美奈芳子已不在房间。

这个暗通日寇的汉奸，顿生恐惧感，心里不由得打了一个寒战！本来他精心盘算着杀她灭口，但这个极其机敏狡猾的日本娘们儿却像个幽灵，始终逮不住她。

朝里有人、消息灵通的苏虎，已知日特小分队被围歼，唯有单线联系他的日特头目美奈芳子逃走了。这个娘们儿不死，总有一天他通日的汉奸嘴脸会暴露出来，那时他将在西凉城成为不齿于人的狗屎堆，臭不可闻，死得很惨。他猜测她很可能会来找他，果然今天就来了。他欲擒故纵先放信鸽送情报，没料到美奈芳子半夜送上门来了。老谋深算的苏虎备好酒菜，带着毒药和飞刀来收拾她。与人对饮、伺机下毒杀人，是他惯用的拿手好戏，如果失算就用飞刀绝技了结她的性命。殊不知，煮熟的鸭子却飞了！

机关算尽，苏虎的诡计落空。他只能另等机会。

其实，这个草寇根本就不是她的对手，相比日本女特务的智商，他只是“小菜一碟”而已。美奈芳子十分谨慎，她只在苏虎这里发收了一次电报，不会搞第二次。否则，让当地军警发现不明真相的电台讯号范围，被盯上就绝不会放过，总会有被逮住的时候，或者他们抓捕了苏虎而被其出卖。

美奈芳子带上电台，连夜去了西大街步青妓院。那里的老鸨，也是她早就搞定的汉奸。妓院门口，花灯高照，四五个敞胸露怀的妓女，招徕着嫖客。女特务避过热闹的大门，从侧面越墙而入，摸进了两层花楼二楼的老鸨房，让她安排了一间房，要了个会按摩的妓女。美奈芳子藏好电台，躺了下来，枪压在枕头下面，让妓女轻揉按着背，舒舒服服地进入了梦乡。

就这样，她白天走，晚上来。到了第三天午夜前，她进房关门，独自一人，打开电台，等待着发来电报的讯号。不一会儿，讯号来了，她接受完大本营发来的密电，带着电台悄然无息消失在夜幕中……

果然应验了美奈芳子的揣测，而且让她惊喜若狂！土肥原复电给了她一个“两可”的机会：“如果能让横田丑二在国民党军统的枪口下免死，将他拯救获得释放，你可以回到大本营剖腹谢罪，甚至或有可能获得到日中战场杀敌赎罪的机会。1号。”

随后，土肥原又发来电报，抛给她一张王牌：国民党西陇省党部书记长李向群，让她设法利用他。称李在东北某地任官时，由于沉溺于美色，曾给皇军耳目泄露过一个重要的经济情报。攻克利用这个老色鬼的唯一可能，就是施用美人计。

这天夜里，妓院老鸨和侍奉过美奈芳子的那个年轻妓女，都死在了自己的房间里，老鸨的钱财被劫一空，妓女的下身一塌糊涂。第二天，西凉城里就传开步青妓院被窃贼劫财劫色，还杀了人的消息。

警察局接到报案，派来的警官察看现场和尸体后，做出的结论与流传的消息完全一致。

其实，这是美奈芳子一怕老鸨败露出卖她而杀人灭口，二怕引起警察怀疑，为掩人耳目保护自己而制造施用的伎俩，警方果然上当。

3

横田丑二，这个由特高课头子土肥原处心积虑制造的畸形特务落入国民党军统之手后，给土肥原带来了一个棘手问题。因为横田丑二是他同僚、梅机关横田一郎中将家族的浪荡公子，入伍来华被其安排在梅机关混日子，只等服兵役期满就回日本。由于横田丑二相貌酷似牛富贵，且中文一流，喜好擅长模仿，被土肥原选中作为假冒替身后，与横田私下达成协议，除不可抗拒的因素，必须保证横田丑二活着，且及早将人从大西北撤回东北梅机关。

土肥原未曾想到，先前由于国共联盟屡屡阻截得手，日军的技术人员、设备和细菌病毒疫苗运不到大西北，后来又因为美奈芳子徇私情而严重失责，造成整个特工小分队覆灭，横田丑二也进了国民党的监狱。他咬牙切齿：美奈芳子罪重必诛！可是，当土肥原阅读了美奈芳子乞求他恩准回东北大本营剖腹谢罪的来电，又对这个曾经得意的学生一时产生了一丝怜悯。考虑了三天，终于决断：美奈芳子犯罪甚重，且在日军高层影响极大，即使准其回到大本营，也要对她施以绞刑。然他的难题是无法向横田交代，因承诺其“让横田丑二活着回来”。土肥原试试美奈芳子，有无办法挽救横田丑二的性命，争取有可能给横田兑现承诺，便以营救出横田丑二作为条件，给美奈芳子回复了一个伸缩性很大、玩弄手腕的“两可”电谕。

土肥原不可能把营救横田丑二的原因告诉她。所以，美奈芳子有点儿纳闷，整个团队都覆灭于中国大西北，将军为何要救这个整天打女人主意的色鬼横田丑二？难道还要让他担当什么重任？她又琢磨，将军是有眼光的战略家，总是提前重视和布局特工情报人员。他曾雄心勃勃地讲述过，未来大部队西进“征服东亚”的战略设想，强调特工和情报如同武器、粮食和战斗力一样重要，有时候一个特工的作用胜过一个团一个师。她选的程强跑了，在目前没有人的情况下，将军也只能“死马当活马医”，让他替代当卧底总比没有人强，横田丑二如能蛰伏到将来，他给大部队当个向导什么的还是有点用的。

美奈芳子接受了主子的这项使命，精神大振。她深知自己犯罪甚重，如果完成任务，土肥原准许回到大本营，能体体面面地剖腹谢罪已经很知足了。万一被赦免不死，在中国进行圣战多为东洋男儿的搏杀疆场，将出现一个东洋巾帼枭雄，在刀光剑影、血雨腥风中一展雄风。那时，她将以自己的英雄气概，让整个日军刮目相看。

美奈芳子凭借娴熟的乔装打扮手段，窜到了西陇省会西兰城。这一次，她从“英雄难过美人关”这句古话得到启发，决定接受土肥原“用美人计”的提示，在自己的特工生涯里第一次施展色情手段，像妓女一样卖弄色相，且要像特工格斗凭身手、枪法靠快准一样，勾引男人下欲海要靠真情、骚荡和床上功夫。万一失败，就在国民党省党部拼个你死我活，轰轰烈烈地走了，也认了！如果成功，她还要寻杀肉苁蓉、程强，报仇雪耻后再回大本营。

其实，作为一个年轻女子的美奈芳子，她的内心深感悲哀。

她觉得，自己也是个有血有肉有感情且天生丽质的女子，怎不憧憬朝朝暮暮的恋爱婚姻，岂不渴望甜甜蜜蜜的家庭幸福。然命运安排她成为军人又甘为特工，进了日军特务门的女人，无疑变成阴毒的杀人魔鬼，无所不为无恶不作；成为无耻的政治妓女，不是被上司肆意糟蹋蹂躏，就是为实施任务而假戏真做淫乱放荡。尽管她曾参加过的高级特工训练班，课程中设有不能不读且具有可操作性的“如何施用美人计”这个课目，而在她的特务生涯中，尚未碰到过非下水不可的情况，这次是头一遭。她暗自祈祷，此次献身如能救下横田丑二，只要回到大本营，是死是活都值得。

美奈芳子本来就貌美，经过刻意打扮，穿了身新潮衣服，显得格外妩媚动人。她来到省党部大楼前的门卫室，对卫兵一口一个“哥哥、哥哥”地叫着，色眯眯地挤眉弄眼，卖弄风骚，娇滴滴地说“找我的李向群叔叔”，卫兵怎能抵挡得住。加上她找的这个人是这里的最高长官，便赶紧喜笑颜开地应答“好、好”，给李向群的秘书打电话报告，秘书说按规定严格检查，没有问题可以放行让她上楼。

她就拎个包，卫兵检查见里面除放有几样化妆品外，别无他物。就摆摆手准她上楼，还告诉“到五楼”。到了五楼，仍有个警卫室，两名警卫看她细皮嫩肉的，既没再查也未问话，就让秘书把她带走了。

秘书把美奈芳子带进书记长的办公室，就走了。

她假装羞答答地走过去，给隔着办公桌的李向群近距离抛去一个媚眼：“哎哟，李叔叔还是那么精神帅气呀！我爸我妈让我来看看您！”

李向群一见来了个新潮甜美的美女，浑身骨头已经酥了，眼神直勾勾地盯着她：“你是……”

美奈芳子赶紧接话："李叔叔贵人多忘事，当年在东北，我家您家同住在一个院里，我是住在您家隔壁王家的孩子小芳呀！"

"想起来了，想起来了！"李向群好像真的想起她来了似的，走过来拉起美奈芳子的手捏着，"让叔叔看看，哇，当年的小芳子都长成大姑娘了。"又搂着她的半个身子，指指沙发，"小芳坐下，坐下，让李叔叔好好看看。"

说着，他们一起往沙发里坐，美奈芳子故意坐到了他的腿上，又赶快起身说："叔，不好意思！"又紧挨李向群坐下，勾肩搭背，有意解开上衣领口的扣子，露出了半边乳房，说"见了叔叔激动，好热呀！"两眼向他喷射着火辣辣的欲火。李向群见状闻声，顿时整个身体像点着了火似的燃烧起来！

美奈芳子看他那个猴急龌龊的样子，知道老色鬼已经按捺不住了。故意说："李叔叔脸色不好，身子不舒服呀。"她站起来把他按倒在沙发上，"李叔叔，躺下吧，躺下会舒服一些。"

李向群会意，这个女子一定是有事来求他而情愿献身的。他乘势双手把她抱住拉倒搂进怀里，嘴巴贴到她的嘴唇上，疯狂地亲了起来。

为了用真情俘虏这个高官，美奈芳子是吃了春药来的。此时，她浑身也燥热起来，动了真格的。温柔尽情地狂吻了一阵后，用嘴巴紧紧吸住他的舌头吮吸着，接着舌头又在他的口中亢奋地"扫荡"着……把李向群撩拨得愈发骚情十足！

李向群的一只手伸入了她的上衣，抚摸着她那颤动着的浑圆丰乳。美奈芳子感觉到他的那个硬邦邦的东西，从裤口出来顶着她的下腹部。这时美奈芳子想起了老师讲过的"美人计"理论：只有让男人放掉第一次，让他像抽大烟一样贪婪沉湎于你的美色，才能俘虏其心调遣其行。

于是，她乘势伸手抓住他的东西，只三五下，他就把精液喷射到了沙发背上……

"去洗洗吧！"她媚眼如丝地说，又亲吻了他一口。她站起身到门口反锁好，回身看见办公室内还有个套房。

"好，好。"一直色眯眯地望着美奈芳子的李向群，起身连拉带搂，拽着她进了套房。她见房内床上铺有被褥，还带个卫生间。李向群三下五除二，扒了个精光，进了卫生间去洗澡。

美奈芳子轻步到外面拿来自己的小包，取出外形像个化妆盒的照相机，又从腋下小枪套里掏出微型手枪，在房里瞅着角度，打开相机自动拍摄按钮，放到了床侧斜对面的柜子上，把枪放在枕头底下。又躺在床上看镜头目测准确度，起身又调了下相机的位置，抓了一张床头放的报纸，盖住了只让镜头外露的相机，脱光了衣服躺了下来。女特务的这一系列动作，都显得非常娴熟、机敏麻利。

保养得很好的李向群，上了床就像发了疯的骚狗，扑倒在美奈芳子雪白的肌肤上，迅速进入她的身体动作起来，美奈芳子禁不住呻吟叫唤起来……

他搞得越来越猛，弄得美奈芳子尖叫着，不时喊着“亲爱的，慢点，轻点，温柔点”……

如此年轻、漂亮、性感的女人，李向群很长时间来还没碰到过。他折腾了近一个小时，大汗淋漓，仍然乐此不疲。

此时电话响了，他只好停下来，对美奈芳子说：“宝贝，我去去就来。”

“亲爱的，没事，慢慢来，好好玩哦。”嬉皮笑脸的美奈芳子也起身下床，在包里取出一粒避孕药吞了下去。

李向群出去按了一下电话止住响声，又拿起听筒，告诉总机接线生：“我有事不得打扰，所有电话都说我不在。”

“是。”

接着，李向群拉开桌子最下面的抽屉，取出有人送他的一瓶进口壮阳药，倒出一粒吃了。

接二连三，李向群痛快透了，他像泄了气的皮球一样瘪了，成了一堆烂泥瘫在床上。而美奈芳子也持久兴奋，非常愉悦，满足了清心寡欲已久的性爱渴望。

美奈芳子明白，日中都相同，高处不胜寒，大官一个样，金钱拼命捞，夜夜换女郎。国民党的官员一大把年纪，造爱本事还这么强。陶醉于性事中的这个女特务很清醒，丝毫没有放松警惕。因为，她知道李向群这类高官，这会儿是温床上的天使，过会儿可能就是拼杀中的魔鬼。

下一步该怎么办？她很茫然。对这类高官，事后打电话、写信，以照片要挟这个老办法，还管用吗？

李向群常常在干了这种事情之后，头脑才会清醒过来。他不能不承认，在杀人不见血的险恶官场上争斗博弈，在三教九流的社会舞台上呼风唤雨，自己的软肋就是贪淫欲好美色，风流情场往往授人以柄。他常常告诫自己，千万不能为了满足淫欲而丢掉前程，丢掉脑袋。可常常清醒又常常糊涂，常常贪色也常常付出代价，所幸以往付出的代价都无关紧要。

此时，他闭上眼睛想，这个年轻女人如此顺溜遂意，献身动情让自己享用满足，究竟要办什么事？是不是可以办的事？陡然间，感觉她的这张脸怎么有点熟悉？他终于想了起来，西凉发现的潜伏于腾格里沙漠的日特重案告破，除女头目美奈芳子逃脱和被毙的外，剩余鬼子悉数活捉。负责审理这个重案的军统西陇站官员，曾亲自送来过美奈芳子的一张照片，说这个女人的智商身手如何厉害，特别是惯于施用各种手段，威胁恐吓甚至绑架暗杀官员，等等。李向群认定：对，就是她。

顿时，他惊吓出一身冷汗。糊涂糊涂太糊涂了，怎么会糊里糊涂贪上日本女特务的色？这不是用丢前程掉脑袋的代价搞女人吗？刚才他在洗手间洗澡，从门缝里瞅了一眼，看见她在柜子上放置什么东西。可以肯定，一定是照相机，无非就是偷拍照片为证，下一步威逼要挟我就范，出卖党国利益和机密，与他们同流合污。

识时务者为俊杰。李向群在这个时候，头脑异常清醒。搏斗，不是她的对手；喊人，顷刻之间自己就会躺在血泊中。要想躲过这一劫，唯有配合，先答应她的要求。

“漂亮的美奈芳子，谢谢你的爱！说吧，找我要办什么事？”

美奈芳子一听，大吃一惊！这个老狐狸既然知道我是谁，为什么还如此老练沉着，明知不能为而为之，从从容容地中我的美人计呢？这个精明的女特务一时懵懂，真搞不清楚他的葫芦里卖的什么药。她想，事到如今，只能竹筒倒豆子实言相告：“帮我放了牛富贵。”

“他是个冒名顶替的假牛富贵，是你的同伙横田丑二。我们的军统也不是傻子，我没有放他的权力。”美奈芳子一开口，李向群便豁然明白，女日特让他帮忙释放的这个“牛富贵”，是日特横田丑二假冒的。他对这个日特重案高度重视，看材料，听汇报，对涉案主要人物的情况都记忆犹新。他记得，指证横田丑二是日特的，只有举报者一个证人，说牛富贵是抗日英雄，早被日特密捕下落不明。而抓获的日特和村民却都说，这个人是“牛富贵”。按照原来的材料，这个人的案难定，尚有放人的余地。可现在已知此人就是日特横田丑二，如果他斡旋把人放了，日后穿帮他就彻底完了，非掉脑袋不可。况且，上面和军统处理此类案件的方针是，宁可错杀也不能放人。

“我不管。如果你不答应，我就杀了你，然后自杀，让你们的军统局来收拾我们的尸体好了。”无奈之下，美奈芳子只得和盘托出。

李向群若有所思，他相信她会这么做的。这个女特务毁掉了日本人一个重要的战略计划，走投无路，横竖都是个死。杀死我再自杀，说不准摇身一变，又会成为孤胆杀掉中国国民党高级官员，英勇就义的英雄烈女。

“好吧，成交。但需要慢慢斡旋。”

美奈芳子相信他说的是真话。顿生感谢之情，赤身一翻，压在他全裸的身子上说：“事成之后的三天，我都是你的，任你享用。”她说完穿好衣服，把手枪和相机放进包里，出门走了。

对美奈芳子给予他再享用三天的“慷慨”，李向群苦涩一笑。他已经大伤脑筋，哪敢再碰她这个全省军警正在搜捕的日特娘们。

本来，国民党各级官员对军统、中统这两个特务机构闻之都恐惧，无不敬而远之退避三舍，怕沾上招来灾难。而李向群贪色，自己沾上了日特，而且答应了美奈芳子，这就不得不与军统周旋，无异于提着脑袋与魔鬼打交道。如果反过来他与日特兜圈子，则难免被日特暗杀，即使不死，狡猾的日特准会再搞什么幺蛾子。人一旦进入那种提心吊胆的日子，可真是生不如死。这件事使这个封疆大吏进退维谷，寝食难安。究竟该怎么办？他琢磨踌躇了好些日子，最终下定决心，冒天下之大不韪，斗胆冒一次险玩一次火，给军统西陇站写了一道让释放“牛富贵”的手谕，试试人家买不买账。殊不知，他的手谕还未送去，是日便得知军统西陇站已把包括横田丑二在内的日特押往刑场枪毙的消息，吓得两条腿都软了。他赶紧命令党部督察室主任坐他的西陇省一号轿车，以最快的速度把他的手谕送往刑场，枪下救人。一个多小时后，李向群获知“如果再慢儿秒钟人就上西天了”的回音，整个身子都瘫了，好半天才缓过气来。

军统释放了横田丑二，李向群的忧虑和压力并未减轻。他知道，自己上了日特的贼船，下得来下不来已由不得自己。

横田丑二得救了，土肥原获报很高兴，让手下发报通知他撤回。而这个生性贪色、报复性极强的家伙却不愿回去，像个幻想发大财的赌徒，窜回了肉苁蓉村，决心死守等候蓉儿回来报仇雪恨。他认准，天底下不会有抛弃女儿的母亲。他企图以蓉儿的孩子为诱饵，等待她回村后来个瓮中捉鳖，逼她达到“公公上媳妇床”的可耻目的，玩够了再杀死她们母女，溜之乎也。

横田丑二拒不回来倒很意外，土肥原只好如实告诉了他的表哥、梅机关横田中将，并把他的特务关系转到了梅机关。这样，“从此，这个是死是活的横田丑二，与我土肥原就毫无关系了。”

殊途同归，道法相同。邪恶总是有着不可思议的强大力量的惯性，一旦迈入了死心塌地的惯性轨道，是不见黄河心不死的。横田丑二就是这样一个顽特恶狼。

4

在美奈芳子得到横田丑二被释放的确切消息的当天夜里，她在西兰的马路上偷窃了一辆小型卡车，马不停蹄，一鼓作气开到了西凉城。

她考虑跑一趟肉苁蓉村，把蓉儿的孩子逮到手，有了这张“王牌”，无论寻找机会戮杀还是恐吓威胁程强和肉苁蓉，都会更为有利有力。

今非昔比，美奈芳子很明白，自己已成为国民党军警追捕消灭的丧家之犬，泥菩萨过河自身难保；自己的智商和身手比之程强也难占优势，况且他已叛逆敌视她，蓉儿则更加仇恨她，叛逆和仇恨的力量更强大，凭自己孤身一人，灭掉他们绝非易事。她还想到，过去在这里收买的喽啰，恐怕他们巴不得她出现，杀了她既可灭口又能立功，即便杀不了也会报告军警围歼她，如想召唤和利用他们，无异于飞蛾扑火，自投罗网；还有那个高官李向群，如果知道了她的蛛丝马迹，必然不遗余力调兵遣将消灭她，恨不得将她碎尸万段。因为，只有消灭了她，他才能安然；只要她活着，他势必诚惶诚恐，胆战心惊地过日子。

她思忖，去肉苁蓉村能不能逮到肉苁蓉的孩子，也有不确定的因素。当初，她把肉苁蓉的孩子交给横田丑二看管的第二天夜里，西凉独立团便奇袭了基地。后来她知道，小分队除被击毙的人外，当时包括横田丑二在内的俘虏都被押解走了。之后，这个孩子是谁在看管？孩子还会在肉苁蓉村吗？即便还在，释放回去的横田丑二会不会图报复已害死了孩子？

美奈芳子左思右想，孩子应该还在肉苁蓉村，在横田丑二之手的可能性大。便决定重返一趟腾格里沙漠，兴许上天眷顾，能把蓉儿的孩子逮到手，若能如愿，即便杀不了蓉儿和程强，就杀掉仇人的女儿。她还有一件事，逃离肉苁蓉村的那天深夜，来不及把藏匿于牛氏穴窖的六百八十两黄金带上，其中有上峰拨来的经费，也有这些年获得的不义之财和积攒的俸禄。

翌日深夜，美奈芳子到达肉苁蓉村附近的沙漠地带，把车隐藏起来，将自己化装成一个男性乞丐，摸黑绕过她熟悉的村子，找到隐蔽于胡杨、梭梭林群落之中的牛氏母子穴窖的那个进出口潜入。洞内一片漆黑，她刚打开手电筒，就听见了在基地时不离她左右的那只军犬熟悉的“汪汪汪”叫声，它一定是嗅出了回到这里的主人的气味而叫起来。顿时，她心生惊喜，肉苁蓉村还有忠实帮手。随即，又传来一群犬狗狼的狂叫声。她即刻明白，她和屠非精心驯养的那批犬狗狼还活着，都圈养在穴窖内，是谁在管着它们呢？

很快，昔日随身不离的军犬又出现在美奈芳子身边，尽管她化装成男性乞丐，军犬还是认出了主人。她蹲下身子，双手搂抱着它，如同相逢亲人一样激动！“宝贝，乖乖，乖乖！”呼唤宠爱着它，人犬别后重逢，异常亲热。

真是狗通人性哦!

美奈芳子进入昔日霸占的母穴，上了炕伸手摸着穴顶，眼神看准了地方，只见穴顶面有一块手掌大点的地方，周边有缝隙，但不在近处细看根本看不出来，会是一块掩饰得相当巧妙的堵洞沙石。她用手推推沙石活动了，把沙石取了下来放在炕上，再将手伸入取她存在里面的两个盛黄金的口袋，然洞内空空如也。美奈芳子为之一惊，藏匿于此的六百八十两黄金不翼而飞了!

这个主穴原本是蓉儿躲避灾难的地方，穴顶这个藏匿东西的小洞，也是蓉儿昔日存放细软的隐秘之处。后来母子穴窖被美奈芳子及小分队抢占后，主穴就成为她这个分队长的指挥所。穴顶的密洞不久就被她发现了，成为她的“金库”。

此时，守在她旁边的军犬，又“汪汪汪、汪汪汪”叫了起来。美奈芳子一听即懂，军犬知道黄金被什么人窃走了。

事不宜迟，美奈芳子赶紧带着军犬出了洞。她发出口令让军犬保持肃静，军犬在前面引路，她紧跟着它往村子方向而去。军犬进村后直奔牛氏宅院门口停了下来，静静地等待着主人。

美奈芳子在离宅院门口不远处向军犬招了招手，它便回头朝她奔过去。她手指围墙比画了几下，顷刻间人狗已蹿过墙到了房顶，随即双双落在前院。军犬抬首看了一眼主人，便夹着尾巴朝横田丑二房门口而去，美奈芳子会意，原来贼出自家人。她抬手招回军犬，比比画画，轻声地说：“宝贝，找地方隐蔽起来，不要出声。”一眨眼之间军犬便不见了。

美奈芳子到横田丑二的房间窗户边贴耳听了听，这头猪的呼噜声传入耳际。她转身到门口轻松开了门，闪身进屋见原来遮挡床的屏风不见了，轻步走过去扯起被头猛地掀了起来，打开手电筒一看，见横田丑二怀抱着过去给蓉儿带孩子的女人，俩人一丝不挂，一个雪白，一个煤黑，女人在色鬼长满胸毛的怀里缩成一团白肉，安然酣睡如泥。她心里想，这头猪艳福不浅。又把被子扯了一把，盖住了他们的半个身子，用手电筒在横田丑二的头上连敲三下：“起来！起来!”转身走向门口。

睡眼惺忪的横田丑二惊醒过来，一边骂着：“哪里来的小蟊贼狗胆包天，敢闯进牛老爷的宅院偷窃！”他迅速穿好衣服，见门口有个人，正要扑过去……

倏然间，他认为的“小蟊贼”闪身立到了他的面前：“横田丑二，告诉那个女人老实睡觉，不要出门。你到堂屋来！”说完出门走了。

美奈芳子来了。横田丑二听见这个人说的话，立刻辨认出她就是用自己的身子，把他从国民党军统的枪口下营救出来的人。夜色中虽然看不太清楚，但从轮廓看她怎么像个男人？心里骂道：半夜里像个幽灵似的，跑到肉苁蓉村来找我要干什么，还狐假虎威地指挥我。虽然这次是你舍身救了我，但你是奉命行事不得不救；如果我不身陷国民党之手，你连救人赎罪的机会都没有，只能在大西北剖腹自杀，连个死地儿的选择权也没有。你还牛什么？

横田丑二获释后，特高课来电命令他撤回，他复电报告他要报仇雪耻，请求允许他延期撤回；特高课又来电明示，依照梅机关横田将军的意见，再次命令他迅速撤回，还说这次是美奈芳子奉命冒险施美人计拯救了他，让他珍惜上峰对他的厚待，不要错失良机。而横田丑二有恃无恐，干脆置之不理了。

横田丑二熟门熟路进了牛氏的堂屋，假惺惺地双手抱拳：“感谢大佐救我出狱！”

美奈芳子心里想，要不是土肥原将军发令，本大佐才不会去救你。她平淡地说：“我是来向你索物要人的，希望你识时务痛快一点。”

“索什么物又要何人？请大佐明示。”

“先交出我的六百八十两黄金！”美奈芳子单刀直入。

横田丑二一听，方知不久前，他在已与自己建立了感情的军犬引导下，在牛氏母子穴窖里获得的六百八十两黄金，原来是这个女人的。他实话实说：“我承认，拿了这六百八十两黄金，原以为是牛富贵遗留下的，没想到会是你的，这是个误会。不过，我告诉你，我是违抗撤回的命令待在这里，已没有经费来源。为了完成我未来的大业，黄金已经花掉一些，剩下的也不能全都还给你。再说这些钱恐怕也不全是你个人的吧。”

美奈芳子一听，他是“违抗撤回的命令待在这里”，这头猪真是狗胆包天。她相信他说的“原以为是牛富贵遗留下的”的误判，也明白他说的“这些钱恐怕也不全是你个人的吧”的含义，更明白时下她已不再是这头猪的上司，不能与他闹僵。于是，心平气和地说：“你看着办吧。”

“好吧。那就钱财面前人人平等。”

“可以。就还我三百四十两黄金。”美奈芳子心知肚明，在这个时候跟他讨价还价，必然毫无效果。“还有向你要人，把肉苁蓉的女儿交给我。本大佐再不啰唆，你还钱交人，两清我马上走人。”

横田丑二回答：“黄金会给你。让我交出仇人的孩子绝无可能。这是我的武器，还要靠她完成我的复仇大业。”

他非常明白，美奈芳子让他交出肉苁蓉的女儿，其目的表露无遗，同样是为了报仇。

美奈芳子先前听横田丑二说什么“完成我未来的大业”，还以为是大本营给他交了什么新任务，后来又听他说是为了“完成我的复仇大业”，霎时她才知他所谓的“大业”，原来就是复仇。说复仇，她与他都有一样的仇恨，那就是肉苁蓉这个女人出卖他们的仇恨。而横田丑二却冠以“大业”，这头蠢猪难道有什么特别的计划？她又发问：“什么复仇大业？”

“我相信，智慧的大佐完全听明白了我说的复仇，而对我讲的大业肯定不屑一顾。那么，我就多说几句。”这个凶神恶煞般的魔鬼向自己的同伙毫无遮掩地讲了下去。

你可能不知道，我是梅机关横田将军的表弟，我们横田大家族在日本富士山一带，也是赫赫有名的名门望族。

美奈芳子一听即刻了然，原来这头猪有如此显赫身居要职的人物支撑护罩着他，难怪这个有恃无恐、毫无敬畏之心，没有任何真才实学的顽劣小人，能钻进特高课、梅机关这样重要的机关里来；也难怪土肥原将军让自己去找国民党高官做性交易营救他，恐怕是为了他与横田丑二的表哥横田将军之间的利益交换吧。不过，她还是想要弄清楚横田丑二的所谓“复仇大业”的具体内容。她耐着性子听着，看他的狗嘴里还能吐出什么象牙。

横田丑二继续疯狂地发泄着。

本公子在日本故乡，也是说一不二想怎么就怎么着的人物，喜欢的东西和入眼的女人唾手可得，因为咱横田家有权有钱呀，权钱能使鬼推磨，这是没办法可以改变的现实法则！那个可恶的日本兵役法，逼得咱不能不当兵，在中国杀光抢光烧光、无所不可为，那是咱帝国军人的特权。我到这里来当卧底，为什么想操个小寡妇都不行，还要遭到你美奈芳子大佐的反对、训斥和阻止，甚至在半夜里你也要跑来横加阻挠干涉？真是奇了怪了！

令我吃尽了苦头的肉苁蓉这个骚狐狸女人，不仅不顺从本公子，居然胆敢跑到国民党衙门里，举报你和小分队的同时也举报了我，让我险些丢掉性命。这是我一生的奇耻大辱，此仇不报难解我心头之恨，大丈夫报仇十年不晚。所以，你舍了女儿身救我出来，我本该服从命令回到梅机关去坐享清福，等到兵役期满就可以回到日本富士山，继续过我公子哥的美日子。可是，我咽不下这口恶气，我要复仇！并且已经开始实施我的复仇计划，不夺取复仇大业全胜，绝不收兵！

我是谁？现在仍然是肉苁蓉村乃至整个腾格里沙区，人人相信有威望的牛富贵掌柜，是肉苁蓉的公公。除过肉苁蓉，大家都深信不疑。就连她肉苁蓉的女儿沙沙也相信我是她的爷爷。

沙沙是我复仇的第一个强大武器。作为她所谓的爷爷，我要假戏真做，把戏演下去，伪装疼爱她，给她好吃的好穿的好玩的，亲自担任她的教师，给她讲授的第一堂课，也是十遍百遍千遍永远不变的一堂课，就是让她坚信和牢记“妈妈肉苁蓉是个坏女人！”“妈妈把沙沙抛弃了，跟着野男人跑了，不要自己的女儿，也不要爷爷了！”“妈妈良心坏透了！”“坏妈妈不得好死！”不仅要让她相信记牢、会读熟写这些话，而且还编成歌儿让她唱，唱会唱熟到处唱。目的就是要在沙沙幼小的心灵里种下仇恨的种子，永远仇恨坏妈妈肉苁蓉，永恒诅咒坏妈妈肉苁蓉。要让肉苁蓉亲耳听见她的女儿，污骂她，仇恨她，诅咒她。让肉苁蓉的女儿折磨她肉苁蓉，让她的内心世界痛苦不堪，刻骨铭心地难过、难受、难熬，折磨得她生不如死。最后让她老老实实地服从我，那时候看我再如何让她当牛做马，如何折磨她、欺凌她、蹂躏她。

请问大佐，你让我把这个孩子交给你，无非是想利用孩子钓鱼，抓住肉苁蓉杀她，或者抓不住肉苁蓉就杀了孩子报仇，你这样报仇也太便宜她们了。你别忘了，还有肉苁蓉苟且的那个管家程强，也必须死。有沙沙在我这里做诱饵，不仅要吸引肉苁蓉来，而且要吸引她的野男人跟着她一起来。虽然这个家伙身手厉害很麻烦，但我已设计好绝招，他即使来了，首先就会被我干掉。总之，我是不会把孩子交给你的。

美奈芳子听了，不禁毛骨悚然！这个横田丑二可真是个货真价实的魔鬼恶棍。图谋报复的心理和手段也太肮脏太可恶了，真是闻所未闻的坏招损招恶招，杀人杀心不见血的狠毒阴毒歹毒。她问横田丑二："怎么，你征服了孩子，征服了肉苁蓉，是想在这里永远当牛掌柜，当外公，当上媳妇床的公公？"

大佐，你这样说忘了我是你的同胞吧。难道荒无人烟、飞沙走石的大沙漠是天堂，比日本的富士山还美，能把我留住？或者她肉苁蓉是西天不出的白蘑菇能吸引我留下？告诉你，我要把肉苁蓉折磨够了，让她感到生不如死，向我求饶时，再在肉苁蓉村举行大会公开杀死她，要杀得堂堂正正，在村里乃至沙区广大沙民对她怒吼的叫骂声中杀了她，让大沙漠里的穷鬼们都服气。

牛富贵从西兰回到这里就位族长后，宣读实施的牛氏老祖宗留下来的《族规》，是我置她于死地的第二大武器。你是特工精英，利用丑陋的旧习惯旧规矩杀人，在中国在日本都一样，我不细说你也明白。《族规》第三条规定："伤风败俗干苟且丑事者，犬狗咬惩。"但狗通人性，这个女人在村里口碑甚好，恐怕连狗也会同情她。

对她执行"犬狗咬惩"处罚，如果村民的犬狗软弱留情，那我就使用第三大武器，你们特工小分队遗留下的犬狗狼。除逃窜掉的少部分外，大部分犬狗狼我已找回来，把它们圈养在穴窖，管它们吃喝，慢慢地已与我有了感情。对于犬狗的天性，你是一言九鼎的驯教专家。我在家乡也养犬狗，这类畜生正如人们所说"狗仗人势"，主人给它扔个骨头就会给你摇摇尾巴，跑过来殷勤地舔舔你的脚丫子。你没想到吧，你藏在母穴顶暗洞的六百八十两黄金，就是曾经整天围着你转，而现在整天围着我转的那只军犬，在我给它吃了一周独食后，突然摇头晃脑地乱叫，引领我去找到的。到惩罚肉苁蓉的时候，村里的犬狗恐怕会记着她往日的情，是不忍心咬死她的，我要放出我们的犬狗狼，它们会用疯狂残忍的锋利牙齿，把肉苁蓉撕个粉身碎骨！

我知道，肉苁蓉这个娘们是不会冒险轻易回来的，但我有足够的耐心等待。所以，我还要拾起牛富贵的牙慧，从头学起，学会做生意，像牛富贵那样成为一个真正的商人。因为，实施这个复仇计划要花大钱。要养这个牛家，要养这个肉苁蓉村的牛氏大家族，假仁慈不管用，都得花费真银子，还要对周边乡村的沙民施点仁政。一句话，要收买人心，我才能像真正大气的牛富贵，才能得到这帮穷鬼的信任和拥戴。我进了一趟国民党的监狱，还上了一次刑场，差点掉了脑袋，村内外有些穷鬼对我产生了疑惑，我需要洗白自己。

最后，横田丑二道："美奈芳子大佐，我不揣冒昧，把我的复仇计划和盘托出，请你指教。"

美奈芳子听完横田丑二讲的复仇计划，对这个家伙在流氓、粗俗和野蛮外表的掩盖下，隐藏在骨子里的阴毒残暴的本质算是看透了。她转念一想，无毒不丈夫。我大日本帝国要想尽快侵占中国，征服中国人，没有她这样的人组成的特种部队不行，存在横田丑二这类人物也大有必要。

此时，美奈芳子思量许久，内心世界深感恐惧和悲哀！自她随日军侵略中国以来，无论是所知的中日战况，还是从事特务活动的事实，无不证明：英勇顽强、流血牺牲，誓死捍卫神圣领土的中国军队是不好战胜的；全力以赴、同仇敌忾，坚定地支持自己的军队，不畏强暴、不惜生命反对和抗拒日军的中国老百姓同样是不好战胜的。一个爱自己国家的女人肉苁蓉，就把"西北狼"特工小分队和试验基地推向覆灭便是深刻例证。此刻，她想到了中国的一句古语：善有善报，恶有恶报。不是不报，时候未到。时候一到，一切都报。她的心中不禁质疑发问：日本进攻中国对吗？这场旷日持久的战争能取得胜利吗？

最后，美奈芳子暗自决定，放弃向横田丑二要人的想法和自己复仇的目的。让这个魔鬼以百倍的仇恨和血腥的手段，去对付肉苁蓉和程强最好不过。她知道，横田丑二并不知道程强是日特卧底，他也绝对不是程强的对手。然如今的横田丑二，已变得十分疯狂阴险狡诈，就让他们都怀着刻骨仇恨去拼杀吧！

“好吧，我成全你。”美奈芳子拿到三百四十两黄金后，连夜退出了肉苁蓉村。

她本想在行前，再去与那只原以为是忠诚于自己的军犬见个面，拥抱一下它，然从横田丑二那里知道，他获得六百八十两黄金的“报信”者，正是昔日跟随她的这只军犬时，不由得立刻对它充满愤懑，还看它个鬼。

这个本来自诩为军犬驯教专家的日特，终于明白，原来“狗通人性”，既是它的习性使然，更是因为生存利益的需要。她自然知道，特务和间谍有双面、多面的，没料到军犬也有双面的。自己居然如此懵懂幼稚可笑。真是好丢人啊！

美奈芳子始料不及的是，死神正悄悄地等待着她。虽然她用美色与国民党西陇省党部书记长李向群做成性交易，换取了横田丑二被释放的自由，但她的主子土肥原却已收回了“两可”的成命。因为，美奈芳子的高师土肥原比她更睿智明白的是，夺取胜利不仅是战胜对手，更是战胜曾经的自己。美奈芳子回来如对她处以绞刑，她会手执他的电谕质询他，将无法向她解释，而且她还会提出上诉。这无疑会让他的尊严和声誉受到莫大的损害。所以，土肥原设计好了在美奈芳子逃回途中，让她神秘失踪，然后特高课公布：美奈芳子自感罪孽深重，无颜回到大本营，在返回途中负罪自裁了。

5

扬手是春，落脚是冬。日子匆匆而去，蓉儿和程强在医疗所已干了几个月时间。

所长和员工们都反映姐弟俩心地善良人品好，聪慧踏实技术精，颇受大伙的尊重。医疗所同事还编了顺口溜表扬蓉儿：“她爱护理这岗位，对待病人真深情；热忱尽职负责任，细致入微全到位。”蓉儿更是得到了患者普遍的认可和赞许。

原来的护士长走了，蓉儿又被聘为护士长。

蓉儿和程强得知横田丑二被释放回到了肉苁蓉村后，都异常惊讶！西陇省里怎么会有国民党高官保护日特？他们都觉得无可奈何，只好先在医疗所干着，暂时还不能回肉苁蓉村。

程强又猜测，“西北狼”特工小分队被歼灭了，美奈芳子像丧家之犬逃了，横田丑二在枪口下逃生不撤回日军，为何又回到肉苁蓉村？如果是特高课的安排，他会担负什么任务？假使是个人所为，他想干什么？程强思考一番，虽尚不能定论，但他必然会疯狂报复蓉儿姐姐。他倒产生了去一趟肉苁蓉村，把横田丑二干掉，将沙沙救出来的谋略。他本来打算告诉姐姐，可转念想到目前自己必须时时刻刻守护姐姐，不能离开，要是狡猾的美奈芳子摸来怎么办？也就暂时作罢，也没有给姐姐说自己的想法。

这天下晚班后，所里做饭的厨子有急事请假走了，蓉儿自告奋勇进伙房做了一顿“三辣”晚餐：西凉菜猪肉炒茄辣子、酸辣洋芋丝、陕西胡辣汤，主食蒸馒头。虽然两菜一汤都带个“辣”字，却各具特色，别有滋味。尤其是胡辣汤的纯鲜味儿，深得大伙青睐，都吃得津津有味，直夸美味地道。

没想到，这个胡辣汤更被“老陕”所长、大家恭敬地称为老师的廖诚叫好。称他为老师，是因其出身骨科世家，传承祖技医道精良，是医疗所能撑得起门面的首席骨科专家。而他又喜好研究历史做学问，当年医科大学读研毕业后离经叛道，先在一所大学做了几年历史系的讲师，过足了讲授和研究历史的瘾，才返回医道操起了手术刀。

廖诚还是个演说家。在工余闲暇和朋友同事聚会，他总是颇有话题、谈资丰富，如数家珍、各尽其详，大到国共既合作团结抗战又各有信仰追求而对立交锋，国民党顽固派仇共反共搞分裂打内战等要事，小到吃喝玩乐穿衣搭配等琐事，都能子丑寅卯深究谈论一番，无论是感天动地还是平淡无奇的故事，都说得有声有色。他尤其喜爱历数各朝各代，帝王将相、宫廷斗争，历史真伪、重大事件，江山社稷、民生景况，经济兴衰、国力强弱，文化建树、文明延绵，英雄名流、艺术典故，山河风光、民俗风情等，都能来龙去脉、泾渭分明，有血肉、有观点、有见识、有情趣，讲述得氤氲生动，总让人感受到他博学多才，开口有益。

蓉儿、程强都喜欢听他侃大山，程强尤其对他演讲国共两党的政治主张及其军队的发展变迁和交战十数年之内容饶有兴趣。

这不，一碗胡辣汤，又开启了廖所长喜好追寻其历史变迁的情结。他问蓉儿：“你不是镇番人吗，怎么会做胡辣汤？还做得如此地道？”

“廖老师，我就是好陕西胡辣汤这一口，学了一下，自己就试着做了。谈不上地道，瞎捣鼓呗。”

蓉儿到所里应聘填表时，在籍贯一栏写了“镇番”，所长看过，显然记在了心里。至于这个胡辣汤，当年她在省城生活了那么久，西兰卖这个小吃的地方和摊点不少，很便宜，常买着吃。吃多了揣摩其味，也问过卖家店的师傅怎么做，学着做也就会做了。

关于胡辣汤，廖所长又兴致勃勃地给大伙说了一个段子。

胡辣汤的故乡在河南而不是陕西，最早诞生于泛黄区，后在郑州金水河北扬了名。天下黄河淹河南。一闹水灾则闹饥荒，大批河南人向西逃难，闯潼关，入关中，进西安，大多在道北聚居，也就把胡辣汤带到了三秦大地，成为古都名吃一景。因为在西安盛行开来，河南人卖，陕西人卖，许多经营小吃的也卖，大街小巷都有卖，所以许多人就认为胡辣汤是陕西的名吃。再后来，这个小吃又被西去的河南人带到了宝鸡、天水、西兰、银川、西宁等地，甚至整个大西北。

“一碗胡辣汤，让人回味的是酸甜苦辣的世间沧桑。一个小吃，流转东西，包罗人生万象；走南闯北，变幻百态，映显大千世界。”说到此，廖所长做了这个小结。

蓉儿没想到，她做的这个小吃胡辣汤，进一步拉近和融合了她与医疗所医护员工之间的距离和关系。

原来，这个医务所是共产党西陇省委以医疗所为掩护，设立在这里的一个流落红军救助站。专门联络、接应、救助和转送由于种种原因，颠沛流离落难于河西走廊等各地的中国工农红军西路军将士，或者被马家军押解到西宁集中营做苦役逃出来的红军战俘。

医疗所前堂挂牌广而告之："本所行医挣钱、治病疗伤，不管是何党何官何显赫背景，无论是达官贵人还是无名草根，进了医疗所都是病人，一视同仁实行人道主义。"加上有点名气的廖所长经常应邀上门，给政府官员和军队长官及其家眷看病疗伤，他又大大咧咧跟他们神侃海聊混得烂熟，谁会相信他这个骨科世家出身、大家熟悉的廖专家是地下党呢？所以，医疗所掩护得好，隐蔽得深。几年来，他们联络、接应、救助和转送了当年西路军失散流落于河西走廊及各地的二十多个师团级干部，救治伤病和帮助安顿了不少乞讨漂泊的红军战士。

蓉儿和程强在这里干了好几个月，都毫无觉察医疗所担负的这项特殊使命及其地下党背景。

一天，一位仪表典雅大方、穿着时髦得体的中年女性，说是专程从远方慕名而来，找廖大夫看骨科的。廖诚热情欢迎和精心接诊，替她看完病，还专门把蓉儿叫来与这位女性见面。他给客人介绍："这是医疗所的护士长马小英。"继而又对蓉儿说，"这是大名鼎鼎、蜚声国内画坛的艺术家王丹青老师。"

蓉儿一听惊喜万状，原来这就是英杰的妈妈、我的婆母呀！因为，英杰给她详细介绍过他的父母，说母亲王丹青是个画家，他学画的启蒙老师。

天公作美，让彼此未曾谋面知情的婆媳相逢，蓉儿禁不住喜泪涌流，不能自已。然她感到此时主动向长辈说清自己不能、欲认婆母不便，实在有些唐突，况且她又改名为马小英。她强忍自己，没有说破。这天能见到婆母真是有福分，她想还是等到与英杰幸福团聚的那一天再相认更好。

王丹青一见蓉儿的面，就觉得这个护士长似曾相识，长得好年轻漂亮，活力勃勃，非常喜欢她，便伸手拉她到身边仔细端详着。见她眼中泪花闪烁，可能是中青年两个女人邂逅、惺惺相惜的一种情感使然吧，不由得自己的眼睛也潮润了。

蓉儿早就想等个合适的机会，把她与上官英杰偶遇相知相爱，他们实际上已在沙窖里自主结婚，沙沙就是她和上官英杰的女儿等实情，告诉程强。她与上官英杰母亲见面的当天，心情特别好，就给他说了。程强听了，过去的疑虑自然迎刃而解，而且知道了姐夫是谁，甚为高兴。

上官英杰的母亲王丹青，如今是中共地下党西陇省委敌工部部长，公开身份是女画家、西兰“丹青艺术画廊”总经理。当年，她在国立清华大学艺术系读书时就加入了共产党，毕业后与国民党少将上官武恋爱经组织批准结为伉俪，随夫到西安居住生活。在商人职业的掩护下，专门执行为党筹集经费和为共产党军队购买药品的任务。

后来地下党组织决定，让她停止参与革命活动而蛰伏。直到抗战后期才唤醒她，在西安担负了一些任务后，为了更好地发挥她的作用，派她到西兰开画廊，以画家身份做掩护，担任地下党西陇省委敌工部副部长至部长，在隐蔽战线领导开展对敌斗争，救护流落红军是她担负的重要任务之一。

这次她亲自到西凉南镇来，就是专门向由她单线联系的医疗所负责人廖诚，当面下达一个紧急任务，让他组织人员去西宁，在地下党青海省委敌工部的配合下，营救从倒卖战俘生意的马家军某军官手中，接收西路军的一个师长和一个团长。这两位红军英雄指挥员，当年在西路军与马家军浴血奋战中英勇杀敌，立下赫赫战功，他们被马家军俘虏后身份没有暴露，但被残害多年搞得遍体鳞伤，接收后急需医疗救治并将他们转移到西凉，待伤势好转后再设法送他们去延安。她对廖诚强调：“这个任务，体现了多年来党中央、毛主席，对西路军活下来的将领的高度重视和关怀，要不惜一切代价完成任务。”

王丹青走后的第二天上午，廖诚通知蓉儿和程强开会，到会的还有外科大夫张雄和蓉儿、程强不认识的一个人。廖所长没有公开暴露医疗所和自己的真实身份，只是一本正经地说：“所里接了一单盈利不菲的生意，要去青海西宁接护两个重伤员来所里疗伤，他们是从马家军手中买过来的西路军战俘。”

接着，廖诚向大家介绍了那位除他之外都不认识的人：“这位就是签约订单一方的代表冯先生。”其实，这位冯先生是地下党青海省委敌工部派来专程到西凉南镇，为廖所长他们去西宁担任向导的。

“我考虑，带张大夫、马护士长和马小俊同我一起去，由马小俊开救护车去接护伤员。”廖诚安慰大家，“诸位不要怕，不要有什么顾虑。当然也可能会遇到麻烦和危险，西宁方面会有朋友帮助我们，我也考虑了应对措施。如果有谁不愿意去，可以不去，不愿去很正常，我不会埋怨的。”

蓉儿、程强和张雄都表示愿意去。

廖诚给大家交代了各自的任务，郑重地要求他们，要认真仔细、一丝不苟地准备好接到伤员后，一路必备的医护保障事宜，检查保养好救护车、备足油料等，三天后出发。

他还特别叮嘱蓉儿：“至少要为两个伤员每人每天准备两百万单位、五至七天剂量的盘尼西林针剂。”

“廖所长，西路军是什么部队?”会散后，好学的程强问廖诚。自从他到医疗所工作后，听廖诚讲过国共两党及其军队的不少情况和故事。这是程强第一次听到“西路军”这个中国军队名称，不禁发问。

“是共产党军队的前身。”接着，廖所长严肃认真地对当年西路军悲壮惨烈的西征战事，给程强做了一番简单的介绍：

1936年10月，毛泽东率领的红一、红四方面军到达甘肃会宁与红二方面军胜利会师后，形成了横跨黄河两岸发展、打通苏联，雄峙大西北的战略态势。由此，共产党把制定战略决策、领导中国人民开展革命斗争的大本营放在了大西北，国共两党在西北地区展开了殊死较量。其中，自始至终按照共产党中央军委的命令和指示行动，由徐向前、陈昌浩率领的西路军，与以马步芳为军阀的国民党西北地方武装，在千里河西走廊的鏖战尤为惊心动魄。

奉延安共产党中央军委的命令，集合了红一、红四方面军的重要力量，红三十军、红九军和红五军两万多人西渡黄河后，组成了西路军，组建了西路军军政委员会，由徐向前担任总指挥、副主席，陈昌浩担任总政委、主席，拟在河西创立根据地，准备以一年为期，直接打通新疆、苏联，主要目的在策应河东红军实现战略转移。

国民党总裁蒋介石任命马步芳为西北“剿匪”第二防区司令，命令他统一指挥新二军及骑五师，追逐消灭过河红军。西路军与马家军在河西走廊摆开战场，展开了一系列惨烈的战斗。

西路军自1936年10月24日西渡黄河，之后在历时近五个月的时间里，面对飞机、重炮、骑兵组成雄悍火力的数倍残暴顽敌的围追堵截，两万余名将士身处冰天雪地、堕指裂肤的严冬时节，衣衫褴褛、饥肠辘辘，冒着零下二三十摄氏度的苦寒，英勇顽强、视死如归，昼夜行军、孤军血战，肤裂冒血、伏尸盈雪，有耗无补、粮绝弹尽，喋血硬拼、惨烈搏杀，在国共军事力量悬殊的情况下，勉力支撑，精疲力竭，终遭几乎全军覆灭的命运。

西路军西征，发生在西安事变的复杂历史关头，也是蒋介石利用和谈玩弄两面派手法，乘机加速消灭红军力量所致。但西路军先后消灭马家军二万五千余人，在战略上起到了有力策应河东红军和友军的作用，对争取西安事变的和平解决，推动全国抗日民族统一战线的形成，实有不可磨灭的贡献。

西路军三个军的六位正军级将领中有三位捐躯殉难。赫赫有名的“红军战将”、红九军军长孙玉清在古浪恶战中身负重伤，被马家军俘虏后惨杀，军政委陈海松身中八弹而亡；红五军作为西路军的前卫部队，被国民党马家军两万余人包围于高台，驰名于沙场的“将星”董振堂军长和三千多名将士英勇捐躯，军政委黄超幸免于难，后去了新疆；唯有三十军军长程世才和政委李先念率余部，突围到了新疆。

西征血战和混乱中被冲散流落各处的红军将士有不少。像西路军将领、副总指挥王树声，在部队冲散中流离漂泊，扮作乞丐要饭，一路忍饥挨饿，孤身辗转，历经磨难，才回到共产党的地盘陕北。

当时正值冬末，被马家军俘虏蒙难的大批红军，从河西走廊一带押解去青海的途中，在惨无人道的皮鞭和屠刀驱赶下，一步步地艰难前行。战俘破衣烂衫，途经皑皑祁连、茫茫草原，寒风刺骨、滴水成冰，许多被俘人员的手脚被冻坏落下残疾，不少人在中途死亡，惨不忍睹、尸暴荒野。

到达西宁后，西路军战俘被集中于乐家湾军营，其实就是战俘集中营，被强行奴役。战俘终年为马步芳大家族苦役劳作，建筑桥梁、开修公路，植树造林、砍伐木材，垦荒造地、耕耘庄稼，建盖房屋、维护寺院……在这期间，大批红军战俘被残暴杀害；女红军被强暴凌辱，被强迫做妻妾丫鬟的，不计其数；不少红军在伤病痛苦中煎熬，凄惨而逝……

“所长，马家军为何如此残忍，是国民党军队的主力吗?”

廖诚谈道，被人们素称的马家军，系指统治了西北地区数十年的马氏军阀，主要是以马步青、马步芳、马鸿宾、马鸿逵“西北四马”为首的国民党地方武装部队。

民国以来，马家军起先为家族武装势力，而后以“甘、河、回、马”（甘肃、河州人、回族、马姓）用人标准招兵买马，完全是以马氏庞大家族近远几代人、同乡和旧部组成，领导核心实权采取父死子继、兄终弟及的封建继承方式，经过不断的兼并和蚕食，逐渐在陇、宁、青等地发展起来，凶悍善战，盘踞一方，成为称雄西北的军阀武装。仅统治陇、青两省的马步青、马步芳军队，武装力量包括步兵、骑兵、炮兵、工兵等在内的正规军和民团武装，一度达十八万人。其军事实力，足以同当时扎驻西北以胡宗南为首领的国民党中央军相抗衡。

“小俊，关于西路军、马家军，都是很敏感也不堪回首的话题，只能简单地给你说一说。”廖诚道，“救死扶伤是我们医家应遵循的天职，不管是来自哪里的病人和伤员，只要交给我们就都是患者，必须一视同仁，尽力精心治疗。”

程强联想过去廖诚讲过的，自己在日军期间听说的关于中国国共两党及其军队的情况，尤其是这次廖诚简要讲述的西路军与马家军在河西走廊的惨烈之战，使他比较深切地感到，国民党搞一党独裁，对共产党的政策，就是国民党总裁蒋介石一直宣称的“宁可错杀一千，不可放过一个”，要赶尽杀绝。在国共合作时期，蒋介石也是明说一套、暗搞一套，仇共反共剿共，企图彻底消灭共产党的政策始终不变。

听话听音。程强细心品味廖所长对红军西路军的介绍，言语里出现的

“胜利会师”“领导中国人民展开革命斗争”“红军战将”“将星”“壮烈”“英勇”等赞语，让人闻之即了然明白讲话人的政治倾向。

特工出身、嗅觉灵敏的程强暗自思忖，廖所长是不是共产党？我们去西宁接护伤员是不是执行共产党的任务？

程强回顾自己到医疗所工作后几个月的所见所闻，医疗所的确是以救死扶伤为己任，尽心尽力主要为百姓大众服务，让患者深为信得过。对廖所长他更是耳闻目睹，面对患者不管是什么人，他都以全心全意的医德医术体现“一视同仁”，要求医护人员以乐善好施的仁爱之心治病救人。同时，他以长者的人格、气度和情怀关心关怀员工，引导大家团结和谐、同心协力办好医疗所，员工们深感这里就像是自己的家一样。廖所长给他的印象很深，真是一个生活工作如奔腾激流，勇往直前，顽强刚正，值得人尊敬的人。一滴水可映照太阳。如果他是共产党，也就说明这个党是为劳苦大众谋福祉而信得过的党。

程强在思想上毫不含糊，自己已是医疗所的员工，既然廖所长决定让姐姐和自己参加去西宁接护伤员，说明他是信任我们的，就必须听从他的指挥，为完成接护伤员的任务而竭尽全力。

实际上，在程强听来有政治倾向的这些词句，也并非廖诚疏忽而言，而是他有意而露。因为，今天参加会议的除过廖诚、张雄和冯先生，是共产党组织内的人外，只有蓉儿和程强不是。从他们应聘到所里工作了几个月的实际表现来看，是值得廖诚信任依靠的员工，也是他准备发展参加革命和组织的对象。他决定，这次带他们去西宁执行任务，就是有意识的考验和火线练兵。

当晚，廖诚给程强交了一项任务：明早出发去西兰市协和大药房，找赵老板联系取盘尼西林，说着递给他一个纸儿，这是具体地址。当心一点，取到药不要逗留，早去早回，不能耽搁三天后去西宁。

善有善报，恶有恶报。美奈芳子得恶报的日子终于到来。并非土肥原玩弄政治手腕，暗算她得逞，而是遭到正义的报应。

乔装打扮成年轻帅气男人的美奈芳子，骗过了在西兰火车站严密巡逻、检查流动人员和上下车旅客的军警眼睛，落落大方地登上了东去的列车。她一上车后便躲进了门旁的厕所里，火车开动后溜出来在车厢内寻找座位。当她回首目光掠过一双熟悉眼睛的同时，“唰”的一道流星般的寒光射了过来，反应敏捷的女特务不禁打了一个寒战：他的飞刀！这个警惕性极高且动作神速的女特务，迅疾从腰部拔出手枪转身仓皇射击时，飞刀已插进了她的心脏，而她射出的子弹却飞向了车厢顶部。投出飞刀的人乘车厢大乱之际，从车窗飞身而下。

这把飞刀，正是美奈芳子昔日的下属且她暗恋的心上人，现已坚定站在中国人民抗战一边的程强投过来的。原来，程强接受了廖诚交给他的任务，这天来到西兰取到药品时已近傍晚，他行车在街道，无意看见了化装成男人的美奈芳子，匆匆行走在马路人行道上。他窃喜，真是冤家路窄，这个日特头子终于让我逮到机会了！便机警地找地儿停好车，尾随紧盯着她，直到在西兰火车站上了火车，发生了刚才的一幕。

当蓉儿知道程强消灭了美奈芳子的消息后，高兴之余有点惋惜地说，她是个长得不错的女人，不好好在日本过日子，何苦要当特务跑到中国来祸害人呢？

三天后的清晨。廖所长率领张雄、蓉儿、程强，加上向导冯先生，乘坐程强驾驶的救护车出发了。

第七章　光明之家

1

灿灿夏日的青翠，在天地间悠然自在地挥碧泼绿，把十三朝古都西安装扮得葱茏葳蕤。幽幽植被之绿，激情勃勃地吸纳着艳艳的阳光，悠悠地释放出氧气，给生息在城市里的生命注入爽爽的青春活力。

上午九点多钟，西凉督察区行政专员马驰明走前，跟在后面的秘书手提着一个长方形红木匣子，出门西安华清池宾馆。秘书拦了两辆黄包车，主仆各乘一辆，马驰明告诉车夫去西大街的独立师。

昨天，以国民党西凉督察区党部书记长谭海、行政专员马驰明为正副团长，区所辖八县社会各界推举的有名望人士，组成的西凉拜谒中华始祖黄帝代表团一行三十余人，结束了在陕西省黄陵县桥山黄帝陵的活动踏上归途，返达古都西安。

两个头儿合计了一下，就地宣布散团，大家旅游古都还是返回西凉自便。马驰明对谭海知会了一声："书记长，我在西安要见个朋友，还要待几天才能回去。"又道，"您在黄帝陵宣读祭文的当天，《西凉报》就刊登了。"

谭海一听，煞是惊愕，连脸色都变了，感觉骨子里一下子直冒寒气！不过，他很快佯装镇定。

马驰明见状有点诧异，从谭海的脸色似乎感觉到祭文不该登报，会不会是内容有什么问题？他赶忙解释："上官公子替我们起草的祭文，当时胡团长在送给您的同时也送给了我，我未细看就交给办公室了，他们提出，这么重要的活动和文章应当宣传登报，我同意让他们依照事先安排，代表团拜谒黄帝陵宣读祭文的当天发表并发布消息。按以往惯例，党政首脑联合署名的文章，都是由您亲自审阅和修改敲定，对这篇文章我和办公室都没有得到您有任何表示的信息，就认为您已通过审定，这种情况历来如此。您在黄帝陵宣读祭文时我仔细听了，很好呀！谭书记长，您觉得有什么不妥吗？"

谭海摆摆手："马专员，没什么，请去忙您的吧。"他心里清楚，这件事也怪不了马驰明，是自己忽略没有告诉他祭文有改动，同时把马驰明会安排登报这个环节也忽略了。转念，谭海又想到了文章的起草者，如果他不把共党首脑人物写进祭文，也就不必担心登报会出现什么不良后果。原先兴高采烈把他当作一个福星，现在看会不会是一个灾星？事已如此，只能听天由命了。

之后，因谭海没再说什么，马驰明觉得可能是自己过于敏感想多了，便告别谭海与秘书离开了。他们逛了几个名胜景点，住进了离国民政府军事委员会驻西安独立师较近的华清池宾馆。马驰明早有准备，从西凉出发前就细心打听清楚了独立师的地址。他思谋笃定，这次顺路闯闯独立师这个衙门，故技重演，力攀师长上官武上将这个"高枝"。

走在路上，马驰明的脑袋瓜还在转圈圈寻思，自己只是个地方州官，与人家非亲非故素不相识，如此冒昧提着猪头上门烧香，显得有点露骨。这个寺庙的大和尚究竟给不给我面子，吃荤不吃荤呢？

马驰明拜访独立师，看上去有点冒昧，却是他考虑良久决计而来。

前不久，马驰明的黑道铁哥们、西凉镖局镖头苏虎暗地绑架了个美男子，妄想强行给其女儿当夫婿，听苏虎一说就觉得荒唐可笑。但当他搞明白抢来的上官英杰的父亲，是国民政府军事委员会直属西安独立师师长上官武上将，表面上臭骂苏虎“朗朗晴空之下抢姑爷？你这是癞蛤蟆想吃天鹅肉，想的比唱的还美”，暗自却喜上心头。原来，他欲在军队上层物色一个“高枝”，以解决犬子的仕途难题，好长时间都未寻觅到中意目标。没料到，苏虎抢“姑爷”倒帮他抢出了个位高权重、非其莫属的“高枝”——中央军上将，便决意亲自出马下点功夫，图谋为改变他犬子的命运窘境，高攀上这个军队大官做靠山。

马驰明的犬子在西安自卫旅混了好些年，原是个班长。只因隔着个省份不好找关系，他千方百计找路子花了不少银子，才给犬子弄了个排长。感到窝囊不说，又因犬子得罪了顶头上司连长，隔三岔五被派出去干危险的差事，搞得他和他爹及老婆整天提心吊胆的，心里总放着个病，弄得一家人都不开心。

这个马驰明，一向认为自己有很体面油水大的位子，捞钱积攒的大把银子，漂亮舒适的宅子，听话乖巧的妻子，还有在外夜夜当新郎的美日子，要风得风，要雨得雨，在官场也算是个“赢家”。然美中不足的是，本事不大的犬子仕途不顺当。他想，如果能高攀上上官将军这个极为难得的关系，就会为改变犬子的命运和发展修了坦途，将军施恩把犬子调到独立师来，还不是他一句话的事？只要关系黏在一起就好办，无非是掏腰包花银子呗，犬子的仕途搞顺当了，就能一个台阶接一个台阶甚至越级往上爬，像他一样光宗耀祖。

他还谋略，谭海已给他打了招呼，要支持上官将军的儿子在西凉的地盘组建治沙研究所。自己完全可以利用手握的权力给编制、拨公款，支持上官公子的宏志大业。没错，求人不如求自己。搞利益交换这一套，他还是很内行蛮自信的。

官场坊间都认为，国民党的高官没有不贪财好色、不买官卖官的，官越大越贪婪腐化。在马驰明看来，当官有权不用过期作废，不敛财搂钱享受荣华富贵，做官干什么？他这个专员不也就是一靠自己见风使舵投机钻营，二靠苏虎多年没少花银子帮衬弄到手的。

不过，马驰明亦有耳闻，国民党的高官虽不乏和珅一类的贪官污吏，但也有个把少见的刘墉这种风雅清官。“难不成今儿个也会碰到一个不吃荤的和尚？哪有那么巧。况且，第一次见面试水，进贡的礼品并非真金白银袁大头，但凡是军人尤其是将军都会喜欢的东西。”想到这里，他心里感到踏实多了。

西安古城是个方向很正的城市。约莫半个时辰工夫，车子绕过市中心东西南北四条大街交汇中央的标志性建筑大钟楼，进入西大街又跑了几分钟，到了一个戒备森严、大门口两侧站着双岗的地方。黄包车停了下来，车夫说：“独立师到了。”马驰明下了车给了车夫一张票子：“不用找了。”他抬头一望，大门口右侧挂着的长牌子赫然醒目：国民政府军事委员会直属西安独立师。

他们到大门口，见旁边的木屋窗口挂着个“来访登记”小牌子，秘书便对里面的人说，我们是西陇省西凉督察区的，他指着戴礼帽的马驰明介绍：“这位是督察区的马专员，前来拜访一下独立师长官上官将军，麻烦请通报一下。”

“请出示证件。”里面的人道。

马驰明掏出工作证给了秘书，秘书递进了窗口。

里面的人做了登记后，抓起电话摇了一阵，做了报告。等了五六分钟，传出话来：“请你们下午来，两点钟准时到后面大门，会有人带你们去见长官。”

马驰明回话：“好的。谢谢。”

此时的马驰明有点飘飘然，自以为身为专员也算是个高级官员了，这个位子还是有面子的。这不刚刚登门独立师报了身份，将军马上安排在下午会见他。

下午两点，马驰明和提着红木匣子的秘书第二次前来，准时到达独立师后大门，果真有一名副官等候着。副官带他们走进一栋房子，向右拐进南北向走道，进了一间会客室，副官请他们入座，给客人倒了水：“请少候，我去报告长官。”便走了出去。

不一会儿，身着黄绿色呢料将军服、肩挂三个星的上官武将军，和蔼地走了进来。

马驰明起身迎过去，笑盈盈恭敬地问："是上官将军？您好！"

"上官武。你是马专员？"

"在下马驰明。"

"请坐。"上官武面对马驰明，在铺着草绿色台布的桌子对面坐下，"马专员风尘仆仆，辛苦前来本师，有何见教？"

"久仰，久仰将军啊！在下这次参加西凉代表团到黄陵去拜谒黄帝陵结束，返回途中冒昧打扰拜望一下将军。"马驰明说着起身，向上官武鞠躬致礼。

"马专员不必拘礼，有话直说无妨。"

"就是慕名造访将军，一睹真容而已。同时，要感谢将军培养出了优秀的科学家、文才超群的上官公子，他椽笔挥毫，代笔为我们撰写了祭祀中华始祖黄帝的祭文，使我们西凉的党政官员和百姓都颇为体面啊。"

说到此时，马驰明望了一下秘书，秘书会意赶忙起身，将放在桌子旁边的红木匣子提起放在桌面上，打开了匣子，只见里面放着一件用金黄色绸缎裹着的东西。马驰明去掉绸缎，一把长五六十厘米，色泽光华，铮铮闪亮，呈紫黄颜色如同新铸一般的精美短剑，呈现在眼前。

马驰明右手握着剑柄举起的瞬间，一道寒光铮亮闪烁；他的左手又拿起放在匣子里的一叠纸，右手持剑用剑刃轻轻划了过去，那叠纸旋即被齐刷刷地割成两半。随之，马驰明把剑放进匣子里，双手抱拳，毕恭毕敬地对上官将军说："初次见面，没什么礼物送给长官，奉上这把青铜剑，请将军做个纪念。"他的这一系列演示动作和语言，都颇为得体。

这把剑不经意间给上官武带来了一丝喜悦。因为戎马一生的他，既喜爱武器，更懂行知剑。他未答言，起身持剑仔细欣赏起来。只见剑身布满菱形花纹，剑刃双开边缘薄如纸；剑面镀有一层含铬的金属，护剑千载，毫无锈斑；靠近把手部位用金丝镶嵌着两行八个鸟篆文字：越王勾践，自作用剑。

触剑思古而生情。此时，这位耿直坦荡的高级将领，抑制不住熟记于心的一段中国古代历史激起的军事情怀，话语从记忆闸门而出，动情地给这位不速之客，讲述起了与这把宝剑息息相关的越王勾践“卧薪尝胆”的典故：

在春秋时期，有上百个诸侯国。其中，始建于夏朝地处东南的越国，由于精于铸剑和将士擅长用剑而不断强大起来。越国曾一度挺进中原，强势不可阻挡。

“越国与山水相依的吴国彼此讨伐多年，仇恨极深，誓不两立。公元前496年，吴王阖闾兴师伐越失利，遭受重伤而亡。继承王位的夫差练兵三年，出兵讨越大获全胜，俘获刚刚登基王位的越王勾践。为免亡国，勾践卑辞厚礼向吴王夫差请罪，敬献了自己珍爱的湛卢、胜邪、鱼肠三把宝剑，且情愿去吴国为奴三年。勾践忍辱负重，饱受欺凌，最终使吴王以为其已甘为阶下囚，便大施仁政释放了勾践，让他回到了越国。

“作为一国之君，‘越王勾践返国，乃苦身焦思，置胆于座，坐卧即仰胆，饮食亦尝胆也’，对外继续隐忍示弱，还向夫差献上美女西施，却暗自精湛铸剑，精研剑术，精训练兵，为报仇复国大业精心准备。

“越王勾践终于剑出鞘，一举灭了吴国，以其神威制敌取胜的‘剑术定天下’，让众诸侯国刮目相看；也以其精良的铸剑技艺而‘独剑甲天下’，喷发出奇剑独有的馨芳。

“这就是被后世传颂千年的经典‘卧薪尝胆’的故事，为华夏后世遗留下了垂世不朽的文化精髓。”

上官武讲述到这里，对马驰明道：“这恐怕是距今约两千年前，越王勾践遗留下来的一把罕见的古兵器青铜名剑，别说划纸即断，就是削切铅铁亦会如泥一般厉害。当然，是不是青铜名剑，我说了不算，应由文物部门鉴定专家认可才算数。”

对中国古代历史和古兵器不清不楚的马驰明，听着甚感新鲜，禁不住感叹：“上官将军如此精通历史，在下听了这个故事真是获益匪浅啊!”而他的内心更有感觉的却是，将军喜欢深懂这把青铜剑。受礼有门，门开路则通。

随即，上官武却道：“马专员，你让我开眼见识了古兵器青铜宝剑，请收起来吧。”

“一把剑不是黄金白银，只是个古代的兵器而已，如果算是件宝剑的话，只有挥师疆场、战功卓著的上官将军才值得拥有。在下特别景仰将军，才敬赠这把剑的。”

马驰明带来的这把青铜剑，是苏虎早年在陕西打劫而获送给他的。后来，有个收藏商曾出足够建造一栋楼的价格，欲收藏这件古兵器文物，因为马不知道这东西究竟值多少钱，没有轻易出手。这次他“因人制宜”送礼，花血本攀高枝，舍不得孩子套不住狼哦。“钱财女人如流水，呼啦而来哗啦去”，这是他的一句口头禅。

上官武将军莞尔一笑：“马专员，青铜剑价值不菲，我们无缘无故，就是有缘有故，也不能接受你如此贵重的东西。你知道‘尔以金玉为宝，吾以廉谨为宝’这句话的来历吗？”

马驰明听了，一时乱了方寸，觉得脑子里嗡嗡乱响，蒙了！他已听不太懂上官将军说什么，就连声说：“请将军赐教，赐教！”

上官武说，宋国有个人得到了一块美玉，他兴高采烈地拿着去献给当政的子罕。而子罕虽知是块宝玉，却连连婉言谢绝，不肯接受。送玉的人再三说：“我给匠工行家看过了，这块玉真的是个宝贝，所以心里特别踏实，才敢来送给您呀。您为何不领情不接受呢？”

子罕道：“你把美玉当宝贝，我把不贪当宝贝；要是我接受了你的玉，那么我就是一个贪心的人，你失去了玉，我失去了不贪的德，各自都失去了自己的宝贝。不如我们各自留存，都拥有自己的宝贝该有多好呀……”

上官武说到此，由衷地说：“马专员，让我们学效子罕，都留存自己的宝贝吧。”

将军借历史典故婉言谢绝了他的礼品，使马驰明满面通红，半晌不知道说什么好。他万万没想到，国民党上层还真有不食人间烟火、油盐不进，如此两袖清风的“刘墉”。他困惑不解：除天知地知、你知我知，收了这把剑也无人知晓啊！

马驰明进退维谷，狼狈不堪。最后，言不由衷地说了一句“上官将军高风亮节啊”，便告辞，灰溜溜地走了。

马驰明精于官官勾结、官商勾结，时常受贿行贿，交换彼此利益，一路稳打稳扎，畅通从无阻碍，没有失过手。自己攀高枝，帮别人攀高枝，无数次屡获成功，无失败记录。这回还是第一次马失前蹄，败走麦城。

返回途中，他脑子里还咕噜着“胜败乃兵家常事”，决不言败的体会：攀高枝绝非易事。愈难高攀而攀上的高枝，才是最靠得住的高枝。攀高枝，也要学习诸葛孔明“三顾茅庐”的精神，才能真情打动拒礼谢绝者之心。

攀上官武将军这个“高枝”，马驰明并未死心。

2

这些日子，上官英杰在西凉，由于每天的活动都安排得满满的，加之时常和学友胡彪在一起忆昔论今、谈天说地，他对蓉儿浓烈的思念之情才被冲淡了一些。

这天清晨，上官英杰坐上爸爸派往西凉接他的一辆美式吉普，像个闷葫芦似的，一路上一句话也没说。自离开西凉踏上归家的旅途，蓉儿的音容笑貌，一直在他眼前浮现，怀念之情涌上心头挥之不去，让他缠绵悱恻。

与蓉儿离别八个春秋后，上官英杰急不可耐地别离美国，马不停蹄地回到祖国，急切切直奔腾格里沙漠，本来觉得到了肉苁蓉村就能和她团圆了，却料想不到出了状况，被人绑架而进不了村。而后，他又知悉蓉儿受日特之害，逃离腾格里沙漠，到了西凉闯进国民党督察区党部举报了敌情，日特被西凉独立团突击队几乎全歼，蓉儿只因困扰于漏网日特，安全仍受威胁不得不躲藏起来，使他无法寻找到她。这种朝思暮想的相思之苦和担忧焦急，像潮水般冲击着上官英杰的心灵，使他悲怆颓丧。

两个司机轮流驾驶，除途中吃饭，车子一口气跑了一天一夜，到了翌日清晨六点多，开进了西安上官武将军的官邸。

上官英杰刚推开车门离座，眼尖的卫兵就打电话报告了将军副官，上官公子回到家了；将军得悉后很快给远在西兰的夫人拨通了电话，告诉儿子到家了；夫人闻之高兴极了，说明天就动身坐火车回家。紧接着，她又迫不及待地打电话到家，与儿子寒暄了半天。

王丹青从儿子的话语里听得出来，他仍沉浸于难以名状的痛苦中。

这个上官家，平日家里只有几个护家的卫兵和保姆秦妈守着。王丹青远在西兰，几个月才回来一趟。上官武也不常在家住，把军营视为阵地一样日夜坚守。

王丹青这几年远在几百公里外的西兰，以开艺术画廊为掩护，担当着地下党西陇省委敌工部长的重任，从事着极其艰巨而又极为危险的工作和活动。其实，对她掩护作用最大的还是丈夫是国民党上将这个特殊身份，即便是军统特务，也不会轻易怀疑，把她与共产党“画等号”。

上官武对妻子的真实身份倒是早有察觉。有一次他无意发现，她的枕头底下放着一本延安出版的署名毛泽东的小册子《为人民服务》。他虽感惊异却相当淡定，如果她是那边的人，妻子有选择自己信仰和走什么道路的权利，而且她的选择也让他更加敬重艺术家妻子的政治眼力。不过，从那个时候起，将军情系于心，常常为妻子的安危而牵挂担忧。

而作为儿子的上官英杰，因为他多年在美国，自然对母亲除艺术家以外的政治身份一无所知。

上官英杰一回到家，才知道母亲去西兰已多年。他挺纳闷，老夫老妻的爸妈已上了年纪，厮守在一起互相有个照应，该有多好。妈妈爱艺术开画廊也应当开在西安，干吗开到西兰去了？

上官英杰站在空荡荡的庭院里，仰望天空，怅然若失，思念着蓉儿，也思念着母亲。

“亲爱的蓉儿，”他的内心世界强烈地呼唤着她，“你在哪里？”接着朝向西方，发出了深情的心声，“亲爱的蓉儿，我爱你！”

心里发颤的声音，连他自个儿都觉得凄惨悲凉。他茫然疑惑，如同自己迷茫不清蓉儿现在哪里一样，他的心声会不会在空中迷蒙地飞来飞去，不知蓉儿所在的方位而飘荡难落……

渐而，上官英杰又想起母亲在电话里安慰他的话：“妈妈非常理解杰儿现在痛苦的心情。妈妈想，蓉儿一定是在安全的地方生活着，等待着见到你的那一天。她虽然不知道你已经回国正着急地寻找她，但她相信你回国后一定会想方设法找寻她，妈妈相信你们一定会很快幸福团圆的！”

母爱胜于一切。母亲关爱的这三个“一定”，给予他抚慰和些许冷静定力。

上官英杰洗了个澡睡了。这是他自回国以来第一个睡到自然醒的囫囵觉，醒过来已是下午一点多钟了。顿时，他感觉旅途长久坐车的疲惫一扫而光，一时心情也好了许多。

他清醒过来，所思考的第一件事，仍然是寻觅蓉儿的线索……

猝然间，上官英杰思绪里闪过一个严峻问题：在偌大的国民政府管辖区，一个爱国的女子，为了捍卫自己和家乡的安宁，举报了日特敌情反而使自身失去了安全，沦落到有家都不能回归而颠沛流离的艰难境地，这究竟是为什么？中国人民究竟处于什么样的生活环境中？

此时，他不禁想起几年前在美国，有一次读报留在心间的一个深刻印象。

去中国共产党首脑所在地延安采访的美国记者，感受到这片红色天地的真实情景而惊叹不已，通过美国报纸报道了在那里的所见所闻。说毛泽东领导的共产党及其军队富于理想主义和牺牲精神，他们廉洁亲民，与贫穷百姓同甘共苦心连着心，军队战时打仗，平时与民同耕田园。人们称颂毛泽东，他将个人的一切都献给了为了解放中华民族的事业；称赞陕北共产党政府是“清廉的政府、真正为民众谋福祉的政府”，让百姓在他们身上看到了美好希望的光芒，因而真心拥护和支持他们。记者深有体悟地感慨和预见：“生活简朴貌似弱小的共产党，虽然只有小米加步枪，但他们却深得民心，在延安运筹帷幄，为拯救中国而战，最终必将战胜强大的国民党。”

而记者在南京看到的国民党，却在貌似强大的光环下日益堕落，霸气专横，腐气败象，暮气丛生，置通货膨胀、民不聊生、流离失所而不顾，预言最终必将败于共产党而政亡人息。

还说，记者在蒋介石夫人宋美龄面前，盛赞共产党的清正廉洁、亲民爱民，富于理想主义和牺牲精神。宋美龄难以置信，却意味深长地说：“如果你们告诉我的有关他们的事是真的，那么我只能说，也许是因为他们还没有尝到真正的权力的味道。”

美媒为此评论，这是一句极富内涵而意味深长的话。实际上，这是宋美龄对中国国民党这个执政党腐败丛生、积重难返现实的感叹，也是对那些一朝权在手便骄纵狂妄的弄权者的剖析。

回顾了这个历史画面，上官英杰就蓉儿的不幸遭遇所产生的“为什么”，有了自问自明的答案：人民的命运与国家的命运紧系相连。执政中国的国民党把国家带进了无法脱离的“历史周期率”的悲惨命运，自然也就造成了社会两极分化极不公平，生灵涂炭哀鸿遍野的悲惨现实。日寇侵略中国，民不聊生的悲惨雪上加霜更加悲惨，蓉儿自然也难逃这种双重悲惨的祸害、辱弄和裹挟。

其实，上官英杰留美八载，始终关注着祖国的政治变迁。他时常阅读发行和流传到美国的中国报刊，特别是阅读国内有识之士发表的文章、出版的著作，如黄炎培的《延安归来》；阅读美国正义人士的观察见闻，如埃德加·斯诺的《红星照耀中国》，尼姆·威尔斯的《续西行漫记》等，来思考和判断中国的政治、军事、经济乃至社会形势的发展变化及走向。回国后，他注重倾听民众的心声，细心观察国共联合抗战及战争战事发展的实况。身在国民党仕途的学友胡彪给他介绍了国共两党的许多情况，他都仔细聆听了；还偷偷地给了他毛泽东先生的一些重要著作，尤其是第二次国共合作期间所发表的文章，以及延安报刊刊登的主要社评和文章，他都认真阅读了。同时，他也阅览了国民党报刊发表的许多文章，特别是蒋介石总裁的言论和高层官方出台的文件等。一边倾听、一边观察，一边阅读、一边思考，擘肌分理，思衡国是，对时下国情特别是国共抗战的实情有了一个比较完整清晰的了解和认识……

“公子，”这时，秦妈过来告诉上官英杰，“将军回来了。”

爸爸！英杰闻之，一下子浑身都感觉热乎乎的。离别爸爸八年了！

他急切切地奔向爸爸的居室，一头栽进将军的怀抱里，见到严父的喜悦，惦记慈母的深情，思寻蓉儿的伤感，三种浓烈感情交织在一起，禁不住哽咽不已……

上官将军亦双臂紧抱着儿子，老泪纵横，半晌无语。

之后，将军双手亲抚着英杰的头，端详了暌离八个年头的儿子良久。比起半年前，他在美国报纸上看到的报道英杰取得沙漠学研究新成果新闻时配发的照片，明显消瘦多了，面容憔悴，魂不守舍，精神状态极为不佳。将军颇为心疼也心里有数，儿子回国后直奔大沙漠去找自己的心上人没找着，心里发急堵得慌，又遭人绑架遭受精神打击，身受双重挫折，搁在谁身上都一样呀！

知子莫若父。此时，慈祥的上官武格外温情脉脉，他轻拍着英杰的肩膀，又抚摸着他的后脑勺。将军心中煞是怜惜，但一时不知该用什么话来安慰儿子。

片刻，父子俩终于破涕为笑。

他们高高兴兴吃了顿团圆饭。饭后爷俩到客厅坐定，上官武对儿子说："杰儿，咱爷俩已有八年没有拉呱了。爸爸给你讲个故事吧。"接着，上官武破天荒给儿子讲了一个古老的故事：

明代第九位皇帝宪宗朱见深很宠幸一个名为万贞儿的贵妃，而这个女人生下一个儿子夭折后不能再生育，所以便称霸后宫。无论其他贵妃、妃嫔、婕妤、昭仪，还是美才、才人、贵人、选侍、淑女，她都难容她们身怀有孕；眼睛尖尖，耳朵长长，寻机几乎干掉了所有对她有威胁的嫔妃，其余有幸怀孕或生下儿子的女人，就更难逃厄运，让皇帝在若干年内难见皇子降世。

一次，明宪宗偶然邂逅在后宫守内藏的一个纪姓花季宫女，她被宠幸怀了孕，万妃得悉自然也不会放过。没料到，纪宫女的这个从孕育腹中到降生人世直至幼年的儿子，却吉人天相，福大命大造化大，躲过数劫，受到众多好人的庇护而活了下来，使万贵妃图谋打掉杀掉的手段都没能得逞。

先是受命前去打探消息的宫女，心生慈念，向万贵妃谎报纪宫女是腹内长肉瘤并非怀孕，还让纪宫女设法换了住处，直到她生下孩子。万贵妃接到密报后怒发冲冠，又派了名叫张敏的太监前去动手，将这个孩子溺死。谁知这个张太监又是一个心慈手软行善的好人，他见到母子二人后对纪宫女说，你这里不安全，把她儿子抱走秘养于安乐堂内。五年后，张太监将实情报告了宪宗皇帝，朱见深才与这个儿子得以相认，给他起名朱祐樘，并封为太子。

一直得宠的万贵妃，又以种种理由劝皇帝废太子，朱见深无奈听从下了圣旨。此时，又一个名叫怀恩的太监挺身而出力护太子，长跪不起请求皇帝不要废太子，被震怒的朱见深将其发配轰出了宫。

其后，又有太监护佑着朱祐樘，包括给他当老师的太监覃吉，都明护暗保着他。

自古后宫深院尔虞我诈、明争暗斗，机关算尽、笑里藏刀。“别人帮你是情分，不帮你是本分；容得下你是气度，容不下你是本事”。尤其是有后台撑腰的太监宫女，甘当其主子的叭儿狗，惯于见风使舵，翻手为云，覆手为雨，唯恐天下不乱，搞得后宫不是血雨腥风，就是乌烟瘴气。而在明代后宫，却有敢违贵妃之命甚至勇抗圣上御旨，如此之多善心善行的善良太监宫女，齐心合力保护一个孩子，实乃史上罕见。

人性的光辉成就了一代明君。朱祐樘就是继其父之位的第十位皇帝明孝宗，明代的弘治皇帝，难得的开明圣主。他主政时期，早朝午朝、励精图治，恭俭有制、勤政爱民，重用忠臣、百纳贤才，严惩奸佞、革废弊政，宽厚仁慈、体恤下属，尤其是他重开经筵侍讲，提倡直言进谏，向群臣咨询治国之道，使大明王朝政治清明，经济繁荣，百姓富裕，兴旺发达。被称为史上罕见的“弘治中兴”。

最难能可贵的是，明孝宗一生只娶了一个张皇后，开创了历史上一个无嫔妃、无嗜好、无亲信的“三无”皇帝，一个无专权、无战乱、无弊政的“三无”皇朝。

“杰儿，”上官将军讲完后又道，“爸爸希望，这个古代的故事能给你一点安慰和启迪。你在西凉时来电话爸爸知道，肉苁蓉是个爱国勇敢有骨气的好孩子。她身世悲惨，经历了一些生活磨难，也许这就是她人生的积累和财富。好人总是吉人天相，福大命大造化大。从良好愿望说，肉苁蓉迟早总会找到的，你要沉着冷静，举重若轻；从时下局势看，战乱国乱社会乱，中日战争破碎了无数人的幸福家园，让中国人民付出了沉重的代价，你要有足够的精神准备。作为一个男儿，无论任何时候都要守住自己的精神家园，无论遇到多么痛苦的事情，精神都不能破碎。每临大事有静气，不信今时无古贤。爸爸相信自己的儿子！”

将军说到这里，似乎意犹未尽：“对人生挑战的极限莫过于死亡。无论面对自己还是亲人爱人的死亡，深感痛楚和敬畏，这是一种非常正常的情感；不知道珍惜和留恋生命的人，未必是真豪杰。然而，‘人生自古谁无死，留取丹心照汗青’。南宋末年，文天祥在广东潮州与元军作战被俘，元军威逼他招降坚守崖山的宋军时，却写下了这慷慨激昂、掷地有声的诗句给予回击，表现出视死如归、大义凛然的英雄气概，显示其气吞山河的民族气节和舍生取义的生死观。爸爸一向是以他为榜样的！”

上官武讲历史典故，论严酷现实，说英雄豪杰，安慰、开导和激励儿子，挚诚的心语意味深长，深深打动了上官英杰的心，尤其是对未来儿媳的简言评价和衷愿，给予儿子很大的精神宽慰，使他一下子茅塞顿开，心情轻松了许多。上官英杰细心品味爸爸尊崇民族英雄文天祥英武之气节的赞语，回顾作为将军的爸爸，在抗战中曾经先后参加热河战役、长城抗战，是国民革命军几个强悍战将之一，率部冲锋陷阵、舍生忘死搏击于鲜血染红的战斗前线，“双枪双刀战神”名扬疆场，使日军胆战心惊！他清楚，爸爸的命好几次是在身体多处中弹和被刺伤的垂危中捡回来的。此时，他又一次深刻领略到气宇轩昂、浩然刚正的爸爸崇高的报国情怀和坚贞的民族气节，备受感染获得莫大的教益！不禁深情地向爸爸投去无比敬仰的目光。

这时，秦妈和卫兵各端了一盆热水进来，放在了将军和儿子各自所坐的沙发旁边。秦妈对上官英杰笑盈盈地说："公子，老爷在晚上都要泡泡脚的。这是他让我给您准备的热水，也泡泡脚吧，可舒服了。"

上官英杰闻之更为动容，爸爸今天对自己的关心和安慰真是无微不至啊！

上官将军道，民间一直有"富人吃补药、穷人泡泡脚"等足浴养生的说法。历史上寿命最长的皇帝是清代乾隆，活了八十九岁。他的养生之道就是"晨起三百步，晚间一盆汤"。我对足浴的感受体会就更深切：春天泡脚，升阳固脱；夏天泡脚，暑湿可逃；秋天泡脚，润肺濡肠；冬天泡脚，丹田温灼。今天是你回国归家的第一天，泡泡脚，晚上睡个安然觉。爸爸今晚破例不回军营，在家陪你，一起睡觉。

上官英杰听着，刹那间热泪夺眶而涌……

3

次日晚上，上官英杰去火车站接妈妈，王丹青一见儿子脸上泛着喜光，听其声调比起昨天通电话时的音色像是变了个人似的，本来准备一见面再好好劝慰一下他，已感到没有必要了。

这天夜里，上官家灯火通明。多年来一家三口人难得喜悦相逢，欢声笑语，主仆一起吃饭喝酒，好不欢乐热闹！

上官英杰深知自己从小到大，在爸妈的庇荫下，过着优渥的生活。比之蓉儿比之胡彪等其他同龄人，自己所享有的父母眷爱和家庭幸福都要丰厚得多。

散席后，上官英杰向双亲致意晚安，回到房间在兴奋中又想到"百善孝为先"这句古语，回顾爸妈一生对自己倾注的大爱大情，而自己阔别双亲八年之久回到祖国，不先回家看望父母，却直奔腾格里沙漠寻找蓉儿去了，顿时感到愧疚不已，心情难以平静。他一骨碌翻身下床出门，沿着门外走廊向爸妈的房间急匆匆走去，想再向两位高堂掏心掏肺地说说心里话，赔个情道个歉。

上官英杰走到爸妈房门，听见爸妈正在交流。

爸爸说："夫人，我给您念一份委员长监察室前日直接发给我的密电。致上官武将军专电：经军统局调查核实，你儿子上官英杰代笔给地方官员起草的文稿中，居然将毛泽东与委员长相提并论，这与党国规纪和领袖训导相悖。养不教，父之过。本该追责严处不贷。然委员长念你一贯忠诚党国和领袖，抗战功勋卓著，宽不责罚。但你有教子无方之责，兹责成对子严加管束，认清时局，尔等要坚定仇共反共的立场。委员长监察室。"

爸爸读完电文后说："纯属欲加之罪何患无辞。但还算给了点面子，直接专发密电给我，如公开广发让独立师内外人所共知，就会有小人趁机作乱。"

"武君，这是怎么回事?"妈妈问道。

爸爸道，据了解，杰儿在西凉应邀代笔给督察区党部书记长谭海和行政专员马驰明撰写了一篇《西凉苍生祭黄帝陵文》。文章在祭颂黄帝的四字句骈体文部分内，提到了毛泽东先生和蒋先生，写有"毛泽东祭""蒋介石碑"四字句。那是1937年国共合作正值抗日战争高潮时，国共两党于是年清明节各派要员代表同登桥山，恭祭血脉先祖黄帝，毛泽东先生亲撰《祭黄帝陵文》，以感念和平崛起之艰难。由时任苏维埃政府主席毛泽东先生、红军总司令朱德先生派去的代表林祖涵即林伯渠先生宣读。此后的1942年，蒋先生为黄帝陵题字立了碑。文章依照历史叙事，完全实事求是，是顺其自然之笔。据说，军统得知这件事后，提出了"吹捧共党首脑，竟然将毛泽东与委员长同列文内，真是胆大妄为、不可饶恕，应予严惩制裁"的意见，呈报给了蒋先生。听说是蒋先生口谕，让监察室发的这份专电。

"文章尊重史实，国共两党首脑为什么不能同列文内?军统恣意定罪'胆大妄为、不可饶恕'?这是什么混蛋逻辑和王法！蒋先生显然是借这件事指责敲打警告我。"

上官英杰又听妈妈讲道："我的大将军，你说对了，这才是要害。抗战胜利在望，这份无稽之谈的电报，显然有两层含义：一是蒋介石拿杰儿代笔文章里的一个四字句说事，批你教子无方，借机警告你要识时务，忠诚党国；二是监察室传达旨意，命你严加管束，管儿律己，仇共反共，跟着蒋介石走。”

接着，妈妈的声调激昂起来：“毛泽东先生是中国共产党和中国人民的领袖，中国人民衷心认可和拥戴的‘大救星’。共产党和毛泽东先生领导的革命军队，完全是为着解放人民、彻底地为人民的利益工作的。要说不能相提并论的话，人民公敌倒是没有资格与人民领袖相提并论。抗战期间，国共两党团结一致抗日，这一点中国人民有目共睹。但是，蒋介石灭共产党之心不死，他和国民党顽固派一直死心塌地站在人民的对立面，仇共反共打内战，妄图独霸天下，这一点中国人民同样看得很透彻……”

听到这里，上官英杰极为吃惊的是，他替人撰写了一篇文稿，没想到这件正常之事竟被军统挖空心思罗织罪名，上报给了蒋介石，给爸爸惹了“麻烦”。

上官英杰再也按捺不住，敲了敲门。

“谁?”

“爸爸，是我。”

上官英杰进了门，张口说：“爸爸、妈妈，你们的交流我听见了。请允许儿子说几句。儿子代笔为西凉官员撰写的祭文，爸爸所做的解释完全符合行文所遵循的游戏规则。爸爸身为国民党高级将领，对蒋介石让监察室发电文无端指责，所表示的鲜明政治立场和是非观点，令儿敬佩至极。妈妈讲的一席话，热情称赞毛泽东先生和共产党，揭破了这份电文旨在坚持蒋介石仇共反共的政策和立场，妄图达到让我们父子死心塌地跟着蒋介石走的目的，揭露了以蒋介石为代表的国民党顽固派嘴脸，儿子非常赞同。

“理论认同、政治认同的前提，是所见所闻的事实认同。”

接着，上官英杰像是个深谙时政的评论员，毫不顾及父亲是国民党军队高官的颜面，义正词严、慷慨激昂地评说起来：

“儿子从美国回到中国，从耳闻目睹和阅读了解获得的第一手资料所知，第二次国共合作的历程和事实无可辩驳地说明，毛泽东先生领导的中国共产党，在无数共产党人惨遭以蒋介石为代表的国民党顽固派残忍迫害和杀戮的情况下，虽然义愤填膺，但却在国家受到日寇铁蹄疯狂践踏、民族面临危亡的关键时候，从国家和民族利益的大局出发，以博大宽容忍耐之胸怀捐弃前嫌，真心实意提出与国民党进行第二次合作，建立抗日民族统一战线的主张。共产党为争取蒋介石及国民党顽固派抗日，在坚持独立自主的原则下，求抗日之大同，在许多非原则性问题上做了太多的牺牲和让步，才得以敦促国民党以民族利益为重，使国共两党团结一致，共抵外敌，抗击日寇。

“国共合作以来，面对日寇，两党将士同仇敌忾，英勇杀敌，可歌可泣，尤其是国共两党及军队合作的平型关与忻口战役、台儿庄战役两次著名的抗击日寇战争，打破了日军不可战胜的神话，给全中国人民以极大的鼓舞。然而与此同时，时任国民政府军事委员会委员长的蒋介石，牢抓军权且操控国民党，妄图一党独大坐天下，害怕共产党发展起来，既主张国共联合抗日，又极力限共、溶共、反共，并摧残进步势力，实则要消灭共产党和革命力量，由此造成了国共之间的剧烈摩擦。

“尽管蒋介石及国民党顽固派在国共合作期间公开反共搞分裂，制造了不少麻烦，搞了不少摩擦，掀起了三次反共高潮，尤其是蒋介石亲自导演了震惊中外的皖南事变，甚至国民政府还宣布将国民革命军新编第四军番号给予撤销，真是达到了登峰造极的地步；而共产党仍然顾全大局、克制自己，对国民党顽固派采取有理、有利、有节的策略原则，既坚持联合又进行斗争，遏制住以蒋介石为首的顽固派，没有发动全面内战，没有退出抗日统一战线。

“大敌当前，中国人民是完全赞同和支持国共合作、共同抗战的。日本鬼子像野兽一样野蛮侵略，占领了中国大半疆域，我山河破碎，国土沦丧，哀鸿遍野，民不聊生。制造了惨绝人寰的南京大屠杀血案，三十万同胞惨遭杀戮，无数的妇女遭受蹂躏残害，无数的儿童死于非命。虽然战争让人民处于水深火热之中，但中国人民深知不把日寇赶出中国，是没有好日子过的。所以，满怀对日寇深仇大恨的国民，将苦难生死置之度外，坚定坚强地抗日抗战。蓉儿不怕日特的追杀和我们的孩子被作为人质的威胁，奋不顾身寻找团结抗战的国共组织，勇闯国民党西凉督察区党部举报敌情，使潜伏在肉苁蓉村的日特很快被歼灭，其罪恶阴谋被彻底粉碎。这是民众用自己的生命支持国共合作，奋起抗日、保卫家园的一个生动事例。她不愧是名副其实的抗日英雄。

“人民看得很清楚：在抗日民族统一战线的旗帜下，共产党已成为反抗日本帝国主义侵略的中流砥柱，他们所领导的人民革命力量得到了空前壮大，成为决定中国政治前途的根本力量，是中国人民的唯一希望。”

上官英杰最后说，我完全赞成几年前美国记者采访延安后发表的见解：“生活简朴貌似弱小的共产党，虽然只有小米加步枪，但他们却深得民心，在延安得心应手地运筹帷幄，为拯救中国而战，最终必将战胜强大的国民党。国民党必将政亡人息。”

“得民心者得天下，失民心者失天下。”这是历史发展的必然结果。

上官武、王丹青夫妇四目凝神看着儿子，听着他滔滔不绝讲出的这番观察透彻、切中要害的见解，两位高堂特别惊喜而赏叹于心！坐着的他们几乎是同时起身，伸开双臂欲拥抱英杰，王丹青先搂抱住儿子，上官武后抱搂住妻儿，一家三口人紧紧地拥抱在了一起……

“杰儿，”上官武叮嘱儿子，“中国时局正处于黎明前的黑暗，国民党顽固派和军统特务及其爪牙耳目遍布各处，已有不少因为忧国忧民，推心置腹讲真话、痛心疾首谏忠言的国民党军政高级人士惨遭杀害。在关键时刻要高度警惕，要有静气和耐心，清醒淡定，内外有别。我们这种家庭里的人，千万不可头脑发热，不可忘乎所以，不宜在外面人云亦云谈论国事。只有等待时机成熟而为……”

此时，上官英杰已揣摩明白爸爸对未来政治前途的选择，甚为感奋。他听着爸爸的嘱言，不由得频频点头。

对自己的丈夫，王丹青心明如镜、了如指掌，她坚信虽是国民党上将的夫君，不会让她失望。而她却没有料到，夫君的觉悟居然比她的观察、感觉和判断要高得多快得多。实际上，上官武早就认清了中国时局发展的未来，认清了中华民族的前途，认清了谁代表着中国人民的根本利益；思想上早就选择了光明，选择了进步，选择了革命；政治上早就坚定地站在真理一边，站在正义一边，站在人民一边。上官武已拉开弓箭在弦上，等待着共产党确定的抗战胜利时的最佳时机再射出——率领他的独立师奔向延安，奔向中国共产党和中国人民解放军的怀抱。

所以，就在上官英杰走到爸妈居室之前，王丹青这个地下共产党西陇省委的领导成员，认为旷日持久等待的时机已经成熟，正想张口策反“归顺”丈夫，心领神会妻子“目语”的上官武只好抢先启口，给她亮了“底牌”：“我早就与延安中共中央接上了关系，谈定了一切。延安已为我安排了奔向革命阵营的时间表。”

此时，王丹青的心情十分激动，但对儿子还不能全盘托出实情。她开玩笑似的说：“杰儿，就看你的将军爸爸何去何从呀！”

上官武在爽朗的笑声中，回应了妻子一句掷地有声的铿锵之语：“我上官武是中华民族的子孙，绝不是蒋家王朝的信徒！”

上官英杰离开后，王丹青对上官武说：“武君，我们的儿子搞科研是块好材料，如果从政从军同样是块好材料哦。”

上官武点点头，深情地说：“夫人，风雨时家是遮风挡雨的伞，团聚时家是洋溢幸福的河。”王丹青听着，情不自禁扑进了丈夫的怀抱……

在黑暗统治、枪林弹雨的残酷岁月，革命者、正义者的处境，往往前一秒安然无恙，后一秒命悬一线。血雨腥风，聚少离多，夫妻或家人能够见面团聚和倾心交流，会给这样的家庭带来极大的幸福感和鼓舞感。

4

几天时光里，空气清新，阳光明媚。上官将军官邸院内，小花园景色煞是宜人，满目所及，莺飞草绿，垂柳依依，鲜花盛开，妩媚娇艳，生机勃勃。

上官氏两代人，国共两党的将军、领导和进步科学家儿子幸福团圆，这个光明之家的三口人心中洒满阳光，心情舒畅、怡然自得，其乐融融、和谐甜美。因为他们的心跳在了一起，路走在了一道。

上官英杰思考确定并征得父母赞同，面对现实振作精神，在暂时没有蓉儿音讯的情况下，他先去腾格里沙漠的西沙窝子村，着手筹建治沙研究所。再说西沙窝子村距离肉苁蓉村不远，他也可以打听关注那个假牛富贵、日特横田丑二的动向。同时，毫不放松、想方设法打探蓉儿的下落。如有确切信息，在爸妈和友人的鼎力协助下，再去寻找蓉儿，赴汤蹈火，在所不辞。

上官将军昨晚就依依不舍地离家回到了军营。王丹青也将于今日下午与儿子惜别，奔向自己的岗位。

上官英杰情绪已稳定下来，决定明晨就离开温馨之家，西去腾格里沙漠。

“公子，有您的电话。”

上午，正在收拾行囊的上官英杰听到秦妈的传话，赶忙到客厅抓起话筒一听，原来是胡彪来的电话。胡彪寒暄了几句后，首先兴奋地告诉他，在西凉代表团去桥山朝拜祭祀黄帝陵后的第三天，西凉地区喜降大雨，旱情得以缓解。接着又说，西凉镖局镖头苏虎向他报告了一个信息，肉苁蓉村有人在青海西宁莫家街头看见了蓉儿；苏虎还意外送来了一幅画，上次你来西凉交谈中给我讲过，应该是你八年前在离开肉苁蓉村时创作送给蓉儿的那幅画。他让我转交给你。

胡彪还道，独立团决定组织人手以查找抗日英雄的名义，去西宁寻找蓉儿，具体怎么行动需要与他商议。还转达了谭海女儿、时任西凉一中自然与科学教研室主任谭淑的委托，盛情邀请上官英杰给一中的学生上一堂科普课，这也是校方领导和教师同仁对你这个海归科学家的衷心期待。胡彪建议上官英杰考虑，尽量满足一下谭海和校方的这个心愿。

终于有了蓉儿的信息，使上官英杰欣喜若狂。既然有了蓉儿的消息，他决定暂缓去西沙窝子村，立即再赴西凉，与胡彪商议去西宁寻找蓉儿的事。

挂断电话后，上官英杰高兴地把胡彪来电话的内容和自己的考虑告诉了妈妈，王丹青表示赞同和支持。她对儿子说：“你的这个老同学，你认识多久妈妈就认识多久，近些年我与他来往较多，应该比你更了解他，胡彪是个值得信赖的人。寻找蓉儿的事多与他商量，取得这个西凉独立团团长的支持帮助就更难得。”

历史对人际关系及发展的安排，往往令人匪夷所思。原来，王丹青与胡彪是地下党内上下级关系。上官英杰去美国留学不在国内，对这个秘密自然毫不知情。王丹青最早是通过儿子认识胡彪的，因为胡彪与上官英杰是从中学到大学的同学和朋友，那个时候胡彪常到上官家来。而胡彪却是上官英杰赴美留学之后，王丹青一手引导、培养和发展成为革命者，也是她介绍加入共产党组织的。

其后，地下党西陇省委根据王丹青提出的意见决定，经过组织运筹，将胡彪打入国民党西凉督察区党部卧底，让其一直“沉睡”着，待时机合适再“唤醒”。后来，正是蓉儿勇闯西凉督察区党部举报日特敌情提供的机遇，胡彪挂职副团长参加独立团突击队去肉苁蓉村围歼日特立了功，使他有机会步入国军就任独立团团长。不久前，共产党组织“唤醒”了胡彪，由王丹青直接领导和单线联系。因为地下党工作的严格纪律，王丹青当然不能将胡彪的底细告诉自己的儿子。

地下党西陇省委设在西凉南镇的医务所，也是由王丹青直接领导的，她只负责与这个救助站站长、共产党员廖诚单线联络。这个医疗所虽然地处西凉，但包括胡彪在内的其他同志，除西陇省委主要负责人外，其他人都不知情。

命运更会捉弄人。两年前，王丹青曾亲自去医疗所给廖诚下达营救西路军战俘任务时，在那里见过担任护士长的蓉儿，也给她留下了良好的较深印象；但因蓉儿化名马小英，王丹青不知情自然就失去了相认儿子未婚妻的机会，当时蓉儿虽知她是上官英杰的母亲，却没有勇气主动认未来的婆母。后来，蓉儿、程强跟随廖诚去西宁救护西路军战俘时，蓉儿失踪了，至今下落不明。王丹青虽知情，却不晓得两年多前在西宁失踪的马小英，正是儿子千方百计要寻找的未婚妻蓉儿。

世事无常亦无情。真是“白云跟着蓝天走，青山绿水不相留”啊！

王丹青离家时告诉上官英杰，听说胡彪近几日将去西兰。她让儿子去西凉途中顺路在西兰逗留一下，说没准会碰着胡彪，她是想和儿子一起听听胡彪以独立团的名义，如何寻找蓉儿的具体想法。王丹青还说，她在西兰开画廊聘用的一个女孩子很不错，名叫醒婵，是西凉人，想介绍给胡彪认识做朋友。

王丹青给儿子实话实说。但她不能说的是，胡彪来西兰是她的指令，是要给他下达新任务。而在画廊工作的醒婵，是她正在培养的一个进步青年。

上官英杰听后怡然而笑："妈妈真是个有心人！"他答应妈妈，途经西兰时逗留一下。

他到达西兰后，给妈妈打了电话，王丹青告诉他胡彪明天到西兰。她下午有急事要处理，让他转悠一下，傍晚六点钟左右到武都路景阳楼二楼春风房会面，"这个老字号菜馆的西兰菜做得很地道，妈妈给你接风，尝个鲜。我让醒婵也去，她会在那里等你。"

上官英杰找到景阳楼，上二楼时与一女子擦身而过，虽然只是一瞬间，他感觉这个面孔特别是那双眸子似乎很熟悉。很快，他想起来了，是他前不久在西凉有过一面之缘的苏娟。偶然而遇各奔东西，再次相逢让他唏嘘，她怎么会出现在这里？

进了春风房，上官英杰看到了桌子上放着的一张纸，上面写着："上官英杰先生，您好！王老师让我过来等您，请恕我未见到您就离去了。原因在于历史的误会，这次不好意思与您见面，请海涵。过去的苏娟，连同让您遭遇的不愉快往事早已逝去了。现在的醒婵，也已经选择了阳光进步的新生活。相信我们还会见面的，也相信我们会成为彼此信赖的好朋友。顺祝安康幸福！醒婵即日。"

上官英杰虽然与苏娟仅有一面之交，却似乎了解她，认为她是个善良而优秀的女子。因为，只有理解她能够在那种不善良的环境中，坚守和保持着善良，才能认可她的那种善良和优秀。

"近朱者不染，近墨者拒黑，真是一道难能可贵的人格风景！"上官英杰脑子里掠过这个想法。"醒婵，好雅致的名字。"他觉得妈妈真有眼力，把她介绍给胡彪做朋友。

次日，王丹青、上官英杰与胡彪在西兰丹青画廊见面了。

就去西宁寻找蓉儿，胡彪首先谈了自己的意见和想法。寻找抗日英雄肉苁蓉是一件紧迫的公事，是西凉独立团必须完成的一项任务。他决定亲自带队，在独立团特务连挑选几个有经验的侦察员去西宁，采取公开查和隐蔽查相结合的方法寻找蓉儿。公开查，就是呈请青海省和西宁市国民政府、军队、警察局支持，诚请报业、电台喉舌帮助，得到权威机关和媒体机构等其他有效渠道、力量的协助查找，依靠人民群众提供线索广查，在蓉儿出现过的莫家街一带访问排查，广泛寻找蓉儿；隐蔽查，就是根据协查、广查和排查发现的有价值线索，深入重点地方，寻找重点知情人，秘密细查寻找蓉儿。同时，根据出现的情况和问题，灵活实施有效措施。

"我个人思考，如果蓉儿真在西宁，很可能陷入了困境艰难之中。"如发现可靠线索，就集中和加强力量，想方设法不惜一切代价，找到人救出人。这次去西宁，能不能找到人、需要花费多长时间才有结果不得而知，只能依据实际进展，届时再做决策和安排。

胡彪说："西宁乃至整个青海都是马家军的地盘，求助他们协查相当重要。"他认识马步芳的儿子马继援担任军长的八十二军所属某团团长，这个人比较讲义气。到西宁后，他准备上门托请他协助寻查蓉儿。如果马家军能给予支持帮助，就会顺利许多。他还建议，上官将军如能准许以西安独立师的名义，给马步芳担任主席的青海省政府出个公函最好，毕竟中央军的面子大。

接着，胡彪分析道，多年以来，我从未间断过打听寻找蓉儿，但一直杳无音讯。近日西凉镖局镖头苏虎找我报告说，肉苁蓉村有人不久前在西宁莫家街看见了蓉儿。是谁看见的？我问他，苏虎支支吾吾说是村民。我觉得，苏虎给我们通报信息是一种积极的态度，是为了对绑架英杰表示歉意的实际表现，不像是空穴来风的虚假报告。但这个信息会不会是横田丑二传言给他的？他交给我的英杰画的画倒是印证了这一点，因为这幅画肯定来自横田丑二。如果这个判断成立，可说明日特寻找等待了蓉儿多年穷途末路，这次通过苏虎传递信息给我们的目的，就是待我们找到蓉儿，他伺机报复。回到西凉去西宁之前，我再找苏虎谈谈，给点压力让他说实话，要把信息来源落到实处。总之，我们要把情况的变化和狡诈的敌人想得复杂一点，保持足够的警惕，在寻找蓉儿的同时要盯着横田丑二，严防发生意外。我已秘密安排了两个人去肉苁蓉村盯住日特，注意保护英杰和蓉儿的孩子。

我们都知道，公开解决这个日特的难点，在于省党部书记长李向群还在职位上。但我思考，即使李向群与美奈芳子有性交易，在枪口下救了横田丑二的命，恐怕他也不希望日特永远活着。这个日特必须尽快秘密解决掉，留着对蓉儿和孩子的安全，始终是最大的威胁和隐患。这次我们先去西宁找蓉儿，不管找到找不到，回来后我就安排人手或者亲自去肉苁蓉村，消灭这个顽敌。

我们这次去西宁是难以保密的，秘而不宣不利用媒体喉舌，不发动和依靠群众，寻找到人会相当困难。但是，在寻找过程中，对已掌握的线索和我们采取的措施及其收获，必须严格保密。

王丹青、上官英杰听着，都不禁点头。

最后，胡彪建议，英杰同我一起去西宁找蓉儿，但为了安全和避免非议，他尽量隐蔽一点，他与蓉儿的关系也不宜公开说破。

王丹青听了胡彪所谈的具体意见，觉得他深谋缜密，举措得力；针对寻找蓉儿出现的情况所做的分析，符合实际，切中要害。她深感，这个年轻人无论作为军事指挥员，还是作为地下党工作者，不失为一个政治上成熟可靠、有一定领导能力、德才兼备的优秀人才，未来可以承担党组织更为重要的工作担子。她以上官英杰母亲的身份，表示赞同和由衷感谢。

上官英杰对胡彪寻找蓉儿的精心部署，对横田丑二这个主要威胁和隐患所做的敏锐分析，以及采取的对策，都拿捏得当，把握有度。作为蓉儿的亲人，他对老学友胡彪给予自己的真诚帮助深为感动，挚表谢意。并表示这次随他去西宁寻找蓉儿，会自觉服从他的安排和指挥，严格遵守纪律。“请彪兄放心。”

胡彪和上官英杰商定，等胡彪在西兰办完公务，他们一起回西凉后，上官英杰去谭淑的中学做个科普演讲，他们再一起同去西宁。

关于西安独立师能不能出个公函的事，王丹青立即给丈夫上官武打了电话，将军回答“可以”，会迅速办好，将派专人专车送到西兰来。

王丹青还提出，蓉儿长的什么样子，英杰应画张素描，画廊复制若干张，带到西宁便于使用。

这天中午，上官英杰挥笔很快画好了铭刻于心的蓉儿素描像。胡彪一看，大加赞赏：“与美人相貌神似，太像了！”胡彪拿去送给了王丹青，悄声叫了声“王部长”说：“请您安排画廊复制几张吧。”

王丹青接过一看，不禁失声而出：“马小英！”不过，她很快镇定了情绪，对胡彪说：“两年多前我就见过她，是在咱们一个同志的单位，那时她用的姓名叫马小英。”说着，已泪如泉涌，泣不成声，“蓉儿思想进步，工作积极，因为需要，我们的同志带她一起去西宁执行任务时，不幸失踪了……”然而，因为纪律的约束，她还不能把具体情况告诉胡彪。

王丹青陷入了深深的痛苦和悔恨之中。

5

上午九点开始的科普演讲会，十一点一刻结束了。

谭淑、西凉第一中学的魏校长、高初中班的十多位班主任和一群男女同学代表，簇拥着上官英杰，把他送到了校门口。

“谢谢大家！请魏校长、老师和同学们留步、留步，请回吧！”上官英杰在校门口止步挽留住大家，并与他们一一握手，告别。

魏校长握着上官英杰的手说：“谢谢上官先生为我们做的精彩演讲，让我们学习认识科技与科普的重要，真是眼界大开！”

“魏校长过奖，感谢贵校给我这个难得机会，有幸与大家一起展望科技发展与交流科学普及问题。我深感，贵校师生对科技科普事业满腔热情，认识水准不低。”

“谢谢上官先生的鼓励。希望未来在先生的指导下，把我校的科普活动开展起来。”

“我们共同努力吧。”

魏校长、老师和同学们都反身进去了，唯有谭淑和上官英杰还寒暄着。

“英杰先生演讲完就急匆匆地要走，让人连个表示感谢之情，请您吃顿饭的机会都不给呀。”谭淑说着，目光中闪烁着挽留上官英杰之意。

“我已和胡团长约定，马上要出发了。”

“去哪里？西兰吧。”

上官英杰迟疑了一下，还是告诉了她：“西宁。”

“先生一定是为了更多地了解大西北，我的舅舅在西宁工作，我让他接待你们。”

“谢谢，不能麻烦您的长辈。”

“不用白不用，他是我妈妈的亲弟弟、我的舅舅，骨肉之亲、西宁市警察局局长，有权有势啊！”谭淑咯咯咯地笑着，“当然，比起您的上将爸爸不值得一提哦。”

“警察局局长”这个官职，上官英杰听了很上心，寻找蓉儿求他帮助，作用肯定非同一般。但他不知道该如何向谭淑开口，一时竟语塞了……

“别不好意思，他叫马魁。老百姓骂警察是黑狗子，但我舅为人挺好的。记着与他联系，我给他打个电话。”

“谢谢谭老师。”

“这个称呼可不敢当，折煞我也！在科学家面前我就是一个学生，请直呼谭淑吧。”

自从八年前蓉儿占满了上官英杰的心窝，他对其他女子虽讲究礼仪言语热情，可情感世界却是木然的封闭的。上官英杰微笑着，落落大方地叫了一声“谭淑”。

“哎！”谭淑望着上官英杰嫣然一笑，脸色绯红，灿烂含情。他只是叫了一声她的姓名，她听着却特感亲切温馨怡心。她心里想，真是个乖巧的君子，让他叫她谭淑就立马叫了。如果叫她“小淑”，就更受听了……

上官英杰伸手与她握手告别，即转身离去。

谭淑享受着朦胧自生的丝丝缕缕的情愫，随即迅速写了个纸条，上面写的是她舅舅的姓名和电话号码，快步追了过去，塞到了上官英杰手里。

她目不转睛地望着远去的上官英杰，直到看不见他的身影才进校，直奔学校电话室给舅舅马魁摇通了长途电话。

“舅舅，我是小淑。”

“好久未听到淑儿的声音了！你好吧？你爹妈都好吗？”

“都好。舅舅，我的好朋友上官英杰去西宁了，他要是联系您，请您替我好好接待他哦。如果他在西宁要办啥事，你可要全力以赴给他办好。”

“明白。上官英杰，好帅气的姓名。是男朋友吧，我的外甥女总算让舅舅放下心了！”

是男朋友吗？谭淑扪心自问，已情不自禁，稀里糊涂地给马魁回了声：“哦，哦……”

谭淑，这个受过高等教育的淑女，在父权母爱的庇荫下，从事着自己热爱的事业，担任西凉一中自然与科学教研室主任，给学生讲授自己喜欢的自然和科学课，业余喜欢阅读和写点科普文章；衣锦食肴四体不勤，生活优渥煞是舒心。只是择友选婿有点好高骛远，一直无缘碰到称心的郎君，心情时常有点孤单落寞。

“窈窕淑女，君子好逑。”按《诗经》问世的那个年代的说法，在农田耕耘的单身男人就是君子，在湖里采藕的青春孤女就是淑女。“岁月辗转成歌，时光流逝如花”，悠悠三千载光阴过去，人间虽经翻天覆地，“君子”“淑女”的概念和内涵也都发生了根本变化，但无论以古时还是用现时的人格标准，谭淑都算得上是个淑女。

上次接受其父谭海热情邀请，上官英杰到谭宅做客时谭淑与他首次邂逅；这次上官英杰应她盛情之邀，来学校给学生做科普演讲再度相逢。谭淑两次近距离的观察和接触，对他有了初步了解，这位风度翩翩、风流倜傥的美男子外表让她耳热心跳，而他科艺双馨、才华横溢的科学家内涵更使她仰视倾慕。连她自己也说不清楚为何自个儿的芳心之门会豁然敞开，这个男人今天居然一下子被她装进了心怀，想赶走却怎么也赶不走。她含羞害臊地在心里多次问自己："真是一见钟情爱上他了？"每问一次都会怦然心动！刚刚依依不舍地送走他，竟又心波荡漾，躁动不已，单相思了起来……

在二十世纪四十年代，像谭淑这类官吏之家的青春淑女，相思倾心高官门第出身的上官英杰，门当户对，完全在情理之中。在当下社会，有权有势有钱的男人哪怕是半百老头或者歪瓜裂枣，都成了抢手货，不少女子争来抢去还是被纳小做妾；何况上官英杰这类凤毛麟角的如玉君子，正是她这种官门洁女梦寐以求的"白马王子"。

谭淑是个有自知之明的人。她从各个方面认真比较，感觉似有云泥之别，恐高攀不上他……

中午十二点，下课铃声响了，教研室的老师都去食堂吃饭了。然而，谭淑的心神忐忑，毫无食欲，仍坐着不动，不禁回顾上午上官英杰来校在大礼堂做科普演讲的实况，精彩生动，历历在目。她翻阅着笔记，他那张英俊白皙的脸庞又在她眼前晃动着，抑扬顿挫富有磁性而柔美的声音又在她的耳旁响起……

科普演讲会一反常规，别开生面，完全是演讲人牵引着听众的心灵，通过启迪和渗透大家思想意识的互动交流，增强和加深对科技科普的认识、理解和升华。

"老师们好！同学们好！"演讲会开首，在主席台前演讲席的上官英杰，满面笑容地向大家致意。

随即，他目光一扫全场，提问："科学与技术的区别是什么？两者之间有什么内在联系？怎么看待科学技术的作用？哪位来回答？"

"我来回答。"在主席台上就座的谭淑站起来说。

上官英杰走过去，把带电池的扩音喇叭递给她。

谭淑讲道：我个人的学习认识，科学，是探索发现未知的，如实反映自然与客观事物及其运动变化规律的系统知识，验证真理的研究活动，回答"是什么""为什么"的问题，是理论形态；技术，其目标是利用自然规律来改造和利用自然，以提高生产力为目的，综合各种知识发明创造的研发活动，回答“做什么”“怎么做”的问题，是物质形态。两者的内在联系在于，科学研究是技术研发的理论基础，技术研发是科学研究的物质延伸，相互依存、相互渗透、相互转化。形象地说，科学技术成果，犹如“储藏万宝的高山，泽润万物的江河”。这些“高山”和“江河”被推广应用开来，成为直接生产力，可极大地促进经济发展繁荣和快速增长财富。

“谭老师回答得简明、准确和生动。”上官英杰说着鼓掌，引发全场掌声雷动。

接着他道，我谈点认识，大家可以随意插话提问，可以拾遗补阙，可以评头论足。如果感到兴味不大，可以睡觉，也可以悄悄离场。

同学们，时代进入新天地，科学技术突飞猛进。人类搭乘科学技术的快车前进，分享着科学技术新成果的利惠，使各行各业创造着不断刷新超越往昔纪录的经济效能、效果和效益，也让人类的生活丰盛美满，多彩灿烂，充满着便利快捷、轻松舒适、开心欢乐的现代神奇、惊喜激情和浪漫魅力。

今天，当你与大洋彼岸遥远域外或国内相隔千山万水的亲友互通电话，搭乘飞机穿越苍穹、南国北疆朝发暮归，这种在古代难以想象的神奇早已变成现实。而嫦娥奔月、龙宫探宝等种种神话和《封神演义》里的诸多幻想，伴随着科技的发展也已经梦想成真。

未来，人类的目光或可借助高超先进的天文学的神奇“眼睛”，看清或触及百亿光年以外天体的深奥秘密；人类的脚步或可借助高度发达的火箭、飞船技术的“翅膀”，踏入火星甚至更遥远的星球洞察探秘，了解和掌握太空宇宙更多更新的沃疆宝地，或可将某些星球开辟为旅游胜地，或可到地球以外的星球去开发能源甚至生活发展……

科学技术是人类智慧和社会发展的结晶，必将随着推广普及“见缝插针”，进入社会各行各业的各个方面，引入人们日常生活的各个层面，结出和产生难以想象的丰硕成果，推动人类物质文明和精神文明的进步发展。今天比之昨天，世象变化万千，日新月异，“换了人间”；明天比之今天，世界更将变幻莫测，焕然一新，美不胜收。可以说，与时俱进的科技浪潮，必然猛烈挑战、冲击和不断创新创造，改变整个世界、整个社会、整个人类生活，不以人的意志为转移。

这时，台下有个女同学站起来举手，上官英杰立即伸手臂道："请这位女同学讲话。"

"先生，未来随着科学技术的发展，人们的享受比如视觉享受会有什么样的新变化呢?"

这位同学问得好。科学技术必将给人们的生活带来全方位多层次的绚丽美好精彩美妙的未来。就这位女同学关注的视觉享受而言，未来人们可在自己的家中，通过不断升级换代、更新完美的电视机，收视昼夜播放的七彩缤纷、琳琅满目的各类各种节目。可以尽情欣赏影视、戏剧、舞蹈等丰富多彩、赏心悦目的文艺表演节目，分享领略真善美好、赏心悦目的艺术营养；可以根据自己的需求，关注观察包括中国各地和世界各国，时时日日发生在时政、经济、社会、文化、科技、教育、卫生、军事等领域，五花八门、图像融合犹如电影般的新闻节目；可以选择收看指导人们科学周密合理生活、工作、生产、经商等，所需要的应有尽有的新知识、新技艺、新规则等实用节目；可以随时赏视囊括日常生活方方面面，不可或缺的气象、交通、旅游、购物、住房、饮食、穿着、美容等应有尽有的常识技能节目。可以说，信息资讯应有尽有，大千世界一览无余。

此时此刻，上官英杰的演讲声，被受到鼓舞而激动的同学们掌声和"哇、哇"的叫喊声所淹没。"面对未来的科技浪潮，我们怎么办?"

"西凉一中怎么办?"叫喊声此起彼伏。

"同学们静一静、静一静。"上官英杰打着手势，让大家平静了下来。他继续演讲，回答"我们怎么办"的问题：

同学们，科学技术关系着世界，关系着中国，关系着包括我们西凉、西兰、西安、北京、上海、广州等在内的每座城市，也关系着包括我们自己在内的每个人。每座城市、每个行业和每个战线，每个单位、每个企业和每个学校，每个家庭和每个人，都必须关注现代科学技术、了解现代科学技术，学习现代科学技术、运用现代科学技术，不断充实和增强生存的本领、生活的技能和必需的技术。顺潮则进，不进则退。如果我们不学习、不了解、不把握现代科学技术前行发展的脉搏和进程，就会沦为“科盲”而停滞不前，掌握不了自己的生存权和发展权，更谈不上驾驭新时代、新生活的自主权和幸福权。事实上，时下包括官人、富人和穷人在内的相当多的人，对许多现代科学技术特别是高新科学技术根本看不懂、听不明白，也不学习认识和了解，更谈不上掌握，用于生产、生活和工作。这种状态，实质上是一种看不见的危机，一种无意识的倒退。科盲和文盲一样无知、愚昧和可怕，是“睁眼瞎子”。由此说明，大力宣传推广普及现代科学技术的重要意义，增强激发广大公众学习、掌握和应用现代科学技术的觉醒意识、主动意识和紧迫意识，则刻不容缓，迫在眉睫。作为从事教育的学校，更要走在前面，做学习掌握和推广普及现代科学技术的先锋模范。

讲到这里，上官英杰发问：什么是科学普及？

“我回答！”“我来回答！”“让我回答！”……顿时，台上台下，群情激昂，喊声一片，举起了无数双手。

上官英杰见状，西凉一中师生对科技科普如此高涨的热情和渴望，使他为之感奋。他指了指台下一位戴眼镜的青年老师：请你回答。

这位老师立马脱口而出：科学普及，是科学与技术事业的重要组成部分。就是把科学发现、科学知识、科学方法与技术设计成果、技术设计知识、技术设计方法，以及融化于科学与技术其中的科学思想、科学精神，通过扎实有效的各种方法和途径，广泛传播和推广普及到各行各业，为广大公众所理解、应用和实践，用以开发智力，提高素质，培养人才，发展生产力，最大限度地促进社会物质文明和精神文明的建设和发展。

一阵掌声响过，台下有位老师道，我做些补充。

上官英杰望着她：请讲。

这位中年老师庄重地说，科普是一项系统工程，关键在于国家和全民族的重视。只有通过建立健全国家体制机制内的科普机构、法规和载体，实施有效的科普教育，建设强大的科普工作者、科普作家组成的队伍，像文学家、艺术家那样辛苦劳动、创作耕耘，把学习推广普及科学技术知识和技能的活动，变为全民性的扎扎实实的自觉行动，才能让广大公众积极能动地掌握“打开科学技术万宝高山大门的钥匙，引流科学技术江河之水的闸门”。

“两位老师的回答完美深刻。”上官英杰道，科技科普，唇齿相依，互相促进，同等重要。要把现代科学技术的无穷利惠，转化为公众生活生存的实际利益，就必须借助科学普及之道，让国民迈上学习、掌控和依靠科学技术致富的快车道，中华民族才会把握在未来世界中的生存权、发展权，也才会拥有自主权、幸福权。

当前，虽然日寇野蛮侵略中国的战争在持续，但科学家仍然重任担肩毫不懈怠，开展科研斩关夺隘，为中国发展和人民福祉奉献科技成果，致力于普及科学技术；满怀激情为普及科学技术的科普作家和科普工作者，也没有放弃自己的责任感而在努力奋斗。像科学家科普作家高士其、李四光、贾兰坡等，他们矢志不渝地攻坚破难，不断取得科技成果的同时，不断推出脍炙人口的科普作品。贵校也有一位热爱科学、热心科普创作的人，就是谭淑老师。

而现实严峻的问题在于，人们希望借助科学书籍、科普电影、讲座、展览等通俗易懂的载体和遂心便捷的途径，学习和掌握科技知识、科学技术、科学方法，传承和弘扬科学思想、科学理念、科学精神，然而目前的科普载体、途径和机会却非常罕见。其根源在于，即便中国无战争战事，当局和人们往往重经济而轻科技更轻科普，历来是常态；在日寇侵华、战火纷飞的国情形势下，当局集力只重视战争而打仗，对发展经济都顾不上了，就更谈不上重视科技和科普。谨此，我们要大声疾呼，打胜仗要靠军事、靠部队、靠枪炮，而军事、部队和枪炮，既要靠强大的经济后盾支撑，更要靠先进的科技武装；没有充足富裕的经济保障就没有克敌制胜的实力，没有进步领先的军事科技就没有攻无不克的部队和枪炮，将难以持久打胜仗。因此，中国经济界绝不能因为战争而懈怠，重视生产、发展经济、增强效益必须发奋图强，不能有丝毫的放松；中国科技界、科普界也绝不能由于战事而止步不前，必须始终不渝，把科学技术和科学普及事业不懈地推向前进。要坚持科技科普统筹设计，创新科技科普两手都要硬，并驾齐驱、一起发力，快马扬鞭、一齐竞跑。只有如此，才能相得益彰，助推经济繁荣和军事先进，给中国带来强盛，给百姓带来福祉。

这是中华民族的一种文化自觉。是中国人民从鸦片战争以来，对中国经济落后、科技落伍和官场腐败导致国力堪忧，任由列强瓜分宰割中国领土，直至日寇发动侵华战争的屈辱历史所做的自我审视、自我反省和自我觉醒，包括对经济文化、科技文化和科普文化的价值判断和选择，从而逐步悟识的一种文化自觉。然这种文化自觉仅仅化为有志之士的担当和行动远远不够，有待于变为中国当局和广大公众的悟识，化为全体国民的自我担当和自觉行动，并且在勇于革新中有所突破。作为一个科学家，我热切希望，坚持继往开来，传承、发扬和光大这种文化自觉，能够成为包括在座的西凉一中同学们在内的中国年轻一代自觉担负的重任……

谭淑心扉的相思之情似乎慢慢地淡去，转移到了领悟上官英杰所做的演讲上来。

她回顾、嚼味、思考着他的演讲，学识精湛，见解犀利，深情、深刻、深远，宛如又一次聆听一样，仍有“听君一席谈，胜读十年书”之感，似暑逢甘霖，若醍醐灌顶，使她又一次深受感染教益，对科技科普的认识更进一步。回味学校大礼堂爆满，到场听取演讲的校长、十多位班主任、老师和同学代表共五百多人不断报以雷鸣般的掌声，不少师生还争相提问题谈认识，说明科普演讲会办得非常成功。谭淑坚信科学家之言，重大科技成果乃大国重器，现代科学技术将会颠覆一切，改变一切。坚信科普是助推科技转化为经济优势，能给人民造福的金翅膀。她更加坚定了结合教学，在工作之余坚持科普创作的志向。

科学是诗情画意的。科普可化科学为艺术，使技术有诗意。与科技相拥，能启人心扉，感悟一切，包括情愫。谭淑钟情科学技术。蓦然，她感悟到，爱是彼此双方自然而然交融而成的情投意合之美，绝不是单相思，爱情之花绝不会一方独放，不可独自苛求。一厢情愿不成爱，甚至是痛楚的。

“世间最美好的东西，莫过于有几个头脑和心地都很正直的严正的朋友。”此刻，谭淑想到了爱因斯坦的这句交友名言，如果上官英杰能成为她

“严正的朋友”，也就心满意足了。

她继续阅读着笔记，回味着演讲会出现的全场激荡振奋场面……

这个时候，老师同学纷纷举手发言和递纸条提建议，希望西凉一中建立一个科普活动机构，组织引导师生跟上时代，持续开展富有成效的科普活动。魏校长当场表示赞同和支持，并倡导成立西凉一中科普活动领导小组，特邀科学家上官英杰先生担任小组高级顾问指导活动，魏校长毛遂自荐担任小组组长，并提名由一名副校长和自然与科学教研室主任担任副组长。与会师生以热烈掌声表示通过魏校长的倡导和领导小组负责人提名。上官英杰表示愿意担任小组顾问，建议取掉“高级”二字。而魏校长说，“高级顾问名副其实”，师生们也这样坚持。

魏校长当即提出意见，科普活动小组目前要抓好两件事：一件是争取每双月举办一次科学技术报告会或类似今天的科学普及演讲会，邀请市内外的科学家、科技科普专家、作家报告或演讲；一是由领导小组副组长、自然与科学教研室主任谭淑负责，组织热爱科学、有一定写作能力的师生开展科普创作，在学习和创作实践中培养人才。

根据师生们的要求，请高级顾问再讲讲科普创作问题。

上官英杰义不容辞，又演讲起来：

老师们、同学们，从事科普创作，首先贵在树立科学精神。就是勇于探索科学，推陈出新科学，促使科学不断前行、不断创新和不断攀越的精神；就是尊重科学事实、尊重科学真理，反对迷信和伪科学、反对盲目和盲从的精神；就是坚持与时俱进、坚持务实求真，反对因循守旧、反对畏惧退缩的精神。

树立科学精神的基础是人文精神。就是人所抱有的理想、坚持的信仰、追求的价值、表现的道德，应当是崇高的、进步的、善良的、健康的、唯美的精神。也就是众多有志之士毕生所追求的爱国为民、正义善良，进取务实、无私奉献的时代精神。

十年树木，百年树人。千里之行，始于足下。文学创作难，科文交汇达到交辉的科普、科学文艺创作，是比之文学创作更为艰难的创造性的复杂思维劳动。学习科学、科普教育，要从孩提时代开始。立志于科普和科学文艺创作，要从青少年开始，从一点一滴学研科学知识开始，从树立严肃、严格、严谨的治学精神和学术精神开始。

科普，向一切热爱科学科普的人敞开着大门。从事科普和科学文艺创作，必须根植于科技知识的丰富积累，贵在学研、领悟、掌握科学与技术的内涵和真谛。凡立志进入科普和科学文艺创作天地且有所作为者，首要的基本功就是下功夫、用气力，学习积累深厚的科学知识。无论是学习掌握如"一棵大树是靠着它发达的根系和高大的树冠，一昼夜可吸纳蒸发几吨水，如此调节循环不已；人生活在地球上，时刻离不开水和氧，而水和氧的制造者和调节者是植物群体特别是森林树木，所以人类必须始终不渝地坚持植树造林、种草种花"这类自然科学知识，还是广泛了解如"牛顿如何从'苹果落地'这个习惯思维中跳了出来，发现了引力；爱因斯坦如何从经典力学的习惯中跳了出来，发现了广义相对论；开普勒如何从老师第谷研究天体的经验中跳了出来，从求深解剖一个火星的资料入手，发现了天体运行的规律'开普勒定律'"这类科研经典故事，到丰富积累如"居里夫人如何发现了镭，又经无数次科学实验证明镭是'不能以一瞬'而存在的物质，而会不停地发光、放热，放射出的射线会灼伤人的皮肤，能穿透黑纸使胶片感光，会使空气导电；飞机高空失事，高压容器爆炸，大型船舶沉没，桥梁涵洞坍塌，不少都是因为裂纹的'超应力'招致，西方科学家葛里菲斯如何开创先河，提出断裂力学的理论，中外科学家们如何竞纷探索，形成一整套防止裂纹破坏、控制裂纹失稳扩展、确保构件安全的断裂力学理论，正在以独有的敏锐洞察力对裂纹理论进行反思和攻关，如何人为地制造裂纹源，主动引裂、诱裂和促使其快速失稳扩展，实现定向断裂，首创全新的驾驭裂纹的技术，从而变害为利；面对能源危机越来越困扰人类的严峻挑战，科学家怎样发现和打开一个又一个新能源的大门，发明和掌握一项又一项如何节约能源的技术和办法；人的器官老化坏死了，医学家怎样匹配鲜活的器官或用人造器官移植成功，驱赶走死神而使人延年长寿；人类呼吸的空气和食用水常常被污染而危害人体，科学家怎样消除污染，恢复空气和水的纯净”，等等。科学技术的疆域浩瀚无垠，科学技术知识博大精深，科学家推出的成果琳琅满目，高新科技成就层出不穷……从事科普和科学文艺创作，需要学习、认识和掌握的东西太多太多了，而且要随着科技的发展不断更新。

科普只有借助文学才能给力。科普创作之技巧乃至创新，要借鉴文学创作之艺术手法，学习汲取房龙、伊林、高士其、董纯才等中外科普作家的创作经验，科普创作要善于和精于采用多种多样的新颖体裁和形式。科学文艺作家和科普作者，要像文学作家那样深入生活、熟悉社会，看透人性乃至各色各样人的个性灵魂等一样，在简单和复杂、博大而精深的科学技术“江河大洋”中，吸盈知识、采撷营养，养精蓄锐、积流成河，启迪心灵、触类旁通，科学为魂、科文交汇，日臻成熟、修成正果。只有学会和驾驭运用文学、美学之笔，才能追求和达到科文交汇、交汇生辉之美；从写作科普短文到创作科学小品、科学散文、科学故事、科学诗歌、科学报告文学、科学小说、科幻小说、科幻影视等；由科普作者渐成科普作家、科学文艺作家。

总之，科普创作和科学文艺作品，要深入浅出、雅俗共赏，准确深刻、形象生动，能予展现科技知识、科技成果、一切科学技术的丰富内涵和独特价值。所揭示的科学方法、科学思想、科学理念、科学精神乃至科学幻想，必须能够启动、启迪、启开人们的思维思想，吸引博得人民大众的喜爱和接受。要让人们易于学习、领悟，便于驾驭、利用，才具有教育、教授、教化作用，具有效力、效能、效果价值，具有影响力、感召力、生命力。这样的科普和科学文艺作品，才能真正彰显科普推介科技的作用，也才能让广大公众喜闻乐见而传播开来。

此时，几个师生提问：“何来科普和科学文艺创作的灵感?”

上官英杰道，一句话，领悟了科学技术的真谛，掌握了文学艺术的翅膀。有人问爱因斯坦，何为相对论？他回答：与老妪相坐日长如年，与美丽的姑娘相坐日快似梭。真是妙不可言！伟大的科学家解释伟大的相对论，用一个调皮的玩笑话语作比拟，深入浅出地揭示出了深奥科学的真谛。正是爱因斯坦创立的超越了经典物理学说的相对论，启迪了众多科学家的智慧，因而有了原子弹的爆炸，有了原子能的利用……爱因斯坦创立相对论时仅二十六岁。灵感启发灵感。启迪再生启迪。爱因斯坦用一句玩笑之语，解释相对论学说的“天才”灵感，相信必然给予科普创作人员和科学文艺作家以深刻启迪。事例举不胜举。心胜于兵，智胜于力。灵感产生科学和文学，启迪升华科学和文学……

“谭淑老师，根据您的写作体会，科普和科学文艺创作成功成熟的秘诀何在?”上官英杰提问。

谭淑手执喇叭，落落大方地讲道，学习能力是体现一个人强盛的首要能力。知识是事业取胜最核心的终极力量。诸葛亮用兵如神成为天才写出《出师表》，范仲淹磨砺思想凝聚结晶写下《岳阳楼记》。一句老话，学习、学习、再学习，实践、实践、再实践。普朗克天才地完成了量子理论却不敢相信这是真的，牛顿划时代地完成了力学体系，也不敢相信是自己的创造；他们在科学的道路上不断进取、反复验证，直到证实确信是自己创造了成果，才笑到最后。布鲁诺为捍卫哥白尼的太阳中心说，甘愿被烧死也不退却；赫胥黎为支持达尔文的“物种起源”舌战不休，被人污骂决不放弃。只有锲而不舍、不屈不挠，方能出成果。

……

演讲接近尾声，上官英杰激情道，老师们、同学们，让我们牢记爱因斯坦的金玉良言吧：“人所具备的智力仅够使自己清楚地认识到，在大自然面前自己的智力是何等地欠缺，如果这种谦卑精神能为世人所共有，那么人类活动的世界就会更加具有吸引力。”“人只有献身于社会，才能找出那短暂而有风险的生命的意义。”

最后，上官英杰说，据天文学家预测，在未来几百万年内，当太阳内部最基本的物质氢消耗殆尽，核聚变反应减弱，使其在内部产生的热压力，不足以抗衡太阳自身的引力，太阳将逐渐坍缩迅速变小，就会发生氦闪爆发，致使太阳系内包括地球和火星在内的近日行星在极短时间内蒸发。为此，这就意味着人类将失去地球家园，不得不流浪。

大家一听，整个会场炸了！顿时，许多人不禁为几百万年后的人类担忧："哇，人类将要失去地球家园而流浪！这怎么办？"……

"同学们，不必过分忧虑，这只是一个带有科幻的预测，全世界的科学家都十分重视这个事关人类命运的重大命题，即使地球会发生不测，现代科学技术总会未雨绸缪，有办法解决人类的安危和去向。"上官英杰建议该校科普活动领导小组条件成熟时举办科技报告会，请天文学家报告这个人类高度关注的命题。

赞同的掌声激烈响起……

不久，《西凉报》推出了由谭淑写的留美归来的科学家上官英杰在西凉一中所作科普演讲的纪实报告文学，读者争先阅读，尤其是那个"几百万年后人类将失去地球家园而流浪"的信息，引起了人们莫大的关注和兴趣……

第八章 英雄危旅

1

时令离立秋还有点日子，寒气便过早地来到了地处青藏高原东北部素有“海藏咽喉”之称的西宁。

一场雪花扬过，天空放晴，阳光初露。皑皑白雪给伟岸庞大、豪华奢贵的马步芳公馆——馨庐，镶嵌上了一层熠熠生辉的银色，尽显回族建筑风格，充满庄严、深沉和神秘色彩，彰显出一种古朴典雅、雄奇别样、浓郁的地方民族文化特色的壮美。在这个弥漫着伊斯兰教气息的城市里，馨庐也与占地为王、独霸一方的主人，现为陆军中将加上将衔的国民党第四十集团军总司令、中华民国青海省政府主席等军政要职于一身的大军阀马步芳，在中国西北地区尤其是青海统治时间最长、势力最强、地域最广、影响最大、官阶最高的封疆大吏身份地位，相辅相成。

这座豪宅，在中国是唯一选用玉石为建筑主料、被人们称为“玉石公馆”的马氏官邸，设计别具特色，结构布局严谨，整体统一和谐，格调古朴精湛，建造费时一年、耗资三千万银圆，占地近三万平方米，建筑面积达六千八百余平方米，共有近三百间房屋。厅堂宅屋砌镶的玉石墙面晶莹剔透，河州砖雕装潢别具一格，精美壁炉尽显温馨浪漫，摆设的时尚家具富丽堂皇，真是权贵豪富，首屈一指。整个馨庐，由前院、中院、南院、西一号院、西二号院、西三号院，以及后花园七个独立而又连贯的院园组成，且各院和主要厅宅之间都有暗道相通；除前院作为军政办公和接待宾客使用外，其余院落居住的都是马步芳的妻妾家眷、儿子马继援及妻室等，以及保卫、侍奉人员。

上官英杰和胡彪带着四个经验丰富的侦察员，到达西宁风尘未洗，便迫不及待投入于寻找蓉儿的前期事宜。他们办的第一件事，就是直奔地处市城东区的马步芳公馆，请求青海省国民政府给予支持协助。

在来西宁的路上，胡彪告诉上官英杰三件事。

一件事是，苏虎已向他说了实话，之前他向我们报告“有人在西宁莫家街看见了蓉儿”的信息，果然是横田丑二传言给他的。日特真是司马昭之心，机关算尽，不报复蓉儿不死心。苏虎还告诉他，近来他的师爷小胡子与“牛富贵”的关系好像不正常，突然不干了。

另一件事是，据可靠情报，两年前，蓉儿供职的西凉南镇医疗所，接了一单到西宁接护中国工农红军西路军战俘伤病员的生意，她作为担任护理任务的护士，随医疗所负责人和同事一起来西宁期间，不幸失踪了，那时蓉儿公开使用的姓名是马小英。他强调说：“我们这次来寻找她，也只能使用这个名字，用这个名字也有利于保护蓉儿。我感觉，如不发生意外，她人可能在西宁。”

胡彪说的两年前蓉儿失踪于西宁的“可靠情报”，实际上是上官英杰的母亲、他的顶头上司地下党西陇省委敌工部部长王丹青告诉他的；称西凉南镇医疗所接了一单“生意”，明显是不便向上官英杰暴露医疗所是共产党机构的一个托词。因为他明白，王丹青也给他打过招呼，“英杰是组织外的人，与他说话还要注意内外有别。这是从事地下工作的纪律。”

上官英杰听后思忖，胡彪说的这个西凉南镇医疗所是什么背景？蓉儿怎么参与了接护西路军战俘伤病员的任务，难道她参加了共产党的革命活动？如果是这样，就使他既欣喜又担忧。

还有一件事是，今天上午，高层来人直接到国民党西凉督察区党部宣布，对谭海革职调查，新任书记长也同时空降上任，是省里派来的。当时，谭海正在区党部长官会议室主持开会，当场就被带走了。

上官英杰问：“他犯了什么事？”

“我还不清楚。”

上官英杰马上想到了他为谭海、马驰明代笔撰写的那篇登了报的祭文，因有“毛泽东祭”一句四字句，他这个代笔者已被问罪，连他的爸爸都受株连被蒋介石严加指责，作为署名发表者竟是国民党官员，如被当局定为“犯有吹捧共党首脑之罪”则毫不奇怪，他想谭海被革职抓走十有八九是因为这件事。真是滑稽可笑而又极其讽刺！

他又想到，谭海被革职抓走，对他的女儿谭淑来说，是个不小的打击……

后来，上官英杰获悉，谭海倒台果然是祸出那篇祭文。而专员马驰明也署了名，却安然无恙。

来到马步芳公馆门前，上官英杰、胡彪略为驻足，抬首凝视镶砌于大门门楣之上的“馨庐”两个字，看落款是中华民国国民政府前主席林森的手笔。胡彪介绍说，林森是资格最老也最低调的民国党元老，曾接替下野的蒋介石担任国民政府主席达十二年之久。但是，那时候，局外人只知道国民政府是蒋介石掌控实权，多不清楚是林森当主席。他在国民党官场的口碑尚好，曾提出“不允许官员作威作福，不允许官员贪污腐败，不允许官员结党营私”的治官言训。1943年抗战的关键时期，他在重庆出车祸遇难。上官英杰鉴赏其书法，心中道：古朴浑厚，气象肃穆。

进入馨庐，他们到来客登记处，身着国民革命军军服、挂着上校军衔的胡彪，拿出盖有国民政府军事委员会直属西安独立师大印、师长上官武上将亲笔签名的公函做了登记。经登记处联系后，按公馆规矩将随身携带的枪支存放于登记处，被前来的一名中校副官引领，往青海省国民政府办公厅所在的前院而去。

在宽敞的前院里，赏心悦目的盆景式松柏等树木青翠碧绿，精美别致的花栏里绽放着抗冻耐寒的花朵。院中央还别置一景，摆放着一辆锃亮的1942美式“悍马”小吉普。

副官带着他们进了贵宾厅右厢房，只见一座大小适宜、用玉石镶嵌的俄式方形壁炉置于房间正壁。两侧墙壁挂有书法对联，右边一幅是蒋中正的真迹：一路沿溪花覆水，几家深树碧藏楼；左边一幅是纪晓岚书的墨宝：淡如秋菊何妨瘦，清到梅花不畏寒。左右对联下方放置着的木质精雕花架上，摆放着别具匠心的绿色垂吊盆景，煞是好看。壁炉前面，弧形置放着六只红木沙发，每两只沙发之间摆放着一只茶几，显得颇为考究。

胡彪、上官英杰落座不久，便有位着便服被副官介绍为省府办公厅马副主任的官员露面。马副主任与他们礼节性地握手后，仔细看了胡彪递上的公函，问道：“上校，这位抗日英雄怎么会在西宁失踪？你们让我们如何协助?”

“马长官,”胡彪回答说，“她是两年前来西宁公干时失踪的。恳请省府长官帮助我们协商西宁市国民政府、西宁警备司令部、西宁市警察局给予支持，我们的愿望，恭请政、军、警三家机关最好能联名发个寻查英雄的告示公开张贴，同时能够在省市报纸、电台等媒体喉舌发表和播出；并请三家机关相关部门协查，我们根据告示公布后发现的线索，深入下去细查寻找。衷心谢谢长官!”胡彪回答完，一个立正，皮鞋后跟碰出“咔”的一声，恭敬地给他行了军礼。

“上校，不客气，请稍等。容我向上司禀报。”马副主任讲了这两句话，就出了右厢房。

约莫半个时辰后，马副主任回来说：“长官同意你们的意见，省府会迅速着令西宁市国民政府、西宁警备司令部、西宁市警察局联合办理。三天后你们到以上机关联系。他们除联名榜发寻查告示和联系报纸电台宣传外，还会抽调人力协助你们寻查人的。”他又说，“联系时，如有这位英雄的画像带着，以便供他们印发告示用。”

胡彪和上官英杰没料到，事情办得很顺利。说明马步芳担任主席的青海省国民政府，很尊重国民政府军事委员会直属西安独立师暨上官武上将，对这件事给予了诚挚支持，并应使者的具体请求，提供了非常给力的帮助。

这天晚上，胡彪和上官英杰谈论起这件事，心里都很感谢青海省国民政府。胡彪又闲聊道，国内官方和坊间都说，土匪出身的马步芳，是个放纵奢侈、荒淫无度，阴沉持重、极富心计，凶悍强暴、嗜血成性的军阀。他曾奉蒋介石的命令出任司令，调派重兵，指挥马家军在千里河西走廊疯狂围剿、血腥屠杀红军西路军，犯下不可饶恕的罪孽，这是铁打的事实。未曾想到，在日寇大举侵华之时，马步芳以民族大义为重，先后派出两个骑兵师的兵力，转战苏鲁豫皖前线疆场，喋血抗战，彪悍顽强、浴血搏杀，闪烁着寒光的“马胡子铁骑大刀”让日本鬼子闻风丧胆，为抗战胜利立下了汗马功劳。日军统帅冈村宁次都对马彪担任师长的骑一师惊慌失措，在作战记录中不得不写下“恶战马彪”之语。马步芳还与其胞兄马步青合力，修建完成了兰州至迪化长达千里的甘新公路甘肃路段，对抗日战争胜利起了重要作用，也算是干了一些与国家命运休戚相关的好事。

上官英杰听了道，人性多面，善恶相生。再丑陋的人也总有人性善面；信仰不同、嗜好各异的人，往往也有相同的爱好。过去我也曾耳闻阅读有关马步芳的故事和文章，说他一介武夫，却特别喜爱音乐、精通音律，尤其是西部民歌为媒，让他与音乐奇才王洛宾成为莫逆之交，给我留下较深的记忆。

从北京师范大学音乐系毕业的王洛宾，在中学当了几年音乐教师后本打算去法国留学，不料“七七事变”爆发，便改变主意投身抗战，加入了丁玲领导的西北战地服务团，在大西北进行抗日宣传活动。偶然的一个机会，一首美妙绝伦的花儿音律让王洛宾醍醐灌顶，他决计到青海寻找花儿的源头。电影导演郑君里来青海湖畔的大草原拍摄影片，王洛宾应邀参与摄制组工作，当地一个名叫卓玛的美丽少女被选中出演牧羊女，王洛宾扮演一个牧工。人们说，王洛宾是个情种，他的歌曲常常产生于燃烧的激情中。有一次，他不留神抽了卓玛骑的马一鞭子，纯真俏皮的卓玛又悄然朝他背上轻轻抽了一鞭子，便拍马随着她那百灵鸟般的笑声而去。就是卓玛这寻常而又不寻常的一鞭子，抽出了他心头的深情，一刹那间王洛宾情愫深深，眺望着远去的红装倩影顿生灵感，纯朴、热烈、奔放的旋律在他心中缭绕激荡，《在那遥远的地方》就这样奇妙地诞生了。

这首情歌很快在青海火了起来，崭露头角的王洛宾也由此红了起来。马步芳在偶然的机会听了这首情歌，喜爱赞赏有加。不久，三十九岁的马步芳与二十六岁的王洛宾邂逅，一个犷悍桀骜的军人，一个柔情似水的艺人，都酷爱音乐，自然一见如故，惺惺相惜。他们欢唱着青海民歌，两个人富有韵律的声线和音色，产生难以言喻的动人魅力。马步芳从王洛宾收集、改写和创作的西部民歌里，找到了醉人的乐律和欢乐；王洛宾则从马步芳深谙民歌艺术的情操中，深感遇到了知音和支持。他们共同陶醉于《在那遥远的地方》《达坂城的姑娘》《掀起了你的盖头来》等清新典雅、淳朴隽永的优美旋律中。两人还合作，马步芳作词，王洛宾修改润色并作曲，共同创作完成了脍炙人口的《花儿与少年》……马步芳对王洛宾特别器重，敬若上宾，邀请他担任了马氏的音乐教师。自然而然，王洛宾也很快成为马步芳儿子马继援的知己朋友和老师。

后来，王洛宾回到兰州遭遇厄运，被国民党当作共党嫌疑犯抓进监狱，马步芳得悉全力营救，拍着桌子为其辩解："王洛宾不是共产党的人，是我马步芳的人。"王洛宾获救重回青海后，马步芳又是任职又是授衔，而王洛宾丝毫不在乎没当回事，因为他的心中只有音乐，一门心思写歌唱歌，为人们奉献音乐艺术和欢乐。

可以说，整个青海的军政社民，上上下下都知道王洛宾这个音乐奇才，都清楚大军阀与音乐家结缘的故事。时代造就音乐艺术。王洛宾从此一发而不可收，先后创作了《老乡，上战场》《洗衣歌》《风陵渡的歌声》《奴隶之爱》等大量抗日歌曲。王洛宾的音乐奇葩《在那遥远的地方》，被人们越唱越红，红遍了青海，红遍了大西北，红遍了整个中国，甚至传到海外被西方人喜爱，闻名遐迩的"西部歌王"也被载入了史册。青海人都说，王洛宾是我们青海的骄傲，因为他的一首《在那遥远的地方》，让世界知道了青海。

三天后，胡彪、上官英杰又马不停蹄地跑了西宁政军警三家机关联系，也是一帆风顺。一个星期后，西宁市的大街小巷都贴满了政军警联名榜发的《寻查抗日英雄马小英告示》，告示上印有上官英杰画的蓉儿栩栩如生的素描画像；省市报纸和广播电台等媒体，也都刊登和播出了这张由权威机关发布的告示。

与此同时，胡彪、上官英杰分为两组，各带着两个侦察员，从西宁莫家街开始到附近街道，深入群众，细访排查，了解情况，寻找线索。他们夜以继日，毫不懈怠，经常搞得精疲力竭。

因青海省国民政府和西宁政军警机关如此支持帮助，胡彪也就再没有联系他认识的马家军的那个团长。

寻查告示贴示了十天，省市报纸电台连载连播了十天，没有反馈回来任何单位和个人的任何信息；胡彪、上官英杰他们细心访民排查了十天，也未获得任何线索。

胡彪表面上冷静沉着，内心已有点急躁。陡然间，上官英杰想起了在西凉谭淑送别他时说的话，“我的舅舅马魁是西宁市警察局局长，有事可去找他”，还给过她舅的电话号码。他给胡彪说了这事，两个人思谋都觉得这个关系可用。

于是，次日一大早，他们立刻驱车去了警察局，经门岗通报后，马魁闻之，立刻亲自来到大门口迎接胡彪和上官英杰。

2

马魁一见上官英杰和胡彪，好像阔别重逢的老朋友，满面灿烂，牵手不放，既诚挚地表示了支持他们寻查抗日英雄的热忱，又情不自禁地洋溢出欢迎外甥女男朋友的喜悦。

“欢迎！上次你们来时是张副局长接待的。”马魁说着，把他俩接到自己的办公室，好烟好茶款待着。胡彪、上官英杰没有料到，这位警察局局长像接待邂逅的故人一般，如此热情好客。胡彪说：“请贵局和马局长多多关照，协助我们查找抗日英雄。”马魁的态度非常鲜明和坦诚：“别这么客气，在西宁的地面上，寻查抗日英雄本来就义不容辞，况且这还是省府下达的指令，西宁市国民政府、警备司令部都高度重视，警察局更是责无旁贷，是坚决迅速执行省府指令的。还有，我的宝贝外甥女谭淑也来过电话，千叮咛万嘱咐，说她的朋友上官英杰先生如果在西宁有事要办，让我一定要千方百计帮助办好。请二位放心，这件事本来就是我们警察局和马某职责范畴内的事，市局和各个分局都有一名局长负责，共抽调了近百名警察全力投入查找马小英；每天都要汇总情况，向市局汇报结果。我们是真心实意帮助你们的。”

马魁还说，市长督察室多次给我局来电，查问了解我们寻查英雄的情况。警备司令部那边也很重视这件事，听说也抽调了人力协助你们查寻马小英。

经过交流，主要是马魁询问了马小英即蓉儿两年前来西宁执行公务时的情况后，他出门吩咐局长室门岗：“我和长官有要事商谈，任何人任何事都不得打扰。”

马魁进门坐定后道，据我的下属报告，西宁军政警联名查找抗日英雄的告示发出后，可以说是人们争相阅读，议论纷纷，对英雄无不景仰同情。这是一件合民心的事，知情者或是知道一点线索者，一定会报告反映的。告示说得明确：“凡知情报告者、提供有价值线索者，有赏；凡知情故意不报者，一经查实，则要处罚。”西宁是个小地方，警察局为寻找一个人投入的警力是空前的，十天时间不短了，可是毫无收获，问题出在哪里呢？

接下来，马魁向胡彪和上官英杰提出了几个问题：这个马小英和她的同事来西宁救助人，不知救助的是什么人？是否与外界发生过矛盾、纠葛、冲突，或是发生过打斗或枪战事件？如果有，发生于什么时间，与什么人在什么地方？那个时候我就在警察局，这几天我细查了档案资料，近三年来事主报案，成人和儿童失联失踪的民事案件不少，局里立案查获结果的案件也有一批，但案卷中没有找到马小英这个人。说明当时没有报案，人失踪了为什么不报案呢？你们能否提供一些具体的情况。

胡彪摇摇头。他说："我们是奉命行事，只知道马小英是两年前与同事一起来西宁执行公务救助人时失踪的，这个信息是准确可靠的，但具体情况不得而知。最近又接到反映，不久前有人在西宁莫家街看见过她。除此之外，眼下暂提供不出其他任何信息。"

胡彪这位"脚踏两只船"，实则为潜伏于国民党军队中的共产党人，对马魁提出的问题，回答得很谨慎。之前，他们交流和刚才应答马魁提及马小英在西宁失踪的原因，胡彪都披露她是"两年前与同事一起来西宁执行公务救助人时失踪"，比之在青海省府所说"她是两年前来西宁公干时失踪"，稍有变化，只增加了"救助人"三个字。

马魁又望望上官英杰，那眼神含着你有什么可说之意，上官英杰会意，轻轻摇了摇头。

"冒昧再说说我的实际想法，请二位别介意。"马魁说。

胡彪说："马局长，我们不会介意，请赐教。"

马魁坦率地说了起来：

听谭淑说，上官先生的爸爸是中央军上将，胡上校是国民革命军西凉独立团团长，都是我必须效力的长官，我们是一家人，有些话马某就直说了。只要军政警三方用点功夫细查下去，马小英在哪里失踪，为什么失踪？现在活着还是已不在人世？应该都会水落石出的。恕我直言，问题在于，这个失踪人是否与政治有关？马小英会不会"姓共"？她来西宁执行公务救助人，会不会是救助共产党的人？我记得，也就是马小英失踪的那个时候，在下从多个渠道获得可靠线报，经综合分析，对情报构成的一个案件，得出了符合实际的结论：西陇省共产党的几个人伪装成国军来西宁，通过商道从马家军一个偷做西路军战俘生意买卖的副团长那里，秘密接收从战俘营弄出来的两个伤病严重的战俘，据说他们被俘后自称是红军伙夫。我分析，应该起码是值得共产党重视和拯救的红军长官。由于买卖关系复杂、交接不慎，共产党和马家军先在莫家街的一个旅馆院内发生了激烈枪战，据说两个战俘也死于乱枪之中，但未见到尸体。后来，马家军与逃窜的共产党，在西宁半个市街展开更为惨烈的街战搏杀，马家军死了不少人。共产党人数不多但身手不凡智勇双全，靠一辆中吉普横冲猛闯，最终冲出了马家军的围追堵截而无影无踪，共产党是否有人伤亡或有人失踪不得而知。当时军队上层对此案既未弄清楚，更密不透风，传出的消息说是长官经商分利不公而造成内讧，云云。给你们说实话，那时既然军队不愿意弄清或是弄不清案件的真相，警察局又何必多管闲事呢？所以，这个案子也就不了了之无声无息了。

马魁说，尽人皆知，当年马家军在河西走廊围追堵截西路军血流成河，杀戮红军数千之众，还将大批西路军战俘押解到西宁做苦役，其中不少女战俘被他们虐待欺凌、强暴残杀，或被霸占为妻妾，甚至用抓阄的办法随意把女战俘作为犒劳品发给官兵。为此，西路军与马家军结下不共戴天的血海深仇。对西路军及其战俘，在青海一直都是军界和政界最敏感的话题。这次你们持国民政府军事委员会直属西安独立师的公文，来西宁寻找马小英，西宁军政警联名发告示帮助查找，万一她是两年前枪战中的人物，事情就会变得异常复杂，弄得大家都很尴尬下不了台，肯定得有人来承担这个责任。当然，我想，我们都希望马小英不“姓共”，查出来是活是死她都是英雄，这是最好的结局。即使她是共产党，你们也要有足够的思想准备……

说到此，马魁呷了口茶，点了支烟，继续说着。

听胡上校讲，不久前有人在莫家街看见过马小英，这说明她还活着。从马小英的画像看，她年轻貌美，惹人注目。马家军上行下效、放荡不羁，不少官兵抢女劫色，强奸欺辱妇女是“家常便饭”。如果查明人还在世，但受过马家军的欺凌，甚至成了他们的妻妾，你们不计较，自然皆大欢喜；假若与你们的愿望相悖，须有宽宏大度之怀，因为这毕竟是命运的安排，也是事过境迁的历史旧事。

这时，马魁目不转睛地盯着他俩道，我看二位亲自来西宁查找这个马小英，这件事对你们来说恐怕很重要。刚才我说了，我们是一家人，你们是我外甥女的朋友，也就是我的朋友。站在这个关系的位置上，我诚恳提个建议，从现在开始不妨从明查转入暗查。仔细分析一下，把暗查的重点放在告示没有张贴过的空白点，我们彼此配合，用点智慧查。不知二位意下如何？

“洗耳恭听马局长一席言，胜读几年法学院！”胡彪听着马魁所做的一番分析，心里暗自佩服。撇开政治信仰不说，这个警察局局长的确是个智慧之人。听马魁所讲，两年前发生于西宁莫家街一个旅馆和街头的“激烈枪战案”，他心里初步断定，应该是王丹青部长给他说的那次“蓉儿两年前参与到西宁接护西路军两个战俘”的任务时，发生的残酷战斗。他诚挚地说：“马局长不愧是一个深谋远虑、经验丰富的专家局长，更是一个很仗义、讲义气的善心之人啊！胡某感动至深，佩服至极！衷心感谢贵局抽调大量警力，尤其是马局长花费宝贵精力和智慧，大力支持协助我们查找抗日英雄。”胡彪说到此，起身给马魁行了军礼。马魁赶忙站起，举手还礼。胡彪斩钉截铁道：“可以肯定，马小英是一位功劳很大的抗日英雄，绝非‘共党’，她两年前来救助的人也绝不是什么共产党，而是我们的人。我完全赞同马局长的好建议，抓空白点，寻找重点疑点，缜密暗查。”末了，又激动地伸出双手紧紧握住马魁的双手，“对于重情重义的马局长，胡某铭记在心，来日方长，以后我们定当回报。”

上官英杰更为感奋，也由衷地道：“马局长真是一位侠骨柔肠、诚挚助人的好人。胡上校已做了解释，马局长可以放心。马小英不仅是一个抗日英雄，也是家父一个资深友辈的亲人，我和上校与她都很熟悉。我们接受重托来西宁查找她，于公于私都是责无旁贷。谨此，英杰替家父向您深表谢意！”

马魁听了他俩发自内心的话，亦深为所动。他说：“原来如此，我就完全放心了。”接着道，寻人告示到处张贴，就连西宁军政警大院都贴了，保留有效时间为二十天；报纸电台将连续刊登广播两个星期。如果马小英在西宁，她应该能看到听见。现在，整个西宁市就两个地方没有贴告示，一个是省军政首脑机关和马步芳长官大家族主仆数百号人居住的馨庐公馆，一个是马步芳长官的儿子马继援长官担任军长的八十二军各级长官家眷居住大院。除马继援长官的家眷住在馨庐外，该军其余军师旅团长官的家眷都住在那个大院。警察局局长去这两个地方都名正言顺。我今天就去趟馨庐，找公私交往都算深的公馆给养处处长马福德上校，带一张告示让他看，问问他在仆人中有没有马小英这个人。因为，他与马氏几代人几乎天天都打交道，月月给服侍马氏的公职人员和服务人员发薪水，如果公馆有这个人，他应当眼熟有记忆。公馆如没有，我再去八十二军长官家眷居住的大院，想办法暗自排查。总之，查到查不到，我都会及时告诉你们。既然不久前马小英在莫家街露面被人看见过，你们也不妨在那一带多跑几趟看一看、查一查，兴许会有奇迹出现，不期而遇她。

胡彪和上官英杰听了，都连声说“好，好”。其实，他们访民查询，已多次去过莫家街了。

登门拜访马魁局长圆满结束。临别时，胡彪笑着问：“马局长，能冒昧问一个问题吗？”

“可以呀。”

“青海和西宁上上下下的主要官员几乎全都姓马，都是亲戚关系吗？”

“多数都是吧。不过，有的是近亲，有的是远戚，有的说不清。天下同姓是一家，需要时说沾点亲带点故也无害处嘛。”

“您和马步芳长官是近亲还是远戚呢？”

“都不是，同一个姓氏和民族而已。”马魁笑笑，“五百年前是一家吧。”

他俩与马魁分别紧紧握手告别，深深感谢这位有头脑、特仗义，给予他们鼎力支持帮助的警察局局长，约定改日请他吃餐饭。马魁尽显爽朗豪气：“好！去西宁最有名的穆斯林大饭店吃烤全羊，喝青海佳酿青稞大曲。你们请客，我尽地主之谊和外甥女之情，买单。”

此时的马魁，对外甥女的男朋友上官英杰已留下深刻印象，喜爱有加：出身豪门，英俊帅气，稳重有才。

3

午后，马魁亲自驾车赶往青海最高官府马公馆，到这个寻查告示不便张贴的空白点访查，碰碰运气。马小英会不会“隐蔽”在马公馆的某个角落？

这些天来，马魁一直甚为纳闷，奇了怪了，这次查找这个马小英，官方搞了这么大的动静，他这个警察局局长动了一番心思，整个警察系统也下了功夫，为何尚未获得有关马小英踪迹的一星半点信息？她是死是活怎么就难浮出水面呢？

这次来马公馆访查，马魁动了点心眼，没有带那张告示，只是拿了张她的画像，随便打听，见机行事。他先到馨庐公馆来客登记处办了手续，存了手枪。他是登记处熟悉的警察局局长，早先省府办公厅长官也打过招呼，他来无须安排人员带领，除随身携带的武器交登记处保管，在公馆内除主要长官办公和居住处及机要部门外，其他部门、单位和庭院皆可进出，畅通无阻。当然，马魁深谙“高处不胜寒”，每每进入马公馆都很谨慎，凡重要的事情都会向省府相关部门长官汇报，不该去不需要去的地方，他是绝不会涉足的。

他进入公馆前院，在院里先后碰到几个熟悉的尉官、校官和处长，先让他们看看画像，再客气出声：“请问见过这个人吗？”结果个个都摇头。生活在马公馆宅院里的人，对马小英不屑瞥闻，人所罕知，这非常正常。他想，只有寄希望于拜访老朋友、给养处处长马福德了。这时，又巧碰八十二军司令部军纪处处长马云天。警察局虽然高攀不上军纪处，而军纪处却离不开警察局提供情报，所以马云天上任之初就拜访过马魁，两个人还算熟。

“马局长来公馆有何贵干？”

“找个人。”

“谁？”

“她。”马魁不经意地把马小英的画像给马云天看了看。他觉得，这个管军纪的马长官是不可能知道这个小人物的。

谁知，马云天瞧了一眼这张熟悉的脸庞说：“我认识啊，肉苁蓉。”

“肉苁蓉？”马魁不露声色，“噢，马长官认识她？在哪儿认识的？”

“两年前认识的。当时她在西宁街头被车撞伤躺在马路旁，是我救的她，送她到公馆医疗所救治，她伤好后就走了。”

“她去哪里了？”

“这我就不知道了。”

“请马长官能不能稍稍细说一下？”

听马云天简略言毕，马魁道：“原来是这样。谢谢！”又把画像拿到他目光下，“请马长官再看看，不会有错吧？”马天云又看了一眼：“错不了，局长大人！”马魁再次道谢，转身走了，觉得再无必要去拜访马福德处长和其他人了。

这时，马魁看了下表已五点多了，赶忙驱车回去。近些天来，他为寻查马小英的事没少忙乎。特别是今天，从早上接待胡彪、上官英杰，到下午奔马公馆访查，用心费神了一整天，虽感觉累点，但总算有了点进展，发现了马小英两年前在西宁的踪迹线索，使马魁感到欣慰。他觉得，马小英很有可能还活着，人可能就在西宁。

次日上午，马魁处理完公务，来到胡彪、上官英杰所住的地方，把获得的新信息说了。“马长官说，据本人在医疗所的陈述，当时她是在路旁走路时被汽车撞伤昏倒的。经医检，有轻微脑震荡、几处皮外伤和软组织损伤，住医疗所治疗了一个多星期基本痊愈。还说，公馆少奶奶、马继援军长的太太对她很关照。”两个人听了甚为高兴，说明蓉儿两年前参加来西宁救护西路军战俘的行动，在发生的街头枪战中脱险，安然无恙。

马魁问他们：“她究竟叫马小英还是肉苁蓉？”

上官英杰只好回答：“肉苁蓉是她的小名，大家都叫她蓉儿。”

“马小英离开马公馆后，究竟去了哪里呢？为什么没有返回西凉，会不会发生意外？”马魁又自言自语道。

胡彪、上官英杰都沉默未语，因为无从判断。上官英杰的心情则更为沉重。

马魁走后，他们又缜密分析沟通了一番。

胡彪谈道，这次我们来西宁下了这么大的功夫查找蓉儿，西宁政军警破例支持协助的动作如此之大，投入的力量如此之多，查找地域如此之广，遍及西宁市各个地方和角落，声势、影响和反应都有相当的广度和深度。特别是经验丰富的马魁局长全力帮助我们，费尽心思明察暗访，昨天下午又去马公馆获得蓉儿两年前被救的确切消息，让我们宽慰。我的感觉越来越强烈，蓉儿就在西宁或是附近的地方。现在，我最担心的还是横田丑二这个狡猾的日特。当年他被释放出后，冒着风险跑回肉苁蓉村继续假扮牛富贵，苦苦死守了六年多漫长的日子无果，图谋报复没能得逞。时下抗日战争节节胜利，日本鬼子彻底完蛋是很快的事，他对局势能视而不见听而不闻，还会再等下去吗？如果这次我们找不到人，这个顽劣之徒得到消息后有可能绝望逃走，但必定对你们的孩子沙沙下手。虽然我安排了人手去那里监控，但对付这个疯狂而又刁滑的特务，是有难度的，况且我没有下达暗自除掉他的命令。这次来西宁不便带电台，也无法与他们联系。另外，蓉儿两年前从马公馆出来之后，我想她很可能去了一趟莫家街，因为她会考虑，参加枪战的同事如有活着的人必定会寻找她，有可能去事件初发地莫家街，彼此就有碰到的机会。我认为，横田丑二传言，不久前有人在莫家街见过蓉儿的时间恐怕有诈，有人看见她的时间是不是在两年前，这与当时西宁发生枪战后蓉儿还幸存的时间相吻合。至于日特把这个“看见过蓉儿”的时间推后两年，其用心无非是想促激我们抓紧行动寻找蓉儿，他好渔翁得利。我考虑，在西宁进一步查找不能放松，可托请马魁局长继续进行，我们应迅速返回西凉，抓紧去肉苁蓉村，果断除掉日特漏网之鱼，以免孩子遭毒手。

上官英杰听了，觉得在关键时刻，胡彪的思维总能高人一筹，他的分析和判断非常重要，提出的应对策略可行。他们应当回去，尽快收拾起码控制日特横田丑二，以消除对蓉儿安全的根本威胁，保护他和蓉儿的女儿。他俩商定，明天早上再去警察局，托请马魁局长继续帮助他们在西宁查找蓉儿。同时告诉他，有紧要事他们要回西凉。

还有，上官英杰越来越深有感觉，回国后巧遇老学友胡彪，交往相处，一路走来，他流露和处事的言行，像是共产党的人，上官英杰也希望他是。

事实上，胡彪的分析是符合实情的。因为被横田丑二收买的走狗、苏虎的管家小胡子，把他陆续获得的上官英杰及其家庭背景、上官英杰向他打听蓉儿、上官英杰与胡彪的关系、横田丑二交给苏虎的那幅画是上官英杰画的、胡彪和上官英杰联手去西宁寻找蓉儿等情况，都报告给了日特。日特得到了情报，便江郎才尽施用了正如胡彪所分析预料到的一系列阴谋诡计和狡诈行动。横田丑二预料，中国人坚持的抗日战争快要胜利了，日军的末日来到了；也明白他的这些手段，必定被强劲的对手胡彪和上官英杰所察觉识破，也就意味着他未来的命运必将凶多吉少，就此一搏便逃之夭夭。他还自认为，最终还是胜利者，即使杀不了肉苁蓉，杀了她的女儿也算报了仇。

随后，上官英杰和胡彪迫不及待去了莫家街。因为昨天听了马魁局长的吉言，让他们到莫家街一带多跑几趟，兴许有奇迹出现，会不期而遇蓉儿，似有感觉，便又一次奔向这里。

这条街是西宁最古老的街道之一，距今已有五百多年的历史。其实，在现今西宁人和外地游客眼中，莫家街就是一个著名的青海美食聚集区。这里人山人海，川流不息。街道铺面大多是卖特色吃食的，酿皮，酸奶，炒凉粉，油炸糕，羊牛杂碎，清汤羊肉，羊肉面片，牛肉拉面，手抓饭，等等，应有尽有；各种中药材，也是这里市场的一大特色商品。

街头人流川不息，多为回族百姓。回族男人大多头戴一顶白帽，夏天上身穿件无袖白褂；回族女人则用暗色纱巾严裹着头肩，只露一双有神的眸子。

在一处人头攒动的墙角拐弯处，只见人们里三层外三层围着观看什么。上官英杰、胡彪匆匆走过去，踮起脚尖一望，蓉儿的画像进入了他俩的眼帘，原来墙壁上贴着一张《寻查抗日英雄马小英告示》。两人不禁相望，会心一笑，随即转身向左而走；就在他们转身的一瞬间，一个特像画上的女子，从观看告示的人群中挤了出来，转身向右而去，几乎与上官英杰擦肩而过。只见她两眼热泪涌流，疾步行走着……

这名女子，正是上官英杰离别八年之久，他匆匆回国后踏破铁鞋苦苦寻觅，难以团圆的心上人肉苁蓉。

真是苍天不眷顾，机缘差毫厘。他和她，就这样在莫家街茫茫人流中，一刹那间的咫尺之遥，擦肩而过，失之交臂，一个往左，一个向右，反向而去，阴错阳差，未能相逢。这真是旷世之憾哦!

4

蓉儿果真在西宁。那么，她究竟待在哪里呢，为何在西宁待了这么久？欲知真情，让时光追溯回到两年前的初秋。

这天清晨，西凉南镇医务所所长廖诚，率领外科医生张雄、护士长蓉儿即马小英、司机程强即马小俊，加上地下党青海省委敌工部派来当向导的冯先生，同乘医疗所的救护车从南镇出发，踏上了救人之旅。

车技高超的程强驾驶着救护车，风驰电掣般地飞驰在去青海的道路上。

车子出了西凉南镇，一路向西，越过繁华喧嚣的西凉市区，经过西凉辖区永丰、西营一带绿洲后，廖诚给程强提示："小俊，向南。"随着程强把方向盘打左，救护车往南拐上了去九条岭的路，很快上了山岭。

九条岭系位于祁连山北麓的山峦。车子在山岭高低不平、坑坑洼洼的路面上行进，虽有些颠簸让人不太舒服，可窗外的自然美色却提振精气神，令大伙心旷神怡。这里崇岭叠嶂，遍野树木郁蔽，苍松翠柏绿柳，鸟雀缠伴着野花嬉闹；山峦间流下来的冰雪水，进入横贯南北的河流，清澈见底，奔腾不息。风景如画一般隽永美丽，空气纯净特别清新，弥漫着脉脉含情的淡淡馨香。大自然在这里展示着它独特的温柔和魅力，这在城市里是永远也看不见享受不到的风光。

"诸位，请透过车窗向前看！"当车子沿着山岭盘旋而上，到了山顶时，廖诚像个导游似的开始给大家讲了起来，"前面就要进入祁连山北麓主峰山脉，我们要好好欣赏一番这名山风光哟！"

廖诚是个坚定坚强的革命者，也是个优秀出色的学问家。他善于演讲，擅长调动人的情绪，能在不同的环境，给人注入精神力量。

此时，被自然美景陶醉的蓉儿，想象着未来与上官英杰团聚后，一定要与他周游大西北的名山大川，尤其是祁连山。驾驶着车子的程强则竖着耳朵，同张雄医生、冯先生他们一样，聆听着廖所长对祁连山的赞美演讲：

在中国众多的名山奇峰中，祁连山脉原始古朴、雄浑苍茫，峰峦叠嶂、白雪盖顶，静静地躺卧在位于陇青交接地带辽阔壮美的境界里。

由于古时匈奴语呼天为“祁连”，所以祁连山又有“天山”之称。历经千百年沧桑洗礼，承受冷热兵器战火熏染，西起青藏高原东北部的当金山口，与阿尔金山衔接，东至黄河谷地，与秦岭、六盘山相连，多为海拔四千至五千多米的祁连山脉，东西长近千公里、南北宽三百公里，是两省的分界标志。祁连山高度在四千米以上的地方，称为“雪线”。在那里，雪峰高耸，冰川凝固，万物绝迹。祁连雪峰不计其数，冰川多达三千条。山脉“偏陇”较多，有六百多公里盘踞于陇西端的肃南裕固族自治县境内。

绵延起伏的祁连山脉，纵横逶迤于青东北部与陇西部，由呈西北、东南走向的峰嶂峻岭连接组合，包括走廊南山、冷龙岭为主峰的一级山脉，托来山、托来南山、疏勒南山、大通山、达坂山、党河南山、土尔根达坂山、青海南山、拉脊山和荣达木盆地北缘诸山等在内的次级山脉相拥环抱而成。壮哉雄奇、神奇绝妙的祁连山脉怀抱的广阔地带，还夹杂有丰富多彩的自然景观——雪峰、冰川、森林、草原、湖河、宽谷、盆地、戈壁、绿洲、城镇等，天然随性，多姿多彩，组成了一个极其壮观的大千世界。

从千里河西向南眺望，巍峨峰叠的祁连山脉，宛如一条黛青色的纱幔绵亘蜿蜒，缠绕于天穹云海之中，铸成一道难以逾越的生态屏障和天然庞大的固体水库。山脉“雪线”以下的皑皑冰雪，经阳光融化成为圣洁之水，源源不断注入石羊河、黑河、疏勒河三大内陆河水系，哺育着古丝路之路上的绿洲粮仓河西走廊，使这方土地充满勃勃生机，秀丽富饶、五谷丰登，让河西人民安居乐业、福祉兴旺。腰杆挺硬的祁连山脉，对周围生态系统发挥着极其强大的保护作用，倘若没有她坚不可摧的屏障抵御，阻断了无垠沙漠的延伸，大西北西头的塔克拉玛干大沙漠，北部的腾格里大沙漠，南侧柴达木大沙漠，无疑将“狼狈为奸”，席卷连片，吞噬西北，觊觎华北；干热风暴，也必然会直扑肆虐被称为“中华水塔”的三江源地区。

千百年来，祁连山脉在中国地理和历史上的意义举足轻重，极其重要深远，其文化内涵远远超出人们的想象。在相当长的岁月里，祁连山下，金戈铁马、兵家必争，经世流年、演绎变迁，沉淀了大西北众多民族的深沉情怀和文化精髓，见证了大西北悠久历史革故鼎新和文明进步的成果成就。祁连山，孕育了深厚博大的地域文化和流域文化；孕育了西汉以来内地通往西部牧区乃至西藏的交通要道，促进了汉、藏等民族经济的繁荣发展和文化融合；孕育了广袤的河西绿洲及其多元文化；孕育了著称于世、造福人类的东西方文明通道古“丝绸之路”，使欧亚大陆融会贯通，且由此西进疏通了与西亚东欧各国的经济、商贸、文化往来，造就了中国历史上东西方文化交融荟萃的文明线和地理要冲；孕育留下了把历史遗迹与自然奇观融合，璀璨灿烂的文化明珠——莫高窟千佛洞、青海湖、鸟岛、茶卡盐湖、敦煌雅丹、嘉峪雄关、张掖丹霞、黑水国汉墓、马蹄寺石窟、甘州大佛寺、西凉雷台汉墓、西夏碑、天梯山石窟、百塔寺、古长城遗址、文庙、古钟楼、炳灵寺石窟等名胜古迹、涅槃佛界、著名关口和名城古镇等，彰显出大西北和中华大地的深邃和华彩。

从祁连山北麓西行而去，青山滴翠，流水成韵，每一处都有着不一样的山光水色，让人领略不尽，流连忘返。诸如银光皑皑的雪峰冰川，碧波万顷的森林草原，苍茫无垠的壮美大漠，恒艳亘古的胡杨金色，极目万里的黑色戈壁，奇异迷人的月泉晓彻，鬼斧神工的雅丹地貌，流芳四海的莫高窟壁画，璀璨夺目的七彩丹霞，博大精深的石窟景观，绿波荡漾的湖泊水色，连绵郁蔽的沼泽湿地，一马平川的绿洲沃野，镶嵌绿茵的绚丽乡村，以及“大漠孤烟直，长河落日圆”“天苍苍，野茫茫，风吹草低见牛羊”的绝妙景象，“劝君更尽一杯酒，西出阳关无故人”“羌笛何须怨杨柳，春风不度玉门关”的诗意境界，“早穿皮袄午穿纱，抱着火炉吃西瓜”的奇特物候，等等。总之，千姿百态的地貌景观交相辉映，美不胜收。

祁连山脉的博大胸怀，蕴藏着取之不尽、取之不竭的生物、矿物、药物等珍稀宝贵资源。

啊，在祁连山脉“大家族”里，每座雪峰都有它的历史，每座冰川都有它的演化，每种生灵都有它的神话，每个景物都有它的传奇，每处古迹都有它的故事，每个地域都有它的变迁……沧海桑田，万象更新。它们必将承接历史的荣光，浩浩荡荡奔向崭新的远方和诗……

蓉儿听着廖诚的演讲，顿发诗兴，心中不禁吟诗一首《七绝·祁连山》：“玉峰银嶂祁连山，积素凝华插云天。千载冰琼结奇景，洁雪养润万顷田。”

就在大伙聚精会神倾听廖诚描绘赞赏祁连山之际，救护车早已进入山脉北麓深处幽谧碧翠的怀抱。程强全神贯注驾驶着车子，上上下下，弯弯曲曲，环绕于逶迤崎岖、云气氤氲的群峰之间。

“小俊，停车到路边，大伙休息一下，吃点东西再走。马上就要越过祁连山北麓到南麓了。”廖诚道。对他来说，翻山越岭祁连山已许多次了。

大伙下了车，置身于山腰间，举目横扫四方，祁连山北麓景色如画，醉人怡心，特别养眼。真是美不胜收哦！

天公作美，艳阳丽日，天高湛蓝。近处向阳的山间，沟壑纵横，林木葱郁，绿草遮膝，野花盛开。鸟儿喳喳叫，蝴蝶嗡嗡飞，翱翔于林内。猩红色的野罂粟，绛黄色的野百合，苍蓝色的勿忘我，野生花卉，姹紫嫣红，艳丽夺目，盛开于山坡草丛间。旱獭、野兔等动物蹦来跳去地玩耍，马鹿、青羊无拘无束，驻足张望着远道而来的客人，都显得那么自由、率真、善意。远处重峦叠嶂，高峰白雪皑皑，直耸天际云端，蓝天间飘荡着一团团层层叠叠的白云，仿佛一群群白衣女子，在苍穹轻歌曼舞……大自然的整幅画面，充满田园牧歌式的原始，古朴、纯真、静谧、雅致、温馨。

此刻，蓉儿又思念着上官英杰。她想，如果他在这里，一定会挥毫泼墨把祁连山美景画个够哦！

大伙欣赏够了，席地而坐。一面吃着带来的肉夹馍、花卷、油饼、煮鸡蛋、苹果、香梨等食品水果，喝着水，一面谈笑风生。如此好的情绪，仿佛是来旅游的，一点也不像冒着风险要去执行救护西路军战俘的任务。

稍事休息后，驱车继续蜿蜒上行，不久又逶迤而下，进入祁连山南麓。殊不知，南北两麓两重天。冷冻已降临南麓，这里林木开始萧瑟，草黄花谢渐衰。由于日照、气温差异较大，南麓景观与北麓景色形成鲜明对照。

车子下山驶出祁连山，按照冯先生的指点向东南而行，约下午两点多钟来到青海的北大门祁连县城，进入一个隐蔽的挂着“八马客栈”牌子的后院停了车。

在此，按照地下党青海省委敌工部的安排，所有人都换上了国军军服。廖诚戴上校军衔，张雄和冯先生戴少校军衔，蓉儿和程强戴上尉军衔。除冯先生外，其余人都套了白大褂，蓉儿还戴了个护士帽。除蓉儿外，人皆配备了长短两支武器，一支勃朗宁手枪，一支美式卡宾枪，除充裕的子弹，每人还有几枚手雷。程强看着冯先生和张雄都熟练地摆弄着枪，显然他们是会使用武器的。这时，廖诚看着程强一脸茫然尴尬的样子，以为他是因不会用枪而无奈。其实，程强是不知道该不该暴露自己会用武器，如暴露了也就暴露了自己是军人，起码是会使用枪的人。正在难堪之时，廖诚说，我教教你，他给程强分别教了怎么使用手枪和卡宾枪，怎么瞄准，怎么开枪，怎么用手雷。程强也就佯装认真学的样子。廖诚一面教着，一面意识到自己的失误，出发前早就应该在医疗所给马小俊教教如何使用武器，现在让他临阵磨枪为时已晚，只能死马当活马医了。当然，廖诚不可能知道，这里面训练有素、娴熟武器，枪法武功最好的人恐怕是程强。而程强也已想明白，为了保护大家，为了完成任务，再也不能佯装自己不会使用武器了。

廖诚简言告诉大家，我们换装成国军军人和携带武器，还要换乘军用美式中吉普去西宁，是为了保护自身安全的需要，应对可能发生的意外情况，顺利接收两个重伤病员。医疗所的救护车就存放在这里，明天到西宁接到人将原路返回，在这里换乘救护车回西凉南镇。

程强看看，都是好武器，心想可能要打硬仗。他不由得望望蓉儿，为她的安全担忧，蓉儿明白他那脸色之意。她心笃定，这趟跟着正义之士而来，救护伤病员是拯救人的正义之事，自己是心甘情愿投入正义行动的，只有豁出去了，出不出事只能听天由命了。

在冯先生的指引下，中吉普经过两个多小时的快速奔驰，傍晚时辰进入西宁市，直奔位于市中心东大街南侧接收伤病员的地点——莫家街。车子绕过人头攒动拥挤不堪的繁华马路，从一条行人不多的街道开进了一个名为“吉利旅馆”的后院，原来这家旅馆的前后院都临大街。这天，旅馆基本上客满了，住进来几个军人颇引客人关注。廖诚一行人在这里吃了晚饭后，他带着张雄、冯先生和程强，在旅馆前后院转了一圈。廖诚带张雄和冯先生是看地形，考虑在这里接收伤病员时，如果发生意外该如何应对和撤离，带程强看是因为他是司机，看清楚道路好开车；而程强却瞧得更仔细，他考虑假如被敌人堵到院子里，就要占领制高点，打他个措手不及，扼制和消灭敌人的有生力量，再迅速撤离退走。

这个旅馆大院子中间有四排房，每排有十六间房间，每排房中间第七、八、九、十四间房，搭架建造在像一座桥的上面，房下是贯通前后院和通车人行的通道；四排房前后各有一个院子，出了前院大门便是人山人海、热闹非凡的莫家街，而后院大门外的街面则显得冷清一些，只有稀稀拉拉的来往行人。

廖诚给大家说，诸位知道，这次我们来西宁要接护的两个重伤病员是西路军战俘，是马家军的一个做战俘买卖的副团长，从战俘营把人倒腾出来卖给我们客户的。明天上午十一点钟前，马家军的人把两名伤病员秘密送到这里。在这之前的九点钟，卖方有位二十多岁的女性代表前来，由她先接收伤员，再交给冯先生，也就是交给我们，一接到人我们立即出发返回。他告诉大家，住宿的房间是后院第一排，他和程强住四号房，冯先生和张雄住六号房，蓉儿住两房中间的五号房。明早那个女性来后会敲五号房的门，与我们联络，由蓉儿负责接头。最后廖诚强调，无论发生了什么事，都不要怕，不要慌，要注意保护好自己，要服从命令听指挥。还给大家讲了在发生战斗的情况下，他的命令都通过手语发出，并示范解说了多种常用手语的含义。“不过，如遇到特殊状况，可以自行把握果断处置，以消灭敌人，保护自己和大家为目的。”

随后，程强又单独观察了院内地形距离等，将车子停泊在后院右侧，瞅准制高点选二层七号房顶。他还到蓉儿住的五号房内仔细看了，告诉蓉儿，如发生了枪战，未听到他的喊声不要出门，躲在房间的桌子下面。

天黑后，廖诚把放在车子里的武器，分几次很隐蔽地送到了大家住宿的房间内。

翌日早上，大伙在各自的房间里一直盯着窗外，静等着卖方代表到来。

然九点半已过，她没有来；十点过去，她没有来；十点三刻过去，她仍没有来……

冯先生着急地来到廖诚的房间，见只有廖诚却不见程强，便问："马小俊呢?"

廖诚用手指指房顶，冯先生会意地点了点头。

原来，在天色蒙蒙霭霭，旅馆仍处于一片昏暗寂静时，程强在自己的床上留了张字条，便蹑手蹑脚拿着武器出了门。其实，廖诚早就醒来闭着眼睛等待着天亮。他见小俊出了门，急忙起身拉开窗帘角望去，只见一个黑影往上二层房屋的户外台阶蹿了上去，随即一眨眼就不见了。他反身摸到手电筒往马小俊的床上照了照，见有张字条，拿起来见上面写着："我趁早去占领制高点，以防万一。我的位置在二层七号房顶。"本来，廖城想如果发生战火，能战斗的只有他和张雄、冯先生，并没把程强算进去。这时，他方明白这个马小俊真不简单，堪当大任。

冯先生对廖诚说："组织告诉我，来这里交接伤员的女子，是做战俘买卖的副团长的三姨太，前来送伤病员的人认识这个三姨太，见到她才会交人。现在，按约定时间已超过一个小时她还没来，而来送伤病员的人，到达时间是十一点前，时间快到了，怎么办?"

"再等会儿，万一这个三姨太不来，就只能冒险，让马小英换便装替代她；我们配合快速硬抢两个伤病员，只要人到手立刻强行冲出去。"廖诚又道，"你回房间和张雄做好应战准备。"

冯先生临走时道："如果交接不顺利，抢人遇阻发生枪战，我们的处境可能会恶化，只能狠打硬冲了。"

廖诚点头同意，攥紧拳头挥了一下，表示无论处境恶化到什么程度，只有拼到底的意志。他又匆忙去蓉儿那里交代了一下，返回自己的房间。他看看表，这时整十一点，便有了情况。

客人在院子里进进出出走动着。"嘟嘟，嘟嘟嘟嘟"，随着汽车喇叭声响，一辆旧中吉普开进了旅馆后院大门，车尾刚刚收进堵住了大半个门口，便熄火停车了。很明显，是有意堵门挡道。

首先，从前面副驾驶座车门出来一个腰挎手枪的马家军少尉，右手握着腰间枪柄，警惕的目光左右扫视了一番，向前走了几步，看见院里除有住客走动外，有个女性站在前排一房间门口向他招手，他嘴里咕喃了一句“三姨太”，便放松回身向车内招了招手。很快，从左侧后车门先出来一个手里提着二十响驳壳枪的大个头士兵，他冲车内吆喝着：“下车下车!”紧接着出来两个穿着破旧百姓衣裳，走路一瘸一拐、步履蹒跚但看上去年纪并不大的人，显然是战俘伤病员。少尉招手示意走在前，两个伤病员在中，提枪的士兵断后，走了过来。

这时，走在前面的少尉发现越来越近的女人并非三姨太，感觉接头人不对，慌忙停步，嘴里喊出“她不是……”就在他拔枪的瞬间，“叭、叭”两声枪响，少尉和提枪士兵的脑袋中弹倒地了。原来，是程强居高临下，眼尖手快，手枪射出的子弹干掉了他们。就在程强枪响后几秒钟，“嘟嘟嘟嘟嘟嘟”——从堵在后大门口的中吉普驾驶员门窗内射出了一梭子子弹，只见两个伤病员和蓉儿都栽倒于地，还有在院子里被枪声吓得奔跑的一个客人也倒下了……

此刻，在七号房顶的程强和冲出房门的廖诚、冯先生、张雄，手中的卡宾枪一齐朝马家军吉普车猛烈开火扫射，顿时整个车身被打成了“马蜂窝”。此刻，程强一个“燕子飞跃”动作，从房顶飘然而下轻盈落地，又轻盈如飞地蹿到车头左侧门近处，机警地向开着的车门看去，只见司机趴在方向盘上一动不动。为防止车中还有活着的敌人，他投进去一个手雷的同时，身子匍匐向车后飞滚过去，到一定距离贴地而爬，只听“轰隆”一声巨响，半个帆布车顶和那个司机的身体被炸成碎片乱飞乱溅。程强又一个箭步向车右侧扑过去，猛力拉开后车门，一个尸体滚落到地面。他往车内细看了一眼，便给廖诚他们摆手示意，马家军已全部解决。

敌情隐患消除，大伙赶紧过去看人。一个伤病员和那名客人已停止了呼吸；另一个本来就伤病较重的红军左臂中枪，无异于雪上加霜，人已昏迷过去，张雄赶紧给他止血包扎。万幸的是，蓉儿是一时被枪声震晕摔倒，未受任何伤害。

旅馆的经营人员和客人早已逃得无影无踪。

这时，廖诚激动地把程强拥揽入怀，称赞："好样的！"他指挥大伙先把重伤昏迷的红军抬入后车厢内，廖诚又检查了一下他的伤势，让蓉儿给他注射了止疼药和盘尼西林；又把牺牲的那个红军尸体抬进了车内，与重伤红军的头脚倒置并排放在一起，准备在归途将牺牲者埋葬。大家各自把东西和战利品一一放进车内空间，又过去把被炸烂的吉普车推到一边，让开了门道。这时，廖诚和冯先生拥抱告别，冯先生匆匆出前大门走了。作为向导，他与西陇的同志从西凉南镇一路而来，参加了刚才突如其来的战斗，已善始善终完成了任务。廖诚、程强进入左右前车门坐定，手中握着枪。蓉儿和张雄分别从后车门入座车厢两侧，蓉儿负责照看伤员，张雄手不离枪。只听廖诚一声令下"出发"，程强左手握枪，右手掌握方向盘，车子迅速开出了旅馆后大门，冲上大街向西疾驰而去。

马家军西宁警备司令部侦缉处派出的由一个少尉率领的包括驾驶员、报务员在内共八名全副武装的特种兵，乘一辆敞篷越野车正在西大街巡查，听到东边发生激烈枪声，用电台迅速向侦缉处做了报告，同时向东大街赶了过来。越野车进入东大街不久，他们看见一辆军用中吉普高鸣喇叭，由东向西快速冲了过去。两车交错之际，少尉看清开着的前后车窗内有持卡宾枪的军人，像处于临战状态。于是，他一面命令驾驶员掉头追赶，一面命令报务员再次向侦缉处发报。他说：

"市东方向发生激烈枪声停息后，我们在东大街发现一辆不明真相的军用中吉普，向西方向仓皇快速而窜。车内有身着军服持卡宾枪的军人，是不是自己人尚难判断。我们正在追赶，请命令西边沿途哨卡拦截。"

随后，他命令部下："准备战斗！"同时，手持喇叭向前面的中吉普喊话："请前面的中吉普停车接受检查！停车接受检查！"少尉连喊多遍，见中吉普毫不理会，便拔枪朝天开了两枪示警。这时，廖诚给后面的张雄发出开枪的手语命令，张雄端着卡宾枪向敞篷车猛射来一梭子子弹，特种兵少尉和两个士兵立马中弹倒下，其余的士兵慌忙举枪向中吉普射击，报务员也向侦缉处报告了新情况。

激烈残酷的追堵与反追堵的街头枪战开始了！

越野车上的特种兵“全军”覆没后，侦缉处新派出的特种兵很快追了上来，前头也有马家军在截堵。一路的马家军接到的命令都是：截堵一辆从东大街向西而去的中吉普，尽量抓活的，抓不住则追杀剿灭！车上坐的是什么人，他们犯了什么事，颁发命令的人不清楚，接受命令的人就更不明白了。

程强凭着大无畏的英雄虎胆、高超车技和精准枪法，一只手灵活操作着方向盘，变换道路，左拐右躲，回避着强火力的袭击，在被马家军设障造成猛烈颠簸的道路上横冲直撞；一只手猛烈射击，时而扔出手雷，杀伤敌人。廖诚和张雄也都端枪射击，长短枪、手雷并用。只有蓉儿不会用枪只能躲，她先是抱头趴在座位上躲避子弹，后来耳听子弹“嗖嗖”地透过帆布篷而入，就滚下去紧紧趴在死亡红军的身上。

一路短兵相接生死搏斗，一路枪弹声响震天撼地！人员力量悬殊、作战条件和环境优劣截然不同的敌我力量，在西宁西大街迂回及北侧几条马路激战了一个多小时，极为惨烈！廖诚、程强、张雄三个勇士杀红了眼，一边战斗一边瞅机会从敌人手中补充武器弹药，杀死杀伤马家军无数，自己也都受了伤。中吉普前面的保险杠被打掉了，车前后两侧的车门都被打飞了。可是最终，围追堵截的马家军害怕了，胆怯手软了，追杀不再紧追不舍，枪弹也不再那么猛烈，只是毫无目标地射击，枪声也渐稀稀拉拉了……

昨天，根据冯先生的指点，中吉普是从西宁北门而入。今日搏杀，程强感觉马家军堵截他们的重点方位像是西大街，便向廖诚建议放弃原计划出西门的路线，闯昨日进来的北门突围，廖诚同意。于是，他驾驶车子机敏地拐来拐去，最终上了北大街。当车子快速冲向北门城楼，廖诚和程强隐隐约约看见镶嵌在门楼檐下刻着“澄波献瑞”四个字的匾牌时，两个人的心紧张得悬到了嗓门口！因为，昨晚车进北城门时他们观察得真切，对扇城门是用硬厚木料制作的，还外包铁皮，密置铁钉，非常坚固；而且北城门是双城门，两门间建有瓮城。如果马家军紧闭大门，是绝对冲不出去的，只有掉头另寻出城之路，或与马家军拼了。谁知，车冲到北城门，却见城门大开着，城门口两旁各站着四五个持枪士兵，都是一副懒洋洋的样子，守北城门的马家军好像是没有接到堵截的命令，丝毫没有防备。

廖诚给程强、张雄打了冲过去射击的手语命令，坐在驾驶员位的程强，右手开车，左手持枪向左；坐在前面右边副驾驶位的廖诚，端枪向右，坐在左侧后座位的张雄，握枪向左。当车子开足马力冲了过去时，三支卡宾枪猛烈吐着火舌般的子弹！迅雷不及掩耳之势的飞车弹雨，把守城门的马家军吓蒙了，根本来不及还手，还倒下几个人。等城楼上的机枪子弹出膛之时，中吉普已消失得无影无踪。

廖诚他们像下山的猛虎，智勇狠打硬冲，加上程强车技高超娴熟，终于彻底摆脱了一拨拨追兵、一处处堵敌，死里逃生。加之程强昨天从祁连县驾车来西宁的途中细心记路，今天车子才快速顺利地潜回到祁连县城郊外。

一路顽敌，一路惊险，一路恶战，正义的英雄总被苍天眷顾。枪林弹雨没有打坏发动机，没有打爆车胎，没有打着油箱，更没有夺走他们的生命！

车停到隐蔽处，他们才发现蓉儿不见了。张雄曾目睹右车门被打掉下来，盖在了趴在逝者红军尸体上的蓉儿身上。现在车门在，途中一直被蓉儿紧紧抱在怀里、装着药品和注射针管等物的包在，唯有人却不翼而飞了……

三个受伤的男人泪水涟涟，沉浸于悲痛之中，最悲伤的莫过于程强。他哀号着“姐姐、姐姐，您在哪里，您在哪里？”哭声在原野里悲惨地回荡着，令人心碎……

廖诚对程强说：“我们先回去，适当时候我一定带你再来西宁，寻找你的姐姐，寻找我们的护士长，活要见人，死要见尸。”

他们一人警戒，两人干活，选择了一个绿茵山坡，把牺牲的红军尸体掩埋了，检查处理了已醒过来的红军的伤情，也处理了自己的伤口。随后，张雄负责保护重伤员，廖诚和程强小心翼翼摸进县城，买了些吃喝的东西，把昨天停放在“八马客栈”的救护车开了回来。三个人换了服装，吃好喝好，给重伤员红军喂吃了东西、喝了水，抬上车安顿好。把该带的东西都放上了车，又把那辆中吉普推进一个大坑隐藏好。

程强开车门正要上救护车，廖诚对他说：“你等等。”接着以命令的口气道：“从今天算起，给你三天时间，现在立马赶回西宁去执行一个任务，后天傍晚前必须回到西凉南镇。任务很简单，到青海民国日报社广告部门联系，在该报刊登一则寻人启事。”随即，交给他一个字条，又塞到他手里一些钱。程强打开纸条一看，上面写着：“寻人启事：期盼小英妹迅速回家。哥诚强。”顿时，他心头一热，廖所长考虑得真周全，这既是告知蓉儿我们已突围安然返回，又通知和盼望她尽快回来，落款“哥诚强”，自然是指廖所长和他。他知道，廖所长只给他三天时间，是顾虑他待在西宁去寻找蓉儿，以防出事。这个时候的程强，已认准廖所长就是他的长官和依靠，他当然懂得必须坚决执行命令。程强立马向廖诚立正敬礼：“坚决完成任务，速去速回！”

“你上车，到公路上下车自己设法去西宁。”廖诚说着进入救护车驾驶座发动起了车，程强这才知道廖所长会开车，待他和张雄上车后，车子跑了起来。廖诚已清楚程强的本事，他随便搭乘什么车，不过是轻而易举的小事而已。

程强下了救护车后，很快神不知鬼不觉地跃上一辆去西宁方向的卡车……他在第二天完成任务后，于当日深夜提前赶回了医疗所。他回来后，廖诚认为时机已经成熟，坦诚地向程强说明了自己的政治身份，还告诉他，抢救回来的重伤红军，是西路军一位屡立功勋的战将师长，牺牲的那个团长也是个英勇善战的指挥员。

几个月后，伤势显著好转的红军师长即将离开南镇去延安时，程强向廖诚和红军师长说明了自己的身世，与蓉儿不寻常的相遇和姐弟之情，谈了自己对中国共产党的看法和认识，郑重提出心甘情愿加入共产党的革命队伍，坚决听从廖所长的指挥，无条件完成交给他的一切任务。基于程强的意愿和他做出的特殊功绩，根据西凉南镇流落红军救助站的报告和地下党西陇省委敌工部的审核意见，经地下党西陇省委批准，授予他“反战英雄”荣誉称号，并发展他加入了中国共产党。为了保护程强，组织内对他的日本籍身份保密，只有廖诚、红军师长和地下党西陇省委及敌工部主要负责人知情。

廖诚也兑现了承诺，后来带着程强去西宁千方百计寻找蓉儿，终因无果而归。

蓉儿“失踪”的结论，便由此而来。

再后来，廖诚担当重担，被任命为地下党西陇省委组织部部长，去了西兰。根据组织的安排，程强去了革命圣地延安。张雄接替廖诚担当西凉南镇流落红军救助站站长的重任，像廖诚一样，公开身份为医疗所所长。

5

在国民党军界，马家军实施封建家长式统治，尽人皆知。马家军占地为王、唯我独尊，买官卖官、贪赌嫖抢，赏罚异辙、升黜随意，军纪松懈、疏于防范，等等。由此，造成官兵离心拒命抗令者有之，拉帮结伙交恶争斗者有之，散兵出逃策动哗变者有之，五花八门应有尽有，弄得军心不稳。

是年，因发生一起严重的叛逆事件，马家军重视整肃军纪，重点查缉严惩杀戮兵变叛逃、交恶内斗等涉案官兵，一时搞得人心惶惶。

当天上午，市区激烈的枪弹声，让八十二军新提升的司令部军纪处处长马云天上校心绪难宁。中午，他接到本处侦察员事实不清的急报：今日西宁莫家街吉利旅馆院内发生严重枪战，据传系某部一长官与某部人员合伙经商，双方分利不均引起激烈内讧，数人死亡，一辆军用中吉普被炸毁。之后，因另一辆不明真相的军用中吉普在街头横冲直撞，西宁警备司令部侦缉处指挥追堵，又蔓延造成几乎半个西宁市街的混乱猛烈枪战，死伤人员不详。目前，街头枪战仍在持续中。这辆中吉普拒绝停车，疯狂反击，像是逃窜，车上究竟是什么人，值得怀疑。

肘腋之下，竟发生如此丢尽军队脸面之事件。马云天决定亲自去现场查个究竟，弄清楚事件真相。

这个马云天，据说是马步芳的远房侄子，军长马继援的堂弟。他被提携，还是堂嫂也就是军长夫人的举荐。

马步芳的儿子、马云天的堂兄马继援，因马步芳很崇拜汉朝时的将军马援，为其起名“继援”。其毕业于中央陆军军官学院，颇有军事天赋，二十岁时就任八十二军少将副军长，很快又晋升为中将军长。蒋介石为了拉拢马家军，利用其武装势力扼制共产党及其军队在西北的发展，曾在南京总统府召见过马氏父子。宋美龄还亲自做媒给马继援介绍了一门亲事——出身书香门第的汉族女子、南京才女张训芳。

国母为媒，马继援受宠若惊。这个女子才貌双全、秀丽出众，长发乌黑、肌肤雪白，明眸皓齿、身材如柳，尤其两个水灵灵的大眼睛，满含神韵，与英俊潇洒、气宇轩昂的马继援颇为般配。马一见钟情，很快与其坠入爱河。汉回通婚虽有违回族族规，马步芳却因爱子情深非但没有阻止，反而破例同意了这门回汉联姻婚事，仅明示“张训芳必须改名，皈依伊斯兰教”。岂料好事多磨，女方的爸妈竟不买国母的面子，对这门亲事执意不肯答应。为恳请张氏双亲恩准，马继援去南京在未来的岳母面前敬跪了十个小时，最终感动张母而应允，使这对鸳鸯结为伉俪。在西宁举行的盛大婚礼上，张训芳遵从公公之训，公开更名为张训芬。

马云天在马继援婚前担任保卫军座的警卫营营长，至马继援婚后受任卫护他们夫妇的卫队队长。无论在馨庐之内，还是在官邸之外，他都鞍前马后，忠心耿耿，安保尽责，侍奉尽心，颇受主人赏识。不久前，八十二军司令部新设军纪处物色处长，张训芬念马云天为人耿直正派，做事严谨认真，给丈夫吹了几句枕头风，他便走马上任了。

他履职后，自知职责重大，如履薄冰，查缉案件铁面无私，杜绝徇私舞弊，整肃军纪果敢重效，事事向上有报告，件件处置有着落，没有丝毫懈怠。

马云天的太太李彬，既是美女又是才女，供职专门为马氏家眷治病疗伤的医疗所，是一位医术医德好、颇受马氏家眷尊重的医生。她读医科大学时，攻读医学的同时喜好文学与历史，医学、文学、史学齐头并进，学得都很出色。她还与马继援的夫人、馨庐的少奶奶张训芬相貌酷似，气质相近，爱好相似，俩人又亲如姐妹。在公馆，除过马步芳、马继援家里和医疗所的人，几乎都分不清楚彼此。

马云天接到侦察员的报告后，立即率领十数名查缉人员，持枪荷弹，分乘吉普车和摩托车，前往枪战地带查看案情。光天化日之下发生的这场街头恶性枪战，造成车辆和行人异常恐惧惊慌，躲避不及。他们循着枪弹声追过去，在刚发生枪战的一个现场，却不见枪战者踪影，只看到多具官兵尸体，受伤者一片狼藉。经知情人员报告，说一辆中吉普飞速冲过，穿着自己人的服装，多支卡宾枪射弹如雨，还不断投手雷，火力猛烈，真是一伙亡命徒。马云天率队继续追去，现场接连如此，参战者报告也大致相同。他觉得此事必有蹊跷，但也未必能弄清楚。想深了，恐怕不单纯是军商合伙做生意分利不公而致内讧这么简单。会不会像传闻那样，有人在做西路军战俘的生意？中吉普车上的人真是自己人？除非能抓个活口，兴许会审出个子丑寅卯。就以做生意而言，时下军队长官做生意是常态，军纪又无不准规定。思量于此，他觉得对这件事还不能过于较真，自个儿陷进去就会惹出莫名其妙的是非，甚至难以自拔，“城门失火，殃及池鱼”。只能顺其自然，任其发展，或是让其稀里糊涂地“消化”吧。

此时，枪声已渐渐平息下来，他令司机掉头往回走，保持中速行驶，想沿途再观察一下，能否发现一点蛛丝马迹。走着看着，突然发现路左边人行道一棵树旁躺着一个人。他让司机停车，下车走过去一看，原来是一个昏迷中的青年女子。摸摸其鼻孔微微有喘气，发现其头部有个大肿包，像是被车辆等硬物猛撞或重摔而致。再仔细查看，其脚腿处有血迹，显然是摔碰的伤痕，身上似乎还有股子弹火药味。马云天思忖，她恐怕就是今天遭受枪战飞车横祸的无辜受害者。他丝毫没有把这个躺在马路旁的女子，与参与枪战的人联系在一起，想都未这样想。因为一个柔弱女子，不可能是那种亡命之徒。

这个女子就是蓉儿。程强全神驾驶着中吉普飞速行进，还要不断射击投弹杀敌，车轱辘行驶于重重路障之中，加之为躲避枪弹，方向盘左拐右打，造成车子强烈蹦跳，她的身体被弹起摔出车外，落在了人行道上。后来，车到祁连县，等廖诚、程强、张雄他们发现蓉儿不在车里时，为时已晚。

此时，马云天想到了堂嫂张训芬曾给他多次说的话，在兵荒马乱的战争岁月里，不管在哪里碰到被伤害危重的人，无论是军人还是老百姓，尤其是妇女和儿童，只要有一口气就一定要拯救他们。

马云天指使随从人员，把这个女子抬到车上，带到了馨庐公馆医疗所，因他太太回西兰娘家去了，便交给了医疗所管理人员，嘱咐："安排病床住下，好好检查医治，提供饮食。医疗、伙食费记在我太太李彬的名下。"因为，马云天看这个女子颇有几分姿色，若带到军部医院，怕被那些色鬼强暴欺辱。

之后，他向堂嫂报告了一声，张训芬说："这件事你处理得好。忙你的去吧，李彬不在我操点心。"

"李彬很快就回来了，让她管就行了。"

随后，马云天迅速向司令部长官综合客观地报告了亲自查看到的，当天在莫家街吉利旅馆院内和街头发生枪战及参加战斗的知情者汇报的情况。没多久，长官传来上峰的指令：此案严格保密不得外传；报纸电台等舆论工具一律不得公开报道；继续调查弄清真相。

容貌美丽的蓉儿一住到医疗所，消息立马传遍了全所上下，一些人私下叽叽喳喳：新上任的八十二军司令部军纪处长官马云天，"弄了个美人到所里金屋藏娇"；当马公馆的少奶奶派人到医疗所看望了昏迷中的蓉儿后，又传言纷纷，"这个女子听说是军长夫人的干女儿"……

经过多半天的救治和休息，蓉儿慢慢苏醒过来。见自己躺在洁白舒服的床上，看见胳膊上扎着针管输着液体，明白是住在医院里。是谁救了她，把自己送到医院来的呢？她回忆着与程强，跟随廖诚所长、张雄医生和青海冯先生，乘坐程强驾驶的救护车来西宁，一路上他们的言行入眼入心，感觉可亲可信。尤其是为抢救西路军两个战俘伤病员，他们无畏艰险，义无反顾，在吉利旅馆和西宁街头发生惊心动魄的残酷枪战中，智勇无比，完全将生命置之度外，促使程强也毫不畏惧、心甘情愿地与他们战斗在一起。而她虽然不会使用武器没有投入战斗，但她一点也不怕。过去她常听说，共产党人为革命为同志为人民，抗战杀鬼子，不怕流洒鲜血，甘愿牺牲生命。这次她亲眼所见，廖诚、张雄和冯先生就是这样的人，所以她认定他们是共产党的人。跟着共产党、跟着这样的人干，可靠值得，无怨无悔！她看到程强在恶战中的大智大勇，事实证明，他已站在了共产党一边，站到了中国人民一边。

机敏的蓉儿经与护士巧妙交谈，知道是在西宁发生枪战的当天，八十二军司令部军纪处马云天长官在街头发现她躺在路旁，把她救上车送到了馨庐公馆医疗所。护士说，经医生检查，她除有轻微脑震荡、软组织损伤和表皮几处轻伤外，无大碍，治疗和休养一段时间就可以恢复。她给护士说，自己在西宁街头过马路时，被一辆狂奔的汽车撞飞到路旁昏了过去，就什么也不知道了……

蓉儿还听护士讲，她处在昏迷状态时，马军长的太太、马公馆的少奶奶还派了她的近身使女来病房看过她，仔细询问了她的伤情，并向医疗所长官转达了少奶奶的嘱咐："要好好给她治伤，并注意保护她。有什么情况要及时向我报告。"

蓉儿听了护士给她讲述的这些情况，心里很感动！蓦然回首，她在这些年风风雨雨的生活经历中，深感这个世界还是处处有好人。共产党及其军队里好人多，国民党及其军队里也有好人，就连马步芳的军队甚至他的家庭里也都有好人。自个儿命运好，危难之时总能碰到好人善良人的救助。

从昏迷中苏醒过来的蓉儿，心中时刻惦记着廖诚、张雄、程强，他们究竟冲出西宁城没有？在枪战中会不会有人受伤或者牺牲？

在马公馆医疗所治疗了五六天，蓉儿感觉好多了。这天早上，负责护理她的护士走了进来，把一叠《青海民国日报》放在了床头柜上。对蓉儿说："姐姐，这是我在公馆书报阅览室为你借来的最近五天的《青海民国日报》，是咱们省影响最大的报纸。"

"谢谢！"

护士给她扎针输上液就走了。蓉儿迫不及待地把一日出四个大版共五天的报纸，翻阅了一遍，竟没有发现报道有西宁街头发生枪战的消息。她原本想，对发生的这场枪战，青海的媒体应该会有报道。所以，她找了个借口，让护士给她找一份在当地影响大、最近几天的报纸看看，结果却大失所望。国民党青海官方为何对这一震动西宁城的事件秘而不宣？他们的葫芦里究竟卖的是什么药呢？是廖诚、程强、张雄他们打破了马家军的重重围追堵截，冲出了西宁城？还是被马家军逮住了或是牺牲了？她猜测着，揣摩着，毫无头绪，难以判断。心情甚为沉重。

蓉儿又觉得，对这件敏感的事还不能乱打听，否则会让人怀疑，暴露自己。

她一边输液，一边又漫不经心地浏览着一张《青海民国日报》，无意中看到报缝广告中有一则围着花边的“寻人启事：期盼小英妹迅速回家。哥诚强”。即刻，她喜上眉梢，至少说明廖所长和程强活着，而且他们胜利突围了！半晌，蓉儿沉浸于莫大的喜悦中！她想，在这里治疗几天，要尽快赶回西凉南镇医疗所去。

她的心情变得好好，爱不释手地继续翻阅着报纸。这时，在一张报纸第四版的“青海湖”文艺副刊上，登着一篇题为《相思》的散文，先浏览了一下，原来写的是南宋时杭州的一个女子相思夫君的故事。她觉得文章中织女的境遇、情感仿佛与自己惺惺相惜，便仔细地看了下去——

南宋临安。

清晨拂晓，冷风袭虐，白云雾绕，春寒料峭。辽阔旷野，莽苍迷茫，浩瀚无垠，银装素裹。六出雪花，纷纷扬扬，轻歌曼舞，寒酥无怨。如此纯粹圣洁的皑皑大千世界，别是一派山舞银蛇、原驰蜡象的壮美风光。

织女，家居于碧水环绕，宅外漫天飞雪、室内姹紫嫣红，白雪红花相映的美妙仙境之中。

一夜无眠的织女，憔悴枯槁，神情恍惚，孤独落寞地倚在窗前，聆听忧伤的飘洒落雪。一缕冷风扑面，她倏时清醒过来，欣然回忆起在那春象蔓发的时节，妩媚春光荡漾生命复苏的绿意涟漪，柔情春色唤醒树草萌动的绿色活力，和煦春风吹拂柔和清新的绿波情愫，原野林木葱葱，绿草茵茵，花儿灿灿。在新婚燕尔的时光里，她与宋郎朝朝暮暮，卿卿我我，刻刻相伴，心心相依，是何等的温馨浪漫，何等的愉悦幸福哦……

又是一个白昼，织女的心绪仍沉浸在清冷悲凉之中。她既无心领略这圣洁瑞雪絮飞、簌簌飘落无声而幽静唯美的自然之色，亦无意去欣赏石溪边暗香浮动的蜡梅正凌寒灿烂绽放，还有黄莺歌唱那诗情画意般的绝妙美景。孤独寂寞难耐的她，不恋景色念夫君，渴望去考取功名的郎君早点儿归来，与之相拥厮守那种美妙的时光……霎时间，幻觉成真一般，心中彩霞冉冉，深情脉脉，柔爱似水，缠绵缱绻……

日复一日。红墙黛瓦闺中的织女，独守空巢、魂不守舍，妩媚无存、面容憔悴，忧伤郁闷、热泪沾臆。她魂牵梦萦，思君不知踪，相思入骨寒。盼君难见影，怨情痛断肠。真是阅尽天涯离别苦，怎把情愫灯下诉？

以日继夜。鸳鸯绣枕心荡荡，寡守蜡光昏暗暗。帏帐空空身影瘦，长夜漫漫寝不眠。暮至深宵五更寒，唯有弯月相惜怜。问世间情为何物，让织女这般悱恻缠绵？

织女离愁别绪噎满胸怀，如此纯真挚烈相思夫君，情意切切，情思悠悠，情愫绵绵，情怀深深！她牵肠挂肚，心绪骚动，痴迷缠绵，恋到极致，整个人儿难熬悲切得像流星坠落，坐卧不安！闭上眼睛看不到自己，却可以看见心上人！思君怀春的冲动，企盼月下老人让银河传递眷恋……哀莫大于心死！她，恹倦慵懒不堪，满头青发蓬乱，已非原来那个青春靓丽、如花似玉的美人。

忽听桥外喜鹊低声鸣叫，难道是昼思夜念的夫君要归来了？织女急忙开机飞梭，寄情于千丝万缕。唧唧不辍，成布良多。她精益求精织好布，不停歇为夫君缝制新衣。

倏闻远方车轮滚滚声，织女捧着深情专注、飞针走线，精绣的上为龙凤呈祥、下是鸳鸯戏水，浑然一体、色彩绮丽的长袍，万分挚情、万种风情地等待着心上人的归来。她装扮如新，玉靥妩媚，略带羞涩，蕊绽芳颜，婀娜风华。樱桃小口痴念着“一世的缘分，一生的爱恋”；不时伸起白嫩的手臂轻柔抚摸鬓角刘海，激奋的喜泪禁不住夺眶而溢，汩汩流淌到两腮帮……

然车辂辘声，由远及近又由近及远而去。

顿时，织女渴望的热泪变成了失望的悲流。“夫君啊夫君，您何时归来乎？”……

蓉儿读完这篇散文，情不自禁，已泪流满面。

她被文章细腻描绘、深情如诉的古代女子的相思之苦深深打动，感同身受，仿佛揭示的是自己的现实境况和感情世界……

红尘之爱的最高境界究竟是什么？有执子之手之境界，有相濡以沫之境界，有生死相许之境界，也有别离相思之境界。

蓉儿领略，这篇散文典型地表达了“别离相思”这种爱情境界。激情飞扬若流云，笔墨水波意纵横，一篇千字文，渲染出一个幽怨凄凉的古代女子的爱情悲剧。悲，被爱折磨得死去活来，丝丝含泪；惨，被情蹂躏得神魂颠倒，缕缕悲伤。可以说，主题刻画，苦心孤诣，淋漓尽致；语言抒情，入木三分，催人泪下。

蓦然间，蓉儿第六感觉极其敏锐地又听见了英杰从大洋彼岸传播而来朦朦胧胧的声音：“亲爱的，您好！”他的音容笑貌随即也在她的眼前晃动着……她特别感奋，思念之情像潮水般地涌上心怀，禁不住又轻声诵读起李清照的《一剪梅·红藕香残玉簟秋》，借以抒怀排泄囿于苦苦怀恋英杰，所积郁的孤寂落寞哀婉之情。

她把与他别离的日子，一天一天，日累月积，记录于心。此刻，内心不由得倾情呼唤：英杰啊，你离别蓉儿赴美已有六个年头了，我们的女儿也六岁了，您何时才能归来呀？……

6

侧卧于床输液且埋头阅读文章的蓉儿，心思特别集中，竟没感觉到病房进来一个人，站在床尾全神贯注地看着她。这个人从她捧着报纸阅文，到思念心上人而诵读李清照的词，心情溢于言表所显映出的几许忧思、惆怅和凄凉，都看得听得体味得真真切切，八九不离十。此人就是马云天的太太李彬。她去西兰探亲昨晚回到西宁，今天就上班了。因马云天给她讲了肉苁蓉的情况，便来病房看看她。

李彬感觉到，马云天在街头马路边救的这个女子不一般。

这时，蓉儿方才感觉到病房里还有一个人的微微气息，气息中有一丝淡淡的女性的馨香味儿。她的意识感觉，以为是马公馆的少奶奶，不由得抬首一望，只见一位雍容典雅、气质极佳，身穿白大褂、脖子上挂着听诊器的生疏年轻医生亭亭玉立，盈目于眼前。输液卧床的蓉儿缓缓起身庄重地向她挚切点头，彬彬行礼。

李彬微笑着："你是病人，不必客气。"自我介绍，"我是所里的医生、马云天的妻子李彬，这几天不在刚回来，过来看看你。"

"谢谢李医生！"

李彬观其行察其情，觉得这是个纯诚善良、知书达理的女子。她说："你的名字好美也很特别，肯定是有渊源的。"

"我爹爹起的。"蓉儿笑盈盈地应话。

"如今读书看报的女孩子不多，阅读文章像你这样专注入心的就更少。"

"李医生过奖，我就是随便看看。"

李彬望着蓉儿粲然一笑，不经意间随口吟读了近代学者王国维的两句诗："最是人间留不住，朱颜辞镜花辞树。"又道，"李清照一生还是有过美好幸福的生活，幸福美好的生活是不会辜负有心人的。"蓉儿嚼味她的话，感悟她提及李清照，大概是听见自己诵读她的词而表达自己的看法。潜在的含义应当是，这首《一剪梅·红藕香残玉簟秋》词，是李清照在新婚不久夫君赵明诚离家外出，相思眷恋他深感孤独寂寞时所作，只是反映了她一时的情感，“李清照一生还是有过美好幸福的生活”；更主要的本意，是后面“幸福美好的生活是不会辜负有心人的”这句话，显然是对自己阅文诵词所流露出的忧伤凄婉情愫的由衷安慰。

蓉儿静静地听着，脸色显露出深深的回谢感恩之情。她心里默默品味着李彬刚才吟读的两句诗义：世间一切美好的东西都是难以持久的，就像镜子里的青春容颜随着岁月的流逝一去不复返，又如树枝上的鲜花随风飘零而不会永远盛开一样。

李彬道：“我看了你的病历，你的伤病不碍事。还有哪里不舒服告诉我，再检查一下。”

“李医生，我觉得好多了，过一两天就该回去了。”蓉儿又说，“真不好意思，我的治疗费、伙食费暂时欠着，待我回家后再寄过来。”

“不用啦，费用不多，我替你付。”

“谢谢李医生，所欠费用我还是要付的。另外，请您向救我的马长官转达我的深切谢意。”

“不客气，他是应当的。我会给他转达。”

她们彼此再没有讲什么，也没有再问什么。

两天后，蓉儿对医疗所给她治疗和护理过的医生护士一一表示感谢，询问了解了医疗费和伙食费的数目，心怀感恩地离开了马步芳公馆。护理蓉儿的那位护士随后追过来，递给她一个包袱说：“这是李医生让我交给姐姐的，里面有三块银圆、两件衣裳。她去长官家看急诊了，让我送送你。”

倏地，蓉儿的眼泪涌了出来。

蓉儿出了公馆，搭车来到市东莫家街。她想，如果廖所长他们冲出了西宁城，说不定会让程强返回来寻找她，如果他来了，必然每日会在莫家街转悠，今天没准儿会在莫家街碰到他，结果蓉儿失望了。也就是这一天，肉苁蓉村牛氏商号有个来西宁办事的伙计，在莫家街头看见了她，回去给假牛富贵即日本特务横田丑二报了信儿。

蓉儿在莫家街没有见着她渴望碰到的人，又来到邻近的东大街，想打听一下西宁有没有去祁连县的客运汽车，如有便先去祁连县，到那里后再设法坐车，坐汽车马车什么车都行，回西凉南镇。这时，一辆军用卡车从她身后慢悠悠地开到了前面路边停了下来，蓉儿走过去不经意往卡车那边望了一下，看见驾驶座上坐着一个国民党军人，觉得好面熟。

"哎，这不是肉苁蓉姑娘吗?"车上的军人一边推开门下了车，一边笑盈盈地望着她说。

"原来是管理员，这么巧。"蓉儿这才认出来，他是马公馆医疗所食堂的管理员。她离所时，曾去食堂问过自己治病期间的伙食费，就是这位管理员告诉她的，当时她没顾得上问他姓什么。"管理员，你知不知道西宁有没有去祁连县的客运汽车，西宁汽车站在市区什么地方?"

"有的。汽车站离这里还有点路，正好我要回公馆去，路过那儿，带上你。你过去开那边车门上来吧。"

"谢谢管理员!"蓉儿说着，从卡车头绕过去拉开右边车门，上了车。

车七拐八弯行驶了好一阵子，到一个路旁近处没有房屋没有行人，有一片树林的僻静地方，管理员停下了车，突然从口袋里掏出一块毛巾猛地捂住了蓉儿的鼻子和嘴巴。蓉儿猝不及防，很快被毛巾所含的药物蒙昏了过去……

这时，管理员迅速下了车，击掌三下，从路边树林里立马出来两个人，一人拉开右车门，把蓉儿抱了下来。两个人看了看蓉儿的脸蛋、身材，都啧啧称好；遂即动手，小心翼翼地把昏迷的蓉儿装入一个布满网眼的麻制长形口袋里。接着，一个人从怀里掏出一个钱袋递给管理员："数数，一百大洋。"管理员提着钱袋赶紧上了车坐在驾驶员的座位上，把大洋倒在右边座位上，仔细数完装进袋里，通过开着的右车门望着他们说："兄弟，没错。转告马首领，这个女子是少奶奶的干女儿，从了他当上压寨夫人，天下太平，于他于我都好；女子如不从，只有杀人灭口，女人我再给他找。如果让她跑了或者报信出来，必将大祸临头，我和他及家人都不得好死。"随即又道，"帮我关上车门。"车旁的一人帮他关了车门，另一人发出一声口哨，树林里飞跑出两匹马，一人迅速骑上一匹马的马鞍，另一人从另一匹马的马鞍上取下一床棉被折叠好，垫在骑马人的马鞍前，把装蓉儿的口袋抱起，横放在垫被上，又用一条宽布带子熟练地将装人的口袋揽在他腰间系好，自己也跃上马鞍。一刹那，两匹马飞也似的不见了。

管理员坐在车里，目扫四方警戒着，见两个骑马人顺利快速地走了，也发动车开走了。

这一切，他干得干净利索，无人知晓。

官匪勾结，狼狈为奸，无处不有。让蓉儿始料不及的是，马家军的人救了他，竟也是马家军的人害了他!?

原来，这个管理员是距西宁三十公里处牛头山上一股土匪的头子马七的结盟兄弟和耳目。年近不惑的马七也是回族，断文识字，本是马家军的一个副连长，军事素质和武功都甚好，五六年前当了逃兵，思谋一番，招兵买马当土匪。他四处寻觅，从马家军逃出来的散兵游勇中挑选年纪轻、身手好、重义气，无老无妻无子无牵挂者，不搞大，不图名，组织了个仅二十几号人的精悍小队伍，密占牛头山抢劫为生。他怕马家军知情后围剿他，藏匿潜伏不露声色，还定下规矩，不在近处杀人越货，而在远处只劫富商地主。一次，在西宁的窑子里，他偶然结识了马家军的一个少尉管理员，两人臭味相投，马七没料到这么个小官，竟是在马公馆里干事的，在医疗所食堂当管理员。于是，两人拜了把子做了兄弟。马还托他当耳目，如听到军队有围剿他的消息，及早报告赏大洋三十块，还留给他在西宁城里报信的地儿。马七老婆患重疾遗下四岁女儿归天后，他无法照料女儿，便托媒婆找女子续弦，良家女子嫌他是匪不嫁，有劣迹的女子他嫌不可靠不娶，手下兄弟多次抢来的女子他嫌丑不要，只能隔三岔五下山到西宁城窑子里嫖妓。前妻撒手人寰两载，女儿已六岁了，马七还是个光棍。

有一天，马七拜托在马公馆里当管理员的兄弟，碰到合适俊俏有文化的女子，帮衬他找一个，赏大洋一百。管理员嘴上说好，心里却想，你是癞蛤蟆想吃天鹅肉——痴心妄想。我身在皇宫般的马公馆，天天见的都是如花似玉般的女人：除过夫人太太，凡是有身份的女人都名花有主，她们过着像神仙奶奶一样的日子，吃着美味佳肴，身穿绫罗绸缎，白日在酒楼聚友搓麻将，夜入剧场包厢看戏文；泡在马公馆蜜罐里生活的千金小姐，更是金枝玉叶，高不可攀；住在公馆与马长官和夫人太太们沾亲带故的姑娘，自然要谋嫁有钱有势的人家；就连公馆医疗所的护士小姐和食堂女佣人，也都是“水涨船高”，眼头往上瞅着寻思机会。谁会嫁给你这个只有二十几条破枪，东躲西藏提着脑袋在刀尖上舔血过日子的土匪头当老婆？可是，一百块白花花的大洋总在他眼前显现晃动着，诱惑得他火烧火燎，于心难忍。

没想到，机会送上门来了。几天前，管理员得悉本所从不接诊公馆以外的伤病员，却破天荒地收诊了一个女子住在所里疗伤。伤情好转后的蓉儿，好几次在食堂吃饭时，他都从远处偷窥，发现的确是个少见的大美人，于是产生了把她搞走卖给马七得百块大洋的祸心。继而想到传言，有人说她是八十二军司令部军纪处长官的女人，还有人讲她是公馆少奶奶的干女儿。干还是不干？弄得他心跳突突，忐忑不安，几乎打消念头。古话说，“人为财死，鸟为食亡”，“重赏之下必有勇夫”。最终，他还是下定贼心，要干这桩买卖。当他从护理蓉儿的护士口中套出美人要离开公馆的消息后，于是绞尽脑汁，精心设套，导演了施毒手抢人的一幕活剧。自从把人交给马七后，这个女子从不从这个土匪头呢？始终是放在他心里的一块石头，难以落地。

高耸雄伟、景色秀美的老爷山，地处西宁三十公里外的大通县境内。

虽然寒冷早袭青海高原的初秋，老爷山的林木花草红绿颜值亦始渐褪落，然这里的景色依然很美。松、柏、杉、柳、杨、榆等众多树木连林成森，柠条、沙棘、梭梭、花棒、枸杞等灌木到处群落，大多依旧青绿碧翠，橘红黄叶娇美，浓郁蔽日遮天；片片丛林里，金露梅、银露梅、芍药、玫瑰等野花奇卉，仍然坚强绽放，姹紫嫣红，斑斓绚丽……

马七这股土匪的巢穴，深藏于老爷山峰嶂层层、植被郁蔽深处的岩洞群落里。

马七及其女儿居栖在一座主峰的大岩洞里。宽敞的洞厅，是马七及其兄弟们聚会议事和喜庆欢宴的地方；洞厅套有五个小岩洞，马七和女儿各住一洞；有两个是厨洞厕洞，垃圾和大小便可直接通过厨、厕洞内天然孔口倒落入深渊；还有一个财洞，他们打劫土豪富商获得的钱财都存放此洞，大家共有同享。日常生活需购的食品用品和衣物等，都从中取钱付账，平时也给大家发点零花钱，对劫财有功者由首领做主予以奖励，收支都有账目。除聚会欢宴时由会厨的兄弟掌勺做菜弄饭外，平常都是马七自己动手开小灶管爷俩吃喝，女儿娘死后也是自己拉扯着。

他手下的人马，居住于其居大岩洞所在山峰环抱的三座小山峰的几个岩洞内。四五个男人集居于一个岩洞；另有供做饭的厨洞，食物贮存其间，粮肉酒和蔬菜从山下购买，基本上满足，生活垃圾、大小便可倾倒于山谷；武器平时收缴集中存放，出去活动时再发给个人。还有二十几匹马，委托给山下一个可靠的农户饲养，用时则上马走人，定期付给农户饲养费。

温饱则思淫欲。土匪们陆续弄来几个年轻女人，独居一个岩洞，与大家无妻妾情人关系，平日几个男人共享一个女人，有点像慰安妇似的。

马七居住的主峰，与三个小山峰紧密相连，三个小山峰却不互连。主峰与小山峰之间的通道，仅为一个人可过的天然狭窄石桥，桥下就是万丈深渊。主仆居住在相连的四座山峰中，只有马七所在的主峰有通山底的路，且是一条隐秘的盘旋小道，蜿蜒崎岖于陡峭峰峦和耸立危崖之中，行走此道险若华山。然由于他们长期行走，练就了飞檐走壁之功，即便途中偶遇险恶，如何躲避、何处藏匿，他们了如指掌，安然无恙。

这股土匪深谙“要么吃人、要么被吃”，一荣俱荣、一损俱损的道理，他们盟结同心，坚守“内部绝对不能互吃”的契约，听从首领指挥调遣。加之马七在钱财经济分配方面，自己不贪，主持公道，约定俗成规矩，大伙自觉遵守，多年来相安无事，尚未发生过什么内乱。总之，土匪们的日子过得优哉游哉，很是舒坦。

蓉儿醒过来后，感觉头脑蒙蒙，浑身酸痛，很不舒服。她扯掉罩在头上的一块红绸缎盖头，发现自己待在一个布满红色的山洞里，只见洞内左右壁上各贴着一个大红“囍”字。她头靠在盖有红绸缎的一摞被子上，身子半卧在上铺有红绸缎、下铺有柔软隔潮的狗皮褥子的土炕上，身着红衣，头戴红花，脚穿红鞋。土炕以外尚有较大的空间，空间中央置放的一个铺着红布的木桌上，点着高高的四支红蜡烛，摆放着青海青稞酒、葡萄酒和水果、糕点等饮食品。

蓉儿觉得，山洞布置得像个新婚洞房，自己的穿戴俨然像个新娘子，是梦还是真？她闭眼睁眼，伸手抬臂，起身躺下，自个儿是清醒的，并非在做梦。再看看，医疗所护士给她的那个包袱也在一旁放着，打开一瞧，只有两件衣服，三块银圆已不翼而飞。回忆使她判断，是医疗所食堂的那个管理员施计暗害自己，他一定是把我卖到了深山老林。买主是个什么人呢？从自己穿的、炕上铺的、桌上摆的说明，不是个打劫人的土匪头，就是个有点钱财的小土豪。

蓉儿思忖，自己是否已被强暴受害？她坐起解开红衣一看，里面自己穿的衣裤原样未动，外衣里靠左臂腋处有个暗缝的小布袋，里边程强送给她在关键时刻防身的折叠式锋利小匕首也在，她掏出来塞到一摞被子下面。她略加思索，喊了一声：“有人吗？”

“来了，来了！”随着一个女人的声音，进来了个约莫二十多岁的“红二团”，她嘟囔了一句，“首领的新娘子睡醒了。”又问，“压寨夫人有啥事，请吩咐。”

原来把我卖给了土匪做了什么“压寨夫人”。蓉儿厉声问她：“这是什么地方？”

“牛头山呀。”

“你们的头领花了多少钱把我买来的？”

“我也不清楚，听哥哥们说，好像是一百块大洋吧。”

“你去把你们的首领给我叫来。”

“好的，新娘子，我这就去请首领。”

这个女人出去后，蓉儿从被子底下摸出折叠小匕首，下了炕，镇静站定，打开了刀刃，右手紧攥着刀柄。此时，她已果断决定，落到了土匪手里绝无好结果，只有结束自己的生命保住清白，别无选择。此刻，她想到了英杰和他们已经六岁的女儿，一时间已是秋水微澜，泪水涟涟。转念一想，她和英杰已经彼此深深爱过，这辈子人生无憾。“英杰，蓉儿并不想死，但命运如此，只能先走一步，对不起你了！”她心里默默念叨完这些话，便见进来一个三十七八岁年龄的大胡子男人，屁股后面还跟着两个女人。

“夫人，在下马七，我们的婚礼马上就要开始，请问你有什么吩咐?”站在她面前的大胡子男人直言不讳地说。

蓉儿已把眼泪咽进肚里，怒目逼视土匪头目：“马七，我与你素不相识，谁是你的夫人？真不知羞耻。”

她双目盯着马七，大义凛然毫无惧色，慷慨陈词：

马七，你听着！我是一个有六岁女儿的母亲，我丈夫上官英杰在美国留学，学成归来我们就会团聚。我的公公是国民政府军事委员会直属西安独立师师长上官武将军，我的婆婆是画家王丹青。我是来西宁公干时意外负伤，是国民党八十二军司令部军纪处处长马云天长官、马公馆少奶奶张训芬女士救了我。没有料到的是，马公馆医疗所食堂的管理员贪图金钱助纣为虐，与你这个土匪头子狼狈为奸，遭你们暗算被抢到了牛头山，妄图逼我就范当什么“压寨夫人”，你是痴心妄想！

告诉你，我是一个堂堂正正的女子。我有美好的未来，向往幸福的生活，不想这么早就死去使我的爱人悲痛欲绝，但也绝不会用自己的清白和贞节，去换取生存而苟且肮脏地活着。我岂能与你这个双手沾满鲜血、恶贯满盈的土匪头子结为夫妻?

我曾幸运被朋友相救，未死在一群窜到大西北妄图残害中国人的极其狠毒的日本特务手里。我冒着生命危险逃出家园，义无反顾地向当局举报了这帮东洋狗特务，使他们得到了应有的惩罚。今天，本女子落到你的手里，实出无奈要死在你这个强盗的面前。如果你还有一点良知，希望我死后，你在牛头山上找块干净的地方把我埋葬了，给我的丈夫捎个音讯。

蓉儿一席话，宛如她手中的匕首深深刺进了马七的心窝，极大地震撼着他！

蓉儿说完，右手举起紧攥着的匕首用力刺向胸口……

马七反应敏捷，动作飞快，搭腔“请上官夫人且慢，马七有话要说”的同时，神速伸出左手阻挡，继而又指点击蓉儿右手虎口，使蓉儿刺近胸口的匕首跌落，真是好悬！可是匕首划破了马七的左手背，鲜血直流。一个跟随他进来的女人见状，吓得赶紧出去了。马七毫不在意自己手背受了伤，弯腰用流着血的左手把落在地上的匕首捡起来，右手抓起蓉儿扔在炕头的红盖头擦掉刀刃上的血迹，折叠好匕首放在炕上。这时，那个出去的女人又进来，手拿着一个小瓷瓶，往马七手背流血的地方倒了一些白色粉末，血立刻被止住了。她又拿白纱布，把马七的手包扎好。这时，在外面洞厅内等待祝贺首领即将举行婚礼的土匪兄弟们，闻讯抢来的新娘不从要寻短见，新郎为救人手背负伤，都拥了过来，六七个人进了“洞房”，怒目瞪着蓉儿；还有站在外面的十几个人也都怒气冲冲。

此刻，“洞房”内外鸦雀无声，空气有点凝固了。

也许是蓉儿言语的力量撼醒了马七的良知，他双手抱拳，对蓉儿说：“上官夫人，对不起！我马七土匪本性，有眼不识金镶玉，托马公馆的管理员兄弟帮忙寻女续弦，不得已出此损招，干了这桩抢婚的丑事，这一切都是我的罪孽。马七敢做敢当，向你认罪道歉！公开恢复你的名誉！听你这番话，方知你是个热血烈性女子，还是个抗日巾帼英雄，我马七也曾驰骋疆场，杀死过不少日本鬼子。”说完，跪下一条腿，“我低头认罪！我敬佩英雄！”接着道，“我虽是个土匪头，但我和相依为命的兄弟们也怕死，我们还要苟且偷生，暂时还不能放你回去，因为放你回去，我和二十多个兄弟将死无葬身之地。请你暂时留下，容我和兄弟们商量做出决断。请你一百个放心，不管我和兄弟们做出什么决断，你在山上都是安全的。我要侵犯你，马七就不是爹娘生养的；谁要敢损害你一根毫毛，老子就宰了谁。”马七的话既是讲给蓉儿听的，也是讲给他手下的人听的。

也就在这个时候，有个土匪上前一步，向着蓉儿扑腾跪倒在地，从怀里掏出三块银圆放在地上，连连磕头。显然，是这个土匪盗走了放在包袱里的银圆……

马七算是个有点头脑识时务的土匪头。本来管理员给他捎话说，此女子是马公馆少奶奶的干女儿，他心里就直犯嘀咕，觉得有点不靠谱，但又一眼看中了这个少见的漂亮女子，便心怀侥幸心理，万一她面对现实低了头，心甘情愿或是被逼无奈顺从了我呢？刚才，听了蓉儿对自己家世的介绍，她是有夫之妇且有孩子，实不知情；知道她的公公是国民党的师长，是万万不可冒犯的；她又是个在贞节面前毫不含糊，宁可舍命也要守住清白的女子，更是令人可敬的。深感强扭的瓜不甜，即使想娶这个女人，也不敢娶不能娶，亦娶不成。

蓉儿听其言，观其行，觉得这个土匪头子在关键时刻萌生自知之明，阻拦她死救了自己，并向她认罪道歉有悔过之意，也算识时务。土匪也有两面人性。马七有作孽罪恶的一面，也有因为惧怕后果而救人和认罪改过的一面。马七已当众立下保证，虽不马上放人说要商量，只好先镇定等待，静观其变。

蓉儿欲死未成，化险为夷。

马七安排她与他的女儿月儿住在一起，且待客如宾。专门配备了一个会烹饪的女人，侍奉她和月儿。妇幼的心总是相通的。蓉儿一见与自己女儿同龄的月儿，就有一种莫名的亲近感，没几天就混得像母女一样亲热。她开始教月儿认字，孩子特聪明，一个星期过去就识下了几十个字。由于蓉儿教得认真，孩子还明白字的含义。

马七知道了蓉儿教授自己女儿认字写字，惊喜万分，本来叫她“上官夫人”，也改口尊称“老师”了，马七的部下也都随着主子，称呼蓉儿为“老师”。

转眼一个月过去了，马七虽没说什么时候放蓉儿下山，但对她也从未有过什么不轨的言行。这天，一个女子走进蓉儿与马七女儿月儿住的小山洞报告说：“老师，首领请您参加敬师宴!”

“什么敬师宴?”

“老师出去就知道了。”

蓉儿和月儿走出小山洞到了大洞厅堂，顿时，一支唢呐独奏《百鸟朝凤》激越响起，真像百鸟歌唱，吹得喜气洋洋！蓉儿听着心里想，土匪窝里竟也有人才。

只见厅的正面石壁上，贴着三个大红字：敬师会。厅内四张桌子上铺着红布，每张桌上放着一个插满野花的瓷坛，摆满了青稞酒、葡萄酒和野果；另一张大桌子上摆放着两只散发着诱人香味的烤全羊和一大盆黄焖鸡，还有蒸馍、油饼、酿皮、酸奶等食品。首领马七及其兄弟们见蓉儿出来了，便鼓起了掌，顿时掌声雷动，欢迎和赞赏月儿的老师。

马七招招手，静了下来。他说："尊敬的上官夫人当了我女儿的老师，已经一个月了，月儿已会认能写三百多个汉字。但我很惭愧，没有让女儿拜过师，今天我替月儿办个敬师会，感谢老师！大家乐和乐和！"

接着，马七让月儿给老师磕头敬酒。月儿当即向着蓉儿跪下，给老师磕了三个响头。月儿起身又端起桌上的一碗葡萄酒，敬献给了老师，奶声奶气地说："老师，你喝，你喝。"蓉儿有点动容，接过碗呷了一口。

这时，有人喊道："请首领唱一段！"在一片附和的"好，好"叫喊声中，热烈掌声响了起来。兴奋中的马七双手抱拳说："那我就乘兴来一段。"他随着《百鸟朝凤》的节奏，放开嗓子高歌起来——

难忘那一天的彩虹
牛头山来了位英雄
百鸟飞来尽情欢唱
讴歌这位天使凤凰
……

就在此时，牛头山下响起了密集的枪声。山洞里的土匪一时有点慌乱，不知所措，而只有蓉儿和马七显得镇静。马七想，没准又是马家军在追杀逃兵吧。"没事。"他招呼手下尽兴喝酒。

敬师会散了。乘马七兴致极好，蓉儿问他："马首领，你们是否商议，什么时候还我人身自由，放我下山？"

“老师，你什么时候都是自由的。没想到，我的罪孽造就了一个机缘，孤苦伶仃心灵无靠的月儿，幸遇你这位难得的老师，使苦难的女儿识了不少字，这是她今生命运中最大的幸福，是你给予我们父女的珍贵恩惠啊！请求你施恩多当月儿一段时间的老师，给孩子多教点文化知识。我正在给她找识些字有点文化的后妈，到时候我一定会送你下山回家。”马七又说，“刚才的枪声你也听见了，兵荒马乱的，你一个单身弱女子，下山如有个三长两短，我也无法向上官家交代啊。”

马七掏心掏肺，话很真诚。他深感欣慰，打着灯笼也难给女儿找到蓉儿这么好的老师，请求她在山上多待些时日，多给月儿教授些文化知识，能待多久就多久。

蓉儿听着马七的一席话，身为母亲的她深感，月儿与自己女儿的命运一样不幸，出于母性的善良和仁慈，她像妈妈一样喜爱这个孩子，细心教她学习识字明理，觉得都是应该的。对马七的请求她虽未表示什么，但对一个月来反复思考的一个问题，此时在思想上确定了下来：出于自己的善心、善意和善愿，趁未来在牛头山的这段时间，像过去帮助促进程强净化心灵转变立场那样，努力使马七这个曾经在抗日战场杀过鬼子的中国战士，不要沉沦下去而脱匪归正，把这支迷离的土匪武装拉入共产党的队伍，让他们走向光明，投入抗战。最起码也要让他们不再当土匪，散伙回到依靠劳动自食其力的生活道路上。

7

花开花谢又一年，恍然两载一瞬间。蓉儿付出了心血，给马七的女儿哺育文化，哺育人格，哺育爱心，师生关系胜似母女。对马七从苦口良药语重心长地教化开始，循循善诱晓之以理，不断地给他灌输爱国忧民有情怀、做人做事讲良心的道理，并施以必要的指责严斥，说服他认清前景，当土匪只能是死路一条，你怎么向父老乡亲和自己女儿交代，再也不能继续迷离沉沦于乱世，必须抛弃不劳而获的利欲奢望，坚决收手抢劫越货的害人勾当，带着牛头山这支武装改邪归正，追求光明和正义。尤其向他反复传播，自己虽不是共产党的人，但通过亲身经历深刻认知共产党人的理想追求、信仰主张、救民思想和牺牲精神，致力于解放劳苦大众并让他们过好日子，唯有共产党是中国百姓的希望和依靠。给马七指明了两条路：希望曾经是军人的他，带着这支队伍投奔共产党，加入人民和革命的行列，奔向抗日前线为保家卫国而战；要么说服大家解散队伍归乡回家，从事正当的职业和劳动，靠自己的勤劳智能过日子。

骨子里爱国、同情穷苦百姓、人性未泯的马七，其心灵终于迷途知返。从他抢蓉儿做“压寨夫人”未果受到的震撼，到蓉儿教女儿识字明理让他感动，她留下来当女儿的老师，整整两年呕心沥血培育月儿的同时，直言规劝诱导说服他悬崖勒马而获得教益，直至心悦诚服把她看成指导自己人生的老师。他最终认清老师的真诚愿望，是挽救他们跳出火坑重新做人，决心彻底脱离占山为匪的强盗生涯；信任她的眼光所见识的共产党，为他们指明了一条光明大道。尤其是老师的公公是国民党军队的高官，她没有让他带着弟兄们去投奔国民党，却让他们投靠共产党，完全说明她心底无私，认人认党凭良心。这使马七从内心深处无比敬佩和信赖蓉儿。他认清共产党坚决抗战，不断发展壮大和越来越被穷苦百姓拥戴，共产党军队纪律严明、英勇善战，为解放劳苦大众而战；也弄明白了国民党仇共反共、不遗余力地要消灭共产党，马家军是死心塌地跟随国民党的。马七接受了蓉儿的劝诫，对她诚恳地表示，他的思想完全通了，为从根本上改变自身和弟兄们的命运，认准唯有投靠共产党。但他需要时间向他们交心交底，耐心说服他们，统一思想才能行事，也需要妥当安排处理家庭后事。

马七终于找到了一个有点文化的妻子，他请蓉儿观察并“调教”了一段日子。随后，他把妻女做了妥善安置。

整整耗费两年光阴，水到渠成，瓜熟蒂落。这一天，马七亲自送蓉儿下了山，把她送到了西宁城。“老师，请告诉我联系共产党的地址和联系人，我先去接个头，如何接收我们。”蓉儿告诉他：“翻过祁连山，到西陇省西凉市南镇医疗所找廖诚所长或是张雄医生，就说是我让你来找他们的。”马七问了两个人的名字是哪几个字，记在了心里：“好，这段路程不远，我现在就出发。”临别，他递给她一袋大洋：“这是月儿的学费。”蓉儿说：“留给你的妻女吧，未来她们会很艰难的。”马七已深知蓉儿的人格和性格，看她的眼神很坚定，也就没再硬给她。他又递给蓉儿一张寄给马公馆医疗所现金的邮局凭据说：“你欠马公馆的医疗费和伙食费已替你寄去了。上次抢你来山上时，她们给你穿衣服时掉出来了一块纸，上面应该是你记录的欠费项目和数字，还写着‘一定要还’几个字。她们把这块纸交给我了。”蓉儿看了听了，说了声“谢谢”，心想等有机会再还给他。这时，蓉儿自落难牛头山两年来，第一次在马七面前显露了微笑，这是对他决心走向新生的祝贺。

蓉儿直奔莫家街而去。她想去两年前跟随廖诚，和程强他们一起去过的这个颇不寻常的地方，再看一看。

这是她第三次去莫家街。真是从天而降的惊喜，让蓉儿看到了八年来莫大的希望、莫大的光明，也感受到了莫大的快乐、莫大的幸福。“我肉苁蓉终于熬到头了！”一瞬间，她心中升腾起一片灿烂彩霞！因为，她看到了西宁政军警联合发布的《寻查抗日英雄马小英告示》，看到了布告上印着的出自英杰之手的她的画像。她立刻明白，英杰回到了祖国，来到了大西北，来到了西宁，来到了莫家街。她琢磨，这张告示，肯定是英杰获得了她在西宁的讯息，获得了英杰的将军爸爸担任师长的西安独立师和胡彪担任副团长（她此前知道的职务）的西凉独立团的鼎力支持，也获得了马家军的帮助而产生的。

告示冠以她“抗日英雄”，蓉儿自感只不过是为抗日尽了一点应尽之责，远远不配“英雄”这个尊崇的称号。她的爹爹牛富贵，才是真正的抗日英雄！她所知的胡彪、廖诚、程强、张雄、冯先生这些人，他们救护出的两个红军，以及在她的感觉里也一定干着大事，曾出现在医疗所的英杰妈妈，才能算得上是了不起的英雄！

蓉儿细看告示发布已过去十天了，因为没有人知道她人在西宁何处。

英杰和任何人也不知道她就在西宁，就在莫家街。英杰寻找她杳无踪迹，西宁的政军警查找她毫无讯息，英杰会不会走了？英杰如果还在西宁会住在哪里呢？

她如梦初醒。只有自己赶快去政军警机关报告，才能联系上英杰。

蓉儿挤出看告示的人群往右而去，因为她在街头见过西宁市警察局这个牌子，好像就在离这里不远的东大街什么位置。然而，她不可能知道，此时她与英杰都在莫家街，刚刚擦身而过，失之交臂。

心里装满了幸福感的蓉儿，走出莫家街，来到了东大街，本来是想去找警察局的。然而，她此时此刻，眼前晃动的总是英杰熟悉的身影和亲切的笑容，兴奋得不能自已！蓦然，她的第六感相当敏锐强烈：英杰在莫家街。于是想，不妨再去莫家街转悠转悠，没准会在街头碰见放目寻找她的英杰，那可真像古诗描写的“曲阑深处重相见，匀泪偎人颤”呀！想到这里，蓉儿情不自禁幸福地开心欢笑，惹得行人都在望着她。她转身回头又往莫家街方向走去……

蓉儿满怀期待地向四处张望着，倏忽看到马路对面也有一个人在眼观四方，他的身影是那样熟悉，好生亲切啊！相隔一条马路，两个人急切的目光终于碰到了一起，几乎是同一瞬间，彼此看清了对方，双方都异常惊喜，真的是他（她），是思念牵挂了八年的蓉儿（英杰）啊！蓉儿即刻欢叫“英杰！英杰！”上官英杰立马喜唤“蓉儿！蓉儿！”千寻万觅总不见，邂逅竟在突然间。顿时，这对心上人都泪崩了！从人行道横穿马路，不约而同伸出双臂呈拥抱状，向着对方奔过去……

真是天有不测风云，人有旦夕祸福。世上发生的事情竟是这么凑巧，好人喜事总会碰到料想不到的意外。突然间，马路上由十辆摩托车开道，随后跟着六辆警车组成的行刑车队鸣着笛开了过来，持枪警察在每辆警车上围边肃立，头四辆警车的车厢前面各站着两个插有写着姓名画着大红×亡命牌的杀人死囚犯，每个囚犯被两个警察扭着膀子。警车不停地急促鸣笛示威，震慑人们引以为戒，不要失足犯罪，也是提醒行人注意不要抢道。机敏的蓉儿在奔跑中看到了即将到来的行刑警车队，很快止步并迅速退到了人行道上。

她眼瞅着上官英杰，好像他的耳目没有听到看到警笛警车似的，仍往前奔跑着，心里紧张地为他捏着把汗，不禁叫着“英杰、英杰”提醒他，然此时街头行人纷纷围拢到马路两旁观看，熙熙攘攘，上官英杰已听不到蓉儿的提醒声。

而此时心情万分激动和注意力高度集中，脑子里只装着蓉儿，目不斜视的上官英杰，全然未听见警笛声，没看见警车队，眼睛搜寻着已瞅不见的爱人，奔跑疾速已完全失控。倏地，他身子险些撞上行速不快的领头摩托车，在摇摇晃晃中才站稳。其实，开道摩托车尤其是领头摩托车上的警察，早已发现这个毫不顾及警笛警车，狂奔横穿马路的人，只是不明白他是想找死还是要劫道，便压阵放缓了车速。此时，摩托车队警笛长鸣，全部停下了车，显然是向后面的警车报告碰到了阻碍；骑摩托车的警察都下了车，领头警察给他率领的警察打了抓捕闯道者的手势，跑步过去，向已从第一辆警车副驾驶座车门下来的长官报告情况；其余九名警察拔出枪，瞄准上官英杰蹑手蹑脚地包抄过来，连声喊道：“举起手！双手抱头蹲下！”此刻的上官英杰如梦初醒，他已看到了摩托车队和后面的警车阵势，马上明白自己情急失控横穿马路，陡然遭遇行刑死囚犯的警车队，闯道现场行为造成与劫道行为一样的嫌疑。他只好抱头蹲了下来，一个警察掏出手铐把他的双手拉向后面铐了起来，仔细搜查了他的全身。这时候，从后头警车上下来的十来个警察迅速散开，可能是个头儿的警察高喊“行人散了，行人散了”，警察们端枪向马路两侧观察搜索了半晌，未发现什么异常，头儿厉声命令：“收队，上车！”有两个警察二话不说，架着上官英杰往后面的警车走去。他知道，这时解释无济于事，只有到警察局接受审查，警方弄清楚事实真相，他才能脱身。迫不得已时，只有请马魁局长替他说明。

此时，上官英杰听到了蓉儿悲切的喊声：“英杰！英杰！”……他目光四顾，视线被稠密杂乱的身影阻挡而看不到她，只好大声喊道：“蓉儿，这是误会，您到莫家街吉利旅馆门口等我……”押着他的一个警察毫不客气，举起盒子枪柄击了他的脑袋两下，他只好忍着痛保持沉默。他被几个警察连拉带拽弄上了最后一辆警车，行刑警车队就鸣笛开走了。

上官英杰让蓉儿在莫家街吉利旅馆门口等他，是因为马魁局长给胡彪和他讲过，两年前西陇省过来的共产党在莫家街吉利旅馆，接护西路军两个战俘时交接不慎与马家军发生了枪战。他们分析断定，蓉儿当时参与接护战俘的行动应该是这一次。蓉儿肯定记得这个旅馆，所以让她在那里等他。他想，到了警察局，事情很快会弄清楚，他脱身后就去那里找蓉儿。

刚才，在人群中的蓉儿目睹细观，大体看到了上官英杰备受警察“待遇”的境况。待她弯路避过看热闹的人群，兜圈子跑到最后一辆警车附近时，警车刚好开走。

为什么上官英杰会在这里发现蓉儿呢？原来，当他和胡彪与蓉儿在人们看布告的街头墙角处失之交臂之后，上官英杰强烈地感觉到，蓉儿就在莫家街附近。他与胡彪商量了一下，两人分开在莫家街附近转悠寻觅，碰碰运气。他折头往回信步走着，不料却真的在东大街地段隔路看见了蓉儿，而自己却耳目神全然迷失，阴错阳差闯上了开过来的行刑警车队……

这一不慎遭遇，让上官英杰大吃苦头。行刑警车队到了较远的郊外法场附近停了车，把他一个人铐在车上的栏杆上，行刑警察们下车枪毙完死囚回来，他已被大太阳晒得口干舌燥，感觉整个人都被蒸发干了似的，浑身软弱得没一点力气。

警察车队回到行刑大队，又把他关进了一个没有窗户的黑屋子里，不再管他。直到半夜他坚持不住，用尽所有的气力一边敲门，一边喊着“我要见警察局马魁局长”，过了好长时间才有个警察开了门，开了电灯，给了他点水喝，问他：“马魁局长是你什么人？”

“我叫上官英杰，是马局长的朋友。你快去给这里的最高长官报告，请他给马局长打个电话，报告一下我的名字就行了。如果我死了，你们长官的麻烦就大了。”

这个警察听后走了，又过了好长时间，当夜值班的行刑大队副大队长、也正是当天带队行刑的长官来了，带着一个警察做笔录，开始审问他。问完了上官英杰的姓名、年龄、籍贯、职业，在哪里供职，来西宁干什么，知道原来他是与西宁军政警发布告示寻查的抗日英雄马小英有关联的外省人，而且被市警察局马局长接待过，感到他多少是个有点背景的人。问他：“今天你在马路上为何闯行刑警车队？”

“因为当时我隔着马路看见了马小英，想跑过去见她，一时性急无意而闯。”

这个副大队长听了他的解释，想想白天他闯行刑警车队的实际情况，感到的确是个误会。说现在已是半夜，我给上司和马局长打电话都不方便，今夜只好委屈你了，明天早上才能处理。我让人给你换个房间，搞点饭吃，就休息吧。

第二天早上，马魁局长接到行刑大队的报告，通知胡彪一起去那里接上官英杰。当马魁、胡彪见到上官英杰，得知他昨天在街头看见了蓉儿，不禁兴奋不已。马魁安慰了上官英杰几句，他又考虑，为避免在见到人之前再发生意外，便在行刑大队打电话命令一名副局长集结现有警力，马上出发到莫家街寻找马小英，说他也到那里去。胡彪说，我们也去……

马魁、胡彪和上官英杰赶到莫家街吉利旅馆门口，警察局一名副局长率领着二十多名警察也到了。半晌也未见到蓉儿的身影。上官英杰、胡彪面面相觑：会不会又发生了不测？马魁命令部下：暂时封锁莫家街，开始行动。他们每人手里拿着一张印在告示上的马小英画像，分头在不长的莫家街上和临街商铺、旅店、酒楼公共场所及民房，一人不漏地查对女性，询问所有的人是否看见过这个女子，一家不少地了解查问有没有发现过这个女子。最终，在吉利旅馆查获可疑情况：包含昨天在内过去的七天内，有三个西陇人住在这里，一个尖嘴猴腮长着小胡子的中年人和一个凶神恶煞般的大汉，住在后院五号房；还有他们的同伙、一个年轻司机，住在前院七号房，开一辆挂西陇牌号的破旧面包车，停在后院。三个人已于昨天下午四点多时退房离开。住在后院五号房隔壁四号房的客人提供情况说，昨天下午大约四点多时，看见住在五号房的两个人硬架着一个年轻女子出来，上了停在门口的面包车后，车子立刻开走出了旅馆后门，那个女子很像告示画像上的人。

马魁、胡彪和警察局副局长在现场分析情况，上官英杰对他们说，可以肯定，这个小胡子是绑架过他的同一个人，是西凉镖局镖头苏虎的师爷。他认为，小胡子带人来西宁是寻找马小英的，胡彪点头表示认可；上官英杰又道，我问了住在四号房的客人，昨天下午被小胡子他们架上车女子的长相和穿着，与昨天我在马路上看见的马小英穿着完全相同，可以肯定她是马小英，被小胡子抓走了。由于在公开场合，上官英杰谈及蓉儿，使用了她出现在寻查告示上的姓名。

抓走马小英的这个小胡子和大汉是何人？他们为什么从西陇赶过来胆敢抓走当局查找的抗日英雄？马魁提出了疑问。胡彪说，马局长，我们回警察局谈吧。

在警察局，胡彪单独给马魁道，由于马小英当年英勇举报潜伏在腾格里沙漠搞罪恶阴谋活动的日特小分队，敌人很快就被西凉独立团围剿歼灭，而她至今却被上峰错放、伪装成中国人且隐蔽很深的一个歹毒日特所百倍仇恨，他也在寻找她图谋报复。因为这个上峰位高权重，所以这件复杂还保密的事没有告诉您，请您理解。昨天抓走马小英的小胡子，肯定是这个日特收买派来的爪牙。现在马小英面临着极大的危险，情况非常紧急严重。我们必须马上返回去应对。

马魁听了深感惊愕和意外，也明白和理解胡彪他们没有告诉他这件事的缘由。“那马某就爱莫能助了，”他苦笑着道，“上校请放心，这件事我左耳朵进右耳朵出，已忘得干干净净。您抓紧回去，救人要紧噢。”马魁若有所思，又说，“有件事劳驾胡团长回到西凉后替我了解一下，我姐夫谭海突然被革职调查的原因，预后会是什么结果？如果方便和允许的话，请给我通个气。”

胡彪诚恳地点了点头。他和上官英杰即刻出发，吉普车疾驰离开了西宁。

蓉儿沉湎于刚刚见到英杰且很快会团聚的喜悦中。她深感，与自己分别了八年的英杰，来西宁苦苦寻找她，彼此突然在街头眼望相见，心情都特别激动。他情急冲动乱了方寸，误闯行刑警车队被抓走，犯有过失吃点苦头这算不了什么。她在路边小吃店吃了点东西，喝了些水，便兴冲冲地向地处莫家街的吉利旅店方向而去。

蓉儿信步走着，觉得好像到了两年前第一次来莫家街，还住过一夜的那个吉利旅馆附近。她依稀记得，当时冯先生指路，程强开着吉普车为避开繁华闹市堵车和引人注目，车子绕路到莫家街后面的一条马路，进入后门后院的吉利旅馆。现在就走在这条马路上，眼前就是旅馆的后门，进了后门，越过后院，穿过前院，出了前门就是莫家街，就在旅馆门口等英杰。

这时，她感觉后面有人盯梢，便立马快步跨进了旅馆的后门，停步往后张望却未见人影。谁知，进入这家记忆犹新让她触景生情的旅馆院落，往事如烟，看见不远处的后排客房，蓉儿不由自主地向两年前住过的五号房走了过去，到了房门口又欲转身，立足未稳的瞬间，突然房门开了，只露臂不显身的一只黑手把她猛地拽了进去。紧接着，一个凶神恶煞的大汉闯了进来，撩起前襟从腰间拔出一把匕首，在蓉儿眼前晃了晃吼道："不许出声！如果不听话，老子就要你的命！"

此时，拽蓉儿进来的那人，才显露其面目——尖嘴猴腮，满脸阴险，正是那个前不久帮西凉镖局镖头苏虎抢女婿，绑架过上官英杰的下三烂师爷小胡子。对这件事，蓉儿还不知情。此刻，他助纣为虐的凶相毕露，"嘿嘿嘿"一笑："你的公公牛富贵掌柜真是料事如神，你这个骚货娘们终究难逃他的股掌之中，真是飞蛾扑火，自投罗网哦！"

蓉儿一听全明白了，她落入了假冒爹爹的日特横田丑二派遣窜来西宁的歹徒手中。然而，她百思不得其解，这两个歹徒怎么如此诡异，会在莫家街的吉利旅馆里等着她？自己又为何糊里糊涂地送上门来？此刻，她追悔莫及！

肉苁蓉真够倒霉，可谓祸不单行。她刚出狼窝，又陷虎口。人在喜悲之际，往往有三晕儿迷七十二糊涂之时。她在牛头山苦熬了两年，总算谏诫争取马七这股土匪武装浪子回头；来到莫家街头看见了寻查自己的告示，使她无比惊喜且无比思念上官英杰，想赶紧到西宁市警察局联系，以便尽快见到他；人到东大街又感觉英杰就在莫家街，折头欲返回那里，想不到须臾之间便在这里喜逢心上人，不料上官英杰情急失控，误闯行刑警车队，一时身陷囹圄；本来她要去莫家街吉利旅馆的前门等待上官英杰，却从后门进入了两年前他们与马家军发生过枪战的吉利旅馆，鬼使神差地闯到她住过的五号房门口，结果离奇地掉入了居住于此的恶狼魔爪。她感觉，这一切好像做梦一般但却是真的。不过，她很快镇静了下来。

其实，蓉儿落入黑手既是巧合，也是狡黠的日特出其不意运作的意外结果。横田丑二用黄金收买了小胡子，用白银雇了沙漠黑道上的一个惯匪，跑到西凉市租了一辆汽车，派遣他们窜来西宁，主要任务是打探胡彪、上官英杰在西宁寻找蓉儿的进展情况。指令他们找到了蓉儿，就设法强夺到手，得逞不了就见机杀掉她；若他们没找到，可搅浑水，搞干扰，制造迷雾，必要时破坏一把，让他们困难重重。他还揣摩，既然蓉儿去过莫家街，其中必有去的原因，说不准还会去，叮嘱小胡子他们住在莫家街，整天在这一带转悠，没准儿会碰到蓉儿。奇巧之处在于，他们居然住进了蓉儿他们曾经住宿且发生过枪战的吉利旅馆，甚至还住进了蓉儿住过的后院五号房间，结果真的碰到了有意无意而来的"猎物"。

蓉儿在莫家街看告示时，巧合小胡子也在此处"钓鱼"，见过蓉儿一面的他不仅一眼认出了她，而且也意外发现了胡彪和上官英杰也在这里。当时小胡子捏着一把汗，吓得浑身哆嗦，因为他曾目睹过上官英杰的厉害功夫，当年也听说了胡彪等率领部队去肉苁蓉村歼灭鬼子汉奸时的神枪智勇。当感觉出她和他们好像彼此不知都在莫家街擦身而过，顿时心中窃喜，便指令大汉跟着蓉儿。大汉说抓来算了，他驳斥万万不可，只能跟着不得动手，看清楚她去哪儿，住在哪儿，记住就行，回来向他报告。横田丑二向两个鹰犬许过口，如果能把蓉儿完美无缺地带回到肉苁蓉村交给他，赏他们的黄金白银再增加一倍。这就使小胡子和大汉立下毒誓：放亮眼睛，只要发现蓉儿的踪影，就是狡兔三窟也要逮住她，挣这笔大钱。

小胡子给大汉下令道："先给她点水喝，把嘴堵上，绑了手脚，再去告诉狗子把车开过来，马上回去，免得夜长梦多。"

大汉倒了一杯水，一只手拿着杯子伸到蓉儿面前，一只手伸起欲摸蓉儿的脸蛋，小胡子见状立刻呵斥："住手！癞蛤蟆想吃天鹅肉，你是活腻歪了？"吓得大汉把手缩了回去。原来，他们来时横田丑二宣布过，在外小胡子是头，一切听他指挥，由他发落。同时，警告过他们："如果逮住蓉儿，可别打欺负她的坏主意，否则会让你们死无葬身之地！"

大汉绑好蓉儿的手脚，塞上她的嘴巴，就出去了。

“其实，”小胡子凑过来讨好，“我对你这个抗日女英雄还是心有几分敬意的。”接着，话题一转道，“我把话给你说白了，你那个公公不放过你，是他早就看上你了。公公爬灰上儿媳妇的炕头古来有之，你从了就是牛氏宅院的牛太太、二掌柜，何必不享清福，跑来窜去地活受罪呢？”又说，“你今天在莫家街看告示时，还有两个人在场，一个是西凉独立团团长胡彪，一个是我曾绑架过的那个国民党上将的公子上官英杰，他们都是从西凉过来寻找你的。只不过你们几乎是同时离开人群，你往右拐，他们往左去，擦身而过，只差一点就能碰面，你们在咫尺之内却无缘相逢啊！原来，我总觉得这个上官英杰跟你不会有什么关系，他是从美国留学回来的科学家，跟你这个蜗居在沙漠里的小寡妇有什么瓜葛呢？可在牛掌柜那里看了他画的一幅你光着身子给一个看不清楚面目的男人喂奶的画，说明你们肯定有关系。究竟是什么关系，当然你是不会告诉我的。”最后，他威胁蓉儿，“我是拿人钱财替人消灾。一路上只要你老老实实不闹腾不逃跑，我是不会难为你的……”

蓉儿听了歹徒的话知道，她心目中尊敬的胡团长，与英杰一起来西宁寻找她，费了不少心血，对他油然而生一股深深的感激之情。也晓得八年前英杰在母子穴窖画的那幅画，送给她的珍贵礼物落入了日特手中，使她痛心疾首，悔恨万分！

小胡子在西宁逮住蓉儿后的当天下午，怕夜长梦多，便踏上了返回肉苁蓉村的归途。他们马不停蹄，不敢怠慢，白天黑夜地赶路，无奈破车烂道跑不快，途中车子抛锚又花费了不少修理时间，直到翌日下午才到达西凉。小胡子的家在西凉，车开到家门口，他示意大汉看好人，进了家门匆匆写了封信，放出家养的信鸽给横田丑二报了喜讯。这才顾上自己喝水，把水葫芦灌满，不敢在家多滞留，出门上车倒了一茶缸水，递给大汉让他给蓉水喂水喝。因为他怕出事，一直用绳子绑着蓉儿的手脚。车行到西凉北关一个较为偏僻的地方时，才让大汉给蓉儿松绑，示意让他严加看管她。小胡子又匆忙下车就近买了一大包熟食分给大家吃，便继续赶紧上路，朝着腾格里沙漠方向而去，他给开车的狗子下令：“越快越好！”

第九章 血祭英烈

1

自古以来，凡有人的地方就有江湖，有江湖就有流言，有流言就有谣言。尤其是市井乡村江湖，总有忒多的饱受洗练、渐次沉淀的老江湖，在日出霞落之时蹲在南墙根，鼓噪着三寸不烂之舌喋喋不休，信口开河，津津乐道地传播编造着五花八门、离奇古怪，比天方夜谭更荒诞不经的故事；对那些捕风捉影的男女私情流言蜚语，他们尤为情有独钟，更是添油加醋，编排捏造得绘声绘色，有鼻子有眼，像武侠小说类评书章回体一样“完美生动”。市井乡村江湖，便是我们这个无序的现实社会，任由造谣、传谣、护谣者大行其道、混淆视听，任由谣言四处播散、污染舆论，败坏民风生态和社会道德的最大自由市场，且积成根深蒂固的肥沃土壤。老江湖在这里新陈代谢、传宗接代，因为江湖这种行当，让他们一脉相承的“家族子孙”迷恋、沉沦；流言谣言这类东西让他们受听、刺激，信传造谣这种状态让他们兴奋、快活。久而久之，像抽鸦片、赌博、做娼妓、当嫖客一样，上瘾成“佛”而为顽劣之徒，听谣、信谣、传谣、护谣、造谣，也就成为江湖徒子徒孙们的文化本能和群体职业。

好事不出门，谣言传千里。“嘴皮刀子”杀人不见血，更不负法律责任。许多报国忠良、英雄好汉、名流贤达，甚至仅仅是因为长得漂亮出众的女子，都莫名其妙地遭到不明不白的口诛舌伐，而且有口无处申辩，倒在了巧言令色的谣言之下，被吐沫星子活活淹死。正义和法律对造谣信谣传谣护谣者，显得无能为力。人们能止住蛇蝎之毒的毒害，却往往止不住谣言之毒的毒害。因为，谣言比之蛇蝎之毒还要狠毒。

拿肉苁蓉这个女子来说，无非就是嫁过人，生过孩子，是个年轻漂亮的寡妇。作为母性所决定的善良天性自觉，她不怕不明不白丢掉清白，拯救了一个血肉模糊快要死去的男人，没料到她在救死扶伤中，他们又彼此相知相爱，两情相悦而盟誓婚约。这种光明正大、堂堂正正的事，连她的公公知道后都赞同支持。她造了什么孽，犯了哪门子罪？日特头子美奈芳子造她的谣，是为了蒙骗沙民，掩盖残害中国人的罪恶阴谋；日特横田丑二造她的谣，是为了报复强暴她的丑行未能得逞，被她举报而产生深仇大恨。而沙民无缘无故在背地里非议、唾骂、憎恨她，这又是为什么呢？正是千百年来泥沙俱下鱼目混珠，狗尾草藏在谷田良莠并存，中国封建社会遗留下来的糟粕流毒在一些人的头脑里作祟。所以，日特大造其谣推波助澜，乡村江湖传谣护谣助纣为虐，以至于“嘴皮刀子”同流合污，更成为可怕的杀人利器。

世间的人渣，总是先在国度黑暗、民族颓废、精神雾霾、“根腐叶烂”的人文条件下滋生，后经“近朱者赤，近墨者黑”的生态环境里熏陶，再加上自身劣根性的极度膨胀，便成为可怕的邪恶魔鬼。日特横田丑二就是这样一个典型人物。

这个自小在所谓的名门望族家庭，修炼成“咱有权有势有钱，权势钱能使鬼推磨，是没办法可以改变的人类法则”之思想灵魂的精神贵族，过惯了“说一不二想怎么样就怎么着，喜欢的东西和入眼的女人唾手可得”的剥削腐朽生活的浪荡公子，因日本兵役法的约束入伍，参加侵华战争来到中国，猖獗奉行“在中国杀光抢光烧光，强奸妇女，无所不可为，是咱帝国军队的特权”的刁悍顽敌，又靠其在军界的家族权势进入特高课、梅机关特务机构，被选中严训后变得更加心狠手辣，残暴歹毒，接受派遣当了独当一面的潜伏特务，更是阴险狡诈，恶贯满盈。就连他的上司“西北狼”小分队头目美奈芳子都认为，横田丑二是个“满脑满腹的坏招损招恶招”“杀人不见血的狠毒阴毒歹毒”“惨无人道的魔鬼恶棍”。

假冒牛富贵的横田丑二被逮捕后，幸运地被与日特苟且的国民党高官庇护得以释放，得以继续冒充牛富贵就更具欺骗性和危害性。这个狡诈顽劣的“中国通”，还善于利用中国封建农村农民遗留下来的根深蒂固的种种糟粕，腐蚀村民的思想，污染村民的精神，毒害村民的心灵，兼以施点小恩小惠，煽动愚昧落后的封建意识和腐朽思想为虎作伥，同时掩护深隐其日特身份。

这个衣冠禽兽，竟在旧中国文化糟粕中寻找依据，无耻地想重演“公公爬灰上儿媳妇的床”的肮脏美梦。他以假冒公公的身份，企图强暴蓉儿未遂便怀恨在心，对抗日巾帼英雄举报他们阴谋的正义行为更是刻骨仇恨，制订了穷凶极恶的复仇计划，报复的毒招迭出，施用了一系列卑鄙阴险的手段，派出爪牙去西宁意外地把蓉儿抓到了手。

横田丑二这个大和族败类的恶行，最集中最深刻地反映和印证了日本政府反人类、反和平、反正义，发动侵华战争，正是仰仗依靠这类人性反叛、残暴、贪婪和丑恶，戕害中国人民无所不用其极，血腥吞食中国人民的血肉不吐骨头，大大小小的法西斯军国主义分子。

仇恨种子疯长、邪恶疯狂害人，就像滥印票子搞乱金融和市场一样猖獗可怕。

横田丑二看了小胡子的信鸽送来的报告，惊喜若狂，兴奋地跳了起来。随即写了一个“不得停留，押人迅速回村”的条子，塞进鸽翅下的细竹管里，放飞了它。

紧接着，横田丑二立马周密部署实施逃走前的复仇杀人步骤。首先，召集他在村里施惠拉拢良久的七八个追随者到牛家宅院开会，狂笑着宣布：“八年前牛家发生的伤风败俗，有辱牛氏家风，严重触犯族规的淫荡坏女人肉苁蓉，本族长花费了好几年的工夫终于抓到了，定于明天早上太阳升起的时候，在东沙窝召开全村沙民大会，执行族规，维护宗法，严惩不贷，以儆效尤。”他以“牛氏家族族长”的身份，要求全村三四十户人家人人到会，坚决执行《族规》，到时候每户都要放出一只犬狗咬惩违犯族规者，让他们分头通知落实到各家各户；要求他们会后迅速出发，每人跑一个地方，到周围村庄去邀请外村族长和沙民参加，争取每个外村有一二十个人到会，“为本族长严肃执行族规助威”。还宣布，凡参会者每人奖赏小麦两斤；对邀请外村人的本村沙民，每动员一人参会奖励小麦一斤。

散会后，横田丑二又去村外牛氏母子穴窖，查看了日特小分队覆没时，遗留下来被他豢养了多年的犬狗狼群，其中有从哈尔滨运来的日本军犬，从腾格里沙漠捕获严驯的野狗狼，从沙区人家选购调教的犬狗，“精锐”达二十多只。他把它们作为复仇对蓉儿执行“咬刑”的“刽子手”，布置雇养者明天天亮时把它们带到东沙窝北边的梭梭林藏匿起来，届时犬狗狼闻到浓烈的血腥味，就会猛扑过去。他心里有数，沙民的犬狗都通人性，比较“仁慈”，必须使用日特驯养的这些凶狠犬狗狼，才能把肉苁蓉撕得粉碎吞噬掉。他还去了趟东沙窝，察看了一番地形。

这个歹毒的日特，还有一个灭绝人性的复仇“武器”，原打算安排他长期哄骗和教唆的蓉儿女儿沙沙，到现场当众辱骂、仇恨和诅咒其母，通过孩子之口大造“肉苁蓉是个淫荡坏女人”的舆论，在精神上狠狠中伤打击肉苁蓉。但又考虑开会的时间地点已暴露，胡彪、上官英杰如果获得情报，势必赶来救人，只能速战速决开个短会，便取消了这个内容。他原计划杀了蓉儿后，再制造“野狼吃沙沙”的现场，让母女同上西天。现在改了主意，决定留下沙沙，作为掩护他逃跑的人质。当晚，他就收拾好了简单行囊，把意外获得的美奈芳子藏匿母子穴窖分得一半花销剩余的黄金装好，准备第二天害死蓉儿后，伺机带着人质逃窜。什么“参会者每人奖赏小麦两斤”“每动员一人参会奖励小麦一斤”，完全是横田丑二蒙人的子虚乌有骗局。

胡彪派遣到肉苁蓉村监控横田丑二的两个侦察员，带着一部电台，白天只能轮流游荡于村子里观察一下，夜晚躲在村外的沙窖内过夜。而日特活动在牛家宅院里，根本就进不去见不着，亦无内线，毫无办法掌握他的动向。这天，他们发现有一些沙民进了牛家宅院，等这些人出来后，他俩装扮成乞丐要饭，一个老沙民告嘱他们：“明天早上你们到东沙窝参加沙民大会，等‘牛族长’执行族规惩罚肉苁蓉后，会给每人奖赏两斤麦子。”

侦察员意外获得这个消息后，大吃一惊！赶紧给自卫团发报，上报了紧急情报。

胡彪、上官英杰从西宁出发前，在马魁局长那里给西凉自卫团一位副团长挂了电话通了气。虽然车况好，但路况差，他们一路紧赶，风尘仆仆回到西凉，进入自卫团大院已临近凌晨了。那位接胡彪电话的副团长，后来收到在肉苁蓉村执行任务的侦察员发来的紧急情报，一直等到胡彪回来亲手将情报交给了他。胡彪和上官英杰看后，一刹那脸色都变了。胡彪马上命令司机，赶紧给车加油加水，尽量多备些汽油，准备出发去腾格里沙漠；让副团长立即给在肉苁蓉村的侦察员发报，下达紧急命令：“立刻寻机消灭日特横田丑二，设法尽力保护肉苁蓉及其女儿沙沙。胡彪即夜。”然他心里明白，让侦察员干掉这个日特是相当困难的。

接着，胡彪又让值班参谋通知团里最好的两个狙击手，带上武器和足够子弹迅速来这里报到。

“是！”值班参谋接他的话茬报告，“团长，副团长知道你肯定要亲自去救人，已让我们准备了驴肉、酱牛肉、高庄馒头、水果和水，还有两瓶西凉粮白酒。”他望望上官英杰，“上官先生也只能将就了。”

胡彪听了道：“谢谢！”上官英杰也露着微笑向值班参谋点点头，表示谢意。

两个狙击手很快来了。胡彪又从西宁回来的侦察员中指定了两个人，眼望着上官英杰，手一挥：“出发！”

七个人上了车，坐满了吉普车。胡彪坐在副驾驶座位上，对司机说：“任务十万火急，集中精力开车。最快速度！”

“是！”

上官英杰非常担忧，去肉苁蓉村二百多公里路，大多数是沙漠路程，时间够紧张，在日特动手行凶前能赶到吗？好在六年前胡彪曾去肉苁蓉村歼敌，加之他早有思想准备迟早还要去那里消灭日特横田丑二，便用心了解掌握了进入腾格里沙漠去肉苁蓉村的便捷之路，按时赶到他胸有成竹。一路上，他不断地督促司机："加快速度！加快速度！"

小胡子他们的汽车紧赶慢赶，大约在胡彪从西凉出发时的凌晨进了肉苁蓉村，停在牛家宅院门口，天色已快亮了。

横田丑二等着小胡子他们，等得发急，心里火烧火燎的。他坐在大堂正中位置的木椅上，这是当年牛富贵坐的位置。他看着大汉像夹东西似的，一只胳膊夹着蓉儿走了进来，小胡子跟后。等大汉把蓉儿放到一把椅子上坐下，伸手想松绑解开捆她手脚的绳子，横田丑二摆了摆手，对小胡子、大汉说："你们先去后院的房间里休息吧，我已安顿管家，备了羊羔肉炖白面卷子、沙枣子酒，犒劳二位功臣。我承诺增加的报酬，明天付给你们。"

他们走后，横田丑二猛地从椅子上抱起蓉儿，朝他的房间去了。蓉儿被绑着手脚，长时间坐颠颠簸簸的车，已昏昏沉沉，精疲力竭。然而她被横田丑二抱起的时候，气愤地骂了一声："禽兽畜生！"这时，她陡生强烈的反抗意识和气力，朝他的一只胳膊，狠狠地咬了下去，血立即冒了出来。而横田丑二却毫无感觉，像狼嗥一般奸笑着，狰狞恐怖。

此时，天际刚刚放光，牛家宅院里仍然一片寂静。

进了房间，横田丑二用气力猛地把蓉儿往床上摔去，才硬拉开了蓉儿咬着他胳膊的嘴巴。他从备用的卫生箱里找出止血药粉，撒在伤口上，又用纱布包扎好，用一只手和牙齿配合打了结。伸开双臂再弯曲回去，如此连续三个回合活动了一番，瞪着愤怒的双眼向床上的蓉儿扑了过去，三下五除二便把绑着她手脚的绳子和衣服撕了个精光，一只手抓着她的胳膊，一只手抓着她的腿，将蓉儿高高举过头顶，狠劲地摔到了地上，只听蓉儿惨叫一声便昏厥了过去。这个残暴的强盗取下挂在墙上的一根皮鞭，左右开弓，狠抽蓉儿浑身上下雪白的肌肤。

残暴的皮鞭，持续不断地飞舞于空中和蓉儿的胴体上……

横田丑二一皮鞭抽下去就是一道血印，不一会儿工夫，蓉儿浑身布满了纵横交错的血道，血道里往外渗着滴滴鲜血，鲜血滴滴又相融于一起，汇成一条条鲜血小溪向外流淌着，渐渐地，淋淋鲜血染红了地面，殷红殷红的一大片。很快，她的整个身体变得血肉模糊。

横田丑二这头疯狂的野兽，此时已大汗淋漓，他索性脱去了上衣，露出了长满胸毛的上身，胸毛间淌滴着难闻的臭汗，更加凶悍野蛮，不停息地挥动着沾满鲜血的皮鞭，直到精疲力竭直喘气，解了恨才住手。

血腥味在屋子里弥漫着……

阵阵钻心般的剧烈疼痛，疼得蓉儿从昏厥中苏醒了过来。她咬紧牙关，顽强地抗御着疼痛，浑身冒着大汗，汗水又浸润流着鲜血的伤口，宛如撒了盐，更为猛烈的粉身碎骨般的刺痛像万箭穿心！而这个疾恶如仇的女子，牙齿咬得咯咯作响，把嘴唇咬得鲜血淋淋，也没有一丁点儿呻吟声。她仅有的生命体征的微弱意识，就是在日特鬼子面前，决不能有一丝一毫的软弱！

愤怒和反抗都是顽强的生命力！

此时，蓉儿想起了爹爹牛富贵曾给她说过的那几句难以忘却的铿锵之言："爹爹是个不会数典忘祖，堂堂正正的中国大西北男人！爹爹信奉中国文化里的一句话：活是中国人，死为中国鬼！宁愿站着死，决不跪着活！"她心里对九泉之下的爹爹说：敬爱的爹爹，您是真正的大西北英雄铁汉！您的女儿也活得堂堂正正，从未向邪恶低头！女儿的一生虽短，但无愧人性，无愧良知，无愧正义！女儿像您一样，虽死无憾！

肉苁蓉大义凛然，视死如归！她要以爹爹为榜样，死要死得浩然刚正有骨气！

此刻，前天，在西宁东大街惊喜看见过的英杰那张依旧英俊亲切的面容，又在蓉儿眼前浮现晃动着。她想念着他，想念着生下不久就再也没有见过面的女儿，女儿长得像谁？像英杰还是像自己？又想念着逝去的爹爹妈妈，在万般疼痛中的蓉儿顿时感觉，在生命的最后时刻，想念亲人，是一种难得的回味，难得的眷恋，难得的甜蜜，难得的幸福，也是一种难得的力量！

蓉儿自从在西宁莫家街落入魔爪，就知道这次在劫难逃。她的心境早已淡定。在生命的最后时刻该给英杰留一份“告别礼物”，她想到了惊艳了中国诗坛千年的绝品爱情诗《上邪》，最能用以向亲爱的英杰表达自己的临终心愿。

这首产生于汉代的不朽诗作，表达了冲破礼教束缚、追求爱情幸福的刚烈女子，大爱情真、忠贞不渝的可贵品格，气势雄放，撼人魂魄。作品打破古来诗词歌赋的格局，句式短长交集，层次跌宕起伏，气概激昂澎湃，意蕴深厚强烈，极富浪漫主义。古今中外诗坛罕见，被古人誉为“短章中的神品”，对后世诗学影响极大。

奄奄一息的蓉儿命在旦夕。她竭力凝聚最后尚存的一丝微弱意识，缓慢而又深沉地在心灵吟诵着：

上 邪

上邪！
我欲与君相知，
长命无绝衰。
山无陵，
江水为竭，
冬雷震震，
夏雨雪，
天地合，
乃敢与君绝！

“亲爱的英杰，永别了！”蓉儿微笑着，永远闭上了双眼。

显然，蓉儿临终前在心灵吟诵《上邪》之意，是表达与古代坚贞烈女一样的心灵绝唱：她将永远和上官英杰在一起，永世永恒，永不分离。除非巍峨高山消逝夷为平地，奔腾江水干涸枯竭断流，严寒冰冬雷鸣暴雨如注，酷热夏日暑消白雪飘飞，天地相合聚并衔接，像这五种不可能发生的事一样，她对上官英杰的倾心爱慕至死不渝！

上官英杰一定会听见的！

此时，坐在吉普车车里的上官英杰悲痛万分，不能自已！他有强烈直觉，这次蓉儿凶多吉少，让他特别害怕，丢魂落魄一般。他仿佛看见了被日特戕害得遍体鳞伤的蓉儿，和八年前他来腾格里遭遇强悍沙尘暴袭击而浑身伤痕累累一模一样。那时，蓉儿牺牲一切，义无反顾，竭尽全力拯救他；而现在，他想替代蓉儿遭受一切苦难，哪怕付出自己的生命！然而，欲想替她承受灾难，却是幻想而已。他恨自己无能无策无力，别说保护蓉儿，回到祖国大西北苦苦寻找她许多时日，直到前天才在西宁街头隔着马路见了她一面，随之人就被歹徒劫持到了几百里之外的日特手中，生死未卜。

遽然间，冥冥之中上官英杰似乎听见了蓉儿极其微弱的声音："我欲与君相知，长命无绝衰……""亲爱的英杰，永别了！"顿时，他心痛如绞，"苍天啊，何以如此无情！"他的精神已近于崩溃……

其实，上官英杰深知，他的学友胡彪及他的战友们，身受局限的爸爸妈妈，谭淑的舅舅马魁等亲人朋友，还有西凉独立团、西安独立师、青海省府和西宁军政警机构，为寻找蓉儿，都竭尽全力，不遗余力，费了大力和心力，给了助力。

"咚、咚、咚"，有人敲门。

"进来。"横田丑二吼了一声。

提着个小包进来的人，是当年横田丑二从监狱出来后，在西凉城里找的一个曾经干过杀人越货勾当的皮条客。用了一段时间，觉得对他还算忠诚。一次，皮条客给他弄来外村一个有点性子的女人，惹得他生了气，被抽了一顿皮鞭，在气头上他把皮条客叫来告诉他"拉出去赶跑"，皮条客错听为"拉出去干掉"，于是他拉了出去，残忍地掐住其脖子使其断了气，埋在了沙漠里，回来还给横田丑二如实做了报告。就这样，日特信口给他封了个牛富贵曾让程强担任过的职务：管家。其实，这个狗腿子就是给横田丑二拉皮条，当帮凶，弄吃弄喝而已。横田丑二今天赶早要在东沙窝开全村沙民大会，昨晚给他布置了杀人灭口的勾当，现在他是来报告结果的。

皮条客见牛掌柜屋子地下躺着一个浑身伤痕累累的赤裸女人，屋子的空气中弥漫着刺鼻的血腥味，顿时，觉得毛骨悚然，极为骇惧。

“事办得怎么样了?”横田丑二问道。

“掌柜的，小胡子、大汉喝了毒酒已死，也掩埋了。掌柜的前些天给他们的黄金白银，只搜寻回来一部分。”皮条客说着举了举手提的包，放在了桌子上，接着向主子报告，“已按照掌柜的吩咐，把沙沙交给了翠兰，传了您的指令，让她上午在屋子里看好孩子，等着您开完会回来；前些天掌柜的亲自制作的十字架等，已按您的要求，安装在马车上，马车我已赶过来停在门口，拉车的两匹马是掌柜的亲自挑选的体质最好跑得最快的，已饲喂得饱饱的；掌柜的吩咐要吃的羊羔肉和炸油饼，翠兰已做好，等着您过去享用。看看掌柜的还有什么吩咐?”皮条客说的这个翠兰，是前些日子他弄来孝敬掌柜的，在日特的淫威下屈服当了其玩物的又一个乡村女子。

“那些黄金白银都赏给你。”

皮条客听了横田丑二的话，战战兢兢道：“掌柜的，小的不敢、不敢，小的是心甘情愿为掌柜的做事的，不求赏钱只求无过，哪敢收掌柜的赏钱。”蛇鼠一窝。皮条客虽心甘情愿给横田丑二当帮凶，亦不知他的真面目，但早已领教了其翻手为云、覆手为雨，先给钱用人、后设陷灭口的残忍手段，已打定伺机逃走的主意。

日特也明白，皮条客肯定是害怕像小胡子、大汉一样被杀掉灭口，便对他摊了牌：“实话对你说，我是日本皇军，处理掉这个女人，就远走高飞了。”皮条客一听，吓得惊慌失措，浑身哆嗦。横田又道：“你不用怕，我不会杀你，帮我干完今天的事你就走人。驾车的两匹马，开完会你骑一匹走，愿意去哪儿就去哪儿。”

接着，横田丑二给皮条客交代：把这个女人拖出去，绑在马车上的十字架上，我马上来。他从房间一个柜子里取出一双胶皮手套戴在手上，又拿出一大块一面涂着胶的白帆布和一个小瓶子，走出去等皮条客将蓉儿绑好在十字架上后，他把手放在蓉儿的鼻孔处试试，明白人已气绝死亡。接着，打开密封的小瓶子盖，将里面的液体倒在了蓉儿鲜血淋淋伤痕斑斑的尸体上，又用白帆布把整个十字架和人体掩盖好。

原来，横田丑二被释放窜回肉苁蓉村后不久，即通过电台联系上了他的表哥、梅机关特务头子横田一郎。“西北狼”小分队被歼灭后，哈尔滨日军首脑机关根据特高课头目土肥原提供的新计划，把继续研制“犬狗狼活体武器”的任务，交由731部队在东北某地秘密进行，前不久获得满意成效。日前，横田一郎派人潜入西北，给横田丑二下达马上返回大本营的最后命令，还给他带了一瓶新型细菌病毒，让其在逃离西北前使用，争取立功，以利他回日军后追究其拒绝执行命令、严重违反军法之责时获得从宽处理。横田丑二向来人表示，接受命令，尽快返回大本营。他还给横田一郎发了电报：“请叔叔通融宽限一下，我的复仇计划于近日完成并建功后，将立即出发返回。”他得知，把这种病毒注射入人畜禽等活体，可致使迅速感染细菌病毒在短期内死亡。如洒在活体创伤面，除致感染细菌病毒、加快创伤溃烂且加速活体生命丧生，同时会产生强烈浓烈的血腥气味。犬狗狼的鼻子特别灵敏，能闻到在几公里范围内生物体散发的这种血腥气味，刺激它们嗅味而去疯狂将其吞食，等于注入了细菌病毒。吞噬了病毒的犬狗则变成细菌武器，在存活期内通过咬人畜禽等活体感染传播细菌病毒，杀灭更多的生命。如此循环往复，残忍可怕的后果不堪设想。横田丑二获得这种病毒后，兴奋若狂，把使用它建功周密地融入了复仇计划。

横田丑二给皮条客下令：“迅速把马车赶到东沙窝里去，停在中心地带放有一块石头的地方。”随后，又给他耳语了一番……

当太阳一竿子高的时候，来自肉苁蓉村和周围腾格里沙区乡村的沙民，便密密麻麻、吵吵嚷嚷地拥向了东沙窝，看上去远远超过了三百人。肉苁蓉村跟着假牛富贵跑的几个“铁杆”带着犬狗，绝大多数人家没有带犬狗。

来东沙窝参加会的人，他们中间有许多人怀有良知，且曾在方方面面受惠于牛氏商号及蓉儿，根本就不相信这个广为沙乡人赞许的“美人、好人、能人、善良人”会变成坏女人，前来观察实情，想听她个人的申辩，相机声援她，反对惩罚她；与此同时，也有一些人是封建糟粕遗毒的卫道士，相信假牛富贵制造散布的谣言，前来为他“大义灭亲，拿儿子遗孀开刀”的行为捧场喝彩，支持他严惩“违犯族规宗法的淫荡坏女人”的其他沙村族长等遗老遗少，以及那些信谣传谣、添油加醋造谣的老江湖。

除以上主要两类思想意识立场泾渭分明的人，还有当年曾见过美貌的“沙乡贵妃”，多载后欲再睹其芳容而一饱眼福的人；有耳闻这个女子是个美人坯子多年了，欲乘这个难得的机会亲眼瞧瞧“这朵曾被插在骆驼粪上的鲜花”，究竟有多俊俏的人；也有图红火看热闹，参加个会每人还能领到两斤小麦，觉得好划算，甚至带着全家来的人。

过了不到半个时辰，参会者人流如潮，蜂拥而至。沙民老乡挤满了东沙窝，紧紧围着停在东沙窝中心地带的一辆有两匹马驾着的马车，拭目以待。人们看到，一个人牵着驾辕之马，马车上用一大块白布覆盖着不知是什么东西。

这时候，有人喊了一声“把淫荡坏女人肉苁蓉揪出来”，整个人头攒动的会场，便被煽动得混乱起来！很快，怀有不同观点和看法的人群，呼喊着不同的口号：

执行族规，严惩不贷！谨记族规，恪守纲常！

让犬狗咬死肉苁蓉！

拿出肉苁蓉是坏人的证据来！不许冤枉好人！让肉苁蓉出来申辩！

希望牛富贵族长凭良心主持公道，为肉苁蓉恢复名誉！

呼喊声此起彼伏，如雷贯耳，仿佛地动山摇。两种声音比较，前者道貌岸然，色厉内荏；后者主张讲理，正气凛然。为肉苁蓉撑腰说话的正义呼声，远远压倒主张所谓“执行族规，严惩不贷”、让犬狗咬人的非正义野蛮喊声。

一时间，腾格里沙漠腹地失去了除刮风沙外的那种沉寂宁静，东沙窝俨然成为正义与邪恶、光明与黑暗、封建与开明较量搏击的战场。

稍事宁静后，更为高昂激动的呼喊声再次雷鸣般地响起——

牛富贵出来说真话！

让肉苁蓉出来申辩！

肉苁蓉，不要怕！

牛富贵，你究竟是不是真正的牛富贵？

……

正义之声有迟到的时候但绝不会缺席，非正义噪声往往猖獗一时却注定要溃败。先前那些歇斯底里吼叫“让犬狗咬死肉苁蓉”的人，大多已再无底气而哑巴了，虽仍有极少的嘶鸣，也是苍白无力之音了。

牵着驾辕之马的人，正是丧心病狂的横田丑二。面对料想不到的情势和局面，他观察人们愤怒的脸色，听着人们为肉苁蓉辩护撑腰的呼喊声，才如梦初醒，深感这些生息在风沙滚滚的大沙漠里，没有什么文化的穷鬼并非都是好蒙骗糊弄的，大有头脑清醒、看清真相，要讨公道的明白人。尤其是已有人公开质疑他的身份，让这个日特胆战心惊！他暴打肉苁蓉致死，已无法向到会的广大沙民交代。这是中国的国土，弄得不好，自己假冒牛富贵真日特的面目，将被戳穿暴露在光天化日之下，让数百个中国人撕得粉碎！想到这里，外厉内荏的横田丑二不禁打了个寒战，悔叹老谋失算，高估了自己的力量。这是自己把自己推进了死亡的汪洋大海之中。

此刻，横田丑二想起了表哥横田一郎给他发来电报规劝他的几句话：“中国有句古话，再狡猾的狐狸也斗不过聪明的猎手。你在中国的大后方难成气候，识时务快逃命吧！你死了，我怎么向横田家族交代？”对，这个恶魔眼珠子一转，眼前唯有一条路：孤注一掷，逃命！

他悄悄地放开辕马，解开了边马的套车绳，紧抓着这匹马的缰绳，发出了一声不大的口哨声，只见暗藏在车旁的他的帮凶皮条客跳了出来，用力“哗”的一声扯掉了覆盖着车上物体的白帆布，一刹那，一个被绑在十字架上的模糊血人展现于众目睽睽之下，浓烈的血腥气味迅速弥漫飘散开来。近处的人左看右看这个血淋淋的人，原来是个女人，有人惊呼：“这是肉苁蓉！”“肉苁蓉已被害死了！”

很快，隐蔽在东沙窝旁梭梭林里的犬狗狼群，便嗅到了浓烈的血腥味，躁动狂叫起来，在雇养者临时设置控制的围栏里疯狂蹿跳欲奔出去……

听见犬狗狼嘶鸣声的横田丑二，比畜兽还要按捺不住，他歇斯底里地叫喊：“执行族规，放犬狗咬惩肉苁蓉！”

雇养者闻声正要敞开围栏，犬狗狼畜兽已飞驰而出，像下山的一群猛虎，以迅雷不及掩耳之势，杀气腾腾扑向东沙窝。沙民们本能地躲避闪出一条道，十多只冲在前面最凶悍的犬狗狼张着口，露着锋利的牙齿，吐着吓人的舌头，冲上了马车，争抢撕咬蓉儿的尸体……

疾驰马背上的横田丑二，看着这情景狰狞地狂笑着，飞马须臾间冲出了东沙窝……

就在此时，胡彪、上官英杰他们终于赶到了，出现在东沙窝的南头。胡彪迅速用望远镜环扫一圈，把望远镜递给上官英杰的同时发出命令：“狙击手准备射击，目标北边的骑马人！”他果断判定，飞马跑出东沙窝会场的第一个人，一定是想逃走的日特横田丑二。此刻，上官英杰也已从左臂腋下枪套摸出胡彪给他的手枪瞄准了骑马人，几乎是同一时刻，胡彪、上官英杰和两个狙击手四枪齐发，四颗愤怒的子弹都飞向了横田丑二的脑袋，其头被打得稀烂，尸体栽倒，污血即刻染污了一片沙漠。

紧接着，轰隆一声巨响，火光冲天，那辆马车、辕马，马旁的皮条客，连同在车上一窝蜂撕咬抢食着肉苁蓉尸体的一群犬狗狼，都被炸得粉身碎骨，残骸碎片飞散。原来，皮条客解开驾辕马的缰绳想骑马逃跑，却上了横田丑二的当，拉响了他暗置于车下捆绑在一起的多个炸弹，幸亏那群犬狗狼冲向马车时，周围的沙民四散远躲而幸免于难。

“老乡们，大家不要慌，我们是国民政府的军队，抗日英雄牛富贵掌柜早已被日本特务抓走，被他们押送到东北不久就牺牲了。现在所谓的牛富贵是日本特务横田丑二假冒的，他残暴地杀害了抗日英雄肉苁蓉，这个衣冠禽兽刚才在逃跑中，已经被我们击毙。大家原地趴下，不要动。”胡彪安抚着受惊的沙民。

胡彪、上官英杰和狙击手、侦察员冲进东沙窝，举枪瞄准先前尚未扑上马车，正在四处寻觅闻咬着人体残骸的犬狗狼射击着……随后，胡彪又命令部下拿来汽油，将犬狗狼尸体和被炸飞四散仍存的人、车、马、犬狗狼的残余碎骸收集于一起，倒上汽油焚烧化为灰烬，在沙漠里深埋了。横田丑二使用细菌病毒，妄图制造大灾难的罪恶目的彻底破灭了。

胡彪、上官英杰他们想救的人，终究没能救下。

肉苁蓉，这位没有参加任何党派和组织的彻底革命者，抗日巾帼英雄，由于奋不顾身揭露日特阴谋，使抗日军队迅速歼灭了潜藏在肉苁蓉村的敌人，彻底粉碎了日寇妄图残害大西北和军民的罪恶计划。而她却被横田丑二百倍仇恨，蓄谋已久、极其残忍地杀害，一腔热血洒在了腾格里大沙漠，英勇壮烈地牺牲了！

人们痛心疾首，这是戴着中国人假面具的日本鬼子，利用封建糟粕庇护其罪恶面目，垂死挣扎、处心积虑制造的一个千古之罪！

四颗正义的子弹击碎横田丑二的脑袋，彻底消灭了日特豢养的犬狗狼，也算血祭了英烈英魂！

这一天，是世界史上一个特殊的日子：1945 年 8 月 15 日。是日正午，日本天皇向全日本广播，接受《波茨坦公告》，实行无条件投降，结束侵华战争。

这是中国国共两党及其军队团结抗战的伟大胜利！

在这个伟大胜利中，有大西北沙乡的普通女子肉苁蓉用鲜血和生命增添的一份光彩！

这一天，上官英杰和胡彪，在东沙窝北边的梭梭林内给肉苁蓉垒了一个坟墓，立了两块胡杨木碑，一块碑上是胡彪的笔迹：抗日巾帼英雄肉苁蓉烈士之墓，落款是“国民革命军西凉独立团暨团长胡彪”；另一块碑上是上官英杰的笔迹：爱妻肉苁蓉之墓，落款是“夫君上官英杰暨女儿沙沙”。墓前，放着上官英杰、胡彪和他的战友们敬献的肉苁蓉鲜花。

与蓉儿万般恩爱的上官英杰悲痛欲绝！他原本想留学归来，必然与蓉儿花好月圆，然山河破碎、风雨飘摇的残酷现实，破碎了他与蓉儿的爱情和幸福。八年间，善良的蓉儿承受经历了太多的辛酸沧桑，即使她逃离了偏僻荒芜的沙漠乡村，也未幸免于难。爱情对于他们来说，竟是一个凄悲惨烈的结局：黯然毁灭！上官英杰的心破碎了！

上官英杰、胡彪两个情深义重的学友泪如泉涌，他们在只有泪而无语的久久拥抱后依依惜别。傍晚，当胡彪带着狙击手、侦察员上了吉普车，离开肉苁蓉村的时候，一场罕见的秋雪纷纷扬扬从天而降……

这是老天爷为一代英烈洗尘送葬！

从当天深夜至以后的许多天里，腾格里沙乡的沙民，从四面八方来到肉苁蓉墓前，给她敬献沙生植物鲜花，为英烈祈祷！

上官英杰和肉苁蓉的女儿沙沙，回到了爸爸的怀抱。

人生自是有情痴，此恨不关风与月。上官英杰抱着沙沙，久久地站在雪地里，看着满天飞舞的圣洁雪花。他清晰地看见，在每一片六角雪花里，都有蓉儿那亲切温馨的脸庞。他明白，这是蓉儿深情地向他和女儿含笑告别。亲爱的蓉儿虽然走了，却把她那凝聚着东方的、民族的、正义的、纯善的灿烂芳华，留给了自己，留给女儿，也留给了肉苁蓉村和腾格里大沙漠。

肉苁蓉，这位在乱世里平凡而又非凡的女子，一生几多丰富而又几多荣光，几多欢乐而又几多凄凉。她风华光彩的青春生命竟在胜利前的黎明珠沉玉碎了，归寂于风沙弥漫的苍茫天地之间。她短暂的一生和发生于腾格里沙漠及西凉、西宁、西安等地的传奇，是民国、抗战乃至近代历史波涛中的一朵浪花。在往后的许多时光岁月里，她的魅力和人们对她的好奇与怀念，给后人留下了无尽的遐想。

尾声 人物结局

上官英杰，从青春勃发的年代至双鬓染霜的岁月，在大西北风沙弥漫的腾格里、巴丹吉林、塔克拉玛干等大沙漠征战一生。科研成果累累，治沙成就非凡。治沙科学界泰斗，中国科学院院士。民主人士。

肉苁蓉牺牲后他一直未娶。每年，他都数次前去蓉儿的墓地，给她献花，与她交流心语，深切祭祀她。寿逾百岁而终。依照他的遗愿，与爱妻肉苁蓉合葬一墓：永世永恒，永不分离。

上官苁蓉，上官英杰和肉苁蓉的女儿。清华大学艺术系毕业，获美术学学士、硕士学位；先后去美、法留学，获艺术学博士学位，回国后在清华大学担任教授。终身任教作画的教育家、艺术家。作品获国际国内大奖无数。

她的容貌和妈妈一样美丽，终身未嫁，孑然一身。她在国内期间，每年都会挤出时间，去沙漠里陪爸爸。清明必同爸爸一起，去给妈妈扫墓献花。爸爸谢世后，一年至少两次去墓地祭拜双亲。

胡彪，与醒婵即苏娟喜结连理。解放战争中担任旅长，身先士卒英勇杀敌。中华人民共和国成立后历尽沧桑，曾三落三起，官至某军军长退休。与艺术家妻子度过金婚后去世。

上官武，开国上将。中华人民共和国成立后担任大军区司令员直至退休。八十八岁辞世。

王丹青，中华人民共和国成立后担任省委副书记。中国画大师、书法家。艺商政三栖数十年。1960年辞去官职，到文联当专业画家，享受副省级待遇。退休后九十九岁离世。

程强，即小林清秀。延安时期的团长、旅长，屡立战功。解放战争中升任师长，在一次战役中牺牲。

牛富贵，抗战期间寂寂无闻地牺牲，悄无声息走了。腾格里沙区的沙民一直没有忘记他。虽曾被日特横田丑二假冒而给英雄蒙了一层阴影和灰尘，随着事实真相大白而被掸去。

时光流逝。中华人民共和国成立后开展土改定成分时，“和尚死了，寺院还在”，因牛氏留下的四十多间房屋要处理，乡政府考虑还是应给牛家定个成分。根据当时关于划分农村阶级成分的政策规定，报由上级政府决定，定了资本家成分，因为他经商几十年，并无一分土地。遗产房屋分给了肉苁蓉村的穷苦沙民。地主、资本家都属于剥削阶级。这个抗日英雄也渐渐地被人们淡忘了。

2019年5月30日定稿

图书在版编目（CIP）数据

腾格里传奇 / 胡延清著. -- 北京 : 作家出版社，2020. 1（2023.2重印）
ISBN 978-7-5212-0758-3

Ⅰ. ①腾… Ⅱ. ①胡… Ⅲ. ①长篇小说 - 中国 - 当代 Ⅳ. ①I247.5

中国版本图书馆CIP数据核字（2019）第248175号

腾格里传奇

作　　者： 胡延清
责任编辑： 张　平
装帧设计： 意匠文化 · 丁奔亮
出版发行： 作家出版社有限公司
社　　址： 北京农展馆南里10号　　　**邮　　编：** 100125
电话传真： 86-10-65067186（发行中心及邮购部）
86-10-65004079（总编室）
E-mail:zuojia@zuojia.net.cn
http://www.zuojiachubanshe.com
印　　刷： 固安兰星球彩色印刷有限公司
成品尺寸： 170×240
字　　数： 360千
印　　张： 25.25
版　　次： 2020年1月第1版
印　　次： 2023年2月第2次印刷
ISBN　978-7-5212-0758-3
定　　价： 48. 00元